प्राचीन इतिहास में विज्ञान

Science in Ancient History

प्राचीन इतिहास में विज्ञान
Science in Ancient History

ओम् प्रकाश प्रसाद
इतिहास विभाग
पटना विश्वविद्यालय, पटना

राजकमल प्रकाशन

ISBN : 978-93-88183-15-4

मूल्य : ₹995

© ऋचा सोनाली

पहला संस्करण : 2018
दूसरा संस्करण : 2026

प्रकाशक : राजकमल प्रकाशन प्रा. लि.
1-बी, नेताजी सुभाष मार्ग, दरियागंज
नई दिल्ली-110 002
शाखाएँ : अशोक राजपथ, साइंस कॉलेज के सामने, पटना-800 006
पहली मंजिल, दरबारी बिल्डिंग, महात्मा गांधी मार्ग, प्रयागराज-211 001
1, अनमोल सोराबजी सन्तुक लेन, धोबी तलाव, मरीन लाइंस, मुम्बई-400 002
वेबसाइट : www.rajkamalprakashan.com
ई-मेल : info@rajkamalprakashan.com

मुद्रक : बी.के. ऑफसेट
नवीन शाहदरा, दिल्ली-110 032

PRACHEEN ITIHAS MEIN VIGYAN
Science in Ancient History
by Om Prakash Prasad

इस पुस्तक के सर्वाधिकार सुरक्षित हैं। प्रकाशक की लिखित अनुमति के बिना इसके किसी भी अंश को, फोटोकापी एवं रिकॉर्डिंग सहित इलेक्ट्रॉनिक अथवा मशीनी, किसी भी माध्यम से, अथवा ज्ञान के संग्रहण एवं पुन:प्रयोग की प्रणाली द्वारा, किसी भी रूप में, पुनरुत्पादित अथवा संचारित-प्रसारित नहीं किया जा सकता।

प्रिय छात्र डॉ. रंजीत कुमार मधुकर

(आयकर पदाधिकारी)

को

सप्रेम–

दो शब्द

भारत में वैज्ञानिक प्राक्-इतिहासकाल से पाए जाते रहे किन्तु उनका नाम-पता हमें ज्ञात नहीं है। विज्ञान सदा से विश्व का निर्देशक शक्ति रहा है। भारत में विश्वप्रसिद्ध सिन्धु सभ्यता का निर्माण अनजान वैज्ञानिकों ने की थी। वैदिक काल में मौसम की जानकारी, जड़ी-बूटी, लोहे की खोज, सूर्यग्रहण, चन्द्रग्रहण, फल-मूल और शिकार एवं कृषि के उपकरणों से वैज्ञानिकों ने ही हमारे पूर्वजों को परिचित कराए। संस्कृति और सभ्यता की नींव अनपढ़, अनजान और निर्धन वैज्ञानिकों ने निजी प्रयास के बल पर तैयार की। प्रकृति की गोद में पल रहे मनुष्य को वैज्ञानिकों ने इतना समर्थवान बना दिया कि वह (मानव) स्वयं सृजनकर्त्ता बन गया।

भूख, रोग, सर्दी एवं गर्मी से हमारी सुरक्षा वैज्ञानिकों ने की। वैज्ञानिक कोई व्यक्ति नहीं बल्कि एक दृष्टि होती है, एक सोच-विचार होता है। Science लैटिन शब्द Scio और Scire से बना है। इसका अर्थ है—ज्ञान, सिद्धान्त अथवा तथ्यों की विधिवत् जानकारी होना। Science is the systematic study of the nature and behaviour of the material and physical universe, based on observation, experiment and measurement. Scientist is a person who studies or practices any of the sciences or who uses scientific methods.

आम पाठक यह महसूस नहीं कर पाता और पुस्तक पढ़ते समय उसका ध्यान इस ओर स्वाभाविक रूप में नहीं जा पाता कि पुस्तक लिखनेवाले लेखक को किस सीमा तक दिल और दिमाग़ के बीच हो रहे संघर्ष का सामना करना पड़ता है। पुस्तक की रचना करते समय उसे निजी शान्ति पर स्वयं आक्रमण करना पड़ता है। वह ऐसे रोग का शिकार हो जाता कि नींद सबसे पहले नाराज़ हो उठती है। सारी मिन्नतें उसके मित्र नज़रअन्दाज़ करने लगते हैं। एक लेखक को लकीर से अलग हटने की मानसिकता बनानी पड़ती है। उसे अपने दिलो-दिमाग़ में एक नई सोच को रेखांकित करना पड़ता है। सोच-रूपी नई बुनियाद पर किताब की इमारत खड़ी की जाती; यह बड़ी ही नाजुक घड़ी होती

है। ऐसी स्थिति में जब एक लेखक की रचना नापसन्द कर दी जाती है आम पाठकों द्वारा; तो रचनाकार हतोत्साहित हो जाता है और उसका अपने महत्त्वपूर्ण योगदान पर से विश्वास उठ जाता है।

कुछ नया करने या सोचने की इच्छा उत्पन्न करनेवाला मनोभाव अन्त में एक लेखक को हताशा, कुंठा अथवा खीज पैदा करनेवाली स्थिति में ला खड़ा कर देता है। (Inspiration gives frustration.) एक लेखक की सोच और मनोदशा जो यहाँ प्रस्तुत किया गया है, वह सर्वमान्य सच नहीं हो सकता; इन तथ्यों को अस्वीकारनेवाले बहुमत में मिल जाएँगे। असल में लेखकों की अन्त:सोच में भिन्नता का पाया जाना स्वाभाविक होता है।

रचनाएँ रचनाकार की प्रतिभा का मापदंड होती हैं। रचनाकार अपनी रचनाओं के माध्यम से, एक विशेष पहचान बनाता है। रचनाओं के आधार पर उसकी पहचान अदलती-बदलती रहती है।

निष्पक्ष और गहरी दृष्टि डालने से इतिहास में कई तत्त्वों की कमी और कई तत्त्व प्रश्न के रूप में दिखाई देते हैं। आधुनिक काल में जब अंग्रेज भारत से गए तो इस घटना की चर्चा इस रूप में की गई कि भारतीय नेताओं द्वारा किए गए संघर्ष के फलस्वरूप ही अंग्रेजों को भारत छोड़कर भागना पड़ा था। निहत्थे भारतीयों का असहयोग आन्दोलन, सविनय अवज्ञा आन्दोलन, भारत छोड़ो आन्दोलन के बल पर उन अंग्रेजों से टकराना और संघर्ष करना क्या आसान था जिनके साम्राज्य में सूरज कभी अस्त नहीं होता था? दो बराबर शक्तियों के बीच हुए टकराव को 'संघर्ष' कहना मुनासिब होगा। इसी तरह प्रथम विश्वयुद्ध और द्वितीय विश्वयुद्ध क्या वास्तव में 'विश्वयुद्ध' थे? एशिया और अफ्रीका की धन-सम्पत्ति को लूटनेवाली पश्चिमी शक्तियों ने अपने अत्याचार और शोषण के नंगे सच को छिपाने के लिए इन घटनाओं को **महायुद्ध** की संज्ञा अनुचित ढंग से प्रदान की।

सामाजिक दशा, आर्थिक गतिविधियाँ, राजाओं की जीत-हार, स्मारकें, इमारतें, सांस्कृतिक हलचल और दर्शन के मिश्रण से इतिहास शब्द की रचना की गई। कभी-कभी स्त्रियों की प्रशंसा एवं गुणगान को भी इतिहास का अंग बनाया गया। विज्ञान एवं प्रौद्योगिकी को तो इतिहास का अंग माना ही नहीं गया, बल्कि इसे निम्नतम महत्त्व दिया गया। अशोक-अकबर-औरंगजेब-ताजमहल-लालकिला और दक्षिण के विशाल मन्दिरों को इतिहास में प्रभावशाली स्थान मिला। शूद्रों के प्रति नक़ली सहानुभूति इतिहास के मंच पर की गई। शासकों की कहानी पंडितों ने जिस रूप में सुनाई, उसे इतिहासकारों ने उसी रूप में लिख डाला और उप-इतिहासकारों ने पाठ्यक्रम

के माध्यम से पाठकों तक पहुँचा दिया। इतिहास के पन्नों पर ये शासक आज भी प्रभावशाली बने हुए हैं; प्रजा का तो कोई अता-पता ही नहीं। पारम्परिक ढंग से वैदिक शूद्रों और स्त्रियों की स्थिति आज भी वैसी ही बताई जाती है, जैसी थी और नहीं भी थी। जिन शासकों को प्रभावशाली रूप प्रदान किया गया, उनकी बुनियाद रही प्रजा। प्रजा ने ही शासकों को राजसी पोशाक, इमारत, राजकोष, अधिकारीगण, सेना, नौकर-चाकर, दास-दासी, मन्दिर, देवी-देवता, अनाज, मांस-मदिरा आदि प्रदान किया। इन सभी योगदानों की उपस्थिति विज्ञान और तकनीक के बग़ैर सम्भव थी? विज्ञान को राजमहल में स्थान नहीं मिला; वह तो प्रजा की झोंपड़ियों, जंगल-झाड़ियों और खुले आकाश के नीचे रहकर पला-बढ़ा। उसके योगदान के अभाव में इतिहासकारों द्वारा इतिहास बना डालना असम्भव था; फिर भी ये नज़रअन्दाज़ किए जाते रहे। प्रजा के पास ही विज्ञान था; विज्ञान ने ही विश्व बनाया। राजा को रंक और रंक का राजा बनना विज्ञान के इशारे पर निर्भर करता है; विज्ञान ने ही किसी को विश्व-विजेता बना दिया; विज्ञान के अभाव में गुलाम बनकर और पराजित होकर रहना पड़ा। जो देश विज्ञान में सर्वाधिक अमीर है, वही विश्व में सर्वशक्तिशाली और उसी का वर्चस्व कायम है। वर्तमान विश्व विज्ञान का परिणाम है। किताब लिख देना दिमाग़ी बात है किन्तु उसे हाथ का सहारा न मिलता तो क्या किताब लिख पाता? इनसान का दिमाग़, हाथ, बुद्धि और मेहनत ने संसार का निर्माण किया। हमें हाथ से मेहनत की इज़्ज़त करनी चाहिए।

एक ऐसा समय था जब धर्म का विरोध करना ही अपराध माना जाता था। धरती सूरज के चारों ओर घूमती है—ऐसा कहना अधर्म था। यह वह ज़माना था जब राजा तक को पोप की बात माननी पड़ती थी।

समुद्र को प्राचीनतम जननी कहते हैं, क्योंकि प्राण की पहली जन्मभूमि वही है। उसी के पेट से धरती का पहला प्राण पैदा हुआ। धार्मिक दृष्टि से *बाइबल* में लिखा है कि किसी शुभ दिन को भगवान ने सभी जीवों के नमूने बनाकर धरती पर रख दिए। **पुराण** में लिखा है कि प्रथम जीव के रूप में ब्रह्मा का जन्म घनघोर अँधेरे में हुआ। दूसरे शब्दों में, अनोखे जादू से सबकुछ बन गया किन्तु विज्ञान छूमन्तर पर विश्वास नहीं करता। मानव-जन्म का वैज्ञानिक सबूत सर्वप्रथम डार्विन ने प्रस्तुत किया। पेड़-पौधा विज्ञान पर रूसी वैज्ञानिक मिचुरिन ने प्रथम दृष्टि डाली। जिसमें प्राण है, वह प्राणी है; जिसमें जीव है, वह जीवन है। वनस्पतियों में हरियाली होती है और हरियाली क्लोरोफिल से आती है। क्लोरोफिल हरा होता है, इसलिए

वनस्पतियाँ भी हरी होती हैं। सूरज के प्रकाश में वनस्पति का प्राण रहता है। फूलों से पेड़-पौधों का वंश चलता है।

धर्मविश्वास मनुष्य को मुकाबला करने के बजाय सहना सिखाता है। बलवानों (सुविधाभोगी) द्वारा ग़रीबों को दबाए रखने के काम में धर्मविश्वास बड़े काम का निकला। धर्मविश्वास कोशिश को प्रोत्साहित नहीं करता। विज्ञान आविष्कार की यात्रा है; विज्ञान ने आज जितना कुछ जाना है, आविष्कार के सहारे कल उससे और ज़्यादा जानेगा। विज्ञान-यात्रा का अन्त नहीं। आँख और कान को खुला रखकर ही प्रकृति के कंठ की बोली सुनी, देखी और समझी जा सकती है। गति ही परम सत्य है।

हमारे यहाँ विज्ञान की जो तरक्की बहुत ज़्यादा नहीं हो सकी, उसका प्रमुख कारण जातिभेद रहा। मेहनत-मशक्कत (शूद्र शिल्पकारों का योगदान) को सुविधाभोगियों और धार्मिक ग्रन्थों ने छोटा काम समझ लिया। वेदान्त दर्शन ने संसार को मिथ्या-माया बताया; इस तरह की धारणा से पृथ्वी को पहचानने-समझने का उत्साह कहाँ से आ पाएगा? भारतीय अध्यात्मवाद महज मुट्ठी भर लोगों के मन की बात थी-देश के ज़्यादा से ज़्यादा लोगों की नहीं

पशुपालन और खेती से नया युग आया। ऐसा होने से आदिम साम्य-समाज का खात्मा और श्रेणी अर्थात् वर्गीय समाज शुरू हुआ। मन के भावों को अक्षरों में बाँध रखने को **लिखना** कहते हैं। चित्र का विकसित रूप लिखावट है। ध्यान से बड़ा है विज्ञान; जानने को ही विज्ञान कहते हैं। नाच का प्रारम्भिक अर्थ था-मेहनत करने का हौसला। शिकार करना, लड़ाई लड़ना, गाय चराना जैसे समाज में सबका काम था, वैसे ही नाच एक सामाजिक काम था-मिल-जुलकर किया गया, साझे का काम। कोई नाचेगा, कोई देखेगा। नाचने और देखनेवालों के बीच प्रारम्भ में कोई भेद नहीं था। नाचने का मतलब है-शरीर की भंगिमा से किसी न किसी भाव को रूप देना। यों समझिए, हाथ में तीर-कमान नहीं है, फिर भी खाली हाथों तीर मारने की नक़ल की जा सकती है; नक़ल करके असली बात बताई जा सकती है। याददाश्त को ताज़ा करने के लिए नक़ल की ज़रूरत पड़ती है। बीती बातों का छोर पकड़कर भविष्य की नई आशाएँ आती हैं। आदिम लोग जमात बाँधकर शिकार को निकले। कई दिनों बाद एक हिरण मारकर लाए। आग जलाकर उसके चारों ओर लोग मौज से नाचने लगे। नाच में उन्होंने इस बात की नक़ल उतारी कि जमात ने किस तरह

हिरणों के गिरोह पर धावा बोला और किसी एक हिरण का शिकार किया। नाच के समय वे नक़ली शिकारी बन गए। इस नक़ल के लिए हिरण भी तो चाहिए; सो जमात का ही कोई व्यक्ति माथे पर सींग बाँधकर हिरण बन गया।

व्यापार की तरक़्क़ी, रोज़मर्रा के कामों में रुपये-पैसों का चलन और शहरों का जन्म—इन ऐतिहासिक घटनाओं ने शिल्पकार, शूद्र, कृषक वर्ग के पैरों में पड़ी ज़ंजीर को खोलने का उपाय कर दिया। परम्परावादी बन्धन आप ही आप बहुत ढीले हो गए। माना जाने लगा कि आज़ाद लोग अच्छी और सख्त मेहनत करते हैं।

औद्योगिक क्रान्ति के बाद मामूली पूँजीपतियों को बड़े पूँजीपति चाट गए और खुद मोटे हो उठे। अन्तरराष्ट्रीय कारोबारी संस्थाएँ प्रभावशाली होती गईं। इन संस्थाओं का व्यापारिक विस्तार गुलाम देशों में होने लगा। दुनिया के बाज़ार पर क़ब्ज़ा ज़माने के लिए प्रथम और द्वितीय महायुद्ध हुए। द्वितीय विश्वयुद्ध के बाद प्रभुत्व के जरिए अमेरिका ने पूरी दुनिया की अर्थव्यवस्था को अपने चंगुल में करना प्रारम्भ कर दिया। शोषणमुक्त समाज का अभाव पाया जाने लगा।

ख़ानाबदोशों को ऐसा विश्वास था कि कामनाओं की नक़ल अगर तस्वीरों में उतारी जा सके तो वे कामनाएँ सचमुच में पूरी हो जाती हैं। हिरण का शिकार करना है तो एक हिरण की तस्वीर बनाकर उसमें तीर चुभाने से शिकार की कामना सफल होने की नक़ल हो सकती है और वास्तव में हिरण मारने में कामयाबी मिलेगी। इस विश्वास को जादू-टोना कहा गया। तस्वीर बनाना उनके जीवित रह सकने की एक कोशिश थी। इसके लिए उन्हें रंग कहाँ से मिलता था? खनिजों और ऑक्सीजन के प्रभाव से मिट्टी तरह-तरह के रंग की हो जाती है। जली हुई हड्डियों से काला रंग बनाया जाता था।

सभ्यता की सजी-सजाई इमारत खड़ी हो सके, इसके लिए यह बहुत ज़रूरी है कि बहुत-से लोगों को उपजाने-खाने की ज़िम्मेदारी से छुट्टी दी जाए, क्योंकि सभ्यता की जगर-मगर कुछ ऐसी-वैसी तो होती नहीं और आसमान से बरसात की तरह भी नहीं पड़ती। उसका सारा साज-सिंगार मनुष्य को अपने हाथों से करना पड़ा है। इन्हें आकाश-चूमते महल बनाने पड़े हैं, राह-घाट बनाने पड़े हैं। कलाकारों का जौहर लगा है, कारीगरों की मेहनत लगी है। जाने और क्या कितना लगा है।

दुनिया के किसी-किसी हिस्से में ताँबा या काँसा से भलीभाँति काम

लेना जानते ही मनुष्य सभ्य हो उठे थे। कहीं-कहीं सभ्यता आई लोहे के हथियारों के साथ। सभ्यता के शुरू होने में शहर के साथ लिखने के अक्षरों की ईजाद आवश्यक था। लिखना सीखने से पहले मनुष्य सभ्य नहीं थे। मनुष्यों की तरक्की सब जगह समान नहीं रही। भोजन जुटाने में मनुष्य के कदम इस तरह आगे बढ़े—(1) कन्द-मूल जुटाना, (2) शिकार, (3) पशुपालन, और (4) खेती-बारी। आज भी बहुत लोग ऐसे हैं जिन तक सभ्यता की रोशनी ठीक से नहीं पहुँच सकी है। पशुपालन और खेती से नया युग आया।

जिन्हें सभ्यता नहीं छू पाई थी, वे दल बाँधकर आपस में मिल-जुलकर रहते थे। उनके बीच राजा-प्रजा का भेद-भाव नहीं था। दल के सारे लोग बैठक में साथ बैठते और आपस में विचार करते कि दल का काम-काज कैसे चलेगा। दल का कोई मुखिया नहीं होता, कोई सरदार नहीं होता और अगर होता भी तो वह लोगों पर हुकूमत नहीं कर सकता, शासन नहीं कर सकता था। दल के सभी लोग आपस में ही विचार कर लेते कि उनमें से कौन ज़्यादा काबिल है; काबिल को ही सब अपना मुखिया चुन लेते थे। मुखिया की ज़िम्मेदारी बढ़ जाती थी। ठीक-ठाक काम नहीं करनेवाले मुखिया को लोग बाहर करके नया मुखिया या सरदार चुन लेते थे। जब तक हथियार भोथरे होते, दल के लोगों को ग़रीब ही रहना पड़ता था। अपने-पराये और जायदाद की अवधारणा नहीं थी। दल में रहना उनके लिए सबसे बड़ी बात थी।

औज़ारों की मदद से वे धरती से काफी उपज पाने लगे। औज़ार जब तक खराब रहे तब तक अपनी ज़रूरत किसी तरह लोग पूरा कर पाते थे। बेहतर औजार के परिणामस्वरूप जितनी चीज़ों की उन्हें आवश्यकता थी, उनसे कहीं ज़्यादा चीज़ें वे तैयार करने लगे। कुछ-कुछ सामान बचकर जमा होने लगा। बचत की गुंजाइश से एक नई सूरत निकली कि जितना बच जाता है, उससे, खुद खटने के बजाय किसी और से मज़दूरी कराई जाए। औजारों की तरक़्क़ी ने एक नयी सूझ दी कि औरों से मेहनत कराने में मुनाफ़ा है। इस नई सूझ के आते ही मनुष्यों के दो दल हो गए। एक दल के लोग औरों के लिए मेहनत-मज़दूरी करने लगे और दूसरे दल के लोग औरों से मेहनत-मजूरी कराने लगे। लड़ाई में पकड़े गए लोगों को मजूर बना दिया जाता था। उन्हें गुलामों जैसा बिना किसी शिकायत के सदा काम करना पड़ता था। ज़मीन का बँटवारा शुरू हो गया। सारी ज़मीन एक समान उपजाऊ नहीं होती थी।

खेतीबारी से सभ्यता शुरू हुई; शासन की ज़रूरत बढ़ती गई। समाज के कुछ क़ायदे-क़ानून तय किए गए। क़ायदे-क़ानूनों को मानना सबके लिए ज़रूरी होता गया। समाज के ख़िलाफ़ कोई काम किया तो उसे दंडित करने की नौबत आई। सिपाही, पहरेदार, कोतवाल, जल्लाद आदि पाए जाने लगे। समाज में विचारक भी आए। शासन का सिलसिला शुरू हुआ। सरकार बनी और राष्ट्र कायम हुआ। हुकूमत का जो सारा इन्तज़ाम होता–सब का मिला-जुला रूप राष्ट्र है। इसी के साथ आपसी रिश्ते समाप्तप्राय होने लगे।

पुरानी सभ्यताओं की टूटी-फूटी निशानियाँ धरती की छाती पर आज भी शेष हैं। राजे-रजवाड़े, सामन्तों ने समाज का धन अपने ख़जाने में जमा कर लिया।

यह स्पष्ट करने के लिए कि विज्ञान ही इतिहास का वास्तविक निर्माणकर्त्ता होता है, कुछ नवीन शीर्षकवाले लेखों को प्रस्तुत करना आवश्यक प्रतीत होता है। इतिहास में प्रचलित कई विषयों को प्रश्नवाचक दृष्टि से देखना आवश्यक है। इन्हीं तथ्यों को ध्यान में रखते हुए प्रस्तुत पुस्तक में जिन शीर्षकों के नाम से लेखों को प्रस्तुत किया गया है, उनमें प्रमुख हैं–प्राचीन विज्ञान एवं वैज्ञानिक, महाभारत, रामायण, शूद्र, मन्दिर, सिक्के, कला में विज्ञान, दक्षिण भारतीय अभिलेख, उत्तर भारतीय अभिलेख, ज्योतिषविद्या-मिथक या यथार्थ, शिल्पकार, धर्मस्थल गया की ऐतिहासिक यात्रा जैसे नए-पुराने विषयों के आधार पर वैज्ञानिक योगदान और विश्व का निर्माण कैसे विज्ञान द्वारा हुआ–इन तथ्यों पर नवीन दृष्टि डालने का प्रयास ही इस पुस्तक का मूल उद्देश्य है। इतिहास में वैज्ञानिकता होनी चाहिए–ऐसा विचार कई प्रगतिशील विद्वानों ने प्रस्तुत किया किन्तु इस विचार को नज़रअन्दाज़ करते हुए परम्परावाद आज भी इतिहास पर हावी है।

भारतीय परिवेश में आधुनिक भारत में स्वतंत्रता-संघर्ष (?) का जब माहौल था, उसका वर्णन अधिकांश भारतीय पुस्तकों में इस तरह किया गया मानो 1857 और 1942 की अवधि में सभी भारतीय बहादुरशाह और गांधी-नेहरू के नेतृत्व में अंग्रेजों से लड़ने में व्यस्त थे; जबकि अंग्रेजों और भारतीयों के सहयोग से कई प्रकार के निर्माण-कार्य इस अवधि में चल रहे थे। खास लोगों से अलग हटकर इस पुस्तक में आम आदमी के योगदान को विशेष रूप से ध्यान में रखा गया है। अभी तक इतिहास की मुख्यधारा से जनसाधारण (किसान-मज़दूर, इमारत बनानेवाला, जंगल साफ़ कर खेती योग्य भूमि में वृद्धि और यातायात को विकसित करनेवाला, बढ़ई, मछुआरा, तलवार-भाला-बन्दूक

बनानेवाला, हज्जाम, कहार, राजा और देश के लिए लड़ाई करनेवाली सेना, चरवाहा, नौकर, दाई, कारीगर, दुकानदार, कल-कारख़ानों में काम करनेवाले, शहरों की सफ़ाई करनेवाले आदि) को अलग ही रखा गया है। इन सभी के योगदान की यथासम्भव इस पुस्तक में चर्चा की गई है ताकि इनकी वैज्ञानिक दृष्टि और तकनीकी ज्ञान को जाना-समझा जा सके।

विज्ञान और प्रौद्योगिकी विषय इतिहास का प्रभावशाली अंग बनता जा रहा है। इस विषय को कभी भी पढ़ा नहीं किन्तु आज मैं इस विषय को स्नातकोत्तर स्तर पर पढ़ाता हूँ। कक्षा के बच्चों का शुक्रगुज़ार हूँ जिन्होंने इस विषय को पढ़ाने और नई सोच के लिए प्रोत्साहित किया। स्नातकोत्तर विभागीय पुस्तकालय ने भी अनुकूल माहौल प्रदान किया। राजकुमार, प्रदीप कुमार, अनु, ब्यूटी, ऋचा, सन्दीप, सुदक्ष, सुप्रिया और मधुकर का जो सहयोग मिला, उसके बग़ैर यह पुस्तक तैयार करना सम्भव ही नहीं था।

दिल को समझने के लिए एक अरसा चाहिए। छुट्टी के दिन किसी इनसान को देखने के लिए तरस जाता हूँ। ज़िन्दगी जीने और गुज़ारने में बड़ा फ़र्क़ है। सारी ज़िन्दगी लगा दी रिश्ते को बनाए रखने के लिए। समय जाया करना मैंने पसन्द नहीं किया। अपने को देखने के लिए दूसरों की नज़र की ज़रूरत मैंने कभी महसूस नहीं की। अपनी ज़िन्दगी सँवारने के लिए बच्चों की ज़िन्दगी मैंने दाँव पर कभी नहीं लगाई। खरोंच उन्हें आती, दर्द मुझे होता। डॉ. आर.एन. नन्दी ने मुझे वह रंग दिया जिसके बिना मैं सदा बेरंग रह जाता। तनहाई मेरा साया बन चुकी है। ख़ामोशी की चादर ओढ़े रहता। भला हो, कोई मेरी दास्तान न सुने। वो बात लोग मुझसे जानना चाहते जिसे मैं खुद नहीं जानता। बेडरूम स्टडीरूम की शक्ल ले चुका है। दुःख है कि मैं लेखक बनने चला; अकेला बनकर रह गया हूँ। कुछ घाव वक़्त के साथ नहीं भरते।

कई लेखों को संकलित कर जीवन के इस अन्तिम पड़ाव में मैंने इस पुस्तक को तैयार किया है। बचपन से ही मित्रों द्वारा नज़रअन्दाज़ किया जाता रहा और आज भी वही बात है। इससे फ़ायदा यह हुआ कि पुस्तक-लेखन से मैंने दोस्ती कर ली। यह दोस्त मेरे जीवन को स्वादिष्ट बनाने के लिए प्रयत्नशील है। किताब से दोस्ती इनसान को तनहा नहीं रहने देती। इसी के साथ ग़म की चिल्लाहट मुझे हमेशा सुनाई देती रहती; मनोरोग का शिकार हूँ। कुछ लोग स्वार्थवश मुझसे मुहब्बत करते; मुझे मज़बूत बनाने के लिए उन्होंने कई बार मुझे कमज़ोर किया। मुहब्बत के बग़ैर जी लूँगा किन्तु एतबार के बग़ैर नहीं। मैं तुम्हें उस समय से चाहता हूँ जब मालूम भी नहीं

था कि चाहत क्या होती है। मुझे ठहरी हुई मुहब्बत की ज़रूरत है जो ख़ामोशी से मेरा हाथ थाम ले। जो पैरों पर बैठने के लायक नहीं था, उसे सिर पर बिठाया, किन्तु बेकार। जीवन के इस अन्तिम चरण में नकारात्मक भाव ज़्यादा विकसित हो चुका है; मित्रवत् सम्बन्ध किसी से नहीं रह गया है। बुढ़ापे ने मुझे बुजदिल बनाकर रख दिया है। मैंने तमाम उम्र लगा दी पारिवारिक रिश्ते को कायम रखने के लिए, मगर अफ़सोस, इसका एहसास माँ के सिवा किसी को नहीं हुआ।

इस पुस्तक को लिखने की अवधि में मुझे कई समस्याओं से सामना करना पड़ा। सबसे बड़ी परेशानी थी मेरी दयनीय आर्थिक दशा और मेरी इकलौती पुत्री का विवाह। ईश्वर की कृपा मानता हूँ कि राजकुमार और उसकी पत्नी अनु के प्रयास से जसवीर बाबू का ऐसा परिवार मिला जो बिना किसी तिलक-दहेज के मेरी पुत्री ऋचा के साथ अपने इकलौते पुत्र सन्दीप का विवाह करने को तैयार हो गया। अब प्रश्न था विवाहोत्सव में खर्च की राशि, बेटी के लिए आभूषण का इन्तज़ाम और कुछ अन्य खर्च। इसे भी ईश्वर की कृपा मानता हूँ कि प्रदीप कुमार सभी राशि देने को तैयार हो गए। श्री मदन बाबू (अलंकार, पटना), राजकमल प्रकाशन के श्री अशोक महेश्वरी और पटना विश्वविद्यालय के तत्कालीन कुलपति डॉ. शम्भूनाथ सिंह की कृपा से मुझे आर्थिक सहायता मिली। बैंक से कर्ज भी लेना पड़ा। संकट में मधुकर मेरे पास रहा। विवाह सम्पन्न हुआ (6 फरवरी, 2013)। ऋचा और सन्दीप दोनों आज सुख से हैं। इसी दौरान एक दु:खद घटना यह घटी कि ऋचा की सास और सन्दीप की माँ रानोदेवी (रमा देवी) का आकस्मिक निधन 2 मार्च, 2014 को हो गया।

यह पुस्तक मैं अपने प्रिय छात्र मधुकर को भेंट करता हूँ। वर्ष 2000 से उसने मेरे साथ जो रिश्ता निभाया, वह मेरे जीवन का एक अद्‌भुत अनुभव बना रहेगा। उसे निरन्तर सकारात्मक मुद्रा और मनोभाव में मैंने पाया। इस कस्बाई छात्र की प्रारम्भिक शिक्षा झारखंड के नेतरहाट स्कूल से हुई। उच्च शिक्षा उसने पटना विश्वविद्यालय से प्राप्त की। ज़िन्दगी को बेहतर बनाने के लिए कठिनाइयों के मार्ग पर चलता, थकता और फिर भी वह चलता रहा। नौकरी की तैयारी दिल्ली में करने के बाद उसने इंडियन रेवेन्यू सर्विस की परीक्षा पास की और आज आयकर पदाधिकारी के पद को सुशोभित कर रहा है। उसका व्यक्तित्व साहित्यिक है किन्तु अफ़सोस! लोग उसे पढ़ने की आवश्यकता नहीं समझते। प्रिय छात्र पार्थसारथी भी मुझे याद रहेगा जिसके भीतर एक अच्छा इनसान रहता है। आज गया के एक कॉलेज

में वह असिस्टेंट प्रोफेसर के रूप में कार्यरत है। 35-40 वर्ष पूर्व मदन बाबू (अलंकार, पटना) द्वारा की गई सहायता को जब याद करता हूँ तो दिल से यही बात निकलती है :

जब बिकाऊ था तो कोई ख़रीदार नहीं था
तूने मुझे ख़रीदकर अनमोल बना दिया।

–ओम् प्रकाश प्रसाद

अनुक्रम

अध्याय-1

प्राक्-इतिहासकाल में विज्ञान

समाज में समानता का अभाव पाते; संस्कृति स्थानीय होती किन्तु विज्ञान में सार्वभौमिकता पाते हैं। विज्ञान आज समाज की निर्देशक शक्ति है। इसने प्राक्-इतिहासकाल में ही जड़ता को तोड़ने और इतिहासकाल में समाज को लाने के लिए मार्ग सुझाया। विज्ञान मिथकों का पोल खोल देनेवाला एक विषय है। वैज्ञानिकों का कहना है कि करीब साढ़े चार अरब वर्ष पूर्व पृथ्वी एवं अन्य ग्रहों का अस्तित्व नहीं था; सूर्य का आकार अब से ज़्यादा विशाल था और इसी विशालतम सूर्य से पृथ्वी एवं अन्य ग्रहों की उत्पत्ति हुई। पृथ्वी को ठंडा होने में दो लाख अरब वर्ष लगे। इसके बाद यहाँ जीवों का जन्म हुआ।

मानव प्राइमेट परिवार का सदस्य है। इस परिवार के अन्य सदस्य हैं–बन्दर, लंगूर, गोरिल्ला, चिम्पांजी और एप। डार्विन का मत है कि एंथ्रोपाइड ही मानव, गोरिल्ला और चिम्पांजी का पूर्वज था। एंथ्रोपाइड की उत्पत्ति कैटारीन नामक वानर-शाखा से हुई। कैटारीन का पूर्वज सीथियन था। डार्विन के विचार के विपरीत अर्नेष्ट हेकेल का कहना है कि मानव का पूर्वज पिथेकांथ्रोपी था जिसके शरीर की बनावट मनुष्य के समान थी किन्तु मनुष्य की तरह बोल नहीं सकता था।

1891 में डच वैज्ञानिक एजेन टुबुआ ने जावा में बेनगावां नामक नदी के तट पर त्रिनिल नामक गाँव में 5 लाख वर्ष पुरानी हड्डियाँ और दाँत प्राप्त किए। जिस प्राणी की यह हड्डियाँ और दाँत थे उसका नाम टुबुआ ने पिथिकेथ्रोपस इरैक्टस अर्थात् **खड़ा कपि मानव** नाम दिया। यह दो पैरों पर खड़ा और दौड़ सकता एवं अपने हाथों का स्वतंत्रतापूर्वक उपयोग कर सकता था। फ्रेडरिक टिलनी और इलियट स्मिथ के विचार से वह बोलना भी जानता था। यह वनमानुष आज लुप्त हो चुका है।[1] चीन में पीकिंग के पास अवस्थित एक गुफा में चीनी मानव वैज्ञानिक पेईचुंग को सन् 1929 में कई मानव खोपड़ियाँ मिलीं। इन्हें पीकिंग-मानव (साइनेथ्रोपास) नाम दिया गया। जावा-मानव

और पीकिंग मानव में कुछ-कुछ अन्तर था। पीकिंग मानव, जावा-मानव की तुलना में अधिक सीधा होकर चल सकता था। जावा-मानव की तुलना में पीकिंग मानव नाटा था। 1907 में जर्मनी के हाइडेलबर्ग के पास अवस्थित माउएर नामक गाँव की रेत से तीसरे प्रकार का मानवाशेष मिला। मानव के विकासक्रम की निरन्तरता विश्व में इसी तरह बनती रही।

1856 में जर्मनी के ड्रेसेलडोर्फ प्रदेश की निएंडरथल घाटी में कुछ हड्डियाँ मिलीं। इसी प्रकार की मानव अस्थियों के अवशेष एशिया माइनर, फिलिस्तीन, सीरिया, इराक़, अरब, अफ्रीका और चीन से मिले। ये अस्थियाँ मानव-कंकाल के अवशेष थे। ये निएंडरथल मानव फुर्तीले नहीं और कन्दरावासी थे। करीब 35 हज़ार वर्ष पूर्व निएंडरथल जाति के मानव सहसा विलुप्त होने लगे। वे पूर्ण मानव नहीं थे किन्तु मुर्दों को दफ़नाते और आग से सम्भवतः परिचित थे।[2]

पूर्ण मानव कब से और कहाँ पाए गए-इस पर विद्वान एकमत नहीं हैं। कुछ विद्वान एशिया और कुछ अफ्रीका में बताते हैं। 1938 में उजबेकिस्तान में निएंडरथल शिशु का अवशेष मिला जिसमें पूर्ण मानव की अधिकांश विशेषताएँ पाई गईं। पूर्ण मानव चार प्रकारों में बाँटा गया-(1) क्रोमेग्नन-मानव के अवशेष फ्रांस, अफ्रीका, एशिया और ऑस्ट्रेलिया में पाए गए। (2) ग्रिमाल्डी मानव फ्रांस में मेडिट्रेरियन सागर के तट पर 1901 में ग्रिमाल्डी नामक गुफा में अवशेष के रूप में पाया गया। (3) कोब-कोपेल मानव का अवशेष 1909 में फ्रांस के दोर्दोन स्थान से मिला, और (4) शांसलाद मानव के अवशेष फ्रांस से 1888 ई. में मिले। ये चारों प्रकार पूर्ण मानव के हैं।

1951 में सी. कून नामक विद्वान ने ईरान से पूर्ण मानव का एक अवशेष प्राप्त किया जो करीब लाख वर्ष पहले का बताया गया। इन सभी तथ्यों के आधार पर अभी तक यह बताना सम्भव नहीं हो पाया है कि पूर्ण मानव कब से पाया गया। धीरे-धीरे पूर्ण मानव सीना तानकर खड़ा होने और चलने लगा तो इसके परिणामस्वरूप उसे दो हाथ मिल गए और पशु-पक्षियों से वह भिन्न हो गया। सैकड़ों प्रकार का काम वह हाथों से करने लगा। उसके हाथ औजार का काम भी करने लगे। वह औजारों के निर्माण की अवस्था में पहुँच गया। औजार मानव-अंगों के विस्तारित रूप हैं। एक वैज्ञानिक अथवा व्यवस्थित सोच के बिना औजार नहीं बनाए जा सकते हैं। उपयोग का विचार आने के बाद ही औजार का आकार-प्रकार बनता है। विचार से भाषा जुड़ी है। विश्व में आज दो हज़ार से अधिक भाषाओं का प्रयोग किया जाता है। भाषा से ध्वनियाँ[3] जुड़ी हैं। भाषा एक मानसिक अभिव्यक्ति है। यह मात्र मानव समाज में सम्भव है। भाषा का प्रयोग मानव समाज में रहकर ही किया जा सकता है। भाषा सहयोग

का माध्यम है। जब संस्कृति बदलती है तो भाषा में नए-नए शब्द जुड़ते जाते हैं। पुराने कई शब्द समाप्त भी हो जाते हैं। भाषा की अभिव्यक्ति का प्रत्यक्ष सम्बन्ध मस्तिष्क से होता है। भाषा की अभिव्यक्ति बच्चे हाथ-पैर हिलाकर और बड़े लोग जीभ घुमाकर करते हैं। वयस्क भी हाथों की मुद्रा से भाव और भाषा को अभिव्यक्त करते हैं। सिर और हाथ हिलाकर भाषा के रूप में भावों की अभिव्यक्ति तो आम प्रचलन में हो गई है।

मनुष्य खड़ा होकर दो पैरों पर चलने लगा तो उसकी अंगुलियाँ शक्तिशाली हो गईं और उनमें पकड़ने की शक्ति में वृद्धि हुई। पशुओं की अंगुलियाँ औजार के रूप में काम नहीं करतीं किन्तु मानव की अंगुलियाँ उपकरणों के रूप में प्रयोग की जाने लगीं। पुरातत्त्ववेत्ताओं ने प्राक् इतिहास मानव के काल को दो भागों में विभाजित किया है–(1) पाषाण युग, और (2) धातु काल।

मानव जब पत्थर के बने औजार का प्रयोग करता था तो उस काल को **पाषाण काल** कहते हैं। पाषाण काल को विद्वानों ने तीन भागों में बाँटा है–(1) करीब 5 लाख ई.पू. और 12000 ई.पू. के बीच के काल को **पूर्व पाषाण युग** कहा गया। (2) पूर्वपाषाण और नवपाषाण युग के बीच के संक्रमण काल को **मध्यपाषाण काल,** और (3) करीब दस हज़ार ई.पू. तक के काल को **नवपाषाण काल** कहा गया। इसके बाद कुछ समय तक संक्रमण का काल रहा और करीब 7 हज़ार ई.पू. से **धातुकाल** की शुरुआत हुई, जिसे तीन भागों में–(1) ताम्रकाल (2) कांस्यकाल और (3) लौहकाल में बाँटा गया। करीब 7000 और 4000 ई.पू. के बीच की अवधि को ताम्रकाल कहा गया। नगरों का अस्तित्व और लिपि का आविष्कार के साथ कांस्यकाल एवं (3) ई.पू. करीब 1200 से लौहयुग का प्रारम्भ हुआ।

निएंडरथल जाति के पाषाण हथियार (खुरचन, पत्थर का रंदा, आरा, चाकू, सुआ, भाला, बर्छी आदि) फ्रांस के ल-मौस्तार नामक स्थान से पाए गए और इसे **मौस्तारी संस्कृति** कहा गया। समाज निर्माण की ओर बढ़ने का प्रथम प्रयास मौस्तारी मानव ने किया। इस काल का मानव मरने के बाद के जीवन पर विश्वास करने लगा था। ई.पू. 35,000 के आसपास निएंडरथल मानव विलुप्त होने लगे और यूरोप में पूर्ण मानव और नए औजार आ गए। इस काल में ब्लेड-हथियार प्रमुख हो गए।

फ्रांस में अवस्थित औरिग्न्याक गुफा में जो सांस्कृतिक अवशेष पाए गए उसके कारण इसे **औरिग्नेसी संस्कृति** कहा गया। इस संस्कृति से मिलते-जुलते अवशेष मध्य यूरोप, इटली, अफ्रीका, साइबेरिया, उत्तरी चीन और दक्षिण भारत से पाए गए हैं। फ्रांस में अवस्थित माग्दली नामक स्थान से पूर्ण मानव के अवशेष मिले और इसे **माग्दली संस्कृति** कहा गया। इस संस्कृति ने कई प्रकार

के उपकरणों का निर्माण किया तथा एक ऐसा यंत्र बनाया जिसके सहारे बर्छी को दूर तक फेंका जा सकता था। इन संस्कृतियों का समकालीन अफ्रीका की अतेरियन और कॉप्सियन संस्कृतियाँ थीं। अफ्रीका की इन संस्कृतियों ने धनुष-बाण का आविष्कार किया।

पूर्ण मानव के उदय से पूर्व ही आग[4] उत्पन्न करने का प्रारम्भिक प्रमाण यूरोप में मिला है। यूरोप में अवस्थित क्रापिना की गुफा से आग उत्पन्न करने की अधजली लकड़ी मिली है। पत्थर और मिट्टी के पात्रों पर अंकित प्रागैतिहासिक मिस्त्र के चित्रों में पैपिरस के गट्ठर को बाँधकर बनाई गई नाव दिखाई गई है। नव-पाषाणकाल में मानव ने छोटी-छोटी नावें बनाना सीख लिया था। ताम्रकाल में उसने पाल का प्रयोग करना सीखा। ई.पू. 3000 के आसपास मिस्त्र और भूमध्य सागरीय प्रदेश में पालदार नावों का प्रयोग व्यापक रूप में होता था। मनुष्य ने इस तरह भौतिक शक्ति को चालक शक्ति के रूप में उपयोग करना प्रारम्भ किया। इससे यातायात पर अनुकूल प्रभाव पड़ा। मनुष्य के कदम, प्रकृति पर नियंत्रण करने और सृष्टिकर्ता के रूप में, आगे बढ़ते गए। अब वह मछली का शिकार व्यापक रूप में कर सकता था।

प्रागैतिहासिक काल में जनसाधारण का योगदान और भी रहा। आग में भोजन पकाकर खाया जाने लगा। पकाया हुआ भोजन चबाने में नरम हो जाता और कम समय में ही भरपेट भोजन खा लिया जाता था। इसी अवधि में चित्रकला एवं मूर्तिकला का आरम्भ हुआ। माग्दली संस्कृति के दौरान पाए गए नर-कंकालों की बड़ी संख्या को देख पता चलता है कि मूर्तिकला और चित्रकला का आरम्भ हुआ। माग्दली संस्कृति चित्रांकन और मूर्तिकला-दोनों में समृद्ध है। पत्थर और हाथीदाँत के बने औज़ारों पर चित्र अंकित हैं। गुफा की दीवारों और छतों पर चित्र हैं। चित्रों में काला, लाल, पीला और सफ़ेद रंगों का विशेष रूप से प्रयोग किया गया है। चित्रों के विषय पशु और पक्षी हैं। वे प्रागैतिहासिक मानव के प्रिय शिकार थे। जंगली भैंसा, बारहसिंगा, जंगली घोड़ा, भालू और सुअर के चित्र अंकित हैं। विद्वानों का मत है कि ये चित्र धार्मिक विचारधारा और भोजन की समस्या से सम्बद्ध हैं। शिकार में प्रायः अनिश्चितता होती जिसे दूर करने के लिए यह कला एक जादू की तरह थी। जिस प्रकार काफ़ी कष्ट झेलने के बाद गुफाओं में पशुओं का चित्र रेखांकित किया जाता, उसी प्रकार सैकड़ों अनिश्चितताओं के बावजूद शिकार में सफलता पाना सम्भव है।

ऑरिग्नेसी युग की हाथीदाँत, पत्थर और मिट्टी एवं हड्डियों के मिले-जुले चूर्ण की लघु मूर्तियाँ विशेष रूप से उल्लेखनीय हैं। ये मूर्तियाँ मिस्त्र, क्रीट, आस्ट्रिया, इटली, फ्रांस, स्पेन आदि से प्राप्त हुई हैं। उर्वरता शक्ति का प्रतीक के रूप में इस संस्कृति के दौरान छोटे आकार की नारी-मूर्तियाँ भी मिली हैं।

इस काल का पूर्ण मानव गुफा में रहता था। ठंड से बचने के लिए खाल का तम्बू बनाता जिसकी निरन्तरता किसी न किसी रूप में आज भी बनी हुई है।

माग्दली युग के बाद मध्यपाषाणकाल के दौरान हुए भौगोलिक परिवर्तन से यूरोप और एशिया प्रभावित हुए। भारत का आधुनिक स्वरूप इसी समय बना। पश्चिम एशिया और उत्तर-पश्चिम भारत में रेगिस्तानी परिस्थितियाँ उत्पन्न हुईं। माग्दली युग में मनुष्य जंगली भैंसे, घोड़े आदि का शिकार करता था। इसके लिए वह समूह में रहा करता था। इस दौरान कुत्ते का सहयोग पाना प्रथम घटना थी।[5]

पाषाणकालीन अथवा मध्यपाषाण काल का उदय विश्व में एक समान समय में प्रारम्भ नहीं हुआ। मध्यपाषाणकालीन स्वरूप की उपस्थिति मेसोपोटामिया में ई.पू. 18,000 और डेनमार्क में इस काल की शुरुआत ई.पू. करीब 8000 में हुई। 7000 ई.पू. के आसपास पश्चिमी एशिया में कृषि और पशुपालन की शुरुआत हो गई; जब कि यूरोप में इसकी शुरुआत बाद में हुई। नवपाषाणकाल में मनुष्य का खाद्य संग्रहकारी अवस्था से अनाज उत्पादन की अवस्था में विकसित होना एक क्रान्तिकारी घटना रही। इसके फलस्वरूप वैचारिक एवं सामाजिक बदलाव आए।

शिकारी अवस्था ने पशुपालन का अनुकूल माहौल तैयार किया। पशुओं को पालना और पालतू बनाना आसान प्रक्रिया नहीं थी; फिर भी मनुष्य ने इसे सम्भव बनाया। मनुष्य द्वारा पैदा किए गए अतिरेक अनाज ने भूखे पशुओं को निकट आने को प्रेरित किया। कुत्ता, बकरी, भेड़, गाय, बैल, सुअर, घोड़ा और गधा आदि पशु पालतू बनाए गए। बकरे का जंगली पूर्वज तुर्किस्तान और अफ़गानिस्तान का **बैजवार** बकरा है। भेड़ों का पूर्वज **अर्गल मेढ़ा** था जो उत्तरी ईरान में अलबुर्ज पर्वतमाला में पाया जानेवाला जंगली मेढ़ा है। भेड़ एवं बकरियाँ भौगोलिक दृष्टि से वहीं पाई जाती हैं जहाँ गेहूँ पैदा होता है। गाय-बैल (वृष) बिना कुकुदवाली नस्लें **बोस प्रिमिजैनियस** की वंशज हैं, जो एक विशालकाय, उग्र-स्वभाव का लम्बे सींगोंवाला वृष है। बोस प्रिमिजैनियस स्पेन, दक्षिणी रूस, कैस्पियन समुद्र तट और तुर्किस्तान का निवासी था। पालतू सुअर का जन्म दो जंगली जातियों से हुआ। इनमें से एक है **सुस स्क्रोफा** जो सामान्य जंगली सुअर था, जो पश्चिमी यूरोप और उत्तरी अफ्रीका से मध्य एशिया एवं साइबेरिया तक सब जगह पाया जाता था। दूसरा **सुस विट्टेटस** जो दक्षिण-पूर्वी एशिया का जंगली सुअर है।

बकरी[6] सहनशील पशु है। वह उस रेगिस्तानी ज़मीन पर चर कर काम चला सकती है जिस पर ऊँट के सिवा किसी अन्य पशु का निर्वाह नहीं हो सकता। घोड़ा और ऊँट अन्तिम चरण में पालतू बनाए गए। कृषि के कारण पशुपालन

को अनुकूल माहौल प्राप्त हुआ। कृषिकर्म आसान प्रक्रिया नहीं थी। नवपाषाणकाल में मनुष्य को परीक्षण, प्रयोग और भूलसुधार की लम्बी अवधि से गुज़रना पड़ा होगा। प्रागैतिहासिक काल[7] में राई का आरम्भ घास-पात के रूप में हुआ। डिलकेन और एमेर नामक दो जंगली घासों के मेल से गेहूँ सबसे पहले स्कॉटलैंड के पहाड़ी इलाकों में पैदा किया जाने लगा। जौ फिलिस्तीन, अरब, तुर्की, फ़ारस और अफ़गानिस्तान में होता था। मक्का का मूल अमेरिका है और कोलम्बस के पूर्व विश्व इससे परिचित नहीं था। ई.पू. 2200 के आसपास धान की खेती विश्व में सबसे पहले होने लगी। मटर का पूर्वज पिसुम इलाटियस है जो भूमध्यसागर से तिब्बत तक के क्षेत्र में उगता था। नासपाति और सेब आज भी जंगली वृक्षों के रूप में ईरान के जगोरस के पहाड़ों के पश्चिमी ढलानों पर उगते हैं। तुर्किस्तान में सबसे पहले बादाम, आलूबुखारा और खूबानी पैदा होते थे। फिलीस्तीन में वादी-अल-नाटुफ नामक स्थान में उत्खनन से छुरा, चमड़ा उतारने के औजार, मछली पकड़ने के काँटे, हँसिए, घास व अनाज काटने की छुरियाँ आदि मिली हैं। इन हँसियों व छुरियों को देखने से जान पड़ता है कि लगभग 10 हज़ार वर्ष पूर्व उनका इस्तेमाल कभी अनाज काटने हेतु किया गया होगा। इसके अलावा कुछ ओखलियों व फ़र्श पर बने बड़े-बड़े गड्ढों से प्रतीत होता है कि वहाँ अनाज कूटा या पीसा जाता होगा।

मेसोपोटामिया में मसूल के पास तेल हसूना नामक टीले के सबसे निचले स्तर में नव-पाषाणकालीन कृषि के दृष्टान्त मिले हैं। यहाँ से निराई के औजार, अनाज काटने की ओखली व मूसल, अनाज रखने के लिए पात्र और भेड़ें व अन्य मवेशियों की हड्डियाँ आदि मिली हैं। उत्तरी फ़ारस में कासान के निकट टेप शियाल्क में पत्थर की कुल्हाड़ी तथा अनाज काटने की कई छुरियाँ व हँसुआ आदि मिले हैं। यहाँ ताँबे की बनी कुछ बहुत छोटी वस्तुएँ भी प्राप्त हुई हैं।

भारत में नव-पाषाणकालीन कृषि-कर्मों के प्रमाण बलूचिस्तान में राणा-घुण्डाई से प्राप्त हुए हैं। कालीबंगन में बी.बी. लाल ने एक जुते हुए खेत को खोज निकाला है। मिस्र में काहिरा के दक्षिण व नील नदी से 25 मील पश्चिम में फायूम झील के किनारे-किनारे एक के बाद एक बहुत से छोटे-छोटे ग्राम और कृषि योग्य उपकरणों के खँडहर खोज निकाले गए हैं। इन अतिसमृद्ध नव-पाषाणकालीन अवशेषों से पता चलता है कि इस युग में कपड़ा बुनने की कला का आविष्कार हो गया था। सूत्र, पटसन और ऊन से बने वस्त्र पूर्व-पाषाण काल के खाल तथा पत्तियों से बने वस्त्रों का स्थान लेने लगे थे।

नव-पाषाणकाल में लकड़ी का उपयोग काफी किया गया होगा। इस काल के हथियारों में कठोर पत्थर की पॉलिशदार कुल्हाड़ी प्रमुख है। इसे बनाने हेतु प्रस्तर खंड के एक सिरे को घिसकर धारदार बनाया जाता था और दूसरी ओर

उसमें लकड़ी या सींग की मूठ लगा दी जाती थी। इस प्रकार का हथियार पूर्व-पाषाणकाल में अज्ञात था। यह नव-पाषाण काल का प्रतीक माना जाता है। इससे मनुष्य को वनों को काटने और लकड़ी चीरने की सुविधा मिल गई। इससे काष्ठकला का विकास हुआ। लकड़ी का उपयोग नाव, मकान व अन्य वस्तुओं को बनाने में होने लगा। परिवर्तित रूप में कुल्हाड़ी युद्धों में काम आनेवाली गदा, परशु और मूंगरी बनी। पश्चिम एशिया में गदाएँ गेंदाकार और उत्तरी अफ्रीका व यूरोप में तश्तरी के आकार की बनती थीं। भाले व धनुष-बाण का प्रयोग भी चलता रहा। लकड़ी के उपयोग से जुड़ा एक महत्त्वपूर्ण उपकरण सीढ़ी थी, जिसे स्विट्जरलैंड के नव-पाषाणकालीन निवासी उपयोग में लाते थे।

पूर्व पाषाणकालीन मानव नक़ली गुफाओं का निर्माण आरम्भ किया। धीरे-धीरे नक़ली गुफाओं ने मकान का रूप धारण करना प्रारम्भ किया। मकान बनाने में स्थानीय वस्तुओं का प्रयोग किया गया। गड्ढा खोदकर रहने की आदत से गोल, अर्ध अथवा आयाताकार प्रकार के मकान-निर्माण का तकनीक विकसित हुआ। कृषकों के प्राचीनतम ज्ञात घर जेरिको और जरमों में मिले हैं। मिस्र के मकान-निर्माण में नरकुल का प्रयोग होता था। नव-पाषाणकालीन मानव छोटे-छोटे गाँवों में रहने लगा। जेरिको ग्राम का क्षेत्रफल 8 एकड़ था। एक गाँव में 8-10 से 30-35 घर होते थे।

ई.पू. 7000 के आसपास छोटे स्वर्णाभूषणों के प्रथम अवशेष मिले हैं। नव-पाषाणकालीन फ्रांस के कई खँडहरों से स्वर्ण मनकामाला मिली है। उर, मिस्र और क्रीट में स्वर्णाभूषण के अवशेष मिले हैं। ऑक्सीजन के साथ कोई यौगिक क्रिया नहीं होने के कारण सोना अपनी चमकदार हालत में मिलता है। वातावरण में ऑक्सीजन के कारण ताँबा का रंग बदल जाता और यह काले रंग या हरियाली लिए हुए काले रंग का बन जाता है। स्वर्णाभूषणों के साथ उपर्युक्त स्थानों से ताँबा भी मिला है। ताम्र-पाषाण युग में पत्थर और ताँबा-दोनों का प्रयोग होता था। धातु के रूप में ताँबा को गलाने के लिए 1085 डिग्री सेंटीग्रेड की आवश्यकता पड़ती और यह तापमान कुम्हार की भट्टी से नहीं प्राप्त हो सकता था। मिस्र के प्राचीन राजवंश काल में धौंकनी के अवशेष मिलते हैं।

विज्ञान मनुष्य की आवश्यकता की पूर्ति पर आधारित होता है। पाषाण-उपकरणों के व्यवहार और मानव के उद्देश्य की प्रेरणा से आविष्कार सम्भव हुए। वैज्ञानिकों ने बताया कि लाखों वर्ष पूर्व खर-पतवार के साथ जीवन मात्र समुद्र[8] में सीमित रहा। भूमि पर आनेवाला पहला जीव **उभयचर** था। अत्यन्त नूतन युग का आरम्भ करीब दस लाख वर्ष पूर्व हुआ। 4 लाख वर्ष पूर्व दूसरा हिमयुग आया। पूर्व पाषाणकाल में प्राणी धीरे-धीरे पूर्वमानव का रूप लेने

लगा। 12 हज़ार वर्ष पूर्व धातुकाल की शुरुआत हुई। पूर्व मानव ने बाद में चलकर हाथ, मुट्ठी, दाँत और पैर का इस्तेमाल अपने बचाव और भोजन की तलाश में करने लगा और इस तरह प्रागैतिहासिक युग ने एक ऐसा अनुकूल माहौल बनाया जिसके परिणामस्वरूप समाज ऐतिहासिक युग में प्रवेश कर सका। शासन और प्रशासन बिना संस्कृति और सामाजिक सरोकार के नहीं चलते। सरोकार प्रागैतिहासिक माहौल से उपजते हैं और विज्ञान की नज़र से देखे बग़ैर इसे समझा नहीं जा सकता। प्रागैतिहासिक काल की निरन्तरता किसी न किसी रूप में आज भी बनी हुई है। इस लम्बी अवधि में समाज को संक्रमण के काल से भी कई बार गुज़रना पड़ा होगा। प्रागैतिहासिक काल की विस्तृत जानकारी का प्रधान श्रेय ब्रिटिश मानवविज्ञानी और पुरातत्त्वविदों को है। विश्व के आपसी प्रयास और सहयोग से प्रागैतिहासिक विशेषताएँ ऐतिहासिक काल में पाई गईं और भारत भी इस तथ्य से प्रभावित रहा। वैज्ञानिक दृष्टिवालों के प्रयास से नई विशेषताएँ विश्व में करवटें लेती रहीं। लिखित सामग्रियों के पाए जाने से पूर्व के काल को **प्रागैतिहासिक काल** कहा गया। इसका अर्थ हुआ कि जिस समय सिन्धुकाल में इतिहास का जन्म हो चुका था उसी समय दक्षिण भारत प्रागैतिहासिक विशेषताओं के दौर से गुज़र रहा था और यही स्थिति पूर्वी भारत[9] की थी।

समाज

मानवशास्त्र (Anthropology) प्राक्इतिहास अवधारणा (Concept) है। संस्कृति का उद्‌भव होने से पूर्व समाज विकसित होता है। व्यक्तियों के समूह को समाज कहते हैं। राशन की दुकान, पड़ाव, बस, ट्रेन, बाज़ार, मेला, रेलवे स्टेशन आदि पर एकत्रित व्यक्तियों के समूह को समाज नहीं कहते। समाज की अपनी कुछ विशेष विशेषताएँ होती हैं। समाज ऐसे व्यक्तियों का समूह होता है जिसमें अधिकांश एक-दूसरे से परिचित होते हैं। उनके बीच सामाजिक सम्बन्ध बना रहता है। समाज में कुछ विशेष नियम होते हैं। समाज में कई काम आम उद्‌देश्य की पूर्ति के लिए होते हैं। समाज में एक-दूसरे का सहयोग स्वाभाविक होता है। सामाजिक नियम का अनुपालन सभी के द्वारा किया जाता है। उद्‌देश्यपूर्ति हेतु समाज की अधिकांश आबादी क्रियाशील होती है। परिवार, गोत्र, जाति, समुदाय आदि समाज के रूप होते हैं। परस्पर व्यवहार व्यक्ति को सामाजिक बनाता है। कई इकाइयों को मिलाकर समाज बनता है। इकाइयाँ समाज को गतिशील बनाती हैं। संस्कृति से पूर्व की अवस्था समाज है और समाज से पूर्व की अवस्था शिकार, कृषि और पशुपालन। प्रतीकात्मक भाषा के आधार पर नर-वानर समाज से मानव सामाजिक संगठन तैयार कर सका।

संस्कृति

संस्कृति मानव समाज को अन्य जीव-समाज से अलग करती है। समाज यदि व्यक्तियों के सम्बन्ध का जाल है तो संस्कृति उसकी आवश्यकतापूर्ति का साधन है। समाज की अभिव्यक्ति संस्कृति द्वारा होती है। संस्कृति सीखी जाती है। प्रत्येक समाज की एक विशिष्ट संस्कृति होती, जो दूसरे समाज में हस्तान्तरित की जाती रही। संस्कृति में संगठन, अनुकूलन और सन्तुलन होती है। जनता भी बातचीत के क्रम में संस्कृति शब्द का प्रयोग करती है। लोग धोती-कुर्ता पहनने, पीढ़ा पर बैठकर भोजन करने, अतिथि को देव-तुल्य मानने तथा उनका उचित सत्कार करने, बड़े-बूढ़ों की आज्ञा का पालन करने, पति को परमेश्वर मानने, पत्नी को लक्ष्मी समझने, किसी को निराश नहीं करने आदि को संस्कृति कह बैठते हैं। कभी-कभी लोग अच्छा व्यवहार करनेवालों के लिए सुसंस्कृत शब्द का प्रयोग कर बैठते हैं। संस्कृति शब्द का प्रयोग चिकित्सा विज्ञान में भी होता है, जैसे—यूरीन कल्चर, हेयर कल्चर, स्किन कल्चर, आदि।

संस्कृति के अन्तर्गत व्यक्ति के व्यवहार तथा विचार के साथ-साथ बौद्धिक, कलात्मक और सामाजिक संस्थाएँ आती हैं। इन संस्थाओं के माध्यम से मानव अपनी जैविक तथा सामाजिक आवश्यकताओं की पूर्ति करता है। अपने पर्यावरण के साथ अनुकूलन करने का प्रयास करता है। **भौतिक संस्कृति** के अन्तर्गत गाँव-घर, घरेलू उपकरण, कृषि उपकरण, युद्ध उपकरण, मनोरंजन उपकरण, भोजन, वस्त्र-आभूषण तथा देवी-देवताओं की मूर्तियाँ आदि आते हैं। **अभौतिक संस्कृति** के अन्तर्गत ज्ञान, विश्वास, मूल्य, प्रथा, कानून, संस्था आदि आते हैं। संस्कृति के ये दोनों ही पक्ष एक दूसरे के पूरक हैं।

समाज का अस्तित्व पशु तथा पक्षियों के बीच भी पाया जाता है। लेकिन संस्कृति केवल मानव समाज में ही पाई जाती है। मानव के पास कुछ ऐसी शारीरिक तथा मानसिक विशेषताएँ हैं जिनके आधार पर वह संस्कृति का निर्माण कर सकता है। ये शारीरिक विशेषताएँ हैं : सीधे खड़े हो सकने की क्षमता, स्वतंत्रतापूर्वक घुमाए जा सकनेवाले हाथ, तीक्ष्ण तथा केन्द्रित की जानेवाली दृष्टि, मेधावी मस्तिष्क तथा प्रतीक निर्माण की क्षमता। इन्हीं शारीरिक विशेषताओं के कारण मानव ने संस्कृति का निर्माण करने में सफलता प्राप्त की है। अपने विकसित मस्तिष्क के कारण मानव अपने भविष्य के लिए तरह-तरह का आविष्कार करता है। एक स्थान पर आविष्कृत तत्त्व संसार के अन्य भागों में प्रसार के माध्यम से पहुँचता है। यह सम्पूर्ण समाज की देन होती है। संस्कृति के अंग, जैसे—प्रथाएँ, जनरीतियाँ, भाषा, परम्परा, धर्म, विज्ञान, कला, दर्शन आदि किसी एक व्यक्ति की विशेषता को प्रकट नहीं करते, वरन्

वे सम्पूर्ण समाज की जीवन-विधि का प्रतिनिधित्व करते हैं। संस्कृति की यह मुख्य विशेषता होती है कि उसमें अपने आपको ढालने की क्षमता होती है। मानव का व्यक्तित्व-विकास संस्कृति के अनुरूप होता है। जिस प्रकार की संस्कृति रहती है, उसी प्रकार का व्यक्तित्व उस समाज में विकसित होता है।

मानव की सर्वश्रेष्ठ उपलब्धि भाषा का आविष्कार है। भाषा के माध्यम से ही संस्कृति का हस्तान्तरण एक पीढ़ी से दूसरी पीढ़ी तक हुआ है। भाषा के माध्यम से दो व्यक्तियों तथा दो समूहों के बीच सम्पर्क स्थापित होता आया है। संस्कृति के अध्ययन में भौगोलिक पहलू को नहीं उपेक्षित किया जा सकता है। एक विशिष्ट प्रकार के संस्कृति-प्रतिमान किसी विशेष क्षेत्र तक ही सीमित पाए जाते हैं। जिस क्षेत्र तक एक विशिष्ट संस्कृति-प्रतिमान पाया जाता है, वह संस्कृति क्षेत्र कहलाता है। परिवर्तन की गति कितनी भी तीव्र हो पर सम्पूर्ण संस्कृति को नहीं बदल सकती है। अगर किसी संस्कृति के लाखों वर्ष पुराने अवशेष ज़मीन से खोदकर निकाले जाएँ तथा उनकी तुलना वर्तमान से की जाए तब ज्ञात होगा कि कुछ तत्त्व दोनों युगीन संस्कृतियों में समान थे। यह तथ्य संस्कृति की स्थिरता को दर्शाता है। यदि हम सिन्धु घाटी की खुदाई से प्राप्त अवशेषों की तुलना वर्तमान भारतीय संस्कृति से करें तो ज्ञात होगा कि उस युग के कुछ संस्कृति-तत्व आधुनिक भारतीय संस्कृति तत्त्व के समान थे। यह समानता संस्कृति की स्थिरता एवं निरन्तरता प्रदर्शित करती है। सिन्धु घाटीयुगीन संस्कृति के अनेक तत्त्व परिवर्तित भी हो गए हैं। यह ऐतिहासिक प्रमाण संस्कृति की गतिशीलता तथा परिवर्तन को प्रस्तुत करता है।

सभ्यता

मानव-संस्कृति विकास के तीन प्रमुख स्तरों या अवस्थाओं से होकर गुज़री है। संस्कृति-विकास के ये स्तर आरण्यावस्था, बर्बरावस्था तथा सभ्यावस्था हैं। संस्कृति-विकास के ये तीनों स्तर एकरेखीय क्रम को दर्शाते हैं। उद्विकासवादी मानवशास्त्रीय विचारकों के अनुसार संस्कृति का उद्विकास सरल से जटिल दिशा की ओर हुआ है। इस प्रकार उद्विकासवादी मानवशास्त्री विचारकों के अनुसार सभ्यता संस्कृति का सर्वाधिक जटिल तथा उद्विकसित रूप है। जैसे-जैसे हम संस्कृति की आरम्भिक अवस्था से सभ्यावस्था की ओर बढ़ते हैं, वैसे-वैसे जटिलता भी बढ़ती जाती है। उद्विकासवादी मानवशास्त्रीय विचारकों के अनुसार संस्कृति की आरम्भिक अवस्था, यानी आरण्यावस्था में मानव पूर्ण रूप से अपने अस्तित्व के लिए प्रकृति पर आश्रित था। मानव का अस्तित्व कन्द-मूल, पत्तियों तथा फल आदि पर निर्भर था। खाद्य-संग्रह के अलावा मानव जंगली पशुओं के शिकार तथा मछली मार कर अपनी जठराग्नि को शान्त करता

था। मानव द्वारा निर्मित पाषाण अस्त्र, खाद्य-संकलन, शिकार तथा मछली पकड़ने में सहायक था। आरण्यावस्था के पश्चात् मानव ने संस्कृति विकास की दूसरी अवस्था में प्रवेश किया। विकास की दूसरी अवस्था बर्बरावस्था के नाम से जानी जाती है। बर्बरावस्था में मानव पशुपालन तथा कृषि के सम्बन्ध में जानकारी प्राप्त कर चुका था। इस अवस्था में मानव क्रियाओं द्वारा प्रकृति की उत्पादकता बढ़ाने के सम्बन्ध में ज्ञान प्राप्त कर चुका था। इसके बाद मानव ने संस्कृति विकास की अन्तिम अवस्था-सभ्यावस्था में प्रवेश किया था। सभ्यावस्था में मानव ने धातु उपकरण का निर्माण कर कृषि कार्य में विशेष दक्षता प्राप्त की थी। इसी अवस्था में उद्योग, कला, तथा लेखन का विकास हुआ। सभ्यावस्था में लेखन का विकास ऐतिहासिक युग की शुरुआत मानी जाती है। लेखन कला के विकास के पूर्व मानव प्रागैतिहासिक काल में था। प्रागैतिहास तथा इतिहास काल के बीच के काल को 'आद्यैतिहासिक' काल कहा जाता है। लेखन के विकास के पूर्व मानव प्रागैतिहासिक युग में था। लेखन के विकास के साथ मानव ने ऐतिहासिक युग में प्रवेश किया था। चूँकि लेखन का विकास सभ्यावस्था में हुआ, इसलिए सभ्यावस्था ऐतिहासिक युग की शुरुआत भी है। भारत की सिन्धु घाटी की सभ्यता को आद्यैतिहासिक काल में रखा गया है। सिन्धु घाटी के निवासियों द्वारा प्रयुक्त भाषा का अध्ययन पुरातत्त्वशास्त्रियों द्वारा नहीं किया जा सका है। इस सभ्यता के सम्बन्ध में जानकारी हमें भौतिक संस्कृति-तत्त्वों के अवशेष से प्राप्त हो सकी है। अतः इस सभ्यता को भारत की प्रागैतिहासिक या आद्यैतिहासिक सभ्यता के नाम से जाना जाता है। ऊपर दिए गए उद्‌विकासवादियों के विचार से स्पष्ट है कि सभ्यता संस्कृति का जटिल तथा विकसित रूप है। सभ्यता मानव समाज की विकसित अवस्था थी जिसमें मानव ने कृषि, सिंचाई, उद्योग, लेखन, कला तथा भवन निर्माण आदि के सम्बन्ध में विकसित शिल्पशास्त्र का प्रयोग करना आरम्भ कर दिया था।

सन्दर्भ-ग्रन्थ

1. विस्तृत जानकारी के लिए देखें, Stuart piggot, *Prehistoric India to 1000 B.C.*, London 1950, C.J. Singer, *A History of Technology*; Oxford, 1954; V. G. Childe, *Man Makes Himself*, London, 1936; *What Happened in History*, Penguin, 1957
2. G. Clark S. Piggot, *Prehistoric Societies*, Penguin, 1970, introduction.
3. शब्दावली में कम से कम नौ प्रकार की ध्वनि समूह प्रमाणित किए जा चुके हैं जिनके अपने विशिष्ट अर्थ हैं।
4. ज़मीन से निकली जलती प्राकृतिक गैस या पेट्रोलियम, आकाश से गिरती बिजली से अथवा सूखी डालियों के आपस में रगड़ से उत्पन्न आग और ज्वालामुखी की आग–इन सबसे मानव पहले से परिचित था। प्रारम्भ में मानव को आग भयानक लगी किन्तु

उसने अन्त में उसे नियंत्रित कर लिया। आग से भोजन बनाना, खतरनाक जानवरों को भगाना, ठंड दूर करने, शरीर को गर्म रखने की सुविधा विकसित हुई। यूरोप में आग का प्रमाण ई.पू. ढाई लाख वर्ष पहले का पाया गया है।

5. कुत्ता उन ध्वनियों को भी सुन सकता था जो मनुष्य के लिए सम्भव नहीं था। वह उन हल्की गन्धों को भी सूँघ सकता था जो मनुष्य के लिए असम्भव था। वह मनुष्य से तेज दौड़ सकता था, चिड़ियों का पता लगा सकता, उन्हें उड़ा सकता, हिरणों एवं मृगों को घेर सकता और उन्हें भगा सकता था। छोटे प्राणियों को वह दौड़कर पकड़ सकता था। बड़े पशु की लाश की रखवाली वह उस समय तक करता जब तक उसका स्वामी वहाँ नहीं आ जाता। वह पास आनेवाले खतरों से अपने स्वामी को पहले ही सावधान कर देता था। मनुष्य के साथ रहने से उसे सुरक्षा और भोजन मिल जाता था।
6. बकरी से मांस एवं दूध मिलता है। इसकी खाल काफी मजबूत होती है और तरल पदार्थों को रखने के लिए पात्र के रूप में काम में लाई जाती है। इसके बाल चिकने और जलसह होते, जिस कारण वे तंबू और सभी मौसमों में काम आनेवाले लबादे बनाने के लिए उपयोगी होते हैं। भेड़ों के लिए बकरी मार्गदर्शक एवं रक्षक के रूप में काम करती है।
7. J.D. Bernal, *Science of History*, London, 1954, pp. 3-21; J. D. Bernal, *The Social Function of Science*, London, 1944, pp. 90-115
8. भारतीय धर्मग्रन्थों से वैज्ञानिक सामग्रियाँ चुनने का काम अभी भी शेष है। जल से जीव की उत्पत्ति हुई–इस तथ्य पर *रामायण* में विस्तृत प्रकाश डाला गया है।
9. The word India came from the Greek word 'Indoi' meaning the people who lived near the river Indus. 15 अगस्त, 1947 ई. के पहले भारत नाम से जो बोध होता था, उसके बाद वैसा बोध नहीं रहा।

अध्याय–2

कल और आज के बीच रिश्ते

जब कोई अपने अतीत, अपने इतिहास से सम्बन्ध तोड़ लेता है तो उसका व्यक्तित्व साधारण हो जाता है। भारत में वह सब जो आज निर्मित हुआ है, सदा मानव–इतिहास के बीते चरण का आवश्यक परिणाम रहा है। प्राचीनकाल ने भारत का भविष्य निर्धारित किया। विश्व–संस्कृति में प्राचीन भारतीयों द्वारा किए गए योगदान का विशेष महत्त्व रहा है। प्राचीन भारत की प्रत्येक शताब्दी अद्वितीय है। प्राचीन भारतीयों ने इस धरती पर जितने अनमोल रत्न बनाए वे सभी अमर हैं—वास्तुकला, मूर्तिकला या चित्रकला के स्मारक हों अथवा हमें विमुग्ध करनेवाले नृत्य अथवा साड़ियाँ। *महाभारत* और *रामायण* की महिमा अपार है। नैतिकता, सौन्दर्य भावना, राजनीतिक विचार, उदात्त आत्मिकता तथा मन और बुद्धि के लिए प्राचीन भारत का योगदान अतुलनीय है।

आधुनिक श्रम के औजार से लेकर घर–गृहस्थी की वस्तुओं तक, भौतिकी और गणित से लेकर ज्योतिष विद्या तक, रीति–रिवाजों और रहन–सहन के ढंग से लेकर विज्ञान, कला, धर्म, अनीश्वरवाद, नैतिकता और दर्शन–इन सब आधुनिक तथ्यों और अवधारणाओं की डोर प्राचीनकाल से बँधी है। अधिकांश बच्चों के नाम प्राचीन देवी–देवताओं के नाम पर रखने की परम्परा आज जीवित है। भारत की सर्जनात्मक सम्भावनाएँ दिन–प्रतिदिन बढ़ रही हैं। मानव के संसार दो हैं—एक ने मानव को रचा है और दूसरे को रचता आया है मानव। आधुनिक लोगों के प्राचीन पूर्वज एक–दूसरे का सहारा लेकर ही, पहले आदिम यूथ में और फिर गोत्र एवं कबीले में संगठित होकर ही अपना अस्तित्व बनाए रखने में सफल रहे। प्राचीन भारत का आधुनिक भारत में बदलाव का इतिहास महत्त्वपूर्ण ज्ञान का एक रोचक क्षेत्र ही नहीं, बल्कि विचारों के उग्र संघर्ष का अखाड़ा भी है। इस बदलाव का सर्वाधिक महत्त्वपूर्ण कारण था—श्रम। रसोईघर में गैस के चूल्हे पर जलती आग प्राचीन युग के अलाव की लौ की सीधी वंशज है। टेलीविजन कोई 70 साल पुराना है। यदि कोई वर्तमान को समझना

चाहता है तो उसे पहले अतीत को समझना होगा, जो इस वर्तमान को पोषित करता है। निःसन्देह, आज हम पहले पूर्वजों से अधिक जानते हैं और उनसे कहीं अधिक तरह के काम कर सकते हैं। इसका प्रथम कारण यह है कि हमसे पहले ऐतिहासिक उपलब्धियों का जो भवन निर्मित हो चुका है, उसमें हम नई-नई मंज़िलें जोड़ते जाते हैं।

हाथ से चलनेवाली चक्की ने भाप से चलनेवाली चक्की को जन्म दिया। भारत में 5 हज़ार वर्ष से भी अधिक समय से जौ और गेहूँ, दालों और धान की खेती हो रही है। ताड़वृक्ष यहाँ प्राचीनकाल से उगाए जाते रहे हैं। ऐसे समाज को, जिसमें कृषि का विकास हो गया हो, नगर बन गए हों, लिपि विकसित हो चुकी हो, विशाल भवन बनाए जाते हों, इतिहासकार **सभ्यता** कहते हैं। सैन्धव सभ्यता के दौरान प्रचलित पीपल वृक्ष एवं शिव की पूजा और तौलने का बाट-सेर, आधा सेर, पाव और छटाँक, शिलाजीत का औषध के रूप में प्रयोग, भवन-निर्माण में ईंट का प्रयोग, लकड़ी का एक पल्लेवाला दरवाज़ा, घर में स्नानघर, शौचालय और रसोईघर का पाया जाना, सूती वस्त्र का निर्माण, आभूषणों के डिजाइन, कीमती पत्थर आदि–इन सबसे आधुनिक भारत के लोग पूर्ण परिचित हैं। आधुनिक नगर बैंगलूरु और चंडीगढ़ की प्रसिद्धि का महत्त्वपूर्ण कारण है कि इनका निर्माण योजनाबद्ध तरीके से किया गया है। नगर-योजना की प्रथम जानकारी सैन्धवकाल से होने लगती है। सिन्धुकाल में चाक पर बर्तन बनाए जाते थे; आज भी मिट्टी के बर्तन चाक पर बनाए जाते हैं। कुत्ता स्वामिभक्त जानवर होता है–इसे आधुनिककाल ने सिन्धुकाल से सीखा। मांस भक्षण की प्रागैतिहासिक परम्परा आज भी जीवित है। सिन्धु चिमटा और हथौड़ा तथा कुदाल के आकार-प्रकार में आज थोड़ा ही बदलाव हो सका है। कबीलाई समाज का प्रमुख आयुध धनुष था जिसका महत्त्व आज घट गया है किन्तु धनुष से हम अपरिचित नहीं हैं। यही स्थिति चाकू (कटार), बर्छी और भाले की है। सिन्धु लोगों से हमने तावीज धारण करना सीखा। इसका कारण प्रेतात्माओं से रक्षा करना था और इस अन्धविश्वास से आज का समाज प्रभावित है। आग पर भोजन और मांस पकाने की प्रथा प्राचीनकाल से आ रही है। कुम्हार का चक्का, जुलाहे का करघा और बोझ उठाने के लिए बेलन-चरखे की खोज–यह सब आधुनिक मशीनीकरण का प्रारम्भिक रूप ही तो था। सिन्धुवासी जान चुके थे कि सूर्य से पृथ्वी को ऊर्जा मिलती है।

सारी मानवजाति की एकता को बनाए रखने का सर्वाधिक प्राचीन एवं सशक्त कारक व्यापार रहा है। व्यापार ही हमें प्रायः वे सब चीज़ें दिलाता है, जिनका हम अपने जीवन में उपभोग करते हैं–खाद्य पदार्थों, वस्त्रों, जूतों, फर्नीचर से लेकर पुस्तकों और टेलीविजन एवं मोबाइल तक। व्यापार ने ही

खेतों, फार्मों, बागों, मिलों, कारखानों, मुद्रणालयों से हम सब तक असंख्य सूत्र फैलाए हैं। सिन्धुकाल में सबसे पहले मिस्र, मेसोपोटामिया आदि देशों से व्यापारिक सम्बन्ध कायम हुए। पुराने ज़माने में सुमेर में प्राचीन भारतीयों की कोठियाँ थीं। सिन्धुकाल में हमारे पूर्वज व्यापारी जहाजों पर अरब देशों और पूर्वी अफ्रीका तक जाते थे। इन इलाकों से आधुनिक भारत के सम्बन्ध कायम हैं। व्यापार से खुशहाली आती है और सांस्कृतिक प्रभाव फैलता है। सिन्धुवासियों ने कमरे में खिड़की का प्रयोग करना और शतरंज खेलना हमें सिखाया।

स्थापत्य अपनी भाषा में उस युग का विवरण पेश करता है, जिस युग में उसकी रचना हुई। प्रत्येक पीढ़ी अपने वंशजों के लिए भवन छोड़ जाती है। भवनों की आयु उनके निर्माताओं की आयु से सैकड़ों-हज़ारों साल लम्बी होती है। भवन पीढ़ियों को जोड़नेवाली कड़ी होते हैं। मोहनजोदड़ो की प्राचीन संस्कृति का अध्ययन कर रहे पुरातत्त्वविदों ने तो यह देखकर दाँतों तले उँगली दबा ली कि वहाँ के मकानों में ताज़ा हवा के आने और मकानों को ठंडा रखने की कितनी उत्तम व्यवस्था थी। स्थापत्य तत्कालीन समाज के सदस्यों के अनुरूप भवनों का नक़्शा बनाने और उनका निर्माण करने की कला है। यह वह कला है, जिसकी कृतियाँ मनुष्य की भौतिक और आत्मिक-दोनों प्रकार की बुनियादी आवश्यकताओं की प्रत्यक्ष पूर्ति करती है। **स्थापत्य** वह कला है, जो प्रत्यक्ष रूप से लोगों के जीवन को संचालित करती है। आधुनिक समाज प्राचीन स्थापत्य से प्रभावित है। आज भी बहुमंज़िलें मकानों में हम सीढ़ी से एक मंज़िल से दूसरी पर जाते हैं, यह सीढ़ी वहीं पर बनी होती है, जहाँ वास्तुकार ने उसके लिए स्थान निर्धारित किया, अपने फ्लैट में हम वहीं पर खाना पकाते हैं, जहाँ वास्तुकार ने रसोईघर बनाया। 70 प्रतिशत के आसपास ताँबा और करीब 30 प्रतिशत टीन मिलाकर काँसा बनाने की तकनीक हमने सिन्धु लोगों से सीखी। ढलाई तकनीक इसी समय विकसित हो चुकी थी।

आधुनिक शहर की सफ़ाई उसी स्थिति में सम्भव है जब नाली व्यवस्था विकसित हो। इसका पाठ हमें प्राचीनकाल ने पढ़ाया। पुरातत्त्वविद् इस बात में एकमत हैं कि नालियों की सिन्धुकालीन प्रणाली अब तक की ज्ञात सभी सेनिटरी व्यवस्थाओं में सर्वश्रेष्ठ है। सिन्धु-मकानों में कूड़ा-करकट पेटियाँ होती थी। यह व्यवस्था आधुनिक मकानों में सब जगह नहीं पाई जाती। आधुनिक सुई-धागा सिन्धुकाल की देन है। स्त्री-पुरुषों के नाम रखने की प्रथा हमने वैदिक आर्यों से सीखी। कफ़ और बुखार को दूर करने के लिए जिन जड़ी-बूटियों का प्रयोग वैदिक लोग करते थे उन्हीं जड़ी-बूटियों से आज भी इन बीमारियों का इलाज किया जाता है। वैदिक लोगों ने सूर्य, अग्नि, जल, हवा, वर्षा आदि को धार्मिक महत्त्व प्रदान किया। आधुनिक समाज में इनका धार्मिक

महत्त्व आज भी उसी प्रकार बना हुआ है। आकाश के ऊपर देवी-देवताओं का निवास है—इस विश्वास का पाठ वैदिक लोगों ने हमें पढ़ाया। यज्ञ का आयोजन वैदिक लोगों ने प्रारम्भ किया। इस काल का वर्ण-विभाजन कुछ हेर-फेर के साथ आज भी बरकरार है। आधुनिक शिल्पकारों एवं दस्तकारों में से अधिकांश का अस्तित्व वैदिककाल में वर्तमान था। नदियों के धार्मिक महत्त्व की आधुनिक परम्परा वैदिककाल से प्रारम्भ हुई। मादा-पशु में गाय का दूध सबसे उपयोगी होने की जानकारी वैदिक आर्यों से मिली। आधुनिक कृषकों ने बैलों की मदद से खेत जोतना वैदिक कृषकों से सीखा। जादू और तंत्र-मंत्र तथा वैदिक विवाह पद्धति आज परिपक्व रूप में वर्तमान है।

दर्पण का प्रयोग हमने सिन्धुवासियों से जाना। इत्र बनाने की तकनीक और प्रयोग करने की विधि वैदिक लोगों में सबसे पहले प्रचलित थी। सिन्धु-वैदिककाल में आँखों में अंजन लगाया जाता था। चन्दन, लोहवान, गोंद और कर्पूर का प्रयोग वैदिक आर्य करते थे। ऊनी वस्त्र सिन्धु-वैदिककाल में भेड़ के बाल से बनाए जाते थे। धोती पहनना और पगड़ी बाँधना हमने आर्यों से सीखा। कर्णफूल, कंगन, हँसुली, हार, अँगूठी, कई लड़ियोंवाली मेखला, पत्ती के आकार का कर्णलटकन, मुकुट, रुक्मपाश, चूड़ी आदि आभूषणों का प्रयोग सिन्धु-वैदिक लोगों द्वारा जिन डिजाइनों में किया जाता था उनमें आज भी मुश्किल से बदलाव पाते हैं। लोहा को गर्म करने के लिए लोहार चमड़ा से निर्मित धौंकनी का प्रयोग आज जो करते हैं उसकी प्रथम चर्चा *अथर्ववेद* में है। भुने हुए अनाज को पीसकर सत्तू बनाने की प्रक्रिया वैदिककाल में आरम्भ हुई। दरैंती से धान के फसल काटने की प्रक्रिया भी वैदिककाल से ही प्रारम्भ हुई। कुदाल, खुरपी, कुल्हाड़ी, संड़ासी, बाल्टी, यज्ञवेदी, रस निकालने के लिए कोल्हू, यंत्रपीड़न से सरसों पेरकर तेल निकालना, ज़मीन खोदकर कुआँ बनाना, ओखल, मूसल, चलनी, तालाब या पोखर से खेत की सिंचाई आदि का प्रारम्भ वैदिककाल से हुआ। वैदिक लोगों की गणना-पद्धति दशमलव प्रणाली थी। ईकाई, दहाई, सैकड़ा, हज़ार, दस हज़ार, लाख, दस लाख, करोड़, दस करोड़ आदि शब्द वैदिककाल में प्रयोग किए जाते थे। आधुनिक युग इन सबसे परिचित है। बहुदेववाद के अलावा वैदिककालीन अंकगणित, बीजगणित, ज्यामिति, तौल, माप की निरन्तरता बनी रही। नक्षत्र और ज्योतिर्विद्या तथा तीस दिनों का एक माह जैसी अवधारणा विकसित हो चुकी थी। सिक्कों का प्रयोग ख़रीद-बिक्री में करने का सिलसिला प्रारम्भ हुआ। निजी भूस्वामित्व प्रणाली का विकास हुआ। भूमि के दान और क्रय की परम्परा वैदिककाल से प्रारम्भ हुई। विश्व को तीन भागों में—स्वर्ग, पृथ्वी तथा अन्तरिक्ष-विभाजन की अवधारणा विकसित हुई। उत्तर-वैदिककाल में एक गण के नेता और पांडवों के मित्र के

रूप में कृष्ण का अस्तित्व है किन्तु बाद में चलकर वे विष्णु के एक अवतार, परमेश्वर और 'विश्वधारा' के रूप में माने जाने लगे और इसकी निरन्तरता आधुनिक हिन्दू धर्म में आज भी बनी हुई है।

वेदांग वैज्ञानिक ज्ञान के विकास में एक नई मंज़िल के परिचायक हैं। वेदांग की संख्या छह है–शिक्षा (उच्चारण विज्ञान), व्याकरण, निरुक्त (व्युत्पत्ति विज्ञान), कल्प (अनुष्ठान), छन्द (काव्यशास्त्र) और ज्योतिष। इन्हें **षड्ांग** भी कहते हैं। इन्हें श्रुतिग्रन्थ भी कहते हैं। आधुनिक दर्शनशास्त्र में वेदांग के समान उपनिषदों का भी महत्त्व काफी है। उपनिषदों की सामान्य संख्या 108 बताई जाती है। इनमें से मात्र 13 को सबसे प्राचीन माना जाता है। उपनिषदों का रचनाकाल ई.पू. सातवीं और चौथी शती के बीच माना जाता है। विद्वानों का विचार है कि *वृहदारण्यक* और *छान्दोग्य उपनिषद्* की सबसे पहले रचना ई.पू. 7वीं शताब्दी के दौरान हुई थी। उपनिषदों में वर्णित कई गुरुओं का ऐतिहासिक महत्त्व है। उपनिषद् एक एकीकृत शिक्षा के ढाँचे के भीतर विश्व की व्याख्या करने के प्रथम प्रयास के परिचायक हैं। उपनिषदों का सार है–'आत्मा ब्रह्म है, ब्रह्म आत्मा है।' उपनिषदों का कर्मसिद्धान्त भारतीय धर्मों का एक बुनियादी सिद्धान्त बन गया। पाणिनि का *अष्टाध्यायी* आज भी व्याकरण की दृष्टि से सराहा जाता है। तक्षशिला प्रथम विश्वविद्यालय था जहाँ कौमारभृत्य जीवक ने डॉक्टरी की शिक्षा प्राप्त की थी। नगर विकास का सर्वाधिक महत्त्वपूर्ण मापदंड होता है और यह अवधारणा पूरे विश्व में आज भी कायम है। नगर-निर्माण का नहीं खत्म होनेवाला सिलसिला बुद्ध के ज़माने से प्रारम्भ हुआ। कृषि वर्षा पर पहले आधारित थी और आज भी है। कृषि-तकनीक की स्थिति भी लगभग पहले जैसी ही है।

ई.पू. छठी शताब्दी का काल **दार्शनिक क्रान्ति** का काल कहा जाता है। इस काल का सर्वाधिक महत्त्वपूर्ण योगदान दर्शन और बेहतर लौह उपकरणों के क्षेत्र में है। लोहे के हल की मदद से उस ज़मीन पर भी खेती शुरू की जा सकी, जहाँ पत्थर का फाल काम नहीं देता था; लोहे की कुल्हाड़ी ने खेतों के लिए जंगल साफ़ करने का काम आसान बनाया। लौह उपकरणों की उच्च उत्पादनशीलता से सामाजिक विकास की गति भी अनिवार्यतः तीव्र हुई। पक्षी फाँसने के लिए लाल घोड़े की पूँछ से जाल बनाने का आविष्कार इसी समय हुआ। बौद्ध धर्म के कारण भारत को विश्व स्तर पर ख्याति मिली। जैन धर्म और बौद्ध धर्म के उपदेशक महावीर जैन और गौतम बुद्ध आज भी जीवित हैं। चिकित्सा विज्ञान के क्षेत्र में बुद्ध और बिम्बिसार का समकालीन कौमारभृत्य जीवक के योगदान से आधुनिक चिकित्सा विज्ञान प्रभावित है। जिन जनपदों और नगरराज्यों का उदय और विकास हुआ उनमें से कई का प्रत्यक्ष या अप्रत्यक्ष अस्तित्व आज भी

कायम है। इसी शताब्दी ने पूरी दुनिया को प्रजातंत्र का पाठ पढ़ाया। जिस मार्क्सवादी दर्शन को आधुनिककाल में लोकप्रियता मिली उसका बीजारोपण गौतम बुद्ध ने मध्यम मार्ग दर्शन के माध्यम से हज़ारों वर्ष पूर्व ही कर दिया था। कष्टपूर्ण और विलासपूर्ण जीवन का त्याग का आदर्श आज भी सर्वाधिक स्वीकृत आदर्श है। बुद्ध ने लोगों की समानता का विचार प्रस्तुत किया। गंगा नदी के किनारे नगरीकरण का द्वितीय चरण फला-फूला। इसके फलस्वरूप इस क्षेत्र में जो भी विकास कार्य हुए वह आज भी किसी-न-किसी रूप में देखा जा सकता है। पालि और प्राकृत के कई शब्दों ने आधुनिक हिन्दी में स्थान पाया। भोजपुरी में पालि के कई शब्द मिलते हैं। इस समय से सिक्के ढालकर बनाए जाने लगे। शीतज्वर, सिरोरोग, नेत्ररोग, दादरोग, वातरोग, गठिया, पांडुरोग आदि जिन बीमारियों से लोग बौद्धकाल में पीड़ित थे उनकी उपस्थिति आधुनिककाल में देखी जा सकती है। इस काल में वैसी दाई, नर्स या परिचायक को योग्य माना जाता था जो औषध को ठीक से बनाने में निपुण, अनुकूल और प्रतिकूल के भेद को समझनेवाला, रोगी का मल-मूत्र, कफ़ एवं वमन उठाने में घृणा नहीं करनेवाला, रोगी को कहानियाँ सुनाकर मन बहलानेवाला और रोग को सहने का साहस बँधाते रहनेवाला होता था। पेशेवर चिकित्सक उत्तर-वैदिककाल से पाए जाने लगे। उन्हें **भिषज** कहते थे। नर्सों की परम्परा आधुनिककाल में बनी हुई है। आजीवक दर्शन एक अरूढ़िवादी मत था जिसका जन्मदाता गोशाल मक्खलिपुत्र महावीर जैन का समकालीन था। वह आत्मा के अस्तित्व को नहीं स्वीकारता था। ई.पू. छठी शताब्दी के दौरान महान भारतीय दार्शनिकों ने जीवन के अर्थ की, न्याय और सुख की ओर मानवजाति के पथ की खोज की। उन्होंने तर्कशास्त्र रूपी औजार बनाया, जो तब से विज्ञान की सेवा कर रहा है। विद्या और विद्वानों का समाज में शीर्षस्थ स्थान नवाते थे, उन्हें अपना संरक्षण प्रदान करते तथा राजदरबार में उन्हें उच्च पद प्रदान करते थे। त्रिदेव (ब्रह्मा, विष्णु और शिव) की अवधारणा विकसित हुई।

मौर्यकाल में भारत का प्रथम राजनीतिक मानचित्र जो तैयार हुआ उसका महत्त्व थोड़ा-बहुत अदल-बदल के साथ आज भी बना हुआ है। केन्द्रीय और प्रान्तीय प्रशासन की जानकारी इसी समय से होती है। खनिज पदार्थों पर इसी समय से सरकारी नियंत्रण स्थापित हुआ। इसी समय अन्तर्देशीय मानचित्र पर पाटलिपुत्र को एक महत्त्वपूर्ण स्थान प्राप्त हुआ। योग्यता एवं प्रतियोगी परीक्षाओं के आधार पर अधिकारियों की नियुक्ति की परम्परा विकसित हुई। कौटिल्य द्वारा रचित *अर्थशास्त्र* आज भी विश्व का एक प्रतिष्ठित कुटनीतिशास्त्र है। बौद्ध धर्म इसी काल में विश्व धर्म हुआ। इस काल में निर्मित स्तम्भ एवं स्तूप आज भी प्रमुख राष्ट्रीय धरोहर हैं। संस्कृति एवं परम्परा को अमरता प्रदान करने में मौर्यकाल सबसे

आगे है। अच्छे किस्म का लोहा तैयार करने का तकनीक विकसित हुआ। भारतीय इतिहास की जानकारी जिन विदेशी यात्रियों के *यात्रा विवरणों* से होती है उनमें मेगास्थनीज प्रथम था। चन्द्रगुप्त मौर्य के काल में राजदूत बनकर वह भारत आया था। ईरान, यूनान और भारतीय संस्कृतियों का सम्मिलन और पारस्परिक आदान-प्रदान हुआ। भारतीय कला को काठ, मिट्टी, ईंट, पुआल, गोबर तथा अन्य अस्थायी सामग्रियों से बाहर निकालकर नवीन और स्थायी रूप प्रदान किया गया। अस्त्र-शस्त्र तकनीक प्रथम बार विकसित हुई। **जामदग्न्य** एक ऐसा स्थित युद्धयंत्र था जिसमें बीच के छेद से बड़े-बड़े गोले निकलते थे। वैदिक समाज-व्यवस्था के विपरीत मौर्यकालीन शासक ग़ैर-क्षत्रिय थे।

मौर्यकाल में सरकार की ओर से नहरों एवं नदियों पर सेतु बनाने की परम्परा विकसित हुई। इसी समय से दो घरों के बीच एक हाथ या एक फीट का फासला रखना आवश्यक और कानूनी हो गया। बाहर की ओर दरवाज़ा या खिड़की बनवाकर पड़ोसियों को कष्ट पहुँचाना, रास्ता रोकना, पानी निकालने का ठीक प्रबन्ध न करना, पानी से दूसरे की दीवार को नुक़सान पहुँचाना, पेशाब-पैखाने की रुकावट डालना आदि दंडनीय अपराध माने जाने लगे। मदिरा बनाने की जिन चार रासायनिक विधियों का वर्णन *अर्थशास्त्र* में किया गया है उनका महत्त्व आज भी नज़रअन्दाज़ नहीं किया जा सकता। प्रथम महिला शल्य-चिकित्सक के रूप में सम्राट अशोक की रानी तिष्यरक्षिता की जानकारी मिलती है। अंगरक्षिकाओं के रूप में स्त्रियों को नियुक्त करने की प्रथा चन्द्रगुप्त मौर्य के काल से प्रारम्भ हुई। चाणक्य ने प्रथम बार कहा, 'विज्ञान मनुष्य को भयमुक्त बनाता है।' गुप्तचरी का काम करने के लिए वेश्याएँ नियुक्त की जाती थीं और आधुनिक गुप्तचर विभाग इसका समर्थक है। स्त्रीधन की प्रारम्भिक चर्चा *अर्थशास्त्र* में की गई जिसे आज भी नज़रअन्दाज़ नहीं किया जा सकता।

आधुनिक हिन्दू धर्म का स्वरूप वैदिक धर्म पर आधारित है। वैदिक धर्म का रूप कालक्रमानुसार बदलता रहा। शुंगकाल में वैदिककाल की धार्मिक प्रक्रिया नए रूप में दिखाई देने लगी। ब्राह्मण धर्म के रूप में इसकी लोकप्रियता बढ़ी। इस काल में जंगल में रहकर ज्ञान प्राप्त करनेवाले एवं शिष्यों के बीच ज्ञान वितरण करनेवाले श्रेत्रिय ब्राह्मणों का महत्त्व घटा। धर्म के साथ-साथ मौर्यकाल के अन्तिम चरण से ब्राह्मण राजनीति पर अपना प्रभाव स्थापित करने लगे। उनका यह प्रयास वैदिक धर्म-विरोधी था। ब्राह्मण पुष्यमित्र शुंग के प्रयास के फलस्वरूप ब्राह्मण धर्म में नवीन तत्त्व पाए जाने लगे। पतंजलि इस काल का प्रसिद्ध विद्वान था। उसने *महाभाष्य* की रचना की।

आधुनिक भारतीय संस्कृति को सुदृढ़ करने में शुंगकला का योगदान रहा है। इस काल में निर्मित भरहुत और साँची के बौद्ध स्तूपों की वेदिकाओं पर

कला के अनेक अलंकरण, देव, मानव, पशु, पक्षी जीवन्त रूप में नक्काशे गए। भरहुत की कला शैली विनम्रता और सरलता से प्रभावित है। भरहुत का कलाकार मानव आकृति बनाने लगा। भरहुत तथा बोधगया की नक्काशियों में सूर्य, लक्ष्मी और इन्द्र तथा वृक्ष देवताओं, नागों तथा अप्सराओं एवं किन्नरों जैसे आदिवासी देवताओं को एक साथ प्रस्तुत किया गया। शुंगकाल अपनी ही ज़मीन से उत्पन्न हुई थी। उच्च सुसंस्कृत लोग प्रायः शुक्ल रंग के वस्त्र धारण करते थे। वस्त्रों को कढ़ाई द्वारा अलंकृत किया जाने लगा। कुछ वस्त्रों पर उभरी हुई कढ़ाई द्वारा अलंकृत कर उस पर रत्न जड़े जाते, जो मध्य में उभरे हुए दिखाई देते थे। भरहुत और साँची स्तूपों में पुरुषों को धोती पहने हुए दिखाया गया है। धोती का एक छोर कमर में लपेट लिया जाता और लाँग पीछे की ओर खोंस ली जाती थी। धोती घुटनों के कुछ नीचे पैरों के मध्य भाग तक लम्बी होती थी। धोती के साथ पुरुष दुपट्टा, कमरबन्ध, पटका और उष्णीय भी धारण करते थे। शुंगकालीन पगड़ियाँ आधुनिक समाज में आज भी लोकप्रिय हैं। स्त्रियों के वस्त्र में साड़ी तथा उत्तरीय प्रमुख थे। साड़ियों के दो प्रकार थे। एक में साड़ी घुटनों तक होती जिसकी चुन्नरदार लाँग पीछे की ओर खोंसी हुई होती थी। दूसरी शैली में साड़ी पहनने की शैली आज की साड़ी से मिलती थी। स्त्रियों के शरीर का ऊपरी भाग प्रायः अनावृत्त ही रहता था। कुछ स्त्रियाँ कमर से ऊपरी भाग एवं सिर उत्तरीय से ढँकती थीं। आधुनिक कृषि का सम्बन्ध शुंगकाल से बना रहा। इसी समय से बैलों के नथुने रस्सी से नाथे जाने लगे। गड़ासी से ईंख काटी जाती थी। पक्षियों से खेत को बचाने के लिए खेतों में चंचा (घास का आदमी) खड़े किए जाते थे। सूप, चलनी, झाड़ू और धूम्रपान का प्रचलन प्रारम्भ हुआ। शुंगकाल में क्रिया के प्रारम्भ से समाप्ति तक के काल को **वर्तमान** कहा जाने लगा। राशि-ज्योतिष का प्रादुर्भाव हुआ। राशियों की आकृतियों की पहचान करने का दावा ज्योतिषियों ने इसी समय किया।

स्वर्ण सिक्का एवं मूर्ति निर्माण कर कुषाणकाल ने एक नए अध्याय का प्रारम्भ किया। रेशमी वस्त्रों की लोकप्रियता बढ़ी। चुस्त पाजामा और शेरवानी के समान लम्बे कोट का प्रचलन बढ़ा। अश्वघोष ने शून्यवाद का खंडन किया। नाशपाती के आकार के कलश एवं किनारों पर हत्थों से युक्त सँकरे मुँह का गोल सुरादान बनाए जाने लगे। भारत के उत्तर-पश्चिम में जहाँ शक, यवन, ईरानी आदि विदेशी संस्कृतियों का जमघट था, एक कला शैली का विकास हुआ जिसे गान्धार शैली कहते हैं। इसमें ग्रीक कलावन्त की छेनी और भारतीय बौद्ध धर्म का योग था। ग्रीक दार्शनिकों के चुन्नटदार परिधान, जम्पर और सैंडिल इन मूर्तियों की विशेषताएँ हैं। शकों ने भारत में अचकन, पाजामा (सलवार), पगड़ी का प्रचार किया। कुषाणकाल में बौद्ध धर्म दो मतों में

विभाजित हुआ–हीनयान और महायान। महायान (विशाल नौका) सागर तिरनेवाला महापोत था। इसमें अनन्त जीवों के निर्वाण की, बहुजन हिताय, बहुजन सुखाय कल्याण की कल्पना थी, जहाँ महायान पर चढ़कर सभी भवसागर के पार जा सकते थे। महायान ने बुद्ध की आदमकद मूर्ति का निर्माण गान्धार शैली में किया। इसके बाद ही देवी-देवताओं की मूर्तियाँ भारत में निर्मित होने लगीं। इस काल में निर्मित नगरों का अस्तित्व आज भी वर्तमान है जिन्हें देखकर प्राचीन भारत की गौरवशाली गाथा को समझा जा सकता है। कलाविधान में प्रभामंडल (छाया मंडल) इस समय प्रारम्भ हुआ।

प्राचीन भारत और आधुनिक भारत के बीच निरन्तरता बनाए रखने में गुप्तकाल की भूमिका भी काफी रही। आधुनिक हिन्दू धर्म की बुनियाद इसी समय पड़ी। विष्णु, शिव और दुर्गा भारत के सर्वाधिक शक्तिशाली और लोकप्रिय देवी-देवताओं के स्थान पर प्रतिष्ठित हुए। कला में नई ताज़गी आई। इसका वाह्य रूप बहुत साफ़-सुथरा और कट-छँटकर निखरा। गुप्तकला में बुद्ध की समाधिस्थ मूर्तियों के उलटे कठोर अँगूठे अब मुलायम हुए। मथुरा गुप्तकला का प्रधान केन्द्र हो गया। कलाकारों ने मूर्तियों को नेत्रगोचर किया। चन्द्रगुप्त विक्रमादित्य के काल में निर्मित लोहे के कीर्तिस्तम्भ की धातु (वजन 6.25 टन और ऊँचाई 7 मीटर से अधिक) इतनी शुद्ध है कि दो हज़ार वर्ष तक आँधी-पानी में खड़े रहने पर भी यह जंगरहित है। कुषाणकाल से भिन्न गुप्तकालीन प्रभामंडल में अन्धकार को तीर मारते प्रकाशरश्मिजाल के रूप में कलाकारों ने अंकित किया। मन्दिर निर्माण के साथ-साथ कलात्मक सौन्दर्य के प्रचार के लिए मिट्टी के खिलौने का माध्यम अति उपयुक्त सिद्ध हुआ।

ज्योतिषविदों में गुप्तकालीन आर्यभट, वराहमिहिर और ब्रह्मगुप्त के नाम अग्रिम पंक्ति के हैं। आर्यभट पाटलिपुत्र का प्रसिद्ध गणितज्ञ था। उसने फलित ज्योतिष का विरोध और वैज्ञानिक ज्योतिष पर सुदृढ़ रहा। वराहमिहिर ने राहु-सिद्धान्त का विनम्रता से खंडन किया और फलित ज्योतिष में योगदान किया। ब्रह्मगुप्त ने ब्राह्मण-पुरोहित वर्ग से समझौता किया, अन्धविश्वास को रियायतें दीं किन्तु गणित-ज्योतिष के क्षेत्र में उल्लेखनीय योगदान किया। आधुनिक मन्दिरों की प्राचीनतम योजना और नक़्शा गुप्तकाल से मिलने लगता है।

गुप्तकाल से धोती और साड़ी के अन्दर जाँघिए के समान वस्त्र धारण किया जाने लगा। तड़क-भड़क वाले परिधानों का प्रचलन बढ़ा। गाँव और शहरों के परिधानों में व्यापक अन्तर दिखाई देने लगा। स्त्रियों के बीच आधुनिक बाँहवाले ब्लाउज लोकप्रिय हुए। उच्चवर्गीय लोग जिस दातून से दाँत साफ़ करते थे वह औषधियों और सुगन्धित द्रव्यों से सुवासित रहती थी। बड़े नख स्त्रियों में विशेष रूप से प्रिय थे। बायें हाथ के नखों का विशेष रूप से ध्यान रखा जाता था।

ताम्बूल पाचन-क्रिया में सहायता और अधरों को लाल करता था। ताम्बूल से वाणी में मधुरिमा का संचार होता था। यह कफजन्य रोगों को दूर करता था। 64 कलाओं की अवधारणा का सूत्रपात सम्भवतः गुप्तकाल में ही हुआ।

प्राचीन भारत के योगदान का प्रश्न हो या आधुनिककाल से इसके सम्बन्ध को स्थापित करने की बात, प्रत्येक स्थिति में प्राचीन भारत की बुनियाद पर आधुनिककाल की इमारत खड़ी है। उन सभी प्रकार की कच्ची वस्तुएँ जिनकी मदद से आधुनिककाल की वस्तुएँ तैयार होती या दिखाई देती हैं अथवा हम अन्तरराष्ट्रीय स्तर पर गर्व करते हैं अथवा हमारी मान-मर्यादा बनी हुई है–इन सबका पितामह प्राचीनकाल है। प्राचीनकाल के जंगली लोग, घुमन्तू कबीले, पशुपालक, कृषक, स्त्रियाँ, ग़रीब शिल्पकार एवं कामगार, दास, मज़दूर और अनपढ़ वैज्ञानिकों द्वारा किए गए कठोर परिश्रम, खोज और आविष्कारकों ने ही उस पलने का निर्माण किया जिस पर आधुनिककाल झूला झूल रहा है। बेईमानी और स्वार्थ की सीढ़ी पर चढ़कर विकास का लक्ष्य प्राप्त करना सम्भव नहीं होता है। आवश्यकता की पूर्ति और समस्याओं से छुटकारा पाने के लिए सामूहिक प्रयास का पाठ प्राचीनकाल ने ही हमें सिखाया है। यह भावी पीढ़ी पर निर्भर करता है कि प्राचीनकाल के ज्ञानरूपी समुद्र से वह क्या-क्या निकाल पाता है और विश्व-विकास की मुख्यधारा में कैसे वह अपने को अग्रणी प्रमाणित कर पाता है।

आग में ईंट पकाने की तकनीक से भारत ने विश्व को परिचित कराया। शतरंज और इनडोर बैडमिंटन भारत ने विश्व को सिखाया। विश्व को शान्ति का पाठ भारत ने पढ़ाया। सूत कातनेवाली चक्की को पट्टी बाँधकर चलाने की तकनीक करीब 1280 में भारत से योरोप ने सीखी। शून्य का प्रयोग (873 ई.) भारत ने विश्व को बताया। स्त्रियों के बीच साड़ी और पुरुषों के बीच धोती का प्रयोग सबसे पहले भारत में प्रचलित हुआ। भारत में प्रजातांत्रिक व्यवस्था विश्व की सबसे पुरानी व्यवस्था है। लोकप्रिय मसाला दालचीनी (Cinnamon) से भारत ने विश्व को परिचित कराया। सबसे पहले भारत में ही इस्पात बनाया गया। लोहे से बनी तलवार, शून्य और दशमलव से हमारे पूर्वजों ने विश्व को परिचित कराया। पाणिनि ने अपनी पुस्तक *अष्टाध्यायी* में संस्कृत भाषा के नियमों को ई.पू. 450 के लगभग जिस रूप में व्यवस्थित किया, उसका महत्त्व आज भी बना हुआ है। मौर्यसम्राट अशोक के मौर्यकालीन सिंह की मूर्तिवाले स्तम्भशीर्ष भारत सरकार का आज राष्ट्रीय चिह्न है।

अध्याय-3

विज्ञान एवं प्रौद्योगिकी

हाल के दिनों में इतिहासविद् यह प्रमाणित करने में सफल रहे हैं कि इतिहास में हुए सामाजिक, आर्थिक, राजनीतिक, सांस्कृतिक एवं धार्मिक बदलाव की बुनियाद इस तथ्य पर निर्भर करती है कि तत्कालीन माहौल में विज्ञान एवं प्रौद्योगिकी की दशा कैसी थी। भारतीय इतिहास से सम्बद्ध जिस किसी भी काल और किसी भी क्षेत्र में जो भी उतार-चढ़ाव दिखते हैं वे सभी वैज्ञानिक गतिविधियों के इशारों पर होते रहते हैं।

समाज के आरम्भिक चरण में मनुष्य की सक्रियता ने व्यापक अर्थ में जिस चीज़ को जन्म दिया, उसे **ज्ञान** कहते हैं। विज्ञान ज्ञान की वह शाखा है जिसे प्राकृतिक तथ्यों एवं घटनाओं को वस्तुनिष्ठ तरीके से नियमानुसार अवलोकन (जाँच कर) तथा प्रयोगों द्वारा प्राप्त किया जाता है। अपने अस्तित्व के साधन अर्जित करने के लिए मनुष्य जो संघर्ष करता है उसी से वह प्रकृति और अपने बारे में विचार करता है। जैसे-जैसे प्रकृति पर मनुष्य का नियंत्रण बढ़ता जाता है वैसे-वैसे वह अपने विचारों को एक तार्किक क्रम में, व्यवस्थित रूप से ग्रहण करते जाता है।

अथर्ववेद में जादू-टोनों की विस्तृत चर्चा है। किसी भी बीमारी के लिए अथर्ववैदिककालीन जंगली मगधवासी कई प्रकार के जादू-टोनों के सिलसिले में कई प्रकार की वैसी औषधियों का आविष्कार कर लिया था जिनका महत्त्व आज भी है। **आविष्कार** विज्ञान का अंग है। प्रकृति और सामाजिक तत्त्वों का किसी नए रूप में किया गया प्रयोग आविष्कार कहलाता है। मनुष्य को आहार और आवास उपलब्ध करानेवाली जितनी भी विधियाँ हो सकती हैं, सब आविष्कारों पर निर्भर हैं। मनुष्य की प्राचीनतम कला हमें पत्थरों को काट-छाँटकर मारने, तोड़ने और छीलने लायक हथियारों को बनाने में दिखाई देती है। अनगढ़ पत्थरों की यह कटाई-छँटाई बाद में चलकर अधिकाधिक कलात्मक और विशिष्ट होती गई। पूर्व पाषाणकाल में मनुष्य ने आग (1827 ई. से भारत

में विदेश का बना दियासलाई की बिक्री प्रारम्भ हुई।) उत्पन्न करने का आविष्कार किया और ठंड से बचने तथा भोजन पकाने में उसका उपयोग करने लगा। आग पर भोजन पकाने का आविष्कार कैसे हुआ, यह आश्चर्य की बात है। मानवविज्ञानियों का विचार है कि शायद मनुष्य ने पहले-पहल प्राकृतिक रूप से, जंगल में लगी आग में जल-भुनकर मरे हुए पशुओं को देखा होगा और उन पशुओं के भुने हुए मांस की गन्ध और स्वाद ने उसे भोजन पकाने के लिए प्रेरित किया होगा। यह भी कम आश्चर्य की बात नहीं कि मनुष्य ने उबालना कैसे सीखा। आज भी कुछ आदिम जातियों में पानी को उबालने के लिए खूब गर्म किए हुए पत्थर पानी में डालने की प्रथा पाई जाती है। सम्भवतः पानी को उबालने की आरम्भिक विधि यही रही होगी। और यह आविष्कार मनुष्य ने बहते हुए आग के लावे को किसी जलाशय में गिरते और उसके ताप से पानी को खौलते तथा जलीय जीवों को पकते देखकर किया होगा।

मानव-सभ्यता के विकासक्रम में दो चीज़ें आपस में जोड़ने का आविष्कार भी बहुत महत्त्वपूर्ण है। पत्थर के औजारों में लकड़ी का हत्था लगाने के बाद आदमी का दिमाग़ इस दिशा में तेजी से चला और उसने अनेक आविष्कार कर डाले—जैसे, सीना-पिरोना, बुनना, बाँधना आदि। मिट्टी का बर्तन बनाने से पहले मनुष्य ने टोकरियाँ बुनने का आविष्कार किया होगा और अलग-अलग चीज़ों को जोड़ने के प्रयत्न में ही उसने अपने लिए घर बनाना भी सीखा होगा। टोकरियाँ बुनने से उसे कपड़ा बुनने की प्रेरणा मिली होगी।

पशुओं और मनुष्यों को एक ही मार्ग पर चलने से बनी पगडंडियों से प्रेरित होकर सड़कों के निर्माण का आविष्कार हुआ। परिवहन के लिए जंगली पशुओं में से अनुकूल पशुओं को पालतू बनाने और खेती, बागवानी, पशुपालन आदि का आविष्कार स्वाभाविक था। आविष्कार की प्रक्रिया यह है कि मानव-समाज की प्रगति हमेशा नई-नई समस्याएँ एवं आवश्यकताएँ पैदा करती रहती हैं और उन समस्याओं को सुलझाने तथा आवश्यकताओं की पूर्ति के लिए मनुष्य आविष्कारों के द्वारा सामाजिक जीवन को पुनर्व्यवस्थित करता रहता है। नवीन नैतिक धारणाएँ और राजनीतिक विचारधाराएँ तथा सामाजिक संस्थाएँ भी आविष्कार मानी जाती हैं।

जादू-टोना जैसे विश्वासों एवं अनुष्ठानों को संस्कृत में 'यातु' कहते हैं। जादू-टोने का जन-प्रचलित अर्थ प्रकृति को चुनौती देना है। विज्ञान की तस्वीर भी प्रकृति को चुनौती देने के बाद ही बनती है। प्रकृति से ठंड का मौसम मिला और ठंड से बचने के लिए आग का आविष्कार। प्रकृति के नियमों का उल्लंघन अर्थहीन भी हो सकता है; किन्तु यह प्रमाणित है कि जादू-टोना और

विज्ञान एक-दूसरे से सम्बद्ध हैं। यातु के अन्तर्गत इस अर्थ में वैज्ञानिक दृष्टिकोण के बीज मौजूद थे कि वे मानते थे कि प्रकृति और मानव-समाज अपने आन्तरिक नियमों द्वारा शासित है; न कि किसी बाहरी दैवी शक्ति की इच्छा से। किसी परिणाम तक पहुँचने के लिए कार्य-कारण का सम्बन्ध स्थापित करना पड़ता है। इस वैज्ञानिक दृष्टिकोण से आगे चलकर, भारत में तर्क-पद्धति के विकास में बहुत लाभ हुआ।

विज्ञान मानव मस्तिष्क का सर्वोत्तम पुष्प है। भौतिक लाभों का यह सर्वाधिक विश्वसनीय स्रोत रहा है। इसका उद्‌देश्य मनुष्य की खुशियों को कई गुना और उसके दु:खों को मिटा देना था। विज्ञान का उद्‌देश्य मनुष्य को निरन्तर नई विधियाँ, नए औजार और नए रास्ते उपलब्ध कराना रहा है। यह हमारे युग के सामाजिक परिवर्तनों को प्रभावित करता और उनसे प्रभावित भी होता है। विज्ञान को उन गहनतम प्रश्नों का जवाब देने का साधन माना जाता जो मनुष्यों द्वारा ब्रह्मांड की उत्पत्ति और जीवन, मृत्यु अथवा आत्मा की अमरता के बारे में पूछे जा सकते हैं। भौतिक आवश्यकताएँ एवं भौतिक औजार ही वैज्ञानिक खोजों का कारण रहीं। पुराने विज्ञान की तुलना में आधुनिक विज्ञान ने कहीं ज़्यादा महत्त्व ग्रहण कर लिया है। जलवायु ज़िन्दगी के अन्दाज़ को तय करती है। सामान्य तौर पर मालूम पड़ता है कि इतिहास मानव की कहानी है, उसने क्या किया, कितनी पीड़ा बर्दाश्त की या कितने आनन्द के दिन व्यतीत किए। जलवायु का अच्छा या बुरा होना, बीमारी का फैलना आदि पर मनुष्य का नियंत्रण नहीं होता; फिर भी इतिहासकार इन पर लिखता है ताकि मनुष्य के जीवित रहने या मर जाने के विभिन्न कारणों को समझा जा सके। मनुष्य जैसे-जैसे बड़ा होता जाता है, वैसे-वैसे वह ज्ञान भी प्राप्त करने लगता है। बालक धीरे-धीरे अपनी ज्ञानेन्द्रिय से नित नया ज्ञान प्राप्त करता जाता है। किसी गर्म वस्तु को स्पर्श कर वह उष्णता का अनुभव करता है। लेकिन वह बालक यह समझ नहीं पाता कि कोई वस्तु गर्म क्यों है? इस प्रश्न का जो उत्तर देता है वही **विज्ञान** है।

नारियल या सेब डाली से टूटते ही ज़मीन पर गिरता है, अन्य किसी दिशा में नहीं जाता। ऐसा क्यों? इस साधारण-सी लगनेवाली घटना पर प्रसिद्ध वैज्ञानिक न्यूटन ने गहराई से विचार करके एक महत्त्वपूर्ण खोज की। नारियल नीचे ही क्यों गिरता है, इसका कारण उसने खोज निकाला। न्यूटन ने यह स्पष्ट किया कि ऊपर से छूटे हुए पदार्थ एवं पृथ्वी एक-दूसरे को आकर्षित करते हैं, खींचते हैं। न्यूटन ने जो ज्ञान प्राप्त किया, वह विज्ञान है।

किसी काम के लिए निकलते ही बिल्ली रास्ता काट गई तो कहा जाता है कि अब काम नहीं बनेगा। आँगन में कौवे ने काँव-काँव की तो समझ लेते

हैं कि पत्र आएगा या मेहमान। विज्ञान ऐसे अन्धविश्वासों का सहारा नहीं ले सकता। ऐसी मान्यताएँ ज्ञान पर आधारित नहीं हैं।

हम अपनी आँखों से कैसे देख सकते हैं, इसके बारे में जो जानकारी हमने प्राप्त की, वह हुआ विज्ञान। अपनी नज़र कमजोर हो जाने पर हमें अच्छी तरह से साफ़-साफ़ दिखना चाहिए इसके लिए हम चश्मे का उपयोग करने लगते हैं। नज़र की कमजोरी दूर होनी चाहिए, इसीलिए हमने चश्मे की खोज की। चश्मारूपी निर्मित साधन ही **तकनीकी ज्ञान** है।

विज्ञान के चलते जो नई विधियाँ अस्तित्व में आईं, उन्होंने बेरोज़गारी और मन्दी पैदा कर दी। भुखमरी और बदहाली का अस्तित्व विश्व में आज भी बना हुआ है। वैज्ञानिक गतिविधियों ने ही प्रगति का मूल आधार तैयार किया। इसके साथ ही विज्ञान के अमल से जो हथियार तैयार किए गए हैं उनसे युद्ध अब ज़्यादा भयानक खतरोंवाला बन चुका है। कल तक व्यक्तिगत सुरक्षा हर सभ्यता का चरमोत्कर्ष मानी जाती थी, आज वह लुप्तप्राय हो चुकी है। इन बुराइयों और विसंगतियों के लिए विज्ञान को पूर्णतया ज़िम्मेदार नहीं ठहराया जा सकता लेकिन इस तथ्य से भी इनकार नहीं किया जा सकता कि विज्ञान ने व्यक्ति को व्यक्तिगत सुरक्षा से दूर किया है। विज्ञान के परिणाम जब तक अपेक्षाकृत सम्भावित वर्गों के लिए वरदान के रूप में काम करते रहे, तब तक विज्ञान की भूमिका का परीक्षण करने की आवश्यकता नहीं महसूस की गई।

विज्ञान हमारे युग के सामाजिक परिवर्तनों को प्रभावित करता और उनसे प्रभावित भी होता है। भौतिक आवश्यकताएँ और भौतिक औजार ही वैज्ञानिक खोजों का कारण रहीं। पुराने विज्ञान की तुलना में आधुनिक विज्ञान ने कहीं ज़्यादा महत्त्व ग्रहण कर लिया है। लेकिन यह कहना अनुचित नहीं कि इसका उपयोग केवल मानव-कल्याण में नहीं किया जा रहा है। पहले के जैसा आधुनिक विज्ञान व्यक्तिगत पेशा नहीं रह गया है। उद्योग और संचार व्यवस्था के विकास में विज्ञान का महत्त्व ज़्यादा हो गया है।

जिस रूप में आज विज्ञान को हम जानते हैं उसकी ठोस शक्ल 16वीं सदी में तैयार हुई। आधुनिक विज्ञान जादूगर, पुजारी अथवा दार्शनिक के क्रमबद्ध अनुमानों में जितना निहित है, उतना ही दस्तकारों के व्यावहारिक कामकाज और पारम्परिक पेशों में निहित है। आदिम जीवन में जादुई और तकनीकी दोनों ही गतिविधियाँ एक ही उद्देश्य से प्रेरित होती थीं, और वे थीं–बाहरी विश्व को समझना, भोजन जुटाना और पीड़ा तथा मृत्यु से बचना। जितनी तकनीकों से आज हम परिचित हैं, उनमें से एक तिहाई पाषाणकालीन मनुष्य से जुड़ी रही हैं, जैसे–शिकार करना, शिकार फँसाना, खाना पकाना, चमड़ा कमाना और उतारना, पत्थरों और लकड़ियों तथा हड्डियों पर किया जानेवाला काम,

चित्रकला और रंगाई आदि। इस विकास के फलस्वरूप समाज और भाषा के विकास को प्रोत्साहन मिला। तकरीबन 6 हज़ार से 4 हज़ार ई.पू. के बीच जीवन की उन तमाम कलाओं का एक बड़ा हिस्सा सामने आया, जिसको आज भी इस्तेमाल करते हैं, जैसे–लकड़ी, ईंट अथवा पत्थर के स्थायी घर, जिनमें कमरे, आग जलाने की जगह, स्नानागार और नालियाँ हों; पहियेवाली गाड़ियाँ और जहाज तथा सरलतम यंत्र, जैसे–नतसमतल, चर्खी, लेथ और पेंच। इन सभी चीज़ों के लिए यांत्रिकी और भौतिकी की भारी समझ ज़रूरी थी। ई.पू. 4 हज़ार के आसपास व्यापारियों और उनके मुनीमों के लिए अंकगणित और बीजगणित का पर्याप्त ज्ञान आवश्यक था।

खगोलशास्त्र का व्यावहारिक औचित्य कृषि के बुनियादी पेशे के साथ तिथि चक्र के निर्माण से जुड़ा था। व्यापारी और नाविक भी चूँकि सितारों की मदद से ही यात्राएँ करते थे, लिहाजा उनका भी इनसे जुड़ाव बनता था। यह न सिर्फ़ बहुत कठिन था बल्कि इसका जुड़ाव आसमानी चीज़ों से था, जो उन देवताओं के दायरे में आती थीं जो मनुष्यों की नियति को नियंत्रित करते थे। यही वजह थी कि पुजारियों पर देवी इच्छाओं की व्याख्या की ज़िम्मेदारी आ पड़ती थी।

खगोलशास्त्र ज्योतिष पर अवलम्बित था। आकाशीय गतिविधियों की जानकारी रखनेवाला ज्योतिष का विद्वान माना जाता था। खगोलशास्त्र ऐसा क्षेत्र था जिसमें बुनियादी गणित बाहरी विश्व की घटनाओं का लेखा-जोखा मुहैया करा सकती थी। कारीगर के कामकाज में जो विज्ञान इस्तेमाल होता वह इतना जटिल था कि उसका बौद्धिक विश्लेषण उस समय सम्भव नहीं था, किन्तु आकाशीय गतियाँ इतनी सटीक ज्यामितीय नियमितता के साथ होती थीं कि उन्हें एक क्रम देना सम्भव था। इसके लिए प्रेक्षण और गणना की ज़रूरत थी। यह काम ज्योतिषी करते थे। वे लम्बे समय तक अलग-अलग जगहों से प्रेक्षण किया करते थे। पारम्परिक और जादुई पहलू से विज्ञान को अलग करने में धीरे-धीरे सफलता मिलती गई। किन्तु बाद में चलकर पुनः ज्योतिष का प्रधान अंग फलित ज्योतिष को बना दिया गया। गणित और ज्योतिष में आर्यभट, वराहमिहिर और ब्रह्मगुप्त तथा चिकित्सा एवं रसायनशास्त्र में नागार्जुन, चरक, दृढ़बल और बाणभट्ट का व्यक्तित्व वैज्ञानिक प्रतिभा के उज्ज्वल उदाहरण हैं।

ई.पू. सातवीं शताब्दी में ही तक्षशिला प्रसिद्ध चिकित्सा केन्द्र था। मेगास्थनीज और फाहियान ने पाटलिपुत्र में चिकित्सालय की चर्चा की है। यूनानियों की मुद्रा ढालने की विधि ने कुषाणकालीन भारतीय मुद्रा-शिल्प को विशेष रूप से प्रभावित किया। यूनानी यांत्रिक ज्ञान कुषाणकाल में भारत आया और इसी समय यहाँ **पनचक्की** का आविष्कार हुआ। एक शैव ज्योतिषी द्वारा सम्भवतः

12वीं शताब्दी में गणित-ग्रन्थ की रचना की गई। इस ग्रन्थ की पांडुलिपि 1881 में पेशावर से 50 मील दूर मर्दान के पास **बाख्शाली** नामक स्थान पर मिली थी और इसलिए इसे बाख्शाली पांडुलिपि कहते हैं। भोजपत्रों पर एक तरह की असम्बद्ध संस्कृत भाषा में रचित और शारदा लिपि में लिखित इस ग्रन्थ का आधा अंश ही सुरक्षित रहा। शारदा लिपि मूल ब्राह्मी लिपि से निकली एक प्राचीन लिपि है। यह पांडुलिपि ऑक्सफ़ोर्ड के प्रसिद्ध बीड्लियन पुस्तकालय में सुरक्षित है। इस ग्रन्थ में गणित, दशमलव लेखन और शून्य आदि का वर्णन है।

आदिम युग में खाद्य की खोज के लिए जंगलों में विचरण करते समय वनस्पति तथा प्राणी-जगत् से मनुष्य का जो प्रथम परिचय हुआ, उसी सूत्र से वनस्पति विज्ञान, जीवविज्ञान, प्राणिविज्ञान, चिकित्सा तथा शल्य विज्ञान की उत्पत्ति हुई। मस्तक के ऊपर चन्द्र-सूर्य उद्भासित, नक्षत्रमय महाकाश और पैरों तले कठिन, नीरस, समाहीन पृथ्वी से प्रथम परिचय के साथ ही ज्योतिष, भौतिकी, रसायन, भू-विज्ञान आदि प्राकृतिक विज्ञानों का सूत्रपात हुआ। यही कारण है कि विज्ञान का इतिहास वास्तव में मानव-विकास के इतिहास का पर्यायवाची है।

खुदाई से प्राप्त सामग्रियों के अध्ययन से पता चलता है कि सिन्धु घाटी सभ्यता के पूर्व के ज़माने में लोग प्राकृतिक प्रकोप से काफी पीड़ित थे। भोजन प्राप्त करने के लिए उन्हें प्रतिदिन असीमित कठिनाइयों का सामना करना पड़ता था। कठिनाइयों से यथासम्भव बचते हुए उन्होंने जीवित रहने एवं स्वस्थ रहने का यथासम्भव प्रयास किया, किन्तु सफलता शायद ही मिल पाती थी। भोजन की तलाश ने उन्हें गतिशील बनाया। असफलता मिलने के फलस्वरूप अदृश्य शक्तियों के प्रति उनके मन में डर पैदा हुआ होगा। इस डर से मुक्ति पाने के लिए उन्होंने अदृश्य शक्तियों के क्रोध को शान्त करने का प्रयास किया। इसके लिए प्रार्थना की जाने लगी। प्रार्थना-शैली जादू-टोने से प्रभावित होने लगी। इन अबूझ पहेलियों के परिणामस्वरूप उन्हें भोजन, जीवन और स्वास्थ्य की प्राप्ति शायद ही हो पाती थी। इस प्रक्रिया के साथ-साथ बेहतर भविष्य के लिए एक सिलसिला और प्रारम्भ हुआ और वह था–उपलब्ध समस्याओं से टकराने की भावना। इस भावना ने कुछ लोगों को भीतर से सुदृढ़ किया और उन्होंने प्रकृति को चुनौती देते हुए समस्याओं का हल ढूँढ़ना शुरू किया। इस प्रक्रिया के दौरान जाने-अनजाने में विज्ञान और प्रौद्योगिकी की तस्वीर बनने लगी।

वैज्ञानिक सफलता का आधार उपकरण है। सभ्यता का मार्ग उपकरणों ने प्रशस्त किया। अन्धविश्वास के शिकंजे से मानव को उपकरणों ने मुक्त कराया।

वर्तमान युग विज्ञान का युग है। यह हमारे समाज, उत्पादन, रहन-सहन एवं विचारधारा को प्रत्येक पग पर प्रभावित करता है। आज का विकसित और

समृद्ध समाज विज्ञान और प्रौद्योगिकी के विकास में विगत हज़ारों वर्षों में किए गए प्रयत्नों का परिणाम है। वैज्ञानिक अवधारणाएँ किसी व्यक्ति अथवा संस्कृति विशेष द्वारा विकसित न होकर सामूहिक प्रयत्नों का प्रतिफल होती हैं। विज्ञान का विकास कभी रुकता नहीं है। वैज्ञानिक उन्नति किसी भी समाज के मानसिक स्तर को प्रतिबिम्बित करती है।

मनुष्य के आवश्यकतानुसार कुछ आविष्कार अनजाने में होते गए, जिनमें नाव, पहिया, गाड़ी आदि प्रमुख हैं। लेखन-पद्धति का आविष्कार हुआ। अपने पालतू पशुओं से सम्बद्ध आँकड़ों का ज्ञान रखने के लिए मानव ने सर्वप्रथम लिपि का प्रयोग प्रारम्भ किया। हाथ-पैर की दस-दस अंगुलियों ने मनुष्य की गणनाबुद्धि का विकास किया। सिन्धु नगरों के कुछ मृद्भांडों में कोयले के रंग की एक वस्तु प्राप्त हुई है, जिसे शिलाजीत बताया गया है। एक प्रकार से समुद्री मछली की हड्डियाँ चबाने से भूख लगती थी तथा आँख, कान, नाक, गले आदि के रोगों में इसका प्रयोग किया जाता था। भारत में परिपक्व रूप में वैज्ञानिक गतिविधियों का सिलसिला सिन्धु सभ्यता से प्रारम्भ हो जाता है। सिन्धु विज्ञान और प्रौद्योगिकी की जानकारी पुरातात्त्विक सामग्रियों से होती है।

B. Allchin and R. Allchin (*The Rise of Civilization in India and Pakistan*, Delhi 1963) और पोसेल (G. L. Possehl, (ed.) *Ancient Cities of the Indus*, Delhi, 1979) द्वारा लिखित पुस्तकें इस काल के अध्ययन के लिए काफी उपयोगी हैं। कृषि का आविष्कार विश्व में नव-पाषाणकाल के दौरान हुआ। सिन्धुकाल में ट्रिटिकम बलोर, ट्रिटिकम स्फेरोकोकम एवं ट्रिटिकम कॉम्पैक्टम जैसी गेहूँ की उत्कृष्ट जातियों की पैदावार होने लगी थी। पंजाब में गेहूँ की यही जातियाँ आज भी पैदा की जाती हैं। हल नामक उपकरण के अप्रत्यक्ष प्रमाण सिन्धु नगरों से मिले हैं। अनाज रखने के लिए मृद्भांड का प्रयोग प्रारम्भ हुआ। रंगीन और चित्रित मिट्टी के जो पात्र मिले हैं उन पर ज्यामितिक नमूनों की प्रधानता है या फिर पशुओं के चित्रों की प्रधानता है। इसे आग में पकाने के लिए कम से कम 600 डिग्री ताप की आवश्यकता पड़ती थी और इस विधि की जानकारी कुम्हार को थी। मिट्टी के प्रकारों और किस प्रकार की मिट्टी से कौन वस्तु बनाई जा सकती थी–इसकी भी जानकारी कुम्हार को रहती थी। वह अपने ज़माने का प्रसिद्ध वैज्ञानिक था। मोहनजोदड़ो एवं हड़प्पा की नगर निर्माण व्यवस्था विकास की द्योतक हैं। यहाँ के स्नानागार में जल का रिसाव रोकने के लिए एस्फाल्ट का प्रयोग किया गया है जो उत्कृष्ट वैज्ञानिकता का प्रमाण है। हड़प्पा संस्कृति की उत्कृष्ट नगर निर्माण व्यवस्था में प्रयुक्त एक नाप की ईंटों, सीधी सड़कों, 90^0 पर निर्मित आयताकार दीवारों, वृत्तीय कुओं, यहाँ से प्राप्त पात्रों पर उत्कीर्ण ज्यामितीय संरचनाओं तथा

पटरियों (स्केल्स) को देखते हुए यह स्पष्ट होता है कि ज्यामिति के प्रायोगिक अध्ययन के सन्दर्भ में भारतीय ज्ञान किसी से पीछे नहीं था।

सिन्धु कृषकों एवं बुनकरों ने रुई तथा सूती वस्त्र से विश्व को परिचित कराया। लाल रंग में रंगा हुआ एक धागा मोहनजोदड़ो से मिला है। रुई और ऊनी सूत कातने और सूत से वस्त्र बुनने में मोहनजोदड़ो और हड़प्पा के बुनकर विशेष पारदर्शी थे। तकुए और तकुआचक्री के कुछ ध्वंसावशेष यही निर्देश करते हैं। 5 हज़ार वर्ष के बाद सूती और ऊनी वस्त्र के लेशमात्र अवशेष की भी आशा करना निरर्थक है; फिर भी नितान्त आकस्मिक रूप से चाँदी के एक पात्र की दीवार पर रुई का यह किंचित् अंश मिला है। माटुंगा (मुम्बई) के कपास सम्बन्धी वैज्ञानिक गवेषणागार (Cotton Technological Laboratory) में इस रुई के ध्वंसावशेष के परीक्षण से यह पता चलता है कि उत्तर भारत में इस समय मोटे रेशेवाला एक प्रकार का जो कपास पैदा होता है, सिन्धु घाटी का कपास उसी किस्म का था।

इस सभ्यता का विस्तार पश्चिमोत्तर में रूसी सीमान्त से लेकर दक्षिण में मुम्बई तक[1] और पूरब में उत्तर प्रदेश के पश्चिमी क्षेत्र तक था। इसे भारतीय शहरीकरण का प्रथम चरण कहते हैं। यहाँ भूमि से 50-60 फीट तक ऊँचे मिट्टी के विशाल चबूतरों पर बसे अधिकतर शहरों की किलेबन्दी, नगर योजना, पक्के मकान, सीधी एक दूसरी को समकोण पर काटती हुई सड़कें व गलियाँ, ढँकी हुई नालियाँ[2] (Sewarage System), इंग्लिश प्रकार की सीट वाले शौचालय, हर घर में स्नानघर व कुएँ इस सभ्यता की सबसे बड़ी विशेषता थी। कालीबंगा में प्राप्त स्नानघरों तथा कमरों में लगी टायल की शान, लोथल के बन्दरगाह में जल-नियंत्रक व्यवस्था (Water Locking System) को देखकर दाँतों तले उँगली दबानी पड़ती है। हर गली में पक्की नालियाँ थीं और बड़ी नालियों में छोटी नालियाँ आकर मिलती थीं। नालियाँ ईंटों से ढँकी होती, जिनकी देखभाल के लिए मिट्टी उतार कर उठाया जा सकता था। बड़ी-बड़ी नालियाँ भी बनी थीं जिन्हें बड़े-बड़े चूने के पत्थरों से ढँका गया होता था। आज की तरह जगह-जगह पर मेन होल बने होते जो ईंटों को काटकर इतने अच्छे ढंग से बनाए गए थे कि उनके जोड़ का आज भी पता नहीं चल पाता। इनमें प्रवेश करने के लिए सीढ़ियाँ लगी होती थीं जिनके द्वारा सफ़ाई के लिए अथवा जाँच-पड़ताल के लिए अन्दर जाया जा सकता था। इनकी समय-समय पर सफ़ाई की जाती थी।[3] जहाँ भी कहीं ऊँचे स्थान से आकर नाली मिलती वहाँ पक्की ईंटों का गड्ढा बना दिया जाता था ताकि पानी उछलकर बाहर न जा सके। अब से कुछ समय पूर्व भारत के किसी शहर को ये सुविधाएँ प्राप्त न थीं। अभी भी कितने ही शहरों को ऐसी वैज्ञानिक सुविधाएँ प्राप्त नहीं हैं।

शहर में मकान[4] कई-कई मंज़िलों के बने थे तथा महल समान थे। ईंटों की लम्बाई, चौड़ाई से दुगुनी तथा मोटाई आधी होती थी। उनका अधिकतर माप 10.25 × 5 × 2.25 इंच तथा 20.5 × 8.5 × 2.25 इंच है। नालियों को ढँकने के लिए बड़ी ईंटें भी बनाई जाती थीं। अधिकतर ईंटों की माप 11 × 5.25 × 2.25 है। ईंटें बिल्कुल ऐसे ही लकड़ी के बने साँचों से पाई जाती थीं जैसे आज पाई जाती हैं तथा साँचे में ढालने के बाद ऊपर से लकड़ी का तेज टुकड़ा फेर कर अधिक मिट्टी को काटकर बिल्कुल साफ़-सुथरा चौरस बना दिया जाता था। ईंटें अच्छी प्रकार अर्थात् लाल रंग की पकी हुई हैं और उन्हें सम्भवतः शहर से दूर बन्द भट्टों में लकड़ी जलाकर, धुआँ निकलने की चिमनी लगाकर, ऐसे ही पकाया जाता था जैसा कि आज भी भारत में पकाई जाती हैं। कुओं में प्रयोग के लिए ऐसी ईंटें भी बनाई जाती थीं जो एक ओर कम तथा दूसरी ओर अधिक चौड़ी होती थीं। उनका प्रयोग मेहराब बनाने के लिए कहीं भी नहीं हुआ। कारवैज़ प्रकार के मेहराबों का ही प्रयोग हुआ है। स्नानघर आदि के फ़र्शों को पक्का करने के लिए ईंटों को काटकर छोटा कर लिया जाता था। वे इस प्रकार से फँसाई जाती थीं कि उनमें से पानी का आर-पार होना भी असम्भव था। कहीं-कहीं तो उनके जोड़ तक का भी पता नहीं चलता है।

ईंटों की चिनाई वैसे ही होती थी जैसा कि आज इंग्लिश ढंग प्रचलित है, अर्थात् ईंटों का जोड़ हमेशा ऊपर अथवा नीचे की ईंटों के मध्य में रखा जाता था, आमने-सामने नहीं। उन ईंटों को जिप्सम अथवा चूने या मिट्टी के गारे के साथ लेप दिया जाता था। जिप्सम मिट्टी के गारे के साथ मिलकर ईंटों के जोड़ों में जम जाता तथा दीवारों को मजबूत बना देता था।[5]

हड़प्पाई शहरों में खेती के औजारों का कोई अवशेष नहीं प्राप्त हुआ। सम्भवतः लकड़ी के हलों का प्रयोग होता होगा। लोथल में प्राप्त एक टैराकोटा की सील पर बीज बोने का यंत्र (Seed drill) दिखाई देता है।[6] लोथल में मिले शिल्पकला पर प्रकाश डालते हुए एस.आर. राव[7] बताते हैं कि इस नगर के बाज़ार वाली गली में स्थित शंख का काम करनेवालों तथा ठठेरों की कार्यशालाएँ भी दो-दो कमरों की बनी हैं, जिनमें चौकोर आकार की भट्ठी बनी है। वहाँ ताँबे के औजार तथा टेराकोटा मिट्टी की धातु गलाने की घरियाँ (Melting Pots) प्राप्त हुई हैं। शहर के उत्तर में एक बहुत बड़ी इमारत में बहुत सारे ठठेरों के काम करने की वर्कशॉप थी। पाँच नीची पक्की कोठरियों में आधा दर्जन घड़े की बनी भट्ठियाँ प्राप्त हुई हैं। पास ही एक बड़ा मिट्टी का बर्तन प्राप्त हुआ है। इसमें धातुओं को पिघलाया जाता था। इस नगर में बहुत-सी भट्ठियाँ प्राप्त हुई हैं जहाँ मनकों पर चमक चढ़ाई जाती थी, जिसमें

से एक गोल आकार की है जिसमें नीचे के भाग में हवा फूँकने के एक-दूसरे से जुड़े हुए चार सुराख हैं, एक अन्य माल रखने तथा निकालने का था। ये भट्ठियाँ मनके बनाने से पहले कीमती पत्थरों के टुकड़ों को पकाने तथा अन्त में चमक चढ़ाने के काम आती थीं। दोनों बार पकाने के लिए मिट्टी के बर्तनों का प्रयोग होता था, जैसा कि आज भी कैम्बे में होता है।

दो भिन्न प्रकार की भट्ठियाँ जो गोल आकार की हैं, ठठेरों द्वारा प्रयुक्त की जाती थीं। यहाँ पर औजारों तथा गहनों की ढलाई की जाती थी। इसी प्रकार एक अन्य ठठेरे की कार्यशाला की भट्ठी चौकोर आकार की है जो पक्की ईंटों की बनी है। यह 75 × 60 × 30 सेंटीमीटर लम्बाई, चौड़ाई तथा गहराई के माप की है। इन भट्टियों में ताँबे की ईंटों को पिघलाया जाता था।

ए. एम. हैमी ने खुदाई में प्राप्त बाटों की जाँच-पड़ताल की है। छोटे बाटों में नाप-तोल का रिवाज जोड़े का था, यानी द्विगुणित जब कि बड़ी नाप में दशमलव का। नाप का अनुपात इस प्रकार है : 1, 2, 1/3, 8, 16, 32, 48, 64, 160, 200, 320, 640, 1600, 3200, 6400, 8000, 12800 तथा इकाई, 8565 ग्राम की थी जो बेबीलोन की माप से उसका कोई सम्बन्ध न था। मगर इनमें से एक का रिवाज मिस्र में था।

एक माप का यंत्र भी मिला है जो सम्भवतः किसी बड़ी माप का टूटा हिस्सा मात्र है। इस पर .264 इंच के निशान हैं और इसमें औसत त्रुटि .003 इंच की है।[8] लोथल के इंजीनियरों की विज्ञान तथा तकनीक के विकास की सबसे बड़ी और महान देन एक ऐसे कृत्रिम बन्दरगाह का बनाना है जहाँ आकर जहाज खड़े होते थे। यह पानी के जहाजों को खड़ा करने का हड़प्पाइयों अथवा ताम्र-युग की किसी अन्य कौम द्वारा बनाया गया सबसे बड़ा बन्दरगाह था। जहाँ तक पानी के बहाव की दिशा तथा शक्ति व अन्य समस्याओं का सम्बन्ध है यह अब तक का सबसे बड़ा वैज्ञानिक प्रबन्ध था। लोथल बन्दरगाह पानी को नियंत्रित करने की व्यवस्था (Water locking system) को लेकर अपना सानी नहीं रखता जो कि आवश्यकता पड़ने पर खोला और बन्द किया जा सकता था। यह नदी में पानी के अधिक चढ़ाव को बन्दरगाह में आने से रोक सकता था तथा कमी के समय पानी को रोके रखकर जहाजों को तैराये रखने को तथा रेत इकट्ठा होने की बाधा को दूर कर सकता था। जहाँ तक निर्माण और योजना का सम्बन्ध है लोथल बाद के रोमन तथा फिनिशियन बन्दरगाहों से बहुत ही उत्तम प्रकार का था। यह पानी की मुख्यधारा में नहीं बल्कि वहाँ से काफी दूर था ताकि उसे बाढ़ या रेत जमा होने की समस्या से बचाया जा सके। नहर जो कि बन्दरगाह के मुख्य नदी के साथ जोड़ती थी कभी-कभी ज्वार के कारण काफी बढ़ जाती थी, जैसा कि आज भी लोथल के निकट भोगवा में

होता है। किसी समुद्रतटीय देश द्वारा दुनिया में बनाया गया अपने प्रकार का पहला बन्दरगाह था।[9]

सिन्धु-घाटी के लोगों को लोहे का ज्ञान नहीं था। कुल्हाड़ी, बरछी, छुरा, चोब उस समय के हथियारों में से अधिकतर काँसे तथा पीतल के बने हैं। दो पीतल की तलवारें जिनमें सबसे अधिक लम्बी 18.5 इंच है और दस्ताना लगा हुआ है मिली हैं, दोनों काफी मोटी हैं तथा अच्छी स्थिति में हैं। इतने पुराने युग में ऐसी तलवारें बहुत कम प्राप्त हुई हैं। उनकी बराबरी उनसे की जा सकती है जो उन्हीं दिनों के अवशेषों से फिलीस्तीन में तेल-अल-अजुल से सर फिलंडर पैट्री ने ढूँढ़ी थी। भालों के फलक जो सिन्धु घाटी के शहरों से प्राप्त हुए हैं, भी कुछ खास प्रकार के हैं जिनकी लम्बाई 15 इंच तक तथा चौड़ाई लगभग 5 इंच हैं। खुखरियाँ ऐसी हैं कि कभी-कभार उन्हें चाकू से अलग करना कठिन हो जाता है। वे लम्बी और पत्ती की शक्ल की हैं, अधिकतर चौकोर हैं। बहुत से चाकू भी मिले हैं जो भिन्न-भिन्न नाप तथा शक्ल के हैं। तीरों के फलक भी प्राप्त हुए हैं जो धातु की चादर के बने हैं।[10]

हड़प्पा संस्कृति में इलेक्ट्रम (सोने-चाँदी का प्राकृतिक मिश्रण) का प्रयोग होता था। ताँबा और टीन को मिलाकर काँसा बनाने की तकनीक विकसित हुई। मूर्तिकला का आविष्कार धातुओं के प्रयोग से प्रारम्भ हुआ। औजारों और मूर्तियों को बनाने के लिए मधुषचिष्ट विधि (लॉस्ट वैक्स प्रोसेस) का प्रयोग किया जाता था। मोहनजोदड़ो से प्राप्त नर्तकी की मूर्ति इसी विधि से बनाई गई है। मोम प्राप्त करने के लिए मधुमक्खी के छत्ते से शहद और मोम निकाला जाता था। इसे एक महत्त्वपूर्ण वैज्ञानिक उपलब्धि माना जा सकता है।

ऋग्वेद[11] में चावल की मोटी रोटी बनाने की तकनीक की चर्चा है। पाँचवें मंडल में प्रथम बार सूर्यग्रहण का स्पष्ट उल्लेख है। 10वें मंडल में शहद तैयार करने का वर्णन है। मधुमक्खियों का वैदिक नाम सरघा था (10वाँ मंडल)। इसी मंडल में सत्तू चालने की चलनी अर्थात् तितउना की चर्चा है। इसके छिद्र (तुन्न) तिल के समान छोटे होते थे। उपसेचनी (उँड़ेलने का प्याला या चमचा) तथा घी रखने के बर्तन की चर्चा *ऋग्वेद* के प्रथम मंडल में है। कृषि से सम्बद्ध उपकरण कुल्हाड़ी (परशु) और कृषि के प्रारम्भ होने का संकेत *ऋग्वेद* के 9वें एवं 10वें मंडल में है। इस वेद के 10वें मंडल में हल और बैल से खेती करने की चर्चा है। कुएँ से चमड़े की रस्सी द्वारा पानी निकालने की चर्चा है। इस मंडल में हल से जोतने के लिए बैलों के कंधों पर रखे हुए जुए (युग या योक) का उल्लेख है। सिन्धुकाल में कुम्हार द्वारा प्रयोग किए जानेवाले चाक का आविष्कार हुआ। ऋग्वैदिक काल[12] में रथ और रथ के समान वाहनों के आविष्कार का श्रेय इसी चाक को है। यांत्रिक

आविष्कार में चक्र के प्रयोग ने एक क्रान्ति उत्पन्न कर दी। चक्र का आविष्कार भारत में हुआ।

सूत की कताई और उससे सूती वस्त्र तैयार करने की प्रथम जानकारी *ऋग्वेद*[13] से होती है। गायन-प्रियता की प्रथम चर्चा *ऋग्वेद* में है। कर्करी नामक वाद्ययंत्र का आविष्कार ऋग्वैदिक काल में हुआ और इसकी चर्चा *ऋग्वेद*[14] में है। नगाड़ा के समान पीट-पीटकर बजाया जानेवाला आघाट नामक वाद्ययंत्र की चर्चा इसी मंडल में है।

तिल, उरद, गेहूँ, चावल, जौ, चना आदि पैदा करने की कृषि तकनीक *यजुर्वेद* के तीसरे अध्याय में वर्णित है। इस वेद में दूध, दही और मधु के योग से स्वादिष्ट भोजन तैयार करने की चर्चा है। आग पर भोजन पकाए जाने लगे। इकाई, दहाई, सैकड़ा, हज़ार, लाख, अरब आदि के अलावा *यजुर्वेद* के अध्ययन से पता चलता है कि यज्ञों के आधार पर गणित, ज्योतिष, रसायन, पशुशास्त्र और वनस्पतिशास्त्र का विकास हुआ। *यजुर्वेद*[15] के मंत्रों में टूटे हुए धागे (छिन्न) को फिर से जोड़ने का उल्लेख है। इस वेद में सोना, ताँबा, लोहा, टीन, सीसा, चाकू, हँसिया आदि की चर्चा है।[16] इस वेद के 30वें अध्याय में अयस्ताप का उल्लेख है। लोहे के खनिज को लकड़ी-कोयला आदि के साथ तपाकर लोहा तैयार किया जाता था।[17] गायत्री मंत्र की चर्चा इस वेद के 14वें अध्याय में है। इसमें ढोल, नगाड़ा, वीणा, बाँसुरी, शंख आदि बनाए जाने की चर्चा है। इसमें 1 से 33 तक की गिनतियों की चर्चा और सहस्त्र शब्द का प्रयोग कई बार हुआ है।[18] खगोल ज्योतिष के आरम्भ की जानकारी[19] इससे होती है। ऋतुओं से सम्बद्ध गहरी जानकारी हो चुकी थी।[20] इसमें शिल्पकार, रथ बनानेवाला, बाण बनानेवाला, धनुष बनानेवाला, धनुष की तान्त बनानेवाला, रस्सी बनानेवाला, मृगों को जाननेवाला, कुत्तों को जाननेवाला, मछुआ, बाँस चीरनेवाली स्त्री, काँटों से काम करनेवाली स्त्री, कढ़ाई का काम करनेवाली स्त्री, वैद्य, ज्योतिर्विद, पीलवान या हाथियों का रक्षक, कोचवान या घोड़ों का रक्षक, ग्वाल, गड़रिया (भेड़ों का पालक), बकरियों का पालक, किसान, सुरा बनानेवाला, द्वारपाल (घर का रक्षक), द्वारपाल का अनुचर, लकड़हारा, आग जलानेवाला, अभिषेक करनेवाला, नक्कासी या कढ़ाई करनेवाला मिस्त्री, धोबिन, रंगरेजिन, लोहार, हल या रथ का जुआ लगानेवाला, अंजन बनानेवाली, म्यान बनानेवाली, खाल साफ़ करनेवाला और पकानेवाला, चर्म को अन्त में नरम करनेवाला, तालाब से मछली पकड़नेवाला, मछली बेचनेवाला, मछली खोजनेवाला, पानी बाँधकर मछली पकड़नेवाला, छिछले पानी में मछली पकड़नेवाला, सुनार, वाणिज्ञ, कुट्टी बनानेवाला और जंगल की रक्षा करनेवाला तथा जंगल को आग से बचानेवाले की चर्चा है।[21] *यजुर्वेद* के अध्ययन से पता

चलता है कि तत्कालीन समाज तीन प्रकार के पशु-पक्षियों-(1) वायव्य अर्थात् आकाश में उड़नेवाला, (2) आरण्य अर्थात् जंगली, और (3) ग्राम्य (पालतू) के बीच के अन्तर की पहचान कर चुके थे।[22]

वैज्ञानिक तथ्य की चर्चा *अथर्ववेद* के 20वें अध्याय में है। वैदिककाल में शून्य से सम्बद्ध परिकल्पना का विकास दार्शनिक आधार पर हो चुका था। भौतिकशास्त्र में भौतिक विश्व का निर्माण पंचतत्त्वों (पृथ्वी, अग्नि, वायु, जल और आकाश) से हुआ और इस तथ्य पर वैदिक ग्रन्थों में चर्चा की गई है। बताया गया कि पृथ्वी का सम्बन्ध गन्ध (सूँघना) (Smell), वायु का सम्बन्ध अनुभव या महसूस करना (Feeling), अग्नि का सम्बन्ध दृष्टि (Vision), जल का सम्बन्ध स्वाद (Taste) और आकाश का सम्बन्ध ध्वनि (Sound) से है। सोम नामक मदिरा बनाने की तकनीक वैदिककाल में विकसित थी। रासायनिक विधि से विभिन्न प्रकार की औषधियों को निर्मित करने की चर्चा *अथर्ववेद* में है। आग में पकाकर मिट्टी के रंगीन चित्रित बर्तन बनाने की तकनीक उत्तर-वैदिककाल में विकसित थी। *अथर्ववेद* में करीब 20 बीमारियों और उनके इलाज की चर्चा है। इस वेद की जिल्द-एक, कांड-एक, अनुवाक्-5, सूक्त-3, श्लोक 2 और पृ. 319 में कोढ़ की दवा का इलाज करनेवाली **असुरमायारूप** नामक प्रथम स्त्री-चिकित्सक की चर्चा है। ई.पू. 8वीं सदी से धातु गलाकर उससे सिक्का बनाने की तकनीक विकसित हुई। ई.पू. 1200 के आसपास लोहे का अवशेष दादपुर, राजा नल का टीला और लहुरदेवा (उत्तर प्रदेश) से मिले हैं। इसी समय लोहे का अवशेष मैसूर से भी मिला है। *अथर्ववेद*[23] में ओखल–मूसल, सूप और कलछुल के आविष्कार का वर्णन है। दही से घी निकालने की तकनीक की चर्चा है।[24] धागा की बुनाई करके वस्त्र तैयार करने के लिए जिन उपकरणों का प्रयोग किया जाने लगा उसकी प्रथम चर्चा *अथर्ववेद*[25] में वर्णित है। लौह जंजीर और लौह खम्भा एवं खूँटे का प्रयोग होने की चर्चा इस वेद में है। शरीर-रचना और औषध-विज्ञान की विस्तृत जानकारी का सिलसिला *अथर्ववेद*[26] से प्रारम्भ होता है। तार की झंकार संगीत स्वर उत्पन्न करने की प्रथम प्रेरणा धनुष की प्रत्यंचा की टंकार से मिली। शूरवीर योद्धा जब जल्दी-जल्दी धनुष को कानों तक खींचकर सैकड़ों तीर छोड़ता था, तब तान्त के कम्पन से युद्ध-संगीत की सृष्टि हो जाती थी।[27]

अशोक के अभिलेख, नानाघाट अभिलेख और कुषाण अभिलेख में आधुनिक प्रचलित अंकों का स्पष्ट उल्लेख है। वर्णमाला में अक्षरों की सहायता से अंकों को व्यक्त करने की विद्या का प्रचलन पाणिनि के समय में ही हो गया था।

वैदिककाल में शून्य से सम्बद्ध परिकल्पना का विकास दार्शनिक आधार पर हो चुका था। छठी शताब्दी में आर्यभट की रचना एवं वराहमिहिर द्वारा लिखित *पंचसिद्धान्तिका* में कई स्थानों पर शून्य का उल्लेख हुआ है। छठी शताब्दी में जिनभद्रमणि द्वारा लिखित *वृहत्क्षेत्रसमास* नामक जैन ग्रन्थ में शून्य गर्भित संख्याओं का उल्लेख किया गया है। शून्य से सम्बद्ध प्रथम अभिलेखीय उल्लेख 870 और 876 ई. में भोजदेव के ग्वालियर अभिलेख एवं 917 ई. के महिपाल अभिलेख पर प्राप्त हुए हैं। *ब्रह्मस्फुट सिद्धान्त, गणित सारसंग्रह* और *लीलावती* आदि ग्रन्थों में शून्य से सम्बन्धित अंकगणित और बीजगणित वर्णित है।

महाभारत के शान्तिपर्व (अध्याय 183-86) में सभी प्राणियों का जीवन जल को बताया गया है। पृथ्वी, पर्वत, मेघ आदि जल के कारण ही स्थित हैं। शरीर की गति वायु है, खोखलापन आकाश का अंश, गर्मी अग्नि का अंश, रक्त जल का अंश और हड्डी, मांस आदि ठोस पदार्थ पृथ्वी के अंश हैं। पंचतत्त्व का छोटा अंश कान, प्रण अर्थात् नाक, रसना, त्वचा, और नेत्र हैं। वृक्ष भी 5 महाभूतों से बने हैं। उसमें आकाश है और इसलिए उसमें प्रतिदिन फल-फूल लगते हैं; उसमें गर्मी है जिसके कारण उनके छाल, फल-फूल कुम्हलाते अथवा मुरझाते हैं। नाना प्रकार के धूपों की गन्ध से वृक्ष निरोग होकर फूलने-फलने लग जाते हैं। वृक्ष अपनी जड़ से जल पीते हैं।

शान्तिपर्व के अध्याय 87 में लिखा है कि रक्त, मांस के समूह, चर्बी, नाड़ी और हड्डियों के संग्रह-रूपी इस शरीर को चीरने-फाड़ने पर इसके भीतर कोई जीव उपलब्ध नहीं होता। जो भी दिखाई देनेवाले पदार्थ हैं, उसे प्राणी तभी देख पाता जब कि उसकी दृष्टि के साथ मन का संयोग हो। यदि मन व्याकुल हो तो उसकी आँखें देखती हुई भी नहीं देख पाती हैं। निद्रा के वश में पड़ा हुआ पुरुष, सम्पूर्ण इन्द्रियों के होते हुए भी न देखता है, न सूँघता है, न सुनता है, न बोलता है और न स्पर्श तथा रस का ही अनुभव करता है। *शान्तिपर्व* के अध्याय 159 में 72 प्रकार की शारीरिक चिकित्सा का वर्णन है। इसी पर्व के 184 वें अध्याय में पेड़-पौधों में हुए रोगों के इलाज की चर्चा है।

रामायण में किष्किन्धाकांड के अध्याय 23-24 में लिखा है कि विश्व में नियति अर्थात् काल या समय ही सब कार्यों का कारण है। वही समस्त कर्मों का साधन है। समय अर्थात् नियति ही समस्त प्राणियों को विभिन्न कर्मों में नियुक्त करने का कारण है; वही सब का प्रवर्तक है। कोई भी पुरुष न तो स्वतंत्रतापूर्वक किसी काम को कर सकता और न किसी दूसरे को ही उसमें लगाने की शक्ति रखता है। सारा जगत् स्वभाव के अधीन है और स्वभाव का आधार काल है। काल भी काल का अर्थात् अपनी की हुई व्यवस्था का

उल्लंघन नहीं कर सकता। काल अर्थात् समय का किसी के साथ भाईचारे का, मित्रता का अथवा जात-बिरादरी का सम्बन्ध नहीं है। उसको वश में करने का कोई उपाय नहीं तथा उस पर किसी का पराक्रम नहीं चल सकता। किसी भी जीव के वश में काल नहीं है। अतः विवेकी पुरुष को सब कुछ काल का ही परिणाम समझना चाहिए। धर्म, अर्थ और काम काल से ही प्राप्त होते हैं।

गृह-निर्माण की वैज्ञानिक योजना पर *सुन्दरकांड* के अध्याय संख्या 62 में रोशनी डाली गई है। लंका के नगर-निर्माण योजना पर *सुन्दरकांड* के अध्याय 4 में चर्चा की गई है। मदिरा-निर्माण की रासायनिक-विधि की चर्चा *सुन्दरकांड* के अध्याय 11 और 62 में की गई है।

कुदाली, खुरपी, संड़सी, कुल्हाड़ी, घर बनाने के लिए ईंट-निर्माण विधि, नाव खेने के लिए पतवार आदि बनाने की तकनीक पर *शतपथ ब्राह्मण* के अध्याय 3, 6, 7, 10, 11, 13 आदि में चर्चा की गई है। बढ़ई द्वारा लकड़ी का दोमंज़िला मकान तैयार करने की चर्चा *जातक* संख्या 156 में है। *जातक* संख्या 11, 12, 31 और 45 में कृषि-तकनीक एवं फसल-तकनीक पर प्रकाश डाला गया है। मिथिला के महोषध कुमार नामक वैज्ञानिक के सम्बन्ध में *जातक* संख्या 546 में वर्णन है। विश्वप्रसिद्ध कौमारभृत्य जीवक नामक राजगृह के वैद्य के बारे में बौद्धग्रन्थ *महावग्ग* में विस्तृत चर्चा है। उसने चिकित्सा विज्ञान की पढ़ाई तक्षशिला में अवस्थित शिक्षा केन्द्र से की थी। बौद्ध साहित्य *दीघनिकाय*, *विनयपिटक*, *दिव्यावदान* और *मिलिन्दपह्नो* में तीन प्रकार के गणित का उल्लेख है–(1) मुद्रा अर्थात् अंगुलियों पर गिनना, (2) गणना अर्थात् मन के भीतर हिसाब लगाना, और (3) संख्यान अर्थात् उच्च प्रकार के हिसाब। दिक्नाग और धर्मकीर्ति नामक बौद्ध विद्वानों ने बताया कि अणु (Molecule) से ऊर्जा बनता है। अणु Indivisible अर्थात् इसे लघुतर खंडों में विभाजित नहीं किया जा सकता; यह शाश्वत, अमर होता है। (बाद के वैज्ञानिकों ने बताया कि अणु को परमाणु (Atom) में विभाजित किया जा सकता है।)

अंकों की विकास यात्रा में स्थान-मान से सम्बद्ध प्राचीनतम साहित्यिक उल्लेख *अनुयोगद्वारसूत्र* नामक जैनग्रन्थ में है। जोड़-घटाव-गुणा के समान भाग की आधुनिक विधि का प्रथम उल्लेख श्रीधर द्वारा लगभग 992 ई. में लिखित *त्रिशतिका* नामक ग्रन्थ से होती है। त्रैराशिक नियम का आविष्कार भारत में हुआ। इस नियम का प्राचीनतम उल्लेख बाख्शाली पांडुलिपि पर प्राप्त होता है। आर्यभट और ब्रह्मगुप्त आदि ने भी उक्त नियम का उल्लेख किया है। गणितीय सन्दर्भ में प्रतिशत का उल्लेख स्पष्ट रूप से कौटिल्य ने *अर्थशास्त्र* में किया है। भारतीयों को क्रमचय एवं संचय का ज्ञान शुंगकाल में हो चुका था। इसका प्रथम उल्लेख 8वीं शती का जैनग्रन्थ *भगवतीसूत्र* में है।

'ज्यामिति' शब्द का अर्थ भूमि की माप होता है। हड़प्पा संस्कृति में इसकी उत्पत्ति का आधार प्रायोगिक था। वैदिककाल में इसका मुख्य आधार व्यावहारिक एवं धार्मिक हो गया। जैनग्रन्थों में इसे 'रज्जुविज्ञान' और 850 ई. में इसे 'क्षेत्रगणित' नाम दिया गया। 18वीं शताब्दी के प्रारम्भ में इसे रेखागणित के नाम से पुकारा गया। ज्यामितीय नियमों की व्याख्या करनेवाले जैनग्रन्थों में *चन्द्रप्रज्ञप्ति* और *जम्बूद्वीपप्रज्ञप्ति* प्रमुख हैं। जैनियों की मुख्य रुचि पृथ्वी का क्षेत्रफल ज्ञात करने में थी। ज्यामितीय क्षेत्र में पाई का महत्त्व सर्वविदित है। भारतवर्ष में आर्यभट द्वारा प्रस्तुत पाई के आसन्न (Approximate Value) को शुद्धतम माना जाता है। उसने परिधि एवं व्यास का मान निकाला। वृत्तीय चतुर्भुज सम्बन्धित हलों को निकालने का श्रेय ब्रह्मगुप्त को है।

साधारण भाषा में बीजगणित (अलजबरा) का तात्पर्य गणित की उस शाखा से है, जिसमें अंकों को अक्षरों की सहायता से निरूपित करके गणनाएँ सम्पन्न की जाती हैं। छठी शताब्दी में ब्रह्मगुप्त ने इस शाखा का विकास स्वतंत्र विषय के रूप में किया। उसने इसे कुट्टक गणित के नाम से पुकारा। माना जाता है कि बीजगणित का यह प्राचीनतम भारतीय नाम है। 1860 ई. में पृथूदक स्वामी ने इसे बीजगणित नाम प्रदान किया। आधुनिक 'अलजेबरा' शब्द की व्युत्पत्ति अरबी विद्वान अलख्वारिज्मी के ग्रन्थ *अल जब्रवल मुकाबला* से हुई है।

गणितीय विकास को एक नवीन मोड़ प्रदान करने में बीजगणित की भूमिका महत्त्वपूर्ण है। ब्रह्मगुप्त और भास्कर ने इस पर काफी कुछ प्रकाश डाला है। आधुनिक गणित के क्षेत्र में त्रिकोणमिति का काफी महत्त्व है। आधुनिक काल में इसका तात्पर्य त्रिभुजों की भुजाओं एवं कोणों को मापने एवं उनके पारस्परिक सम्बन्धों को व्यक्त करने के सन्दर्भ में है परन्तु प्राचीनकाल में इसका आविष्कार एवं विकास ज्योतिष के सहचर ज्ञान के रूप में हुआ। आर्यभट एवं वराहमिहिर ने इस पर विस्तृत प्रकाश डाला है।

आर्यभटीय में आर्यभट ने 5वीं शताब्दी में बताया कि किसी लिखी गई संख्या में एक-एक स्थान हटते जाते हैं, तो स्थानिक मान क्रम में 10 गुना बढ़ता जाता है जैसे; एक, दस, शत, सहस्त्र, अयुत अर्थात् 10 हज़ार, नियुत अर्थात् लाख, कोटि अर्थात् करोड़ और वृन्द अर्थात् सौ लाख या एक अरब। आठवीं शताब्दी में *त्रिशतिका* नामक ग्रन्थ में श्रीधर ने इसे 'दशगुणा' कहा है। *ब्रह्मस्फुटसिद्धान्त* नामक ग्रन्थ में ब्रह्मगुप्त ने 7वीं सदी में गुणा करने की चार विधियाँ बताई हैं। *जीवाभिगमसूत्र* नामक जैनग्रन्थ में ज्वार-भाटा की चर्चा है। छठी शताब्दी में वराहमिहिर ने *सूर्यसिद्धान्त* की रचना की जो ज्योतिष का एक प्रधान ग्रन्थ है। 10वीं शताब्दी में आर्यभट द्वितीय द्वारा लिखित *महासिद्धान्त* नामक ग्रन्थ ज्योतिष और गणित दोनों के लिए विख्यात् है।

गुप्तकालीन साहित्य *कामसूत्र*[28] में चर्चा है कि नगर में रहनेवाले नागरक (रईस अथवा धनी आदमी) जिस दातून से दाँत साफ़ करते वह विशेष ढंग से तैयार किया जाता था। दातून को पहले पानी में हर्रे (हरीतिका) का चूर्ण मिलाया जाता और फिर उसमें दातून को एक सप्ताह तक भिगोया जाता था। उसके बाद इलायची, दालचीनी, तेजपात, अंजन, मधु और काली मिर्च से सुवासित जल में उसे डुबोया जाता था। इस प्रकार तैयार की गई दातून का उपयोग केवल स्वास्थ्य और सफ़ाई के लिए किया जाता था। क्षौम, कार्पास, कौषेय और रांकव–ये चार प्रकार के वस्त्र अभिजात्य नागरक पहनते थे। अलसी के रेशों को निकालकर उनसे जो वस्त्र बनाए जाते वे **क्षौम** कहलाते थे। क्षौम वस्त्र छाल से भी बनते थे। कपास से बने हुए वस्त्र **कार्पास**, शहतूत के कीड़ों से निकली हुई रेशम के बने हुए वस्त्र **कौशेय** और ऊन के बने हुए वस्त्र **रांकव** कहलाते थे। ये चारों प्रकार से वस्त्र निबन्धनीय प्रक्षेप्य और आरोप्य–इन प्रकारों से पहने जाते थे। पगड़ी, साड़ी आदि **निबन्धनीय** कहलाते थे, चोलक और चोली **प्रक्षेप्य** और उत्तरीय–चादर–दुपट्टा आदि **आरोप्य** थे।[29]

जैन साहित्य में हाथी के चार भेद[30] बताए गए हैं। *अर्थशास्त्र*[31] में 7 हाथ ऊँचे, 9 हाथ लम्बे और 10 हाथ मोटे 40 वर्ष की उम्र वाले हाथी को सर्वोत्तम कहा गया है। हाथी की आयु 60 वर्ष होती थी।[32]

सोना को साफ़ करने की तकनीक प्राचीन काल से ही चली आ रही है। साफ़ करने के पश्चात् उसकी शुद्धता को जाँचने की तकनीक भी विकसित हुई।[33] सोना साफ़ करने की एक विधि की जानकारी सिन्धु घाटी सभ्यता के काल में विकसित हो चुकी थी। एक बहुत बड़ा वर्ग इसे साफ़ करने, गलाने और उससे आभूषण बनाने में लगा था। परन्तु उस काल के स्वर्णाभूषण में चमक की मात्रा कम थी, क्योंकि इसमें चाँदी की मात्रा काफी होती थी। सम्भवतः स्वर्ण को शुद्ध करने के अभाव में भी चमक की कमी थी।[34]

सोने की शुद्धता की जाँच एवं साफ़ करने की विस्तृत व्याख्या *अर्थशास्त्र*[35] में मिलती है। आभूषणों की शुद्धता को जाँचना, सोने को शुद्ध करना, सोने में मिलावट करना आदि अनेक प्रकार की तकनीकी विकास की जानकारी मिलती है। सर्वोत्तम सोना, जो खान से प्राप्त होता उसमें जितना मैल मिला हो उससे चौगुना सीसा डालकर उसे शुद्ध किया जाता था। सीसा मिला देने से कभी–कभी वह फटने लगता था। उस स्थिति में उसे जंगली कंडों की आग में तपाया जाता था। इसके बावजूद वह फटता तो तेल और गोबर मिलाकर बार–बार भावना किया जाता था। खान से एक ही मिलावट वाला सोना नहीं निकलता बल्कि मिलावट में भिन्नता भी होती थी। खान से दूसरे प्रकार का स्वर्ण निकलता जो प्रायः शुद्ध होता था। लेकिन कभी–कभी अशुद्ध निकलता जिसे शुद्ध करने के

लिए तीसरी तकनीक अपनाई जाती थी। खान से निकले हुए अन्य तरह के सोने को भी सीसा मिलाकर शुद्ध किया जाता और यदि सीसा मिलाने से वह फटने लगे तो उसके साथ पके हुए पत्ते मिलाकर उसे लकड़ी के तख्ते पर रखकर खूब कूटा जाता तथा कन्द ललिता, श्रीवेर तथा कमलजड़ का क्वाथ बनाकर उस स्वर्ण को क्वाथ में भिगोया जाता था। यह प्रक्रिया उस समय तक चलती जब तक उसका फटना दूर न हो जाए। आधुनिक सोने में मिलावट की बात पहले से पाते हैं। 32 भाग में विभाजित साधारण सोना में 3 भाग निकालकर उसकी जगह 3 भाग शुद्ध सोना और शेष चाँदी एक साथ मिलाकर बर्तन में उलटने-पुलटने से उसका रंग स्वेत लाल मिश्रित हो जाता था। पूर्वोक्त रीति के साथ चाँदी-ताँबे को सोने में मिला दिया जाता तो उस मिश्रण का रंग पीला हो जाता था। साधारण सोने को खरी मिट्टी में चमकाकर उसके शुद्ध सोने का तीसरा भाग मिला दिया जाता तो उसका रंग लाल-पीला हो जाता था। 2 भाग चाँदी में एक भाग सोने को मिलाकर भावना देने से उसका रंग भूरा हो जाता था। सोने में छठा हिस्सा लोहा मिला देने से उसका रंग काला हो जाता था। पिघला हुआ लोहा शुद्ध चाँदी से मिला दुगुना सोना सुगापंखी रंग का हो जाता था। सोने का रंग बदलने के लिए उपयोग में आनेवाले लोहे और ताँबे को शुद्ध करना आवश्यक था। इस प्रकार इन सब बातों की जानकारी आवश्यक बताई गई, ताकि सोने, चाँदी आदि के आभूषण में न्यूनाधिक्य मिलाकर सुनार गड़बड़ी न कर दे।[36]

जिस घरिया में गलाकर चाँदी शुद्ध की जाती थी वह हड्डी के चूर्ण के साथ मिली हुई मिट्टी से बनती थी। मिट्टी में सीसा मिलाकर दूसरे प्रकार की घरिया बनाई जाती थी। तीसरे प्रकार की घरिया शुद्ध मिट्टी से बनती थी।[37] *अर्थशास्त्र* में सत्तू पीसने और गन्ना पेरने की चर्चा है।[38] तराजू, बाट, चक्की, सिल-लोढ़ा, मूसल, ओखली, धान कूटने का मूसल, आटा पीसने की चक्की, सूप, चलनी और झाड़ू (तुलामानभांड रोचनीदृषन्मुसलोलूखंलकुट्ट करोच चकयंत्रपुत्रकशूर्पचालनिकाकंडोलीपिटक सम्मार्जन्यश्चोपकरणनि।) आदि की चर्चा[39] है। घी और तेल रखने के लिए आग में पकाई हुई मिट्टी के बर्तन (पात्र) प्रयोग किए जाते थे।[40] लकड़ी की बन्द सन्दूकची में व्यापारी द्वारा रुपया रखा जाता था।[41] मुहर लगे पालतू कबूतरों द्वारा दुश्मनों की जानकारी राजा तक पहुँचाने की तकनीक विकसित थी।[42]

बुद्धचरित[43] के अनुसार सोने की परीक्षा सुनार सोने को तपाकर, काटकर और तार बनाकर करता था। सोना साफ़ करने की अच्छी जानकारी हमें कुषाण काल में मिलती है। सोना शुद्ध करने के बाद उसके धूल को साफ़ करने के लिए पहले बड़े-बड़े कणों को अलग कर लिया जाता; फिर छोटे कणों को

निकाला जाता। बड़े कणों के भार से छोटा कण आसानी से इकट्ठा होकर निकल जाता। इसके पश्चात् शुद्ध अग्नि में तपाकर फिर उलट-पुलटकर गलाया जाता। इसके पश्चात् उससे अनेक प्रकार के आभूषण[44] बनते थे। मथुरा में शुद्ध सोना तैयार किया जाता, अर्थात् खान से सोना लाकर, वहाँ शुद्ध करने की प्रक्रिया की जाती थी।[45] सोना खान से निकालने के बाद दो बार धौंककर उसकी कच्चाई निकाली जाती और उसे शोध कर कई बार गलाकर पक्का सोना या शुद्ध सोना तैयार होता[46] था। सोना शुद्ध करने की विधि में कालक्रमानुसार विशेष परिवर्तन तो नहीं दिखाई देते लेकिन बाद में स्त्रोतों के अध्ययन से एक और प्रयास की जानकारी मिलती है। *आदिपुराण*[47] के अनुसार स्वर्ण शुद्ध करने की एक अलग उद्योगशाला होती थी, जिसे **प्रदक्षिणवर्त**[48] कहा जाता था। **शंख** नामक उद्योगशाला में स्वर्ण की सफ़ाई और उसे शुद्ध रूप में तैयार किया जाता था। धातु सम्बन्धी कार्य पिंगल नामक व्यवसाय केन्द्र में सम्पन्न किये जाते थे।[49] सोने की शुद्धता की जाँच कसौटी पर घिसकर की जाती थी।[50] इसके अलावा आग एवं शाण से सोने की शुद्धता की परीक्षा होती थी।[51] आग में सोना गलाने पर यदि मिलावट होती तो उसके रंग में परिवर्तन हो जाता और यदि शुद्ध रहा तो उसके रंग में कोई परिवर्तन नहीं होता था।[52]

अर्थशास्त्र में वस्त्रों की रंगाई में नील, पलाश (पुष्प), लाक्षा, मंजिष्ठ आदि का प्रयोग करने का वर्णन है। अजन्ता (200 ई.पू.-600 ई.पू.), बाघ, बादामी तथा सित्तन्नावसल (700-800 ई.) आदि गुफाओं की चित्रकारी भारतीयों के तत्सम्बन्धी ज्ञान के विकास की परिचायक हैं। इनमें मुख्य रूप से गेरू, हरिताल, गाढ़ा नीला, नीला लाजवर्त, काजल तथा खड़िया आदि का प्रयोग किया गया[53] है। अंक पद्धति को आधुनिक स्वरूप तक पहुँचाने का श्रेय भारतीयों को ही है। दशमलव स्थान मान पद्धति पर आधारित पूर्णतया वैज्ञानिक अंक संकेतों का दिग्दर्शन सर्वप्रथम भारतवर्ष में ही प्राप्त होता है और विद्वानों द्वारा यह सिद्ध किया जा चुका है कि भारतीयों के इस ज्ञान का शेष विश्व ऋणी है।[54] दूसरी शताब्दी के दौरान भारत के लोग गुणा-भाग करना जानते थे; जब कि योरोप में 1300 ई. तक संख्याओं का भाग करना एक दुष्कर कार्य था। भाग की आधुनिक विधि का प्रथम उल्लेख श्रीधर (992 ई.) की *त्रिशतिका*[55] में दिया गया है। बीजगणितीय अध्ययन को स्वतंत्र विषय की मान्यता दिलाने का श्रेय भारतीय विद्वान ब्रह्मगुप्त[56] (598 ई.) को है।

जैनग्रन्थ *आवश्यकचूर्णी, वसुदेवहिंडी, धम्मपदअट्ठकथा* आदि में बढ़इयों की वैज्ञानिक दृष्टि और यांत्रिक क्षमता पर प्रकाश डाला गया है। शूर्पारक[57] मौर्य-कुषाण काल में एक प्रसिद्ध बन्दरगाह था। यहाँ का कोक्कास नामक बढ़ई एक कुशल शिल्पकार था। अपनी शिल्पविद्या से उसने यंत्रमय कबूतर

बनाकर तैयार किया था। ये कबूतर राजभवन में जाते और वहाँ के गन्धशालि (सुगन्धित चावल) चुगकर लौट आते थे। बाद में राजा का आदेश पाकर उसने एक सुन्दर गरुड़यंत्र बनाया। इस यंत्र में राजा-रानी बैठकर आकाश में भ्रमण किया करते थे। इस बढ़ई शिल्पकार ने कलिंगराज के अनुरोध पर सात तल्ले का एक सुन्दर भवन का निर्माण किया[58] था।

जैनग्रन्थ *पिंडनिर्युक्ति* और *सूत्रकृतांग* में लिखा है कि विकास की आदिम अवस्था में मशक और बकरे की खाल पर बैठकर भी लोग नदी पार करते थे। इसके अतिरिक्त *निशीथभाष्य पीठिका* के अनुसार, लकड़ी के पटरे के चारों कोनों पर चार घड़े बाँधकर उससे नदी पार की जाती थी। मुंज या दर्म को अथवा पीपल आदि की छाल को कूटकर बनाए हुए पिंड से अथवा वस्त्र के चीथड़ों के साथ कूटे हुए पिंड से नाव का छिद्र बन्द किया जाता[59] था।

व्यवहारभाष्य[60] और *जातक*[61] में लिखा है कि यदि राजा को एक से अधिक पुत्र होते तो उनकी परीक्षा की जाती और जो राजपुत्र परीक्षा में सफल होता, उसे युवराज बनाया जाता था। किसी राजा ने अपने तीन पुत्रों की परीक्षा के लिए उनके सामने खीर की थालियाँ परोसकर रखीं और जंजीर में बँधे हुए भयंकर कुत्तों को उन पर छोड़ दिया। पहला राजकुमार कुत्तों को देखते ही खीर की थाली छोड़कर भाग गया। दूसरा उन्हें लकड़ी से मार-मारकर स्वयं खीर खाता रहा। तीसरा स्वयं भी खीर खाता रहा और कुत्तों को भी उसने खीर खिलाई। राजा तीसरे राजकुमार से अत्यन्त प्रसन्न हुआ और उसने उसे युवराज बना दिया। चम्पा नगरी अपने श्रेष्ठ भवनों के कारण विख्यात् थी। वहाँ के शीतगृह जाड़े में गर्म और गर्मी के दिनों में ठंडा रहते थे।[62]

बौद्ध ग्रन्थ *महावग्ग*[63] में हंस के रोम से बने तकिए की चर्चा है। *ज्ञातृधर्मकथा*[64] में अस्पतालों की चर्चा है जहाँ वेतनभोगी वैद्य चिकित्साकार्य करते थे। जैनसूत्र *स्थानांगसूत्र* में 7 संगीत-स्वरों पर प्रकाश डाला गया[65] है। *राजप्रश्नीय टीका* नामक प्राकृत ग्रन्थ में 32 प्रकार की नाट्यविधि[66] का वर्णन है। चित्रकार चित्रों को बनाने में अपनी कूँची (तुलिका) और विविध रंगों का उपयोग करते थे। सर्वप्रथम वे भूमि को तैयार करते और फिर उसे सजाते। मिथिला के मल्लदत्त कुमार ने हाव, भाव, विलास और शृंगार चेष्टाओं से युक्त एक चित्रसभा बनवाई थी। उसने चित्रकार श्रेणी को बुलाया। इस श्रेणी द्वारा चित्रसभा बनाई गई। इन चित्रकारों में एक चित्रकार बड़ा विलक्षण था। वह वृक्ष आदि के एक हिस्से को देखकर उसके सम्पूर्ण रूप को चित्रित कर देता था।[67] आलेखन विद्या में निपुण एक नटपुत्र ने शिप्रा नदी के किनारे गली-मुहल्लों सहित उज्जैन नगरी को चित्रित कर दिखाया था। पदलितप्त नामक आचार्य ने किसी राजा की बहन की प्रतिमा बनाई थी, जो भ्रमण करती थी, पलक मारती

थी और हाथ में व्यंजन लेकर आचार्यों के समक्ष उपस्थित हो जाती थी। यंत्रमय हाथियों का निर्माण किया जाता।[68] उज्जैनी का राजा प्रद्योत ने यंत्र से चलनेवाला एक हाथी बनवाया था।[69] *निशीथचूर्णी* में वर्धकीरत्न नामक बढ़ई द्वारा एक ऐसे शीतघर को बनाने का[70] वर्णन है जिस पर वर्षा, गर्मी और सर्दी का असर नहीं होता था। *ज्ञातृधर्मकथा* में वर्णन है कि राजगृह में वास्तुशास्त्रियों द्वारा बनाई हुई भूमि में तालाब का निर्माण किया गया था।[71] दंडसम्पुच्छणी और वेणुसम्पुच्छणी नामक लम्बी झाड़ुओं के नाम मिलते हैं।[72] इन्हें बाँस में बाँधकर घर की सफ़ाई की जाती थी।[73]

वर्णमाला में अक्षरों की सहायता से अंकों को व्यक्त करने की विद्या का प्रचलन पाणिनि (*अष्टाध्यायी*) के समय से ही हो गया था। मानवभाषा की ध्वनियों को प्रकट करनेवाले विशेष चिह्न (Phonetic), ध्वनिशास्त्र (Phonology) और जीव-जन्तुओं तथा पेड़-पौधों के रूप और बनावट (संरचना) का वैज्ञानिक अध्ययन सबसे पहले ई.पू. पाँचवीं शताब्दी में पाणिनि ने किया। मौर्यकाल से पूर्व ही उदयपुर (राजस्थान) के निवासी खान से जस्ता निकालकर उसका प्रयोग करना जानते थे। बाँध और पुल (Dam and Bridge) की प्रथम जानकारी मौर्यकालीन *अर्थशास्त्र* से होती है। बहुमूल्य रत्न के रूप में हीरा (Diamond) का सबसे पहले प्रयोग भारत में किया गया। इस रत्न की प्राचीनतम खान गोलकुंडा में थी। हीरा की प्रथम चर्चा *अर्थशास्त्र* में है। भौतिकी में अणु (Atom) की अवधारणा पर कणाद ने प्रकाश डाला। रसायन विज्ञान के क्षेत्र में इत्र का द्रवशोधन (Distillation on Perfumes), सुगन्धित तरल पदार्थ (Aromatic Liquids), रंजक पदार्थ जिसके प्रयोग से चीज़ों पर रंग आ जाता है (Manufacturing of dyes and Pigments) और चीनी का शुद्धिकरण (Extraction of Sugar) की तकनीक प्राचीन काल में विकसित हो चुकी थी।

ई.पू. चौथी शताब्दी में स्याही का प्रयोग होता था। पश्चिमोत्तर के उत्तर-पश्चिम में अवस्थित अँधेर नामक स्थान में धातु कलश पर स्याही से लिखने का प्राचीनतम नमूना मिलता है। स्याही का प्राचीनतम नाम **मषि** अथवा **मषी** है जिसे **मसि** अथवा **मसी** भी कहते हैं। लकड़ी का कोयला, पानी, गोंद, शक्कर आदि मिलाकर मसि तैयार की जाती थी। शब्दकोशों में दवात के लिए मेलामन्दा, मेलांधु, मेलाधुका और मसिमणि तथा पुराणों में मसिपात्र, मसिभांड, मसि-कुषिका आदि शब्दों का प्रयोग किया गया है। जैन अपने ग्रन्थों में रंगीन स्याही के अलावा रक्त, सिन्दूर और हिंगुल (इंगुर) का प्रयोग करते थे।[74]

सिकन्दर के सेनापति सेल्युकस ने बताया कि सिन्धु नदी के मुहाने पर बसे लोग रुई तथा फटे हुए कपड़ों से **काग़ज़** बनाना जानते थे। मेगास्थनीज ने लिखा है कि भारत में दूरी का ज्ञान कराने और पड़ावों की सूचना देने के लिए

सड़कों पर पत्थर लगे हुए थे जिन पर एक स्थान से दूसरे स्थान की दूरी लिखी हुई थी।[75] बायें से दायें लिखी जानेवाली लिपि को **ब्राह्मी** और दायें से बायें लिखी जानेवाली लिपि को **खरोष्ठी** कहा गया।[76]

प्राचीनकाल में लिखने के लिए ताड़पत्र का प्रयोग किया जाता था। सबसे पहले ताड़पत्र को सुखा दिया जाता था; फिर कई दिनों तक उसे पानी में भीगने दिया जाता और उबालकर पुनः सुखा दिया जाता था। इसके बाद ताड़पत्र को चिकने पत्थर पर अथवा शंख से घोटकर चिकना बना दिया जाता और निश्चित आकार में काट लिया जाता था। ताड़पत्र पर लिखने के लिए जिस रोशनाई का प्रयोग किया जाता उसे कालिख अथवा लकड़ी के कोयले से काले रंग का किया जाता था।[77] ताड़पत्र और भूर्जपत्र[78] पर कलम और रोशनाई से लिखा जाता किन्तु तालदल पर लौह-कंटक अर्थात् लोहे की सुई से लिखा जाता था। ताड़पत्रों को बाँधनेवाली डोरी को **सूत्र** अथवा **शरयंत्रक** कहा जाता था।[79] भूर्जपत्र पर लिखित प्राचीनतम कृति खोतान में मिली जिसमें खरोष्ठी में लिखे धम्मपद् का कुछ अंश है। अगरुवृक्ष की भीतरी छाल का लेखन सामग्री के रूप में प्रयोग किया जाता जिसे आसाम में **सूचीपाट** कहते थे।[80]

रुई के कपड़े पर (जिसे पट अथवा कार्पासिक पट कहा जाता) भात अथवा गेहूँ का लेप लगाकर सुखा दिया जाता और फिर उस पर कौड़ी अथवा शंख घिसकर चिकना बनाया जाता था; उसके बाद स्याही से उस पर लिखा जा सकता था।[81] काग़ज़ पर हस्तलिखित कृतियाँ सर्वप्रथम गुप्तकालीन मध्य एशिया में काशगर एवं कुगीर के स्थान पर मिली हैं। गुजरात से प्राप्त काग़ज़ पर लिखित प्राचीनतम हस्तलिखित पुस्तक 1223-24 की है।

गिरिनगर[82] में पर्वत के समीप सुदर्शन नामक एक सरोवर पर निर्मित बाँध था। उर्जयत नामक पर्वत से निकलनेवाली सुवर्णसिक्ता (आधुनिक सोनरेखा नदी) एवं पलाशिनी नदियों में तेज बाढ़ आने के कारण करीब 420 हाथ लम्बी और 420 हाथ चौड़ी तथा 75 हाथ गहरी दरार पड़ जाने से सुदर्शन सरोवर का सारा पानी बह गया। चन्द्रगुप्त मौर्य के प्रान्तीय शासक पुष्यगुप्त (वैश्य) ने और फिर सम्राट अशोक के प्रान्तीय शासक तुषास्फ[83] ने नष्ट हुए विशाल बाँध को व्यवस्थित किया। इसके बाद महाक्षत्रप रुद्रदामन ने अपने राजकोष से धन खर्च करके पहले की अपेक्षा तिगुने लम्बे-चौड़े और सुदृढ़ बाँध बँधवाकर इस सुदर्शन को और अधिक सुन्दर बनवा दिया। इस काम की ज़िम्मेदारी उसके सुराष्ट्र प्रदेश के राज्यपाल पहलवकुलैप[84] के पुत्र अमात्य सुविशाख को नियुक्त किया था। सुविशाख सुदर्शन महासरोवर का बाँध बँधवाने में सफल रहा।[85]

अशोक के अभिलेखों का वैज्ञानिक पद्धति से पढ़ने का कार्य विलियम जोन्स द्वारा 1784 ई. में *Asiatic Society of Bengal,* Calcutta के तत्त्वावधान

से आरम्भ हुआ।[86] अशोक के शिलास्तम्भों पर सर्वप्रथम अभिलेख उत्कीर्ण किए गए थे। ब्राह्मी अक्षरों के रूप सम्भवतः हड़प्पा अथवा सेमेटिक लिपि अथवा दोनों के मिश्रण का विकसित रूप है जो अशोक के समय तक ध्वनि एवं रूप में विकसित हो चुकी थी। पाणिनि एवं यास्क का मत है कि करीब 900 ई.पू. में ब्राह्मी अक्षरों का विकास आरम्भ हुआ होगा।[87]

अशोक के द्वितीय शिला अभिलेख (गिरनार पाठ) के श्लोक 6–8 में लिखा है कि उसने मनुष्य चिकित्सा और पशु चिकित्सा की व्यवस्था की। मनुष्य एवं पशु से सम्बद्ध औषधियाँ जहाँ-जहाँ नहीं थीं वहाँ-वहाँ बाहर से लाकर रोपी गईं।[88]

'परमाणु' शब्द परम और अणु के मेल से बना है। संस्कृत में परम का अर्थ Ultimate or Beyond होता है और अणु का अर्थ Atom बताया गया है। इस तरह Beyond Atom को परमाणु कहा गया। आधुनिक विज्ञान की दृष्टि से MOLECULE (अणु) से ATOM (परमाणु) शब्द बना है। कात्यायन ने विश्व का निर्माण आणविक तत्त्वों से होना बताया और ईश्वरीय सत्ता को चुनौती दी। वह पूर्व मौर्यकाल का विद्वान था। ए.एल. वाशम ने *Wonder That was India* में स्वीकारा है कि आधुनिक भौतिक आविष्कार में प्राचीन भारतीय विद्वानों की सहायता से अंकों को व्यक्त करने की विधि का प्रचलन पाणिनि के समय से ही हो गया था। उन्होंने *अद्भुत भारत* (आगरा, 1972, पृ. 432) में लिखा है कि ध्वनि-विज्ञान के क्षेत्र में भारत ने वास्तविक अनुसंधान किए, जो प्रारम्भिक संगीत सिद्धान्तों की अपेक्षा कहीं अधिक सूक्ष्म स्वरों की पहचान के लिए श्रवणेन्द्रिय तथा प्रयोग पर आधारित थे। हेरोडोटस से लिखा है–They were the greatest notion of the age, अमेरिकन इतिहासकार Will Durant (1985-1981) ने कहा है कि हमारे दर्शन और गणित का जन्मदाता भारत है। इन सब के बावजूद यह नहीं कहा जा सकता कि प्राचीनकाल में किसी प्रकार का विशेष औद्योगिक विकास हो चुका था। वैसे यह निश्चित तौर पर कहा जा सकता है कि आधुनिक औद्योगिक विकास के मौलिक तत्त्व प्राचीन भारत में विकसित हो चुके थे किन्तु उन्हें प्रोत्साहित करने के लिए उचित रूप में राजकीय प्रोत्साहन प्राप्त नहीं हो सका। ईश्वरवाद की भावना ने विज्ञान की उन्नति में बाधक की भूमिका निभाई।

भारत-रोम व्यापार के दौरान कुषाणकाल में भारत के स्थानीय शिल्पकारों ने शीशा (Glass) से आकर्षक वस्तुओं को बनाने की तकनीक विकसित की। सातवाहन काल में शीशे की बोतल और फिर रंगीन सिलिंडर अर्थात् बेलन के आकार की वस्तु बनाई जाने लगी। इसी समय दक्षिण भारत में घाव पर बाँधने की पट्टी का आविष्कार हुआ, जिसका निर्यात यूरोप, चीन और अरब को

किया जाता था। मोतियाबिन्द ठीक करने के लिए आँखों का ऑपरेशन करने की तकनीक कुषाण काल में भारत ने चीन से सीखी। इसी काल में कश्मीर के इलाके में ऊनी शाल बनाए जाते थे। कश्मीरी ऊनी धागे को Pashm अथवा Pashmina कहते थे। कुषाणकाल में नील से रंगाई की जाती और यह रंग रोम और यूनान निर्यात किया जाता था।

चरकसंहिता एवं *सुश्रुतसंहिता* आयुर्वेद के प्रमुख ग्रन्थ हैं। इनमें बीमारियों और उनके इलाज का वर्णन है। इन ग्रन्थों के अध्ययन से पता चलता है कि औषध विज्ञान एवं चिकित्सा-व्यवस्था के क्षेत्र में विज्ञान और आत्मा जैसे धार्मिक रूढ़िवाद के बीच हमेशा तीव्रतम संघर्ष रहा। कर्म और पुनर्जन्म के सिद्धान्त तथा उच्च वर्णों की 'शुद्धता' को निम्न वर्णों के 'प्रदूषण' से बचाने के लिए ब्राह्मणीय व्यवस्था द्वारा लगाए गए निषेधों से सीधी मुठभेड़ किए बिना चिकित्सा विज्ञान का विकास असम्भव था। हमारे प्राचीन वैद्यों ने संघर्षमयी विचारधारा, विज्ञान के सिद्धान्त और चिकित्सा व्यवसाय का व्यवहार-जैसे तीनों क्षेत्रों में आनेवाली चुनौतियों को खुले मन से स्वीकार किया। जादू-टोने से किए गए इलाज को चुनौती देने में चरक सफल रहा।

कुषाणकाल से शासकों की मूर्तियाँ बनने लगीं। नाशपाती के आकार के कलश एवं किनारों पर हत्थों से युक्तसँकरे मुँह का गोल सुरादान बनाए जाने लगे। नारीमूर्ति के माध्यम से कामुकभावों को प्रस्तुत किया जाने लगा। पश्चिमोत्तर भारत में शक, यवन, ईरानी आदि विदेशियों का जमघट था; वहाँ एक कलाशैली का विकास हुआ जिसे **गन्धारशैली** कहते हैं। इसमें ग्रीक कलावन्त की छेनी और भारतीय बौद्ध धर्म का योग था। शकों ने भारत में जिस अचकन, पाजामा अर्थात् सलवार, पगड़ी अथवा जंगी टोपी का प्रचार किया वह वस्तुत: ईरानी ही थी। चप्पल पहनने की परम्परा इसी समय से शुरू हुई। दर्पण का आविष्कार हुआ। स्वर्णाभूषण बनाने में नवीन तकनीक की शुरुआत हुई।

गौतमधर्मसूत्र, विष्णुस्मृति और *मनुस्मृति* की मान्यता है कि चरक और सुश्रुत के समान जो भी व्यक्ति जनसाधारण की सेवा करता, वह अशुद्ध था। *तैत्तिरीय संहिता* में वर्णित कथा है कि यज्ञ का शीश कट जाता है। शीश कट जाने पर देवता उसे पुन: लगाने के लिए अश्विनीकुमारों के पास दौड़ते हैं। अश्विनों ने कहा कि वे इसे पुन: लगा सकते हैं, लेकिन शर्त यह है कि उन्हें देवताओं के साथ सोमरस पान करने की अनुमति प्रदान की जाए। देवताओं ने अश्विनीकुमारों की माँग को इस आधार पर अस्वीकृत कर दिया क्योंकि 'मनुष्यों में चिकित्सक का कार्य करते रहने की वजह से अश्विनीकुमार अशुद्ध हो चुके हैं।' इसी संहिता में लिखा है कि एक ब्राह्मण को चिकित्सा कर्म नहीं

करना चाहिए, क्योंकि यह कर्म अशुद्ध है। *शतपथ ब्राह्मण* में देवता कहते हैं, 'हम तुम्हें आमंत्रित नहीं करेंगे। मनुष्यों में घुलते-मिलते हो, उनके साथ घूमते और उनका उपचार करते हो।'

विज्ञान पर ध्यान नहीं देकर उपनिषदों ने वेदान्ती ईश्वरवाद को दर्शन और सामाजिक संरचना के क्षेत्र में सख्ती से प्रविष्ट कराने का प्रयास किया; उन्होंने लोहे के महत्त्व पर विचार करने की आवश्यकता नहीं महसूस की। गुप्तकाल में अर्थव्यवस्था की जड़ता और राजनीतिक सामन्तवाद के आगमन ने अन्धविश्वास को बहुत अधिक शक्तिशाली बना दिया। विज्ञान और विवेकसंगत चिन्तन का दम घोटकर इन पर विजय पाने का सफल प्रयास किया गया।

गुप्तकाल में दानेदार चीनी तैयार करने की तकनीक विकसित हुई। इसी काल में *अमरकोश* नामक शब्दकोश की रचना की गई, जिसमें राजा का अर्थ प्रथम बार स्वामी, ईश्वर और पिता बताया गया। पृथ्वी अपनी धुरी पर घूमती है—इसकी पहली जानकारी गुप्तकाल में आर्यभट ने दी। उसने बताया कि सूर्यग्रहण का कारण सूर्य और पृथ्वी के बीच चन्द्रमा का आ जाना और चन्द्रग्रहण का कारण सूर्य और चन्द्रमा के बीच पृथ्वी का आना तथा पृथ्वी की छाया चन्द्रमा पर पड़ना है। लेकिन ऐसी बातें कहने की अनुमति नहीं दी गई। ब्राह्मण-पुरोहित वर्ग के धार्मिक और सामाजिक दबाओं की वजह से वैज्ञानिक ज्योतिषियों को उनसे 'समझौता' करना पड़ा।

गुप्तकाल और उसके बाद काफी संख्या में अभिलेख ताम्रपत्र पर लिखे जाने लगे। ताम्रपत्र तैयार करने की दो विधियाँ थीं। कुछ ताम्रपत्र रेत के साँचे में ढाले जाते और कुछ हथौड़े से पीटकर बनाए जाते थे। दिए हुए नमूनों के आधार पर कारीगर पट्ट बनाते थे। यदि नमूना ताड़पत्र का होता तो पट्ट (चदरा) पतले और लम्बे होते थे। यदि नमूना भोजपत्र का होता तो पट्ट काफी बड़े और प्रायः वर्गाकार होते थे। अक्षर टांकी (पत्थर काटने की छेनी) से खोदे जाते थे। लेख की रक्षा के लिए पत्रों के किनारे प्रायः मोटे और उठे हुए बनाए जाते थे।[89]

आर्यभट, वराहमिहिर और ब्रह्मगुप्त ज्योतिषविदों की अग्रिम पंक्ति में रखे जाते हैं। आर्यभट पाँचवीं, वराहमिहिर छठी और ब्रह्मगुप्त छठी शताब्दी (598 ई.) में हुए। आर्यभट वैज्ञानिक ज्योतिष पर सुदृढ़ रहा। उसने फलित[90] ज्योतिष का विरोध किया और उसकी वैज्ञानिक वैधता के दावे को नामंजूर कर दिया। वराहमिहिर प्रक्रियावादी दबावों के सामने झुका तो सही, किन्तु कुछ बीच की स्थिति में रहा। उसने अपनी वैज्ञानिक स्थितियों का विश्लेषण बिना किसी रियायत के विशुद्ध वैज्ञानिक दृष्टि से किया, किन्तु यह भी कहा कि कुछ लोग हैं जो राहु-सिद्धान्त में विश्वास रखते हैं और इसका धीमे स्वर में, विनम्रता के साथ खंडन भी किया। उसने फलित ज्योतिष के क्षेत्र में भी योगदान किया।

बीजगणितीय अध्ययन को स्वतंत्र विषय के रूप में मान्यता दिलाने का श्रेय ब्रह्मगुप्त को है किन्तु परम्परावाद उस पर भी भारी पड़ गया। उसने अत्यन्त निष्क्रियता के साथ समझौता किया और अन्धविश्वास को रियायतें देकर अन्धविश्वासों के लिए रास्ता खोल दिया; जब कि दूसरी तरफ गणित-ज्योतिष के लिए उसका योगदान अत्यन्त मूल्यवान और उल्लेखनीय रहा। *ब्रह्म-सिद्धान्त* नामक ग्रन्थ के आरम्भ में ही ब्रह्मगुप्त ने कहा है–"कुछ लोग मानते हैं कि ग्रहण का कारण राहु नहीं है लेकिन यह एक मूर्खतापूर्ण विचार है, क्योंकि राहु ही ग्रसता है। मनु इसी बात का समर्थन पहले ही कर चुके हैं। इसके विपरीत आर्यभट, श्रीणेष और विष्णुचन्द्र का मत है कि ग्रहण का कारण राहु नहीं बल्कि चन्द्रमा और पृथ्वी की छाया इसका कारण है। आर्यभट आदि विद्वानों का यह विचार जनसाधारण की मान्यता के बिल्कुल विपरीत है। सम्बद्ध ब्राह्मण वर्ग का मानना रहा कि आर्यभट आदि की वैज्ञानिक अभिव्यक्ति को स्वीकार करने से ग्रहण की पूजा-अर्चना आदि भ्रामक मान लिए जाएँगे और इस अवसर पर उन्हें दान-दक्षिणा मिलना बन्द हो जाएगा।"

सामन्ती काल में बीमारियों को दूर करने के लिए अन्धविश्वासी धार्मिक तत्त्वों ने बहुमूल्य पत्थरों का प्रयोग करना शुरू किया। इसी समय से धार्मिक व्रत के नाम पर स्त्रियों को सालोंभर भूखा रहने की प्रथा को विशेष लोकप्रिय बनाने का प्रयास किया गया। पति और पुत्र को स्वस्थ और सुखी रहने के लिए भारत में व्रत का धार्मिक प्रावधान किया गया। जन्मकुंडली तैयार की जाने लगी और इसमें भी बीमारियों के इलाज की दवा खोजने की असफल चेष्टा की गई। 7वीं शताब्दी में ब्रह्मगुप्त ने पृथ्वी का आकार 23,000 मील बताया जो आधुनिक माप से मिलता-जुलता है।

वाचस्पति मिश्र ने करीब 840 ई. में *न्यायसूची-निबन्ध* में ठोस ज्यामिति (Solid Geometry) पर प्रकाश डाला। न्याय वैशेषिक में बताया गया कि एक क्षण .044 सेकंड के बराबर होता है। *शिल्पशास्त्र* नामक ग्रन्थ में नापने की सबसे छोटी इकाई परमाणु अर्थात् एक का 3,49,525वाँ भाग अर्थात् एक इंच का 3,49,525वाँ भाग बताया गया है। इस तरह आधुनिक औद्योगिक विकास के मौलिक तत्त्व पूर्वकालीन भारत में पाए जाने लगे थे। गणित में भाग करने की आधुनिक विधि का प्रथम उल्लेख श्रीधर द्वारा करीब 992 ई. में रचित ग्रन्थ *त्रिशतिका* में है।

उत्तम प्रकार का जलयान चोलकाल में बनना शुरू हुआ। पंचधातु से नटराज की मूर्ति चोलकाल में बनी। नौवीं शताब्दी में इराक़ का नाम मोसूल (Mosul) था। यहाँ यूरोप के लोगों को सबसे पहले जो वस्त्र मिला उसका नाम उन लोगों ने मोसूल रख दिया और आगे चलकर इसी शब्द से मैसलिन

(Muslin) अर्थात् महीन पारदर्शी सूती कपड़ा शब्द बना। मैसलिन को भारत में मलमल कहते हैं। मलमल के धागे का प्रारम्भिक अवशेष ढाका (बांग्लादेश) से मिला है। चेचक (Small Pox) की बीमारी से बचाव के लिए मनुष्य या पशु को टिका लगाने की प्रथम चर्चा 8वीं सदी में माधव द्वारा रचित *निदान* नामक ग्रन्थ में है। इस ग्रन्थ में चेचक को मसूरिका (Masurika) कहा गया है। ग्यारहवीं शताब्दी में क्षेमेन्द्र द्वारा कश्मीर में रचित *लोक प्रकाश* नामक ग्रन्थ में मानचित्र बनाए जाने पर प्रकाश डाला गया है। 12वीं शताब्दी में भाष्कराचार्य ने *सिद्धान्त शिरोमणि* की रचना की जिसमें ज्यामिति (Algebra) पर एक स्वतंत्र अध्याय है। इन गणितीय अवधारणाओं का जन्म भारत में हुआ और यहाँ से यह अरबों और फ़ारसवालों तक स्थानान्तरित हुआ।

विज्ञान एवं प्रौद्योगिकी से सम्बद्ध प्राचीन साहित्य एवं पुरातात्त्विक सामग्रियों से जो तथ्य उभरकर आते हैं उनसे पता चलता है कि सिन्धु सभ्यता के समय नगर-योजना अतिविकसित अवस्था में थी। उत्तर-वैदिककाल से औषध विज्ञान में नवीन चरण की शुरुआत हुई। कृषि विज्ञान में नवीन तथ्य ई.पू. छठी शताब्दी से पाए जाने लगे। नगरीकरण के द्वितीय चरण की शुरुआत में विज्ञान एवं प्रौद्योगिकी की भूमिका सर्वोत्तम रही। यह सिलसिला कुषाणकाल तक जारी रहा। पुरातात्त्विक सामग्रियाँ, प्राकृत एवं पाली साहित्य तथा *अर्थशास्त्र* इस अवधारणा के ज्वलंत प्रमाण हैं। गुप्तकाल से विज्ञान और प्रौद्योगिक को आर्थिक विकास में नज़रअन्दाज़ करने के लक्षण दिखाई देने लगते हैं।

सन्दर्भ-ग्रन्थ

1. *साइंस टुडे*, 1982, पृ. 22-26; डॉ. नवल 'वियोगी', *सिन्धु घाटी सभ्यता के सृजनकर्ता शूद्र और वणिक*, नई दिल्ली, 2008, पृ. 9
2. E. Mackay, *Early Indus Civilization*, New Delhi, 1976, p. 35
3. *वही*, पृ. 36
4. *वही*, पृ. 21-29
5. डॉ. नवल, *पूर्वोद्धृत*, पृ. 22
6. S. R. Rao, *Lothal and the Indus Civilization*, New Delhi, 1973, p. 79
7. *वही*, पृ. 68
8. मैके, *पूर्वोद्धृत*, पृ. 130
9. राव, *पूर्वोद्धृत*, पृ. 70
10. डॉ. नवल, *पूर्वोद्धृत*, पृ. 33-34
11. *ऋग्वेद*, मंडल, 3, 5 एवं 10
12. *वही*, मंडल 1
13. *वही*
14. *वही*, मंडल 2

15. *वही*, मंडल 6
16. *यजुर्वेद*, अध्याय 3 एवं 19
17. *वही*, अध्याय 8 एवं 20
18. *वही*, अध्याय 13
19. *वही*, अध्याय 30
20. *वही*, अध्याय 14
21. *वही*, अध्याय 30
22. *वही*, अध्याय 23
23. *वही*, अध्याय 27
24. *वही*, अध्याय 30
25. *वही*, अध्याय 31
26. *अथर्ववेद*, अध्याय 11
27. *वही*, अध्याय 5, 6, 10, 20
28. *कामसूत्रम्*, (वात्स्यायन) सं. श्रीदेवदत्त शास्त्री, चौखम्भा, वाराणसी, 2003, पृ. 108
29. *वही*, पृ. 120–21
30. भद्र, मन्द, मृग और संकीर्ण–*वृहत्कल्पभाष्य* (संघदासगणि), भावनगर, 1933–38, अध्याय 1, श्लोक 1147
31. 2.31.48.9
32. *आवश्यकचूर्णी* (जिनदासगणि), रतलाम, 1928, जिल्द–2, पृ. 170
33. एम. के. पाल, *क्राफ्ट्समेन इन ट्रेडिशनल इंडिया*, नई दिल्ली, 1987, पृ. 95
34. विजेट एंड अल्चिन, द *राइज ऑफ सिवलाइजेशन इन इंडिया एंड पाकिस्तान*, लन्दन, 1983, पृ. 194–6
35. *अर्थशास्त्रम्* (कौटिल्यम्) श्री वाचस्पति गैरोला, वाराणसी, 1984, अध्याय 13 एवं 144
36. *वही*
37. *वही*, अधिकरण 2, प्रकरण 29, अध्याय 13, पृ. 148
38. *वही*, 2.31.15., पृ. 158
39. *वही*, पृ. 163
40. *वही*
41. *वही*, 2.32.17, पृ. 165
42. *वही*, 2.51–52.34, पृ. 240
43. *बुद्धचरितम्* (अश्वघोष) अनु.–रामचन्द्र दास शास्त्री, वाराणसी, 1965
44. *सौन्दरनन्द महाकाव्य*, सर्ग 15, श्लोक 66
45. *व्हेनसांग का यात्रा–वर्णन* (अनु.) टी. वाटर्स, दिल्ली, 1969, जिल्द प्रथम, पृ. 301
46. *ललितविस्तर* (अनु.) शान्तिभिक्षु, लखनऊ, 1984, पृ. 65–9
47. *आदिपुराण*, 37.81
48. *वही*
49. *बृहत्संहिता* (वराहमिहिर) टीका पं. अच्चुतानन्द झा, वाराणसी, 1983, पृ. 12
50. *वही*
51. *मृच्छकटिकम्* (शूद्रक), हिन्दी व्याख्याकार–तारणीश झा, इलाहाबाद, 1986, पृ. 157
52. *वही*; के.ए. नीलकंठ शास्त्री, *चोलवंश* (हिन्दी), दिल्ली, 1979, पृ. 480

53. B.V. Subbarayappa, 'On Indian Atomism', *Bulletin of the National Institute of Science of India*, 1971, p. 308
54. विजयलक्ष्मी शर्मा, *अन्तरराष्ट्रीय परिपेक्ष्य में प्राचीन भारतीय विज्ञान*, नई दिल्ली, 1990, पृ. 209
55. *वही*, पृ. 210; V. B. Datta and A. N. Singh, *हिन्दू गणित का इतिहास* (K. S. Shukla द्वारा हिन्दी में अनुवादित) दिल्ली, 1974, पृ. 128
56. विजयलक्ष्मी शर्मा, *अन्तरराष्ट्रीय परिपेक्ष्य में प्राचीन भारतीय विज्ञान*, पृ. 71 एवं 212
57. वर्तमान सोपारा (बेसीन तालुका, ज़िला थाणे, मुम्बई)
58. जगदीशचन्द्र जैन, *जैन साहित्य आगम में भारतीय समाज*, वाराणसी, 1965, पृ. 148
59. *वही*, पृ. 183
60. 4.209 एवं 267
61. *जातक*, संख्या 247
62. *औपपातिकसूत्र* 1; *वृहत्कल्पभाष्य*, 1.2716; जगदीशचन्द्र जैन, पृ. 51
63. *महावग्ग*, 5.9.20; जगदीशचन्द्र जैन, पृ. 210
64. जगदीशचन्द्र जैन, पृ. 318
65. *वही*, पृ. 321
66. *वही*, पृ. 323
67. *ज्ञातृधर्मकथा*, 8, पृ. 106; *उत्तराध्ययन*, 35.4; जगदीश चन्द्र जैन, पृ. 327
68. *आवश्यकचूर्णी* (जिनदासगणि), रतलाम, 1928, पृ. 544
69. जगदीशचन्द्र जैन, पृ. 329–30
70. *वृहत्कल्पभाष्य*, 4.4915
71. जगदीशचन्द्र जैन, पृ. 335
72. *वही*, पृ. 336
73. *राजप्रश्नीयसूत्र*, 21; जगदीशचन्द्र जैन, पृ. 338
74. प्रभात कुमार मजूमदार, *प्राचीन भारत के अभिलेख*, रिसर्च, दिल्ली, 1979, पृ. 20
75. *वही*, पृ. 3
76. *वही*, पृ. 9
77. *वही*, पृ. 13
78. भूर्ग नामक वृक्ष की भीतरी छाल से भूर्जपत्र तैयार किया जाता था जो हिमालय में बहुतायत से होता था। –मजूमदार, पृ. 14
79. *वही*, पृ. 13–14
80. *वही*, पृ. 15
81. *वही*; राजस्थान में भड़ली के ज्योतिष, कपड़ों के टुकड़ों पर पंचांग तैयार करते थे। कन्नड़ के कारोबारी अपनी बहियों के लिए जो कपड़ा प्रयोग में लाते थे, उसे 'कड़तम्' कहते थे। इसे इमली के बीज के लेप से पोत दिया जाता और बाद में कोयले से काला कर दिया जाता था। इस पर खड़िया अथवा सेतखडी की पेंसिल से लिखा जाता था।
82. आधुनिक जूनागढ़ का प्राचीन नाम जो गुजरात के काठियावाड़ में अवस्थित है।
83. डॉ. रायचौधरी का विचार है कि तुषास्फ उत्तर-पश्चिम क्षेत्र का यूनानी सरदार था जिसे अशोक ने सुराष्ट्र संघ का मुख्य नियुक्त किया था।
84. *हरिवंश* के अनुसार पहलव कुलैप पार्थियन थे जिनके दाढ़ी थी।

85. प्रभात कुमार मजूमदार, पृ. 111–14
86. *वही*, पृ. 29–30
87. *वही*
88. *वही*, पृ. 35
89. *वही*, पृ. 19
90. मानव मन भविष्य ज्ञान के लिए अति उत्सुक रहता है। प्राचीन काल में लोगों द्वारा भविष्य की जानकारी के लिए बहुत से साधनों का आश्रय लिया जाता था। सूर्य, चन्द्र एवं ग्रहों की जो स्थिति जन्म के समय जैसी होती है, उसी के आधार पर जो भविष्यवाणी की जाती है, उसे फलित ज्योतिष अथवा देवज्ञ विज्ञान कहते हैं।

अध्याय-4

राजा और राजतंत्र

समाज की आवश्यकताओं की पूर्ति और उनकी समस्याओं के सामाधान के लिए प्रशासनिक व्यवस्था की आवश्यकता महसूस की गई। उत्पादन में वृद्धि अर्थात् अतिरेक को प्रोत्साहित करने के लिए ऐसा आवश्यक था। राजतंत्र का पालन-पोषण समाज करता है। राज्य की अभिव्यक्ति शासन के रूप में होती है। शासन करने की व्यवस्थित प्रक्रिया को चलाने के लिए किसी एक व्यक्ति की नियुक्ति या निर्वाचन होता है। उस व्यक्ति में काफी अधिकार निहित होते हैं। धीरे-धीरे वह व्यक्ति शासन करने लगता है और **नृप** या **राजा** बन जाता है। इसके पश्चात् राज्य का विचार अंकुरित होता है। कुछ समय पश्चात् इस एक व्यक्ति में ही सारे अधिकार निहित हो जाते हैं। समाज और शासन के मध्य राजा एक धुरी है। राजा, शासन और धर्म का सारा खर्च जनता उठाती है। राजा कभी सरदार के नाम से, कभी राजन्य के नाम से, कभी सम्राट के नाम से और गुप्तकाल में ईश्वर, स्वामी और पिता के रूप में जाना जाने लगा।

सिन्धुकाल में राजा की कोई अवधारणा थी—इसका प्रमाण हमें नहीं मिला है। वेदों[1] में राजा की तुलना इन्द्र से की गई है। इन्द्र को देवताओं का नायक बताया गया है। वैदिककाल में पशुओं के हरण के लिए युद्ध होते रहते थे। जनों के बीच भी आपस में लड़ाइयाँ नेतृत्वकर्ता के रूप में बढ़ जाती थीं। *महाभारत*[2] में राजा की उत्पत्ति के सम्बन्ध में लिखा है कि पहले न राजा था, न राज्य। धर्म सबकी रक्षा करता था। बाद में चलकर धर्म में गिरावट आने से मनुष्यों में लोभ, काम और क्रोध उत्पन्न होने लगा। खाने की वस्तु और नहीं खाने की वस्तु में कोई भेद नहीं रहा। पाप और पुण्य में भी अन्तर नहीं रहा। अन्त में वेद भी नहीं रहे। देवों को लगा कि अब कुछ भी नहीं बचेगा। वे ब्रह्मा के पास गए। ब्रह्मा ने अपनी असीम बुद्धि के द्वारा पुरुषार्थों की कल्पना का आख्यान किया। उन्होंने धर्म, अर्थ और काम के सन्तुलित सेवन से मोक्ष का मार्ग बताया। उन्होंने राजधर्म का महत्त्वपूर्ण अंग **दंड** को बताया। तब देवों ने विष्णु से प्रार्थना की

कि वे किसी मनुष्य का चयन कर दें जो दंड धारण करे। विष्णु ने एक पुत्र को जन्म दिया किन्तु उसके वंशज ऋषि हुए। अन्त में **वेण** राजा हुआ किन्तु उसने धर्म का पालन नहीं करते हुए शासन किया, अतः ऋषियों ने उसका वध कर दिया। उसके शरीर से मथकर पहले उन्होंने **निषाद** को जन्म दिया, जिसे वनवास दिया गया। फिर ऋषियों ने पृथु की उत्पत्ति की। पृथु ने ब्राह्मणों का सम्मान किया। उसने कृषि प्रारम्भ की। उसने प्रजा का रंजन किया। इसलिए उसे **राजा** कहा गया।

इस तरह राजा सबसे अधिक स्वीकार्य व्यक्ति होती गया। यह प्रचलित किया गया कि राजा इसलिए दंड धारण करता है ताकि वह उन लोगों को सज़ा दे सके जो समाज के नियम को तोड़ते हैं। समाज में व्याप्त अराजकता को समाप्त करने के लिए कुछ लोग इकट्ठे हुए और उन्होंने सबके आचरण के लिए कुछ नियम बनाए। उन्होंने देवताओं से प्रार्थना की कि वे एक राजा नियुक्त कर दें। मनु शासन का भार ग्रहण करने के लिए प्रारम्भ में तैयार नहीं हुए किन्तु बाद में तैयार हो गए। बदले में प्रजा अपनी अनाज की उपज का दशमांश, पशुधन का पचासवाँ भाग, सुन्दर कुमारियाँ और पुण्य का चौथा भाग देने को राज़ी हुई।[3]

प्रारम्भिक साहित्य में राजा को देवताओं से उत्पन्न बताया गया किन्तु बाद के साहित्य में उसे स्वयं देवता बता दिया गया। राजा की शक्ति में इस तरह वृद्धि होती गई और उसका पद पवित्र माना जाने लगा।

बौद्धग्रन्थ दीघनिकाय[4] में बताया गया है कि प्रारम्भ में लोगों ने जंगल साफ़ करके कृषियोग्य भूमि में वृद्धि की। उत्पादन में वृद्धि हुई। धन में वृद्धि के साथ अव्यवस्था फैलने लगी। एक-दूसरे के धान की चोरी होने लगी। आपस में लोग झगड़ते थे। कई प्रकार के विवादों में लोग फँसने लगे। अन्त में लोगों ने एक ऐसे योग्य व्यक्ति को चुना जो उनके विवादों का निर्णय कर सके। उसे दंड देने का अधिकार प्रदान किये गए। उसे अपने धन का एक भाग देने को लोग राज़ी हो गए। उसे **राजा** कहा गया, क्योंकि वह सबको प्रिय था। उसे **महासम्मत** कहा गया, क्योंकि सबने मिलकर उसका चयन किया था।

अर्थशास्त्र[5] में राजा के लिए स्वामी शब्द का प्रयोग हुआ है। स्वामी शब्द में स्वायत्तता और स्वामित्व का भाव शक्तिशाली है। राजा के लिए स्वामी शब्द का प्रयोग प्रमाणित करता है कि मौर्य काल में राजा की शक्ति और हैसियत में काफी बदलाव आ चुका था। मौर्य शासक इतने शक्तिशाली हो चुके थे कि इन्हें देवत्व के दावे की आवश्यकता नहीं पड़ी। इसी समय से पुरोहित वर्ग और शासन प्रबन्ध से जुड़े पदों पर नियुक्ति पानेवाले ब्राह्मणों में अन्तर स्पष्ट होने लगा। पुरोहित का स्थान ऊँचा माना जाता था। उन्होंने राजा को वैधता प्रदान

करनेवाले प्रमुख यज्ञों को पुनर्जीवित किया। राजाओं की वंशावलियाँ उन्होंने ही तैयार की। उन्होंने कई राजवंशों को क्षत्रिय की हैसियत प्रदान की।

गौतम धर्मसूत्र[6] के अनुसार, राजा को बलि वसूलने का अधिकार था, क्योंकि वह प्रजा की रक्षा करता था। बलि एक प्रकार का कर था जिसे राजा का पारिश्रमिक कहा गया।[7] *महाभारत*[8] में लिखा है कि राजा ऐसा कर न लगाए जिससे प्रजा को पीड़ा पहुँचे, कर-ग्रहण उसी प्रकार करना चाहिए जैसे मधुमती फूलों से मधु ग्रहण करती है। यह भी लिखा है कि धनवान प्रजा को प्रोत्साहित करना चाहिए, क्योंकि राज्य की समृद्धि धनवानों से प्राप्त कर (Tax) से ही बढ़ती है। कर, लगान, चुंगी और शुल्क तथा वाणिज्य–ये राजा की आय के साधन हो गए। इनसे राजकोष सम्पन्न होता था।[9] स्त्रियाँ, बच्चे, अपंग, विद्वान ब्राह्मण, साधु-संन्यासी और शूद्र-सेवक कर-मुक्त होते थे।[10] इन सभी लोगों का आर्थिक उत्पादन से प्रत्यक्ष रिश्ता कुछ विशेष नहीं था। विभिन्न प्रकार से प्राप्त आय का उपयोग एवं वितरण राजा और मंत्री मिलकर करते थे।

राजा का कर्तव्य प्रजा की रक्षा करना था। दूसरे शब्दों में विदेशी खतरे से बचाव करना और वर्णाश्रम धर्म का पालन प्रजा से करवाना भी राजा का कर्त्तव्य था।

शुंगकाल से राजा के पद के साथ देवत्व के जुड़ने की प्रवृत्ति बढ़ती गई। अतः उसका विरोध नहीं किया जा सकता था।[11] पूर्व शुंगकाल में अयोग्य राजा के विरुद्ध प्रजा को आवाज़ उठाने का अधिकार था।[12] *मनुस्मृति* के अनुसार, राजा को उसके कर्मों का फल स्वयं भुगतना पड़ेगा, अतः प्रजा को कानून अपने हाथों में नहीं लेना चाहिए।[13]

कुषाण राजवंश के ज़माने से बड़ी-बड़ी पदवियाँ धारण करने की परम्परा चली। किसी न किसी रूप में यह हीनभावना और राजा की कमजोर औकात का पैमाना था। **देवपुत्र, राजाधिराज, महाराजाधिराज, शहानुशाही** जैसी भड़कीली उपाधियाँ कुषाण राजाओं ने धारण की। कुषाण-सिक्कों पर राजा के चित्र मुद्रित किए जाने लगे। कनिष्क ने रोमन राजा के समान **हमकैजर** की उपाधि धारण की। विमकडफिसिस ने **महीश्वर** की उपाधि से अपने को अलंकृत किया। कुषाण अनेक छोटे-छोटे नरेशों (नर का ईश अर्थात् स्वामी) को पराजित कर शासन कर रहे थे। इसलिए इन्हें यह प्रकट करना था कि ये भारतीय शासकों में सर्वश्रेष्ठ थे। इसके लिए उन्होंने बड़ी-बड़ी उपाधियाँ लीं। लिच्छवियों के प्रजातंत्रात्मक शासन की मदद से चन्द्रगुप्त प्रथम चौथी शताब्दी में राजा बना था। अपनी राजनीतिक कमजोरी पर पर्दा डालने के लिए उसने **महाराजाधिराज** की उपाधि धारण की। उसके पहले के गुप्त राजाओं ने मात्र **महाराज** की उपाधि धारण की थी। राजा के रूप में समुद्रगुप्त को सभासदों

ने निर्वाचित किया था। उसे 'सम्पूर्ण पृथ्वी का पालन करने' की ज़िम्मेदारी दी गई। उसका नाम कच था, किन्तु राजा बनने पर उसने अपना नाम समुद्रगुप्त रख लिया। उसे अंग्रेज इतिहासकारों ने 'भारतीय नेपोलियन' कहा। अश्वमेध यज्ञ का उसने अनुष्ठान किया और ब्राह्मणों को अपार चल-अचल सम्पत्ति जब दान में दी तो ब्राह्मणों ने उसे 'प्रतापी' राजा कहा। इसी राजा के ज़माने से पदाधिकारियों को भी उपाधियों से अलंकृत करने की परम्परा चल पड़ी और सेनापति को 'महाबलीधिकृत' तथा प्रधान न्यायाधीश को 'महादंडनायक' कहा जाने लगा। मंत्री हरिषेण ने उसे 'कविराज' तक कह डाला। उसे 'लाख गायों का दानी' कहा गया। इन उपाधियों से खुश होकर समुद्रगुप्त ने स्वयं 'विक्रमांक' की उपाधि धारण कर ली। भारत की राजनीतिक एकता खंडित करनेवाला, सामन्तवादी व्यवस्था को प्रोत्साहित करनेवाला, ग़रीबी में विस्तार करनेवाला, अन्धविश्वास को प्रोत्साहित कर अयोग्य ब्राह्मणों को अपार सम्पत्ति दान करनेवाला यह राजा इलाहाबाद के लेख में 'कुबेर के समान धनी', वरुण के समान दानी, इन्द्र के समान वीर तथा यम के समान दंड देने में कठोर'' बताया गया। दरबारी हरिषेण ने चाटुकारिता की हद कर दी। अपनी कमजोरी छिपाने के लिए अयोग्य और लोभी ब्राह्मणों के सहयोग से भारत की आम जनता की गम्भीर समस्याओं पर ध्यान न देकर, अपनी योग्यता में किसी प्रकार की वृद्धि न करके समुद्रगुप्त के समान गुप्तराजा चन्द्रगुप्त ने **महाराजाधिराज, सिंह-विक्रम, श्रीविक्रम, शकारि, विक्रमादित्य** आदि खोखली उपाधियों को धारण किया। कालिदास ने गुप्तराजाओं को राजन, नरपति, देव, भट्टारक, सम्राट आदि उपाधियों से अलंकृत किया। गुप्तों का वह दरबारी था। उसने गुप्तरानियों को **महादेवी, परमभट्टारिका, परमभट्टारिकाराज्ञी** आदि उपाधियों से अलंकृत करने की परम्परा चलाई। विखंडित प्रशासनिक ढाँचे में गाँवों का प्रशासन **पंचमंडली** और नगर का प्रशासन नगरपति देखरेख करने लगे। इन अधिकारियों का खर्च-वर्च का इन्तज़ाम इन्हें स्वयं करना पड़ता था। प्रजा की रक्षा का दावा करनेवाले गुप्तशासकों का अधिकांश समय भोग-विलास में व्यतीत होने लगा। बाढ़, सूखा, महामारी और स्थानीय शासकों के अत्याचार से पीड़ित प्रजा ईश्वर की शरण में जाने को बाध्य हुई। ईश्वर विभिन्न रूपों में विभिन्न मन्दिरों में विराजमान था। पुजारियों को मोटी राशि और ज़मीन दान में दी गई। इनके बदले उन्होंने राजा को देवत्व प्रदान किया; प्रजा के बीच जाकर दान पानेवाले ब्राह्मणों ने राजा को ईश्वर का अवतार बताना प्रारम्भ किया। प्रजा के मन में धार्मिक डर पैदा किए जाने लगे।

धीरे-धीरे राजा और राजतंत्र में नवीन बदलाव आए। राजा के कुछ प्रमुख उच्चाधिकारी और मंत्री छोटे पैमाने पर राजा की भूमिका निभाने लगे। छोटे

राजा और बड़े राजा पाए जाने लगे। इन्हें धार्मिक मान्यता दिलाने के लिए मन्दिरों में देवी-देवताओं को छोटा और बड़ा रूप प्रदान किया गया। इस तरह भूमि-व्यवस्था, धर्म और राज्य व्यवस्था में नवीन बदलाव आए। गुप्तकाल में राजा को ब्राह्मणों ने देवता का अवतार बताना प्रारम्भ किया। उत्पादक वर्ग का विशेष शोषण करने के लिए धर्म और राजनीति के बीच नवीन शैली में मित्रता स्थापित कर तथा ब्राह्मणों का खर्च चलाने के लिए राजा द्वारा प्रजा से कर वसूलने की मात्रा बढ़ा दी गई। इसके बदले राजा की मूर्ति मन्दिरों में प्रमुख देवताओं के रूप में स्थापित की जाने लगी।

सन्दर्भ-ग्रन्थ

1. *ऋग्वेद*, viii 35.17; viii 86.10-11; *अथर्ववेद*, iv 20.4-5; vi 87.
2. *शान्तिपर्व*, 59.12-21; ओम् प्रकाश प्रसाद, *कलियुग में इतिहास की तलाश*, नई दिल्ली, 2004, पृ. 42-63
3. *ऐतरेय ब्राह्मण*, 1.14; 1.24; xi 1.6.24; *शान्तिपर्व*, 67.16
4. *दीघनिकाय*, iii 80-98; vi 1; ii .4
5. *अर्थशास्त्र*, vi .1; ii .4
6. *गौतम धर्मसूत्र*, viii .39; x. 28
7. *बौधायन धर्मसूत्र*, i.10.1; *शान्तिपर्व*, 67 एवं 70; *अर्थशास्त्र*, i.13
8. *उद्योगपर्व*, 34.17-18; *शान्तिपर्व*, 87. 25-33; 89.24-26
9. *आपस्तम्ब धर्मसूत्र*, ii, 10.26.9
10. *वही*, ii, 10.26.10-17
11. *नारद स्मृति*, xviii, 20-22.
12. *अनुशासनपर्व*, 60.18-20; *शान्तिपर्व*, 72. 42-43
13. *मनुस्मृति*, vii .19

अध्याय-5

स्त्रियाँ और विज्ञान

I

शिकार के चरण (phase) से पूर्व के समाज में कोई उत्पादन नहीं होता था; बीजों, फलों और छोटे जानवरों को यहाँ-वहाँ से अपने अधिकार में ले लिया जाता था। इस स्थिति में श्रम का विभाजन नहीं था। शिशुओं के लालन-पालन में स्त्रियाँ लगी रहती थीं। माता-पिता तथा विशेषकर माता और उसके बच्चों के बीच सम्बन्धों से प्रगति का मार्ग तैयार होने लगा। माता और उसके बच्चों के बीच प्राकृतिक लगाव से समुदाय में रिश्ते की भावना आई। एक-दूसरे के प्रति अपने-अपने कर्त्तव्यों के बारे में चेतना उपजी और परस्पर स्नेह का उदय हुआ। इस तरह स्त्री से कबीला उत्पन्न हुआ। काफी समय तक सामाजिक संगठन का केन्द्रबिन्दु माता रही।

एक ऐसा समय आया जब भाले का आविष्कार हुआ। इस औजार से शिकार करने का काम पुरुषों का हो गया। स्त्रियाँ खाद्य सामग्री इकट्ठा करने में लगी रहीं। गर्भावस्था और बच्चे को स्तनपान कराने की अवधि में स्त्रियाँ कम गतिशील होती थीं। ऐसे में स्त्रीप्रधान का माहौल बना रहा। शिकार के दौरान पुरुषों ने पालतू जानवरों को पहचान लिया। पशुपालन से पुरुष-समाज का सम्बन्ध स्थापित हुआ। दूसरी ओर, खाद्य सामग्री इकट्ठा करने की क्रिया से, बस्ती के आसपास की ज़मीन में बीज बोने की प्रवृत्ति का जन्म हुआ और स्त्रियाँ खेती का काम करने लगीं।

ई.पू. 3000 के दौरान भारत में आर्यों का नाम किसी ने नहीं सुना था। इसी समय मिस्त्र और मेसोपोटामिया के सहयोग से पंजाब और सिन्धु में एक अनोखी सभ्यता पनपी थी जिसका श्रेय सम्भवतः स्त्रियों को था। सिन्धु घाटी में सम्पत्ति की प्राप्ति पृथ्वी से ही हो रही थी। आवश्यकता से अधिक जो कृषि उत्पादन होता वही उसका भौतिक आधार था और कृषि की खोज स्त्रियों ने की थी। इसीलिए सिन्धु सभ्यता में मातृसत्तात्मक तत्त्वों के काफी अवशेष मिलते हैं।

आज जिसे हम हिन्दू धम कहत हैं, उसके सांस्कृतिक ढाँचे में सिन्धुकालीन धार्मिक तत्त्वों की प्रमुखता है। स्त्री-प्रधान धर्म वेदोत्तरकाल की शान्तिपूर्ण परिस्थितियों का परिणाम नहीं था।

सिन्धु घाटी और बलूचिस्तान से जिस प्रकार की नारी मूर्तियाँ मिली हैं वैसी ही बहुत-सी मूर्तियाँ एलम, सीरिया, मेसोपोटामिया, एशिया माइनर, फिलीस्तीन, साइप्रस और मिस्त्र आदि देशों से भी मिली हैं। सिन्धु से लेकर नील नदी तक सारे क्षेत्र में ये मूर्तियाँ थीं। इन सभी देशों में मातृसत्तात्मक समाज की बात सोची जा सकती है। इन सभी सभ्यताओं की सम्पदा धरती से उपजती थी और कृषि रूपी इस सम्पदा की खोज स्त्रियों ने की थी।

मातृदेवी को माता या महामाता कहते थे जो शक्ति के रूप में विकसित हुई। माता के प्रतिनिधि ग्रामदेवता वास्तव में ग्रामदेवियाँ हैं जिन्हें उत्पादकता की जन्मदात्री माना जाता था। प्रारम्भ में इनकी उपासना जब निम्न वर्ग के लोग करते तो ये **ग्रामदेवियाँ** और ब्राह्मणों ने इनकी उपासना करनी शुरू की तो इन्हें **ग्रामदेवता** के नाम से जाना जाने लगा। मातृदेवी के रूप में उपासना करनेवाली जनजातियाँ बाद में चलकर आर्यों के समाज का अंग नहीं बन सकीं।

पशुओं द्वारा चलाए जानेवाले हल का उपयोग शुरू होने पर कृषि कार्य पुरुषों द्वारा किया जाने लगा। उत्पादन में स्त्रियों की भूमिका जैसे-जैसे और जहाँ-जहाँ कम होती गई वैसे-वैसे पुरुष-प्रधान समाज का उदय होता गया। शिकारी अर्थव्यवस्था के दौरान स्त्री और पुरुष के बीच श्रम का विभाजन हुआ। जब तक समाज में स्त्रियों की प्रधानता उत्पादन के प्रथम चरण में रही उस समय देवियों की प्रधानता थी। बाद में जब समाज पशुपालनावस्था में पहुँचा तो देवियों का महत्त्व कम और देवताओं का महत्त्व बढ़ गया।

पशुपालन के माध्यम से आर्थिक सत्ता पुरुषों के हाथ में आ गई। वैदिक धर्म और उपासना में देवियों के स्थान की चर्चा है। वहाँ आमतौर पर देवताओं के स्थान पर देवियाँ हैं। *ऋग्वेद* में सीता का आह्वान किया गया है। सीता का शाब्दिक अर्थ है, खेत में हल चलने से बननेवाली झिरी अथवा हराई। देवियों का स्तर देवताओं के स्तर से नीचे रखा जाना वैदिक आर्यों की कृषिप्रधान अर्थव्यवस्था के अनुरूप है, किन्तु कृषि में वृद्धि के लिए देवी की कल्पना की गई, क्योंकि सन्तानोत्पत्ति का सम्बन्ध स्त्रियों से रहा।

गोभिल गृहसूत्र में सीता, आरद और अनद्य जैसी देवियों की चर्चा पैदावार में वृद्धि के लिए की गई है। बैलों द्वारा हल चलाने अथवा जुताई करने की विधि का जब आविष्कार हुआ तो स्त्रियों द्वारा यह काम छोड़ देना पड़ा। डी.डी. कोसाम्बी का मत है कि देश के जिन भागों में हल का उपयोग सबसे अन्त में प्रारम्भ हुआ वहाँ मातृसत्तात्मक संस्थाओं का अस्तित्व बना रहा। ऐसी

संस्थाओं का जहाँ अन्त हुआ वहाँ बहुपत्नी विवाह, बाल विवाह और सतीप्रथा का उदय हुआ। बाल विवाह, सतीप्रथा, विधवा प्रथा और बहुपत्नी विवाह से जिस मात्रा में पुरुष समाज को फ़ायदा हुआ उससे ज़्यादा दुर्दशा स्त्रियों को भुगतनी पड़ी।

II

आज भारत में जिन स्त्रियों को हम देखते हैं उनमें शिक्षित-अशिक्षित, ग्रामीण-कस्बाई और शहरी तथा महानगरीय, धनी, अत्यधिक धनाढ्य, मध्यम, निम्न मध्यम, ग़रीब और ग़रीबी रेखा से नीचे, विवाहिता-अविवाहिता, बच्ची-बूढ़ी और युवती, तलाकशुदा और विधवा, नौकरी करनेवाली और शुद्ध गृहिणी, एक पति की कई पत्नियाँ, कई पत्नियों के एक पति, दादी, माँ, मौसी, चाची, बहन, बेटी आदि प्रकार हैं। दक्षिण, पूरब, पश्चिम और उत्तर भारत में रहनेवाली स्त्रियों में भी भिन्नता पाते हैं। मज़दूरी पर काम करनेवाली और कारोबार करनेवाली स्त्रियाँ भी हैं। देश में करीब आधी आबादी इन्हीं की है। स्त्रियों से सम्बद्ध केन्द्रीय कानून इन विभिन्नताओं को करीब-करीब नकारते हुए एक निश्चित सीमाबद्ध ढाँचे में बना हुआ है।

प्राचीनकाल से सम्बद्ध स्त्रियों पर प्रकाशित पुस्तकों में से कोई भी एक ऐसा नहीं दिखाई देता जिसको पढ़ने से इस विषय से सम्बद्ध पहलुओं को ठीक से समझा जा सके। अधिकांश लेखकों ने सभी स्त्रियों से भिन्न एक समूह और उन्हें दया का पात्र माना है। स्त्रियों को निन्दा का पात्र और उन्हें समस्याओं का स्रोत मानने से अधिकांश भारतीय साहित्य पीछे नहीं रहा।

विंसेंट आर्थर स्मिथ के ज़माने का पुरुष प्रधान इतिहास पाठ्यक्रम परम्परावादी रूप में आज भी अपना दबदबा बनाए हुए है। स्त्रियों की दशा पर स्वतंत्र रूप से लिखनेवाले विद्वानों ने सम्बद्ध स्रोतों का मनचाहे ढंग से और आंशिक रूप में चाहे-अनचाहे इस्तेमाल किया। उन्होंने किसी काल की स्त्री-दशा को खराब और किसी को अच्छा इस रूप में बताया मानों सभी स्त्रियाँ एक समान दशा और एक प्रकार वाली समूह थीं। वेद, स्मृति, *महाभारत*, *रामायण* और *पुराण* को वैज्ञानिक दृष्टि से पुन:अध्ययन करके स्त्रियों की दशा का विश्लेषण एवं परीक्षण करना शायद अभी भी शेष है।

विद्वानों द्वारा श्रीराम की पत्नी के रूप में सीता को व्यापक रूप में बताने का प्रयास किया गया, किन्तु इसे बताने का प्रयास शायद ही किया गया कि जिस सीमा तक एक पत्नी का फ़र्ज सीता द्वारा निभाया गया उसी मात्रा में क्या राम द्वारा निभाया गया? इतिहास में राम-सीता की पढ़ाई नहीं होती, अत:

इतिहासविदों ने इस पर विचार करने की आवश्यकता अगर नहीं महसूस की तो आश्चर्य नहीं किन्तु राजगृह के **महाअसुरमयी** नामक प्रथम महिला वैज्ञानिक को तो इतिहास में उचित स्थान मिलना चाहिए था जिसने उत्तर-वैदिककाल के दौरान राजगृह में कोढ़ की दवा का आविष्कार किया जिसका प्रयोग इस बीमारी में आज भी किया जाता है। सम्राट अशोक की रानी **तीष्यरक्षिता** कुशल शल्य-चिकित्सक थी। प्राचीन भारतीय स्त्रियों का ऐतिहासिक अध्ययन विद्वानों के समक्ष एक गम्भीर मुद्दा है; इसे भी एक सोचनीय मुद्दा मानना चाहिए कि पुरुष-विद्वानों ने जिस रूप में स्त्रियों की दशा का चित्रण किया उस रूप को स्त्रियों का जागरूक समूह किस सीमा तक मान्यता प्रदान करता है। पुरुष जिस रूप में प्राचीन स्त्रियों को देखता है, क्या स्त्री भी अपने को उसी रूप में देखती है? प्राचीन स्त्रियों के मुँह से मनचाहे बात को पुरुषों द्वारा पुरुष-प्रधान समाज में कहलवाया गया-यह विचार अकाट्य है।

इतिहास की बिखरी हुई सामग्रियों में से स्त्री से सम्बद्ध तथ्यों को निकालकर पूर्ण चित्र प्रस्तुत करना एक दुष्कर कार्य बना हुआ है। पुरातात्त्विक सामग्रियों से सिन्धु-स्त्रियों के सम्बन्ध में थोड़ा-बहुत जाना जा सकता है। सिन्धु-स्थलों से पकाई हुई मिट्टी की नारी-मूर्तियाँ मिली हैं। इससे मातृ-प्रधान द्रविड़ परम्परा की जानकारी मिलती है। मूर्ति से तत्कालीन नारी के प्रति सम्मान की भावना झलकती है। सिन्धु नारी-मूर्तियों को देख कुछ विद्वानों का मानना है कि तत्कालीन मनुष्य ने माँ के रूप में पूजना शुरू किया होगा। कुछ अन्य विद्वान नारी-मूर्तियों को नग्न या अर्द्धनग्न स्थिति में होने के कारण तत्कालीन समाज को भौतिकवादी दृष्टिकोण से जोड़कर देखते हैं। सम्भवतः सिन्धुवासी वस्त्रों के प्रति उदासीन थे। मूर्तियाँ अगर तत्कालीन स्त्रियों का प्रतिनिधित्व करती हैं तो इसका अर्थ यह लगाया जा सकता है कि सिन्धुवासी स्त्रियाँ शृंगार में रुचि रखती थीं। शृंगार से सम्बद्ध दर्पण, कंघी, काजल आदि के प्रमाण मिले हैं। नर्तकी का चित्रांकन के प्रमाण मिले हैं। पुरातत्त्वविद् कुछ मृणमूर्तियों को मातृदेवी बताते हैं। इन्हें **जगत जननी** भी बताया गया है। बलूचिस्तान, कुल्ली और झोव से प्राप्त नारी-मूर्तियों को मार्शल ने सृष्टि की अनादि शक्ति और पुरुष की सहचारिणी बताया है। एक चित्रांकन में स्त्री पलथी मारकर बैठी हुई है जिसके दोनों ओर पुजारी हैं; इस स्त्री के ऊपर पीपल की पत्तियों का चित्रण है। स्त्री के इस चित्र के आधार पर निष्कर्ष निकाला गया कि शक्ति-पूजा, मातृपूजा और प्रजनन शक्ति के रूप में देवीपूजा का प्रारम्भ हुआ।

वैदिककाल के प्रारम्भिक चरण में स्त्रियाँ स्वच्छन्द थीं; बिना किसी रुकावट के वे सामाजिक गतिविधियों में भाग लेती थीं। *ऋग्वेद* में पुत्र प्राप्ति के लिए प्रार्थना की जाती थी न कि पुत्री के लिए। इसके बावजूद समाज में

इनकी स्थिति असम्मानित नहीं थी। जीविका की तलाश में स्त्रियाँ पुरुषों के समान प्रयत्नशील रहती थीं। कुछ स्त्रियाँ अपनी योग्यता के बल पर सम्मानित दशा में थीं। अगस्त्य ऋषि की पत्नी थी **लोपामुद्रा**। उसने *ऋग्वेद* के एक सूक्त की रचना की थी। *ऋग्वेद* में प्रथम मंडल के 126 वें सूक्त की रचना **विश्ववारा** ने किया। ऋषि आत्रि की पुत्री **अपाला** गुणवान थी। **सिक्ता** और **सूर्या** सूक्तों की रचनाकार थीं। **घोषा**, **रोमशा**, **उर्वशी**, **निबावरी** आदि स्त्रियाँ शिक्षा, ज्ञान एवं विद्वत्ता के क्षेत्र में आगे थीं। **सुलभा**, **गार्गी**, **मैत्रेयी** आदि स्त्रियों की प्रतिष्ठा वैदिक ऋषियों के समान थी।

ऋग्वैदिक काल में ऐसी गुणवान स्त्रियाँ अपवादस्वरूप थीं। भोजन और पशुओं को लेकर ऋग्वैदिक कबीलों के बीच सदा झगड़े होते रहते थे और इस स्थिति में अधिकांश स्त्रियाँ असुरक्षित थीं। पुरुषों के ही समान भोजन का जुगाड़ उन्हें स्वयं करना पड़ता था और मजबूरीवश उन्हें पर्दों में रहना सम्भव नहीं था।

धीरे-धीरे जब घरेलू पशुओं की पहचान कर लेने में सफलता मिली तो ऋग्वैदिक काल के अन्तिम चरण और कुछ अनुकूल क्षेत्रों में पशुपालन संस्कृति विकसित हुई। इस माहौल में स्त्रियों का एक नया रूप पाया जाने लगा जिन पर पुरुष-नियंत्रण के लक्षण दिखाई देने लगे। पत्नी के रूप में स्त्रियाँ दिखाई देने लगती हैं किन्तु कम मात्रा में। स्त्रियों द्वारा पशुओं की देखभाल करते रहने के कारण पशुधन की अवधारणा विकसित हुई। कुछ स्त्रियाँ पशुओं की रक्षा हेतु अपने पतियों के साथ लड़ाई में भाग लेने लगीं। *ऋग्वेद* में वर्णन है कि खेल ऋषि की पत्नी **विश्वलर** अपने पति के साथ युद्धक्षेत्र में गई और मुद्गलानी नामक स्त्री से लड़कर हज़ार गाएँ लाई। विवाह की प्रथा भोजन की अनिश्चितता के कारण, प्रायः अप्रचलित थी। मनचाहे पुरुष के साथ स्त्रियों को रहने पर प्रतिबन्ध की बात नहीं पाते हैं। विवाह की चर्चा भी कभी-कभार देखने को मिल जाती है।

पुरुषों के नियंत्रण और पत्नी के रूप में रहने का नवीन माहौल उत्तर-वैदिककाल में व्यापक रूप में दिखाई देने लगता है। उत्तर-वैदिककाल अर्थात् ई.पू. करीब 1000 के बाद कृषि के कारण समतल मैदान में विवाह की प्रथा विकसित हुई। किन्तु, ई.पू. 800 के बाद भी उत्तर भारत के कई क्षेत्रों में विवाह प्रथा का विकसित होना अभी शेष था। *महाभारत* में शुकन्तला से भरत का जन्म, कुन्ती और सूर्य से कर्ण का जन्म, कुन्ती से तीन पुत्रों और माद्री से नकुल और सहदेव का जन्म, *महाभारत* में वर्णित अपहरण की घटनाएँ, लौकिक-अलौकिक देवताओं-पुरुषों से स्त्रियों के सम्बन्ध से स्पष्ट है कि महाभारतकाल अर्थात् ई.पू. 800 के दौरान भी विवाह प्रथा व्यवस्थित ढंग से विकसित नहीं हो पाई थी। उत्तर-वैदिककाल में ही राजा नल ने अपनी पत्नी

दमयन्ती को जुए के दाँव पर लगाने को तैयार हो गए थे। द्रौपदी को पांडव जुए में हार गए। वासुदेव कृष्ण की 16 हज़ार पत्नियाँ थीं। इनसे पता चलता है कि पति-पत्नी के बीच गहरा सम्बन्ध और एक दूसरे पर पूर्ण नियंत्रण की प्रथा विकसित नहीं हो पाई थी।

उत्तर-वैदिककाल में स्त्रियों की दशा खराब के कारण ही पांडु की मृत्यु पर माद्री चिता के साथ जल गई किन्तु कुन्ती नहीं। देवकी, भद्रा, रोहिणी एवं मन्दिरा अपने मृत पति वासुदेव के साथ जलकर मर गईं। द्रोणाचार्य जब मरे तो उनकी पत्नी कृपी सती नहीं हुई। आम लोगों के बीच सती प्रथा प्रचलित नहीं थी। पुत्रहीन विधवा स्त्री पुत्र जन्म नहीं होने तक देवर के साथ सहवास कुछ विशेष नियंत्रण के साथ कर सकती थी और इसे नियोग कहते थे तथा नारी को देवरकामा भी कहा गया। इस सामाजिक प्रथा का प्रचलन व्यापक रूप में सम्भवतः नहीं था। ऋग्वैदिककाल की तुलना में उत्तर-वैदिककाल में कन्या की शिक्षा के विषय में प्रायः अनिच्छा ही दिखती है। कम आयु में ही कन्या के विवाह पर जोर दिया जाने लगा।

वर्ण-व्यवस्था की शुरुआत उत्तर-वैदिककाल से हुई। इस व्यवस्था को बनाए रखने के लिए प्रयास किए जाने लगे किन्तु इसी काल से असमान वर्ण के विवाह के उल्लेख मिलने लगते हैं। उच्चतर वर्ण के पुरुष और निम्नतर वर्ण की स्त्री से हुए विवाह को **अनुलोम** और निम्नतर वर्ण के पुरुष और उच्चतर वर्ण के पुरुष के साथ होनेवाले विवाह को प्रतिलोम कहा गया। वर्णसंकर अथवा रक्तमिश्रण अथवा **प्रतिलोम** को सुविधाभोगियों द्वारा स्वीकृति प्रदान नहीं की गई, क्योंकि इससे चतुर्वर्ण की शुद्धता नष्ट हो जाती, किन्तु किसी न किसी रूप में वर्णसंकर की निरन्तरता बनी रही। इस स्थिति में वर्णों की सैद्धान्तिक संख्या चार बनी रही किन्तु मिश्रजाति या संकरजाति के रूप में नवीन जातियों की संख्या बढ़ती रही। इन्हें सामाजिक मान्यता प्रदान करने में सुविधाभोगियों को कई प्रकार के कष्टों का सामना करना पड़ा। शुद्ध रूप में वर्ण-व्यवस्था का उदय उत्तर-वैदिककाल में हुआ और इसी काल में इस व्यवस्था का टूटना प्रारम्भ हो चुका था। वर्ण-व्यवस्था के साथ-साथ चतुराश्रम की व्यवस्था बनी रही, किन्तु इस व्यवस्था का सैद्धान्तिक रूप बिल्कुल कमजोर रहा। भौगोलिक परिवेश ऐसा रहा और विकास, जनसम्पर्क के साधन एवं कमजोर यातायात के माहौल में उत्तर-वैदिककाल के सारे नर-नारी को एक व्यवस्था के सूत्र में बाँध पाना सम्भव नहीं था। इससे नारी समाज का प्रभावित होना स्वाभाविक था। स्वयंवर का प्रचलन मात्र राजपरिवार तक सीमित था।

आर्थिक विकास ने पुरुष समाज को शक्तिशाली बनाया। विवाह के माध्यम से बताया गया कि अपने पति के जीवन की कामना और उसकी

इच्छापूर्ति के लिए नारी सदा प्रस्तुत रहेगी। नारी की इच्छा की प्रधानता ऋग्वैदिक काल की तुलना में उत्तर-वैदिककाल के दौरान कम होती चली गई। ग़रीब स्त्रियाँ काम करके जीविका चलातीं और धनी स्त्रियाँ पतियों की कमाई पर मौज करने लगीं। इन धनाढ्य पतियों के मनोरंजन और विलासमय जीवन में विस्तार होने के फलस्वरूप रखैल और वेश्यावृत्ति का मद बढ़ने लगा। ई.पू. 700 के दौरान *रामायण* में अयोध्या नरेश दशरथ की धार्मिक चर्चा मिलती है, जिनकी तीन पत्नियाँ थीं। पुरुष के बहुविवाह की प्रथा एवं कई पत्नियों की एक साथ उपस्थिति स्त्री के सम्मान एवं महत्त्व के लिए हानिकारक थी। पुत्र-जन्म देनेवाली स्त्रियाँ विशेष सम्मान की दृष्टि से देखी जाने लगीं। इसका स्वाभाविक अर्थ था–कन्या को जन्म देनेवाली पत्नी अथवा नि:सन्तान स्त्रियों के सम्मान में कमी। परिवार एवं विरासत का संचालन-केन्द्र पुरुषों के हाथों में स्थानान्तरित हो चुके थे और स्त्रियों पर पुरुष-नियंत्रण में वृद्धि का सिलसिला जारी हुआ। घरेलू कामों को करते रहने और बच्चों का पालन-पोषण में स्त्रियों का समय व्यतीत होने लगा और धन कमाने तथा परिवार को अपनी इच्छानुसार संचालित करने में पुरुषों ने अपना वर्चस्व कायम किया। नारी को अब बाल्यावस्था से लेकर जीवन की अन्तिम साँस तक पुरुषों के अधीन रहने की परम्परा विकसित हुई। स्त्री को अब सभा-समिति में भाग लेते नहीं देखते हैं। दु:ख के साथ कहना पड़ता है कि प्राचीन भारतीय स्त्रियों के साथ हुए अत्याचार और अन्याय पर ध्यान दिए बिना अपने ज़माने के प्रसिद्ध विद्वान अनन्त सदाशिव अलतेकर (*The Position of Women in Hindu Civilization from Pre- historic Times to the Present Day*, Motital Banarasidass, New Delhi, 1962) ने लिख डाला कि सम्पूर्ण प्राचीनकाल में भारतीय नारी का महत्त्व बहुत अधिक था, किन्तु दिल्ली पर तुर्की शासन के समय से उसकी दशा में गिरावट आती गई। डॉ. अलतेकर के विचार से पूर्णत: असहमति जताते हुए सुकुमारी भट्टाचार्य (*Women and Society in Ancient India*, Vasumati Publication, Kolkata, 1989), कुमकुम राय (Ed. *Women in Ancient Indian Societies*, Manohar, New Delhi, 1999) और उमा चक्रवर्ती (*The Social Dimensions of Early Buddhism*, Delhi, 1987) ने अपनी प्रकाशित पुस्तकों में नारी-दशा से सम्बद्ध नवीन महत्त्वपूर्ण सामग्रियाँ प्रस्तुत की हैं।

प्राचीनकालीन स्त्रियों की दशा का अध्ययन करते हुए जब हम ई.पू. छठी शताब्दी और उसके बाद के काल में पहुँचते हैं तो कुछ नए तत्त्व दिखाई देते हैं। वैदिक धर्म-व्यवस्था और ब्राह्मणीय समाज में बदलाव का यह

नवीन चरण था। बुद्ध ने बाद में नारियों को संघ में प्रवेश की अनुमति दे दी थी। वैशाली की प्रसिद्ध वारांगना आम्रपाली द्वारा दिए गए दान को स्वीकार करने में बुद्ध को आपत्ति नहीं हुई थी। नारियों के प्रति बुद्ध तथा बौद्धधर्म का दृष्टिकोण ब्राह्मणीय शास्त्रों की तुलना में कुछ लचीला था। ब्राह्मण ग्रन्थों में भी स्त्रियों के पक्ष में लिखा जाने लगा। *बताया गया कि जहाँ स्त्रियों को दुःख पहुँचता है वहाँ कल्याण नहीं होता है। वे पुरुष का अर्द्धभाग, पति की श्रेष्ठ मित्र और सन्तान की गुरु बताई गईं। यह भी लिखा मिलता कि गोत्र माता के नाम पर नहीं बल्कि पिता के नाम पर चलता है। स्त्रियों को सर्वजनभोग्या और स्वेच्छाविहारिणी बताकर निम्न दृष्टि से देखा गया है। तैत्तिरीय संहिता में उसकी स्वतंत्रता पर अंकुश लगाने की बात पाते हैं।* जैन ग्रन्थों में हज़ारों जैन स्त्रियों के पक्ष एवं विपक्ष में बहुत कुछ पाते हैं। दूसरे गोत्र में कन्या को देने की चर्चा *अर्थशास्त्र* में है। इस मौर्यकालीन ग्रन्थ में विधवा, अनाथ कन्या, गणिका, वेश्या एवं कामकाजी स्त्रियों पर प्रकाश डाला गया है। नारी की समग्र रूप से प्रतिष्ठा और सामाजिक स्थिति का स्पष्ट चित्र अशोक के अभिलेखों में नहीं दिखाई देता। *अर्थशास्त्र* ने पहली बार **स्त्रीधन** पर प्रकाश डाला है। इस ग्रन्थ में बताया गया है कि अयोग्य पति को तलाक देने का अधिकार स्त्रियों को था।

गौतमीपुत्र सातकर्णि की माता गौतमी बलश्री का परिचय नासिक-प्रशस्ति में स्पष्ट है। वासिष्ठीपुत्र पुलुमावि और वासिष्ठीपुत्र सातकर्णि के नाम में मातृपरिचय है। *मनुस्मृति* में कन्या का स्थान निम्न बताया गया है। धर्मशास्त्रों में बताया गया है कि पति की आयु कन्या की तुलना में तीन गुणा अधिक होना ठीक नहीं था। *मनुस्मृति* में आठ प्रकार की शादी पर चर्चा की गई है और कन्या की तुलना गाय से करते हुए कन्यादान की तुलना गायदान से करके नारी-दशा को दीन बताने की भरपूर कोशिश की गई है।

वर्ण-जाति व्यवस्था का सबसे शर्मनाक और घृणित पक्ष अस्पृश्यता या छुआछूत की धारणा शुंग काल के दौरान पाते हैं। शास्त्रग्रन्थों के आधार पर पाते हैं कि अधिकांश निम्न वर्गों की उत्पत्ति प्रतिलोम अर्थात् उच्चतर वर्ण की नारी और निम्नतर वर्ण के पुरुष के साथ हुए विवाह से उत्पन्न सन्तान के रूप में हुई। वर्ण-जाति की व्यवस्था के साथ विवाह-प्रथा तथा समाज में नारी की स्थिति का गहरा सम्बन्ध था।

ब्राह्मणवादी व्यवस्था के अन्तर्गत नाबालिग अवस्था में विवाह अर्थात् बाल-विवाह सामाजिक आदर्श का मापदंड माना जाने लगा। ऐसा विवाह नारी की मर्यादा का विरोधी था। *अभिज्ञानशाकुन्तलम्* में कालिदास ने स्त्री को भोग्यवस्तु बताया। सुविधाभोगियों के बीच विवाह के मामले में वर्ण-जाति

व्यवस्था को ध्यान में रखने की आवश्यकता नहीं महसूस की गई। गुप्तनरेश चन्द्रगुप्त द्वितीय की पुत्री प्रभावतीगुप्ता का विवाह ब्राह्मण वाकाटक वंश में बिना किसी लेकिन-परन्तु के हो गई। गुप्तकाल में नारी का प्रधान कर्त्तव्य दासी के समान पति की सेवा और पुत्र-सन्तान को पैदा करना बताया गया। स्त्रियों को पर्दे के पीछे और घर के अन्दर रहने का दबाव बनाया गया। वात्स्यायन के *कामसूत्र* में बताया गया है कि स्वामी के अनुपस्थित रहने पर स्त्री द्वारा अच्छा वस्त्र धारण करने पर पाबन्दी थी। वह कुछ भी दिखावा नहीं कर सकती थी। उसे निरन्तर व्रत आदि का पालन करते रहना पड़ता था। गुप्तकाल और उसके बाद निर्मित मन्दिरों में देवदासी प्रथा देखने को मिलती है। यह प्रथा वेश्यावृत्ति का धार्मिक रूप था। नारी के शारीरिक शोषण ने मन्दिरों की आय बढ़ाने में भूमिका निभाई। इस तरह गुप्तकाल के दौरान स्त्रियों को कई प्रकार के नकारात्मक नियमों में बाँध डालने में तत्कालीन धार्मिक नियम एवं प्रशासनिक व्यवस्था सफल रहे। गुप्तकालीन ग्रन्थ *याज्ञवल्क्यस्मृति* में सभी स्त्रियों को शूद्र की श्रेणी में लाकर रख दिया गया। *अपवाद के रूप में गुप्तकालीन ग्रन्थ बृहत्संहिता में स्त्रियों को समाज का महत्त्वपूर्ण अंग, सीधी-सादी, निर्दोष, सहनशील, कामकाजी, घर सँभालनेवाली और पुरुषों के द्वारा उनके साथ किए गए अन्याय तथा उन्हें बर्दाश्त करनेवाली, उनकी दशा को खराब करने का काम पुरुषों ने किया, आदि बातें वर्णित हैं।*

स्त्री-प्रधान आदिवासी कबीलाई समाज में से कुछ स्त्रियाँ काली, दुर्गा, पार्वती आदि देवी के रूप में उभरीं। गुप्तकाल और उसके बाद भी ये आदिवासी जंगली इलाके भूमिदान के रूप में जब ब्राह्मणों को मिले तो इन इलाकों के धर्म एवं संस्कृति को दान पानेवालों ने स्वीकार कर लिया और इनके धर्म एवं संस्कृति को ब्राह्मणवादी व्यवस्था एवं उसी के साथ हिन्दूधर्म का अंग बना लिया। इसी सिलसिले में कुछ अन्य देवियों की संख्या में वृद्धि होती गई। आदिवासी संस्कृति से प्रभावित देवियाँ पुरुष समाज पर हावी रहीं, जैसे-काली, दुर्गा, पार्वती। *शिवपुराण* के अध्ययन से पता चलता है कि पार्वती से पूछे बग़ैर शिव कोई काम नहीं करते। काली और दुर्गा का स्वतंत्र अस्तित्व बना रहता है। दोनों देवियाँ असम और बंगाल का प्रतिनिधित्व करती हैं। जो देवियाँ समतल और विकसित इलाकों से उभरीं, उनमें लक्ष्मी प्रधान हैं जिनका पति विष्णु है। शेषनाग पर लेटे विष्णु का पैर दबाते हुए लक्ष्मी को चित्रित करना और *विष्णुपुराण* में वर्णित करना पुरुष-प्रधान समाज का प्रतिनिधित्व करता है। बाद में चलकर ब्राह्मणवादी व्यवस्था में इन देवियों की पूजा के माध्यम से सुविधाभोगियों द्वारा उन्हें आय का साधन बना दिया गया। ए. एल. वाशम *अद्भुत भारत* में बताते हैं कि देवी-देवताओं को

कमाने-धमाने का ऐसा साधन बनाकर धर्म को आर्थिक शोषण का आधार बनाया गया कि कुछ-कुछ समय के बाद भारत के भिन्न-भिन्न भागों में नवीन और स्थानीय देवी-देवताओं की संख्या में वृद्धि का सिलसिला जारी रहा। बीसवीं सदी में 'सन्तोषी माँ' नामक एक नई देवी को ब्राह्मणवादी व्यवस्था ने ला खड़ा कर दिया। सन्तोषी माँ से आम आदमी कितना लाभान्वित हुआ–इसकी जानकारी तो नहीं मिल पाती, किन्तु इसकी जानकारी अवश्य मिल जाती कि इस देवी के नाम पर कुछ लोगों ने अपने लिए रोटी का जुगाड़ अवश्य कर लिया।

ध्यान देने योग्य बात यह है कि एक तरफ *मैत्रायिणी संहिता, कठसंहिता, मनुस्मृति, याज्ञवल्क्यस्मृति,* जैन साहित्य, बौद्ध साहित्य, *महाभारत, रामायण* और कई पुराणों में स्त्रियों की कई स्थानों पर घोर निन्दा की गई है और स्वयंलाभ के लिए सुविधाभोगियों ने इन्हें देवियों की मान्यता प्रदान करने में भी देर नहीं की। हज़ारों वर्षों से सम्पूर्ण स्त्रियाँ पुरुषों का यह सारा खेल-तमाशा चुपचाप देखती रहीं और आज भी न केवल देख रही हैं, बल्कि इस व्यवस्था का पालन भी कर रही हैं।

सिन्धुकाल से कालक्रमानुसार भारत के भिन्न-भिन्न क्षेत्रों अर्थात् अलग-अलग भौगोलिक एवं आर्थिक परिवेश में स्त्रियों के विभिन्न प्रकारों की जानकारी होती है। जिस काल और क्षेत्र में आदिवासी अथवा जनजातियों का अनुकूल माहौल रहा वहाँ स्त्रियाँ ज़्यादा ज़िम्मेदार, प्रभावशाली और स्वतंत्र रहीं। जंगली इलाकों की तुलना में समतल क्षेत्रों के समाजों के बीच विकास का ज़्यादा अनुकूल माहौल रहा। ऐसे समाजों के बीच व्यापक रूप में आर्थिक विभाजन रहे। धनी स्त्रियाँ नौकरों-चाकरों-अनाजों-आभूषणों से घिरी रहतीं किन्तु घर से बाहर निकलने पर प्रतिबन्ध था। ग़रीब और कामकाजी स्त्रियाँ स्वतंत्र ज़्यादा थीं किन्तु आर्थिक संकट का सामना उन्हें निरन्तर करते रहना पड़ता था। मध्यवर्गीय स्त्रियाँ भी हीनभावना और धार्मिक पाबन्दियों से काफी हद तक पीड़ित थीं। एक प्रतिशत गणिका शायद सुखी थीं किन्तु 99 प्रतिशत वेश्याओं का जीवन कष्टों से भरा पड़ा था।

छान्दोग्य उपनिषद् (1.3.6) में लिखा है कि अन्न पर ही सारा विश्व स्थित है। स्त्री अथवा पुरुष के सामाजिक प्रभुत्व का मुख्य आधार आर्थिक रहा। शिकार के चरण से पूर्व के समाज में कोई उत्पादन नहीं होता था। बीजों, फलों और छोटे जानवरों को यहाँ-वहाँ से अपने अधिकार में ले लिया जाता था। श्रम का कोई विभाजन नहीं था। उत्पादन नहीं होने की स्थिति में सामाजिक मंच पर स्त्री और पुरुष समान थे। समय बीतने के साथ बदलाव आए। भाले का आविष्कार हुआ और पुरुष शिकार करने लगे। स्त्रियों ने खाद्य

सामग्री इकट्ठा करने का काम जारी रखा। इसी सिलसिले में बस्ती के आसपास की ज़मीन में बीज बोने की प्रवृत्ति का जन्म हुआ। खेती का काम स्त्रियों द्वारा करने की शुरुआत स्वाभाविक थी। कुछ दिनों बाद कृषि-कार्य में हल का प्रयोग करने की तकनीक विकसित हुई। पशुओं द्वारा हल चलाया जाने लगा। इस काम में पुरुष ही सक्षम थे।

सम्बद्ध ग्रन्थों के अध्ययन से पता चलता है कि वैदिक काल के प्रारम्भिक चरण में अनुकूल वातावरण के अभाव में लोगों को कृषि में रुचि नहीं थी। पशुपालन से किसी प्रकार वे काम चला लेते थे। स्त्रियों से जन की वृद्धि होती है, अतः कृषि पैदावार में वृद्धि के लिए देवियों का महत्त्व देवता से अधिक था। उर्वरता-प्रतीक सीता और वर्षा-देव इन्द्र के संयोग से कृषि-उत्पादन का सम्बन्ध बताया गया। सीता का अर्थ खेत में हल चलने से बननेवाली झिरी या हराई होता है। हल देवता का और कृषि-भूमि को देवी का प्रतीक माना गया। दोनों के संयोग से भूमि-उर्वरता में वृद्धि वर्षा-देव पर निर्भर करने में तत्कालीन समाज का विश्वास था। कृषि के साथ शिकारी जनजातियों की भी उपस्थिति बनी रही जिनका मुख्य देवता गणपति था जो शिवपुराण के रचनाकाल के दौरान शिव का पुत्र गणेश के नाम से लोकप्रिय हुआ।

इनसाइक्लोपीडिया ऑफ रिलिजन एंड एथिक्स में लिखा है कि पुरुष जब शिकार या लड़ाई पर निकल जाते तो स्त्रियाँ और बच्चे अपनी झोपड़ियों के आसपास एक तीखी नोंक वाली लकड़ी से और पत्थर की कुल्हाड़ी की सहायता से इधर-उधर ज़मीन में कुछ न कुछ बोते रहते थे। अधिकांश कृषि कार्य पुरुषों को सौंपने से पूर्व यह काफी विकसित चरण में पहुँच चुकी थी। समय बीतने के साथ खाद्य सामग्री इकट्ठा करने और साग-सब्जी उगाने के काम स्त्रियों के होते गए।

सिन्धु घाटी में आवश्यकता से अधिक जो कृषि उत्पादन होता वही उसका भौतिक आधार था और कृषि की खोज स्त्रियों ने की थी। इसीलिए मातृसत्तात्मक तत्त्वों के प्रबल अवशेष इस क्षेत्र से मिलते हैं। विद्वानों का मत है कि सीरिया, एशिया माइनर और मिस्र की देवियों से सिन्धु का शाक्तमत प्रभावित था। मार्शल का मत है कि ग्रामदेवी का नाम माता था। ऐसी देवियों के प्रारम्भिक पुजारी ब्राह्मण नहीं बल्कि निम्न जाति के लोग थे (देवीप्रसाद चट्टोपाध्याय, *लोकायत*, मैकमिलन, नई दिल्ली, 1982, पृ. 210)।

भारतीय जनजातियों के बीच करीब सात प्रमुख त्योहार होते थे जिनका सम्बन्ध कृषि जीवन से है। कृषि की सफलता के लिए ये त्योहार मनाए जाते थे। किसानों को पता नहीं था कि धरती से पौधे वास्तव में कैसे उगते, मुरझाते या सूख जाते हैं। बुआई से लेकर कटाई तक की सारी प्रक्रिया बहुत रहस्यपूर्ण

थी। खेती की तकनीक अत्यन्त अविकसित थी, अतः कृषि-समाज में जादू-टोना स्वाभाविक था। जादू-टोना और फिर तंत्रवाद-ये सारे अनुष्ठान मुख्य रूप से स्त्रियों द्वारा ही आयोजित किए जाते, क्योंकि कृषि की खोज उनके द्वारा ही की गई थी। कृषि के साथ वर्षा को नियंत्रित करने के लिए भी अनुष्ठान किए जाने लगे। स्त्री-पुजारिनें पाई जाने लगीं। ज़मीन द्वारा अनाज को पैदा करना और स्त्री द्वारा सन्तान उत्पन्न करने के बीच सम्बन्ध स्थापित हुए। प्रजनन शक्ति और उर्वरता शक्ति की पूजा के उद्देश्य से शिव-पार्वती का अवशेष लिंग और योनि के रूप में सिन्धु घाटी से मिले हैं। उर्वरता शक्ति के प्रतीक के रूप में शिव-पार्वती की पूजा की निरन्तरता आज भी बनी हुई है जिस पर रोमिला थापर ने विस्तृत प्रकाश डाला है।

तंत्रवाद और प्राचीन धर्म की शुरुआत कृषि सम्बन्धी जादू-टोने से हुई। आस्था अथवा विश्वास यह था कि प्रकृति की उत्पादन क्रिया, मानव-प्रजनन क्रियाओं या विशेषकर स्त्री की प्रजनन क्रिया से न केवल जुड़ी हुई है बल्कि उस पर अत्यधिक निर्भर है। ऐसा भी विश्वास था कि बच्चे पैदा करने की क्षमता रखनेवाली स्त्री पेड़-पौधों को भी उत्पादक बना देती है।

III

लैटिन शब्द 'लूकूस' का शाब्दिक अर्थ किसी को साफ़ करना होता है। लूकूस से **लोक** शब्द बना है जिसका अर्थ खेत होता है।[1] *वृहस्पतिसूत्र* (130.3) में कृषि के लिए **वर्त** शब्द का प्रयोग किया गया है। वन साफ़ करके वर्त तैयार करने की चर्चा इस सूत्र में है।[2] जो लोग इस काम को करते थे वे चार्वाक्[3] या लोकायती अथवा साधारण जन कहे जाते थे। लोकप्रिय मान्यताओं को **लोकायत** कहते थे। ये लोग मातृत्व के अधिकार में विश्वास करते थे। कुत्ते (dog) का अर्थ साधारण मनुष्यों का एक समुदाय था (*लोकायत*, पृ. 65)। *कृष्ण यजुर्वेद संहिता* की एक शाखा का नाम *तैत्तिरीय* है। यह शब्द तित्तिर नामक एक पक्षी के नाम पर पड़ा है। (पृ. 66)। *अथर्ववेद* की एक शाखा का नाम शौनक है। शौनक शब्द की व्युत्पत्ति 'श्वान' शब्द से हुई है। वैदिक ग्रन्थों की शाखाओं के कुछ नामों का अर्थ तो स्पष्ट है किन्तु कुछ शाखाओं के नाम पशुओं पर पड़े हैं। ये पशु थे या इनका नाम पशुओं के नाम पर पड़ा, इस पर निश्चित रूप से कहना मुश्किल लगता है। *ऋग्वेद* (मंडल 7, अध्याय 18, श्लोक 19) में एक जनसमूह को 'अजस्' कहा गया है। अजस् का अर्थ **बकरा** होता है। *शतपथ ब्राह्मण* (xiii.5.4.9) में किसी मत्स्य राजा का उल्लेख है। मत्स्य का अर्थ **मछली** होता है। *ऐतरेय ब्राह्मण* और *अथर्ववेद* में एक

ऋषि-परिवार 'कश्यप' का उल्लेख हुआ है, जिसका अर्थ कछुवा होता है।[4] कुछ ऋषियों के नाम हैं–कौशिक (उल्लू), मांडूक्य (मेढक), गौतम (बैल), वत्स (बछड़ा), शुनक (कुत्ता) आदि।[5] *छान्दोग्य उपनिषद्* में जिनको **श्वान** कहा गया है वे वास्तव में मनुष्यों का समूह था। कौटिल्य ने *अर्थशास्त्र* में श्वान कहलानेवाले लोगों का उल्लेख किया है। *महाभारत* (सभापर्व, अध्याय 19) में यादवों के एक वर्ग को श्वान कहा गया है। *विष्णुपुराण* में कुक्कुर जाति के मनुष्यों का उल्लेख आया है। रिजले ने ओराँव जाति के विवरण में 'जुगली कुत्तों' की बात कही है।[6]

टोटम शब्द अमेरिका की ओजिबबा जनजाति की बोली के एक शब्द के आधार पर बना है। टोटम का अर्थ प्रतीक या कबीले का परिचय चिह्न होता है; जैसे–लोमड़ी कबीले का चिह्न या लोमड़ी चित्र का प्रतीक था।[7]

कृषि के लिए स्त्रियों द्वारा नृत्य और गान की चर्चा *छान्दोग्य* उपनिषद में है। मोआरी नामक जाति में **आलू** एक नृत्य का नाम है। आलू की फसल अभी छोटी ही होती तो पुरवैया से इसके नष्ट हो जाने की आशंका रहती थी, इसलिए लड़कियाँ खेतों में जाकर नाचती थीं। इस नृत्य में अपने अंग संचालन से, तेज हवा के चलने, वर्षा होने और फसल के पौधे निकलने के भाव प्रदर्शित करती थीं। नाचने के साथ-साथ गीत गाते हुए, फसल से कहती थीं कि वह भी उनकी तरह लहलहाए। वे अपनी कल्पना को अभिनय का रूप देकर इच्छित आवश्यकता को सत्य बनाती थीं। यही जादू है, एक माया विधि जो वास्तविक विधि की सहायक तथा पूरक है। किन्तु मायापूर्ण और काल्पनिक होते हुए भी यह बात व्यर्थ नहीं है। आलुओं पर नृत्य का कोई सीधा प्रभाव नहीं पड़ता, किन्तु स्वयं लड़कियों पर इसका काफी प्रभाव पड़ता था। उनमें यह विश्वास पैदा होता था कि इस नृत्य से उनकी फसल का बचाव होगा। तब वे अधिक विश्वास और उत्साह के साथ उसकी देखभाल करती थीं। इस प्रकार फसल पर प्रभाव पड़ता था। एक सामूहिक भावना विकसित होती थी। गुप्तज्ञान अथवा जादू शासक वर्ग का सैद्धान्तिक हथियार था। छान्दोग्य का अर्थ **चमत्कार गीत** होता है। जादू टोने का केन्द्र बिन्दु है इच्छा जिसकी पूर्ति अद्भुत कल्पना द्वारा की जाती है। भुखमरी, मृत्यु और विनाश का भय सताने पर जादुई कल्पना की जाती थी।

महाभारत के कर्ण पर्व (अध्याय 34) में वाहीक लोगों का वर्णन है। इन लोगों के बीच अपने पुत्र नहीं बल्कि बहनों के पुत्र उत्तराधिकारी बनते थे। वाहीक जनों को गाय का मांस खानेवाला बताया गया है।[8]

देवता और शम्भु को ब्राह्मणों का देवता बताया गया है। गणपति का अर्थ प्रारम्भ में विघ्न डालनेवाला था।[9] *याज्ञवल्क्यस्मृति* में भी यही चर्चा है।

बौधायन धर्मसूत्र में गणपति का अर्थ विघ्न बताया गया है। गुप्तकाल से गणेश की मूर्ति बनने लगी।[10] गणेश की सवारी चूहा को मूषक कहते हैं। मूषक विन्ध्य क्षेत्र में एक जनसमूह का नाम था। इस कबीले का टोटम चूहा अथवा मूषक था।

अगस्त-सितम्बर में गणेश चतुर्थी का अनुष्ठान आयोजित किया जाता है। यह अनुष्ठान यद्यपि एक पुरुष देवता के नाम पर है किन्तु इस देवता की भूमिका नगण्य है। इस व्रत के दूसरे दिन गणेश की प्रतिमा त्याग दी जाती और केवल गौरी देवी की पूजा होती है। गौरी कोई पौराणिक देवी नहीं बल्कि वह कुछ पौधों की गठरी होती थी जिसे कुमारी कन्या का प्रतीक माना जाता था। इस अवसर पर पौधों और घर की कुमारी कन्या को घर के प्रत्येक कमरे में ले जाया जाता और प्रश्न किया जाता—गौरी, गौरी, तुम क्या देख रही हो? कुमारी उत्तर देती है—'मुझे समृद्धि और धन-धान्य की बहुलता दिखाई देती है।' समारोह के अगले दिन लड़कियाँ नाचते-गाते अपनी सखियों के घर जातीं और फिर गौरी प्रतिमा को नदी या पोखर में विसर्जित कर किनारे की मिट्टी लाती थीं। इस धार्मिक क्रिया से संकेत मिलता है कि नदी या पोखर-तालाब के किनारे की भूमि उपजाऊ होने की जानकारी कबीलाई स्त्रियों को थी। युवा लड़की नए मौसम का प्रतीक थी। इस समारोह के अवसर पर सुहागिन स्त्रियाँ अपने से सोलह गुणा लम्बा सूत लेकर गौरी के सामने रखती थीं। इस क्रिया का तार्किक संकेत था कि धान की फसल तैयार होने में 16 सप्ताह लगते थे। कृषि से सम्बद्ध यह अनुष्ठान केवल स्त्रियाँ करती थीं; पुरुष की कोई भूमिका नहीं होती थी। गौरी को फसल की देवी माना जाता था।

पुरुष की महत्ता कृत्रिम ढंग से स्थापित करने के लिए बहुपत्नी विवाह, बाल विवाह और सती जैसी कुप्रथाओं की शुरुआत की गई। भारतीय जनता का अधिकांश भाग केवल खेती-बाड़ी करनेवाला किसान ही बना रहा। यदि अविकसित कृषि अर्थव्यवस्था की स्वाभाविक प्रवृत्ति मातृसत्तात्मक समाज का सृजन करने की थी और यदि भारत के अधिकांश साधारण-जन मुख्यतया खेती करते थे तो यह तर्कसंगत ही था कि उन पर पुरुष का प्रभुत्व स्थापित करने के लिए अति उग्र तथा विवेकहीन तरीकों की आवश्यकता रही हो। देवताओं के बीच कई देवियों को उच्च स्थान प्राप्त रहा है। यह इस बात पर निर्भर करता था कि सामाजिक व्यवस्था किस प्रकार की थी। जिस समाज में माता का सर्वोच्च स्थान था उसमें देवी माता को भी सर्वोच्च स्थान दिए जाने का माहौल था। प्रारम्भिक कृषि अर्थव्यवस्था ही 'स्त्री सिद्धान्त' का भौतिक आधार होता था। नदी घाटी में कृषि में हुई वृद्धि के परिणामस्वरूप नगरीय माहौल बना और युद्ध का माहौल के कारण पुरुषों की प्रधानता बढ़ी। प्रारम्भिक वैदिक काल में

पर्यटनशील पशुपालक समूहों के बीच स्त्रियों की प्रतिष्ठित दशा रही। मातृसत्तात्मक अवस्था में ब्राह्मणवाद सक्रिय नहीं हो पाया था। ब्राह्मणों की इच्छा जैसे-जैसे सुदृढ़ होती गई, स्त्रियों का स्तर उत्तरोत्तर गिरता गया। बहुपत्नी विवाह, बाल विवाह और सती जैसी कुप्रथाएँ पुरुष वर्ग द्वारा अपनाए गए उग्र तरीकों का परिणाम था; इसके बावजूद मातृसत्तात्मक संस्कृति के तत्त्वों को आम आदमी के बीच से बिल्कुल समाप्त कर देना सम्भव नहीं था। फसल में वृद्धि, सन्तान और पशुधन के माहौल में मातृ अधिकार का अस्तित्व बना रहा। कृषि जीवन में स्त्रियों का धार्मिक महत्त्व बना रहा। दुर्गा को प्रकृति और वसन्त की देवी, काली को चिरतन्ता की देवी, सरस्वती को महत्तम प्रज्ञा की देवी और शक्ति को समस्त सृष्टि का माता माना गया।[11] चंडी जैसी देवियों की पूजा उग्रता और मातृसत्तात्मक माहौल को प्रतिबिम्बित करती और अबला देवी की कल्पना पितृसत्तात्मक समाज में बाद में की गई। प्रारम्भिक कुटीर उद्योगों का विकास स्त्रियों के हाथों हुआ जो प्रधान रूप में कृषि पर आधारित था और कृषि की खोज स्त्रियों ने की।

वैदिक काल के प्रारम्भिक चरण में किसानों को यह पता नहीं था कि धरती से पौधे वास्तव में कैसे उगते हैं। बुआई से लेकर कटाई तक की सारी प्रक्रिया अपर्याप्त थी जिसके परिणामस्वरूप अच्छी फसल होने की सम्भावनाएँ बहुत अनिश्चित थीं। अत: खेती-बाड़ी में धैर्य, दूरदर्शिता और विश्वास की आवश्यकता होती थी। कृषि के प्रारम्भिक चरण में जादू-टोना एक मनोवैज्ञानिक आवश्यकता बनी। उदाहरण के लिए जुलाई-अगस्त में मानसून की वर्षा जब होती तो स्त्रियाँ हरियार नामक समारोह मनातीं ताकि धान हरा-भरा उगे। फसल जब उगने लगती तो प्राय: अगस्त माह में जंगली धान की बालियाँ घरों में टाँग दी जाती थीं। खेत की जुताई करने से पूर्व हराई की देवी को भेंट चढ़ाई जाती थी।

प्रारम्भिक आर्यों के लिए कृषि का महत्त्व समझना मुश्किल था, किन्तु वे भी जादू-टोने को कृषि के लिए काफी महत्त्व देते थे। चूँकि कृषि की खोज स्त्रियों ने की थी, अत: जादू-टोना उन्हीं के कार्यक्षेत्र में था। जादू-टोना से तंत्रवाद विकसित हुआ। तंत्रवाद से सम्बद्ध अनुष्ठान में प्राय: स्त्रियाँ ही भाग लेती थीं। बाद में स्त्रीवेश में पुरुषों का भी प्रवेश इस कार्य में होने लगा।

पितृसत्तात्मक समाज का जब माहौल बना तो स्त्रीवेश में पुरुष पुजारी बनने लगे। ये प्राय: ब्राह्मण नहीं होते थे। कृषि से जन्मा तंत्रवाद बाद में चलकर ग़ैर-ब्राह्मण तांत्रिकों के नियंत्रण में चला गया। कृषि की प्रारम्भिक अवस्था में ऐसा विश्वास था कि प्रकृति की उत्पादन-क्रिया मानव प्रजनन क्रियाओं, विशेषकर स्त्री की प्रजनन क्रिया से न केवल जुड़ी हुई है बल्कि उस पर

अत्यधिक निर्भर है। तंत्रवाद का मूल इसी प्राचीन विश्वास में है। बच्चों को पुरुष गोद में लिए रहते और स्त्रियाँ खेतों में बुआई करती थीं। ऐसा विश्वास था कि चूँकि बच्चों को स्त्रियाँ जनती या पैदा करती हैं, अत: अनाज भी पैदा करने का रहस्य स्त्रियाँ ही जानतीं, पुरुष नहीं।

1800 ई.के पूर्व दस हाथोंवाली दुर्गा की मूर्ति बंगाल में भी नहीं बनती थी। दुर्गा की पूजा 'अन्न देनेवाली' के रूप में की जाती थी।[12] आदिवासी समाज में कृषि के लिए वर्षा और वर्षा के लिए स्त्रियों द्वारा नग्न नृत्य के सम्बन्ध में विचार करने के लिए असम की काली देवी को आधार बनाया जा सकता है।

सन्दर्भ-ग्रन्थ

1. देवीप्रसाद चट्टोपाध्याय (अनु.), *लोकायत, मैकमिलन*, नई दिल्ली, 1982, पृ. 58
2. *वही*
3. चार्वाक् शब्द चर्व अर्थात् खाना या चबाना क्रिया से बना है। वे पाप और पुण्य से कोई मतलब नहीं रखते थे। वे अविवेकी जनों की भाँति आचरण करते थे। लोकायत मत के अनुयायियों को चार्वाक् कहा गया।
4. देवीप्रसाद चट्टोपाध्याय, *लोकायत, मैकमिलन*, पृ. 67
5. *वही*
6. *वही*, पृ. 68
7. *वही*
8. *वही*, पृ. 130-34, 127
9. *वही*, पृ. 104
10. *वही*, पृ. 109
11. *वही*, पृ. 200-205
12. *वही*, पृ. 203

अध्याय-6

कृषि विज्ञान

मनुष्य द्वारा खाद्य-संग्रहकारी अवस्था से खाद्य उत्पादक की अवस्था में पहुँच जाना एक क्रान्तिकारी घटना थी। पशु और मछली का शिकार तथा उसी बीच जंगली कन्दमूल बटोरकर जब मनुष्य जीवन व्यतीत करता था, उस समय एकमात्र खाद्य-संचय के सिवा और कुछ करने की उसे फुरसत न थी। शिकार के पीछे भाग-दौड़ करते रहने के कारण उसे आवास बनाने की ज़रूरत नहीं पड़ी। इस घुमक्कड़ जीवन में शिशु और वृद्ध अवांछनीय भारस्वरूप थे। जहाँ शिकार कम और समाप्तप्राय होते, जनसंख्या भी वहाँ क्रमशः घटती रहती।

पश्चिम एशिया में कृषि का आविष्कार हुआ और मनुष्य अब स्वयं अनाज उत्पादन करने लगा। भेड़, बकरी, सुअर, गाय आदि पशुओं को पालतू बनाकर उसने भोजन की स्थायी व्यवस्था की। अनाज के खेत और पशुओं के झुंडों की देखभाल के लिए अब स्थायी तौर पर एक जगह बसने की ज़रूरत पड़ी। फलतः ग्राम और समाज-व्यवस्था अस्तित्व में आया। कृषि-उपज तथा मांस, दूध आदि से मनुष्य को पुष्टिकर भोजन मिलने लगा। जनसंख्या बढ़ने लगी। शिशु और वृद्ध अब भारस्वरूप नहीं रहे। वे पशुपालन और कृषि में सहयोग करने लगे।

अनाज रखने के लिए मिट्टी के बरतन बनाने पड़े। कुम्हारों की ज़िन्दगी बेहतर हुई। पशुओं के बालों की सहायता से कुछ लोगों ने बुनकरी की कला सीख ली और अनुत्पादित वर्ग में शामिल हो गए। अश्वत्थ और शमी नामक लकड़ी को एक दूसरे से रगड़कर आग लगाई जाती थी (*सेक्रेड बुक्स ऑफ दि ईस्ट* (सं.) मैक्समूलर, जिल्द xiii)।

शिकार में कुछ भी हाथ लग जाए—इसके लिए जादू-विद्या, भूत-प्रेत और देवी-देवियों का पहले महत्त्व था। अब उसे ऐसी जादू-विद्या की आवश्यकता हुई जिससे भूमि की उर्वरता बनी रहे, अकाल न पड़े और पशुओं के समूहों में महामारी न फैले। ऐसे देवी-देवियों की आवश्यकता हुई जो इन उपद्रवों से उसकी रक्षा कर सकें।

जिस गेहूँ और जौ से हम परिचित हैं, उनके पुरखे कई किस्मों की जंगली घास हैं। आधुनिक गेहूँ और जौ इन घासों के सम्मिश्रण से उत्पन्न संकर वनस्पति हैं। गेहूँ के पूर्वज का नाम डिनकेल और एमेर नामक दो जंगली घास हैं।[1] ये घास आज भी क्रीमिया, एशिया माइनर *(पश्चिम एशिया में, मध्यधरा समुद्र से लगा हुआ एक प्रायद्वीप के उत्तर में काला समुद्र, पश्चिम में इजियन सागर, दक्षिण में मध्यधरा समुद्र हैं। वास्फरस, डार्डेनल्स जल-संधियाँ इस प्रायद्वीप को योरोप से अलग करती हैं। ई.पू. 5वीं शताब्दी से यह प्रायद्वीप एशिया माइनर के नाम से जाना जाने लगा। रोमन साम्राज्य के अधीन के इस हिस्से को शेष एशिया से अलग करने के लिए रोमन लेखकों ने इसे एशिया माइनर (छोटा एशिया) नाम दिया होगा, ऐसा विद्वानों का अनुमान है। योरोप और एशिया के बीच सेतु के रूप में रहकर इस प्रायद्वीप ने विश्व में काफी ख्याति पाई है। इस प्रदेश में तटीय भूमि से ही विविध जातियाँ-संस्कृतियाँ योरोप पहुँचीं। प्राचीनकाल से ही कई जातियों, राज्यों, राष्ट्रों के उत्थान-पतन का यह घटनास्थल रहा है।)*, वैलेस्टाइन और फ़ारस के पर्वतीय प्रदेशों में होती है। जौ का पूर्वज एक प्रकार का पर्वतीय घास है। उत्तर अफ्रीका के मार्मारिका में और पैलेस्टाइन, फ़ारस, अफ़गानिस्तान आदि में यह पहाड़ी घास उगती है। जौ की खेती के कुछ काल बाद गेहूँ और धान की खेती प्रारम्भ हुई।[2] धान की खेती पहले-पहल भारत में शुरू हुई। धान की एक किस्म ब्रीहि का विकास हुआ जिसके प्रमाण ई.पू. 6 हज़ार में इलाहाबाद से दक्षिण नवपाषाण की एक बस्ती बेलनघाटी में मिले हैं। (G. R. Sharma, *The Beginnings of Agriculture*, Allahabad, 1980, p. 22-23) इसके बाद चीन में करीब 2000 ई.पू. के आसपास धान की पैदावार शुरू हुई। करीब 10 हज़ार वर्ष पहले मनुष्य शिकारी जीवन से कृषि-जीवन में प्रवेश कर चुका था। इसी समय खुदाई से छुरा, चमड़ा उतारने के औजार, काँटा, हँसिया, पत्थर की कुल्हाड़ी आदि के अवशेष मिले हैं।[3]

कृषि की प्रारम्भिक अवस्था में कृषि-जीवियों के लिए एक स्थान पर अधिक दिन बसना सम्भव नहीं हो सका था। एक ही खेत में लगातार कई वर्ष अनाज उपजाने के कारण भूमि की उर्वरता घट जाती थी। फलतः उन्हें उपजाऊ क्षेत्रों की खोज में अन्यत्र जाना पड़ता था।[4] बाद में चलकर उन्हें मालूम हुआ कि पशुपालन और पशुओं की चराई से भूमि की उर्वरता का संरक्षण किया जा सकता था, फलतः इस ज्ञान ने उन्हें स्थायी जीवन बिताने का अनुकूल अवसर प्रदान किया। अनाज उपजाने का श्रेय स्त्रियों को है।[5] पुरुष जब जंगल-झाड़ियों में वन्य पशुओं का पीछा करने में लगे होते, स्त्रियों ने उस समय गुहा-कन्दराओं के आसपास कृषि तकनीक का विस्मयजनक युगान्तकारी आविष्कार किया। कृषि व्यवस्था का अनिवार्य परिणाम है मृद्भांड। कृषि के तुरन्त बाद कुम्हार

द्वारा पकाई गई मिट्टी का बर्तन बनाना एक क्रान्तिकारी आविष्कार था। कुम्हार एक जटिल रासायनिक परिवर्तन सचेत अवस्था में सम्पन्न करता है। ऊपरी तौर पर ऐसा लगता है कि कुम्हार नरम मिट्टी को इच्छानुसार विभिन्न आकारों में ढालकर उसे आग में तपाकर मिट्टी का बर्तन तैयार कर देता है। परन्तु वास्तव में हाइड्रेटेड एलुमिनियम सिलीकेट अर्थात् कुम्हार की मिट्टी से 600 डिग्री ताप की सहायता से जल के कुछ अणुओं को निकालकर अन्दर ही अन्दर एक रासायनिक परिवर्तन को सम्भव बनाकर ही पकाई मिट्टी के बर्तन तैयार हो पाते हैं। सभी प्रकार की मिट्टी से अच्छे बर्तन नहीं बनते।[6] अनुकूल मिट्टी की तलाश करने के सिलसिले में कुम्हार ने ही सबसे पहले लोहा, ताँबा, सोना आदि खनिज पदार्थों को खोज निकाला होगा। प्रारम्भ में मनुष्यों ने पशुओं के चमड़े को छीलकर और सुखाकर वस्त्र के रूप में इस्तेमाल किया। बाद में उसी चमड़े से रस्सी बनाने और रस्सी से चटाई बनाने की तकनीक विकसित हुई। बालवाली भेड़ पालने की शुरुआत और भेड़ के बाल से गर्म वस्त्र तैयार किये जाने लगे।[7]

सिन्धु नगरों में दो प्रकार के गेहूँ[8] और कई प्रकार के जौ पाए गए हैं।[9] ट्रिटिकम बलगेर (Triticum Vulgare) नामक जौ की एक और जाति की खेती मेसोपोटामिया और भारत में होती थी।[10] चावल लोथल में पाया गया, परन्तु पता नहीं कि यह कृषि द्वारा उपलब्ध होता था अथवा जंगली अवस्था में मिलता था। चाहुन्दड़ो से सरसों के दाने प्राप्त हुए हैं। कपास की खेती होती थी।[11]

उत्तर-वैदिककाल में मगध और अंग के इलाकों में फावड़ा से भूमि खोदकर कुआँ और तालाब (बावड़ी) बनाए जाते थे। कृषि को बाढ़ से बचाने के लिए नदी-जलप्रवाह को दूसरी दिशा में ले जाने के लिए बाँस से भूमि खोदकर नवीन मार्ग बनाए जाते थे। चूहे, पक्षी, मच्छर, कीड़े, हिरण, गोह आदि से फसल की सुरक्षा के लिए सीसा में लोहे का चूर्ण मिलाकर चारों तरफ रख दिया जाता था। गाय बाँधने का खूँटा खैर की लकड़ी का बनता था।[12] उत्तर-वैदिककाल में पके हुए धान-फसल को काटने के लिए दराँती का प्रयोग किया जाता था। तीक्ष्ण धारवाले लोहे के फाल (शाल्य) से खेत जोते जाते थे। नगाड़ा (दुर्दुभी) चमड़े से मढ़ा जाता था। इसे बजाकर जंगली मृगों को भगाया जाता था। लोहे की कुदाल गोड़ाई करने में प्रयोग की जाती थी। मूसल से धान कूटकर चावल निकाले जाते थे। कुदाल में बाँस या उदुंबर की लकड़ी से एक हाथ का हत्था लगाकर प्रयोग में लाया जाता था। कृषि में कुल्हाड़ी (परशु) का प्रयोग उत्तर-वैदिककाल में किया जाता था।[13]

विश्व को रुई तथा सूती कपड़े का ज्ञान भारतीयों ने दिया। यूनानियों ने सर्वप्रथम विज्ञान को धर्म से अलग किया। रेशम का ज्ञान भारत को चीन से

हुआ। तैरते हुए वृक्ष के तने ने अनजाने ही मनुष्य को नाव की प्रेरणा प्रदान की होगी। इससे आवागमन सम्बन्धी समस्या सुलझी। हाथ-पैर की दस अँगुलियों ने मनुष्य की गणना-बुद्धि का विकास किया।[14] सोम, केला, गन्ना आदि से सम्बद्ध ज्ञान को भारतवालों ने विदेशों में पहुँचाया। *अर्थशास्त्र* में वर्षामापी यंत्र का उल्लेख है। रासायनिक साबुन के आविष्कर्ता अरबवासी थे।

सोम

अमरत्व प्राप्त करने से सम्बन्धित प्रयोग वैदिक काल में ही प्रारम्भ हो गए थे। यद्यपि इस काल में इसे खनिजों के साथ नहीं जोड़ा गया था परन्तु पेड़-पौधों पर आधारित (सैक्रोबायटिक्स) तत्सम्बन्धी प्रयोगों के विस्तृत उल्लेख प्राप्त होते हैं। *ऋग्वेद* में सोम पौधे का उल्लेख हुआ है, जिसके रस का पान मनुष्य को लम्बी आयु और अमरत्व प्रदान करता था।[15] इसमें इसे पवित्र तथा स्वर्गिक पेय की संज्ञा दी गई है।[16] इसके गुणों के विषय में कहा गया है कि यह स्वाद में मीठा और रुचिकर होता था।[17] इसके प्रयोग से आयु बढ़ती थी तथा अमरत्व प्राप्त होता था।[18] इसकी उत्पत्ति स्थल के बारे में बतलाया गया है कि यह हिमालय की मौजवन्त पहाड़ियों पर पाया जाता था।[19]

वैदिक काल में प्रयुक्त किये जानेवाले सोम पौधे की पहचान के बारे में विद्वानों में पर्याप्त मतभेद है। जे.एम. उनवाला, वाट, एवं जोसेफ वर्नमूलर आदि विद्वानों ने वेद तथा अस्वेता के वर्णनों के आधार पर इसे ब्राह्मी वर्ग का पौधा माना है। आर. जी. वैसन (*Divine Mushromm of Immorality*, New York, 1962) ने इसकी तुलना गन्ने से की है। जे.सी. राय ने इसे भाँग (Om Prakash, *Food and Drinks in Ancient India*, Delhi, 1961) माना है।

इन समस्त वनस्पतियों[20] में अमनिता मस्कैरिया अथवा फ्लाई एगेरिक ऐसी वनस्पति है जिसके अधिकांश गुण *ऋग्वेद* में वर्णित सोम के गुणों से समानता रखते हैं। कवक एशिया के समशीतोष्ण वनों और उत्तरी साइबेरिया में एक प्रकार के भोज वृक्ष तथा चीड़ के वनों में पाया जाता है। इसका छत्र लगभग 6-7 इंच व्यास का होता है जिसका रंग सुर्ख लाल तथा पीला अथवा सफेद धब्बों से युक्त होता है। इसकी नाल लगभग 8-10 इंच लम्बी होती है। यदि इसे छोटे टुकड़ों में करके पानी में भिगो दिया जाए तो मक्खियाँ इसकी ओर आकृष्ट होती हैं। यह कवक आरम्भ में सफेद फूले हुए गेंद की भाँति दिखता है और बाद में बढ़ने पर इसका सफेद आवरण फट जाता है और अन्दर से इसकी लाल त्वचा झाँकने लगती है। उत्तरी साइबेरिया के निवासी इसका प्रयोग मद के लिए करते हैं और इसके सेवन से शारीरिक शक्ति बढ़ने के साथ-साथ दिवास्वप्न भी दिखते हैं। लगभग 1869 ई. में वैज्ञानिकों ने इससे मस्केरीन

नामक क्षारीय तत्त्व जैसे, आइबोटेनिक एसिड, पेंथीन, मस्काजोन, बुफौटन, एट्रोपीन, स्कलोपेलामीन, हायोसियामीन प्राप्त किए तथा निष्कर्ष निकाला कि इनके कारण ही उक्त कवक में विभ्रमीय (हेलुसिगोनिक) गुण पाया जाता है।

यद्यपि *ऋग्वेद* में वर्णित सोम पौधे के समस्त गुण उक्त कवक से नहीं मिलते तथापि उनमें कुछ समानता भी है। *ऋग्वेद* के प्रथम और नौवें मंडल में इसे गाय के फूले हुए थनों के समान बतलाया गया है। इसमें इसे इकपाद अर्थात् एक पाँव वाला तथा अजन्मा कहा गया है।[21] इसमें यह भी कहा गया है कि यह बादल के समान सफेद त्वचा ओढ़े रहता है जिसे धीरे-धीरे छोड़ देता है। इसमें बतलाया गया है कि यह दिन में हरि (भूरा लाल) और रात्रि में रजत (श्वेत) होता है।[22] *ऋग्वेद* में इसके लिए मूर्धन (तना) और सिरस (छत्र) आदि पर्याय शब्दों का भी प्रयोग हुआ है। इन गुणों की समानता फ्लाइ एगेरिक से की जा सकती है। *ऋग्वेद*[23] में एक स्थल पर कहा गया है कि सोम पौधे में पंद्रह बड़े-बड़े पत्ते होते हैं जो एक-एक करके झड़ते रहते हैं। प्रतीत होता है कि उक्त वनस्पति की पहचान समय-समय पर परिवर्तित होती रही, क्योंकि *ऋग्वेद* में ही यह लिखा है कि असली सोम का प्रयोग छूट गया है।[24] यद्यपि इस दिशा में अभी नवीन प्रयासों की आवश्यकता है परन्तु गुणात्मक आधार पर कतिपय साम्यताओं के कारण यह सम्भावना व्यक्त की जा सकती है कि फ्लाई एगेरिक (अमनिता मस्कैरिया) सोम पौधा है।

सोम के बारे में कहा गया है कि इसके प्रयोग से मनुष्य दस हज़ार वर्षों तक युवा रूप में रह सकता था, उसमें दस हज़ार हाथियों की शक्ति आ जाती थी, वह दैवी गुणों से विभूषित हो जाता था और अन्तरिक्ष में स्वतंत्र रूप से विचरण कर सकता था।[25] प्रतीत होता है कि वैदिक काल में लोगों द्वारा कतिपय नशीली औषधियों का प्रयोग किया जाता रहा होगा जिसके सेवन से मनुष्य चिन्तामुक्त, तनावरहित, स्वयं को हल्का-फुलका और बहुत ताकतवर समझने लगता था। *चरक संहिता* में च्यवन ऋषि का उल्लेख हुआ है जो किसी तेल के प्रयोग से युवा हो गए थे।[26] *सुश्रुत संहिता* में भी कायाकल्प करनेवाले विशिष्ट रसायन का उल्लेख है जिसके प्रयोग से आयु लम्बी होती थी और मनुष्य लम्बे समय तक युवा रह सकता था। यद्यपि उक्त समस्त रसायन वनस्पतियों से बनाए जाते थे परन्तु ऐसा भी मत व्यक्त किया गया है कि कभी-कभार इसमें स्वर्ण का भी प्रयोग किया जाता था।[27]

खगोल विद्या का अध्ययन का आरम्भ तथा विकास का आधार कृषि सम्बन्धी आवश्यकताओं की पूर्ति करना था। खगोल का शाब्दिक अर्थ आकाशमंडल होता है। वैदिक काल में ज्योतिष सम्बन्धी ज्ञान की उन्नति हो चुकी थी। *(ग्रह-नक्षत्रों की गति बतानेवाले शास्त्र को* **फलित ज्योतिष** *कहते*

हैं। तारों के अश्विनी,भरणी आदि 27 समूह को **नक्षत्र** *कहते हैं।*[28] *नौ प्रधान तारों, सूर्य, चन्द्र, मंगल, बुध, गुरु, शुक्र, शनि, राहु और केतु को* **ग्रह** *कहते हैं। ग्रहों की स्थिति का ज्ञान प्राप्त करने को* **ग्रह-वेध** *कहते हैं। सूर्य और पृथ्वी के बीच में चन्द्रमा का या सूर्य और चन्द्रमा के बीच में पृथ्वी का आ जाना* **ग्रहण** *कहलाता है।)*

वैदिक काल में वर्ष और ऋतुओं की आपसी अनियमितताओं को दूर करने के उद्देश्य से अधिमास सम्बन्धी परिकल्पना का विकास वैदिक काल में हो चुका था।[29] *ऋग्वेद*[30] में सर्वप्रथम सूर्यग्रहण का स्पष्ट उल्लेख मिलता है किन्तु इसके वैज्ञानिक कारणों की चर्चा इस ग्रन्थ में नहीं है। ग्रहण से राहु-केतु की कथा वैदिककाल में प्रचलित थी। कृषि से सम्बद्ध उपकरण कुल्हाड़ी (परशु) और कृषि के प्रारम्भ होने का संकेत *ऋग्वेद* के 9 एवं 10वें मंडल में है। 10वें मंडल में कुआँ का उल्लेख तथा हल और बैल से खेती करने की चर्चा है। तिल, उड़द, गेहूँ, चावल, जौ, चना आदि पैदा करने की कृषि तकनीक *यजुर्वेद* के तीसरे अध्याय में वर्णित है। जहाँ भूमि, श्रमिक और सिंचाई एक साथ उपलब्ध रहे हों वहाँ अतिरिक्त उत्पादन की गुंजाइश थी। बौद्धग्रन्थों में ब्रीहि और महीन किस्म शालि में अन्तर किया गया है। शालि की किस्में थीं- रक्तशालि, कलमाशालि, महाशालि और गन्धशालि (एच. एल. झा, *दि लिच्छवीज*, वाराणसी, 1970, पृ. 33)।

उत्तर-वैदिककाल और बुद्ध के ज़माने में 500 से अधिक हलों द्वारा खेत जोते जाते थे। इसमें वेतनभोगी मज़दूरों का समूह काम करता था। *जातक* में वर्णन है कि मचलग्राम में 30 कुल रहते थे और खेती का काम करते थे। प्रत्येक कुल से एक-एक आदमी मिलकर एक साथ प्रातःकाल उठकर वसूला (वासी), कुल्हाड़ा (पुरुष) तथा मूसल हाथ में लेकर चौरास्तों पर जाकर, वहाँ मूसल से पत्थरों को रास्ते से उलटकर हटा देते थे। गाड़ियों के अक्षों में बाँध कर वृक्षों को हटाते और ऊँच-नीच बराबर करते थे। वे पुल बनाते, पुष्करिणियाँ खोदते और शालाएँ बनाते थे। *अर्थशास्त्र* में सरकारी खेतों का ज़िक्र है जिनमें गुलाम, मज़दूर और क़ैदी काम करते थे। मौर्यों के बाद बटाईदारी और ऋण-दासता महत्त्वपूर्ण श्रम के रूपों में विकसित हुए।[31] गुप्तकाल में बड़े कृषि फार्मों के प्रमाण नहीं मिलते हैं। उत्तर-गुप्तकाल और हर्षवर्द्धन के समय ज़्यादातर शूद्र किसान बन गए। बड़े भूस्वामियों के फॉर्म पर भाड़े के मज़दूरों से काम लिया जाने लगा। इस तरह कृषि उत्पादन व्यवस्था नीची जातियों के श्रम पर आधारित हो गई। ये नीच जाति के लोग भूस्वामियों की ज़मीनों पर श्रम करना बन्द न करें-इसके लिए उन पर धार्मिक पाबंदियाँ लगाई जाने लगीं। बताया गया कि पेशा और स्थान बदलनेवाले नरक में जाएँगे। पेशा और स्थान

में बदलाव नहीं करने के लिए उन पर प्रशासनिक पाबंदियाँ भी लगाई गईं।[32] 14वीं शताब्दी में एक गाँव के किसान दूसरे क्षेत्र में जाकर बस गए। इन पर नहीं जाने के लिए अप्रभावशाली दबाव डाले गए। *Cambridge Economic History of India* के अध्ययन से पता चलता है कि 16-17 वीं शताब्दी में कच्ची भूमि के बड़े क्षेत्र और अधिक उपलब्ध होने लगे थे।

डी.पी. अग्रवाल का मत है कि हल बनाने में लोहे का प्रयोग करीब 800 ई.पू. में हुआ।[33] पाणिनि ने हल में लगे लोहे के फाल की चर्चा की है। पाँचवीं शताब्दी में वृहस्पति ने 12 पाला वजन की लोहे की फाल बनाने का सुझाव दिया है। इसे 8 अंगुल लम्बा और 4 अंगुल चौड़ा होने की बात कही गई है।[34]

अथर्ववेद में 6 से 8 बैलों के सहारे भारी हल खींचने की चर्चा है। ऐसे हल सख्त कच्ची भूमि तोड़ने के लिए प्रयोग किए जाते थे। *काठक संहिता* में 12 बैलों से लेकर 24 बैलों को जोतने का प्रसंग मिलता है। पाणिनि ने बड़ा और छोटा–दो प्रकार के हल की चर्चा की है। *कृषि–पराशर* में 8 बैलों से सामान्य जुताई और 6 बैलों के सहारे साधारण जुताई की चर्चा की गई है। इस ग्रन्थ में बताया गया है कि 4 बैलों को जोतने का अर्थ था निर्दयता और 2 बैल जोतने का अर्थ वास्तविक गोहत्या था।[35]

शतपथ ब्राह्मण[36] में वर्ष में छह ऋतुओं की चर्चा है। महीने को 7 दिनों की इकाई को 4 भागों में विभक्त करने की धारणा ई.पू. 1500 के आसपास बेबीलोन में विकसित हुई। भारत में सप्ताह की अवधारणा ई.पू. चौथी शताब्दी में शुरू हुई।[37] *आर्यभटीय* (499 ई.) में सप्ताह का स्पष्ट उल्लेख मिलता है।[38] बुधगुप्त के एरण अभिलेख (484 ई.) में सप्ताह में एक दिन सुरगुरोर दिवस (वृहस्पतिवार) का उल्लेख है।[39] *आर्यभटीय* में दिन को स्पष्ट रूप से 24 घंटों में विभक्त करने की चर्चा है। 24 घंटों में विभाजन की पद्धति बेबीलोन, यूनान और रोम होते हुए भारत पहुँची।[40]

यंत्र वेधशाला की प्रथम जानकारी बेबीलोन से प्राप्त होती है। भारतवर्ष में ई.पू. 1000 के दौरान वेधशाला की जानकारी *अथर्ववेद* से होती है।[41] ह्वेनसांग ने भारतीय पंचांग का उल्लेख किया है।[42]

बैलों को हलों में जोतकर खेतों की सिंचाई के लिए कुओं से पानी निकाला जाता था।[43] शिकार करने के लिए तृण, काष्ठ, चर्म, सूत और रस्सी से जाल बनाए जाते थे।[44] पक्षियों को पकड़ने के लिए वज्रलेप का प्रयोग किया जाता था।[45] मछलियाँ पकड़ने के लिए काँटा (बड़िरा) का प्रयोग किया जाता था।[46] जैन साहित्य[47] में अंकुश से हाथी को वश में रखने की चर्चा है। रेगिस्तान की यात्रा करनेवाले, सुनिर्मित मार्ग के अभाव में, रास्ते में कीलें गाड़ दिया करते थे जिससे दिशा का पता लग सके।[48]

खेत को **सेतु** और **केतु** नामक दो भागों में विभक्त किया गया है : सेतु को रहट आदि के जल से सींचा जाता था। केतु में वर्षा के जल से अनाज की उत्पत्ति होती थी।[49] लाट देश में वर्षा से, सिन्धु देश में नदी से, द्रविड़ देश में तलाब से और उत्तरापथ में कुओं से सिंचाई की जाती थी।[50] कृषि में कुशल रहनेवाला परिवार **कृषि-पराशर** कहा जाता था।[51]

आवश्यकचूर्णी [52] में दो प्रकार की भूमि की चर्चा है। काली भूमि को **उद्घात** और पथरीली भूमि को **अनुद्घाट** कहा गया है। काली भूमि में अत्यधिक वर्षा होने पर भी पानी वहीं का वहीं रह जाता था, बहता नहीं था।[53] एक हल से सौ **निवर्तन** अर्थात् 40 हज़ार वर्ग-हाथ भूमि जोती जा सकती थी।[54] जैनसूत्रों में हल, कृलिप[55] और नंगल नाम के हल-यंत्रों का उल्लेख मिलता है।[56]

कुदाली (कुदाल) से खोदने का काम होता था।[57] कलमशालि (चावल) पूर्वीय प्रान्तों में पैदा होता था।[58] वर्षा होने से छोटी-छोटी क्यारी बनाकर चावलों (शालि अक्षत) को खेतों में बोया जाता था, फिर दो-तीन बार करके उन्हें एक स्थान से दूसरे स्थान पर रोपते थे। *स्थानांग* (4.355) में 4 प्रकार की खेती बताई गई है-(1) **वापिता** अर्थात धान्य (अनाज) को एक बार बो देना, (2) **परिवापिता** अर्थात् दो-तीन बार करके एक स्थान से दूसरे स्थान पर रोपना, (3) **निविदा** अर्थात् खेतों की घास आदि निराकर धान्य बोना, और (4) **परिनिंदिता** अर्थात् दो-तीन बार घास आदि निराना।

पके धान तेज दंतिया से काट लिया जाता था।[59] फिर उन्हें हाथ से मलकर और छुड़ाकर कोरे घड़ों में भरकर रख देते थे। इन घड़ों को लीप-पोतकर उन पर मुहर लगा, उन्हें कोठार में रख दिया जाता था।[60] गंजशाला में अनाज कूटे जाते थे।[61] ओखली में चावल छाँटा जाता था। सूप द्वारा अनाज साफ़ किया जाता था।[62]

गन्ना कोल्हुओं में पेरा जाता था। इस यंत्र को **महाजन्त** एवं **कोल्लुक** कहते थे। जिस स्थान पर गन्ना पेरा जाता उस स्थान को **यंत्रशाला** कहते थे।[63] बंगाल में दो किस्म के गन्ने होते थे-(1) पीला (पुण्ड्र) और (2) काला बैंगनी या काला जिसे काजोलि या कजोली कहते थे। पुण्ड्र से गंगा के पूर्व में स्थित पुण्ड्रप्रदेश तथा कजोली से गंगा के पश्चिम में स्थित कजोलक नाम पड़ा।[64] कच्चे आम को पकाने के लिए उसे घास-फूस अथवा भूसे के अन्दर रखकर गर्मी पहुँचाई जाती जिससे वे जल्द ही पककर तैयार हो जाते थे। इस विधि को **इंधनपर्यायाम**[65] कहा गया है। कुछ अन्य फलों को धुआँ देकर पकाया जाता था। इसके लिए पहले एक गड्ढा खोदकर उसमें कंडे की आग भर दी जाती थी। इस गड्ढे के चारों ओर गड्ढे बनाए जाते और उन्हें कच्चे फलों से भर

दिया जाता था। इन गड्ढों में छिद्र बने रहते जो बीच के गड्ढे से जुड़े रहते थे। इस प्रकार कंडे की आग का धुआँ सब गड्ढों में पहुँचता रहता और इसकी गर्मी से फल पककर तैयार हो जाते थे। इस विधि को **धूमपर्यायाम**[66] कहा जाता था।

अर्थशास्त्र में शहद, सुअर की चर्बी और गाय के गोबर के मिश्रण के लेप का इस्तेमाल गन्ने या इसी तरह की दूसरी फसलों की कलमों पर इस्तेमाल करने की सलाह दी गई है। गाँठीदार पौधों के बीज की जड़ में शहद और घी की लिपाई करने, कपास के बीज में गाय के गोबर और पेड़ों के लिए गाय का गोबर तथा उसी की हड्डियों की खाद डालने की बात कही गई है। जब बीज अंकुरित होने लगता तो छोटी मछलियों की खाद डाल दी जाती और सनुही दूध से सिंचित किया जाता था। खाद को सीधे-सीधे खेत में नहीं डाला जाता था, सिवाय पेड़ों के। *अर्थशास्त्र* में उल्लिखित सिंचाई के लिए कंधों पर पानी ले जाने का साधारण तरीका प्रचलित था।

गुप्तकालीन कृषि-विज्ञान की जानकारी *बृहत्संहिता* से होती है। पत्थरों से रहित, कोमल मिट्टी वाली ज़मीन अच्छी होती थी। बगीचा लगाने के लिए ज़मीन का चुनाव करने के पहले वहाँ तिल बोया जाता था। जब तिल की फसल में फूल आ जाता था तब खड़ी फसल समेत ही जुताई करवायी जाती और बगीचे के लिए पेड़ लगाए जाते थे।[67] कटहल, अशोक, केला, जामुन, लीची, अनार और नींबू की टहनियों को सफ़ाई से काटकर, गोबर, मिट्टी का लेप चढ़ाकर इनकी कलम बनाई जाती और स्वतंत्र रूप से इनके वृक्ष लगाए जाते थे।[68] जिन वृक्षों की टहनियाँ नहीं बनतीं उन्हें माघ या फाल्गुन के महीनों में रोपा जाता था।[69]

पौधे या कुछ प्रौढ़ वृक्ष को दूसरी जगह लगाने से पूर्व घी, खसखस, शहद, दूध, गोबर–इन सबका मिश्रण बनाकर जड़ से लेकर तने एवं शाखाओं तक लगाकर, दूसरे स्थान पर ले जाकर लगाया जा सकता था।[70] गर्मी के मौसम में शाम और सबेरे सिंचाई की जाती थी। ठंड के मौसम में एक दिन छोड़कर एवं वर्षाऋतु में सूखी ज़मीन देखकर आवश्यकतानुसार सिंचाई की जाती थी।[71]

दो पेड़ों के बीच 20 हाथ या 16 हाथ या 12 हाथ की दूरी होती थी। बहुत पास पेड़ लगाने से उनकी जड़ें आपस में उलझती थीं। उनके पत्ते एवं टहनियाँ भी आपस में टकराते थे। इसका परिणाम यह होता था कि वृक्ष अच्छी तरह से फलते-फूलते नहीं थे।[72]

अधिक सर्दी, अधिक हवा एवं तेज हवा तथा तेज धूप से पेड़ों में रोग पैदा होते थे। रोगी वृक्ष की शस्त्र चिकित्सा की जाती थी। तेज धारदार हथियार से विकृत अंग, टहनी या पत्ते आदि को सावधानी से निकाल दिया जाता था। इसके बाद उस कटे स्थान पर तथा आसपास घी एवं साफ़ गीली मिट्टी का लेप कर दिया जाता था। दूध मिले पानी से उन्हें सींचा जाता था।[73] यदि किसी

पेड़ पर ठीक से फल नहीं लगते तो कुल्थ, उड़द, मूंग एवं तिलों को दूध में खूब पकाया जाता था। तब उस दूध को ठंडा करके पेड़ों को सींचने से उनमें अच्छे फल-फूल लगते थे।[74]

भेड़ एवं बकरी के गोबर का मोटा चूर्ण 2 आढ़क (8 किलो), तिल एक आढ़क (4 किलो), जौ का सत्तू एक ग्रस्थ (1 किलो) और पानी एक द्रोण (16 किलो)–इन सबको एक तुला (5 किलो), गाय या बैल के मांस के साथ सात दिनों तक पड़ा रहने दिया जाता था। इसके बाद यह खाद बन जाता जिसे पेड़ की जड़ों में डाला जाता था। इसके फलस्वरूप वृक्ष, लता, ईख, धान, सरकंडा आदि की उत्तम बढ़ोतरी होती थी एवं अच्छे फल-फूल लगते थे।[75]

बोने से पहले बीजों को 10 दिन तक प्रतिदिन दूध से भिगोया जाता था। इसके बाद गाय के गोबर से उसे खूब रगड़ा जाता था। इसके पश्चात् उसे सुअर एवं हिरण के मांस के टुकड़ों को जलते अंगारों पर डालकर, उसके धुएँ से बीज को तपाया जाता था। तत्पश्चात् कृषि योग्य भूमि में सुअर के मांस एवं चर्बी में लपेटकर बीज को बोया जाता था। दूध मिले जल से सींचने पर फल-फूलों की अच्छी पैदावार होती थी।[76]

बृहत्संहिता में इमली के पेड़ लगाने की विधि पर प्रकाश डाला गया है। उड़द, तिल और जौ के आटे में सड़ा हुआ मांस मिलाकर उसमें इमली का बीज रखकर बोया जाता अथवा इन्हीं चीज़ों से सींचकर हल्दी की धूप दिए जाने पर बहुत कठोर परतवाला इमली का बीज अंकुरित हो जाता था।[77] बीज बोने के लिए गड्ढा तैयार करने की विधि पर इस ग्रन्थ में प्रकाश डाला गया है। इस विधि के अनुसार बोने के लिए एक हाथ व्यास का गोल गड्ढा बनाया जाता था। उसकी गहराई 2 हाथ अर्थात् 3 फीट होती थी। उस गड्ढे में दूध मिला पानी भर दिया जाता था। पानी जब सूख जाता तो वहाँ आग जलाई जाती थी। इसके पश्चात् सूखे गड्ढे को साफ़ करके शहद, घी और राख के लेप से लेप किया जाता था। फिर उड़द, तिल, जौ के आटे से गड्ढे को 4 अंगुल भर दिया जाता था। तब 4 अंगुल मिट्टी, 4 अंगुल आटा, फिर 4 अंगुल मिट्टी भर दी जाती थी। गड्ढा भर जाने पर मछली एवं मांस भिगोए गए पानी से उसे सींचा जाता तथा खूब कूटा जाता था। जब धरातल सख्त हो जाता तब उसके बीचोबीच 4 अंगुल खोदकर, कपित्थ (कत्था) का बीज रोपा जाता था।[78]

7वीं और 14वीं शताब्दी के बीच रचित *ब्रह्मवैवर्तपुराण*[79] में वृक्षारोपण पर प्रकाश डाला गया है। इस पुराण से बिहार और बंगाल के इलाके की ऐतिहासिक तथ्यों की जानकारी मिलती है। बंगाल में समुद्र के किनारे भवन निर्माण करते समय वृक्षारोपण एक महत्त्वपूर्ण कार्य माना जाता था। आश्रम में नारियल वृक्ष लगाने से गृही को धन प्राप्त होता था। नारियल बिकता था और

उससे धन की प्राप्ति होती थी। घर के ईशान कोण (उत्तर-पूर्व) में और पूर्व दिशा में लगाया हुआ वृक्ष धन और स्वास्थ्य के लिए अच्छा माना जाता था। घर के पूर्व दिशा में आम का वृक्ष आर्थिक रूप से उपयोगी होता था। बेल, कटहल, जंबीरी नींबू और बेर के वृक्ष लगाए जाते थे। इन वृक्षों को घर के पूर्व दिशा में लगाने से उन्हें सूर्य की पहली किरणें मिलतीं जिसके फलस्वरूप ये पेड़ काफी फल देते और स्वामी को आर्थिक लाभ होता था। ये पेड़ दक्षिण दिशा में लगाने से भी आर्थिक लाभ और गृहस्थ की उन्नति होती थी। जामुन, केला और आँवला के वृक्ष पूर्व में बन्धुप्रद तथा दक्षिण में मित्र की वृद्धि करनेवाले एवं शुभप्रद होते थे। दक्षिण दिशा में नगदी फसल सुपारी का वृक्ष धन और पुत्र[80] के लिए शुभप्रद, पश्चिम में हर्षदायक और ईशान कोण में सुखद होता था। भूतल पर चम्पा का वृक्ष शुद्ध तथा सर्वत्र मंगलकारक होता था। लौकी, कुम्हड़ा, अयांबु, पलाश, खजूर और कर्कटी के वृक्ष शिविर में मंगलप्रद होते थे। वास्तूक (बथुआ), बेल और बैंगन के पौधे शुभप्रद माने जाते थे। फलवती लताएँ सर्वत्र शुभदायिनी थीं।[81] गाँवों एवं नगरों में चने, धान आदि के पौधे मंगलप्रद माने जाते थे। गाँवों, नगरों एवं आश्रमों में गन्ना, अशोक, कदम्ब, शुभदायक होते थे। गाँवों एवं नगरों में गन्ने का पेड़ शुभप्रद था।[82] गाँवों तथा नगरों में हल्दी, अदरक, हरीतिका और आमलक के वृक्ष शुभदायिनी और कल्याणकारी माने जाते थे।

जंगली वृक्ष आश्रम और नगर में लगाना शुभ नहीं माना जाता था। शिविर में वटवृक्ष लगाने से चोर का भय रहता था। नगरों में वटवृक्ष लगाए जाते थे; क्योंकि उसका दर्शन पुण्य माना जाता था। आश्रम, नगर और गाँव में सेमल का पेड़ लगाना सर्वथा निषिद्ध था। राजाओं के लिए यह दुखप्रद माना जाता था। इमली का वृक्ष गाँवों में लगाना निषिद्ध नहीं किन्तु शिविर में लगाना ठीक नहीं माना जाता था; क्योंकि इसे विद्या-बुद्धि का विनाशक तथा दुखप्रद माना जाता था। इससे पूजा और धन की हानि होती थी। आश्रम में इमली का वृक्ष अत्यन्त निषिद्ध था, नगर में कुछ ही निषिद्ध था और गाँवों एवं कस्बों में निषिद्ध नहीं बल्कि प्रसिद्ध था।[83]

शिविर में खजूर और काँटेदार वृक्ष लगाना अच्छा नहीं माना जाता; क्योंकि ऐसे पेड़ विद्या-बुद्धि विनाशक तथा दुखप्रद होते थे। आश्रमों में चने, धान आदि अन्नों एवं हल्दी, अदरक, हरीतिका और आमलकी के पौधों को लगाना सम्भवतः इसलिए ठीक नहीं बताया गया है कि इन्हें लोग चोरी कर लेते एवं पशु नष्ट कर डालते थे।[84]

सुगन्धित तेल और सुगन्धपूर्ण आँवला मिश्रित जल को देह की सुन्दरता बढ़ाने में उपयोग किया जाता था।[85] वृक्ष से निकले गोंद और सुगन्धित पदार्थ

को मिलाकर धूप बनाया जाता था।[86] साठी धान के चावल को उत्तम ढंग से पकाकर शक्कर और गाय का घी मिलाकर खीर बनाई जाती थी।[87] शक्कर तथा गाय के दूध में सेंवई (स्वस्तिक) बनती थी।[88] जौ, गेहूँ तथा चावल के चूर्ण, गुड़ और गाय के घी से मिठाई बनाई जाती थी।[89] कर्पूर से जीभ की दुर्गंध समाप्त होती थी।[90] कपास से सूती वस्त्र तथा रेशम कीड़ा से तैयार होता था।[91] विभिन्न वृक्षों के चूर्ण, नाना प्रकार के वृक्षों की जड़ों के द्रव से पूर्ण तथा कस्तूरी को मिलाकर गन्ध तैयार किया जाता था।[92] चन्दन, अगरु, कस्तूरी और कुंकुम को मिलाकर अबीर चूर्ण तैयार किया जाता था।[93]

ताँबे के पात्र में घी एवं नमक के साथ दूध पीना हानिकारक समझा जाता था। काँसे एवं ताँबे के पात्र में नारियल का जल तथा ताँबे के पात्र में मधु और ईख के रस को डालने से नशीला पदार्थ बनता था।[94] तेली द्वारा कोल्हू घुमाकर तेल पेरा जाता था।[95]

इब्नबतूता ने 14वीं शताब्दी में सुस्पष्ट रूप से कहा है कि भारतीय लोग साल में दो फसलें बोते थे।[96] अकबर के समय 16वीं शताब्दी के उत्तरार्द्ध में प्रचलित राजस्व दरें रबी और खरीफ की फसलों से सम्बद्ध थीं।[97] सूबा दिल्ली 16वीं शताब्दी में तीन फसलों वाला कहा गया है।[98] 19वीं शताब्दी में सामान्य परिस्थिति के दौरान साल में दो और अक्सर तीन भी फसलें होती थीं।[99]

खेतों में गोबर के इस्तेमाल का पहला प्रमाण बाण-लिखित *हर्षचरित* में मिलता है। इसमें खेत को फिर से उर्वर बनाने के लिए गाय के गोबर और अन्य कचरे से भरी बैलगाड़ी खेतों को ले जाते एक किसान को चित्रित किया गया है।[100] *कृषि पराशर*[101] में गाय के गोबर से मिश्रित खाद बनाने और बोवाई के वक्त उसका खेत में इस्तेमाल किए जाने की चर्चा है। इस ग्रन्थ में लिखा है कि माघ (जनवरी-फरवरी) में गोबर के ढेर को पूजने के बाद बड़े सम्मान के साथ उसे किसी शुभ दिन फावड़े से उठाया जाता था। इस ग्रन्थ के श्लोक 10 में वर्णित है कि गोबर को सूखने और बुकनी बनाने के बाद, हर खेत के एक गड्ढे में फागुन (फरवरी-मार्च) के महीने में डाल दिया जाता और बोवाई के समय खेत में डाल दिया जाता था। बिना खाद के धान के पौधे उगने पर बीज नहीं देते थे।

आइने अकबरी में लिखा है कि उस किसान को ग़रीब माना जाता जिसके पास चार बैल, दो गायें और हर जोत के लिए एक भैंस होती थी। 17वीं शताब्दी में मानरिक[102] ने बंगाल के चरागाहों में पशुओं के बड़े-बड़े झुंडों को चरते देखा था।

19वीं शताब्दी के प्रथम चरण में खाद की कमी को कुछ ज़्यादा तीव्रता से महसूस किया जाने लगा। फलतः इसका प्रयोग कुछ विशेष फसलों, जैसे

गन्ना, मकई, ज्वार, कपास और तम्बाकू तक सीमित हो गया। ये फसलें बिना खाद के अच्छी तरह नहीं हो सकतीं।[103]

बीज के उचित अंकुरण और पौधे के विकास के लिए मिट्टी की नमी को बरकरार रखना आवश्यक था। इसी तथ्य को ध्यान में रखते हुए हल के आकार का निर्धारण होता था।[104] भारतीय हल मिट्टी में गहरे जाने के बजाय सिर्फ़ मिट्टी को खरोचता भर था। इसका कारण था कि मिट्टी के नीचे की नमी बनी रहे, वरना नीचे की मिट्टी ऊपर ला देने से वह धूप में सूख जाती। इस तरह गहरा खोदनेवाला हल मिट्टी की उर्वरता बढ़ाने के बजाय घटा देता।

एन.जी. मुखर्जी ने 20वीं शताब्दी के आरम्भ में देश के विभिन्न क्षेत्रों में हल के वजन पर आँकड़े इकट्ठे किए हैं।[105] बंगाल में हल सवा मन का होता था, जिसे छोटे-छोटे बैल खींचते थे। यहाँ की अत्यधिक उपजाऊ सतह को खरोचना भर पड़ता था। बुंदेलखंड की सख्त मिट्टी के लिए साढ़े तीन मन का हल होता था।[106] मामूली-सी नम मिट्टी में हल्के नियमित जुताई के लिए पर्याप्त थे। एक भारी लोहे के गिलाफ़ वाला हल इसलिए प्रयोग किया जाता था कि जो मिट्टी सख्त या खरपतवार वाली हो जाती उसमें गहरा हल चलाने की ज़रूरत होती थी।[107]

पाणिनि *(अष्टाध्यायी)* का मत है कि खेत कभी दो बार और कभी तीन बार जोतना चाहिए। पतंजलि ने 5 बार जोतने का सुझाव दिया है। *अर्थशास्त्र* अच्छी फसलों के लिए तीन बार हल चलाने का सुझाव देता है। गुप्तकालीन साहित्य *अमरकोश* के अनुसार तीन अथवा चार बार हल चलाना खेत के लिए अच्छा होता था।[108] *कृषि पराशर* के अनुसार एक से पाँच बार तक हल चलाना खेत के लिए अच्छा होता था। बीज बोने से पहले कितनी बार हल चलाया जाना चाहिए, यह उगाई जानेवाली फसल पर निर्भर करता था। गन्ना बोने के लिए तो कभी-कभी खेत को लगातार 8 महीने तक जोता जाता था। फलत: यह कार्य 'अठमास' कहलाया जाने लगा।[109]

खेत में बीज बोने के तुरन्त बाद मिट्टी को समतल किया जाता था जिससे कि बीज इसमें ढँक जाए। ऐसा या तो हाथ द्वारा चलाई जानेवाली एक लकड़ी से किया जाता अथवा बैलों द्वारा खींचे जानेवाले एक पाटे को मिट्टी के ऊपर चलाया जाता था। बैल-चालक पाटे पर दोनों पैर फैलाकर खड़ा होता था जिससे दबाव पड़ सके। *तुहफत-ए-पंजाब* इस उपकरण को **सोहाग** नाम देता है और इसके कार्यों में बीजों को मिट्टी से ढँकने, ढेले फोड़ने और इस तरह समान रूप से नमी फैलाने का उल्लेख करता है। मिट्टी के ऊपर आड़ा घुमाया जाता था।[110] *तुहफत-ए-पंजाब*[111] **दंदल** नामक एक उपकरण का उल्लेख करता है, जो कि भारी तख्ते का बना होता। इस उपकरण के नीचे की ओर दाँत होते, चार

बैल इसे खींचते और दो आदमी दबाते थे। यह धान की खेती के लिए इस्तेमाल किया जाता था। इस उपकरण का प्रयोग सम्भवतः पंजाब तक ही सीमित था।

मध्यकालीन पंजाब में बीज कई तरह से बोए जाते थे। बीज छिड़कना सबसे आसान विधि थी। एक बार पौधे उग आने पर धान की रोपाई बहुत सावधानीपूर्वक की जाती थी। 17वीं शताब्दी में एक समझदार सलाह दी गई थी कि बीज को तीन चरणों में बोना चाहिए। कुछ बीज पहले चरण में बोए जाने चाहिए, कुछ थोड़ी देर से और कुछ इससे भी बाद में ताकि इसमें से कुछ खराब हो जाएँ, तो भी बाकी बीज अंकुरित हो सकें। अंकुर आने के बाद और पौधे उगने पर निराई और पौधों की जड़ों को हवा देने के लिए उनके आसपास की मिट्टी को ढीला करने की प्रक्रिया शुरू होती। ये दोनों प्रक्रियाएँ एक साथ शुरू होतीं और इनके लिए एक ही औजार यानी खुरपे का प्रयोग किया जाता था।

सिंचाई

भारतीय कृषि के लिए सिंचाई महत्त्वपूर्ण थी। वैशाली के पास तालाबों के उल्लेख मिलते हैं (कृष्णदेव और वि. मिश्र, *वैशाली एक्सकेवेशंस*, वैशाली, 1961)। अयोध्या (कोसल) में तालाब की चर्चा *रामायण* (अध्याय 11, श्लोक संख्या 39) में है। सिंचाई के क्षेत्र में महत्त्वपूर्ण आविष्कार हुए। सिंचाई मुहैया कराने के प्रयास में राज्य और व्यक्ति–दोनों की भूमिका महत्त्वपूर्ण रही। गुजरात की सुदर्शन झील का निर्माण मौर्य शासकों द्वारा किया गया। गुप्त शासकों द्वारा इसकी मरम्मत की गई। इस झील ने इस तरह 8 सौ वर्षों तक खेतों को सींचने का काम किया। नन्द शासकों ने उड़ीसा में नहर बनाने का बीड़ा उठाया और 5 शताब्दियों तक यह नहर सिंचाई के काम आई। 14वीं शताब्दी में फ़ीरोज तुग़लक और 17वीं शताब्दी में शाहजहाँ द्वारा बड़ी संख्या में नहरों को बनाने के अच्छे ब्यौरे मिलते हैं।[112]

16वीं शताब्दी में सिंचाई के लिए ढेंकली का प्रयोग किया जाता था। 16वीं शताब्दी में *मृगावत* की चित्रित हस्तलिपि का चित्रण उत्तर प्रदेश में 1523 और 1570 के बीच हुआ था। यह हस्तलिपि भारत कला भवन, वाराणसी में रखी हुई है। इसमें सिंचाई के लिए ढेंकली का चित्र अंकित है। 17वीं शताब्दी में भी यह उपकरण प्रयोग में लाया जाता था।[113] इस यंत्र के नीचे उथले कूप के किनारे पर खूँटी गड़ी होती है और एक काँटे के आकार का दूसरे किनारे पर। इस काँटे के बीच में एक लम्बा खम्भा उत्तोलक सिद्धान्त के तहत लगा रहता है। इस खम्भे में कुएँ के किनारे पर एक बाल्टी लटकी होती और दूसरे किनारे पर भारी पत्थर रहता है। एक आदमी इस यंत्र को रस्सी से खींचकर चला सकता है। रस्सी को कुएँ के अन्दर खींचा जाता और पानी से भरी बाल्टी खम्भे

से उठाकर खोल दी जाती है, जिससे पानी खेतों में पहुँच जाए। इस यंत्र के लिए कड़ी मेहनत चाहिए और यह केवल उथले पानी में इस्तेमाल किए जाने योग्य था। इसलिए यह कुएँ के आसपास के केवल छोटे खेतों की सिंचाई कर सकता है।

सिंचाई के लिए चड़स की चर्चा बाबर ने *बाबरनामा*[114] में की है। इस उपकरण में दो आदमियों और एक या दो बैलों के काम की ज़रूरत होती थी। काँटेदार खम्भे से एक घिरनी कुएँ के ऊपर धुरी के सहारे बनी होती। एक बड़ी चमड़े की बाल्टी जो कि चड़स कहलाती थी, घिरनी से नीचे कुएँ में डाल दी जाती थी। बाल्टी के भर जाने पर बैल रस्सी को कुछ दूरी तक खींचते और इस तरह बाल्टी को ऊपर खींचा जाता जो एक या दो आदमियों द्वारा नहर में खाली कर दी जाती थी। दूसरा आदमी बाल्टी को भरने के लिए हाँकता था। *बाबरनामा* में पुनः लिखा है कि सिंचाई के लिए आदमी और औरतें घड़ों में बारी-बारी से पानी लाते थे। इस रिवाज की चर्चा *अर्थशास्त्र* में भी है।

अरघट

इरफान हबीब[115] ने 1969 में अरघट और फ़ारसी रहट (साकिया) के अन्तर का ज़िक्र किया था। अरघट एक ऐसा घेरा होता जिसके चारों ओर हांडियाँ लगाई जाती थीं। यह मानव-शक्ति से चलता और पोखर की सतह या नदी के किनारे से पानी एकत्र करता था। इसके द्वारा सिंचाई की सम्भावनाएँ उन खेतों तक सीमित हो गईं जो गाँव के किसी पोखर या नदी के पास होते। फ़ारसी रहट में एक ओर घेरे पर हांडियों की चेन लगाई जाती थी, जिससे वह कुएँ से पानी निकाल सके; दूसरी ओर गियर की वजह से उसे चलाने के लिए बैल की शक्ति का प्रयोग किया जाता था। इसने सिंचाई की सम्भावना को पर्याप्त बढ़ावा दिया; खासकर मध्यम जलस्तर वाले क्षेत्र में। फलस्वरूप जो कोई पक्के कुएँ और फ़ारसी रहट का खर्चा वहन करने में समर्थ हो, वह अपनी इच्छानुसार खेतों की सिंचाई कर सकता था। बैलों की वजह से मानव ऊर्जा बच जाती थी जो दूसरे किसी कृषि कार्य के लिए इस्तेमाल की जा सकती थी। इरफान हबीब के अनुसार यह उपकरण तुर्क विजय के साथ और बाद की शताब्दियों में पश्चिम एशिया से भारत आया।

चक्का

भारत में चक्कों द्वारा सिंचाई के लिए पानी की व्यवस्था का इतिहास दो नहीं, तीन चरणों में सम्पन्न हुआ। अरघट और साकिया के बीच एक ऐसा उपकरण भी विकसित हुआ था जिसमें हांडियों की चेन थी किन्तु गियर की व्यवस्था

नहीं थी।[116] इसे **घंटीयंत्र** भी कहते हैं।[117] पक्के हुए कुएँ में फ़ारसी रहट लगाना एक खर्चीला मामला था। गाँव के बहुत कम कुओं में ही ये रहट लग पाते थे। दरअसल ईंट का पक्का कुआँ बनाना बहुत खर्चीला होता था।[118] 17वीं शताब्दी के उत्तरार्द्ध तक भी पूर्वी राजस्थान के 18 गाँवों के 528 कुओं में से केवल 41 कुएँ ही पक्के थे।[119] कुआँ से सिंचाई के परिणामस्वरूप सिंचाई का पानी नियंत्रित किया जा सकता था।[120]

फावड़ा का प्रयोग खेत में ढेला फोड़ने में किया जाता था। इसका प्रयोग हल चलाने के साथ-साथ या इसके तुरन्त बाद किया जाता होगा।[121] फावड़े का इस्तेमाल कुषाणकाल से शुरू हो गया था।[122] *कृषि-पराशर*[123] में इससे गोबर उठाने की बात कही गई है। जहाँगीर के शासनकाल के दौरान किसानों द्वारा फावड़े का प्रयोग किया जाता था।[124]

फसल ओसाने की टोकरी और छन्नी की चर्चा मध्यकालीन स्रोतों में मिलती है।[125] कपासवाली काली मिट्टी को खोदने के लिए एक उपकरण का प्रयोग 200 ई. के दौरान मध्य प्रदेश के इलाके में किया जाता था। फ़ारसी ग्रन्थ *दर-फ़ने-फ़लाहत* में लिखा है कि सेब के पेड़ों पर कलम लगाने के लिए बर्मे से छेद बनाया जाता था। 17वीं शताब्दी के इस ग्रन्थ में कलम बनाने की तरकीब को समझाया गया है।[126] इरफान हबीब द्वारा सम्पादित *Cambridge Economic History of India* (Part-I) के अध्ययन से पता चलता है कि 13-14वीं शताब्दी में गंगा के मैदान के बड़े भू-भाग में घने जंगल थे। 16वीं शताब्दी के अन्त तक जंगल का बहुत बड़ा हिस्सा कृषि-अधीन भूमि में बदल गया। कृषि के विस्तार का दौर सम्भवत: 20वीं शताब्दी के आरम्भ में अपने चरम बिन्दु पर पहुँच गया।[127]

समय बीतने के साथ-साथ नई फसलों की संख्या में वृद्धि और पुरानी फसलों की किस्में बढ़ती गईं। हड़प्पा संस्कृति कपास के अलावा (काठियावाड़ इलाके में) चावल, गेहूँ, जौ, तिल और मटर की उपज पर निर्भर थी। *ऋग्वेद* में जौ, तिल (काला और सफेद), ककड़ी, लौकी और गन्ने का उल्लेख मिलता है।[128] *अथर्ववेद* और *तैत्तिरीय संहिता* में चावल का व्यापक ज़िक्र है। सेम और तिल का उल्लेख *तैत्तिरीय संहिता* में मिलता है। *अर्थशास्त्र* में फसलों की 17 किस्में बताई गई हैं जिनमें 10 अनाजों की हैं। 12 वीं शताब्दी तक 24-25 प्रकार की खाद्य-फसलें, सब्जियाँ और फल पैदा किए जाने लगे। 17वीं शताब्दी के अन्त तक फसलों की संख्या 40 से ज़्यादा बढ़ गई थी; यद्यपि इसमें कुछ क्षेत्रीय विविधता होती थी।

कॉफी सबसे पहले इथियोपिया में उगाई गई। 18वीं शताब्दी में भारत इससे परिचित हुआ और 1830 से यहाँ कॉफी की खेती प्रारम्भ हुई। काग़ज़, गोंद,

मक्खन, मेहँदी और ज्वार से मिस्र ने विश्व को परिचित कराया। कर्पूर, जमालगोटा, रवंदचीनी, चाय, छाता, सतालू, लीची और रेशम से चीन ने भारत को परिचित कराया। तम्बाकू, अमरूद, अनन्नास, काजू, सूर्यमुखी, पपीता, आलू, कुम्हेड़ा, मूंगफली, शकरकन्द, परवल, मकई, साबूदाना आदि आधुनिक काल में अमेरिका से भारत आया। अरब और अफ्रीका से केसर, अंजीर, नासपाती, खजूर, बादाम, पिश्ता (सिरिया), गुलाब (असीरिया), गाजर, तरबूज, बादाम पिश्ता (सिरिया से) पालक और भिंडी (अफ्रीका) मध्य और आधुनिक काल में भारत आया। पान (ताम्बूल) का पौधा जावा से, योरोप से सेब, अनातोलिया से गोभी और क्यूबा से सीताफल भारत आया।[129] अन्तर्देशीय सामूहिक मिलन के परिणामस्वरूप आधुनिक भारतीय कृषि में नवीन बदलाव स्वाभाविक था।

सन्दर्भ-ग्रन्थ

1. समरेन्द्र नाथ सेन, *विज्ञान का इतिहास*, (दो जिल्दों में), जिल्द-एक, बिहार हिन्दी ग्रन्थ अकादमी, पटना, 1972, पृ. 42; विजयलक्ष्मी शर्मा, (*अन्तरराष्ट्रीय परिप्रेक्ष्य में प्राचीन भारतीय विज्ञान*, नई दिल्ली, 1990, पृ. 45) के अनुसार आज से 5 हज़ार वर्ष पहले चावल के अवशेष उत्तर प्रदेश के मिर्जापुर ज़िले के कोलडीव्हा, महागढ़ और चोपनी मंडी नामक स्थलों से मिले हैं।
2. *वही*, पृ. 42-43
3. Stuart Piggot, *Prehistoric India*, Penguin Books, 1950, p. 43
4. सेन, 43-44
5. देवीप्रसाद चट्टोपाध्याय, *लोकायत*, मैकमिलन, दिल्ली, प्रथम हिन्दी संस्करण, 1982, पृ. 183-85
6. समरेन्द्र नाथ सेन, पृ. 50
7. *वही*, पृ. 52-52
8. सेन लिखते हैं (पृ. 42) कि एमेर (TRITICUM DICOCCUM) की खेती से उत्कृष्ट गेहूँ का उत्पादन मिस्र, एशिया माइनर और पश्चिमी योरोप में होता था।
9. प्रशान्त गौरव, *प्राचीन भारत*, राजकमल प्रकाशन, दिल्ली, 2009, पृ. 75
10. सेन, पृ. 42
11. प्रशान्त गौरव, पृ. 75
12. प्रतीक गौरव, *प्राचीन भारत में विज्ञान*, नोवेल्टी, पटना, 2006, पृ. 35-36
13. प्रतीक गौरव, पृ. 36-37
14. विजयलक्ष्मी शर्मा, *अन्तरराष्ट्रीय परिप्रेक्ष्य में प्राचीन भारतीय विज्ञान, पूर्वोद्धृत*, 40-49
15. ऋग्वेद, 6.47.3, 8.48.12, 9.96.15; R. N. Nandi, *Ideology and Environment*, Delhi, 2009, pp. 181-84
16. *वही*, 9.24.1; 9.110.8
17. *वही*, 1.108.4; 4.35.6; 9.47.1
18. *वही*, 8.48.3; 8.48.11; 9.48.3

19. *वही*, 1.9.1-2; 3.41.5; 3.46.5; 3.47.1-4
20. सार्कोस्टोमा ब्रेविस्टिग्मा, इफीड्रा वल्गेरिस, टीनोस्पोरा कार्डिफोलिया, रुटा ग्रोवओलेंस, पेरिप्लाका एफायला, रहेउम, केनाबिस, सटाइवा, बिगेनम, हरमला, वीटिस, वीनिफेरा, अमनिता मस्कैरिया।
21. ऋ. 10.65.13
22. *वही*, 9.3.9, 9.8.6, 9.33.2, 9.61.21, 9.63.4, 9.65.8, 9.97.13, 10.96.2
23. *वही*, 9.82.3
24. *वही*, 10.85.3
25. *चरक संहिता*, 4.38
26. विजयलक्ष्मी शर्मा, *अन्तरराष्ट्रीय परिप्रेक्ष्य में प्राचीन भारतीय विज्ञान*, पृ. 178
27. B. V. Subbarayappa, "Chemical Practices and Alchemy", *A Concise History of Sciences in India*, Calcutta, 1971, p. 316
28. *तैत्तिरीय संहिता*, 4.4.10
29. *ऋग्वेद*, 1.25.8; *अथर्ववेद*, 12.3.8
30. *वही*, 5.40.5-9; विजयलक्ष्मी शर्मा, *अन्तरराष्ट्रीय परिप्रेक्ष्य में प्राचीन भारतीय विज्ञान*, पृ. 139
31. रामशरण शर्मा (*Indian Feudalism*) ने इस पर विस्तृत प्रकाश डाला है।
32. बी. पी. मजुमदार, *Socio-Economic History of Northern India*, p. 171
33. अग्रवाल, *द कॉपर ब्रोंज एज इन इंडिया*, नई दिल्ली, 1971, पृ. 107
34. ललनजी गोपाल, 'Beginning of Agriculture in India', के. के. वेंकटचारी द्वारा सम्पादित *Technology in India*, मुम्बई, 1984, पृ. 95
35. हरबंश मुखिया, *मध्यकालीन भारत*, राजकमल प्रकाशन, दिल्ली, 2001, पृ. 189
36. 3.1.3.17; 3.1.4.20; 2.1.1.13; 5.2.1.4; 7.3.1.35
37. विजयलक्ष्मी शर्मा, *अन्तरराष्ट्रीय परिप्रेक्ष्य में प्राचीन भारतीय विज्ञान*, पृ. 144
38. *वही*
39. *वही*
40. *वही*, पृ. 145
41. *वही*, पृ. 148-49
42. P. K. Mukherjee, *Indian Literature Abroad* (China), Culcutta, 1928, pp-50.52
43. *वृहत्कल्पभाष्य टीका*, (मलयगिरि और क्षेमकीर्ति), भावनगर, 1933-38, 1.12.19
44. *निशीथसूत्र*, 12.1
45. *उत्तराध्ययनसूत्र*, 16.65
46. *निशीथभाष्यचूर्णी* 4, 1805
47. *दशवैकालिक*, 2.10, *उत्तराध्ययनटीका*, 4, पृ. 85; जगदीशचन्द्र जैन, *जैन आगम साहित्य में भारतीय समाज*, वाराणसी, 1965, पृ. 100
48. *सूत्रकृतांग टीका*, 1.11, पृ. 196; जगदीशचन्द्र जैन, 179
49. *वृहत्कल्पभाष्य* (संघदासगणि), भावनगर, 1933-38, 1.825-26
50. *वही*, 1.1239
51. *उत्तराध्ययन टीका* (नेमिचन्द्र), बम्बई, 1937, जिल्द-2, पृ. 45
52. *आवश्यकचूर्णी* (जिनदासगणि) रतलाम, 1928, खंड-2, पृ. 77

53. *उत्तराध्ययन टीका* (नेमिचन्द्र), बम्बई, 1937, खंड-2, पृ. 45
54. *उपासकदशा* (सं.) पी. एल. वैद्य, पूना, 1930, खंड-2, पृ. 23
55. सौराष्ट्र में इसका प्रचार था। दो हाथ प्रमाण लकड़ी में लोहे की कीलें लगी रहतीं और उनमें एक लौहपट्ट जड़ा रहता था। यह खेतों में घास काटने के काम में आता था, *निशीथचूर्णी* (जिनदासगणि), सम्मतिज्ञानपीठ, आगरा, 1957-60, पीठिका 12
56. *आवश्यकचूर्णी*, पृ. 81
57. *उपासकदशा*, 1, पृ. 23
58. *वही*, 1, पृ. 8; *वृहत्कल्पभाष्य* (संघदासगणि), 2.3398
59. *ज्ञातृधर्मकथा*, (सं) एन. वी. वैद्य, पूना, 1940, जिल्द 7, पृ. 86
60. जगदीशचन्द्र जैन, *पूर्वोद्धृत*, पृ. 123
61. *व्यवहारभाष्य*, 10.23; *सूत्रकृतांग*, 4.2.12; जगदीशचन्द्र जैन, *पूर्वोद्धृत*, पृ. 123
62. *उपासकदशा*, 2, पृ. 23; *सूत्रकृतांग*, 4.2.7-12; जगदीशचन्द्र जैन, *वही*
63. *उत्तराध्ययनसूत्र*, 19.53; *वृहत्कल्पभाष्य पीठिका*, 575; *व्यवहारभाष्य*, 10.484; जगदीशचन्द्र जैन, *वही*, पृ. 125
64. *Archaeological Survey of India*, Report 1879-80 Bihar and Bengal Vol. XV 1882, p. 38
65. *वृहत्कल्पभाष्य*, 1.841 आदि
66. *वही*; जगदीशचन्द्र जैन, *पूर्वोद्धृत*, पृ. 130
67. *बृहत्संहिता*, अध्याय 54, श्लोक 2 (सं. एवं व्याख्याकार) डॉ. सुरेशचन्द्र मिश्र, रंजन पब्लिकेशन, नई दिल्ली, 1997, पृ. 639
68. *वही*, 54. 4-5, पृ. 640
69. *वही*, 54.6, पृ. 640
70. *वही*, 54.7
71. *वही*, 54.9
72. *वही*, 54, 12-13, पृ. 642
73. *वही*, 54, 14-15, पृ. 642-43
74. *वही*, 54, 16
75. *वही*, 54, 17-18
76. *वही*, 54, 19-20
77. *वही*, 54.21, पृ. 645
78. *वही*, 54, 22-26
79. *ब्रह्मवैवर्तपुराण* अनु. एवं सं. तारिणीश झा, प्रयाग, 1981
80. पुत्र के लिए लाभदायक का अर्थ सम्भवत: यह है कि ये सुपारी, आम, नारियल आदि के पेड़ नगदी फसल की श्रेणी में आते थे और ऐसे पेड़ एक बार लगाने से काफी वर्षों तक फल देते रहते थे। पिता द्वारा लगाए गए इन पेड़ों से पुत्र तक आर्थिक लाभ प्राप्त करते थे।
81. *ब्रह्मवैवर्तपुराण*, उत्तरभाग, 103, 34-42ए पृ. 856
82. *वही*, 103, 49-51, पृ 857
83. *वही*. 103, 43-48, पृ. 856-57
84. *वही*, 103, 49-51, 857

85. *वही*, 2.39, 18, 451
86. *वही*, 2.39 19, .451
87. *वही*, 2. 39.24, 452
88. *वही*, 2. 39.25, 452
89. *वही*, 2. 39.29, 452
90. *वही*, 2, 39.31–34, 452
91. *वही*, 2, 39.35, 452
92. *वही*, 8.11, 85
93. *वही*, 8.36–86
94. *वही*, 27.23–30, 154
95. *वही*, 4.34, 26, 793 तैलयंत्रैण
96. इब्नबतूता, द *ट्रैवेल्स ऑफ इब्नबतूता* सं. एच.ए. आर. गिब्ब, जिल्द–तीन, कैम्ब्रिज, 1971, पृ. 76–122
97. अबुल फ़ज़ल, *आइने अकबरी*, सं. ब्लाखमान, खंड–एक, पृ. 304–6
98. वही
99. डब्ल्यू टेनेंट, *इंडियन रिक्रियेशंस, कांसिस्टिंग चीफली ऑफ स्ट्रिक्चर्स ऑन द डोमेस्टिक एंड रूरल इकॉनामी ऑफ द मोहम्मडन्स एंड हिंदूज*, खंड–दो, एडनवर्ग, 1804, पृ. 6
100. ललनजी गोपाल, *Some Aspects of the History of Agriculture in Ancient India*, Varanasi, 1968, पृ. 6
101. *कृषि पराशर*, श्लोक 109
102. मानरिक, *ट्रैवेल्स*, 1629–43, अनु.सी.ई. लुआई, जिल्द–2, लन्दन, 1927, पृ. 123
103. जी.बी. ट्रेमनहीर, *Report on the Present State of Agriculture in the Punjab*, लाहौर, 1853, पृ. 199–200; हरबंश मुखिया, *मध्यकालीन भारत*, राजकमल, दिल्ली, 2001, पृ. 187–88
104. हरबंश मुखिया, 188; जॉन कैपर, *The Three Presidencies of India*, London, 1853, पृ. 317
105. N.G. Mukherjee, *Hand Book of Indian Agriculture*, Kolkata, 1915, पृ. 93–95
106. *वही*
107. बी.एच. बेडेन–पावेल, *Handbook of the Manufacture and Arts of the Panjab*, लाहौर, 1872, 1869, पृ. 223
108. जॉन कॉपर, *The Three Precidencies*, पृ. 317
109. हेनरी इलियट, *मेमायर्स ऑफ द हिस्ट्री ऑफ फोकलोर एंड डिस्ट्रीब्यूशन ऑफ द रिसोर्सेज ऑफ द नॉर्थ वेस्टर्नप्रोविंसेज ऑफ इंडिया*, जॉन बीम्स द्वारा सम्पादित, संशोधित एवं पुनर्संकलित, खंड–दो, लन्दन, 1869, पृ. 223
110. सतपाल संगवान, 'Level of Agricultural Technology in India 1557–1858', *Proceedings of the Indian History Congress*, 43rd Session, Kurukshetra, 1982, p.67
111. हरबंश मुखिया, पृ. 191
112. रायचौधरी और इरफान हबीब (सं.) *The Cambridge Economic History of India*, खंड–एक, पृ. 49 एवं 216
113. जॉन फ्रायर, *New Account of East India and Persia*, 1672-81, डब्ल्यू. क्रुक द्वारा

सम्पादित, खंड-दो, 1912, पृ. 94; हरबंस मुखिया, 203

114. *बाबरनामा*, अनु. ए.एस. ब्रेवरिज, दिल्ली, 1970 (1992 के संस्करण का पुन: प्रकाशन), पृ. 487

115. Presidential Address, Medieval India Section, *Proceedings of the Indian History Congress*, 31st Session. Varanasi, 1969, pp. 149-53

116. बी.डी. चट्टोपाध्याय, "Irrigation in Early Medieval Rajasthan", *Journal of Economic and Social History of the Orient*, Vol. xii Part, II, III, 1973, p. 304

117. बिना गियर के बाल्टी चेन वाले पहिए अर्थात् घंटीयंत्र के पहले शिलालेखीय प्रसंग मन्दसौर सन् 532 के शिलालेख में मिलते हैं। इसे एम.सी. जोशी प्रकाश में लाए 'An Early Inscriptional Reference to Persian Wheel', *Professor K. A. Nilkanth Shashtri's 80th Birthday Felecitation Volume*, pp. 214.17

118. कुआँ बनाने का प्रचलन यहाँ कुषाण काल से शुरू हो गया था।

119. हरबंश मुखिया, पृ. 194

120. ए.वी. विलियम्स, 'इंडोजिनस इरिगेशन वर्क्स इन पेनिनसुलर इंडिया' *The Geographical Review*. part I, No. 4, अक्टूबर, 1931, पृ. 62

121. एम.एस. रंधावा, *A History of Agriculture*. खंड-एक, पृ. 319

122. *वही*, पृ. 401

123. हरबंश मुखिया, पृ. 194

124. *वही*, पृ. 204

125. *वही*, पृ. 194 एवं बोस, सेन तथा सुबारायप्पान (सं.) *ए कंसाइज हिस्ट्री ऑफ साइंस*, पृ. 360

126. *वही*

127. इरफान हबीब, *Agrarian System*, p. 21

128. आर. एस. रंधावा, खंड-एक, पृ. 299-300

129. ओम् प्रकाश प्रसाद, *पाटलिपुत्र से पटना तक का इतिहास*, के.पी. जायसवाल शोध संस्थान, पटना, 2010, दो शब्द, पृ. V.

अध्याय-7

कला में विज्ञान

कला

मनुष्य के हाथों निर्मित वह हर वस्तु **कला** या शिल्प है जो लय, सन्तुलन, अनुपात और सुसंगति आदि की स्थितियों में तैयार होती है, भले ही इसमें मस्तिष्क की सचेतन क्रियाशीलता न हो या उसने प्रेक्षक की अनुभूति तथा कल्पना में अपेक्षित भाव पैदा न किया हो। अपने चारों ओर अगणित सुन्दर प्रतीकों की रचना मनुष्य की कलात्मक साधना का उदाहरण है। **चित्र** का अर्थ पूरी प्रतिमा से है जिसको व्यक्त-प्रतिमा कहते हैं। इसमें आधा अंग-मुखपात्र अथवा कटिपर्यन्त चित्रित होता है। चित्राभास को **पेंटिंग** कहते हैं। यह किसी भित्ति, पट आदि पर चित्रित होती है। चित्र इस तरह मूर्तिकला का विभिन्न अंग है। चतुर शिल्पी जिस पाषाण-खंड को अपने कौशल से छू देता है, वही सौन्दर्य का प्रतीक बन जाता है। यहाँ के कलाकारों या शिल्पियों ने पीढ़ी-दर-पीढ़ी यांत्रिकी और गणित के विज्ञान को सीखा, भवन सामग्रियों का ज्ञान प्राप्त किया, पत्थर काटने-तराशने और ईंट-पत्थर को सजाने की कला-विज्ञान को सीखने के बाद जो उपलब्धियाँ प्रस्तुत कीं, उन्हें देखने के बाद यह स्पष्ट होता है कि वैभवशाली भारत के प्रभुतासम्पन्न स्वरूप को और अधिक ऊँचा उठाने में शिल्प और स्थापत्यकला की भूमिका निःसन्देह अति महत्त्वपूर्ण रही है। कलात्मक ज्ञान विशेषज्ञ कलाकार एक शिलाखंड लेता है और उसे ही अपना विषय या विषय-जगत बनाता है। शिलाखंड जैसे जड़ पदार्थ पर वह अपनी उत्सुकतापूर्ण एकाग्रता का प्रयोग करता है। जब वह प्रस्तरखंड की रचना, तन्तुओं, रेखाओं आदि के अनुरूप अपने स्वप्न और बिम्ब उसमें देखता है तो धीरे-धीरे उसका अन्तर्ज्ञान प्रत्यक्ष ज्ञान हो जाता है। अब दोनों में पारस्परिक सम्प्रेषण (ट्रांसमिशन) शुरू होता है। इसके बाद प्रत्यक्ष ज्ञाता विषयी और विषय एकरूप होकर काम करने लगते हैं, उसका विभाजन समाप्त हो जाता है। इस सर्जनात्मक प्रक्रिया में वस्तुतः विषयरूपी वह सामग्री भी सक्रिय सर्जनात्मक सहकर्मी की तरह काम करती रहती है। वह सामग्री बहुधा

नए भाव और स्वप्न इंगित करती है तथा रूपगत साधनों एवं प्रक्रियाओं को भी निरूपित करती है। सर्जनात्मक प्रक्रिया के ही कतिपय क्षणों में स्वयं कलाकार उस विषय को अपने से पृथक् मानकर देखता और उसका गुण-दोष विवेचन करता है। यह गुण-दोष विवेचन भी सर्जनात्मक प्रक्रिया का अंग होता है किन्तु ऐसे क्षणों में विषयरूपी कलाकार और उसके विषय एकरूप होकर कार्य नहीं करते। इस मानसिक द्वन्द्व से कलाकार जब अनुकूल मुद्रा में बाहर निकलता है तो उसका स्वप्न या बिम्ब प्रत्यक्ष रूप में पूर्णतः प्रकट हो जाता है और एक कलावस्तु बन जाता है। कलाकार जो कुछ भी रचता है, उसमें प्रकृति या चरित्र तय करनेवाले नियमों का अनुसरण करता है।

विज्ञान

अनुभव को जब सिद्धान्त-रूप में सामान्यीकृत कर दिया जाता है तो वह **विज्ञान** कहलाता है। इसमें सुधार के लिए पुनः अभ्यास की ज़रूरत होती है। इसे ज्ञान की वह शाखा माना जाता जिसे प्राकृतिक तथ्यों एवं घटनाओं को वस्तुनिष्ठ तरीके से नियमानुसार अवलोकन तथा प्रयोगों द्वारा प्राप्त किया जाता है। उपकरणों के बिना विज्ञान सम्भव नहीं। पाषाण युग में ही मनुष्य अपने जीवन-निर्वाह और भौतिक परिवेश को अपने हित में नियंत्रित करने हेतु पाषाण उपकरणों के रूप में प्रौद्योगिकी विकसित कर रहा था। **उपकरण** (यंत्र, औजार) ज्ञान का एक ऐसा साधन है जिसे विभिन्न प्रकार के मापन का अवलोकन करने और उसे दर्ज करने के लिए उपयोग में लाया जाता है। वैज्ञानिकों और अध्ययन से सम्बद्ध विषयों के बीच उपकरण एक विशेष बिचौलिया और मनुष्य की ज्ञानेन्द्रियों को सशक्त बनाता है। उपकरणों के माध्यम से ही मनुष्य भौतिक यथार्थ का निर्माण करता है। प्रगति का महान मार्ग प्रशस्त करने में उपकरणों की भूमिका महत्त्वपूर्ण रही।

विशुद्ध वैज्ञानिक और खोट वैज्ञानिक के बीच प्राचीनकाल के सन्दर्भ में स्पष्ट विभाजन करना कठिन है, क्योंकि विज्ञान और खोट विज्ञान एक-दूसरे से विकट तरीके से उलझे रहे हैं। खोट विज्ञान वास्तविक विज्ञान से इस अर्थ में भिन्न है कि इसमें बिना प्राकृतिक तथ्यों के विधिवत् अवलोकन के सिद्धान्त मंत्रों और जादू-टोना के रूप में धारण कर लिए जाते और उन्हें ही सत्य माना जाता है चाहे वे वास्तविकता से परे क्यों न हों। अनेक उदाहरणों में यह पाया जाता है कि विशुद्ध वैज्ञानिक उपलब्धियाँ नक़ली वैज्ञानिक चिन्तन तथा प्रयोगों के माध्यम से ही हो पाई हैं। *रत्नाकर* नामक तंत्रग्रन्थ के लेखक नागार्जुन ने नालन्दा में खोट रासायनिक विधि से सोना बनाने का प्रयास किया किन्तु इसके लिए कोष्ठिकातंत्र, वक्रनाल (मुँहवाली फुँकनी), धमन (धौंकनी), लौहपत्र

(Iron Plate), औषध, कांजी, विड और कन्दराएँ (Hooks) जैसे उपकरणों का जो प्रयोग किया उनका वैज्ञानिक महत्त्व किसी-न-किसी रूप में आज भी है। कौटिल्य ने लिखा है, 'जो पुरुष विज्ञान से सम्पन्न होता है वह स्वयं को भी जीत सकता है; विज्ञान विश्व को भयमुक्त बनाता है।'

संस्कृति

संस्कृति के लिए वैदिक संस्कृति का प्राचीनतम शब्द है कृषि। यह शब्द *अथर्ववेद* में प्रयुक्त है। संस्कृत की 'कृष्' धातु से बने इस शब्द का अर्थ जोतना होता है। इसलिए कृषि का अर्थ हुआ जोतने का कार्य अथवा जोतने का फल या परिणाम। पर लगभग इसी के साथ-साथ एक दूसरा शब्द संस्कृति भी इसी अर्थ में प्रयुक्त होने लगा और *ऐतरेय ब्राह्मण* में हमें इसका प्रयोग मिलता है। *ऐतरेय* में जहाँ इसका प्रयोग हुआ है, वहाँ इसका स्पष्ट अर्थ है अपने निजी 'स्व' की उन्नति; इसका तात्पर्य हुआ कि अपनी जीवन-भूमि को जोतना या संस्कृत करना, जब कि कृषि का सीधा-सीधा अर्थ यह भी है कि खेतों को जोतना और फसल उपजाना। इस तरह, कृषि का दूसरा अर्थ हो सकता है, जीवन-भूमि को जोतना। अंग्रेजी शब्द 'कल्चर' तथा जर्मन शब्द 'कुल्टर' लैटिन के कल्ट से ही उत्पन्न है। 'कल्ट' शब्द का अर्थ होता है खेती करना, स्पष्ट है कि वह अर्थ कृषि के सम्बन्ध में ही है। पर बाद में जब इसका अर्थ-विस्तार हुआ तो इसका तात्पर्य हो गया अपनी जीवन भूमि को जोतना। इस प्रकार कृषि तथा कल्चर दोनों ही शब्द भारतीय-यूरोपीय जीवन, भाषा तथा विचार की एक जैसी पद्धति से व्युत्पन्न है।

ऐग्रीकल्चर, सेरीकल्चर, पीसिकल्चर, वर्ल्डकल्चर आदि शब्दों में कल्चर शब्द का एक ही मूल भाव है। दूसरे शब्दों में, एक बीज या कोशिका से असंख्य बीज या कोशिकाएँ उत्पन्न करने के उद्देश्य से कृषि अर्थात् भौतिक विशिष्ट जातियों अथवा जाति समूहों का संवर्धन होता है। यह प्रक्रिया कृषि का प्राथमिक प्रयोजन है। ठीक यही प्रयोजन कर्षणम (जो कृष् धातु में अनत् प्रत्यय लगाकर बना, जिसका अर्थ खेती की क्रिया है।) का भी है। बहुत प्रारम्भिक काल से ही संगठित मानव समाज विशिष्ट जातियों अथवा जाति समूहों के बीजों अथवा कोशिकाओं को कृषि और संस्कार के द्वारा 'सुधारने' के लिए, उनकी क्षमता बढ़ाने तथा सामान्य रूप से मानवता के लिए उन्हें अधिक उपयोगी और स्वीकृत बनाने के लिए प्रयोग और भूल के दौर से गुज़रते हुए लगातार प्रयासरत है। आज जो फल और शाक हम खाते हैं उनमें से अनेक किसी समय जंगली, अखाद्य, अस्वादु और विषैले भी थे किन्तु कालक्रम में अधिक खाद्य और सुस्वादु तथा पुष्टिकर तत्त्व बन गए। यह रूपान्तरण जिस प्रक्रिया के द्वारा होता है, उसे जीव

विज्ञानी संस्कार (कल्चरिंग) कहते हैं। इसी तरह संस्कार का अर्थ किसी चीज़ को सुधारने के उद्देश्य से किया गया काम होता है।

कला

इन पारिभाषिक विवेचनाओं के आधार पर हम पाते हैं कि कला के साथ संस्कृति और विज्ञान का गहरा सम्बन्ध रहा है। पुरातत्त्वशास्त्र के माध्यम से कला की जो भी धरोहर हमारे समक्ष मौजूद है उसे देखकर स्पष्ट होता है कि यहाँ के लोगों के जीवन में सिन्धुकाल से ही कला के प्रति विशेष लगाव रहा। हड़प्पा से प्राप्त नृत्यमुद्रा में पुरुष धड़ और मोहनजोदड़ो से प्राप्त नृत्यमुद्रा में युवती को देख इस तथ्य को समझा जा सकता है। मोहनजोदड़ो के घरों में बने हुए सुन्दर स्नानागार, खुदाई से प्राप्त आभूषण, तराश कर बनाए गए हारों के मनके, कड़े और चूड़ियाँ आदि इस बात के साक्षी हैं कि पुरुष और स्त्रियाँ दोनों ही सौन्दर्य और अलंकरण में पर्याप्त रुचि रखते थे। सिन्धु भांडों पर की काली लिखाई के अन्तर्गत रेखा और उपरेखाओं का सरल किन्तु दृढ़ प्रयोग हुआ है। पेड़-पौधे, फूल-पत्ती, उड़ते हुए पक्षी, तैरती हुई मछलियाँ, भागते और उछलते हुए पशु-इन विविध आकृतियों से यह लिखाई सुशोभित है। आड़ी-तिरछी, खड़ी-पड़ी रेखाओं के सम्मिलन से शुल्बाकृतियों की जो सजावट की गई है उससे कलाकारों की बढ़ी-चढ़ी कुशलता के प्रमाण मिलते हैं। वृक्ष-वनस्पति और पशु-पक्षी जगत के साथ भारतीय कला का अद्भुत सम्बन्ध रहा है। सिन्धुवृषभ भी कला की दृष्टि से बड़े जानदार हैं।

वैदिककालीन लकड़ी एवं धातु के खिलौने, कच्ची दीवारों को विभिन्न रीतियों से रँगना और चित्रकला से सजाना एवं यज्ञ जैसे सामुदायिक धार्मिक कार्यों को सम्पन्न करने के लिए शिल्पकला, चित्रकला तथा स्थापत्यकला का प्रयोग–ये सारे कला एवं शिल्प के विषय से सम्बन्ध रखते हैं। यही पद्धति थोड़ा-बहुत बदलाव के साथ आगे बढ़ती रही। चाक पर बड़ी खूबसूरती से बने भांडों पर फूलपत्ती और ज्यामितिक डिजाइनें कला की विशेषताएँ हैं।

ई.पू. 5वीं शताब्दी से शिल्प का महत्त्व बढ़ने लगा। सौन्दर्य-विधान और रूप-समृद्धि की ओर इन शिल्पियों का विशेष लक्ष्य था। कला में वाह्य अलंकरण और सजावट की प्रवृत्ति को और भी विशेषताएँ प्राप्त हुईं। एक श्रेणी या समुदाय के अन्तर्गत परिवारों के व्यक्ति इसी शिल्पगत व्यवसाय को अपनाकर उसमें दक्षता प्राप्त करते और नवीन आविष्कारों के द्वारा उस शिल्प की उन्नति और रक्षा करते थे। एक-एक श्रेणी शिल्प विशेष के लिए एक विद्यालय के रूप में परिणत हो गई जो पुश्त-दर-पुश्त नया जीवन प्राप्त करके बढ़ती चली जाती और शिल्पविशेष की अपनी साधना को भूत से भविष्य में

आगे बढ़ाती चलती थी। नव-कर्मियों के लिए शिल्प सीखने और सिखाने के नियम भी इन श्रेणियों के द्वारा निश्चित कर दिए गए। अधिकांश में परिवार के अन्तर्गत पुत्र पिता से शिल्प की शिक्षा प्राप्त करता चलता था।

मौर्यकाल में ईरान, यूनान और भारतीय संस्कृतियों का सम्मिलन और पारस्परिक आदान-प्रदान हुआ। इस समय कला की मुख्य विशेषता धार्मिक एवं दार्शनिक अनुभूतियों का चिन्हों के द्वारा अंकन थी। मौर्यकालीन रजत सिक्कों पर सैकड़ों प्रकार के चिह्न आहत विधि से लगाए गए। सूर्य, षड्चक्र, चैत्य, वैजयन्ती, वृक्ष, वृषभ, द्विरद, मयूर, शशक, सरोवर आदि अनेक प्रकार की आकृतियों की रेखाएँ कला की दृष्टि से अत्यन्त सुन्दर और निपुणता की सूचक हैं। स्थापत्यकला से भी चिह्नों की यह परम्परा प्राप्त होती है। चन्द्रगुप्त मौर्य द्वारा काष्ठ और ईंट से निर्मित पाटलिपुत्र का राजप्रासाद कला का अतिविशिष्ट उदाहरण था।

भारतीय कला को काठ, मिट्टी, ईंट, पुआल, गोबर तथा अन्य अस्थायी सामग्रियों के दायरे से बाहर निकालने में अशोक की भूमिका महत्त्वपूर्ण रहीं। उसने पहली बार पत्थरों पर और विराट आकारों एवं अनुपातों में कुछ ऐसी चीज़ें अंकित कर दीं जो बाद के कालों में भी अपना अस्तित्व बनाए रहे। पाटलिपुत्र का स्तम्भयुक्त प्रांगण अशोक के निदेशन में बनाया गया था। स्तम्भ दो प्रकार के बने थे—धार्मिक और राजनीतिक। धार्मिक स्तम्भों का विकास सम्भवतः प्राचीनतम वैदिक यूपों से हुआ जिनसे यज्ञ में बलि के लिए पशु बाँधे जाते थे। फिर इनका स्थान विष्णु आदि के स्मारक स्तम्भों ने ले लिया। राजनीतिक स्तम्भ विजयस्तम्भ या कीर्तिस्तम्भ कहलाए। चट्टानों में नक्काशी प्रारम्भ हुई। अशोक द्वारा निर्मित करीब 35 फीट और उससे भी अधिक ऊँचाई के स्तम्भाभिलेख पॉलिशदार, ऊँचे सुगठित और आकाश में उन्मुक्त खड़े हैं। इनका ऊपरी भाग कुछ पतला होता गया है। इन स्तम्भों में चुनार से निकाले गए गुलाबी पत्थर पर शीशे जैसी दमक पैदा की गई। स्तम्भों का शिरोभाग शिल्पकला की पराकाष्ठा को सूचित करता है।

बाँस के बने जिस 4 पहिएवाले 5 मंज़िले रथ पर अशोक के काल में विभिन्न रंगों की पताकाओं से अलंकृत जुलूस निकलते थे, उससे भी विकसित कला का अन्दाज़ लगा सकते हैं। चमकीले ओपवाली यक्षिणी की विशाल मूर्ति को देखने से एक विशेष कला शैली की झलक दिखाई देती है। ये विशाल यक्ष-यक्षिणी मूर्तियाँ देखने में बड़ी कद्दावर और डीलदार हैं। कटाव में सादगी और अलंकरण कम-से-कम है। यद्यपि ये चारों ओर से कोर कर गढ़ी गई हैं, फिर भी सामने की ओर से इनका दर्शन विशेष रूप से प्रिय है। कानों में कुंडल, गले में तिखूँटा हार, बाँहों में अंगद और नीचे पतलीदार धोती पहने हुए इन खड़ी यक्ष-मूर्तियों की परम्परा में ही आगे चलकर मथुरा की विशालकाय बुद्ध-बोधिसत्व मूर्तियों का

निर्माण हुआ। धौली का हाथी, अपने अगले दाएँ पैर को हलका-सा मोड़कर और बाएँ पैर को एक छोटे से कोण में घुमाकर जिससे धीरे-धीरे आगे बढ़ने का बोध होता है और एक खूबसूरत मोड़ के साथ भारी सूँड़ को लय में घुमाते हुए ऐसा लगता है मानो एक गहरी घाटी से शाही अन्दाज़ में बाहर आ रहा हो। वस्तुतः यह कलिंग की जनता के सामने विनम्र गौरव के साथ कला के माध्यम से अपने को प्रस्तुत करनेवाले सम्राट अशोक का प्रतीक बन जाता है। सारनाथ का चतुष्पक्षीय सिंह बौद्ध संन्यासियों के सामने साम्राज्य की शान-शौकत और सत्ता का प्रदर्शन करता है। यह सिंह शीर्ष पॉलिश किए हुए बलुआ पत्थर से निर्मित है और अब तक की मूर्तिशिल्प का अकेला नमूना है। ये चारों सिंह साम्राज्य की चारों दिशाओं में धर्म विजय की उद्घोषणा कर रहे हैं। कलाकार के कलात्मक ज्ञान ने ही अशोककालीन कला को नवीन रूप प्रदान किया।

मौर्यकला में वैज्ञानिक दृष्टि की उपस्थिति को स्वीकारने के बावजूद क्रैमरिश कहती हैं, 'भारतीय कला-जगत में मौर्य शिल्प का बहुत थोड़ा महत्त्व है। मौर्य शिल्प एक शीशे के घर में पोषित पौधा है जिसे एक दरबार के संकल्प, देखभाल और संरक्षण में फ़ारसी शिल्पियों के सामूहिक सहयोग से उगाया गया था; मौर्य-दरबार पश्चिम एशिया तथा मध्यसागरीय तत्कालीन अन्तर्देशीय संस्कृति और विचारधारा से काफी प्रभावित था। समय गुज़रने पर शीशे की दीवारें ढहकर चूर हो गईं और यह पौधा मुरझा गया।' आकाश में स्वतंत्र रूप से खड़ा आत्मनिर्भर मौर्य-स्तम्भ बाद में भी प्रेरणा-स्रोत बना रहा किन्तु अलग रूप में। उदाहरण के लिए यूनानी राजा के निदेशन एवं देखरेख में खड़ा किया गया बेसनगर का गरुड़स्तम्भ के दंड का सबसे निचला भाग अष्टभुजाकार है और उसकी सीमाएँ 8 अर्द्धकमलों की डिजाइन तय करती हैं। इसका मध्यवर्ती तीसरा भाग षड्भुजाकार है जिसकी सीमा अष्टभुजाकार पट्टी पर निर्धारित करती है। इसकी पट्टी का हर पहलू एक शैलीबद्ध पूर्ण तथा गोल कमल की डिजाइन से अलंकृत है। इसका ऊपरी तीसरा भाग गोल है तथा इसके ऊपर एक घंटाकार शीर्ष लगाया गया है जो अशोक शीर्ष से भिन्न है और ईरानी शैली से प्रभावित है। इसके शीर्ष को ताड़ की शाखाओं के शैलीबद्ध झुरमुट से अलंकृत किया गया है, जो पश्चिमी एशियाई कला के भाव को दर्शाता है। मौर्यकालीन ईरानी वास्तुशिल्प की अवधारणा भारतीय राजगीरों तथा वास्तुविदों की कल्पना को प्रभावित नहीं कर सकी। मौर्यकला एक व्यक्तिवादी रुझान तथा विचारधारा की अभिव्यक्ति थी न कि सामाजिक संकल्प का। यह भी सत्य है कि हस्तशिल्प और आदिमकला की स्थिति से सभ्य विशाल कला की गरिमा और पद पर भारतीय कला मौर्यों द्वारा पहुँचा दी गई। मौर्यों की कला के तुरन्त बाद आनेवाली नक्काशियों की वर्णनात्मक कला स्पष्ट रूप से मौर्य दृष्टिकोण का निषेध है।

इसका कारण यह हो सकता है कि (1) बाद के शिल्पियों एवं कलाकारों को मौर्यकला से सम्बद्ध तकनीकी ज्ञान नहीं था; (2) फ़ारसी शिल्पियों की भाँति ये पत्थर तराशने में कुशल नहीं थे; (3) वैसा काम करने का अनुभव उन्हें नहीं था; (4) उनके पास वैसे सम्बद्ध उपकरण नहीं थे, और (5) ठोस प्रतीकात्मक कला में शासकों की रुचि घटती गई। इस तरह भारतीय शिल्पियों एवं कलाकारों की विरासत में कुछ नहीं मिल पाया; लम्बे निजी व्यवहार तथा अनुभव से इन्हें नवीन चीज़ें सीखनी थीं। इसीलिए पत्थर तराशने का काम तुरन्त सीखनेवाले कलाकारों द्वारा साँची के स्तूपों में की गई नक्काशियों में निम्न और सपाट शैली ही दिखाई देती है।

अपने शासनकाल के उत्तरार्द्ध में पुष्यमित्र शुंग देश की परम्परा के अनुरूप बौद्धों के प्रति सहिष्णु हो गया। भरहुत और साँची के बौद्ध स्तूपों की वेदिकाएँ उसी के शासनकाल में बनीं जिन पर कला के अनन्त अलंकरण, देव, मानव, पशु, पक्षी अद्‌भुत सजीवता लिए सँवरे। इनकी वेदिकाओं और तोरणों पर बनी मूर्तियों और अर्द्धचित्र (रिलीफ) तो मूर्तिकला की सुईकारी हैं। मौर्योत्तर काल में निर्मित साँची के दूसरे रेलिंग के खम्भे को देखने से पता चलता है कि कला शैली में तरंगायमान रेखीय लय उपस्थित होने लगी। इस खम्भे पर कमल का एक विशाल मोटा डंटल एक रूप से दूसरे रूप तक लयात्मक लहरों में फैला हुआ है। भरहुत की नक्काशियों में भी यह कलात्मक लय दिखाई देती है। यह शैली विनम्रता और सरलता से प्रभावित है। भरहुत का कलाकार मानव आकृति बनाने लगा। शरीर का प्रत्येक अंग अत्यधिक पूर्णता के साथ सुस्पष्ट रूप से दिखलाया गया है। तकनीकी दृष्टि से बोधगया में नारी की मूर्ति को सूक्ष्म तरीके से प्रतिरूपित किया गया है, नक्काशी कम भीड़ भरा है और अनावश्यक चीज़ों को हटा दिया गया है। इन आकृतियों को देखने से स्पष्ट है कि शिल्पियों ने गतिहीन भार और उदास जड़ता को उतार फेंका है। मौर्योत्तर कला जातीय, सामाजिक और धार्मिक घोल तथा समन्वय का मिश्रण है। भारतीय कला का यह पहला अध्याय था। भरहुत तथा बोधगया की नक्काशियों में सूर्य, लक्ष्मी और इन्द्र तथा वृक्ष देवताओं, नागों तथा अप्सराओं एवं किन्नरों जैसे आदिवासी देवताओं को एक साथ प्रस्तुत किया गया। इस तरह मौर्योत्तर कला अपनी ही ज़मीन से उत्पन्न हुई थी।

कुषाणकाल में शासकों की मूर्तियाँ बनने लगीं। नाशपाती के आकार के कलश एवं किनारों पर हत्थों से युक्त सँकरे मुँह का गोल सुरादान बनाए जाने लगे। नारी मूर्ति के माध्यम से कामुक भावों को प्रस्तुत किया जाने लगा। शिल्पकला का केन्द्र मथुरा था। वहाँ सैकड़ों कलाकारों द्वारा यक्षों और यक्षिणियों की स्वतंत्र रूप से खड़ी या बैठी आकृतियाँ तथा बुद्ध और बोधिसत्वों, राजाओं की रूप-प्रतिमाएँ आदि निर्मित की जाती थीं। मथुरा से कला की प्रेरणा श्रावस्ती,

सारनाथ, कौशाम्बी, साँची आदि स्थानों तक फैली। भारत के उत्तर-पश्चिम में जहाँ शक, यवन, ईरानी आदि विदेशी संस्कृतियों का जमघट था, एक कला शैली का विकास हुआ जिसे **गान्धार शैली** कहते हैं। इसमें ग्रीक कलावन्त की छेनी और भारतीय बौद्ध धर्म का योग था। ग्रीक दार्शनिकों के चुन्नटदार परिधान, ख़्तिोन, जम्पर और सैंडिल इन मूर्तियों की विशषताएँ हैं। पत्थर और स्टक्कों (चूना-मिट्टी) का उपयोग तथा उत्खचन (रिलीफ) का उपयोग भी इसमें भरपूर हुआ है। शकों ने भारत में जिस अचकन, पाजामा (सलवार), पगड़ी अथवा जंगी टोप का प्रचार किया, वह वस्तुतः ईरानी ही था। सूर्य की कुषाणकालीन पहली भारतीय मूर्ति की वेशभूषा भी वही है। महायान सागर तिरनेवाला महापोत था, जिसमें अनन्त जीवों के निर्माण की, बहुजन हिताय, बहुजन सुखाय कल्याण की कल्पना थी, जहाँ महायान पर चढ़कर सभी भवसागर के पार जा सकते थे। महायान ने शरीरी बुद्ध को जो मूर्तिकला के माध्यम से एक रूप प्रदान की उसके साथ बोधिसत्व नामक एक ऐसे प्राणी की भी कल्पना सजीव हो उठी जिसे एक दिन स्वयं बुद्ध होना था। भारतीय कला की मुद्रा अधिकतर मूक, गम्भीर और चिन्ताप्रधान रही, पर कुषाण भावसत्ता ने उसे अपनी प्रसन्न मुद्रा प्रदान की। छाया को धूप का योग मिला, भारतीय कला धूप-छाँव-सी खिल उठी। बुद्ध के मूक और शान्त रूप पर बोधिसत्व की अभिराम प्रसन्न छटा छिटकी। पहली बार साहित्य को कला ने मानो-प्रतिमानों, व्यंजनाओं से मुखर किया। स्तूप निर्माण मृत्यु के प्रतीक थे, पर उन्हें घेरनेवाली रेलिंगों पर उल्लखित अनियंत्रित जीवन लहराता था और जीवन के उस उल्लास की महायान ने गति दी।

गुप्तकालीन कला को शिल्पकारों ने नई ताज़गी प्रदान की। कुषाणकाल का भारी-भरकमपना छूट गया और कला का बाह्य रूप बहुत साफ़-सुथरा और कट-छँटकर निखर गया। गुप्तकला न तो शुंगकाल की सी चिपटी रही, न कुषाणकाल की तरह गोल, बल्कि गान्धार शैली की तरह प्रकृत अंडाकार हो गई। अब कलाकार उन्हें कला के प्रतिष्ठित सौन्दर्य भावों से नहीं, सीधे प्रवहमान जनजीवन से चुनने लगा। बुद्ध की समाधिस्थ मूर्तियों के उलटे कठोर अँगूठे अब मुलायम हुए। पुरुष और नारी ने नए केशकलाप धारण किए। ग्रीक तकनीक से प्रभावित बुद्ध के परिधान (संघाटी) की चुन्नटें अलंकरण बन गई। गठी काया उनमें साफ़ झलकने लगी। इसी समय भारत ने मूर्तिकला को विज्ञान का पद प्रदान किया। गुप्तकालीन शिल्पियों की छेनी का स्पर्श पाते ही मथुरा की प्रतिमाएँ भी भीतर-बाहर की एकाग्रता और भावाभिव्यक्ति ही सहजता से एकान्त जीवित हो उठीं। गुप्तकालीन कलाकारों ने नर और नारी को उसकी काययष्टि को वनप्रान्तर से, वानस्पतिक वातावरण से मुक्त कर पूर्णतः नेत्रगोचर कर दिया। कुषाणों द्वारा निर्मित पृष्ठभूमि पर ही गुप्तकाल की इमारत बनी थी।

गुप्तकालीन वराहमूर्ति गुप्तसत्ता की शकों पर प्रतिष्ठा की द्योतक और समकालीन नवजीवन की उद्बोधक है। राजगृह, नालन्दा, सुल्तानगंज आदि से प्राप्त गुप्तमूर्तियाँ भावसम्मत हैं। चन्द्रगुप्त विक्रमादित्य के काल में निर्मित लोहे के कीर्ति स्तम्भ की धातु (वजन 6.25 टन और ऊँचाई 7 मीटर से अधिक) इतनी शुद्ध है कि हज़ारों साल तक आँधी-पानी में खड़े रहने पर भी यह जंगरहित है। शिल्पियों का यह अद्भुत वैज्ञानिक नमूना है। भारतीय कलाविधान में प्रभामंडल का अंकन कुषाणकाल से प्रारम्भ हुआ। कलाकारों ने गुप्तकाल में भी इस शैली को बरकरार रखा। इसे छायामंडल भी कहा गया। फूलों और पक्षियों की आकृतियों से अंकित इस प्रकार के **प्रभामंडल** मथुरा की बुद्ध और बोधिसत्व मूर्तियों की पृष्ठभूमि में देखे जा सकते हैं। कुषाणकाल से भिन्न गुप्तकालीन प्रभामंडल में अन्धकार को तीर मारते प्रकाश रश्मिजाल के रूप में कलाकारों ने अंकित किया। कलाकारों द्वारा गुप्तकालीन मूर्तियों के केश कन्धों तक घुँघरों में लटकाए गए। पर्वत की दीवार काट, चट्टानों को खोखला कर उनमें कई-कई मंज़िलों के भवन बनाना कुछ आसान नहीं, फिर भी कलाकारों ने ऐसा कर कला का मान बढ़ाया। मन्दिर निर्माण के साथ-साथ कलात्मक सौन्दर्य के प्रचार के लिए मिट्टी के खिलौने का माध्यम अति उपयुक्त सिद्ध हुआ।

निष्कर्षत: प्राचीन भारतीय कला का गहरा सम्बन्ध विज्ञान से रहा और संस्कृति का अभिन्न अंग कला है। इन तीनों को एक सूत्र में पिरोने का काम कलाकारों ने किया जिन्हें शिल्पकार कहना अनुचित नहीं होगा। सिन्धुकाल के पूर्व भी कलाकार गतिशील रहे, उन्होंने ही संस्कृति की नींव डाली जिस पर सभ्यता फली-फूली, किन्तु परम्परावादी इतिहास लेखन के परिणामस्वरूप कला और संस्कृति का पुरजोर शब्दों में गुणगान किया गया और कलाकार एवं उसकी वैज्ञानिक क्षमता को इतिहास के मंच से ढकेलकर गिरा दिया गया। पुरातात्त्विक एवं ऐतिहासिक तथ्य इस भ्रान्ति का खंडन करते हैं कि इस देश में सभ्यता का प्रकाश आर्यों के आगमन के साथ ही आया। उत्तर-पश्चिम से आर्य भाषाएँ बोलनेवाले समूहों की लहरें, एक के बाद एक जब इस उपमहाद्वीप में आ रही थीं तब भारत में एक उन्नत सभ्यता का विकास हो चुका था। यह सभ्यता सिन्धु घाटी सभ्यता अथवा हड़प्पा सभ्यता के नाम से जानी जाती है। इस सभ्यता के पहले ही इस देश में पत्थर के उपकरण का उपयोग करनेवाली अनेक संस्कृतियाँ थीं। पत्थर के बने उपकरणों से, जो इस उपमहाद्वीप के प्राय: सभी भागों से मिले हैं, हम देश के आरम्भिक सांस्कृतिक विकास का कालानुक्रम निर्धारित कर सकते हैं। आर्य, जिनमें कई विशेषताएँ थीं, अपने साथ कोई सभ्यता नहीं लाए थे। उनकी परम्परा सशक्त थी और वे प्रयत्नपूर्वक उसे बचाकर स्थायित्व प्रदान करने के लिए कटिबद्ध थे। उनकी स्मरणशक्ति विलक्षण थी। सकंठ पाठ से वे

पूरी-की-पूरी ऋचाएँ एक पीढ़ी से दूसरी पीढ़ी तक पहुँचा सकते थे। उनकी चिन्तनशीलता उल्लेखनीय थी और सूक्ष्म तत्त्वों का विश्लेषण वे प्रभावशाली ढंग से कर सकते थे। उनका कर्मकांड अत्यन्त विकसित था। दर्पभरे भाव से अपनी छवि वे शेष समाज के समक्ष प्रस्तुत करते थे।

अहंभाव से पीड़ित रहने के कारण ये यहाँ के पुराने वासियों को दास, दस्यु, अनार्य आदि अनादरसूचक शब्दों से उल्लेख करते थे। प्राचीन भारत के कुछ भागों में दास प्रथा प्रचलित होगी, किन्तु आर्यों के पहले से देश में रहनेवाले लोगों को दास कहना उचित नहीं था। देश में यहाँ-वहाँ संस्कृतियाँ थीं। चोर और डाकू भी थे परन्तु आर्यों के पहले के सभी समाजों को दस्यु की संज्ञा देना निश्चित रूप से ग़लत था। यह सच है कि आर्यों के चेहरे पर उनकी नाक प्रमुख रूप से उभरकर सामने आती थी, परन्तु अपेक्षाकृत छोटी या दबी नाकवाले लोगों को नासिकाविहीन कहना निश्चित रूप से अनादरसूचक था। इस स्थिति में वैसे शिल्पियों को, जो निर्धन, अशिक्षित, आपस में विभाजित और आर्यों की नज़र में निम्न पशुमानव थे, परम्परावादियों ने इतिहास के पन्नों में उचित स्थान देना अपनी प्रतिष्ठा के विरुद्ध समझा। उन्होंने यह जानने के बावजूद इन मूल वैज्ञानिकों एवं कलाविदों को नज़रअन्दाज़ किया कि उन्होंने ही हमें चलना-रहना सिखाया। आर्यों की मौखिक परम्परा का एक बड़ा भाग कालान्तर में लिपिबद्ध हो गया, इसलिए हम यह जान सके कि वे आर्य पूर्व भारतीयों के बारे में क्या धारणाएँ रखते थे। दुर्भाग्यवश आर्य-पूर्व परम्परा के ऐसे कोई दस्तावेज़ शेष नहीं हैं, जिनसे हम जान सकें कि आर्यों के बारे में उनका क्या मत था।

भारत भूमि पर नए-नए आए आर्यों को अपनी प्रजातीय उत्कृष्टता पर दम्भ था और उन्होंने उसकी शुद्धता बचाए रखने के प्रयत्न भी किए किन्तु इस प्रयास में उन्हें असफलता मिली। आर्यों और अनार्यों में विवाह वर्जित थे, फिर भी ऐसे विवाहों की संख्या बढ़ती गई। शीघ्र ही ऐसी स्थिति आई जब भारत की जनसंख्या में अनेक प्रजातियों का मिश्रण हो गया। आर्यों के द्वारा प्रजातीय शुद्धता के दावे किए जाते रहे, परन्तु वे केवल एक मिथक थे। प्रजातीय रूप से भारतीय जन एक मिश्रित समूह है। इसके किसी भी अंश का प्रजातीय शुद्धता के अहंभाव से पीड़ित होने का कोई वैज्ञानिक आधार नहीं है। हमारी संस्कृति का आधुनिक रूप एक लम्बी ऐतिहासिक प्रक्रिया का परिणाम है, जिससे अनेक प्रजातियों और सांस्कृतिक तथा धार्मिक समुदायों का संविलयन जुड़ा है। आर्य-पूर्व और आर्य तो एक-दूसरे से घुले-मिले ही; अनेक अन्य संस्कृतिधारक लहरें भी आकर इस उपमहाद्वीप की संस्कृति में समाहित होती रहीं।

अध्याय-8

शूद्र

वर्ण का अर्थ रंग (गोरा-काला) होता है, किन्तु वैदिक साहित्य में चतुर्वर्ण-व्यवस्था को वर्णव्यवस्था कहते हैं। ध्यान देने योग्य बात यह है कि *ऋग्वेद* में दसवें मंडल के पुरुषसूक्त को छोड़ चारों वर्ण अर्थात् ब्राह्मण, क्षत्रिय, वैश्य और शूद्र की चर्चा फिर वेदों में कहीं नहीं है। मौर्यकाल में शूद्रों का काम खेती, पशुपालन और व्यापार करना बताया गया है (ओम् प्रकाश प्रसाद, *कौटिल्य का अर्थशास्त्र*, राजकमल प्रकाशन, दिल्ली, 2014, पृ. 146)। सैकड़ों वर्ष पश्चात् शुंगकालीन ब्राह्मण राजवंश के दौरान *मनुस्मृति* में इन चारों वर्णों पर गहरा प्रकाश और शूद्रों को अति निम्न दृष्टि से देखा गया है। गुप्तकालीन *याज्ञवल्क्यस्मृति* में चारों वर्णों एवं स्त्रियों को एक में मिलाकर रख दिया गया है।[1] वर्णव्यवस्था की शुरुआत उत्तर-वैदिककाल और इसकी निरन्तरता किसी प्रकार गुप्तकाल तक बनी रही। इसके बाद वर्णव्यवस्था जाति-व्यवस्था का रूप ले लेती है। वर्णव्यवस्था के दायरे में शिल्पकार नहीं आते थे; जब कि उत्तर-वैदिककाल से ही शिल्पकारों को निरन्तर पाते हैं। ब्राह्मण चौबे, शुंग, त्रिवेदी, दुबे, पांडे, शुक्ल, शर्मा, पाठक, गुप्त, चतुर्वेदी, मिश्र, त्रिपाठी, श्रोत्रिय, वाजपेयी, कश्यप, आदि करीब 16 उपवर्गों में बँट चुके थे। ई.पू. छठी शताब्दी के बाद क्षत्रिय शासक नहीं दिखाई देते हैं। शिल्पकारों को कभी वैश्यों की श्रेणी में और कभी शूद्रों का अंग बताया गया। भिन्न-भिन्न कार्यों के आधार पर शूद्र कई उपवर्गों में विभाजित होने लगे थे। किसी भी पेशे पर किसी भी वर्ग का पूर्ण नियंत्रण नहीं पाते हैं।[2] ब्राह्मण शासक बने, क्षत्रिय गौतम बुद्ध और महावीर जैन धार्मिक उपदेशक रहे। गुप्त शासक वैश्य और कुषाण म्लेच्छ थे। इससे पूर्व बिम्बिसार, नन्द और मौर्य शूद्र बताए गए। शूद्र अथर्वा मुनि ने जिस वेद की रचना की उसे *अथर्ववेद* कहा गया। इन तथ्यों से स्पष्ट है कि वैदिककालीन वर्ण व्यवस्था में किसी प्रकार की कठोरता नहीं थी। यह लचीली व्यवस्था एक सैद्धान्तिक व्यवस्था थी; न कि व्यावहारिक। किसी भी वर्ण के किसी भी कार्य में

निश्चितता नहीं पाते। शायद ही किसी ब्राह्मण को ऋषि-मुनि के रूप में पाते हैं। इन्हीं तथ्यों की पृष्ठभूमि में हम शूद्रों का अध्ययन करेंगे। पिछले इतिहास से वर्तमान को जोड़ने-घटाने से इतिहास की निरन्तरता बनी रहती है।[3]

हमारे यहाँ विज्ञान की जो तरक्की बहुत ज़्यादा नहीं हो सकी, उसका प्रमुख कारण जातिभेद रहा। यह भेद भारत के कई हिस्सों में कम होता जा रहा है किन्तु परम्परा कई क्षेत्रों में आज भी जीवित और स्वस्थ है। मशक्कत-मेहनत से गहरा रिश्ता प्रारम्भ से ही शूद्र और शिल्पकार से रहा है। इन्हीं वर्गों के कंधों पर विकास का अस्तित्व, मशीनी युग आने के पूर्व तक बना रहा। परम्परावादी माहौल में सुविधाभोगी और धार्मिक ग्रन्थों ने शूद्र और शिल्पकारों के योगदानों को अनदेखा अथवा निम्न दृष्टि से देखा और उनके कामों को छोटा काम समझ लिया।[4]

मनुष्य के शारीरिक श्रम का महत्त्व कम और उसके मानसिक श्रम का महत्त्व अधिक हो जाने को इंग्लैंड में सबसे पहले **औद्योगिक क्रान्ति** (Industrial Revolution) के नाम से जाना गया। कल के इस औद्योगिक क्रान्ति पर आज नवतकनीकी क्रान्ति भारी पड़ चुकी है। हम अति तेज रफ़्तारवाली सूचनाओं और संचार के युग में रहने लगे हैं। उत्तर-औद्योगिक समाज अर्थात् Post-Industrial Society ने दुनिया तो बदल डाला है, किन्तु हमारे देश में कितने प्रतिशत लोग इस अतिविकसित मुख्यधारा के अंग बन पाए हैं? पुरानी अवधारणाओं के मकड़जाल से बाहर निकले बग़ैर अन्तरराष्ट्रीय विकास की मुख्यधारा से अलग हो जाना हमारी लाचारी हो जाएगी।

भारत में ब्राह्मण-क्षत्रिय-वैश्य-शूद्र का सामाजिक वर्णविभाजन आज एक सैद्धान्तिक सच बनकर रह गया है। व्यावहारिक दृष्टि से यह विभाजन इस दृष्टि से समाप्तप्राय हो चुका है कि आज सभी प्राचीन वर्णों के लोग एक-दूसरे का काम करने लगे हैं। पटना के म्यूनिसिपैलिटी में झाड़ू लगानेवालों में आज भी अच्छी-खासी संख्या ग़ैर-शूद्रों की है। न्यायालय, प्रशासन, राजनीति, चिकित्सा, पूँजीपति, इंजीनियरिंग आदि अनगिनत क्षेत्रों में योग्यता, क्षमता एवं प्रतिभा के बल पर सभी वर्गों के लोग कार्यरत हैं।

इस आधुनिक परिवेश में शूद्रों को पृथक् वर्ग मानकर इनकी दशा पर विचार करना कितना व्यावहारिक एवं ऐतिहासिक होगा, इसका परीक्षण कर लेना यहाँ उचित प्रतीत होगा। इस विषय पर गहराई से ध्यान देने पर यह भी स्पष्ट होगा कि इस सामाजिक वर्ण-विभाजन की शुरुआत उत्तर-वैदिककाल में हुई और इस विभाजन का अन्त भी उसी समय हो गया। (वेद में वैश्यों का काम कृषि और पशुपालन बताया गया; दूसरी तरफ *रामायण* में क्षत्रिय जनक को हल चलाते हुए पाते हैं और इसी क्रम में उन्हें श्रीराम की होनेवाली पत्नी सीता मिली थी।)

निम्नस्तरीय कार्यों के लिए समाज के जिन लोगों को शूद्र कहा गया, यह तथ्य व्यावहारिक कम और सैद्धान्तिक सच ज़्यादा है। वर्णव्यवस्था के अनुसार शूद्रों का काम अगर ऊपर के तीनों वर्णों की सेवा और नौकरी करना मात्र था तो *अथर्ववेद* की रचना अथर्वा नामक ऋषि ने कैसे कर दी? इसके बाद की स्थिति पर हम विचार करें–इससे पूर्व हमें इन ऐतिहासिक तथ्यों पर ध्यान देना होगा और याद रखना होगा कि यह विश्व, यह दुनिया-संसार ग़रीबों, कामगारों, अशिक्षितों, 'निम्न पशुमानवों' की उपाधि से विभूषित होनेवाले तथाकथित म्लेच्छों और अस्पृश्यों की कमाई हुई सम्पत्ति और प्रकृति की अमूल्य देन है। कड़ी धूप में और बालू की रेत पर हज़ारों वर्षों तक एक लम्बा सफ़र तय करने के बाद मानव ने अनाज और अग्नि की खोज की। वे हमारे पूर्वज थे। वे अवैज्ञानिक थे किन्तु उनके पास एक वैज्ञानिक दृष्टि थी; उनके पास प्रकृति को चुनौती देने का साहस था। हमारे अति प्राचीन पूर्वजों के बीच ग़रीबी-अमीरी, ऊँच-नीच, धर्म-अधर्म और अपने-पराये में अन्तर नहीं था। उनके बीच की दुश्मनी में दोस्ती छिपी थी।

भारत में आर्य कबीलों ने ई.पू. 1500 के आसपास आना प्रारम्भ किया। अपने साथ में घोड़ा और संस्कृत लाए। यहाँ की जिस नई भूमि में उन्होंने प्रवेश किया तो पाया कि यहाँ की जलवायु एकरूप है, भूमि उर्वर है, काफी बरसात होती है, अनेक नदियाँ हैं और पशुओं के लिए बड़े-बड़े चरागाह हैं। उन्होंने यहाँ आकर देखा कि यह भूमि उनकी ऊसर गृहभूमि से हर तरह भिन्न है। जब उन्होंने यहाँ प्रवेश किया तो भूमि पर अधिकार के लिए उनका संघर्ष उन कबीलों से हुआ, जो पहले यहाँ रहते थे। इस तरह के अधिकारों के लिए उनमें आपस में भी संघर्ष हुए। वे गाय और घोड़े पालते थे, यही उनकी सबसे बड़ी ताकत थी और उनके पास रथ भी था, जिसे युद्ध में उपयोग करते थे, जैसे आधुनिक टैंक को लाया जाता है। उनकी शक्ति उनकी आरम्भिक कबीलाई एकता और एकजुटता में भी सन्निहित थी। प्रारम्भिक वैदिक समाज में आर्यों और मूल निवासियों के बीच हुए संघर्ष को बहिष्करण अर्थात् बाहरी लोगों द्वारा अथवा नए व्यक्तियों द्वारा यहाँ के मूल निवासियों को अलग करने की प्रक्रिया कह सकते हैं। आर्यों के प्रवेश और उनके बसने का विरोध करने के सिलसिले में जो संघर्ष हुए, उसे प्रतिशोध के रूप में समझ सकते हैं।

आर्यों के आगमन के पश्चात् समाज चार खंडों में विभाजित हुआ। ब्राह्मणों ने बुद्धि व्यवसायी के रूप में धर्म और धार्मिक अनुष्ठान से अपना सम्बन्ध जोड़ लिया। क्षत्रियों का सम्बन्ध योद्धा और शासक से जुड़ा। कृषि और पशुपालन वैश्यों का धंधा था। बाद में चलकर इनका सम्बन्ध व्यापार से भी हो गया। चौथा वर्ग शूद्रों का हुआ, जिनका काम उक्त तीनों उच्च वर्णों की टहल-चाकरी

करना था। बाद में चलकर वैश्यों और शूद्रों को उत्पादक वर्ग (Producing class) में और ब्राह्मण तथा क्षत्रिय को वितरक वर्ग (Distributing class) में रखा गया। *मनुस्मृति* के अध्ययन से पता चलता है कि योरोपीय दासों के समान शूद्र अपने स्वामी द्वारा पीटे जा सकते थे। यह एक ऐसा समाज था, जिसमें सभी तरह की संकीर्णताएँ, निम्नताएँ, जड़ीभूत विषमताएँ और शोषण पर आधारित सम्बन्धों के अनेक रूप विद्यमान थे।[5]

आदिम कबीलाई समाज में असमानता का अभाव था। यह समाज शिकार और भोजन एकत्र करने में लगा रहता था। इस समतावादी समाज ने जैसे ही शिकार करने और भोजन एकत्र करने की अवस्था से खाद्य-उत्पादन की अवस्था में प्रवेश किया, उसी समय से अतिरेक अथवा अतिरिक्त उत्पादन को वितरित करने का प्रश्न खड़ा हो गया।[6] कबीलाई मुखियाओं और पुरोहितों ने और बाद में चलकर क्षत्रियों और ब्राह्मणों ने अतिरेक को वितरित करने पर अपना नियंत्रण स्थापित कर लिया। इसी के साथ उत्पादक वर्ग अर्थात् शूद्र-वैश्य और क्षत्रिय-ब्राह्मण का अर्थात् शोषक और शोषित, उत्पीड़क और उत्पीड़ित का प्रश्न खड़ा हो गया। यहीं से एक ऐसा अवकाश-भोगी (ब्राह्मण-क्षत्रिय) वर्ग पैदा हुआ, जो अपनी जीविका तक के लिए काम नहीं करता था। दूसरी ओर वह मेहनतकश जनता थी, जो न केवल अपने लिए काम करती बल्कि अवकाशभोगी वर्ग के भोजन के लिए भी मेहनत करती थी।[7]

पशुपालन और कृषि के कारण वैश्यों का स्थान शूद्र से ऊपर किन्तु ब्राह्मण और क्षत्रिय से नीचा माना गया। शूद्रों को छोड़ शेष तीनों वर्णों को यज्ञोपवीत संस्कार का विशिष्ट अधिकार प्राप्त था जिसे **व्रतबन्ध** या **उपनयन** नाम दिया गया। उपनयन का अर्थ निकटता या आसपास होना बताया गया। इसके बावजूद शूद्रों के साथ-साथ वैश्यों को भी राजा अर्थात् कबीले के सरदार और पुरोहित-दोनों वर्णों द्वारा खूब लूटा-खसोटा जाता था। उपज का छठवाँ हिस्सा भूमिकर के रूप में राजा के लिए निर्धारित था किन्तु संकटकाल में इन्हें भारी कर देने पड़ते थे।

स्मृतियों की रचना ब्राह्मण पुरोहितों ने की थी। स्मृतियों में *मनुस्मृति*, *याज्ञवल्क्यस्मृति*, *विष्णुस्मृति* और *नारदस्मृति* प्रमुख हैं। स्मृतियाँ ब्राह्मण वर्ग के जीवन के बारे में अभिलाषा को व्यक्त करती हैं कि वे किस तरह के जीवन को पसन्द करते थे। *मनुस्मृति* में बताया गया है कि शूद्रों का काम उच्च तीनों वर्णों की सेवा करना था। उन्हें धन-संचय की अनुमति नहीं थी।

हिन्दू धर्म में सहिष्णुता का अभाव दिखाई देता है। पुराने ज़माने से ही पाया गया कि शूद्र और अछूत आदि जब तक सामाजिक-धार्मिक अधिकारियों द्वारा बताए गए अपने कर्तव्यों का निर्वाह करते और अपनी सीमाओं में रहते, तब तक

उन्हें किसी तरह की हिंसा और शारीरिक कष्ट नहीं भोगना पड़ता था। लेकिन यदि कोई निचले वर्ण का व्यक्ति, वर्ण-कर्तव्यों की अपनी सीमाओं का उल्लंघन करके किसी तरह की आज़ादी की माँग करता तो यही हिन्दू धर्म उसके प्रति अत्यन्त असहिष्णु हो उठता था। इस सामाजिक संरचना ने मानव-मस्तिष्क को तंग से तंग दायरे में सीमित रखा। इतिहास गवाह है कि ई.पू. चौथी शताब्दी में अजेय सिकन्दर भी रावी से आगे नहीं बढ़ सका था। उसके 14 सौ वर्ष बाद महमूद गजनी भारतवर्ष के भीतर मक्खन में प्रविष्ठ होनेवाले चाकू की तरह प्रविष्ट हो गया; वह 25 वर्षों में 17 बार भारत-भूमि में घुसा और एक भी राजा, सम्राट, मुखिया अपने राज्य की ही नहीं, बल्कि अपने पूर्वजों द्वारा बनाए मठ-मन्दिरों तक की रक्षा नहीं कर सका। यही वह सब कुछ था, जो देश ने स्मृतियों, जाति पर आधारित ग्राम-संरचना और शंकर के मायावाद के परिणाम के रूप में भोगा। यह एक ऐसे समाज की नियति है, जो परिवर्तन के स्थान पर गतिहीनता और आक्रोशजन्य सक्रियता के स्थान पर सन्तोष को, अपने अस्तित्व की सर्वोच्च एवं अति उत्तम स्थिति के रूप में वरण करता है।[8]

विश्वप्रसिद्ध इतिहासकार रोमिला थापर द्वारा लिखित *प्राचीन भारत का सामाजिक इतिहास* पुस्तक में जो तीसरा अध्याय है, उसका नाम है-'उत्तरी भारत में प्रथम सहस्राब्दी ई.पू. में आचारशास्त्र, धर्म और सामाजिक विरोध'। इस लेख में रोमिला थापर ने कई बिन्दुओं को आधार बनाकर ब्राह्मणवादी व्यवस्था के विरुद्ध उठाए गए कदमों पर प्रकाश डाला है। ब्राह्मणीय स्रोतों में सूदखोरी को नापसन्द किया गया है किन्तु बौद्धधर्म ने सिक्के और व्यापार में सूदखोरी को प्रोत्साहित किया। ब्राह्मणीय व्यवस्था में शक्ति का सम्बन्ध भूस्वामित्व से था किन्तु बौद्धधर्म ने व्यापार और व्यापारियों को विशेष प्रोत्साहन प्रदान किया। कारीगरों और मज़दूरों को ब्राह्मणीय ग्रन्थों में निम्न दर्जे का बताया गया कि वे सब वर्णसंकर मूल के थे। बौद्धधर्म ने कारीगरों और मज़दूरों को क्षत्रियों के बराबर का दर्जा प्रदान किया। ब्राह्मण ग्रन्थों ने राजा में दैवी तत्त्व होने की कल्पना की किन्तु बौद्धदर्शन ने राजा में इस तरह की कल्पना को कोई स्थान नहीं दिया। धर्मसूत्रों में दावा किया गया कि ब्राह्मण ही कानून के निर्णायक हैं किन्तु बौद्ध सामाजिक संहिता में कानून से ऊपर नैतिक सिद्धान्तों पर जोर दिया गया।

बौद्धधर्म असनातनी सम्प्रदायों में से एक था। बहुधा कहा जाता है कि ये सम्प्रदाय वस्तुत: वैदिक धर्म की प्रतिक्रिया में उदित हुए। लेकिन यह सम्पूर्ण सत्य नहीं है। वैदिक-ब्राह्मण ढाँचे के अन्दर भी विचारों की विविधता थी, जिसका प्रमाण औपनिषदिक और आरण्यक ग्रन्थ हैं। ये उन संन्यासियों के वचन थे जो समाज से अलग होकर अरण्याश्रमों में रहते थे। संसार से

मोह-मुक्त होकर वे परम सत्य की खोज करते हुए बिलकुल अलग-अलग रहते थे। उनके वचनों से प्रकट होता है कि उनकी दार्शनिक चेतना जादुई यज्ञों और कर्मकांड के बोझ से मुक्त हो चुकी थी, तथापि उनके चिन्तन के ब्रह्मांडीय आधार की कुछ सीमाएँ थीं। वे व्यक्तिगत मोक्ष की आवश्यकता को स्वीकार करते थे।[9] सबसे कटकर और संन्यास के माध्यम से व्यक्ति मोक्ष प्राप्त कर सकता है, जिससे उसकी आत्मा मुक्त होकर ब्रह्म में विलीन हो सकती है। संन्यास के पीछे परिवर्तनशील समाज की असुरक्षा से भाग खड़े होने की इच्छा के साथ-साथ इस विश्वास की भी प्रेरणा थी कि ध्यान उस ज्ञान प्राप्ति का प्रभावकारी उपाय है जो आत्म-साक्षात्कार और शक्ति (तपस्) की अभिवृद्धि करता है। धीरे-धीरे संन्यास को यज्ञ से अधिक सक्षम शक्ति माना जाने लगा। इस प्रकार सिद्धि और शक्ति की स्थिति की प्राप्ति के सामुदायिक प्रयत्न की निष्प्रभावता को स्वीकार किया गया। शायद इससे भी अधिक महत्त्व की बात यह थी कि संन्यास से पूर्ण मुक्ति प्राप्त होती थी, पारिवारिक बन्धनों और सामाजिक सम्बन्धों–इन सबसे मुक्ति, बशर्ते कि कामेच्छा का शमन किया जा सके। यही संन्यास और ब्रह्मचर्य के अटूट सम्बन्ध का रहस्य है। यह मुक्ति वैरागी को यज्ञकर्ता ब्राह्मण से भी अधिक ऊँचा स्थान प्रदान करती थी।[10]

बौद्धों और जैनों की दृष्टि में वेदों के आप्त वचन ज्ञान-प्राप्ति का मार्ग नहीं थे, क्योंकि जिस बात की पुष्टि व्यक्तिगत रूप से नहीं की जा सकती थी वह स्वीकार्य नहीं थी। इन तमाम असनातनी शिक्षाओं में से होकर सामाजिक विरोध का एक सूत्र गुज़रता दिखाई देता है, जो परिवर्तन-बोध का सूचक है।

अहिंसा के विचार के प्रतिपादन का स्पष्ट श्रेय बौद्ध एवं जैन आचारशास्त्र को है। इसे यज्ञ में पशु-बलि पर एक आपत्ति के रूप में देखा गया है। ब्राह्मण-व्यवस्था के विपरीत बौद्ध धर्म में, प्रारम्भिक चरण में, देवी-देवता की अनुपस्थिति पाते हैं। बौद्धधर्म में नैतिक कर्म की प्रधानता है; जब कि ब्राह्मण धर्म आस्था और कर्मकांड पर आधारित है।

प्राचीन धर्मग्रन्थों को पढ़ने से धार्मिक व्यवस्था से सम्बद्ध विचारों में विरोधाभास के लक्षण दिखाई देते हैं। *वृहदारण्यक उपनिषद्* (1.4.11) में लिखा है–'वस्तुतः आरम्भ में यह संसार, एकमात्र ब्राह्मण ही था। एक होने के कारण उसका विकास नहीं हुआ। उसी में से एक और उत्कृष्ट रूप क्षात्रत्व पैदा हुआ, इन क्षत्रियों में इन्द्र, वरुण, सोम, रूद्र, पर्जन्य, यम, देवता हुए। अतः क्षत्रियों से उच्चतर कोई अन्य नहीं है। इसी वजह से राजसूय यज्ञ में ब्राह्मण, क्षत्रियों से नीचे बैठता है। क्षात्रत्व अकेला ही उच्च है। वही इस सम्मान का अधिकारी है। लेकिन ब्राह्मणत्व से क्षात्रत्व का उद्‌गम है। इस कारण से राजा की उच्चता होते हुए भी वह अन्तिम रूप से ब्राह्मत्व पर ही निर्भर है।' पुनः

लिखा है कि ब्राह्मण ने क्षत्रिय को श्रेष्ठतर और उच्चतम रूप में पैदा किया, अतः ब्राह्मण राजनीतिक-धार्मिक आयोजनों में क्षत्रिय से नीचे बैठता है। लेकिन क्षात्रत्व का जन्म ब्राह्मण से हुआ है। अतः राजा की उच्चता अन्तिम रूप से अपने उद्गम पर निर्भर है। इसीलिए उसे ब्राह्मण को क्षति नहीं पहुँचानी चाहिए। इसका सीधा मतलब यही है कि राजा सांसारिक सत्ता यानी वास्तविक सत्ता का स्रोत एवं केन्द्र था, लेकिन वह उस सत्ता का तब तक उपयोग नहीं कर सकता था, जब तक कि उसका अपना प्रभामंडल और पवित्रता न हो। ब्राह्मण–वर्ग ने राजा को यही प्रभामंडल प्रदान किया और उसे पृथ्वी पर दैवी शक्ति का अवतार इसी वजह से घोषित किया। इस प्रकार इनके कुछ अन्तर्विरोधों के बावजूद ये दोनों एक-दूसरे के पूरक थे, ब्राह्मण दोनों के रचयिता थे। दरअसल, इन्हीं ब्राह्मणों से वैश्य और शूद्र भी पैदा हुए थे, किन्तु उन पर ब्राह्मणों और क्षत्रियों ने मिलकर शासन किया।

उपनिषद् और *गीता* में यह बात कहीं नहीं कही गई है कि यह संसार विशुद्ध मिथ्या है। सच तो यह है कि उन्होंने इसे चरम सत्य ब्रह्म की सृष्टि कहा है। शंकर की मान्यता है कि यह संसार पूर्णतः भ्रम है और यह विचार भी ग़लत है कि इसकी कभी रचना हुई थी। विशुद्ध दर्शनशास्त्र में शंकर अनीश्वरवादी थे, जो भाववादी छोर से अनीश्वरवाद तक जा पहुँचे, अर्थात् वह ब्रह्म ही एकमात्र सत्य था और चूँकि वह अज्ञेय है, अतः ईश्वर नाम की कोई चीज़ नहीं थी। उनके लिए, ब्रह्म, विशुद्ध शून्य था।

इसी के साथ शंकर, मनु के भी प्रबल समर्थक थे, जिसका सम्बन्ध चातुर्वर्ण्य के विधान को निर्ममतापूर्वक लागू करने से था। एक धर्माधिकारी की भाँति शंकर ने घोषणा की थी कि इस सांसारिक जीवन में मनु का एक-एक शब्द औषध है। शंकर, मनु एवं अन्य स्मृतियों के सभी तर्कों को क्रमबद्ध रूप से अपनी बात के समर्थन में प्रस्तुत करते हैं कि शूद्र का जीवन कष्टों से भरा जीवन होता है; शूद्रों की पहुँच वेदों तक न होने के कारण उनका मोक्ष नहीं हो सकता। शंकर के अनुसार यह भी है कि यह संसार माया है किन्तु उच्च वर्ग के प्रति शूद्र के कर्तव्यों के सम्बन्ध में यह संसार माया नहीं है।

उपनिषद्, मनु और शंकर के विचारों पर प्रहार करते हुए चार्वाक् ने कहा–शरीर, मुख एवं समस्त अवयव (सभी मनुष्यों के) समान हैं, फिर वर्ण और जाति का कोई भेद कैसे किया जा सकता है? बुद्धिमान लोगों को इस संसार के सुख उचित साधनों, जैसे–कृषि, पशुपालन, व्यापार, राजनीतिक प्रशासन इत्यादि के जरिए प्राप्त करने चाहिए। लेकिन जो अपने तन पर भस्म रमाते हैं और अग्निहोत्र तथा अन्य धार्मिक अनुष्ठान करते हैं, उनमें बुद्धि और पुरुषत्व का अभाव है। इसलिए मनुष्यों को विज्ञानों और कलाओं को प्रोत्साहित

करना चाहिए, जिनकी व्यावहारिक उपयोगिता है और जो व्यावहारिक ज्ञान पर आधारित हैं। असली बन्धन पराधीनता में है। वास्तविक मोक्ष स्वाधीनता में है। मोक्ष नाम की कोई वस्तु नहीं है। मृत्यु ही जीवन का अन्त है। पुनर्जन्म नाम की कोई चीज़ नहीं है। इससे अलग दूसरा कोई संसार नहीं। धर्म धूर्त लोगों का षड्यंत्र है। मूर्ख ही उसके शिकार होते हैं। अग्निहोत्र कर्मकांड, तीन वेद, त्रिदंड, भस्म-लेपन आदि उन लोगों के जीविका कमाने के साधन हैं, जिनमें भाव, बुद्धि और शक्ति का अभाव है।[11]

जैसा कि पुरोहितों का दावा है, 'ज्योतिस्तम' कर्मकांड में मारा गया पशु सीधा स्वर्ग को जाता है, तो ऐसा कर्मकांडी अपने पिता की बलि क्यों नहीं चढ़ा देता और उनके स्वर्गारोहण को सुनिश्चित क्यों नहीं कर देता? इस बात की कल्पना करना कि जो भोजन 'श्राद्ध-संस्कार' में पितरों को दिया जाता है, वह उन तक पहुँचता है तो फिर एक यात्री व्यर्थ में अपने साथ बहुत-सी वस्तुओं को ले जाने का प्रावधान क्यों करे। उसे भी श्राद्ध-कर्म की तरह, क्यों न सारी वस्तुएँ दूर से ही भेज दी जातीं। यदि श्राद्ध-कर्म की वस्तुएँ, स्वर्गस्थ व्यक्ति को परितृप्त कर सकती हैं तो किसी मीनार के शिखर पर बैठे व्यक्ति के लिए नीचे बैठे-बैठे दिया गया भोजन परितृप्त क्यों नहीं कर पाता?

मीमांसा दर्शन-पद्धति का प्रभावशाली प्रतिनिधि कुमारिल ने तो ईश्वर की अवधारणा की इस ढंग से धज्जियाँ उड़ाई हैं, जो भारतीय दर्शन को, ईश्वर में आस्थावान् दर्शन के रूप में देखनेवालों के लिए बहुत सदमा पहुँचानेवाली बात होगी। कुमारिल ने बहुत मुँहफट ढंग से पूछा कि यदि ईश्वर ने यह संसार बनाया है तो ईश्वर को किसने बनाया है? जब इस प्रश्न का उत्तर यह दिया गया कि ईश्वर तो स्व-जन्मा है, स्वयंभू है तो उन्होंने कहा कि यह तो बड़ी हास्यास्पद स्थिति है, क्योंकि ऐसा कोई नहीं हो सकता, जो स्वयं को जन्म दे सके। उन्होंने आगे कहा कि जन्म देने के लिए शरीर की आवश्यकता होती है लेकिन ईश्वरवादी कहते थे कि ईश्वर भूतद्रव्य से बना हुआ नहीं है, उसका कोई शरीर नहीं है। तो सवाल पैदा होता है कि शरीर के बिना इतना सुस्पष्ट, इंद्रियगोचर संसार का निर्माण कैसे किया जा सकता है?

कुमारिल ने इस सम्बन्ध में ईश्वरवादियों से अनेक प्रश्न पूछे थे, उन्होंने कहा था कि ईश्वर को करुणा-निधान तथा न्याय करनेवाला बतलाया गया है। पहली बात तो यह है कि ईश्वर की इस विशेषता का मतलब है कि ईश्वर में भी मानवीय गुण हैं जब कि ईश्वरवादी उन्हें अतिमानव मानते हैं। दूसरी बात यह है कि यदि वह ईश्वर करुणा-निधान और न्याय करनेवाला है तो उसने इस संसार में इतने दुख और पीड़ाएँ क्यों बना डाली हैं? ईश्वरवादियों का उत्तर था कि यह सब उसकी माया है, जिसे नश्वर प्राणी नहीं समझ सकते। कुमारिल

ने फिर कहा कि चलो, इस बात को मान लेते हैं कि नश्वर मनुष्य ईश्वर की माया को नहीं समझ सकते, लेकिन कोई भी स्वस्थचित्त मनुष्य ऐसा नहीं होता, जो पहले तो जानबूझकर दुख पैदा करे और बाद में उन्हें दूर करने का उद्योग करे। और यदि वास्तव में ही ईश्वर ने ऐसा किया है तो फिर उसे करुणानिधि और न्यायप्रिय कैसे कहा जाएगा?

इस तरह प्राचीन ग्रन्थों के अध्ययन से पता चलता है कि बहिष्करण की अवधारणा से केवल शूद्र वर्ग ही प्रभावित नहीं रहा बल्कि कई प्रकार के धार्मिक एवं दार्शनिक विचारों का भी बहिष्करण होने की बात पाते हैं। ऋग्वैदिक धर्म का बहिष्करण उत्तर-वैदिककाल में हुआ। उत्तर-वैदिक धार्मिक व्यवस्था को ई.पू. छठी शताब्दी के जैन एवं बौद्ध धर्मों ने बहिष्कृत किया। इन सभी व्यवस्थाओं को गुप्तकाल में मन्दिर-व्यवस्था ने बहिष्कृत किया। वैष्णवों ने शैवों को और शैवों ने जहाँ मौका मिला वैष्णवों को बहिष्कृत किया। आधुनिक समाज में बहिष्करण का अस्तित्व किसी न किसी रूप में आज भी बरकरार है। सुविधाभोगी दलितों द्वारा निर्धन दलितों का बहिष्करण शोचनीय है।

वामन शिवराम आप्टे द्वारा लिखित *संस्कृत-हिन्दी कोश* नामक ग्रन्थ मोतीलाल बनारसीदास (दिल्ली, 1966, पृ. 451) से प्रकाशित है। इसमें बताया गया है कि दल+क्त से दलित शब्द बना है, जिसका अर्थ टूटा हुआ, चीरा हुआ, फाड़ा हुआ, फटा हुआ और टुकड़े-टुकड़े हुआ होता है। बनारस के ज्ञानमंडल से प्रकाशित *ज्ञान शब्द कोश* (वर्ष 1986) के पृष्ठ 349 में 'दलित' शब्द का अर्थ रौंदा, कुचला, दबाया हुआ और पदाक्रान्त बताया गया है। दलित का अर्थ हिन्दुओं में उन शूद्रों को बताया गया जिन्हें अन्य जातियों के समान अधिकार प्राप्त नहीं है। प्राचीन काल में जिन्हें शूद्र-म्लेच्छ-अस्पृश्य कहा गया उन्हें मुस्लिमकाल में हिन्दू, अंग्रेजीकाल में भारतीय, गांधीजी के ज़माने में हरिजन और सम्भवतः 1980 के बाद उन्हें दलित कहा जाने लगा।[12]

तथाकथित शूद्रों के आँचल में पलकर 'ज्ञान' बड़ा हुआ। ज्ञान के दुरुपयोगी अवतार ने सामाजिक विभाजन और तनाव का नया विश्व निर्मित किया। एकता को अनेकता और धर्म के कन्धे पर चढ़कर अधर्म ने वायुमंडल को दूषित किया। शिकार से जीविका चलानेवाले तथाकथित शूद्रों ने बर्छी, गदा, पाषाण फलक, खुरचनी और चर्म-रस्सी का आविष्कार किया। अपने निजी अनुभवों के आधार पर बहुत-सी जड़ी-बूटियों के गुणों के सम्बन्ध में उन्होंने जानकारी प्राप्त की। वैदिकशास्त्र का आरम्भ जादू से ही हुआ। प्रारम्भ में बीमारियों के इलाज में औषधियों के साथ-साथ मंत्र-प्रयोगों से सहायता ली जाती थी; *अथर्ववेद* इसका प्रमाण है और इस सिलसिले में अनुभव करते-करते औषधियों का प्रभाव एवं प्रयोग अधिक निश्चित हो गया तथा आयुर्वेद का जन्म

इसी से हुआ। मौसम की कृषि से सम्बन्ध शूद्रों ने ही जोड़ा। ज्योतिष के जन्मदाता ये लोग ही थे। ऐसे आदिम कबीले मौजूद हैं जो अपने लोकनृत्यों में वर्षा, बिजली और मेघगर्जन का अनुकरण इस विश्वास के साथ करते हैं कि ऐसा करने से वर्षा होगी।[13] उनका विश्वास था कि यौनक्रियात्मक अनुष्ठानों से कृषि–उर्वरता बढ़ती है। इसी परम्परा पर आधारित आधुनिक शिव–पार्वती के प्रतीक के रूप में लिंग–योनि की पूजा प्रचलित है। भेड़, बकरी, सुअर, गाय आदि पशुओं को पालतू बनाने की तकनीक से उन्होंने ही तत्कालीन समाज को परिचित कराया। जिन कुम्हारों द्वारा आविष्कृत बर्तनों से ज़िन्दगी बेहतर हुई उन्हें शूद्र बताकर नज़रअन्दाज़ किया गया। अनुकूल मिट्टी की तलाश करने के सिलसिले में कुम्हार ने ही सबसे पहले लोहा, ताँबा, सोना आदि खनिज पदार्थों को खोज निकाला। इन सभी धातुओं से जुड़े शिल्पकारों, कारीगरों एवं मज़दूरों को *याज्ञवल्क्यस्मृति* में शूद्र बताया गया। जिन स्त्रियों ने कृषि का आविष्कार किया; मानव को जन्मा उन्हें भी इस स्मृति में शूद्रा बताया गया। करीब 10 हज़ार वर्ष पूर्व मनुष्य स्त्रियों की मदद से कृषि–जीवन में प्रवेश कर चुका था। वेद की ऋचाओं का शुद्ध–शुद्ध उच्चारण नहीं करनेवाले ब्राह्मणों, यज्ञ आयोजित करनेवाले ब्राह्मणों, राक्षसों, जैन, बुद्ध, मगधनरेश बिम्बिसार, उसका पुत्र अजातशत्रु, उसका समकालीन वैद्य कौमारभृत्य जीवक, नन्द राजा, मौर्यशासक, कुषाण शासक, हीनयानी, महायानी, चोल शासक, *अथर्ववेद* के रचनाकार आदि सभी शूद्र बताए गए। क्षत्रियों का काम करनेवाले शुंग राजवंश और सातवाहन राजवंश के शासक ब्राह्मण ही रहे।[14]

उत्तर–वैदिककाल के दौरान कृषि एवं पशुपालन के फलस्वरूप आवश्यकता से अधिक उत्पादन का अनुकूल माहौल बना जिसे **अतिरेक** अथवा **वेशी उपज** कहा गया। अतिरेक का स्वाभाविक परिणाम विनिमय था। विनिमय के लिए अतिरेक को संचय करने की लालसा ने जनों के आपसी युद्धों में पकड़े गए लोगों के बारे में एक नया रवैया पैदा कर दिया। जहाँ पहले इन्हें आम तौर पर विरोधी माना जाता था अथवा विजेता जन की कतारों में जज्ब कर लिया जाया करता था, वहाँ अब उन्हें पकड़कर कैदी बनाने और विजेताओं के लिए काम करने को विवश करने तथा इस तरह **दासों** में परिणत करने का नया रिवाज पैदा हो गया।

निजी सम्पत्ति की अवधारणा एक महत्त्वपूर्ण घटना थी। पशु, दास अर्थात् गुलाम बनाए गए कैदी निजी सम्पत्ति के अंग बनते गए। धीरे–धीरे ज़मीन निजी सम्पत्ति का एक और तथा सबसे महत्त्वपूर्ण रूपों में एक बन गई, क्योंकि वह समस्त निर्वाह साधनों के मूल की प्रतीक थी। इसके साथ ही ज़मीन में कृषि से सम्बद्ध औजार भी निजी सम्पत्ति बन गए। इससे साम्पत्तिक सम्बन्धों पर

आधारित असमानता पैदा हुई और अब स्वतंत्र लोगों तथा गुलामों के संवर्गों के साथ-साथ धनी और निर्धन के नए स्वतंत्र वर्ग उत्पन्न हो गए। जल्द ही कुछेक परिवार या व्यक्ति ज़मीन के सबसे बढ़िया हिस्सों या पशुओं के सबसे बड़े रेबड़ों के स्वामी बन बैठे, जब कि अन्य परिवार अधिकाधिक निर्धन होते गए और कंगाल बन गए। विभिन्न गोत्रों के भीतर एक प्रकार का अभिजात वर्ग उभरने लगा अर्थात् वे लोग, जिनके पास धन-दौलत और सत्ता थी। इन लोगों ने दासों, किसानों और दस्तकारों को अपने लिए काम करने को विवश करना शुरू किया।

950 ई. के आसपास *मत्स्यपुराण* की रचना हुई। इस पुराण के अध्याय 144 (श्लोक 1-9) में लिखा है कि चारों वर्णों तथा आश्रमों के धर्म परस्पर घुल-मिल गए। *महाभारत* (वनपर्व, अध्याय 188, श्लोक 29-33 एवं अध्याय 190, श्लोक 11-14 एवं 53) में लिखा है कि सभी मनुष्य मिथ्यावादी हो गए। ब्राह्मण शूद्रों का कर्म करते और शूद्र वैश्यों की भाँति धनोपार्जन करने लगे। क्षत्रियों के कर्म से भी शूद्र जीविका चलाने लगे। ब्राह्मण सब कुछ खाने लगे और जप से दूर भागने लगे। शूद्र वैदिक मंत्र के जप में संलग्न होने लगे। इस महाकाव्य के *वनपर्व* (श्लोक 18) में लिखा है कि अंत्यज अर्थात् चांडाल आदि लोग क्षत्रिय-वैश्य आदि के काम करते और क्षत्रिय-वैश्यों ने चांडालों के कर्म अपना लिए थे। वनपर्व के अध्याय 190 (श्लोक 37-40) में बताया गया है कि सभी म्लेच्छ हो गए। इसी अध्याय के श्लोक 57 में लिखा है—सभी वर्णवाले एक साथ भोजन करने लगे। श्लोक 41 से 44 और 55 में लिखा है—शूद्रों से सताए हुए ब्राह्मण भय से पीड़ित थे। शूद्र धर्मोपदेश करते, ब्राह्मण लोग उनकी सेवा में रहकर उसे सुनते और उसी को प्रामाणिक मानकर पालन करने लगे (*वनपर्व*, 190, 64-65)।

शूद्र द्विजातियों की सेवा नहीं करते थे और इसकी चर्चा *वनपर्व* के अध्याय 190, श्लोक 66 से 70 के बीच है। वे ब्राह्मणों का विरोध करते थे। पृथ्वी म्लेच्छों से भर गई (*वनपर्व*, 190, श्लोक 71-72)। *शान्तिपर्व* के अध्याय 69, श्लोक 91-92 में लिखा है कि सभी वर्णों का मन अपने धर्म से च्युत हो जाता था। ब्राह्मण, क्षत्रिय, वैश्य और शूद्र अपने धर्म का पालन नहीं करते थे (*शान्तिपर्व*, 228.71-80)।

पराशरस्मृति के अध्याय 1, श्लोक 2 और 27 के बीच बताया गया है कि सभी वर्ण भ्रष्ट थे; उनका आचार और कर्तव्य निम्न था। *श्रीविष्णुपुराण* के अंश 4, अध्याय 24 के श्लोक 61 से 69 के बीच लिखा है कि व्रात्य, म्लेच्छ और शूद्र शासकों का आधिपत्य समुद्रतट, दावाकोर्वी, चन्द्रभागा और कश्मीर आदि देशों पर था। *श्रीमद्भागवतपुराण* में लिखा है कि ब्राह्मण शूद्र राजाओं की सेवा करते थे (खंड 1, अध्याय 1, श्लोक 16 और 19 से 24 तक)। सिन्धुतट,

चन्द्रभागा का तटवर्ती प्रदेश[15], कोन्तीपुरी और कश्मीर पर शूद्रों एवं वैश्यों के राज्य स्थापित थे। ये ब्राह्मणों को मारते थे (*श्रीमद्भागवतपुराण*, खंड 2, अध्याय 12, श्लोक 38-43)। इसी पुराण (2.12.7-10) में लिखा है कि ब्राह्मण, क्षत्रिय, वैश्य और शूद्रों में जो बली होता वही राजा बन बैठता था। चारों वर्णों के लोग शूद्र हो गए थे (*वही*, 2.12.1.12-14)। शूद्र मंत्रों के ज्ञाता हो गए थे; वे ही अधिकतर राजा होते थे (*मत्स्यपुराण*, अध्याय 144, श्लोक 38-40)।

शुंगवंशीय ब्राह्मण राजा के बाद सारा समाज पतित हो गया। सारी प्रजाएँ मिथ्या व्यवहार में लीन, लोभी, धर्म, अर्थ एवं काम से हीन वैदिक नियमों के पालन से विमुख, वर्णाश्रम-धर्म की मर्यादा से विहीन और दुर्बल हो गई। उनके सभी सन्तान वर्णसंकर थे। ब्राह्मण शूद्र योनि के हो गए; शूद्र मंत्रों के ज्ञाता हो गए। उन्हीं मंत्रों को जानने की अभिलाषा से ब्राह्मण उन मंत्रज्ञ शूद्रों की उपासना करते थे (*मत्स्यपुराण*, 273. 49-50)। *ब्रह्मपुराण*[16] के अध्याय 230, श्लोक 10, पृ. 1234 में स्पष्ट लिखा है कि मनुष्य वर्णाश्रम का पालन नहीं करते थे। ब्राह्मण शूद्रों से भोजन प्राप्त करते थे (*वही*, 230.68-69. 1238)। शूद्र ब्राह्मणों का आचरण करने लगे। चांडाल स्वच्छ दाँतवाले, मालाधारी, मुंडी तथा काषायवस्त्रधारी होते थे। शूद्र धर्म की व्याख्या करने लगे; वे वैश्य और क्षत्रिय बन गए (*ब्रह्मपुराण*, 231, 4-10.1241)। *ब्रह्मपुराण*[17] (223.13-32.1184-85) में ही लिखा है कि दुष्कर्म करने से ब्राह्मण स्थानच्युत होता था और पुनः सुकर्म करने से वह श्रेष्ठ वर्ण में आ जाता था। वैश्य का कर्म करनेवाला ब्राह्मण वैश्य बन जाता था। शूद्र का कर्म करने से वैश्य शूद्र बन जाता था। धर्म से च्युत ब्राह्मण शूद्रत्व को प्राप्त करता था। क्षत्रिय या वैश्य अपने कर्मों का परित्याग कर शूद्र का कर्म करता तो वह वर्णसंकर हो जाता था। शूद्रान्न खानेवाला ब्राह्मण शूद्र हो जाता था। मदिरापान करनेवाला, ब्रह्महत्या करनेवाला, शराब बेचनेवाला तथा नीच की सेवा करनेवाला ब्राह्मण शूद्र हो जाता था। गुरु से द्वेष रखनेवाला, गुरु की निन्दा करनेवाला तथा ब्राह्मणद्रोही ब्राह्मण भी शूद्र हो जाता था। शुभाचरण करनेवाला शूद्र ब्राह्मण हो जाता था।

नारदपुराण[18] में लिखा है कि सभी लोग शूद्र के समान हो गए थे (अध्याय 41, पृ. 21 और उसके बाद)। *ब्रह्मवैवर्तपुराण* (अध्याय 7, श्लोक 24-27) बताता है कि पूर्व मध्यकाल में ब्राह्मण, क्षत्रिय, वैश्य और शूद्रों ने अपने-अपने जातीय-विचार को छोड़ दिया था। चारों वर्ण के लोग म्लेच्छ हो चुके थे। ब्राह्मण, क्षत्रिय और वैश्य के वंशज शूद्रों के सेवक थे। पुनः लिखा है कि सभी लोग शूद्र का अन्न खाते थे; सभी म्लेच्छ थे (*ब्रह्मवैवर्तपुराण*, अध्याय 7, श्लोक 55-56)। *हरिवंशपुराण*[19] (अध्याय 3, श्लोक-1-6) में लिखा है कि शूद्रों ने ब्राह्मण का आचार-विचार ग्रहण कर लिया था। वे मद्य-मांस त्यागकर

श्वेतदंत होते हुए सूक्ष्मदर्शी, मुंडितमुंड तथा काषायवेशधारी होकर जैन एवं बौद्धमत अर्थात् वेदविरोधी नास्तिक मत का आचरण करने लगे थे (*हरिवंशपुराण*, 3.14–18)। *भविष्यपुराण* (जिल्द 2, अध्याय 6, श्लोक 17–35) में लिखा है कि मगधनरेश नन्दवर्धन को नन्द नामक पुत्र हुआ जिसकी माँ शूद्रा थी। इस पुराण (2.5.11–17) में शूद्रों को शक्तिशाली बताया गया है।[20]

शूद्रों के बारे में की गई इन चर्चाओं से कई तथ्य नवीन रूप में दिखाई देते हैं। *मनुस्मृति*[21] के बाद के साहित्यिक सम्बद्ध तथ्यों से स्पष्ट होता है कि जन–विद्रोह केवल भूख, दुःख और उत्पीड़न का परिणाम नहीं होता बल्कि इसके लिए अनुकूल माहौल और जनता में आशा–उल्लास की भी आवश्यकता होती है, जो भूख और दुखों का व्यावहारिक रास्ता दिखलाते हैं।[22] मनु की ब्राह्मणवादी व्यवस्था ने शूद्रों को बन्धन–शोषण से मुक्ति के लिए किसी अलौकिक संसार की ओर देखने की बात कही। *मनुस्मृति* ने भाग्य के सिद्धान्त से शूद्रों को आध्यात्मिक एवं बौद्धिक पराधीनता में रखने की जो योजना बनाई वह बाद के काल में सम्भव नहीं थी।[23] *मनुस्मृति* ने सन्देश दिया कि ब्रह्मा के आदेशानुसार ब्राह्मण और क्षत्रिय स्वर्ग और पृथ्वी के स्वामी थे और इसका कारण था पूर्वजन्म में उनके द्वारा किए गए पुण्यकर्म। इस व्यवस्था को प्रभावशाली बनाने में शुंगकाल किसी तरह सफल रहा किन्तु कुषाणकाल में हालात बदल गए। कुषाणों को म्लेच्छ कहकर इन्हें नकारने का प्रयास ब्राह्मण व्यवस्था द्वारा किया गया। इसका उलटा असर यह पड़ा कि बौद्धधर्म अतिशक्तिशाली रूप में उभरा और ब्राह्मण व्यवस्था से पीड़ित सभी वर्गों को बेहतर दशा प्रदान करने में यह सफल रहा। अतः *मनुस्मृति* के बाद *याज्ञवल्क्यस्मृति* (रचनाकाल छठी शताब्दी) के समय से ही ब्राह्मणों और क्षत्रियों की जड़ें हिलने लगीं।

ब्राह्मण, क्षत्रिय, वैश्य और शूद्र की प्रथम चर्चा *ऋग्वेद* में 10वें मंडल के पुरुष सूक्त में है। इस वर्णविभाजन की उपस्थिति उत्तर–वैदिककाल से पहले सम्भव नहीं थी। समाज का वर्गीकरण पेशे के आधार पर होता है।[24] स्थायी भोजन की बेहतर व्यवस्था के अभाव में पेशे का वर्गीकरण सम्भव नहीं। भोजन का पूर्ण अथवा सन्तोषप्रद व्यवस्था कृषि के अभाव में सम्भव नहीं और कृषि से सम्बद्ध विकसित तकनीक की चर्चा *ऋग्वेद* में नहीं है। *यजुर्वेद*, *सामवेद* और *अथर्ववेद* उत्तर–वैदिककाल का प्रतिनिधित्व करते हैं। स्थायी जीवन की परिपक्व कल्पना कृषि के बिना सम्भव नहीं। *ऋग्वेद* में कृषि से सम्बद्ध तथ्यों की मात्रा नगण्य है। स्थायी जीवन व्यतीत करने के बाद ही पेशे का विभाजन होता है और तभी सामाजिक वर्गीकरण सम्भव है। अतः वर्णव्यवस्था का मुलायम विभाजन उत्तर–वैदिककाल में हुआ और इसीलिए भाषाविदों ने *ऋग्वेद* के पुरुषसूक्त को उत्तर–वैदिककाल का बताया है।[25]

जिस समय वर्णव्यवस्था अस्तित्व में आई, उस समय ब्राह्मण, क्षत्रिय, वैश्य और शूद्र में तत्कालीन सामाजिक विभाजन का पालन करने पर दबाव नहीं डाला[26] गया। प्राकृतिक समस्याओं और ज़िन्दगी से सम्बद्ध आवश्यकताओं के कारण ऐसा सम्भव था भी नहीं। भाषाविद् यह भी बताते हैं कि प्रारम्भिक चरण में शूद्र वर्ण की उपस्थिति नहीं थी और वेदों की श्रेणी में *अथर्ववेद* सम्मिलित भी नहीं था, क्योंकि इसके रचनाकार अथर्वा नामक ऋषि शूद्र थे। *अथर्ववेद* आयुर्वेद की ज्ञान वृद्धि के लिए सबसे महत्त्वपूर्ण और भारतीय इतिहास में प्रारम्भिक स्रोत है, अतः इसे चौथा वेद मान लिया गया। वेदों के अध्ययन से स्पष्ट है कि इनमें वर्णित वर्णव्यवस्था में कठोरता का अभाव रहा।[27] क्षत्रिय वर्ण का होने के बावजूद महावीर जैन और गौतमबुद्ध जब धार्मिक नेता बने तो तत्कालीन किसी साहित्य में कहीं भी महावीर जैन और गौतमबुद्ध का विरोध इस आधार पर नहीं किया गया कि उन्होंने वर्णव्यवस्था का उलंघन क्यों किया? इससे पूर्व *अथर्ववेद* के रचनाकार अथर्वा ऋषि का विरोध भी इस आधार पर सम्भवतः कहीं नहीं किया गया कि शूद्र होने के बावजूद उन्होंने ऋषि पद कैसे प्राप्त कर लिया? हाँ, विश्व की प्रथम महिला स्त्री आविष्कर्त्री होने के बावजूद असुरमायारूप का नाम लोकप्रिय नहीं हो सका, क्योंकि वह मगध में सुअर चराने का काम करती थी और उसने जिस विधि से कोढ़ की दवा का आविष्कार किया वही विधि आज भी जीवित है। कमोबेश यही स्थिति गौतम बुद्ध के समकालीन जीवक की भी रही क्योंकि वह राजगृह की शालवती नामक वेश्या का पुत्र था। अगर कुषाण काल में चरक और सुश्रुत नहीं हुए रहते तो इन्हें भी शायद ही लोकप्रियता मिलती, क्योंकि ये भी ग़ैर-ब्राह्मण और सम्भवतः शूद्र थे।

अगर ऊपर लिखित बातें तार्किक प्रतीत होती हैं तो वर्णव्यवस्था का कठोर चित्र कब बना? निश्चय ही शुंगकाल में *मनुस्मृति* के कारण। इसके लेखक मनु का ऐतिहासिक आधार कुछ नहीं है; यह एक काल्पनिक लेखक है, किन्तु *मनुस्मृति* की ऐतिहासिकता प्रमाणित है। उत्तर-वैदिककाल के बाद ब्राह्मण व्यवस्था की तबीयत मौर्यकाल तक गम्भीर रूप से खराब रही, शुंगकाल में उसे स्वस्थ्य करने का प्रयास किया गया और काफी सीमा तक शुंगशासकों विशेषकर ब्राह्मण राजा पुष्यमित्र शुंग को इसमें सफलता भी मिली, किन्तु बौद्धधर्म ने कुषाणकाल में पुनः ब्राह्मणवादी व्यवस्था को निर्बल बना दिया। गुप्तकाल में मन्दिरों में स्थापित देवी-देवताओं की मूर्तिपूजा की नवीन परम्परा से मनु-व्यवस्था को सुदृढ़ करने की व्यवस्था की गई किन्तु इस व्यवस्था को सामन्तवादी माहौल ने ध्वस्त कर दिया और वर्णव्यवस्था की क़ब्र पर जाति व्यवस्था का उदय और विकास होने लगा।[28] गुप्तकाल और उसके बाद के कई संस्कृत ग्रन्थ प्रमाणित

करते हैं कि ग़ैर-ब्राह्मणों का गहरा सम्बन्ध ब्राह्मण धर्म अथवा हिन्दू धर्म से जुड़ जाता है।[29] इसी तरह ग़ैर-क्षत्रिय राजाओं की भरमार हो जाती है। योग्यता के आधार पर शूद्रों का प्रवेश प्रत्येक क्षेत्र में होने लगता है। ब्राह्मण धर्मग्रन्थ ही बताते हैं कि अधिकांश ऋषि-मुनि शूद्र थे अथवा ग़ैर-ब्राह्मण। अतः शूद्रों को निम्नवर्ग का मान लेना एक सैद्धान्तिक सच हो सकता है किन्तु व्यावहारिक नहीं।

सन्दर्भ-ग्रन्थ

1. ए.बी. कीथ, *रिलीजन एंड फिलासफी ऑफ दि वेद एंड उपनिषद्*, कैम्ब्रिज, 1925
2. ए.ई. गौफ, *फिलॉसफी ऑफ दि उपनिषदाज*, लन्दन, 1882
3. के.पी. जायसवाल, *हिन्दू पॉलिटी*, कलकत्ता, 1924
4. एच.टी. कोलब्रूक, *दि सांख्य कारिका*, कलकत्ता, 1887
5. ए.ए. मैकडोनेल एंड ए.बी. कीथ, *वैदिक इंडेक्स*, लन्दन, 1912
6. एच.पी. शास्त्री, *लोकायत*, ढाका, 1925
7. देवीप्रसाद चट्टोपाध्याय, *लोकायत*, (हिन्दी), 1982
8. एस.जी. सरदेसाई, *प्राचीन भारत में प्रगति एवं रूढ़ि*, जयपुर 1988
9. पी.वी. काणे, *हिस्टरी ऑफ धर्मशास्त्र*, पूना, 1930
10. एस. वीरेश्वरानन्द, *ब्रह्मासूत्राज*, अल्मोड़ा, 1936
11. रोमिला थापर, *वंश से राज्य तक*, (अनु.) नई दिल्ली 1997
    रोमिला थापर, *आदिकालीन भारत की व्याख्या* (अनु.) नई दिल्ली, 1998
    रोमिला थापर, *प्राचीन भारत का सामाजिक इतिहास* (अनु.) नई दिल्ली, 2001
12. प्रशान्त गौरव, *प्राचीन भारत*, राजकमल प्रकाशन, दिल्ली, 2010
    प्रशान्त गौरव, *ब्रह्मवैवर्तपुराण में समाज एवं धर्म*, पटना, 2000
13. ओम् प्रकाश प्रसाद, *कलियुग में इतिहास की तलाश*, राजकमल प्रकाशन, दिल्ली, 2004
14. *भविष्यपुराण*, (2 खंडों में), (अनु.) पं. बाबूराम उपाध्याय, इलाहाबाद, 1997
15. *बृहत्संहिता* (2 जिल्दों में), (अनु.) सुरेशचन्द्र मिश्र, नई दिल्ली, 1997
16. *श्रीहरिवंशपुराण*, चौखम्बा संस्कृति प्रतिष्ठान, दिल्ली, 1996
17. हेमवती शर्मा, *नारदीय पुराण का सांस्कृतिक अध्ययन*, आगरा, 1999
18. *मनुस्मृति*, निर्णयसागर, बम्बई, 1946
19. रमेन्द्रनाथ नन्दी, *प्राचीन भारत में धर्म के सामाजिक आधार*, नई दिल्ली, 1998
20. *महाभारत* (6 जिल्दों में) गीताप्रेस, गोरखपुर
21. *मत्स्यपुराण* (3 जिल्दों में) कल्याण, गीताप्रेस, गोरखपुर
22. *भविष्य महापुराण*, (2 खंडों में), प्रयाग, 1997
23. *ब्रह्मपुराण*, प्रयाग, 1976
24. *ब्रह्मवैवर्तपुराण*, इलाहाबाद, 1985
25. रामशरण शर्मा, *पूर्वमध्यकालीन भारत का सामन्ती समाज एवं संस्कृति*, दिल्ली, 1996
26. *शतपथ ब्राह्मण*, दिल्ली, 1967
27. *श्रीमद्भागवतपुराण* (2 जिल्दों में), गीता प्रेस संस्करण
28. *श्रीविष्णुपुराण*, गीता प्रेस संस्करण
29. *श्रीहरिवंशपुराण*, दिल्ली, 1996

अध्याय-9

महाभारत एवं रामायण

(पुन:अध्ययन)

1975-76 में प्रकाशित *पुरातत्त्व* नामक शोधपत्रिका के अंक 8 में ब्रजदुलाल चटोपाध्याय का 'Indian Archaeology and the Epic Traditions' नामक शोधलेख प्रकाशित हुआ। इसमें *महाभारत* और *रामायण* की ऐतिहासिकता पर प्रश्नवाचक दृष्टि डाली गई है। *महाभारत* में वर्णित इन्द्रप्रस्थ नामक स्थान की तलाश के लिए प्रसिद्ध पुरातत्त्ववेत्ता बी.बी. लाल ने 'पुराना किला' की खुदाई कराई।[1] इस खुदाई में जो मृदभांड के अवशेष मिले हैं उनसे यह तो पता चल जाता कि वहाँ बस्तियाँ थीं किन्तु हस्तिनापुर की नगरीय विशेषता के प्रमाण नहीं मिल पाते हैं। विद्वानों का मत है कि हस्तिनापुर बाढ़ के कारण जब बर्बाद हो गया तो कुरुओं की राजधानी कौशाम्बी स्थानान्तरित हो गई।[2] व्यावहारिक दृष्टि से *महाभारत* में वर्णित स्थलों को पुरातत्त्व के माध्यम से वैदिककालीन प्रमाणित करना सम्भव प्रतीत नहीं होता। इस महाकाव्य में वर्णित विशालकाय राजप्रासाद और कुरुक्षेत्र के महायुद्ध में कृष्ण की भूमिका को पुरातत्त्वविद् शायद ही प्रमाणित कर सकें। सांस्कृतिक प्रश्नों का स्पष्टीकरण इतिहास के विद्वान बेहतर ढंग से प्रस्तुत कर सकते हैं।

एस.पी. गुप्ता एवं के.एस. रामचन्द्रन[3] द्वारा सम्पादित पुस्तक से *महाभारत* के बारे में महत्त्वपूर्ण जानकारी प्राप्त होती है। इस महाकाव्य को विस्तृत करने का सिलसिला काफी समय तक चलता रहा। प्रारम्भ में इस महाकाव्य का नाम *जय* (जीत, विजय) और वनवास से पांडवों के वापस आने का वृत्तान्त था। यह वृत्तान्त व्यास (लेखक) ने जनमेजय (युधिष्ठिर) के समक्ष प्रस्तुत किया। कुछ समय बाद लेखक शुक्राचार्य ने इसमें अतिरिक्त कहानियों को जोड़ दिया। उन्होंने मनु से सम्बद्ध कहानियों को जोड़ते हुए इसे परीक्षित के समक्ष प्रस्तुत किया। इस समय कुल श्लोकों (छन्दों) की संख्या बढ़कर 24,000 हो गई तथा इसका नाम *जयभारत* हो गया। वैशम्पायन[4] (कथावाचक) ने इस कथा को

जनमेजय के समक्ष प्रस्तुत किया तो कुल श्लोकों की संख्या बढ़कर 48,000 हो गई और इसका नाम *भारतेतिहास* हो गया। अन्त में लोमहर्षण और उग्रश्रवा ने इस कथा को शौनक एवं अन्य ऋषिगण को सुनाई तो श्लोकों की संख्या बढ़कर एक लाख हो गई और इसका नाम *महाभारत* पड़ा।[5] इस तरह यह महाकाव्य किसी व्यक्तिविशेष की रचना नहीं हो सकती।

ऋग्वेद में भारतों को योद्धाओं की जाति कहा गया है। पाणिनि ने 'भारत' को भारतों के युद्ध के रूप में परिभाषित किया है।[6] अतः *महाभारत* का अर्थ है–'भारतों के युद्ध का महान वृत्तान्त'। *महाभारत* की महानता, इसका विस्तृत आकार, व्याख्या, महत्त्व और भारतीयता के कारण इसका यह नाम पड़ा। भारतों का प्रारम्भिक अधिकार गंगा और यमुना के मध्यवर्ती इलाकों पर था। इस महाकाव्य में दो जनजातियों–कौरवों (कुरु) तथा पांडवों (पाँचालों) के बीच पारिवारिक युद्ध का वर्णन है, जिसे बाद के चरण में बढ़ा-चढ़ाकर वर्णित किया गया। इसमें पांडवों का नेतृत्व युधिष्ठिर और कौरवों का नेतृत्व दुर्योधन ने किया था। इसी कौरव-पांडव युद्ध के नाम पर *महाभारत* से सामान्यजन परिचित हैं। वास्तविकता यह है कि यह महाकाव्य ज्ञान का ख़जाना है। विज्ञान, भूगोल, समाज, अर्थव्यवस्था, नगर, जंगल, जनजातियाँ, राजनीति, कूटनीति, अपहरण, स्त्रियों के विभिन्न प्रकार, विवाह के प्रकार, ऋषि-मुनियों के जन्म की कहानी, ऐतिहासिक तथ्य, पेड़-पौधे विज्ञान, समय की लीला, नास्तिकता, धर्म में अन्धविश्वास, स्वर्ग और नरक का विस्तृत वर्णन, उत्तर-वैदिक समाज से लेकर गुप्तकाल तक का चित्रण, मौर्य, शुंग एवं कुषाण शासकों के नाम आदि तथ्यों की ऐतिहासिक जानकारी[7] इस महाकाव्य से प्राप्त की जा सकती है। *रामायण* से ज़्यादा प्राचीन *महाभारत* है। यह प्रधान रूप में उत्तर-पश्चिम भारत का प्रतिनिधित्व करता है; जब कि *रामायण* मुख्य रूप से उत्तर प्रदेश, बिहार और सम्भवतः मध्य प्रदेश का प्रतिनिधित्व करता है। *महाभारत* पढ़ने के बाद ऐसा प्रतीत होता है कि अन्य तथ्यों के समक्ष कौरव-पांडव युद्ध का कोई विशेष महत्त्व नहीं है।

महाभारत का इतिहास में उपयोग किस सीमा तक एवं किस काल के लिए किया जाए–इस पर सम्बद्ध विद्वान एकमत नहीं हैं। पुरालेखविद् डॉ. दिनेशचन्द्र सरकार के अनुसार[8] *महाभारत* ऐतिहासिकता से परे एक कथा है, क्योंकि वैदिक ग्रन्थों में इस महाकाव्य के विशाल युद्ध की कोई चर्चा नहीं है। मौर्यकाल से पूर्व के किसी साहित्य में भारत युद्ध की चर्चा देखने को नहीं मिलती है। छोटे स्तर पर दो परिवारों के बीच भूमि के लिए युद्ध उत्तर-वैदिककाल के पूर्व चरण में हुआ जिसे बाद में चलकर विशाल रूप प्रदान किया गया। इसी सिलसिले में कल्पनाओं को ज़्यादा से ज़्यादा इसमें स्थान दिया गया। *महाभारत*

की घटना कब घटी इस पर पुरातत्त्वविदों और इतिहासकारों में मतभिन्नता है। भारतीय ग्रन्थों में इसका काल अलग-अलग बताया गया है।

इस महाकाव्य में लिखा है कि कुरुक्षेत्र के मैदान में लड़नेवाले योद्धाओं की संख्या 24 अक्षौहिणी अर्थात् करीब 48 लाख थी।[9] यह सोचकर आश्चर्य होता है कि यह संख्या प्राचीन काल में ही क्यों आज भी वास्तविकता से परे है। *महाभारत*[10] में ऐसा लिखना लेखक की कल्पना मात्र है। सतयुग, त्रेता, द्वापर और कलियुग जैसे धार्मिक काल विभाजन में विश्वास करनेवाले विद्वानों का मानना है कि *महाभारत* का युद्ध ई.पू. 3102 के फरवरी माह में हुआ था और इसी समय से कलियुग की शुरुआत हुई। पुरातात्त्विक सामग्रियों, भौगोलिक दशा और सामाजिक बनावट को ध्यान में रखकर प्रगतिशील सोचवाले विद्वानों का मानना है कि उत्तर-वैदिककाल में करीब 900 ई.पू. के दौरान *महाभारत* की घटना छोटे स्तर पर घटी थी। यह लड़ाई कृषि-भूमि के लिए होती है और साक्ष्यों से पता चलता है कि कृषि और कृषि लायक भूमि में विस्तार का सिलसिला मुख्य रूप से उत्तर-वैदिककाल के प्रारम्भिक चरण से शुरू हुआ। इसी समय से पशुओं की चोरी, फसल की चोरी, ज़मीन के लिए लड़ाई की चर्चा *अथर्ववेद* में मिलने लगती है।

कुछ विद्वानों का मत है कि *महाभारत* की घटना ऋग्वैदि काल में 1400 ई.पू. के आसपास[11] घटी थी। पुरातत्त्वविद् इस विचार से सहमत नहीं। सिंधुकाल से लेकर ऋग्वैदिककाल तक खुदाई से लड़ाई के हथियार के रूप में मामूली चोट लगनेवाले पत्थर के टुकड़े, छोटी-छोटी गदाएँ, गुलेल में प्रयोग होनेवाले पत्थर और पकी मिट्टी की गोलियाँ आदि सामान पेशावर, करांची और दिल्ली के इलाके से मिले हैं।[12] *महाभारत* में लौह-हथियारों का उल्लेख है जो ई.पू. छठी शताब्दी के पूर्व नियमित प्रयोग में नहीं थे। 900 ई.पू. के आसपास तो लोहे का इतने विकसित रूप में प्रयोग के पुरातात्त्विक प्रमाण का प्रश्न ही नहीं उठता है।[13] प्रसिद्ध पुरातत्त्वविद् एच. डी. संकालिया का मत है कि *महाभारत* में वर्णित सेनाओं की संख्या (करीब 48 लाख) अलंकारिक है। इस महाकाव्य में जिस प्रकार के युद्धरथों की चर्चा है वे रथ ई.पू. छठी शताब्दी के पहले के नहीं हो सकते।

कुरुक्षेत्र विश्वविद्यालय के प्रो. वी.एन. दत्त और डॉ. एच.ए. फड़के, पंजाब विश्वविद्यालय के डॉ. बी.सी. पांडेय, नागपुर के प्रो. वी.वी. मिराशी और बिजनौर (उत्तर प्रदेश) के निकट अवस्थित विदुर सेवा आश्रम द्वारा 19 से 21 अक्टूबर, 1975 को आयोजित *महाभारत* पर गोष्ठी में जिन वैदिक विद्वानों एवं खगोलशास्त्रियों ने भाग लिया उन्होंने[14] बताया कि *महाभारत* की घटना 700 ई.पू. के पहले घटी थी। पटना विश्वविद्यालय के पुरातत्त्ववेत्ता डॉ. बी.पी. सिन्हा के अनुसार

महाभारत का युद्ध 1200 और 1042 ई.पू. के बीच हुआ होगा। खगोलशास्त्री भीष्म की मृत्यु का काल 1400 ई.पू. बताते हैं।[15] डॉ. वी.वी. मिराशी यह स्वीकार करते हैं कि *महाभारत* में क्षेपक जोड़ा गया है। 8,800 छन्दों को बढ़ाकर 24 हज़ार और फिर एक लाख किया गया; इसके बावजूद यह महाकाव्य ऋग्वैदिक काल का प्रतिनिधित्व करता है।[16] वे बताते हैं कि प्राचीनकाल में विश्वसनीय इतिहास का अभाव है। वे पुनः लिखते हैं कि महाभारत युद्ध की प्रामाणिकता पर प्रश्नचिह्न नहीं लगाया जा सकता; यद्यपि यह युद्ध उस स्तर पर लड़ा नहीं गया जैसा कि इस महाकाव्य में बताया गया है।[17] बनारस हिन्दू विश्वविद्यालय के विद्वान डॉ. ललनजी गोपाल *महाभारत* को मिथक नहीं बताते हुए इसके आख्यान के कुछ विवरण उत्तर-वैदिककाल का बताते हैं।[18]

विदुर आश्रम गोष्ठी (19-21 अक्टूबर, 1975) के एक प्रतिभागी श्री कैलासचन्द्र वर्मा के अनुसार महाभारत युद्ध ई.पू. 1397 में लड़ा गया था।[19] बंगलौर के प्रसिद्ध ज्योतिषशास्त्री के अनुसार यह युद्ध ई.पू. 3102 में लड़ा गया।[20] *महाभारत* की रचना एक से अधिक लोगों का कार्य है—ऐसा विचार उपर्युक्त गोष्ठी में भाग लेनेवाले श्री रमण अरविन्द का है। वे *महाभारत* को एक दीर्घकालीन ऐतिहासिक[21] घटना मानते हैं। बी.बी. लाल ने *महाभारत* से सम्बद्ध पुरातात्त्विक प्रमाणों को पारम्परिक विवरण से जोड़ने की कोशिश की है। वे बताते हैं कि ई.पू. 900 के दौरान इस महाकाव्य में वर्णित सभी स्थलों के साक्ष्य मिले हैं। उनका मानना है कि महाभारत-युद्ध बुद्ध के जन्म से पहले हुआ था।[22] कई अन्य विद्वानों का विचार बी.बी. लाल और एस. पी. गुप्ता के विचारों से भिन्न है। उनका मत है कि ई.पू. 900 का काल नगरीय संस्कृति से प्रभावित नहीं है। बी.बी. लाल एवं एस. पी. गुप्ता के विचारों से असहमत होते हुए विद्वान बताते हैं कि ई.पू. 900 अथवा 800 में नगर के पुरातात्त्विक प्रमाण नहीं मिलते, अतः परिवार की पुश्तैनी लड़ाई को बढ़ा-चढ़ाकर लिखने का काम उत्तरभारत में नगरीकरण के द्वितीय चरण, विशेषकर मौर्यकाल के बाद 88 सौ छन्दों को हाथी की तरह विस्तार करने का सिलसिला शुरू हुआ। इस महाकाव्य का ताना-बाना ई.पू. 900 के आसपास हुई जनजातीय लड़ाई अथवा पारिवारिक लड़ाई के आधार पर बुना गया। अतः मूल कथानक को इतिहास के करीब की घटना माना जा सकता है। व्यक्ति विशेष का नाम लिए बग़ैर जनजातीय लड़ाई की चर्चा *अथर्ववेद* में है। खगोलीय अवलोकन में अटकलबाजी का मौका काफी रहता है। *महाभारत* के युद्ध की भिन्न-भिन्न खगौलिक तिथियाँ अतिरंजित लगती हैं। खगौलिक विद्या विज्ञान का अंश है किन्तु एक ही घटना पर कई प्रकार का खगौलिक निष्कर्ष निकालना अवैज्ञानिक प्रतीत होता है। कालक्रमानुसार इस महाकाव्य की रचना नहीं की गई है। इस महाकाव्य के लेखकों का

उद्देश्य कालक्रम पर ध्यान देना नहीं बल्कि तत्कालीन सामाजिक, आर्थिक, राजनीतिक, कूटनीतिक एवं सांस्कृतिक आदि पहलुओं को ध्यान में रखते हुए इस महाकाव्य को रच डालना था। *महाभारत* की कथा सुनने में धार्मिक लगती है; वास्तव में इसमें नास्तिक तथ्यों की भरमार है। उपनिषद् से भी यह महाकाव्य प्रभावित है। किसी भी पात्र को शायद ही देवी-देवता के समकक्ष माना गया है। राजा द्वारा प्रजा के साथ की गई धूर्तता, कलियुग, स्वर्ग-नरक पर प्रकाश डाला गया है और अधिकांश उपर्युक्त विद्वानों द्वारा इन तथ्यों को नज़रअन्दाज़ किया गया है। केवल पुरातत्त्व की दृष्टि से इस महाकाव्य को समझ पाना मुश्किल है। इसलिए डी.डी. कोशांबी, रामशरण शर्मा और रोमिला थापर जैसे इतिहासकारों के द्वारा *महाभारत* पर डाले गए प्रकाश को ठीक से समझने की आवश्यकता है। ऐसे ही विद्वानों के कारण धर्म की दुनिया से अलग हटकर यह महाकाव्य इतिहास का एक महत्त्वपूर्ण अंग बन पाया है। कोई भी घटना अपने पीछे तथ्यों की एक शृंखला छोड़ जाती है। यह शृंखला बेजुबान होती। सच्चाई को जानने के लिए इसे बोलना सीखना पड़ता है। इसके वैज्ञानिक तरीके होते हैं। केवल संस्कृत का ज्ञान होने से इस महाकाव्य को पढ़ तो लिया जा सकता है किन्तु ऐतिहासिक दृष्टि से समझने के लिए वैज्ञानिक दृष्टि का होना अत्यावश्यक होता है। *महाभारत* न केवल मिथक है और न केवल यथार्थ; यह दोनों का मिला-जुला रूप है। केवल भक्तिभाव से पढ़कर इसके अति महत्त्वपूर्ण ऐतिहासिक पहलुओं को नहीं जानने-समझने की ग़लती करना अनुचित होगा। सांस्कृतिक सभी सामग्रियों को खोज पाना पुरातत्त्वविद् के वश की बात सम्भवतः नहीं होती है। संस्कृताचार्यों एवं इतिहासकारों द्वारा किसी भी निष्कर्ष पर पहुँचने के लिए पुरातात्त्विक सामग्रियों को ध्यान में रखना महत्त्वपूर्ण प्रयास माना जाता है। प्राचीन भारतीय ऐतिहासिक साहित्य का *महाभारत* एक महत्त्वपूर्ण अंग है। इसका **जय** वाला अंश सम्भवतः पूर्व बौद्धकाल का प्रतिनिधित्व करता है। **भारत** वाला अंश शायद बौद्धकाल और पूर्व-मौर्यकाल तथा *महाभारत* मौर्य से गुप्तकाल तक का प्रतिनिधित्व करता है। इस विभाजन के बावजूद इसमें कालक्रमबद्धता का अभाव स्पष्ट है।

महाभारत के '*सभापर्व*' में मय नामक राजमिस्त्री द्वारा पांडवों के लिए एक विशाल भवन बनाने की चर्चा है। मय[23] को राक्षस, दानव और पार्थ (अर्जुन) तथा पार्थसारथी (कृष्ण) का सहयोगी बताया गया। इस सम्बन्ध में पाते हैं कि कुशल शिल्पी होने के बावजूद उत्तर-वैदिक वर्णव्यवस्था (ब्राह्मण, क्षत्रिय, वैश्य और शूद्र) की सीमा में लोहार, ताम्रकार, तक्षक, स्वर्णकार, कांस्यकार, राजमिस्त्री आदि शिल्पकारों को नहीं रखा गया। शिल्पकला और इससे जुड़े कर्मकारों को बौद्धकाल से सामाजिक प्रतिष्ठा मिलने लगती है। पुनः, मय को

अनार्यों का अंग और पार्थ एवं पार्थसारथी को आर्यों का अंग मानें तो अनुमान किया जा सकता है कि उत्तर-वैदिककाल के अन्तिम चरण में वर्णव्यवस्था में कठोरपन का अभाव है और हुनरमन्दों को वर्णव्यवस्था का अंग मानते हुए इन्हें प्रतिष्ठा प्रदान भी की जाती है। तथाकथित अनार्यों से सहायता प्राप्त करने के बाद ही *महाभारत* में वर्णित विशाल भवनों की बात सोची जा सकती है। वर्णों के बीच आपसी सम्बन्ध में तनाव का अभाव पाते हैं। एक तरफ कौरव और पांडव के बीच तनाव की बात पाते हैं तो दूसरी तरफ मय नामक दानव वर्ग के कुशल शिल्पी से मधुर सम्बन्ध की बात पाते हैं।

कृष्ण के मामा कंस की शादी राजगृह के जरासंध नामक आदिवासी राजा की दो जुड़वाँ पुत्रियों से हुई थी। यह घटना भी आर्यों और अनार्यों के बीच रक्तमिश्रण को प्रमाणित करती है। मगध के राजा और अजातशत्रु के पिता बिंबिसार के राज्यकाल से पूर्व जरासंध की कल्पना की जा सकती है। निश्चय ही राजगृह के नगरीकरण से पहले की यह बात है। बिहार में कहार जाति के लोग अपना पूर्वज जरासंध को मानते हैं और प्रतिवर्ष जरासंध की जयन्ती आयोजित करते हैं। कहार पिछड़ी जाति की सूची में आते हैं। पहले ये पालकी ढोने का काम करते थे।

दैत्य मय को विश्वकर्मा कहा गया है।[24] उसने पांडवों को प्राचीन देवों के विभिन्न स्थलों में होनेवाले कर्मों को सुनाया। जिस दिन उसने विशाल भवन के निर्माण का शिलान्यास किया, उस दिन एक समारोह का उसने आयोजन किया और ब्राह्मणों को पायस (खीर) खिलाया। अर्जुन ने मय को सदा आदर की दृष्टि से देखा। मय ने 10 हज़ार हाथ लम्बे (15 हज़ार फीट) और 10 हज़ार हाथ चौड़े धरती पर भवन का निर्माण किया जिसका अवशेष तो नहीं मिला और हमारा उद्देश्य यह है भी नहीं; हम तो इस ओर ध्यान केन्द्रित कराना चाहते हैं कि सुर और असुर के बीच सम्बन्ध मधुर थे। अविकसित और विकसित समाज के लोगों के बीच महाभारतकाल में आपसी सामंजस्य था। विकसित और अविकसित होने के बावजूद दोनों वर्ग के लोगों के जीवन-स्तर में विशेष फ़र्क़ नहीं था; दोनों को एक-दूसरे को सहयोग करते रहने का माहौल था। दोनों वर्गों के बीच दूरी बढ़ने की बात द्वितीय नगरीकरण के बाद ही सोची जा सकती है। द्वितीय नगरीकरण अर्थात् ई.पू. छठी शताब्दी और उसके बाद जंगल में रहनेवाले वनवासी, कबीलाई लोग, कस्बाई आबादी, ग्रामवासी और शहर में रहनेवाले विभिन्न वर्गों का अस्तित्व सम्पूर्ण प्राचीनकाल में बना रहा।

इन सभी बातों पर डी.डी. कोशांबी, रामशरण शर्मा, रोमिला थापर और कई मानवशास्त्री एवं समाजशास्त्रियों ने ध्यान दिया है। निष्कर्षत: *महाभारत* सैकड़ों वर्षों की ऐतिहासिक गतिविधियों को चित्रित करता है। कौटिल्य की कूटनीतिक

क्षमता और *मुद्राराक्षस* की घटनाओं की झलक **महाभारत** में मिल जाती है। ब्राह्मण धर्म के कई कमजोर पक्षों से यह महाकाव्य हमें परिचित कराता है। आत्मा का अस्तित्व है या नहीं, आत्मा क्या है, पेड़-पौधों में जीवन है कि नहीं, समय ईश्वर से भी ज़्यादा बलवान होता है, स्वयं देवी-देवता समय के इशारे पर चलते हैं, भाग्य कितना महत्त्वपूर्ण है, धन से ज़्यादा ज़रूरी कुछ भी नहीं, धन ही भाग्य और देवी-देवता है, मरने के बाद क्या होता है–कोई नहीं जानता, श्राद्धकर्म[25] पाखंड है, एक स्त्री को कई पति, एक पति की सैकड़ों पत्नियाँ, अपहरण, ऋषि-मुनियों द्वारा कुत्ते का मांस-भक्षण जैसी अनगिनत घटनाओं से भरी पड़ी हैं *महाभारत* की कथाएँ। सामाजिक चेतावनी एवं शिक्षाओं का यह भंडार है। इस महाकाव्य के कुछ अंश उस काल का प्रतिनिधित्व करते हैं जब विवाह प्रथा विकसित नहीं हुई थी और इसीलिए आदिपर्व में सैकड़ों प्रमुख पात्रों की चर्चा है जिनमें से किसी के पिता की जानकारी है तो माँ की नहीं और माँ का पता है तो पिता का नहीं। स्वयंवर-समारोह के माध्यम से यह बताने का प्रयास किया गया है कि समाज स्त्री-प्रधान था और कुछ शर्तों को पूरा करनेवाले पुरुष से द्रौपदी जैसी कन्या विवाह कर सकती थी। बाद में चलकर पुनः बताया गया है कि माता-पिता द्वारा कन्या के विवाह के लिए वर की तलाश की जाती थी। दहेज-प्रथा की चर्चा भी देखने को मिलती है। इन सब तथ्यों का ध्यानपूर्वक अध्ययन करके इस महाकाव्य के आधार पर एक ऐतिहासिक सोपान निर्मित किया जा सकता है और ऐसा सोपान निर्मित करने में इतिहासकार काफी हद तक सफल रहे हैं। फलस्वरूप प्राचीन भारतीय इतिहास का अध्ययन करने के लिए इस महाकाव्य को एक प्रमुख स्रोत माना जाता है।

महाकाव्य *रामायण* जनसाधारण में काफी लोकप्रिय है। *महाभारत* की तुलना में *रामायण* बाद की रचना है। *महाभारत* एवं *रामायण* में वर्णित स्थानों की खुदाई एवं सर्वेक्षण का काम अलक्जेंडर कनिंघम ने किया था।[26] महाकाव्यों की भौगोलिक स्थिति जानने के लिए तक्षशिला और अहिच्छत्र की खुदाई अमलानन्द घोष और पाणिग्रही द्वारा की गई।[27] इन स्थलों से जो भी पुरातात्त्विक सामग्रियाँ मिलीं उनसे यह पता नहीं चल पाता कि ये वैदिककाल की हैं। यहाँ से प्राप्त सामग्रियाँ मौर्यकाल और उसके बाद की हैं।

रामायण अतिलोकप्रिय महाकाव्य है। इसकी रचना वाल्मीकि के बाद कई चरणों में, कई स्थानों और कई भाषाओं में की गई है। इस महाकाव्य में वर्णित राजधानी अयोध्या की खुदाई एच.डी. संकालिया ने की और चित्रित धूसर मृद्‌भांड के टुकड़े एकत्र किए।[28] अयोध्या की विस्तृत खुदाई बी.बी. लाल द्वारा की गई।[29] पुरातात्त्विक सामग्रियों से पता चलता है कि अयोध्या और किष्किन्धा मौर्यकाल के पूर्व नहीं बसे थे। इन स्थानों का काल कुषाण और गुप्तकाल[30] का मानना

पड़ेगा। *रामायण* में जिन लौह-उपकरणों की चर्चा है, उनका काल संकालिया ने आठवीं शताब्दी ई.पू. का बताया है।[31] अयोध्या की खुदाई के प्रारम्भिक स्तर (earlier layer) से पता चलता है कि वहाँ के घर मिट्टी के बने हुए थे।[32] व्यापक रूप में ईंट के बने मकानों की परम्परा कुषाण[33] काल से शुरू हुई। इस तरह *रामायण* का अयोध्या उत्तर-वैदिककाल का नहीं हो सकता।

डी.आर. चानना बताते हैं कि[34] *रामायण* में दो प्रकार का समाज पाते हैं-(1) जनजातीय (Tribal) जिसका प्रतिनिधित्व वानर तथा राक्षस करते (इस महाकाव्य में जल से उत्पन्न प्रारम्भिक जीवों की रक्षा करनेवालों को राक्षस बताया गया।) हैं, और (2) कृषि से सम्बद्ध वर्ग जो कोसल का राज्य है। लंका नगरी पुरातत्त्व से प्रमाणित नहीं हो पाई है। वहाँ के राक्षसों का समाज जनजातीय (Tribal) स्तर की संस्कृति का प्रतिनिधित्व करता है। संकालिया ने रावण को गोंड राजा के रूप में चित्रित किया है।[35] प्रधान रूप में *रामायण* उत्तर प्रदेश और बिहार तथा विन्ध्य इलाकों का प्रतिनिधित्व करता है। रामशरण शर्मा बताते हैं कि वाल्मीकि *रामायण* में मूलतः 6000 श्लोक थे, जो बढ़कर पहले 12,000 और फिर 24,000 श्लोक हो गए।[36] *वृहदारण्यक उपनिषद्* में सीता के पिता जनक को परीक्षित के बाद और निचक्षु का समकालीन[37] बताया गया है। गंगा एवं उसकी सहायक नदियों के जल-क्षेत्र में सामाजिक विकास का सिलसिला वैदिककाल से जारी रहा।[38] *रामायण* में वर्णित कुछ स्थलों पर पाए गए मृद्भांडों को रामशरण शर्मा ने उत्तर-वैदिककाल का बताया[39] है। उत्तर-वैदिककालीन और रामायणकालीन कई परम्पराएँ एक समान[40] दिखाई देती हैं। वैदिक साहित्य में जनजातीय माहौल का कृषि से सम्बद्ध माहौल की ओर संक्रमण (Transition) सामान्य बदलाव का लक्षण माना जा सकता है। ऐसा ई.पू. 800 के आसपास हुआ होगा।[41] उपेन्द्र ठाकुर द्वारा प्रस्तुत किए गए विचार का समर्थन करते हुए विजय ठाकुर बताते हैं कि ई.पू. सातवीं शताब्दी के दौरान मिथिला में जनक राजवंश के बदले गणतंत्र की स्थापना हुई और मिथिला कालान्तर में वज्जि महासंघ का सदस्य बना।[42] बौद्ध साहित्य में वर्णित 16 महाजनपदों में से कई का उदय उत्तर-वैदिककाल में हो चुका था।[43] *रामायण* में वर्णित कई स्थल बौद्धकालीन जनपदों में सम्मिलित हैं। जनपद में प्रायः मिश्रित संस्कृति पाई जाती थी।

साहित्यिक एवं पुरातात्त्विक स्रोतों में राजकीय परिवारों के वंशावली-वृत्तान्त एक समान नहीं मिलते हैं। पुरातात्त्विक साक्ष्य की कसौटी पर *रामायण* खरा नहीं उतरता। इसमें उत्तर-वैदिककाल से लेकर गुप्तकाल तक के ऐतिहासिक तत्त्व उपस्थित हैं। इस महाकाव्य में एक तरफ लक्ष्मण द्वारा मिट्टी का घर बनाने, लकड़ी की नाव बनाने आदि की चर्चा है तो दूसरी ओर ऐसे आभूषणों एवं

वस्त्रों की चर्चा है जो गुप्तकाल से पूर्व के नहीं हो सकते हैं। इस महाकाव्य में वर्णित भौगोलिक दशा, अर्थव्यवस्था और सामाजिक बनावट तथा दहेज प्रथा को ध्यान में रखते हुए इसे *महाभारत* के बाद का मानना पड़ेगा। जनजातीय व्यवस्था की प्रधानता के कारण *महाभारत* में स्त्रियों की दशा *रामायण* की तुलना में बेहतर थी। व्यावहारिक रूप में *रामायण* के लेखक वाल्मीकि की ऐतिहासिकता प्रमाणित नहीं की जा सकी है। यह किसी एक व्यक्ति द्वारा, किसी एक स्थान पर और किसी खास समय में नहीं लिखी गई। यह ग्रन्थ प्रारम्भ में अगर संस्कृत भाषा में लिखा गया तो संस्कृत भाषा में लिखने का प्रारम्भिक प्रमाण उत्तर-शुंगकाल से पूर्व नहीं मिलता है। अतः पूर्वजों द्वारा कही गई घटनाओं में कुछ अदलाव-बदलाव के साथ यह महाकाव्य गुप्तकाल तक लिखा जाता रहा। इसके पात्रों एवं पात्राओं में ऐतिहासिकता का अभाव पाते हैं किन्तु करीब हज़ार वर्ष (ई.पू. करीब 800 से गुप्तकाल तक) की समाजार्थिक एवं सांस्कृतिक तथ्यों की जानकारी की दृष्टि से इसे साहित्यिक स्रोत का अंग माना जाता है। *रामायण* में सैकड़ों स्त्रियों एवं पुरुषों के नाम अंकित हैं। इन नामों पर गहरी दृष्टि डालें तो स्पष्ट हो जाएगा कि इनमें से कई नाम आदिवासी और अविकसित समाज का प्रतिनिधित्व करते हैं। दशरथ नाम वैदिक काल में सम्भव है किन्तु मौर्यकाल और उससे पूर्व का नाम राम, लक्ष्मण आदि नहीं हो सकता। ऐतिहासिक दृष्टि से राम नामक व्यक्ति की चर्चा गुप्तकाल से पहले देखने-सुनने को नहीं मिलती है। कल्पना पर आधारित नाटक लिखने का सिलसिला प्रधान रूप में गुप्तकाल से ही प्रारम्भ होता है। *रामायण* वैष्णव धर्म से प्रभावित है और वैदिक अथवा ब्राह्मण धर्म गुप्तकाल में वैष्णव, शैव और शाक्त में परिवर्तित हो गया। *रामायण* में कई स्थानों पर नास्तिकता की चर्चा है। भाग्यवाद एवं समय (काल) के महत्त्व पर इसमें कई स्थानों पर प्रकाश डाला गया है। वाल्मीकि की *रामायण* एक दुखान्त नाटक है। इसमें वर्णित अधिकांश प्रधान पात्रों एवं पात्राओं का जीवन दुःख एवं समस्याओं से भरा पड़ा है। इतिहास प्रमाणित करता है कि सामाजिक एवं आर्थिक विकास की प्रक्रिया स्त्रियों एवं उत्पादक वर्ग को नई-नई समस्याओं में बाँधती चली गई। इनके शोषण की नई-नई तरकीब निकाली गई। मुख्य रूप से जिस धर्म की बुनियाद गुप्तकाल में तैयार हुई वह सुविधाभोगियों के पक्ष में रहा। *महाभारत* एवं *रामायण* जैसे ग्रन्थों में वर्णित तथ्यों में से चन्द मनचाहे तथ्यों को सुविधाभोगियों के पक्ष में लोकप्रिय बनाने का प्रयास करने का सिलसिला पूर्व मध्यकाल से व्यापक रूप में प्रारम्भ हुआ। हिन्दू धर्म की रक्षा करनेवाले वैसे दलों का उदय पूरे देश में हुआ जिन्हें *महाभारत, रामायण, वेद, पुराण* और इतिहास से कुछ लेना-देना नहीं था। *महाभारत* में सीता से अपनी तुलना द्रौपदी उस समय करती

है जब पांडवों के साथ वह भी वन में जाना चाहती है। इसके आधार पर कई विद्वान *महाभारत* से पूर्व *रामायण* को बताते हैं। वास्तविकता यही है कि दोनों महाकाव्यों को सम्पन्न करने का काम कुषाण-गुप्तकाल में एक साथ किया गया और दोनों महाकाव्यों में हम मिश्रण की बात पाते हैं।

सन्दर्भ-ग्रन्थ

1. B.B. Lal, 'Excavation at Hastinapur and other explorations in the upper Ganga and Satalaja basins 1950-52', *Ancient India*, Nos. 10-11 (1954 and 1955) pp. 5-151; *Indian Archaeology*, 1954-55 - A Review, pp. 13-14; *AIR*, 1969-70
2. S.R. Das, 'The Mahabharata and Indian Archaeology', D. C. Sircar (ed.) *The Bharat war and Puranic Genealogies,* Calcutta University, Calcutta, 1969, pp. 56-75
3. S.P. Gupta and K. S. Ramachandran (ed.) *Mahabharata Myth and Reality* : Different views, Agam Prakashan, Delhi, 1976, pp. 1-51
4. उपिन्दर सिंह, *दिल्ली : प्राचीन इतिहास*, ओरियंट ब्लैकस्वान, नई दिल्ली, प्रथम प्रकाशन, 2010, पृ. 78
5. *वही*, 96
6. *वही*, 94
7. ओम् प्रकाश प्रसाद, *कलियुग में इतिहास की तलाश*, दिल्ली, 2004, पृ. 42-63
8. *वही*, पृ. 97
9. एक अक्षौहिणी सेना में 21,870 युद्धरथ, इतने ही हाथी, 65,610 घुड़सवार और 1,09,350 पैदल सैनिक होते थे। इस प्रकार, कुरुक्षेत्र में करीब 50 लाख सेनाओं ने भाग लिया। एक रणभूमि में इतनी सेनाओं का एकत्रित और युद्ध होना प्राचीनकाल में क्यों; आज भी वास्तविकता की दृष्टि से सम्भव नहीं है।
10. उपन्दिर सिंह, पृ. 98-100
11. *वही*, रोमिला थापर, *भारत का इतिहास*, राजकमल प्रकाशन, नई दिल्ली, 2000, पृ. 23, 25, 26, 93, 112, 121, 173 और 194
12. *वही*
13. *वही*
14. *वही*, पृ. 100, 101
15. *वही*, पृ. 102-3
16. *वही*, पृ. 104
17. *वही*
18. *वही*, पृ. 104-5
19. *वही*, पृ. 108
20. *वही*
21. *वही*, पृ. 109
22. *वही*, पृ. 110
23. मय नामक दानव, अर्जुन और कृष्ण के बीच के सम्बन्धों पर जे.ए.बी. बियतनेन ने 'सभा-भवन का निर्माण' नामक एक शोधलेख अंग्रेजी में लिखा जो वर्ष 1975 में

दि यूनिवर्सिटी ऑफ शिकागो प्रेस लिमिटेड, दि यूनिवर्सिटी ऑफ शिकागो, अमेरिका से प्रकाशित हुआ। इस लेख का हिन्दी अनुवाद उपिंदर सिंह द्वारा प्रकाशित पुस्तक *दिल्ली : प्राचीन इतिहास*, पृ. 77–82 में किया गया है।

24. उपन्दिर सिंह, पृ. 78–79; सभी शिल्पकार विश्वकर्मा के वंशज माने जाते हैं।
25. पांडव और कृष्ण (युधिष्ठिर को छोड़कर) तथा कुन्ती, द्रौपदी आदि नरक में, *मौसल पर्व* के अनुसार गए थे।
26. *Archaeological Survey of India*, Report for the year 1871-72, vols 6, Delhi and Agra (Reprint Varanasi, 1966; Report of Tour in Eastern Rajaputana, vol. 6; Archaeological Report for 1862-3, pp. 320-22; A. Cunningham, *The Ancient Geography of India*, reprint varanasi, 1963, pp 153, 303
27. ए. घोष, तक्षशिला (सिरकप) 1944, *Ancient India*, No. 4, pp. 41-47; ए. घोष एवं के.सी. पाणिग्रही, 'The Pottery of Ahichhatra, District Bareli (U.P.)', *Ancient India*, No. 1, pp. 37-39 ff.
28. *Ramayana* : *Myth and Reality*, New Delhi 1973, p. 45
29. बी.बी. लाल, 'Archaeology and the two Indian epics', *Annals of the Bhandarkar Oriental Research Institute*, vol. 54, part 1-4 (1973), pp. 1-8
30. संकालिया, *Ramayana : Myth and Reality*, p. 46 *बालकांड* (1.5.9) में सामन्तराज-संघैश्च का प्रयोग किया गया है और 'सामन्त' की अवधारणा चौथी शताब्दी से पूर्व की नहीं हो सकती।
31. संकालिया, पृ. 16
32. *वही*, पृ. 45–46
33. A Ghosh, *The City in Early Historical India,* Shimla, 1973, pp 68-70
34. D R. Chanana, *The Spread of Agriculture in Northern India, as depicted in the Ramayana* of Valmiki, New Delhi, 1963
35. संकालिया, पृ. 48–9
36. रामशरण शर्मा, *प्रारम्भिक भारत का परिचय*, ओरियंट लॉग्मैन, नई दिल्ली, 2004, पृ. 20
37. एच.सी. राय चौधरी, *Political History of Ancient India*, Calcutta, 1953, pp. 8-49
38. डी.डी. कोसंबी, *An Introduction to the Study of Indian History*, Bombay, 1956, अध्याय 4 एवं 5; R.S. Sharma, *Light on Early Indian Society and Economy*, Bombay, 1966, pp. 55-56
39. आर.एस. शर्मा, 'दि लेटर वैदिक फेज एंड दि पेंटेड ग्रेवेयर कल्चर', *Indian History Congress*, जादवपुर, 1974
40. राय चौधरी, अध्याय 2
41. Amalanand Ghosh, *The City in Early Historical India*, pp. 4 and 34
42. विजय कुमार ठाकुर, 'मिथिला का इतिहास लेखन : समस्याएँ एवं सम्भावनाएँ, *मिथिला-संस्कृति एवं परम्परा'*, जानकी प्रकाशन, पटना, 2001, पृ. 58
43. राय चौधरी, अध्याय 3

अध्याय-10

प्राचीन सिक्के

सिक्कों का आविष्कार मानव सभ्यता के लिए एक महान देन है। भारतीय सिक्कों के ऐतिहासिक महत्त्व पर जिन विद्वानों ने विशेष प्रकाश डाला है उनमें अनन्त सदाशिव अल्तेकर[1], वासुदेव उपाध्याय[2], परमेश्वरीलाल गुप्त[3], Martha L. Carter[4], Brajadulal Chattopadhyaya[5], D.D. Kosambi,[6] D.C. Sarcar[7], R. Vanaja[8] और गुणाकर मुले[9] प्रमुख हैं। अलक्जेंडर कनिंघम (1814-1893) ने सिक्कों पर सबसे पहले शोधकार्य किया। विंसेंट स्मिथ (1906), जे. रैप्सन (1908), आर.बी. वाइट्टेट (1879-1967), आर.जी. भंडारकर (1921), एस.के. चक्रवर्ती (1931), जॉन एलन (1936) आदि अनेक विद्वानों ने भारतीय सिक्कों पर शोधकार्य की परम्परा प्रारम्भ की।

जब तक समाज एवं नगरों का आकार सीमित था, उस समय तक पशु, अनाज, नमक, कपड़ा, सरल उपकरण आदि का इस्तेमाल विनिमय के साधन के रूप में किया गया। बाद में चलकर विकसित व्यापारिक दशा के दौरान विनिमय प्रणाली कारगर सा़बित नहीं हुई। फलस्वरूप बहुमूल्य, दुर्लभ तथा टिकाऊ धातुओं के टुकड़ों को मुद्रा के एक साधन के रूप में स्वीकारा गया। सोने, रजत और ताँबे के सिक्के उपयोग में लाए जाने लगे। मुद्रा के रूप में उपयोग करने के लिए इन धातु-खंडों का मूल्य तय किया गया। राज्य जैसी संस्था का उदय हुआ तो विभिन्न प्रदेशों के शासकों एवं अधिकारियों ने मुद्रा जारी करने का अधिकार अपने हाथों में ले लिया। मुद्राओं पर राजकीय चिह्न अंकित किए जाने लगे। इस तरह अर्थव्यवस्था के व्यवस्थित संचालन के रूप में मुद्रा ने महत्त्वपूर्ण स्थान हासिल कर लिया। मनुष्य की आवश्यकता एवं विनिमय की अनेक चुनौतियों तथा समस्याओं ने मुद्रा प्रणाली को जन्म दिया।

मुद्रा अथवा सिक्का धातु का एक ऐसा टुकड़ा होता है जिसका एक निर्धारित भार होता है। इसमें कुछ लेख, आख्यान या कोई बनावट, पशु, पक्षी, मनुष्य, पुष्प, देवी-देवता की आकृति आदि के रूप दिखाई देते हैं। भारतीय

सिक्कों में सबसे प्राचीन कार्षापण (पंचमार्क) है जो चाँदी का बनाया जाता था।[10] कितने ही राजा और राजवंश भूले जा चुके होते अगर मुद्राएँ न होतीं। सिक्कों की दुनिया इतिहास के साथ बदलती रही है।

धातुमुद्रा का चलन आरम्भ होने से विनिमय में सुविधा हुई और व्यापारिक गतिविधियों में एक गुणात्मक फ़र्क़ पड़ा। चाँदी के आहत सिक्के व्यापक वैध मुद्रा हो गए, यद्यपि ताँबे के आहत सिक्के और ढले हुए सिक्के भी एक हद तक चलते रहे। सिक्कों के परिमाण से चाँदी की उपलब्धता सूचित होती है, जिसमें से कुछ राजस्थान की खानों से निकाली जाती थी। सिक्के कौन जारी करता था, यह स्पष्ट नहीं है, क्योंकि आहत सिक्कों पर आम तौर पर सिर्फ़ प्रतीक ही हैं। हो सकता है, विनिमय के काम में लगे संगठन सिक्के जारी करते हों, क्योंकि उनमें से कुछ में मुद्रालेख **नगम** अंकित है,जो शायद व्यापारिक संगठन **निगम** से सम्बद्ध हो। सिक्कों की ढलाई एक शहरी पेशा रहा होगा। मानक मुद्रा पण था, और उससे बड़ी तथा छोटी इकाइयों का विकास हुआ होगा।

विनिमय सम्बन्धों में सिक्के भारी बदलाव के सूचक हैं। वे विनिमय और लेखा का एक समान आधार प्रस्तुत करते और एक ही प्रणाली के अन्तर्गत तरह-तरह की वस्तुओं का मूल्यांकन सम्भव बनाते हैं। इससे दूरवर्ती व्यापार का मार्ग प्रशस्त हुआ और व्यापारियों के बीच सम्बन्ध स्थापित हुए। ब्याज देनेवाला निवेश वित्तदाता के पेशे का अंग बन गया, क्योंकि सिक्कों का संग्रह और पूँजी की तरह उनका उपयोग किया जा सकता था। इससे सट्टेबाजी भी आर्थिक दृष्टि से लाभदायक हो जाती है।[11]

भारत के विभिन्न भागों में प्राप्त विविध प्रकार की मुद्राएँ एकत्र हैं, जो भारत के प्राचीन इतिहास को समझने में सहायता देती हैं। ये मुद्राएँ विभिन्न धातुओं की हैं, जैसे-सोना, चाँदी, शीशा और ताँबा। मुद्राएँ इतिहास के निर्माण में हमारी बड़ी सहायता करती हैं। ये हमें शासक का परिचय दिलाकर यह बतलाती हैं कि उसने कब-कब और भारत के किस-किस भाग पर राज्य किया। इन मुद्राओं से ही कई बार विभिन्न राजाओं के अस्तित्व का पता चलता है। मुद्राएँ कालक्रम का निर्णय करने में हमारी सहायता करती हैं। भारत की अत्यन्त प्राचीन पंचमार्क (ठप्पेदार या ठोकुआ) मुद्राओं से तत्कालीन प्रजातांत्रिक शासन-प्रणाली का परिचय मिलता है। यूनानी राजाओं के शासन का परिचय मुद्राओं द्वारा ही होता है। शक-क्षत्रपों के शासन की जानकारी मुद्राएँ देती हैं। मुद्राओं ने समुद्रगुप्त की सही तिथियाँ जानने में सहायता दी है। गुप्त-शासकों की विजय का ज्ञान मुद्राओं से प्राप्त हुआ है। विजेता शत्रु को पराजित कर उसकी मुद्राओं के प्रचलन का निःशेष कर अपनी मुद्राएँ चलाया

करते थे। ऐसी स्थिति में, राज्य-विस्तार का अध्ययन केवल मुद्राओं के आधार पर कर पाना उचित नहीं होगा; फिर भी वंशविशेष के शासकों की संख्या का बोध मुद्राओं से हो जाता है। शक-पल्लवकाल में प्रचलित मुद्राओं के अध्ययन से तत्कालीन शासन-पद्धति का ज्ञान हो जाता है। मुद्राओं के अध्ययन से तत्कालीन धार्मिक भावनाओं का भी कुछ-न-कुछ बोध हो जाता है। मुद्राएँ आर्थिक अवस्था पर प्रकाश डालती हैं। इनकी अधिकता से उस काल की व्यापारिक उन्नति का बोध हो जाता है। भारत से पर्याप्त मात्रा में प्राप्त होनेवाली रोमन मुद्राओं से पता चलता है कि किसी समय भारत और रोमन साम्राज्य के बीच बड़े पैमाने पर व्यापार होता था। इन मुद्राओं पर राजाओं के चित्र अंकित हैं। इसके आधार पर उन राजाओं के सिर की पोशाक के बारे में धारणाएँ बनाई जा सकती हैं। कभी-कभी तो इन मुद्राओं से राजाओं के मनोरंजन और उनके प्रिय व्यापारों का पता चलता है। मुद्राओं में कमी से हमें इस बात का संकेत मिलता है कि देश संकट काल से गुज़र रहा था। भारत पर हूणों के आक्रमण के समय गुप्तवंश की मुद्राएँ उत्कर्ष पर नहीं थीं। गुप्तकालीन मुद्राओं पर अंकित चिह्नों से पता चलता है कि हिन्दू धर्म के प्रति वे काफी उत्साहित थे।

भारत पर यूनान के आक्रमण के पश्चात् मुद्राओं पर राजाओं के नाम अंकित किए जाने लगे। इंडोबैक्ट्रियन राजाओं ने अत्यधिक संख्या में मुद्राएँ बनाईं। पंजाब और उत्तर-पश्चिम सीमान्त की भूमि इन्हीं राजाओं के अधीन थी। इन मुद्राओं पर उत्कृष्ट कला दिखाई गई और इनका भारतीय मुद्राओं पर अत्यधिक मात्रा में प्रभाव पड़ा है। भारतीयों ने मुद्रा-सम्बन्धित जो शैली और तकनीक उधार ली, वह था राजा का चित्र और नाम। यूनान की मुद्राओं से पता चलता है कि यूनान के लगभग तीस राजाओं और रानियों ने भारत में राज्य किया। इनमें से चार या पाँच को ही भारतीय विद्वान मान्यता प्रदान करते हैं। यद्यपि ये मुद्राएँ उतनी उच्चकोटि की नहीं हैं; फिर भी उनसे पर्याप्त ऐतिहासिक जानकारी उपलब्ध होती है। इन मुद्राओं के बिना तो इतना भी पता न चलता कि शकयुग में सिथियनों का एक दल गुजरात और काठियावाड़ में आकर बस गया था। इस दल के लोगों ने मुद्राएँ बनाईं। इन मुद्राओं पर राजा और उनके पिता का नाम लिखा मिलता है। इन मुद्राओं के आधार पर पश्चिमी क्षत्रपों के तीन सौ वर्ष के इतिहास की जानकारी प्राप्त की गई है।[12]

बौद्धकाल के दौरान कुछ इलाकों में वस्तु-विनिमय के द्वारा अदला-बदली का रिवाज था, विशेषतः ग्रामीण-वन्य समाज में। किसी ने कपड़ा देकर कुत्ता ले लिया, आदि उदाहरण जातक-कथाओं में मिल जाते हैं, परन्तु साधारणतः व्यापारिक समाज में सिक्कों का प्रचार था, जिनका प्रयोग क्रय-विक्रय के लिए

किया जाता था। हिरण्य के द्वारा क्रय-विक्रय बुद्धकालीन भारतीय व्यापार में प्रचलित था। सर्वाधिक प्रचलित सिक्का कहापण (सं. कार्षापण) कहलाता था। कहापण बौद्धकाल का एक अति प्रचलित सिक्का था और जिस प्रकार आज हम साधारणत: धन के लिए पैसे शब्द का प्रयोग कर देते हैं, उसी प्रकार बौद्धकाल में लोग कहापण का प्रयोग करते थे।

विनय-पिटक की अट्ठकथा (समन्तपासादिका) में बुद्ध के जीवन-काल में अर्थात् राजा बिम्बिसार और अजातशत्रु के शासन-काल के समय प्रचलित मुद्रा-प्रणाली पर प्रकाश डालते हुए कहा गया है, ''उस समय राजगृह में एक कहापण 20 मासे (मासक) का; जब कि एक पाद पाँच मासे (मासक) के बराबर होता था। जनपदों में एक कहापण का चतुर्थ भाग पाद कहलाता था।'' पाँच मासे (मासक) का एक पाद और चार पाद का एक कहापण होता था। इस प्रकार एक कहापण 20 मासक का होता था। मासक या मासा उस समय धातुओं के वजन की एक तौल थी। बुद्धघोष ने बुद्धकालीन कहापण सिक्के के लिए 'प्राचीन नील कहापण' (पोराणस्य नीलकहापणस्य) शब्द का प्रयोग किया है और उसे रुद्रदामक आदि सिक्कों से अलग प्रकार का बताया है। रुद्रदामक सिक्कों से आचार्य बुद्धघोष का तात्पर्य निश्चयत: रुद्रदामा के द्वारा चलाए गए सिक्कों से है। बुद्धघोष द्वारा उल्लिखित 'रुददामक' सिक्कों को चलानेवाला प्रसिद्ध शक राजा महाक्षत्रप रुद्रदामा प्रथम था, जिसने 130 ई. से 150 ई. तक मालवा में शासन किया। उसके समय के कई अभिलेख भी मिले हैं और जूनागढ़ में प्राप्त एक अभिलेख में उसके नाम और उपाधि का स्पष्ट उल्लेख है। पुरातत्त्व की खोजों से यह भी सिद्ध हो चुका है कि उसने चाँदी और ताँबे के सिक्के चलाए थे, जिनमें से कुछ आज प्राप्त हैं।

बुद्धघोष ने *अट्ठसालिनी* में सफेद (पंडर) रंग के, बड़े आकारवाले (पुथुल) तथा चौकोर (चतुरस्स) कहापणों का उल्लेख किया है। सफेद (पंडर) रंग से उनका चाँदी के सिक्के होना ही सिद्ध होता है। *अट्ठसालिनी* में एक दूसरी जगह बुद्धघोष ने 'रजत' शब्द की व्याख्या करते हुए उसे 'कहापण' बताया है। कहापण प्राय: चाँदी के होते थे। प्राक्-मौर्यकाल में चाँदी के कई कहापण मिले हैं। यद्यपि पालि साहित्य के आधार पर कहापणों का चाँदी के सिक्के होना ही सिद्ध होता है, परन्तु यह भी प्राय: सुनिश्चित है कि प्राक्-मौर्यकाल के कुछ ताँबे के कहापण मिले हैं। कहापण चाँदी और ताँबे दोनों ही धातुओं से बौद्धकाल में बनाए जाते थे। कहापण के अलावा अद्ध कहापण, पाद कहापण, मासक, अद्धमासक और काकणिका नामक सिक्के प्रचलित थे। काकणिका सम्भवत: उस समय का सबसे छोटा सिक्का था।

अट्ठसालिनी के प्रमाण पर हम जानते हैं कि 'मासक' नामक सिक्के ताँबे, लकड़ी और लाख के बनाए जाते थे।[13]

बैलों की एक जोड़ी 24 कहापण में आ जाती थी। एक गधे की कीमत प्राय: आठ कहापण थी। घास का एक गट्ठर एक मासक में आ जाता था। एक मज़दूर की दैनिक मज़दूरी प्राय: मासक या अद्धमासक होती थी। घोड़ों की उस समय अधिक कीमत मालूम पड़ती है। अच्छी जाति के घोड़े हज़ार कहापण से लेकर 6000 कहापण तक के आते थे। काशी के बहुमूल्य वस्त्रों की कीमत एक लाख कहापण तक होती थी और उनका उपयोग उच्च वर्ग के लोग ही कर सकते थे।

मौर्यकालीन सिक्कों की जानकारी *अर्थशास्त्र* से होती है। इस समय चाँदी के सिक्के होते थे जिसे रुपया-रूप कहा जाता था, लेकिन यह चाँदी का सिक्का शुद्ध चाँदी का नहीं होता था। इसमें कुछ अंश में ताँबे और लोहे इत्यादि की भी मिलावट होती थी। चाँदी के वास्तविक सिक्के 'पण' कहे जाते थे। 'पण' आधा, 1/4 और 1/8 (अठन्नी, चवन्नी, दुअन्नी) भाग का होता था। सम्भवत: पण का 1/16 एकन्नी भाग भी होता था। मौर्यकाल में बड़े सिक्कों को तोड़कर उनके टुकड़ों को छोटे सिक्कों का मूल्य दिया जा सकता था। रजत सिक्के का वजन 1 कर्ष होने के कारण इसे कर्षापण भी कहते थे। मौर्यकाल तक ताँबे के सिक्के पूर्णत: व्यवहार में आ गए थे। चाँदी के सिक्कों के समान ताँबे के सिक्कों में भी अन्य धातुओं की कुछ मिलावट होती थी। कौटिल्य इसे मासक और काकिणि की संज्ञा देता है। कौटिल्य के समय सम्भवत: एक और प्रकार के सिक्के प्रचलित थे जो शीशा (जस्ता Zinc) नामक धातु के बने होते थे। इसलिए इन्हें **शीशारूप** कहा गया है।[14]

सिक्कों की शुद्धता और उत्तमता पर प्रकाश डालते हुए कौटिल्य एक ऐसे अधिकारी का वर्णन करता है जिसका कर्तव्य यही था कि पुराने सिक्कों का मूल्य निर्धारित करे और जाली सिक्कों को पहचाने। इस अधिकारी को 'रूपदर्शक' कहते थे जिसका कर्तव्य था कि खराब सिक्कों को नष्ट कर दे। अतएव कौटिल्य ने मुद्रा की उत्तमता पर विशेष ध्यान दिया। *अर्थशास्त्र* से पता चलता है कि सिक्कों की संख्या पर कोई विशेष राजकीय नियंत्रण नहीं था। केवल इतना ही था कि जो भी सिक्के बनें वे राजकीय टकसाल से ही निकलें जिससे राज्य को इस बात का ज्ञान रहे कि कुल सिक्के कितने प्रचलित हैं। कोई भी व्यक्ति जिसके पास कच्ची चाँदी रहती थी राजकीय सोनार के पास सिक्का बनवा सकता था। सिक्कों को बनाने का कुछ खर्च बनवानेवाले को सहना पड़ता था। *अर्थशास्त्र* से ऐसा ज्ञात होता है कि आम तौर पर सिक्के जो प्रचलित होते उन्हें *व्यावहारिका* कहा जाता था, लेकिन कुछ सिक्के ऐसे भी

होते जो राजकीय खर्च के लिए रखे जाते थे। कौटिल्य निजी तौर पर सिक्कों के उत्पादन को मान्यता देता है, लेकिन सिक्के बनाने के सभी केन्द्र राजकीय निरीक्षण के अधीन आ गए थे।

जहाँ तक कुषाणकालीन सिक्कों के ऐतिहासिक महत्त्व का प्रश्न है काबुल प्रान्त से प्राप्त सिक्कों से पता चलता है कि कुषाणों का इस क्षेत्र पर अधिकार था। ये सिक्के अन्तिम यूनानी राजा हरमियस के हैं। इन पर एक ओर राजा हरमियस का नाम खुदा है और दूसरी ओर खरोष्ठी भाषा में कुजुलकडफिसीस का नाम अंकित है। ताँबे के इन सिक्कों से पता चलता है कि प्रथम कुषाण शासक कुजुलकडफिसीस ने अन्तिम यूनानी राजा हरमियस के साथ मिलकर शासन किया। कनिंघम का विचार है कि कुजुलकडफिसीस ने हरमियस को हरा दिया था। हरमियस के सिक्कों से पता चलता है कि ई.पू. 40 के आसपास वह काबुल का शासक था जब कि कुजुलकडफिसीस 52 ई. के आसपास इस क्षेत्र का शासक था। यहाँ पाए गए छह सिक्के गोल और ताँबे के बने हैं। इनमें से दो सिक्कों के मुख भाग पर दाहिनी ओर हरमियस राजा का आधा चित्र अंकित है और पीछे भाग पर हेराक्लीज की मूर्ति। दो सिक्कों के मुख भाग पर हरमियस राजा का आधा चित्र बना है और पृष्ठ भाग पर दूसरी मुद्रा में हेराक्लीज की मूर्ति अंकित है। शेष के अग्र भाग पर भी इसी तरह के चित्र बने हैं और पिछले भाग पर विजया देवी की मूर्ति अंकित है। इसी प्रकार का एक सिक्का कुषाण सरदार माउरा के द्वारा चलाया गया था।[15]

कुषाण शासक कुजुलकडफिसीस के काल का चाँदी का एक सिक्का तक्षशिला से प्राप्त हुआ है जिसके मुख भाग पर इस शासक का आधा चित्र बना है और पृष्ठभाग पर विजया देवीजी की मूर्ति है। ये सिक्के काबुल की घाटी में बनाए गए थे। इस काल के लगभग ढाई हज़ार ऐसे सिक्के तक्षशिला में मिले हैं। कुषाणकालीन कुछ अन्य सिक्कों के अग्रभाग पर कुषाण राजा कुजुलकडफिसीस का मुकुट के साथ सिर का चित्र देखने को मिलता है। पीछे के भाग पर यह शासक किसी अस्पष्ट वस्तु पर बैठा है। अगस्टस के रोमन सिक्कों के जैसे ये सिक्के हैं। इन सिक्कों के आधार पर कहा जा सकता है कि कडफिसीस प्रथम शताब्दी के प्रारम्भ में शासन कर रहा था।

कुछ अन्य सिक्कों के मुख भाग पर बैल की आकृति है जिसके आधार पर विद्वानों का कहना है कि कुजुलकडफिसीस से अलग एक अन्य राजा जिसका नाम कुजुलकरकप था, पुष्कलावती की राजधानी छत्रप जीयोनिस पर विजय पाई थी। कनिंघम ने कुजुलकरकप को कुजुलकडफिसीस का सबसे बड़ा पुत्र और उत्तराधिकारी बताया है जिसने अपने पिता के जीवन-काल में यह सिक्का प्रचलित करवाया था। इस काल के कुछ अन्य सिक्कों के मुख्य भाग पर राजा

को वस्त्रयुक्त रूप में बैठे दिखाया गया है और खरोष्ठी में कुजुलकडफिसीस (कसम) कुषणस लिखा हुआ है। ऐसे सिक्के संख्या में 78 हैं।

कुजुलकडफिसीस प्रथम कुषाण राजवंश का संस्थापक था। 80 वर्ष की अवस्था में उसकी मृत्यु हुई थी। वह बौद्ध था। उसका उत्तराधिकारी वीमकडफिसीस द्वितीय ने सोने का सिक्का सबसे पहले चलाया। कडफिसीस द्वितीय (वीमकडफिसीस) ने रोमन सिक्के की तौल 124 ग्रेन के समान सिक्के चलाए जिन पर शिव मूर्ति तथा कहीं-कहीं पर महीश्वर पदवी भी खुदी मिली है जिसके आधार पर विद्वानों ने इस शासक को शैव मत का माना है। इस शासक के सिक्कों के अग्र भाग पर राजा को देवता के रूप में दिखाया गया है। इस काल के कुछ सिक्कों के अग्र भाग पर राजा का सिर चौकोर ढाँचों से युक्त दिखाया गया है। इसके काल के कुछ रजत सिक्के भी मिले हैं, जिनके मुख भाग पर राजा ऊँची टोपी, बटनदार नुकीला कोट, बटनवाला पाजामा पहने हुए और दाएँ हाथ में ध्वज लेकर दाहिने हाथ से वेदी पर आहुति दे रहा है।[16]

इस काल के ताम्र सिक्के तीन आकार–लम्बे, मध्य और छोटे आकार के हैं। लम्बे आकार के सिक्के 270 ग्रेन के हैं। 128 ग्रेन के मध्य आकार के सिक्के मिले हैं। छोटे आकार अर्थात् तीसरे प्रकार के सिक्कों का वजन 60 ग्रेन है। इन सिक्कों से पता चलता है कि विमकडफिसीस शैव धर्म का उपासक था। इसने सोने, चाँदी और ताँबे के सिक्कों को चलाया। कुछ अन्य सिक्के पंजाब,कान्धार और काबुल की घाटी में मिले हैं जिनसे कुषाण साम्राज्य-विस्तार की जानकारी तो होती है लेकिन राजा का नाम नहीं। इन सिक्कों पर अश्वारोही के चिह्न बने हैं और यूनानी तथा खरोष्ठी में कुछ लिखा हुआ है। बिना नाम के कुछ अन्य ताम्र सिक्के मिले हैं जिनके पृष्ठ भाग पर राजा मुकुट धारण किए घोड़े पर बैठा है।

शक संवत् (78 ई.) को चलानेवाला कनिष्क कुषाणकाल का सबसे प्रतापी और प्रसिद्ध शासक्र माना गया है। इसके काल के बड़े पैमाने पर स्वर्ण सिक्के पाए गए हैं जिनके अग्र भाग पर सिरस्त्राण, मुकुट, ईरानी ढंग का लम्बा कोट, पाजामा, टोपी और जूता पहने हुए राजा बाईं ओर खड़ा है और दाहिने मूर्ति, बाएँ हाथ में भाला पकड़े हुए है। ग्रीक भाषा में इन सिक्कों पर कनिष्क का नाम खुदा है। इस काल के सिक्कों को विद्वानों ने सलेने, मनोबगो, मओ, हिफेस्टस, अवासो, अरदोक्षो लुहस्प, बोछो, माओ, महिरि, नन, ओइशो, ओरलग्नो, फर्रो, मजदहनो कहा है। इस शासक के ताम्र सिक्के पंजाब, उत्तर प्रदेश और कुछ बिहार में मिले हैं जो रोमन सिक्कों के बराबर हैं। इन सिक्कों का प्रयोग स्थानीय व्यापार के लिए होता था। ताँबे के इन सिक्कों पर स्वर्ण सिक्कों के समान चिह्न बने हुए हैं।

कनिष्क के उत्तराधिकारी हुविष्क ने चाँदी, सोना और ताँबे के सिक्के चलाए जिन पर ईरानी पत्नी सहित राजा का नाम मुख भाग पर और पृष्ठ भाग पर विभिन्न देवताओं की आकृतियाँ खुदी हैं। हुविष्क के रजत सिक्के 32 ग्रेन के हैं। हुविष्क के बाद कुषाण वंश का शासक वासुदेव था जिसके काल के गोल सिक्कों पर पाए गए चित्रों से पता चलता है कि ईरानी देवी-देवताओं और बौद्ध धर्म का पतन हो गया था। इसके साथ ही शैव धर्म ने प्रमुखता पा ली थी। वासुदेव के सिक्के सोने और ताँबे के बने हैं जिनका वजन कनिष्क और हुविष्क के समान है जो पंजाब और उत्तरी पश्चिम भारत में पाए गए हैं। स्वर्ण सिक्के पेशावर में मिले हैं।

वासुदेव के बाद कुषाण साम्राज्य कई भागों में बँट गया। वासुदेव के बाद कुछ वैसे सिक्के पाए गए हैं जिन पर कनिष्क और वासुदेव दोनों के नाम अंकित हैं। इस आधार पर कहा जाता है कि ये सिक्के वासुदेव द्वितीय, कनिष्क तृतीय तथा वासुदेव तृतीय के होंगे, जिन्होंने अफ़गानिस्तान, सीस्तान अथवा भारत के उत्तर-पश्चिम भाग में नाममात्र का शासन किया था। इन राजाओं की प्रामाणिकता लेखों तथा सिक्कों से सिद्ध होती है। सीस्तान, पंजाब तथा अफ़गानिस्तान में एक प्रकार के सिक्के मिले हैं जिन पर राजा के बाईं ओर ब्राह्मी अक्षरों में 'वसु' लिखा है। इसके अतिरिक्त दोनों पैरों के बीच कुछ ब्राह्मी अक्षर दिखाई पड़ते हैं। मुद्राशास्त्र-विज्ञ इन सिक्कों को द्वितीय वासुदेव का मानते हैं जो वासुदेव प्रथम के बाद शासक हुआ। विद्वानों का अनुमान है कि द्वितीय वासुदेव ने द्वितीय कनिष्क की अधीनता स्वीकार कर ली थी।

आरा अभिलेख से विदित होता है कि कनिष्क द्वितीय वासिष्क का पुत्र था जो कनिष्क संवत् 41 वर्ष में शासन कर रहा था। इस राजा के सिक्के बहुलता से मिलते हैं जिससे ज्ञात होता है कि कनिष्क द्वितीय का राज्य अधिक समय तक रहा। कश्मीर से सीस्तान के विस्तृत क्षेत्र में इसके सिक्के मिले हैं।

डेढ़ इंच आकार में स्वर्ण सिक्का कनिष्क तृतीय का मिला है जिसके अग्र भाग पर सजे-सजाए ढंग से राजा खड़ा है। इसके अलावा बाद के अनेक छोटे-छोटे कुषाण शासकों के काल के सिक्के मिले हैं। इस काल के स्वर्ण सिक्के अन्तरराष्ट्रीय व्यापार में प्रयोग किए गए। कुषाण मुद्राओं से ऐतिहासिक तिथियाँ निर्धारित करने में सुविधा मिलती है। धार्मिक दृष्टिकोण से पता चलता है कि विदेशियों ने भारतीय धर्म और संस्कृति को स्वीकारा। इस काल में धार्मिक इतिहास को व्यक्त करने के रूप में कनिष्क तथा हविष्क के सिक्कों का पर्याप्त महत्त्व है। इसमें उल्लेखनीय चयनात्मकता लक्षित होती है, क्योंकि इनके पृष्ठ भाग पर यूनानी तथा शुक्रदेवता, अतस्ता तथा वेद का

देवता और बुद्ध के चित्र हैं। हुविष्क ने कार्त्तिकेय की मुद्राओं को विभिन्न नामों से अंकित करवाया।

जिन-जिन उपलब्धियों के कारण गुप्त काल, भारतीय इतिहास का स्वर्ण युग (वैसे इस काल को स्वर्ण युग कहना उचित नहीं है) माना जाता रहा है, उनमें से एक उपलब्धि है सिक्का। मुद्रा का प्रचलन गुप्तकाल में चन्द्रगुप्त ने किया। इसके काल के सिक्के मथुरा, टाँडा, गाजीपुर, अयोध्या, बनारस तथा भरतपुर स्टेट के बयाना फोर्ड में मिले हैं। सिक्कों का वजन 120 ग्रेन है। मिलावट की मात्रा भी बाद के गुप्त शासकों की तुलना में कम है। चन्द्रगुप्तकालीन सिक्कों के अग्रभाग में राजा-रानी आमने-सामने खड़े हैं। दोनों मूल्यवान वस्त्रों तथा आभूषणों से सजे हैं। राजा के बाएँ हाथ में ध्वज है और दाहिने हाथ से रानी को कुछ भेंट कर रहा है। यह उपहार किसी मुद्रा में अँगूठी, किसी में सिन्दूरदानी और किसी में अन्य आभूषण के रूप में है। रानी का दाहिना हाथ कमर पर और बायाँ नीचे लटका है। मुद्रा पर बाईं ओर चन्द्रगुप्त और दाईं ओर श्रीकुमार देवी या कुमार देवीश्री लिखा हुआ है। पीछे के भाग में दुर्गा की आकृति है। अनन्त सदाशिव अल्तेकर ने इस मूर्ति को दुर्गा नहीं माना है। सी. शिवराम मूर्ति ने इसे लक्ष्मी कहा है।

40 वर्षों तक शासन करनेवाले गुप्त नरेश समुद्रगुप्त के काल के केवल सोने के सिक्के मिलते हैं, जिसके बारे में कुछ विद्वानों का मत है कि आधुनिक कर्नाटक प्रान्त में स्थित कोलार के स्वर्ण खान पर विजय प्राप्त करके इस शासक ने काफी सोना प्राप्त किया था। कुछ विद्वानों का मत है कि दुश्मनों से स्वर्ण सिक्का प्राप्त किया था। कुछ अन्य विद्वानों के अनुसार अपने गौरव को बढ़ाने के दृष्टिकोण से उसने सोने का सिक्का चलाया। उसके काल में पाँच प्रकार के सिक्के मिले हैं। पहले प्रकार का सिक्का **ध्वजधारी** कहा जाता है जिसका वजन लगभग 104 ग्रेन है। इस सिक्के के अग्रभाग में सुन्दर आभूषण और पोशाक पहने राजा खड़ा है। राजा की बाँह के नीचे समुद्र या समुद्रगुप्त लिखा है। इस सिक्के के पृष्ठ भाग पर लक्ष्मी की मूर्ति है। इस सिक्के के चित्र कुषाण मुद्राओं से मिलते हैं। दूसरे प्रकार के सिक्के को **दंडधारी** कहा जाता है जिसके मुख भाग पर राजा सज-धजकर बैठा है और उसके एक हाथ में कटार है और पृष्ठ भाग पर लक्ष्मी साड़ी, चोली, चादर, हार तथा अन्य आभूषणों से सजी-धजी हैं। तीसरे प्रकार के सिक्के को **धनुर्धारी** कहा गया है जो कुषाण सिक्कों से प्रभावित है। इसका वजन 110-20 ग्रेन है। इसके पृष्ठ भाग में लक्ष्मी की मूर्ति है।[17]

परशुधारी समुद्रगुप्त का चौथे प्रकार का सिक्का है जो दो प्रकार के मिले हैं। इन सिक्कों का वजन लगभग 117-123 ग्रेन है। ऐसे सिक्कों के अगले

भाग पर राजा पोशाक में खड़ा है। बाएँ हाथ में परशु और दाहिना हाथ कमर पर रखे हुए है। पृष्ठ भाग पर लक्ष्मी सिंहासन पर बैठी है। **अश्वमेध** पाँचवें प्रकार का सिक्का है जो काफी संख्या में मिला है। इसका वजन लगभग 112-13 ग्रेन तक है। अधिकांश सिक्के बिहार और उत्तर प्रदेश में पाए गए हैं। इन सिक्कों के आगेवाले भाग पर बाईं ओर अश्व यूप के समान खड़ा है। जीन रहित घोड़ों के गले में पट्टा है, उसकी पीठ पर लम्बा तिकोन पट्टा है। कुछ मुद्राओं पर नीचे एक छोटी वेदी, घोड़े के नीचे 'सि' अक्षर उत्कीर्ण है। घोड़ा सुन्दर और सजीव है। मोतियों की माला से उसे अलंकृत किया गया है। उपजाति छन्द में 'राजाधिराजः पृथ्वीमतित्वा दिव जत्याहतवाजिमेघः' या 'राजाधिराजः पृथ्वीमविजित्य दिवं जयत्याहुत वाजिमेघः' उत्कीर्ण है (अर्थात् राजाधिराज, जिसने पृथ्वी को जीतकर अश्वमेध यज्ञ किया है और जो अपने अपूर्व पराक्रम से स्वर्ग प्राप्त करता है)। रैप्सन ने ब्रिटिश संग्रहालय से एक मिट्टी की मुद्रा का वर्णन किया है जिसमें अश्व एक खम्भे से बँधा है जिसके नीचे पराक्रम लिखा है। इस मुद्रा पर डॉ. अल्तेकर ने अपना सुझाव दिया है, 'मालूम पड़ता है कि समुद्रगुप्त ने अपनी मोहर पर भी अश्वमेध चिह्न समूह को पिछले समय में स्वीकृत किया था।' डी.सी. सरकार ने एक अन्य मुद्रा का भी उल्लेख किया है जिस पर 'दिवम जयत्याहृत वाजिमेधः' उत्कीर्ण है। पृष्ठभाग पर सम्भवतः राजमहिषी (दत्त देवी) बाएँ खड़ी है।[18]

समुद्रगुप्त के अन्तिम काल में व्याघ्र निहन्ता प्रकार के सिक्के बनाए गए जिनकी संख्या काफी कम है। अभी तक मात्र 6 सिक्के मिले हैं जिनका वजन 111-17 ग्रेन तक है। इस मुद्रा के आगेवाले भाग पर राजा बाघ पर झटपता और उसे कुचलता हुआ दिखाया गया है। पीछेवाले भाग पर देवी गंगा खड़ी है। समुद्रगुप्त के विनयधारी सिक्के भी मिले हैं, जिनके मुख भाग पर राजा गद्देदार पलंग पर वीणा लिए है। पृष्ठ भाग पर लक्ष्मी बैठी है। समुद्रगुप्त की मुद्राओं को देखने से पता चलता है कि धीरे-धीरे इनका भारतीयकरण होता गया। प्रारम्भ में कुषाण प्रभाव अवश्य दिखाई देता है। एक अन्य बात भी ध्यान देने की है कि राज्य की विभिन्न टकसालों में निर्मित मुद्राओं पर कुषाण-प्रभाव अधिक है। पूर्वी क्षेत्र में निर्मित मुद्राएँ भारतीय चिह्न लिए हुए हैं। काँच राजा का केवल एक ही प्रकार का 111 से 118 ग्रेन तौल का सिक्का उपलब्ध हुआ है। दूसरे सिक्के बयाना निधि (16 सिक्का) जौनपुर, टांडा निधि तथा बलिया से उपलब्ध हुए हैं। इसके सात सिक्के ब्रिटिश संग्रहालय, तीन कलकत्ता संग्रहालय तथा चार लखनऊ संग्रहालय में सुरक्षित हैं।[19]

ताँबे के कुछ सिक्के मालवा में मिले हैं जिन पर रामगुप्त का नाम अंकित है जो चन्द्रगुप्त द्वितीय का बड़ा भाई था। ये ताँबे के सिक्के 45 ग्रेन के हैं।

अग्रभाग पर पशु का और पृष्ठ भाग पर अर्द्धचन्द्र और रामगुप्त खुदा है। गुप्तकालीन शासक चन्द्रगुप्त द्वितीय के काल के स्वर्ण सिक्कों की संख्या सबसे अधिक है। इस शासक के काल के आठ प्रकार के स्वर्ण सिक्के मिले हैं। अपने पिता के द्वारा प्रचलित कई सिक्कों को समाप्त करके इसने दूसरे नए सिक्के चलाए। वैष्णव मत का समर्थक होने के कारण इसने अश्वमेध सिक्के नहीं चलवाए। समुद्रगुप्त ने बाघ को सिंह में बदल दिया। चन्द्रगुप्त द्वितीयकालीन सिक्के बनावट तथा कला-कौशल के दृष्टिकोण से काफी अच्छे हैं। सिंह से लड़ते हुए इस राजा की आकृति सिक्कों पर बड़ी सफलता के साथ बनाई गई है। उसकी मांसपेशियाँ शक्तिशाली होने की प्रतीक हैं। लक्ष्मी की आकृति भी सिक्कों पर काफी आकर्षक है।[20]

इसके पश्चात् कुमारगुप्त प्रथम ने पुराने सिक्कों के अलावा कुछ नए सिक्के प्रचलित किए। 124 ग्रेन का बना **धनुर्धारी** प्रकार के सिक्के काफी संख्या में तैयार कराए गए थे जिनके मुख भाग पर राजा धनुष-बाण लिए खड़ा है और पृष्ठ भाग षर लक्ष्मी कमल पर बैठी है। **अश्वारोही** प्रकार के सिक्के 125-127 ग्रेन तक के मिले हैं। अलग-अलग सिक्कों में राजा की अलग-अलग आकृतियाँ हैं। पृष्ठ भाग पर भिन्न-भिन्न मुद्रा में देवी-मूर्ति है। कुमारगुप्त प्रथम के काल में **संगधारी** प्रकार का सिक्का नया है जिसकी सामान्य तौल लगभग 126 ग्रेन है। इस सिक्के के अग्रभाग पर आभूषण पहने राजा वेदी पर आहुति डाल रहा है और पृष्ठ भाग पर लक्ष्मी चप्पल पहने कमल के सम्मुख बैठी है। सिंहनिहन्ता प्रकार के सिक्के 124, 127, 131 ग्रेन के मिले हैं। **व्याघ्रनिहन्ता** प्रकार के कुमारगुप्त प्रथम के सिक्के समुद्रगुप्त की मुद्राओं से काफी मिलते-जुलते हैं। **गजारोही** प्रकार के 3 सिक्के 129 ग्रेन के मिले हैं। **खड्गनिहन्ता** प्रकार का सिक्का कुमारगुप्त प्रथम की आखेटप्रियता का प्रतीक और नई प्रकार की मुद्रा है। इलाहाबाद में **कार्त्तिकेय** प्रकार के सिक्के 300 की संख्या में मिले हैं जिनका वजन लगभग 125 ग्रेन है। लगभग 126 ग्रेन का **राजा-रानी** प्रकार का सिक्का इस काल का मिला है। मध्य प्रदेश के रामपुर ज़िले में इस शासक का 20 ग्रेन का गरुड़ प्रकार का सिक्का मिला है। 80 रत्ती या 144 ग्रेन की चार प्रकार की अन्य स्वर्णमुद्राएँ इस काल की मिली हैं। धनुर्धारी प्रकार के सिक्के पुरुगुप्त के काल में मिले हैं। इस शासक को कुछ विद्वानों ने प्रकाशादित्य नाम का बताया है।

घटोत्कच गुप्त, नरसिंह गुप्त, कुमारगुप्त द्वितीय, बुद्धगुप्त, विष्णुगुप्त, वैन्यगुप्त, प्रकाशादित्य गुप्त आदि के काल के स्वर्ण सिक्के भी मिले हैं जिनका वजन क्रमशः 144-149, 144, 142.7-144.5, 147-151, 144.7 और 144 ग्रेन है।[21]

चाँदी के सिक्कों का प्रचलन चन्द्रगुप्त द्वितीय ने किया। कुमारगुप्त प्रथम के काल के रजत सिक्के कठियावाड़, गुजरात, वल्लभी, जूनागढ़, अहमदाबाद एवं आधुनिक उत्तर प्रदेश एवं मध्य प्रदेश के क्षेत्रों में मिले हैं। गिरनार प्रशस्ति के अनुसार स्कन्दगुप्त ने भी रजत सिक्के चलाए थे। बुद्धगुप्तकालीन चाँदी के सिक्के 33 से 36.5 ग्रेन तक के काशी आदि क्षेत्रों से पाए गए हैं।[22]

बौद्ध, मौर्य एवं शुंग-कुषाणकालीन अर्थव्यवस्था को विकसित करने में सिक्कों की भूमिका प्रशंसनीय रही। व्यापारिक नगरों की संख्या में वृद्धि हुई। भारत की गणना एक अमीर देश के रूप में विश्व में होने लगी। गुप्तकाल में स्वर्ण सिक्के भारी मात्रा में पाए गए किन्तु इनका प्रयोग आर्थिक गतिविधियों को बढ़ाने के लिए हुआ, इसके प्रमाण नगण्य हैं। फलतः सामन्तवादी व्यवस्था की शुरुआत, राजनीतिक विखंडन, अन्धविश्वास में वृद्धि, व्यापारिक नगरों का पतन, व्यापार का स्थानीयकरण, दीनतावश पलायन (migration) की प्रक्रिया में तेजी आदि विशेषताएँ दिखाई देने लगती हैं। विश्व में पहला सिक्का करीब 600 ई.पू. में लीडिया (वर्तमान तुर्की) में ढाला गया। यह सोना-चाँदी मिश्रित धातु से बना था जिसे 'सफेद सोना' भी कहा जाता था।[23]

सन्दर्भ-ग्रन्थ

1. *गुप्तकालीन मुद्राएँ*, बिहार राष्ट्रभाषा परिषद्, पटना, 1954
2. गुणाकर मुळे, *भारतीय सिक्के*, भारती भंडार, प्रयाग, 1948
3. *भारत के पूर्वकालिक सिक्के*, विश्वविद्यालय प्रकाशन, वाराणसी, 1984 *एवं प्राचीन भारतीय मुद्राएँ*, विश्वविद्यालय प्रकाशन, वाराणसी, 1988
4. *A Treasury of Indian Coins*, Marg publication, Bombay, 1994
5. *Coins and Currency Systems in South India* (c. 225-1300), Munshiram Manoharlal, New Delhi, 1976
6. *Indian Numismatics*, Orient Longman, New Delhi, 1981
7. *Early Indian Numismatic and Epigraphical Studies*, Indian Museum, Calcutta, 1977
8. *Indian Coinage*, National Museum, New Delhi, 1983
9. *भारतीय सिक्कों का इतिहास*, राजकमल प्रकाशन, नई दिल्ली, 2012
10. A.K. Narain (ed.) *The Chronology of the Punch Marked Coins*, Varanasi, 1966, pp. 40-62; स्वर्ण सुमन एवं अमिय आनन्द, *मुद्रा का संसार*, नई दिल्ली, 2013, पृ. 12-13
11. *Ashtadhyayi* (Panini), Edited by S.C. Basu, Allahabad, 1929, pp. 101-52
12. R.B. Witehead, *Indo-Greek Coins*, Oxford, Clarendom Press, 1914, pp. 7-9
13. G.N. Banerjee, *Hellenism in Ancient India*, Calcutta, 1929, pp. 27-62.
14. D.R. Bhandarkar, *Ancient Indian Numismatics*, Commercial Lectuers, Calcutta, 1921, pp. 19-24
15. S.K. Chakravarty, *Study in Ancient Indian Numismatics*, Varanasi, 1973, pp.23-28
16. A Cunningham, *Coins of Ancient India*, London, 1891, pp. 5-12

17. C.R. Singhal, *Bibliography of Indian Coins*, Bombay, 1950, pp. 26-73
18. D.C. Sircar, *Studies in Indian Indigenous Coins*, Calcutta, 1970, pp. 198-212
19. Parmeshwari Lal Gupta, *Coins*, N.B.T. New Delhi, 1969, pp. 21-26
20. *Ibid*, pp. 27-33
21. A.S. Alteker, *The Coinage of the Gupta Empire*, Bombay, 1954, pp. 100-18
22. Julie Haydon, *The History of Money*, Black Rabbit Books, U.S.A., 2006, p. 12
23. *Ibid*

अध्याय-11

आत्रेय पुनर्वसु

आत्रेय पुनर्वसु चिकित्साशास्त्र के अनेक अंगों का इतना महान आविष्कारक है कि इसे बाद को काय-चिकित्सा का एकमात्र प्रवर्त्तक माना जाने लगा। *चरकसंहिता* के तो प्रत्येक अध्याय के आरम्भ में ये शब्द आते हैं–इति ह स्माह भगवानात्रेय:–'भगवान् आत्रेय ने ऐसा कहा'। आत्रेय पुनर्वसु काय-चिकित्सा का विशेषज्ञ है। यह अपने को धन्वन्तरियों (शल्य-चिकित्सकों) से भिन्न समझता और जहाँ कहीं शल्यकर्म का प्रश्न आता है, यह इस बात को स्पष्ट स्वीकार करता है–जो जिसका क्षेत्र नहीं और जिसका जो अधिकारी नहीं, उसे उस स्थान पर या उस विषय में दखल न देना चाहिए।

आत्रेय के नाम-आत्रेय पुनर्वसु, यान्द्रभाग और कृष्णात्रेय भी थे। इन तीनों नामों का प्रयोग *चरकसंहिता* के सूत्रस्थान में हुआ है। पुनर्वसु की परम्परा में चिकित्सा करनेवालों का नाम पौनर्वसव पड़ा, जैसे धन्वन्तरि द्वारा चलाए गए शल्यकर्म के अनुगामियों (surgeons) को धान्वन्तरीय कहा गया। आत्रेय को जीवक का गुरु भी मानते हैं। तिब्बतीय उपकथाओं में आता है कि तक्षशिला का आत्रेय जीवक का गुरु था। पर ब्रह्मदेश की कथाओं में यह लिखा है कि जीवक काशी पढ़ने आया, न कि तक्षशिला। सम्भवत: जीवक ने दिशाप्रमुख, माणकाचार्य्य और कपिलाक्ष गुरुओं से शिक्षा प्राप्त की, न कि आत्रेय से। अत: यह संदिग्ध ही है कि चिकित्साशास्त्र का विशेषज्ञ आत्रेय जीवक का गुरु था या नहीं। *चरकसंहिता* में कम्पिल्य और पंचाल का उल्लेख है। ये प्रदेश ब्राह्मण या उपनिषद्काल में भी प्रसिद्ध चिकित्सक थे और बहुत सम्भव है कि पुनर्वसु आत्रेय ब्राह्मण या उपनिषद्काल का ही कोई प्रसिद्ध चिकित्सक हो। बहुतों का विचार यह है कि आत्रेय *अथर्ववेद* के काल के बाद *शतपथ* के प्रारम्भिक काल में हुए।

चरकसंहिता में कई ऐसे विचार-विमर्शों (symposia) का उल्लेख आता है, जो आत्रेय के सभापतित्व या नेतृत्व में हुए। *सूत्रस्थान* के बारहवें अध्याय

में कुश सांकृत्यायन, कुमारशिरा भारद्वाज, काङ्कायन बाहलीक, बडिश, वार्योविद, मरीचि, काप्य और आत्रेय के बीच में एक ऐसा ही विचार-विमर्श हुआ जिसमें सबने अपनी-अपनी सम्मतियाँ दीं। इसी प्रकार का दूसरा विचार-विमर्श *सूत्रस्थान* के 25वें अध्याय में पाया जाता है जिसमें काशीपति वामक, पारिक्षि मौद्गल्य, शरलोमा, बार्योविद, हिरण्याक्ष (कुशिक), शौनक, भद्रकाप्य, भरद्वाज, काङ्कायन और भिक्षु आत्रेय ने भाग लिया। सभी व्यक्ति अपने-अपने मत पर दृढ़ थे; पर अन्त में आत्रेय पुनर्वसु ने सबके विचारों को सुनकर समीचीन निश्चय किया। *सूत्रस्थान* के 26वें अध्याय में रस-सम्बन्धी इसी प्रकार का एक मनोरंजक विचार-विमर्श है।

आत्रेय पुनर्वसु ने विचार-स्वातंत्र्य और विचार-विनिमय पर बड़ा बल दिया है। *चरकसंहिता* के विमानस्थान के आठवें अध्याय में वाद-प्रतिवाद या विचार विनिमय (जिन्हें सम्भाषा कहते हैं) के विस्तृत नियम दिए हैं। 'भिषक् भिषजासह सभाषेत अर्थात् वैद्य वैद्य के साथ सम्भाषण करे। क्योंकि तद्विद्यसम्भाषा ज्ञाननैपुण्य और स्पर्धा करनेवाली होती एवं निर्मलता भी लाती है। यह वचनशक्ति को उत्पन्न करती और यश को बढ़ाती है। यह शास्त्र-सन्देह को दूर करती और दृढ़ निश्चय प्राप्त कराती है। तद्विद्यसम्भाषा के दो भेद बताए गए हैं-(1) सन्धाय सम्भाषा (friendly discussion) और (2) विगृह्य सम्भाषा (hostile discussion) के तर्क के नियमों के आधार पर यह लिखा गया प्रतीत होता है।

अध्याय-12

पुनर्वसु

पुनर्वसु एक प्राचीन आयुर्वेदाकार थे, जिनका ग्रन्थ *आत्रेयसंहिता* प्रसिद्ध है। वे अत्रि ऋषि के पुत्र थे, इसलिए पुनर्वसु आत्रेय के नाम से भी प्रसिद्ध हुए। इनकी माँ का नाम चन्द्रभागा था। ऋषि अत्रि स्वयं आयुर्वेदाचार्य थे। इन्द्र ने अत्रि, कश्यप, वसिष्ठ, भृगु आदि ऋषियों को आयुर्वेद की शिक्षा दी थी। पुनर्वसु भारद्वाज ऋषि के समकालीन थे और अपने पिता अत्रि और भारद्वाज से ज्ञान प्राप्त करके आयुर्वेदाचार्य बने। अश्वघोष ने *बुद्धचरित* में लिखा है कि आयुर्वेद चिकित्सा तंत्र का जो भाग इनके पिता नहीं लिख सके उसे पुनर्वसु ने पूरा किया। तिब्बती विवरण के अनुसार वे तक्षशिला में शिक्षा देते थे और बौद्ध भिक्षु जीवक इनका शिष्य था।

पुनर्वसु का कोई स्थायी निवास नहीं था। वे घूमते हुए लोगों को आयुर्वेद का उपदेश दिया करते थे। *चरकसंहिता* के मूल ग्रन्थ *अग्निवेश तंत्र* के रचयिता अग्निवेश को भी इन्होंने ही शिक्षा दी थी। इनके और भी कई शिष्यों के नाम मिलते हैं। वर्तमान समय में पुनर्वसु आत्रेय के नाम से आयुर्वेद में लगभग 30 योग उपलब्ध हैं।[1]

सन्दर्भ-ग्रन्थ

1. पाकिस्तान के ज़िला रावलपिंडी में तक्षशिला अवस्थित है। यह गांधारदेश की राजधानी थी। *वाल्मीकि रामायण* के अनुसार भरत ने अपने पुत्र तक्ष के नाम पर जिस नगर को बसाया, उसका नाम तक्षशिला पड़ा।

अध्याय-13

अग्निवेश

आत्रेय पुनर्वसु को तो श्रेय है ही; पर हम अग्निवेश की महत्ता को नहीं भूल सकते। यदि आत्रेय का शिष्य अग्निवेश न होता तो हमारे पास आत्रेय का *चिकित्साशास्त्र* न आया होता। जो सम्बन्ध 'सुकरात' और 'प्लेटो' में है, वही आत्रेय और अग्निवेश में। आत्रेय पुनर्वसु के आविष्कारी और उपदेशों को अग्निवेश ने विस्तार से लिखा और फिर उन्हें क्रमबद्ध किया। अग्निवेश ने जो रूप दिया, वही आज *चरकसंहिता* के नाम से प्रसिद्ध है। आत्रेय के सभी शिष्यों में अग्निवेश अधिक प्रतिभाशाली था। आज *चरकसंहिता* संसार के चिकित्सा और आयुर्वेदग्रन्थों में सबसे पुराना तंत्र माना जाता और इसके लिए अग्निवेश के प्रति जितना अनुराग और कृतज्ञता प्रकट की जाए, वह कम ही है। अग्निवेश के अन्य प्रसिद्ध नाम हुताशु, हुताशवेश, वह्निवेश आदि प्रसिद्ध हैं जो अग्निवेश के ही पर्याय हैं। भाष्यकार चक्रपाणि ने 'हुताशवेशचरकप्रभृतिभ्यो नमो नमः' कह कर इसका अभिवादन किया है। अग्निवेश की संहिता में 12000 श्लोक थे जैसा कि *चरकसंहिता* में स्वयं उल्लेख है–'यस्य द्वादशसाहस्त्री हृदि तिष्ठति संहिता।' (सि. 12/52) पर यह मूल संहिता तो अब प्राप्त नहीं है। पुनर्वसु आत्रेय, दृढ़बल और अग्निवेश सभी समसामयिक थे, यह कहना भी कठिन है। कुछ विचारकों का कहना है कि अग्निवेश का तंत्र 12वीं शताब्दी तक प्राप्त था। वाग्भट इसका अपने ग्रन्थ में उल्लेख करता है। वाग्भट के शिष्य 'जेजट' ने *अग्निवेश तंत्र* के श्लोक उद्धृत किए हैं। वाग्भट के पुत्र तीसट ने भी अपने *चिकित्सा-कालिका* में अग्निवेश का उल्लेख किया है। *चरकसंहिता* के टीकाकार चक्रपाणि ने जो 12वीं शताब्दी में हुआ, कुछ ऐसे योगों का वर्णन दिया है जो *चरकसंहिता* में नहीं पाए जाते और इससे यह सन्देह होता है कि उसने ये योग अग्निवेश के मूलतंत्र से लिए होंगे। यदि ऐसा माना जाए तो चक्रपाणि के समय में अग्निवेशतंत्र का पाया जाना सम्भव है। शोढल भी 12वीं शताब्दी में हुआ

और उसने 'वासद्यघृतम्' के सम्बन्ध में अग्निवेशतंत्र से कुछ श्लोक दिये हैं। यों तो 13वीं शताब्दी के शिबदास सेन ने *तत्वचन्द्रिका* में अग्निवेश के नाम पर इस प्रकार के उद्धरण दिए हैं, मानो उन्हें अग्निवेशतंत्र प्राप्त रहा हो। कहा जाता है कि अग्निवेश ने *अंजननिदान* नामक एक ग्रन्थ भी लिखा जिसमें नेत्र के रोगों का वर्णन दिया है। और एक ग्रन्थ *निदान-स्थान* भी इनका लिखा माना जाता है।

अध्याय–14

महोषध कुमार

जातक (संख्या 546) में लिखा हुआ है कि मिथिला में महोषध कुमार प्रसिद्ध वैद्य था। उसे एक ऐसी जड़ी की जानकारी थी जो पत्थर पर घिसकर उसके चूर्ण में थोड़ा पानी मिलाकर घोल दी जाती और 7 वर्ष से सिरदर्द से पीड़ित रोगी के माथे पर उसका लेप लगा देने से दर्द गायब हो जाता था। अन्य बीमारियों को दूर करने में भी यह जड़ी उपयोगी थी। महोषध कुमार आगे चलकर प्रसिद्ध विद्वान हुआ। इसी नगरी में खदिर की लकड़ी की जड़ और सिरे का पता लगाने के लिए उस लकड़ी के बीच में सूत से बाँधकर पानी से भरी एक थाली के सतह पर जब रखा गया तो जड़वाला हिस्सा भारी होने के कारण पहले ही जल में डूब गया और सिरे वाला हिस्सा बाद में। इस प्रयोग के आधार पर लकड़ी की जड़ तथा सिरे का पता लगाया जाता था। महोषध कुमार द्वारा यह प्रयोग राजा के समक्ष किया गया था।

एक दिन राजा द्वारा एक स्त्री का और दूसरा पुरुष का सिर मँगवाकर दो सिर महोषध कुमार के पास भेजे गए ताकि वह बताए कि कौन–सा स्त्री का सिर है और कौन–सा पुरुष का? महोषध कुमार ने दोनों सिरों को देखने के बाद बताया कि जिस सिर की सीवन सीधी थी वह पुरुष का और जिसकी सीवन टेढ़ी घूमकर जाती थी, वह स्त्री का था। राजा ने एक दिन एक साँप और एक सर्पिणी की कटी पूँछें महोषध कुमार के पास भिजवाईं, यह पता लगाने के लिए कि कौन–सी पूँछ साँप की और कौन सर्पिणी की थी? विद्वान पंडित महोषध कुमार ने बताया कि साँप की पूँछ मोटी होती है और सर्पिणी की पतली। पुनः साँप का सिर मोटा होता है और सर्पिणी का सिर लम्बा। साँप की आँखें बड़ी–बड़ी और सर्पिणी की छोटी।

एक दिन राजा ने यवनमज्झक ग्रामवासी को एक ऐसा बैल भेजने का आदेश किया जो श्वेत हो, जिसके पैरों में सींग हों, जिसके सिर पर कूबड़ हो और जो नियम से 3 बार आवाज़ लगाता हो। गाँववासी पंडित महोषध कुमार से पूछा तो

उसने कहा कि राजा ने मुर्गी की माँग की थी, क्योंकि उसके पाँव में नाखून होने से वह सींगवाला कहलाता है। सिर पर कलंगी होने से वह कूबड़वाला कहलाता है। 3 बार बाँग देने से 3 नियम से आवाज़ लगानेवाला कहलाता है।

शुक्र द्वारा कुरु नरेश को दिया गया मणि-स्कन्ध आठ जगहों से टेढ़ा था। उसका धागा पुराना हो गया था। कोई भी पुराने सूत को निकालकर नया नहीं पिरो सकता था। एक दिन राजा ने ग्रामवासी को पुराना धागा निकालकर नया पिरोने का आदेश किया। पुनः महोषध कुमार ने इसका उपाय बताया। उसने ग्राववासी से मधु-बिन्दु मँगवाया और मणि के दोनों किनारों के छेदों पर थोड़ा-थोड़ा मधु लगा, कम्बल का धागा बाँट, सिरे पर मधु लगा, थोड़ा-सा सिरा छेद में घुसा, चींटियों के निकलने की जगह ले जाकर रखा। चींटियाँ मधुगन्ध से खिंचकर बिल से बाहर निकलीं, मणि का पुराना धागा खाती हुई गईं। उन्होंने कम्बल के धागे का सिरा लिया और उसे खींचती हुई दूसरे सिरे से निकलीं। महोषध कुमार ने जब जाना कि धागा पिरोया गया, तो उसने मणि गाँववालों को दी। राजा ने धागा डालने का उपाय सुना तो प्रसन्न हुआ।

एक दिन राजा ने यवनमज्झक ग्रामवासी को 9 अंगों से परिपूर्ण आम्लभात पकवाकर भेजने का आदेश किया जिसके 9 अंग (शर्त) थे—न चावल हो, न पानी डाला जाए, न ओखली में कूटे जाएँ, न स्त्री द्वारा पकाए जाएँ, न पुरुष द्वारा पकाए जाएँ और न रास्ते से लाए जाएँ। न भेजने पर हज़ार दंड। ग्रामवासियों ने इसका उपाय महोषध कुमार से पूछा। उसने कहा—चावल नहीं का मतलब है—चावल की कणियाँ लो, पानी नहीं का मतलब है बरफ़ लो, ओखल नहीं का मतलब है मिट्टी का बर्तन लो, चूल्हा नहीं का मतलब ठूँठ खुदवाकर, आग नहीं का मतलब, स्वाभाविक आग छोड़ अरणी-अग्नि मँगवाकर, लकड़ी नहीं का मतलब है पत्ते मँगवाकर, अस्लमात पकवाकर, नए बर्तन में डाल, मुहर लगा, न स्त्री और न पुरुष से का मतलब है कि हिजड़े से उठवाकर और न रास्ते से का मतलब है कि महामार्ग छोड़कर पगडंडी से राजा के पास भेजो।

मिथिला के राजभवन में एक ऐसी अलंकृत सुरंग थी जिसमें 80 महाद्वार और 64 छोटे दरवाज़े थे। एक दरवाज़ा खोलने पर सारे दरवाज़े खुल जाते थे और एक बन्द करने पर सब बन्द हो जाते थे। इस नगर में एक वैद्य को राजा ने मृत्युदंड दिया, क्योंकि राजपुत्र को वह नीरोग नहीं कर सका। विदेह की राजधानी मिथिला में रहनेवाले एक बंस-फोड़ की चर्चा है जो अंगीठी में बाँस को गरम कर जल या तेल से भिगो, एक आँख बन्द कर एक से देखता हुआ उसे सीधा करता था।

अध्याय-15

जीवक

औषध विज्ञान और शल्य-विद्या का प्रसिद्ध जानकार जीवक राजगृह का निवासी और बिम्बिसार, गौतम बुद्ध तथा अजातशत्रु का समकालीन था।[1] वैशाली की प्रसिद्ध गणिका अम्बपाली के यहाँ गौतम बुद्ध पधारनेवाले थे; उस दिन अम्बपाली के आदेश से सम्पूर्ण वैशाली नई-नवेली दुलहन के समान सजा था। उसी दिन राजगृह का कोई निगम-सभासद किसी कार्य विशेष से वैशाली गया था। वैशाली के सौन्दर्य को देख वह अतिमुग्ध हुआ। राजगृह लौटकर उसने मगध नरेश बिम्बिसार के समक्ष वैशाली नगरी की समृद्धि, सम्पन्नता और सौन्दर्यता का वर्णन करते हुए प्रस्ताव रखा कि राजगृह में भी अम्बपाली जैसी रूप-सौन्दर्य-सम्पन्न गणिका रहनी चाहिए। ऐसी गणिका की तलाश शुरू हुई और शालवती मिली जो कुमारी, सुन्दर नयनानन्दकारी, मन को मोह लेनेवाली और परमरूप सौन्दर्य-सम्पन्न थी। शालवती राजगृह की नगरवधू हो गई। चाहनेवालों से अम्बपाली एक रात्रि का जहाँ 50 कर्षापण लेती, वहाँ शालवती 100 कर्षापण लेती थी।[2]

राजगृह की नगरवधू शालवती कुछ समय बाद गर्भवती हो गई। उसका विचार था कि गर्भवती स्त्री लोगों को अप्रिय होती है। यदि कोई जान लेता कि शालवती गर्भवती है तो उसके सामने अपमानित होना पड़ता। अतः शालवती ने अपने को रोगी घोषित कर दिया। उसके यहाँ पुरुष-प्रवेश वर्जित कर दिया गया। कुछ ही दिनों पश्चात् शालवती ने एक बच्चे को जन्म दिया और दासी को आदेश किया कि शिशु को कूड़ेदानी में रखकर कूड़े के ढेर पर फेंक दे। दासी ने ऐसा ही किया।[3] जिस समय दासी ने शिशु को कूड़ेदानी में रखकर कूड़े पर फेंका, उसी समय राजकुमार अभय (अजातशत्रु) राजदरबार में जा रहा था। अचानक उसकी नज़र कूड़ेदानी पर फेंके शिशु पर गई। अपने अंगरक्षकों से उसने शिशु को उठवाकर अन्तःपुर में भिजवा दिया। धात्रियों ने बच्चे को साफ़-सुथरा किया। उसे जीवित देखकर राजकुमार अभय ने उसका

नाम जीवक रख दिया। कुमार द्वारा उसे पाला-पोसा गया। अतः उसे कौमारभृत्य भी कहा जाने लगा।[4] बड़ा होने पर जीवक को किसी शिल्प में पारंगत होने की इच्छा जाग्रत हुई। उस समय तक्षशिला में आत्रेय नामक एक लोकप्रसिद्ध (दिसापामोक्ख) वैद्य रहते थे। राजकुमार अभय से पूछे बग़ैर जीवक राजगृह से तक्षशिला की ओर चल पड़ा। तक्षशिला पहुँच कर वह आत्रेय से मिला और उनसे वैद्यविद्या सीखने की इच्छा व्यक्त की। वैद्याचार्य जीवक को वैद्यविद्या सीखाने के लिए तैयार हो गए। गुरु जो कुछ बताते, जीवक उसे अक्षरशः याद कर लेता था। सात वर्ष तक जीवक वैद्यविद्या सीखता रहा, किन्तु इस विद्या का अन्त कहीं नज़र नहीं आ रहा था। एक दिन जीवक ने अपने गुरु से पूछा–'आचार्य, मैं थोड़ा-बहुत वैद्यविद्या सीख चुका हूँ। इस विद्या का अन्त कब होगा?' वैद्याचार्य ने कहा–'जीवक, खनती (खुरपी) लेकर तक्षशिला के चारों तरफ एक योजन तक घूमकर देखो और जहाँ तुम्हें ऐसी वनस्पति मिले जिसका उपयोग किसी औषध के रूप में न हो, उसे उखाड़ लाओ।' जीवक चारों तरफ घूमकर वैद्याचार्य के पास पहुँचा और बताया कि उसे एक भी वनस्पति ऐसी न मिली जिसका किसी न किसी रोग के इलाज हेतु औषध के रूप में प्रयेाग न हो सकता था। ऐसा सुन वैद्याचार्य ने कहा–'तब तो तुम बहुत कुछ सीख चुके हो। तुम इतना ही जान पाए कि यह वैद्यशिल्प जीविका हेतु पर्याप्त है।' वैद्याचार्य ने जीवक को यात्रा में उपयोग के लिए पाथेय (रास्ते में किए जाने योग्य भोजन) देकर अपने घर (राजगृह) लौटने की आज्ञा दी।[5] तक्षशिला से साकेत पहुँचने के पूर्व ही जीवक का पाथेय समाप्त हो गया। आगे का रास्ता और भी बीहड़ और जनशून्य था, अतः जीवक ने कुछ और पाथेय की व्यवस्था करने का निश्चय किया। उसने साकेत में पता लगाया कि वहाँ कोई ऐसा रोगी है जिसका इलाज करके वह उसे स्वस्थ कर सके। लोगों ने बताया कि नगर के एक धनाढ्य सेठ की पत्नी सात वर्ष से भयंकर पीड़ादायक सिरोरोग से आक्रान्त है। इस समय जीवक युवावस्था में था। सेठ के भवन के पास पहुँचकर द्वारपाल से उसने सूचना भिजवाई कि सेठ की पत्नी का वह इलाज करने आया है। यह जानकर कि जीवक अभी युवा था, सेठ की पत्नी ने उससे इलाज कराने से इनकार कर दिया, क्योंकि बड़े-बड़े लोकप्रिय वैद्य भी इस रोग का इलाज नहीं कर सके थे। जीवक ने पुनः सन्देश भिजवाया कि इस इलाज के लिए पहले वह कोई फीस नहीं लेगा। रोग दूर होने के बाद जो फीस मिलेगी, वही वह ले लेगा। तब जाकर सेठ की पत्नी ने जीवक को महल के अन्दर बुलवाया। जीवक ने सेठानी के पुराने एवं कठिन रोग को नस्यकर्म से ठीक कर दिया। बदले में सेठानी ने उसे 4 हज़ार कर्षापण दिए।

सेठानी का पुत्र अपनी माँ को नीरोग देख खुश हो गया और जीवक को उसने 4 हज़ार कर्षापण दिए। सेठानी की पतोहू ने खुशी से जीवक को 4 हज़ार कर्षापण दिए। सेठ ने अपनी पत्नी को नीरोग देख खुश हो गया और उसने जीवक को दास, दासी एवं जुते हुए रथ के साथ घोड़े दिए तथा 4 हज़ार कर्षापण भी।[6] जीवक 16 हज़ार कर्षापणों एवं दास-दासियों तथा घोड़े-जुते रथ को लेकर राजगृह पहुँचा और सारी कमाई राजकुमार अभय के समक्ष रखते हुए कहा–'देव, मेरे पालन-पोषण में हुए खर्च के बदले यह राशि एवं सामग्रियाँ स्वीकार करें।' अभय ने सारी राशि जीवक को लौटाते हुए कहा–'जीवक, इसे तुम अपने पास ही रखो और हमारे घर की सीमा (अन्तःपुर) में तुम इस धन से अपने लिए एक भवन बनवा लो।' फलतः जीवक ने अपने लिए एक भवन बनवा लिया।[7]

मगध नरेश बिम्बिसार भगंदर (Anal Fistula) रोग से पीड़ित था। राजकुमार ने तरुण वैद्य जीवक को बुलाकर बिम्बिसार की बीमारी ठीक करने को कहा। जीवक नख में एक विशिष्ट औषध लेकर बिम्बिसार के पास गया और कहा–'देव, मैं पहले आपका रोग देखना चाहता हूँ।' बिम्बिसार ने अपना रोग दिखाया और जीवक ने उस पर नखवाली औषध का एक बार लेप किया और घाव को बाहर निकाल दिया। राजा नीरोग हो गया। उसने जीवक को 'राजवैद्य' के रूप में रख लिया और यह कार्य सौंपा कि वह उसके अन्तःपुर तथा प्रबुद्ध भिक्षुसंघ के स्वास्थ्य की देख-रेख करने का काम करे।[8]

राजगृह का एक सेठ सात वर्ष से सिरोरोग से पीड़ित था। कई बड़े-बड़े वैद्यों से इलाज कराने के बावजूद उसका रोग ठीक नहीं हो पाया था। वैद्यों ने इसे कभी ठीक नहीं होनेवाली बीमारी सिद्ध कर दिया। राजा के आदेश से जीवक सेठ का रोग देखने गया और 21 दिन की अवधि में ही सेठ स्वस्थ हो गया तो जीवक ने अपना पारिश्रमिक माँगा। सेठ ने कहा–'आचार्य, मेरा सब धन आपका और मैं आपका दास हूँ।' जीवक ने कहा–'मुझे सारा धन नहीं चाहिए और न तुम्हारा दासत्व, बल्कि एक लाख मुद्रा बिम्बिसार को और एक लाख मुझे दे दो।' सेठ ने ऐसा ही किया।[9]

वाराणसी के एक नगरसेठ (श्रेष्ठि) का पुत्र मोक्खचिका रोग से पीड़ित था और सिर के बल चक्कर काटता था। उसकी आँत में ग्रन्थिरोग हो गया था। फलतः पतली खिचड़ी भी वह पचा नहीं पाता था। वह इतना दुर्बल, रुक्ष, दुवर्ण हो गया था कि उसके शरीर की एक-एक नस (स्नायु धमनी) दिखाई देती थी। इस रोगी के पिता को राजवैद्य जीवक के बारे में पता चला। नगरसेठ स्वयं बनारस से राजगृह आया और राजा बिम्बिसार से अपने पुत्र की बीमारी की बात बताई। उसने जीवक को बनारस ले जाने की अनुमति

राजा से माँगी। बिम्बिसार के आदेश से जीवक बनारस पहुँचकर रोगी के बीमारी की समीक्षा की। उसने कनात (पर्दा) करवाकर, रोगी को खम्भे से बँधवाकर पेट की त्वचा को चीर दिया और आँतों की गाँठ को निकालकर रोगी के पत्नी को दिखा दिया और बताया कि इसी गाँठ के कारण वह पतला खिचड़ी तक नहीं पचा पाता था। आँतों को सुलझाकर, उन्हें उदर में यथास्थान रखकर, त्वचा पहले की तरह सिलकर औषध का लेप लगा दिया। कुछ ही दिनों में नगरसेठ का पुत्र स्वस्थ हो गया। अपने पुत्र के स्वस्थ होने की खुशी में नगरसेठ ने जीवक को 16 हज़ार मुद्राएँ दीं और जीवक राजगृह लौट गया।[10]

जीवक की ख्याति काफी दूर तक फैल चुकी थी। पांडुरोग से पीड़ित उज्जयिनी का राजा प्रद्योत ने अपना इलाज कई वैद्यों से कराया किन्तु कोई लाभ न हुआ और काफी धन भी नष्ट हुआ। राजा को जीवक के बारे में पता चला। अपने दूत को उसने बिम्बिसार के पास भेजा जिसने राजा प्रद्योत को पांडुरोग से पीड़ित होने की बात बताई और बिम्बिसार से अनुरोध किया कि जीवक को उज्जयिनी प्रद्योत के इलाज के लिए भेज दे। बिम्बिसार के कहने पर जीवक उज्जयिनी पहुँचा और राजा प्रद्योत की बीमारी समझने के बाद कहा–'देव, इस बीमारी के इलाज के लिए मैं एक घृतपाक बनाऊँगा जिसे पीने के पश्चात् आप स्वस्थ हो जाएँगे।' किन्तु रोगी राजा ने घी पीने से इनकार कर दिया। रोग ऐसा था कि घी पिए बिना राजा ठीक नहीं हो सकता था। अत: जीवक ने इस घी को इस तरह बनाया कि वह गन्ध, वर्ण और रस में कषाय हो गया और देखने में घी नहीं लगता।[11] कुछ दिनों पश्चात् राजा प्रद्योत ने जीवक[12] को सन्देश भिजवाया कि वह रोगमुक्त हो चुका था और जीवक को पुरस्कृत करना चाहता था किन्तु जीवक उज्जयिनी नहीं गया। प्रद्योत के पास शिवि देश का बना एक दुशाला आया[13] जो लाखों में एक था। इस शाल को राजा ने राजगृह में जीवक को भिजवा दिया।[14]

गौतम बुद्ध की तबीयत खराब हो गई। वे अपना इलाज विरेचन (जुलाब) पीकर करना चाहते थे किन्तु उनके शिष्य आनन्द ने बुद्ध के रोग का इलाज करने के सम्बन्ध में जीवक से बात की। जीवक ने 3 चम्मच पानी में क औषधियों को मिलाकर दवा तैयार कर दी और बुद्ध को सलाह दी कि व उसे नाक से सूँघें। उसने गर्मजल से स्नान करने और पतली खिचड़ी खा की सलाह दी। इस उपचार से बुद्ध जब स्वस्थ हो गए तो जीवक ने शिविदेश का दुशाला जो उसे उज्जयिनी के राजा से प्राप्त हुआ था, बुद्ध को भेंट किया। कोसलनरेश प्रसेनजित का सहोदर भ्राता काशिराज ने जीवक को 5 सौ मुद्राओं की कीमत का सौमवस्त्र (अलसी की छाल का बना वस्त्र) भेंट

किया, जिसे जीवक ने बुद्ध को भेंट कर दिया।[15] जीवक आम्रवन में बुद्ध के साथ घूमता था। उसने उनके लिए एक विहार बनवाया। जीवक के साथ अजातशत्रु भी बुद्ध से मिलने जाता था।[16]

जीवक राजवैद्य था। आम आदमी का उसके पास तक पहुँचकर अपने रोग का इलाज कराना सम्भव नहीं था। बिम्बिसार के आदेश से वह बौद्ध भिक्षुओं का इलाज करता था। फीस के अभाव में सामान्य व्यक्ति अपने रोग का इलाज जीवक से नहीं करा सकता था। जीवक के कार्यों को देखने से पता चलता है कि धनाढ्य एवं राजपरिवार के सदस्यों के लिए ही वैद्यों से इलाज सम्भव था। आम-आदमी जादू-टोना एवं चन्द प्रचलित औषधियों से अपने रोगों का इलाज करता था।

सन्दर्भ-ग्रन्थ

1. गौतमबुद्ध के देहावसान के बाद उनके प्रमुख शिष्यों ने बुद्ध द्वारा दिए गए उपदेशों एवं वचनों की सुरक्षा की दृष्टि से उन्हें 3 भागों में संगृहीत किया। पिटारियों की भाँति होने से ये *त्रिपिटक* (*विनयपिटक*, *सुत्तपिटक* और *अभिधम्मपिटक*) कहे जाते हैं। *विनयपिटक* में 5 ग्रन्थ संगृहीत हैं जिनमें से *महावग्ग* एक है। यह ग्रन्थ गौतमबुद्ध के जीवन की उस घटना के वर्णन से प्रारम्भ होता है जब वे अभिसंबोधि प्राप्त कर 'बुद्ध' हो चुके थे और धर्मचक्रप्रवर्तन हेतु सन्नद्ध हो रहे थे। *महावग्ग* के रचनाकाल पर विद्वान एकमत नहीं हैं। इस ग्रन्थ के अध्ययन से जिस रूप में अकाल, महामारी, अपाहिजों, बौद्धभिक्षुओं के बीच चरित्रहीनता, अनुशासनहीनता, भिन्न-भिन्न प्रकार के रोग, सामान्य प्रजा की निम्न या सामान्य दशा आदि की जानकारी होती है, उन्हें देखकर लगता है कि इसकी रचना तीसरी सदी ई. के बाद हुई। जीवक की जीवनी एवं कार्यों का *महावग्ग* (सम्पादक एवं अनु.– स्वामी द्वारिकादास शास्त्री, बौद्धभारती, वाराणसी, 1998) में रोचक वर्णन है।
2. *महावग्ग*, 1-2 जीवकवस्तु, पृ. 439
3. *वही*, 2-3, पृ. 439
4. *वही*, 3, पृ. 440
5. *वही*, 4, 440-41; सत्यप्रकाश, *वैज्ञानिक विकास की भारतीय परम्परा*, बिहार राष्ट्रभाषा परिषद्, पटना 1954, पृ. 221; कुछ अन्य विद्वानों का मत है कि जीवक के गुरु दिशाप्रमुख, माणकाचार्य और कपिलाक्ष थे, सत्यप्रकाश, *वही*, पृ. 222
6. *वही*, 2 सेट्ठिभारियावत्थु, 5 पृ. 441-44
7. *वही*, पृ. 444
8. *वही*, 3 बिम्बिसारवस्तु, पृ. 444-45
9. *वही*, 4 राजगृहश्रेष्ठिवस्तु, पृ. 445-46
10. *वही*, 5 श्रेष्ठिपुत्रवस्तु, पृ. 448-49
11. *वही*, 6 प्रद्योतराजवस्तु, पृ. 449-52
12. *वही*

13. *वही*
14. *वही*
15. वही, त्रिंशद्विरेचनकथा, 11, पृ. 453-58; 8 वरयाचनकथा, 12, पृ. 455; 9 कंबलानुजान्नादिकथा, 13, पृ. 456-57 *दीघ-निकाय*–(अनु.) राहुल सांकृत्यायन, महाबोधिसभा सारनाथ (बनारस), 1936, पृ. 16-19; *मिलिन्दप्रश्न*, (अनु.) जगदीश काश्यप, नागपुर, 1986, 4,1,9, पृ. 111-12
16. *वही*, 31 पंचआबाध (रोग) वस्तु, 80-90, पृ. 111-12

अध्याय-16

भेल

आत्रेय पुनर्वसु के शिष्य जिस प्रकार अग्निवेश थे, उसी प्रकार 'भेल' भी। इनकी संहिता भी पाई जाती है। यह संहिता *चरकसंहिता* से बिलकुल मिलती-जुलती है। इसमें भी *चरकसंहिता* के समान सूत्र, निदान, विमान, शरीर, इन्द्रिय, चिकित्सा, सिद्धि और कल्पस्थान हैं। *चरकसंहिता* और *भेलसंहिता* में विमान, इन्द्रिय और सिद्धि शब्द विशेष पारिभाषिक अर्थों में प्रयुक्त हुए हैं, किसी अन्य आयुर्वेद ग्रन्थ में इन अर्थों में ये शब्द नहीं आए। *भेलसंहिता* के प्रत्येक स्थान में अध्यायों की संख्या भी वही है जो *चरकसंहिता* में अर्थात् *चरकसंहिता* और *भेलसंहिता* एक ही आयोजना पर लिखी गई हैं। कहीं-कहीं तो दोनों में एक-से-एक शब्दों का प्रयोग भी हुआ है। दोनों ग्रन्थों में बड़ी समानता है, पर विस्तार में अन्तर भी है। (जैसे स्वेदाध्याय में भेल ने आठ प्रकार के स्वेदन दिए हैं, पर चरक ने तेरह) *भेलसंहिता चरकसंहिता* की अपेक्षा छोटी और इसमें गद्य अधिक है।

अध्याय–17

पाणिनि

संस्कृत भाषा के सबसे बड़े व्याकरण के विद्वान और *अष्टाध्यायी* के रचयिता पाणिनि का समय कुछ विद्वान सातवीं शती ई.पू. मानते हैं और कुछ पाँचवीं शती ई.पू.। पाणिनि का जन्म अफ़गानिस्तान की सीमा पर, जहाँ काबुल नदी और सिन्धु का संगम होता है, शलातुर ग्राम में हुआ था। यह स्थान अब लहुर कहलाता है। इनके पिता का नाम शलक और माता का दाक्षी था। पाणिनि इनका कुल नाम था। कुछ लोग पाणि नाम के ऋषि–पुत्र होने के कारण इनका नाम पाणिनि बताते हैं।

तक्षशिला में शिक्षा ग्रहण करने के बाद ये व्याकरण निर्माण में संलग्न हुए। **वैदिक संस्कृत** तब तक कठिन मानी जाने लगी थी। **लौकिक संस्कृत** के नाम से एक अन्य संस्कृत का प्रचलन हो गया था। पाणिनि ने प्राचीन ग्रन्थों की तथा नवीन प्रचलन की शब्द–सम्पदा लेकर नए व्याकरण की रचना की। इनका ग्रन्थ *अष्टाध्यायी* व्याकरण ग्रन्थ होने के साथ–साथ तत्कालीन सामाजिक, सांस्कृतिक, राजनीतिक एवं भौगोलिक सामग्री का भी भंडार है। इसे वेदों के बाद के और पुराणों से पहले के भारतीय इतिहास के प्रामाणिक ग्रन्थ का सम्मान प्राप्त है। उन्होंने तत्कालीन लोकजीवन पर भी पर्याप्त प्रकाश डाला है। जनजातियों, जनपदों, नदी तथा पर्वतों, सिक्कों आदि सभी पर सामग्री उपलब्ध कराई है। पाणिनि मध्यम मार्ग के अनुयायी प्रतीत होते हैं। उन्होंने किसी मत विशेष के प्रति पक्षपात नहीं किया। उन्होंने दूर–दूर की यात्राएँ कीं। समाज के सभी वर्गों से मिले। वैदिक परिषदों में गए। इस प्रकार एक वैज्ञानिक की तरह निर्विकार भाव से अनुभव और सामग्री का संचय किया और उसे अपने ग्रन्थ का रूप दिया।

अध्याय–18

मेगास्थनीज

यूनानी दूत मेगास्थनीज ने प्राचीन ऐरोकोसिया (कंधार) से मौर्य राजधानी पाटलिपुत्र में आने के क्रम में भारतवर्ष के सम्बन्ध में जो धारणाएँ बनाई थीं, उन्हें *इंडिका* नामक विवरणी में अंकित किया। वह ग्रन्थ इस समय लुप्त है। मेगास्थनीज के वर्णनों के उद्धरण और सारांश परवर्ती ग्रीक विवरणों में मिलते हैं, जैसे–डियोडोरस के *बिबलियोथेकेस इस्तोरिकेस* (अनुमानतः द्वितीय शताब्दी ई.पू.) एवं एरियन का *इंडिका* (दूसरी शताब्दी ई.)। ये सब विवरण मौर्यकाल के बाद लिखे गए। मेगास्थनीज के मूल विवरण का जिस रूप में इन लोगों ने प्रयोग किया, उससे इनका भिन्न दृष्टिकोण प्रकट होता है; कभी-कभी तो इनके कथनों में स्वविरोध भी मिलता है। मेगास्थनीज की अपनी धारणा में भी अनेक भ्रान्तियाँ और अतिरंजनाएँ हैं। आधुनिक अनुसंधानों में ग्रीक विवरणों की उपयोगिता स्वीकार करने पर भी उनकी सीमा दिखाई गई है।

सिकन्दर (Alexander the Great) महान के मरने पर उसका कोई सीधा उत्तराधिकारी नहीं था। फलतः उसका विशाल साम्राज्य उसके अनुयायी एवं महत्त्वपूर्ण अधिकारियों के बीच विभक्त हो गया। पूर्वी प्रदेशों का स्वामित्व सेल्यूकस निकोटर को मिला। उसके साथ चन्द्रगुप्त का संघर्ष और फिर संधि हुई जिसके अनुसार, जैसा कि स्ट्रैबो, आप्पियान और प्लूटार्क के वर्णनों से पता चलता है, सेल्यूकस ने सैंड्राकोटुस अर्थात् चन्द्रगुप्त के लिए पैरोपामिसाइड (हिन्दुकुश पर्वत के दक्षिण-पूर्व का इलाका), ऐरोकोसिया (अफ़गानिस्तान का कन्दहार अंचल) एवं गेड्रोसिया (बलूचिस्तान)–इन तीन क्षेत्रों को छोड़ दिया। चन्द्रगुप्त ने अपनी ओर से सेल्यूकस को 500 लड़ाकू हाथियों का उपहार दिया। इसी संधि के फलस्वरूप पाटलिपुत्र की मौर्य राजसभा में यूनानी दूत के रूप में मेगास्थनीज का आगमन हुआ था।

मेगास्थनीज के वर्णन से यह धारणा बनती है कि मौर्य प्रशासन का स्वरूप अत्यधिक केन्द्रीकृत था। आडम्बररहित उपाधि से भूषित रहने पर भी समग्र

प्रशासन सम्राट के ही चारों ओर घूमता था। मेगास्थनीज ने जिन्हें परामर्शदाता और अधिकारी (Counsellor and Assessor) कहा है, वे काफी ऊँचे पदों पर थे। विशाल एवं जटिल गुप्तचर-व्यवस्था के माध्यम से तथ्य-संकलन का गम्भीर प्रयास सर्वप्रथम मौर्यकाल में ही दिखाई पड़ता है। मेगास्थनीज इन्हें एपिस्कोपय और इफर अर्थात् नज़रदार या परिदर्शक कहता है। मेगास्थनीज ने ग्रामीण इलाकों के राजकर्मचारियों को ऐग्रोनोमय बताया तथा राजुकों के समान प्रभारी राजपुरुष ज़िला-स्तर पर थे।

पाटलिपुत्र के नगर-प्रशासन के संचालन के लिए कुल 30 ऐस्टिनोमय अर्थात् नगर प्रशासक थे। वे छह समितियों से जुड़े थे। प्रत्येक समिति में पाँच-पाँच सदस्य थे। प्रथम समिति के सदस्य कारीगरी के शिल्पों के उत्पाद की देखभाल करते थे। द्वितीय समिति के सदस्य नगर में जन्म-मृत्यु का रिकॉर्ड (Record) रखते थे। तृतीय समिति के सदस्य नगर के विदेशी निवासियों की देखभाल करते थे। नगर के व्यापारिक लेन-देन के ऊपर नज़र रखने का दायित्व चतुर्थ समिति को दिया गया था। पंचम समिति के सदस्य यह निश्चित करते थे कि बाज़ार में आई नई वस्तु से पुरानी वस्तु का मिश्रण करके कोई बिक्री न करे। छठी समिति के सदस्यों का कार्य था बिक्री से प्राप्त धन के ऊपर व्यवसायी के लाभ का दशमांश कर ग्रहण करना। छह समितियों के माध्यम से नगर-प्रशासन के संचालन के विषय में मेगास्थनीज का विवरण एकमात्र अकेला साधन है।

मेगास्थनीज के विवरण के अनुसार, चन्द्रगुप्त मौर्य की व्यक्तिगत रक्षिकों में नारी-सेना भी थी। मेगास्थनीज के साथ सभी यूनानी लेखक भारत की कृषि-समृद्धि से परिचित थे। मेगास्थनीज एवं दूसरे यूनानी लेखक ऐसा संकेत देते हैं कि ज़मीन पर व्यक्तिगत स्वामित्व नहीं था एवं राजा ही सारी ज़मीन का स्वामी था। उसकी यह धारणा सही नहीं है। कौटिल्य ने व्यक्तिगत भूमि-स्वामित्व पर काफी प्रकाश डाला है। मेगास्थनीज ने बताया है कि एग्रोनोमय नामक राजपुरुषों का एक कर्त्तव्य था सिंचाई के लिए कृषकों द्वारा लिए गए नदी-जल पर नज़र रखना।

मेगास्थनीज की रचना से पता चलता है कि कृषि-अर्थनीति भले ही जीवन का आधार हो, किन्तु कृषि से भिन्न अर्थव्यवस्था के क्षेत्र नगण्य नहीं थे। वह बताता है कि पाटलिपुत्र में नागरिक प्रशासक लोग वाणिज्य-व्यवसाय पर नियंत्रण रखते थे। एक राजपुरुष नियमित रूप से राजमार्ग की देखभाल करता था। निर्दिष्ट दूरी पर वह मार्ग के बगल में दूरी एवं दिशा का निदेशक फलक भी लगाता था। मेगास्थनीज के इस विवरण का समर्थन अशोककालीन यूनानी लेखक एराटोस्थेनिस ने भी किया है।

मेगास्थनीज ने भारत में गुलामी की अनुपस्थिति का ज़िक्र किया है किन्तु भारतीय स्रोत इसका खंडन करते हैं। शायद उसके मन में गुलामी की एथेंस पद्धति की तस्वीर थी और भारतीय पद्धति उससे भिन्न थी। उसने यूनान की स्पार्टा-पद्धति से साम्य की बात अवश्य कही, जिसका कारण यह हो सकता है कि स्पार्टा तथा भारत दोनों में दर्जे के मामले में जन्म का सर्वाधिक महत्त्व था। सुखी-सम्पन्न घरों में घरेलू गुलाम आम तौर पर होते थे। ये गुलाम नीची जातियों के होते थे, किन्तु अस्पृश्य नहीं थे, अन्यथा उन्हें ऊपरी जातियों के लोगों के घरों में प्रवेश नहीं मिलता। गुलामों के श्रम का उपयोग खानों में और कुछ शिल्प संघों द्वारा भी किया जाता था। कोई व्यक्ति जन्मजात गुलाम हो सकता था या किसी मजबूरी के कारण खुद को बेच सकता था। युद्ध-बन्दी को गुलाम बनाया जा सकता था। न्यायालय भी गुलामों को दंड दे सकता था। गुलामी स्वीकृत संस्था थी और मालिक तथा गुलाम के बीच का कानूनी सम्बन्ध स्पष्ट रूप से परिभाषित होता था। उदाहरण के लिए यदि कोई दासी अपने स्वामी से सहवास के फलस्वरूप कोई दासी पुत्र को जन्म देती तो न केवल वह कानूनी तौर पर स्वतंत्र हो जाती थी बल्कि उसका पुत्र उसके स्वामी के पुत्र के समान कानूनी हैसियत का हकदार होता था। सम्भव है कि मेगास्थनीज ने ग़लती से जाति-व्यवस्था के क्रमिक परिमाणों से परिभाषित सोपानीकरण की व्यवस्था समझ ली हो।

मेगास्थनीज के अनुसार, ज़मीन इतनी उपजाऊ थी कि साल में दो फसलें पैदा कर लेना मामूली बात थी। कौटिल्य ने करों की चोरी पर प्रकाश डाला है। मेगास्थनीज बताता है कि इसकी सज़ा बहुत कड़ी थी। वह लिखता है कि पाटलिपुत्र लकड़ी की विशाल चारदीवारी से घिरा हुआ था और घेरे में यथास्थान बुर्ज और द्वार बने हुए थे। इस बात की पुष्टि खुदाइयों से भी होती है।

मेगास्थनीज ने इस बात का कोई ज़िक्र नहीं किया है कि बहुत-से मकान लकड़ी के बने थे और इसीलिए आग का खतरा बहुत था। वह बताता है कि मौर्य समाज के सात वर्ग थे-दार्शनिक, किसान, सैनिक, चरवाहे, कारीगर, दंडाधिकारी और पार्षद। इनकी व्याख्या जातियों के रूप में की गई है, क्योंकि वह कहता है कि किसी को भी अपने वर्ग से बाहर विवाह करने या पेशा बदलने की अनुमति नहीं थी। केवल दार्शनिक को ही ऐसी स्वतंत्रता थी। ये सभी सात वर्ग समान नियमों का पालन नहीं करते थे। समझा जाता है कि वह जाति को भूल से पेशा मान बैठा था और सात वर्गों से उसका तात्पर्य वर्णों से था। लेकिन वर्ण तो चार ही थे, हालाँकि विभिन्न प्रकार के वर्गीकरण के लिए सात की संख्या का इस्तेमाल आम तौर पर किया जाता था। ज़्यादा सम्भव यह दिखाई देता है कि वह जाति के सिद्धान्त की चर्चा कर रहा था, क्योंकि व्यक्ति

के विवाह और पेशे के निर्धारण में वर्ग की अपेक्षा जाति का महत्त्व अधिक होता था। उसने सामाजिक अशौच या अस्पृश्यता का कोई ज़िक्र नहीं किया है। सम्भवतः यह इतनी जटिल प्रणाली थी कि कोई विदेशी इसे आसानी से समझ नहीं सकता था। उसका वर्णन दिलचस्प है, सो इसलिए नहीं कि वह यथार्थ है, बल्कि इसलिए कि वह एक विदेशी आगंतुक के पर्यवेक्षण पर आधारित है और उसमें सुनी-सुनाई बातों और प्रचलित अभिधारणाओं दोनों का समावेश है।

मेगास्थनीज सात वर्गों में से एक सैनिकों को बताता है, इससे सेना का महत्त्व उजागर होता है। वह लिखता है कि जब वे (सेना) काम पर नहीं होते तब अपना समय निठल्ले बैठकर मदिरा-पान करते हुए बिताते और उनका खर्च राजकोष से चलता था। उसने भारतीय समाज की जो तस्वीर पेश की है उससे लगता है कि आधुनिक विद्वानों ने जितना माना था उसकी अपेक्षा वह समाज अधिक लचीला था और ऊपरी तथा निचली जातियों के बीच जो भेद किया जाता था वह आर्थिक तथा सामाजिक दोनों दर्जों पर आधारित था। मेगास्थनीज ने जो वर्णन किया है उसका एक उपयोगी पहलू यह है कि उसने ऐसे अनेक समाजों का चित्रण किया है जिन्हें मौर्य व्यवस्था एक सूत्र में बाँधने की कोशिश कर रही थी।

मेगास्थनीज पर रोमिला थापर का एक स्वतंत्र विस्तृत लेख प्रकाशित हुआ था जिसे प्रदीपकान्त चौधरी ने हिन्दी में अनुवादित किया है और पुस्तक की शक्ल में वर्ष 2007 में प्रकाशित हुआ (रोमिला थापर, *मौर्य साम्राज्य का पुनरावलोकन*, ग्रन्थ शिल्पी, दिल्ली, 2007)। रोमिला का मानना है कि एक राजदूत के रूप में मेगास्थनीज सेल्यूसिड के दरबार से पाटलिपुत्र आया था। उसने राजधानी पाटलिपुत्र के साथ-साथ राज्य के अन्य हिस्सों की यात्रा की थी और उसने जो संकलित किया उसे *इंडिका* के नाम से जाना गया। यह कृति खो चुकी है और अब जो कुछ बचा हुआ है वह दूसरे ग्रन्थों, विशेष रूप से हेलेनिस्टिक दुनिया के बाद के लेखकों के ग्रन्थों में उद्धरण के रूप में ही मात्र बच पाया है। चूँकि ये सभी उद्धरण आपस में एक दूसरे से पूर्णतः नहीं मिलते, अतः इनकी विश्वसनीयता भी अनिश्चित हो जाती है। इसके अलावा इन्हें उद्धृत करनेवाले ज़्यादातर लेखक ऐसे रहे जिनकी रुचि भारत में कम और पश्चिम एशिया में ज़्यादा रही। मेगास्थनीज की *इंडिका* के बचे हुए मूल पाठ में उद्धृत शब्दों का अर्थ अपनी-अपनी सुविधा को ध्यान में रखते हुए हेलेनिस्टिक संस्कृति के हिमायती विद्वानों ने अलग-अलग बताया है। रोमिला ने डियोडोरस, स्ट्रैबो और एरियन के द्वारा *इंडिका* के आधार पर प्रस्तुत किए गए विचारों पर प्रश्नचिह्न खड़ा किया है। वह (पृ. 50) आरोप लगाती हैं कि 'जाति' शब्द को मनमाने ढंग से इस्तेमाल किया गया है। मेगास्थनीज ने भारतीय समाज के सात

जातियों में नहीं बल्कि सात वर्गों में बँटने की बात कही किन्तु बाद के पश्चिमी विद्वानों ने शब्द का अर्थ अपने मन से जाति बता दिया।

आर.सी. मजुमदार ('दि इंडिका ऑफ मेगास्थनीज', *JAOAS*, 1958, 78 पृ. 273-76) का मत है कि मेगास्थनीज द्वारा सात जातियों का वर्णन जो भारतीय समाज और परम्परा में अज्ञात है, इस बात का उदाहरण पेश करता है कि उसकी अधिकांश जानकारी ग़लत एवं भ्रामक है। वे यह भी बताते हैं कि *इंडिका* का मूलपाठ असावधानीपूर्वक पढ़ा गया और उसे ठीक से समझने का प्रयास नहीं किया गया। ओ. स्टाइन द्वारा लिखित पुस्तक *मेगास्थेनेस उन्त उण्ड कौटिल्य* (वीन, 1921) को उद्धृत करते हुए रोमिला लिखती हैं कि मेगास्थनीज का किसी भी भारतीय से जाति के मुद्दे पर कोई संवाद नहीं हुआ था। एरियन पहला विद्वान था जिसने *इंडिका* में वर्णित वित्तीय विभाजन को जाति के रूप में देखना शुरू किया।

एल. पीयर्सन (*The Lost Histories of Alexander The Great,* Oxford, 1960, p. 5) को उद्धृत करते हुए रोमिला (पृ. 64) कहती हैं कि एरियन का उद्देश्य मेगास्थनीज के विवरण को सही ढंग से प्रस्तुत करना नहीं बल्कि मेसोडोनिया वालों को खुश करना था ताकि सिकन्दर का कद ऊँचा से ऊँचा किया जा सके। मेगास्थनीज का कई बार चन्द्रगुप्त मौर्य से मिलने गांधार तक जाना होता था; गंगाघाटी क्षेत्र में वह नहीं के बराबर गया था और इसीलिए प्लिनी मेगास्थनीज और डायोनीसस–दोनों को खारिज कर देता है। गहराई से देखें तो पता चलता है कि मेगास्थनीज के उद्धरण अक्षरशः नहीं लिए गए (रोमिला, पृ. 65)। प्रत्येक लेखक द्वारा आंशिक रूप से अपने विवरणों को वैधता देने के लिए अपने ढंग से संशोधित किया गया होगा। एरियन ने मेगास्थनीज के विचार को अस्वीकृत किया जिसमें वह कहता है कि सोना खोदकर निकालनेवाली चींटियाँ होतीं और सोने की रखवाली करनेवाले ग्रिफोन (काल्पनिक पशु जिसका सिर बाज, शरीर सिंह का होता था) होता था।

मेगास्थनीज ने भारत में स्वशासित नगरों का उल्लेख किया है, जिसे रोमिला (पृ. 67) ने सही नहीं बताया है। यह विचार *इंडिका* के आधार पर एरियन ने प्रस्तुत किया जो एशिया माइनर के लिए उचित था, भारत के लिए नहीं। भारत में भूराजस्व व्यवस्था पर मेगास्थनीज का विवरण सही नहीं; उसका विचार हेलेनिस्टिक राज्यों की व्यवस्था से प्रभावित था। यूनान की सामाजिक व्यवस्था से प्रभावित होते हुए मेगास्थनीज ने भारत में सामाजिक विभाजन पर लिख डाला। वह भारतीय किसानों को युद्ध से प्रभावित नहीं मानता, किन्तु वास्तविकता यह थी कि युद्ध की आपातकालीन स्थिति में राजा किसानों से उपलब्ध जनशक्ति का प्रयोग करता और शत्रु के इलाकों के ग्रामों पर आक्रमण करने के

सिलसिले में किसान-सेना का प्रयोग करता था। मेगास्थनीज ने ऐसी समितियों का ज़िक्र किया है जो सार्वजनिक बाज़ार का आयोजन करने के साथ-साथ वस्तुओं पर कर लगाने और उनका नियमन करने का कार्य करती थीं।

मेगास्थनीज का कहना है कि सेना का संचालन एक पृथक् तीस सदस्यीय विभाग द्वारा होता था। युद्ध विभाग के तीस सदस्य पाँच-पाँच सदस्यों की छह उपसमितियों में विभक्त थे, जिनमें से पहली उपसमिति पैदल सेना की व्यवस्था से, दूसरी अश्वारोही सेना के प्रबन्धन से, तीसरी रथ सेना के प्रबन्धन से, चौथी हस्तिसेना से जुड़ी थी, जब कि पाँचवीं और छठी उपसमिति क्रमशः आवश्यक सामग्री, साजो-सामान तथा जहाजी बेड़े के सहयोग से सम्बन्धित थी। *अर्थशास्त्र* में सेना विभाग के संगठन का पृथक् रूप से कहीं निरूपण नहीं किया गया है लेकिन ऐसा लगता है कि कौटिल्य जिन विभागों के अध्यक्षों को पत्याध्यक्ष, अश्वाध्यक्ष, रथाध्यक्ष, हस्त्याध्यक्ष, गोअध्यक्ष और नावाध्यक्ष से सूचित करता है वे उन्हीं उपसमितियों को निर्दिष्ट करते हैं जिनका उल्लेख ग्रीक लेखकों, खासकर मेगास्थनीज ने किया है।

मेगास्थनीज कहता है कि राजा के सलाहकार एक विशेष जाति से चुने जाते और इसने इसे सातवीं जाति बताया है। यह कथन कुछ सीमा तक सही है कि पार्षद निस्संदेह ब्राह्मण और उच्च जाति के क्षत्रिय जाति से लिए जाते थे। किसी दूसरी जाति के सदस्यों का मंत्री चुना जाना असंगत था। लेकिन *अर्थशास्त्र* से ऐसा नहीं लगता कि जातीय विशेषता योग्यता से अधिक मान्य थी, क्योंकि उनकी योग्यता बताते समय कौटिल्य कहता है कि—वह जानपद (देश का निवासी) हो, प्रगल्भ (वयोवृद्ध) हो, निपुण वक्ता (वाग्मी) हो, साधन सम्पन्न (प्रतिपत्तिमान) हो और ईमानदार हो। हाँ, पुरोहित के लिए यह बात मानी जा सकती है, क्योंकि उसकी योग्यताओं के विषय में कहा गया है कि उसे छह वेदांगों, ज्योतिष (दैव), शकुन विचार (निमित्त) और शासन कला (दंडनीति) तथा *अथर्ववेद* के प्रयोगों का पंडित होना चाहिए। चूँकि इन ग्रन्थों के अध्ययन का अधिकार सम्भवतः ब्राह्मणों को ही था, इसलिए इनके साथ वर्णीय विशेषता स्वीकार्य है।

मेगास्थनीज की *इंडिका* सहित तमाम अन्य ग्रीक विवरण, कौटिल्य का *अर्थशास्त्र* और अशोक के अभिलेख ऐसी जानकारी प्रदान करते हैं जिनसे न केवल सरकार की कार्यशैली बल्कि मौर्यों की सम्पूर्ण गतिविधियों की एक स्पष्ट संरचना निर्मित हो जाती है। इससे साफ़ जाहिर होता है कि मौर्यकालीन राज्य एवं व्यवस्था एक जटिल नौकरशाही पर निर्भर थी जिसमें शक्ति की पर्याप्त क्षमता थी जो सामान्य जनजीवन पर अपना प्रभावी नियंत्रण रख सकती थी।

मेगास्थनीज जो सामाजिक संरचना प्रस्तुत करता है वह न तो पूरी तरह से क्लासिकी परम्परा, प्राचीन यूनानी एवं रोमन परम्परा पर आधारित है और न कि पालि साहित्य में वर्णित व्यावहारिक व्यवस्था पर। वह लिखता है कि पाटलिपुत्र साढ़े नौ मील लम्बा और पौने दो मील चौड़ा था। उसने इस नगर की जल-परिखा का उल्लेख किया है जो 600 फीट चौड़ी और 15 फीट गहरी थी। मेगास्थनीज के इस विवरण पर विद्वानों में मतभेद है। इस राजदूत के अनुसार पाटलिपुत्र के राजमहल में 64 द्वार वर्तमान थे। अरस्तू के ग्रन्थ *पॉलिटिक्स* में ऐसी कई अवधारणाओं की चर्चा है जिसकी प्रतिध्वनि मेगास्थनीज के विचारों में दिखाई देती है (रोमिला, पृ. 70)। प्राचीन काल के एक ग्रन्थ का उपयोग अपने आप में एक जटिल प्रक्रिया है और इसमें गूढ़ता की कई परतों को हटाना ज़रूरी हो जाता है। और अधिक शोधों के माध्यम से शब्दों के बिल्कुल उचित अर्थ और इसलिए अनिवार्यत: और ऐतिहासिक विश्लेषण की आवश्यकता है। इस सम्बन्ध में 19वीं सदी के दौरान किए गए अनुवादों को फिर से जाँचने की भी ज़रूरत है। यह भी आवश्यक है कि मूल लेखकों और बाद में उन्हें उद्धृत करनेवाले लेखकों के दृष्टिकोण और समझदारी के प्रति सतर्क रहा जाए। मेगास्थनीज पर आधारित तीनों ग्रन्थों में भूस्वामित्व के प्रश्न पर मतभेद है। इससे यह संकेत मिलता है कि इस सम्बन्ध में मेगास्थनीज ने कोई साफ़-साफ़ वक्तव्य नहीं दिया होगा। मेगास्थनीज के *इंडिका* के आधार पर लिखे गए ग्रन्थों के लेखकों के ऊपर विचारधारात्मक प्रभाव को जाँचने की आवश्यकता है, क्योंकि चाहे वह सचेत हो या न हो उनके सैद्धान्तिक दृष्टिकोण होते ही हैं। यूनानी और रोमन इतिहासकारों ने दरअसल हेरोडोटस के बाद बहुत ही कम शोध किया और शायद ही कभी दूसरे देशों में प्रत्यक्ष प्रमाण इकट्ठा करने की कोशिश की।

एक समय था जब यह तर्क दिया जाता कि प्राचीन भारत के विषय में सर्वाधिक विश्वसनीय स्रोत यूनानी और हिंद-यूनानी लेखकों द्वारा रचित साहित्य ही है। आधुनिक विद्वानों में यह धारणा जड़ें जमाए हुए थी कि यूनानी परम्परा में एक 'इतिहास अनुभूति' मौजूद थी और चूँकि यूरोप इसे इस रूप में मानता था, इसलिए इतिहासकार इन पर निर्भर कर सकते थे। चाहे विंसेंट आर्थर स्मिथ की दुनिया समाप्त हो चुकी हो लेकिन उसकी प्रतिध्वनि अभी भी हम तक पहुँच रही है। हमें विदेशी स्रोतों से घृणा करना उचित नहीं लगता, क्योंकि वैदिककालीन वर्णनात्मक आख्यानों का अभाव है और इस स्थिति में यूनानी ग्रन्थों का महत्त्व बना हुआ है। किन्तु इन यूनानी ग्रन्थों में वर्णित बातों की ठीक से जाँच-पड़ताल करने की आवश्यकता है।

अध्याय–19

कणाद

वैशेषिक दर्शन के प्रणेता ऋषि कणाद (खेत में गिरे अनाज के कण (दाना) चुन–चुनकर खाने के कारण उनका नाम कणाद पड़ा) के व्यक्तिगत जीवन के सम्बन्ध में निश्चित जानकारी उपलब्ध नहीं है। कहीं पर इन्हें विष्णु का अवतार माना गया और सोम शर्मा का पुत्र बताया गया है और कहीं पर काश्यप मुनि का पुत्र। *वायु पुराण* के अनुसार इनका जन्म द्वारका के निकट प्रभाष क्षेत्र में हुआ था और ये सोम शर्मा के शिष्य थे। इनके समय के सम्बन्ध में भी मतैक्य नहीं है। पर अधिकांश विद्वान इन्हें गौतम बुद्ध से पहले का मानते हैं।

कणाद रचित *वैशेषिक दर्शन* भारत के प्रसिद्ध षड्दर्शनों में से एक है। यह अनीश्वरवादी दर्शन है। इसके अनुसार जगत की उत्पत्ति पृथ्वी, जल, तेज और वायु के नित्य परमाणुओं के संयोग से होती है। यह दर्शन बाह्य पदार्थों को सत्य मानता है।

अध्याय-20

चरक

डॉ. सी. कुन्हन राजा (*Survey of Sanskrit Literature*, p. 277) के अनुसार 'चरक' शब्द संस्कृत का न होकर पह्लवी भाषा का प्रतीत होता है। प्रथम शताब्दी ई. के दौरान *चरकसंहिता* का पह्लवी भाषा में अनुवाद हुआ था। फ़ारसी में चार शब्द चिकित्सा के द्योतक हैं। पह्लवी भाषा में चारेक का अर्थ चिकित्सक के साथ-साथ भ्रमणशील भी था (वासुदेवशरण अग्रवाल, *पाणिनिकालीन भारत*, पृ. 300)। चरक एक शाखा का नाम है। इसकी विस्तृत चर्चा *यजुर्वेद* में है। इसी शाखावाला चरक कनिष्क का राजवैद्य था। *वृहद्उपनिषद*, (3.31) में चरक शब्द वहुबचन में आया है। गांधार के इलाके में चरक शाखा के लोग रहते थे जो चिकित्सा कार्य में निपुण होते थे। इसी शाखा का कोई चरक कनिष्क का राजवैद्य था। इसी चरक ने चिकित्सा विज्ञान ग्रन्थ *चरकसंहिता* की रचना की-यह कहना मुश्किल है। *चरकसंहिता* का क्षेत्र काय-चिकित्सा है। इस ग्रन्थ की भाषा और शैली दोनों सरल हैं। इसमें लिखा है कि सामान्य सर्दी लगने पर यदि इसकी चिकित्सा प्रारम्भ में ही कर ली जाए तो इससे होनेवाले ज्वर, खाँसी, गले में सूजन आदि रोगों की लम्बी परम्परा टूट जाती है और यदि चिकित्सा न की जाए तो यह परम्परा बनती जाती है। इस ग्रन्थ में करीब 20-25 तरह के चावलों का उल्लेख है। चिकित्सा में अनार के सिवाय दूसरे किसी फल का उपयोग नहीं है। स्त्रीरोग को दूर करने के लिए केला उपयोगी बताया गया है। इस ग्रन्थ में दूध, दही, घी आदि के गुण-दोष विवेचित हैं। गन्ने के रस से गुड़, राब, मोटी मिश्री और मुल्तानी मिश्री बनाई जाती थी। 4 प्रकार के मधु का वर्णन है।

चरकसंहिता (29.8) में बताया गया है कि चिकित्सा व्यवसाय में ठगी चलती थी। ये समाज का काँटा थे। ये रोगों को शरीर में प्रवेश कराते, रोग को बढ़ाते और प्राणों को बाहर निकालनेवाले होते थे। किसी बड़े रोग से रोगी के स्वस्थ होने पर उसे सब जाति-बन्धुओं को दिखाया जाता था ताकि वैद्य को यश मिले। अच्छी तथा परिश्रम से किसी औषध के सिद्ध होने पर उसका

विज्ञापन तथा सूचना देने की चर्चा इसमें है। वैद्य के लिए धन की आवश्यकता की चर्चा है। चरक ने कहा है कि बिना साधनों के जीवन बिताना सबसे बड़ा पाप है। साधनों के लिए धन एकत्रित करने की चर्चा है। इसके लिए सज्जनों से सम्मानित वृत्तियों का सहारा लेने की सलाह दी गई है।[1]

चरक का दृष्टिकोण था कि शरीर का विकार केवल चिकित्सा से दूर नहीं किया जा सकता, क्योंकि चेतना के बिना शरीर निरर्थक हो जाता है। अतः चेतनाशील पुरुष की चिकित्सा होनी चाहिए (5.5)। *चरकसंहिता* (3.11) में शरीर और मन के पारस्परिक सम्बन्ध को काफी बारीकी से देखा गया है तथा निदान एवं चिकित्सा में देहमानस (Psychosomatic) की अवधारणा स्वीकृत की गई है।[2] प्रत्येक पुरुष की प्रकृति की विशेषता को ध्यान में रखकर चिकित्सा करने का इसमें विधान है (1.125)। चरक ने चिकित्सा को एक व्यक्तिगत प्रक्रिया माना जो उसी रूप में दूसरे पर लागू नहीं हो सकती।

प्रमाणों में तर्क को स्थान देना चरक की मौलिकता है। तार्किक व्यक्ति ही अपने कार्य में सफल हो सकता है। प्रमाण के लिए अनेक स्थलों पर 'परीक्षा' शब्द का प्रयोग चरक की परीक्षात्मक शैली का द्योतक है (10.5)। उसने स्पष्ट लिखा है कि औषध रोग को दबाने के लिए नहीं बल्कि प्रकृति को सहायता मात्र देने के लिए प्रयुक्त होती है (10.5)। **आचार-रसायन** चरक की मौलिक देन है। आचार का पालन करने से बिना औषध के भी रसायन का फल प्राप्त होता है और बिना आचार पालन के औषध भी व्यर्थ हो जाती है (1.30-37)। चरक (1.24) लिखता है कि किसी भी रोग का कारण होता है। उस कारण का परित्याग करके रोग से मुक्ति मिल सकती है। अथवा उस कारण को दूर करने के लिए औषध का प्रयोग किया जा सकता है।

चरकसंहिता (1.158, 1.125) के अध्ययन से पता चलता है कि औषध के रूप में मूंगा के बाद मोती का प्रयोग होने लगा। रक्त, मांस, मेद, शुक्र आदि का इलाज चरककाल से प्रारम्भ हुआ (6.9)। कच्ची औषधियों तथा प्रमाणित (सिद्ध) औषधियों को सम्यक् रूप से सुरक्षित रखने के लिए उत्तम भंडारागार होता, क्योंकि यदि औषधियाँ जल, कीट आदि से दूषित हो जातीं तो उनकी तीक्ष्णता कम हो जाती थी। भंडारागार पूरब या उत्तर मुख का होता था। इसमें अधिक वायु-प्रवेश न होकर वायुसंचार होता रहता था। उसकी बनावट ऐसी होती जहाँ अग्नि, जल, सीलन, धुआँ, धूल, चूहा तथा अन्य चौपाए प्रवेश नहीं कर सकें। वह सभी ऋतुओं के लिए अनुकूल होता था। ऐसे भंडारागार में औषधियाँ थैलों और भांडों में ढँककर रखी जाती थीं (1.11, 12.57-58)।

चरकसंहिता (8.8) के अनुसार चिकित्साशास्त्र की पढ़ाई करने के लिए वह लड़का योग्य समझा जाता जो प्रशान्त, आर्यप्रकृति, अछुद्रकर्मा,

तनुरक्तविशद्जिह्न, वैद्यकुल में उत्पन्न हो अथवा उसमें वैद्यक-व्यवसाय के अनुकूल आचरण हो, शारीरिक और मानसिक दृष्टि से स्वस्थ तथा उत्तम गुणों से युक्त हो, आयुर्वेद के अध्ययन में रुचि एवं लग्न हो, आचार्य के उपदेशों का अनुसरण करनेवाला तथा अनुशासन माननेवाला हो, स्वभाव से शान्त, सात्त्विक, धीर, विनम्र तथा लोभ-आलस्य-क्रोध और व्यसन से रहित हो, सदाचारी, दयालु और दूसरों की भलाई सोचनेवाला हो। इन योग्यताओं के होने पर ही शिष्य, आचार्य का संरक्षण प्राप्त कर सकता था (8.13)। शिष्य को अपनी सामर्थ्य तथा परिस्थितियाँ देखकर पाठ्यक्रम निश्चित करना होता था। उसे क्या सीखना है, इसका निश्चय वह स्वयं करता था।[3]

चरकसंहिता में हड्डियों की संख्या 360 और त्वचा की संख्या 6 बताई गई है। चरक का शरीर-ज्ञान अधिकतर आध्यात्मिक है, उसमें स्थूल शरीर का ज्ञान विशेष नहीं मिलता। स्थूल शरीर का ज्ञान जो आज अधिक से अधिक मिलता है उसका मुख्य आधार सुश्रुत है। चरक ने अग्नि को आयुर्वेद का मूल बताया है (15.4)। अग्नि से जब शरीरस्थ अन्न का परिपाक होता है तब इसी से शरीर की धातु पुष्ट होती है।

शरीर में दोषों की व्यापकता दूध के अन्दर व्याप्त घी की भाँति है, शरीर के प्रत्येक कण में ये तीनों दोष रहते हैं। शरीर के जिस भाग में जो दोष अधिक मात्रा में रहता है, उसे सामान्य भाषा में दोष-स्थान कहते हैं। इस दृष्टि से नाभि से नीचे वायु का, नाभि से ऊपर गले तक पित्त का और सिर में कफ का स्थान है। शरीर के अन्दर और प्रकृति में वात-पित्त-कफ के जो कार्य होते हैं, चरक ने उसकी समानता आयुर्वेद में दिखाई है (अध्याय 12)। इन तीनों के जो भी कार्य होते हैं, वे सम्मिलित होते हैं (12.13)। शरीर के दोषों में वात-पित्त-कफ तीनों दोषवाले हैं, इसीलिए मानसिक रोगी शारीरिक रोगियों की अपेक्षा कम मिलते हैं (6.5)।

चरक के अनुसार जो प्रयोग या उपाय एक व्याधि को दूर करके दूसरी खड़ी करता है, वह सच्ची चिकित्सा नहीं है (8.23)। 36 प्रकार के घाव का वर्णन *चरकसंहिता* में है जिनके 24 कारण बताए गए हैं (25.31-34)। चरक ने 96 प्रकार के नेत्ररोग, 28 प्रकार के कर्णरोग, 31 प्रकार के नाकरोग, 11 प्रकार के शिरोरोग और 65 प्रकार के मुखरोग का उल्लेख किया है। इस संहिता में **नक़ली दाँत** लगाने का उल्लेख है (14.42)। चरक का रसायन प्रकरण अधिक बुद्धिगम्य और सरल है। आँवले और दूध का उपयोग बहुत सुन्दर है। इसमें शिलाजीत, हरीतिका, त्रिफला आदि बहुत से रसायनों का उल्लेख है (13.9.13)। चरक की औषधियों में मानसिक पवित्रता का ध्यान रखा गया है।[4]

चिकित्सालय पर प्रकाश डालते हुए चरक लिखता है कि इसमें रखकर रोगी का इलाज किया जाता था। चिकित्सालय मजबूत, सीधी वायु से बचने लायक, एक पार्श्व से वायु प्रवेशवाला, सुविधापूर्वक जिसमें घूमा जा सके, बगल के मकान से नहीं सटा रहनेवाला, धुआँ, धूप, वर्षा और धूल से बचा हुआ, अनिच्छित शब्द-स्पर्श-रूप-रस-गन्ध जहाँ पर न पहुँच सके, पानी का प्रबन्ध हो, ऊखल-मूसल, स्नान के स्थान से युक्त, शौचालय, रसोई युक्त हो-ऐसा चिकित्सालय गृह शिल्प-विद्या जाननेवाले व्यक्ति द्वारा मजबूत ढंग से बना होता था। चिकित्सालय में शील-शौच-आचार-अनुराग-दक्ष और समझदार, सेवाकार्य में कुशल, सब कार्यों को सीखे हुए, रसोई पकानेवाले, स्नान-संवाहन, उठाने-बैठाने, औषध तैयार करनेवाले भृत्यों को जो सब प्रकार के कार्यों को करने में किसी भी प्रकार की हिचकिचाहट न करें, गाने-बजाने-स्तोत्र पाठ श्लोक-गाथा-कथा-इतिहास-पुराण कहने में कुशल, अभिप्राय को समझने में चतुर, मन के अनुकूल, देश-काल को पहचाननेवाले मुसाहिबों को भी वहाँ रखा जाता था।[5]

बटेर, कपिंजल, खरगोश, हरिण, कालमृग आदि पशु तथा दुधारी, सीधी, निरोगी, बछड़ेवाली गाय का प्रबन्ध रहता था। पानी के बड़े मटके, पीढ़े, कढ़ाह, थाली, लोटा, पानी निकालने का बर्तन, मथनी, करछुल आदि आवश्यक वस्तुएँ यहाँ इकट्ठी रहती थीं। शय्या-आसन के पास करवा (धातु का टोंटीदार बरतन) और पीकदान रखा रहता था। शय्या और बैठने का पीढ़ा अच्छी प्रकार बिछे हुए, पीछे की तरफ सहारे-तकियेवाले होते जिससे उनके ऊपर बैठकर स्नेहन-स्वदेन, वमन-विरेचन, शिरोविरेचन आदि कार्य सुखपूर्वक किये जा सकें।[6] अच्छी प्रकार धुले तथा तैयार किये पीसने का पत्थर, आवश्यक शस्त्र, धूमनेत्र, वस्तिनेत्र, तराजू, मापने के पात्र, घी, तैल, वसा, मज्जा, मधु, राब, नमक, ईंधन, सुरा, सौवीरक, तुपोदक, मैरेय, मेदक, दही, मंड, शालिधान, मूँग, उरद, तिल, कुलत्थ, बेर, मृद्वीका, हरड़, बहेड़ा, आँवला आदि नाना प्रकार के स्नेह-स्वेद के उपयोगी द्रव्य तथा अन्य औषधियों का संग्रह किया जाता था। इन वस्तुओं के अलावा आवश्यकतानुसार चिकित्सा कर्म में जिनकी सम्भावना होती, उन सब चीज़ों को पहले से एकत्र करके रखा जाता था। चिकित्सालय में रहनेवाले रोगी को समझा दिया जाता कि वह जोर से नहीं बोले। उसे बहुत खाना, बहुत बैठना, बहुत घूमना, क्रोध-शोक-शीत-धूप-ओस-वायु-सवारी करना, रात में जागना, दिन में सोना आदि छोड़ देना पड़ता था (अध्याय 15)।

औषधविज्ञान एवं चिकित्सा-व्यवसाय के क्षेत्र में विज्ञान और धार्मिक रूढ़िवाद के बीच हमेशा तीव्रतम संघर्ष रहा। इस क्षेत्र की प्रकृति के अनुसार यह सब स्वाभाविक एवं अनिवार्य बात थी। वेदान्त भाववाद की बुनियादी

अवधारणाओं के साथ कर्म और पुनर्जन्म के सिद्धान्त तथा उच्च वर्णों की 'शुद्धता' को निम्नवर्णों के 'प्रदूषण' से बचाने के लिए ब्राह्मणीय व्यवस्था द्वारा लगाए गए निषेधों से सीधी मुठभेड़ किए बिना चिकित्साविज्ञान का विकास असम्भव था। चरक और सुश्रुत जैसे वैद्यों ने संघर्षमयी विचारधारा, विज्ञान के सिद्धान्त और चिकित्सा व्यवसाय का व्यवहार जैसे तीनों क्षेत्र में आनेवाली चुनौतियों को खुले मन से स्वीकारा।

चरक का सम्बन्ध औषधविज्ञान के साथ इससे जुड़े अनेक सहायक प्रश्नों तथा विचारधारा से है। आयुर्वेद का स्पष्ट निरूपण करते हुए चरक ने बताया कि इसका उद्देश्य स्वस्थ्य व्यक्तियों के स्वास्थ्य की रक्षा तथा बीमारों की अस्वस्थता का उपचार करना था। चरक ने तार्किक एवं प्रमाणित चिकित्सा विज्ञान को आयुर्वेद माना। आयुर्वेद चिकित्सा पद्धति विवेकसंगत उपचारों पर आधारित है। आज की भाषा में जिसे हम वैज्ञानिक उपचार कहते हैं, चरक ने उसे 'युक्ति' कहा, जिसके अन्तर्गत विवेकसंगत उपचार को लागू किया जाता है।

वैद्यों के यहाँ अपने अनुभव और विभिन्न उपचारों के सम्बन्ध में किए जानेवाले विचार-विमर्श की शताब्दियों पुरानी परम्परा विद्यमान है। *चरकसंहिता* की रचना, इस तरह की विकास की एक लम्बी प्रक्रिया का परिणाम है। विशुद्ध अनुभववाद और नीम हकीमी के विरुद्ध अपना विचार व्यक्त करते हुए चरक ने लिखा कि बिना किसी तरह के विवेकसंगत उपचार के सफलता प्राप्त कर लेना मात्र एक संयोग है। अपने गहन अनुभव और सूक्ष्म पर्यवेक्षण से तर्कसंगत निष्कर्ष निकालना, उन्हें व्यवहार से जाँचना, चिकित्साविज्ञान की समृद्धि के उद्देश्य से सारे वैद्यों के विचारों और अनुभवों के बारे में निरन्तर विचार-विमर्श करना, एक वैज्ञानिक के आत्म-विश्वास के साथ अपने विद्यमान ज्ञान की सीमाओं को पहचानना, अनुभववाद और नीम हकीमी को अस्वीकृत करना, रहस्यवाद या अन्धविश्वास से किसी तरह का कोई समझौता नहीं करना–यही चरक का वास्तविक आधार है। हमारी प्राचीन विरासत का यह महान और यशस्वी पक्ष है।

चरक ने वनस्पतिशास्त्र को भी अपने विवेचन का विषय बनाया है। औषधियों में काम आनेवाले 600 से अधिक पौधों (जड़ी-बूटियाँ) को चरक ने एक सुव्यवस्थित क्रम में वर्गीकृत किया तथा उनसे बनानेवाली औषधियों का वर्णन किया है। उसने अनेक तरह के खनिज, जैसे–क्षार, अम्ल, नमक, गन्धक, पारद, तंद्राकर द्रव्य, अलकोहल और इनके औषधीय गुणों का विवरण प्रस्तुत किया है। उसके अनुसार, विश्व में ऐसा कोई द्रव्य नहीं है, जो औषध से सम्पृक्त नहीं है; बुद्धिमान चिकित्सक के लिए सारा संसार ही शिक्षक है, जैसे–कि मूर्ख के लिए यह शत्रु है। उसने मानव-शरीर के विभिन्न नैसर्गिक

घटकों के बीच सन्तुलन के गड़बड़ा जाने के रूप में परिभाषित किया। इस सन्तुलन को पुनः कायम कर देने को उसने 'उपचार' की संज्ञा प्रदान की। इलाज को उसने औषध व्यवस्था के रूप में पारिभाषित किया, जिससे असन्तुलन को दूर कर शरीर के सन्तुलन को पुनः कायम किया जा सकता था। वह बताता है कि औषध को यदि सही तरह से दिया जाए तो वह शरीर-तत्त्वों की वृद्धि या कमी को सन्तुलित करती है। वह अधिक तत्त्व को बाहर निकालती तथा इसी के साथ कमी को पूरा करती है।[7]

चरक का वात, पित्त और कफ का सिद्धान्त कोई नया नहीं था। *अथर्ववेद* में यह पहले ही स्थान प्राप्त कर चुका था। महत्त्वपूर्ण तथ्य यह है कि इसी तरह के जीवशास्त्रीय द्रव्यों के भौतिक आधारों पर किए गए अनवरत प्रयासों से ही चिकित्साविज्ञान ने आधुनिक रूप प्राप्त किया। इन सबके बावजूद मानव-शरीर में आत्मा के 'रहस्य' की बात आज तक मौजूद है। उपनिषदों के अनुसार पुरुष आत्मा ही था। चरक को आत्मा में कोई विश्वास नहीं था। उसका कहना था कि मृत्यु के समय शरीर से आत्मा का अलग हो जाने का कोई सवाल ही नहीं पैदा होता। जैसे शरीर के भौतिक घटकों के विशिष्ट संयोग से जीवन पैदा होता है, ठीक वैसे ही, जीवन-विरोधी तत्त्वों के परिवर्तन से मृत्यु होती है। चरक का उद्‌देश्य यही था कि मानव-शरीर के अन्दर कहीं सर्वव्यापी आत्मा विज्ञान से आँख बचाकर प्रवेश न कर जाए।

चरक का पूरा ग्रन्थ रोगों के उपचार और स्वस्थ एवं प्रसन्न जीवन के प्रति इतना समर्पित और गम्भीर है कि अपने चिकित्साशास्त्रीय उद्‌देश्य को भूलकर केवल दर्शन की थोथी बहसों में उलझना और अपना समय नष्ट करना उसका उद्‌देश्य नहीं रहा।[8]

सन्दर्भ-ग्रन्थ

1. अत्रिदेव, *चरकसंहिता का अनुशीलन*, वाराणसी, 1955, पृ. 4-41
2. चक्रपाणिदत्त, *चरकसंहिता-व्याख्या*, निर्णयसागर, बम्बई, 1941, पृ. 104-52
3. चरक, *चरकसंहिता*, चौखम्बा, बनारस, 1938, पृ. 105-13
4. प्रियव्रत शर्मा, *चरक चिन्तन*, चौखम्बा, वाराणसी, 1970, पृ. 205
5. रघुवीरशरण शर्मा, *चरकसंहिता का निर्माणकाल*, चौखम्बा, वाराणसी, 1959, पृ. 41
6. हरिदत्त शास्त्री, *चरकसंहिता*, मोतीलाल बनारसीदास, लाहौर, 1941, पृ. 67
7. Chandra Chakravarty, *Charaka-Samhita*, Jam Nagar, 1949, पृ. 301-55
8. *चरकसंहिता* का अरबी अनुवाद 8वीं शती में हुआ था जो *शरक इंडियानस* के नाम से जाना जाता है।

अध्याय-21

सुश्रुत

शल्य-चिकित्सा भी भारतीय चिकित्सा-ज्ञान का प्राचीन काल से ही अंग रहा है। कहते हैं, विश्वामित्र के पुत्र (*महाभारत*, अनुशासनपर्व, अध्याय 4; *गरुणपुराण*, 139.8-11) सुश्रुत ने शल्यशास्त्र के अध्ययन की इच्छा प्रकट की, इसलिए उसके गुरु धन्वन्तरि ने इसी अंग का उपदेश दिया। सुश्रुत दूसरी शताब्दी में आयुर्वेद का विद्वान था। उसके द्वारा रचित ग्रन्थ सुश्रुत संहिता में बाद में चलकर नवीन तथ्य जोड़ने का सिलसिला जारी रहा और यह सिलसिला दसवीं शताब्दी तक चलता रहा। अतः इसे दसवीं शताब्दी के बाद की रचना मानना तार्किक होगा। *सुश्रुत संहिता* में 120 अध्याय हैं। अध्यायों की यह संख्या मनुष्यों की आयु 120 वर्ष मानकर है। हाथियों की आयु भी इतनी ही बताई गई है। 60 वर्ष की आयु में हाथी पूर्ण युवा होता है। मनुष्यों के लिए भी कहा जाता है कि 60 वर्ष की आयु में उसे बुद्धि आती है (साठा सो पाठा, पकां, *सुश्रुत*, 29.1)। युद्ध में सैनिकों के हाथ-पैर कट जाते थे। शरीर में तीर-भाले घुस जाते थे। इन सबकी चिकित्सा चीर-फाड़ करके की जाती थी। 'शल्य' का अर्थ है पीड़ा। इस चिकित्सा में होनेवाली असहनीय पीड़ा के कारण ही इसका नाम **शल्य-चिकित्सा** पड़ गया था। प्रारम्भ में शल्य-चिकित्सा के बारे में ज्ञान अल्प था। शल्य-चिकित्सक चुभे हुए बाण तथा भाले निकाल देते थे और कुचले हुए अंग काट देते थे। जनसाधारण इस प्रकार की चिकित्सा से डरता था। वह औषधियों द्वारा उपचार को ज़्यादा उपयोगी मानता था। सुश्रुत[1] नामक आयुर्वेदाचार्य ने शल्य-चिकित्सा के बारे में बिखरी हुई जानकारी एकत्रित करके तथा नए-नए प्रयोग करके शल्य-चिकित्सा को परिष्कृत रूप दिया। उन्होंने अपने संस्कृत में लिखे विस्तृत ग्रन्थ के पहले 120 अध्यायों में शल्य-चिकित्सा का वर्णन किया है।[2] इसके उत्तर-तंत्र में शरीर की चिकित्सा का भी वर्णन किया है। इस महान ग्रन्थ[3] के आरम्भ में बताया गया है कि चिकित्सा-छात्रों को किस प्रकार कुम्हड़ा, लौकी, तरबूज आदि को बारीकी से काट-काटकर शल्यक्रिया का अभ्यास करना

चाहिए। आचार्य सुश्रुत[4] मोम के पुतलों, फलों, मरे हुए जानवरों का प्रयोग करके छात्रों को शल्य-चिकित्सा सिखलाते थे।

वे अच्छे शव को नदी के जल में घास-फूस से ढँककर रख देते थे।[5] इससे धीरे-धीरे शरीर की त्वचा अलग हो जाती थी। इसके बाद छात्रों को वे शरीर की मांसपेशियों, हड्डियों और भीतरी अंगों का क्रियात्मक अध्ययन कराते थे। वे मर्मस्थलों के बारे में विशेष रूप से समझाते थे।[6] आचार्य सुश्रुत ने शल्य-चिकित्सा में इस्तेमाल होनेवाले 101 यंत्रों का ज्ञान अपने ग्रन्थ में कराया और उनमें से तमाम आज भी प्रयोग में आते हैं।[7]

सौन्दर्य का महत्त्व प्राचीन काल से ही रहा है। भारतीय चिकित्साशास्त्र जहाँ प्राकृतिक सौन्दर्य-साधनों, लेपों आदि की जानकारी देता रहा है, वहीं विकृत अंगों का प्लास्टिक सर्जरी[8] द्वारा इलाज भी उस युग में आचार्य सुश्रुत ने ही आरम्भ किया था, जिसे अंग्रेजों ने भारतीय प्राचीन ग्रन्थों से सीखा और फिर यूरोप जाकर इसका विकास किया। इस अमूल्य ग्रन्थ में शल्य-चिकित्सा[9] के अलावा शरीर-संरचना, निदान, कार्य-चिकित्सा, बालरोग, स्त्रीरोग, मनोरोग, नेत्र तथा सिर रोग, फार्मेसी, विष विज्ञान आदि का भी वर्णन है।[10] आचार्य सुश्रुत[11] सफल चिकित्सक के लिए पुस्तकीय ज्ञान के अलावा प्रयोगात्मक ज्ञान भी आवश्यक मानते थे।[12] उन्होंने अपने ग्रन्थ में विभिन्न मौसमों[13], उनमें पैदा होनेवाली वनस्पतियों[14], उनका मनुष्यों और पशुओं पर पड़नेवाला प्रभाव[15], जीव विज्ञान[16], वनस्पति विज्ञान[17] आदि को वैज्ञानिक ढंग से समझाया है।[18]

भारत के इस महान शल्य-चिकित्सक की महान रचना का लाभ पूरे विश्व ने उठाया।[19] 800 ईसवी में ही *सुश्रुतसंहिता* का अरबी भाषा में अनुवाद हो गया था और *किताबेसुश्रुत* के नाम से यह ज्ञान पश्चिम में पहुँच गया। एक ओर अरबी विद्वान ने अपने ग्रन्थों में सुश्रुत का उल्लेख किया तो दूसरी ओर, 9वीं-10वीं सदी में ईरान के महान चिकित्सक राजी ने भी उन्हें महान चिकित्सक माना और हल्दी तथा लहसुन के चिकित्सा-गुणों पर पुस्तक लिख डाली।[20] बाद के काल में यह ज्ञान यूरोप पहुँचा। सोवियत चिकित्साशास्त्री पेतोव के अनुसार, रूस की प्राचीन चिकित्सा-पुस्तकों में भारत की वनस्पति और खनिज औषधियों का उल्लेख मिलता है। *सुश्रुतसंहिता* आज भी अनुसंधान का विषय है।[21]

सुश्रुतसंहिता में अस्पताल के लिए **व्रणितायार** शब्द का प्रयोग किया गया है। अस्पताल में रोगी के लिए एक घर होता था। इसमें रोगी की शय्या, पीड़ारहित, पर्याप्त लम्बी-चौड़ी, सुन्दर गद्देवाली एवं रमणीय होती थी। शय्या का सिरहाना पूर्व की ओर होता था। इस पर शस्त्र रख दिया जाता था

(सम्भवतः अकेला रहने पर रोगी कभी स्वप्न में या अन्य प्रकार से डर जाए तब शस्त्र पास में रहने से थोड़ा-सा बल मिले, इसीलिए यह सुविधा आज भी की जाती है।) रोगी के पास नर्स (स्त्री परिचारिकाएँ) का जाना निषिद्ध था (*सुश्रुत*, 19.14-15)। रोगी को नख और बाल कटाकर साफ़ श्वेत वस्त्र धारण करना पड़ता था।

शल्यकर्म करनेवाले यंत्रों की संख्या एक सौ एक बताई गई है। इनमें प्रधान यंत्र हाथ था। शेष सौ यंत्रों का विभाग छह रूपों में किया गया है। इनमें स्वस्तिक यंत्र 24, सन्देश यंत्र 2, तालपत्र 2, नाड़ीयंत्र 20, शलाका यंत्र 28 और उपयंत्र 24 थे। काटने, चीरने के तीक्ष्ण उपकरण (Cutting instrument) हैं। यंत्र का अर्थ सामान्यतः चिमटी, संड़सी जैसे कुंद औजार (Blunt instruments) हैं। चाकू, सुई, कैंची, आरी आदि शस्त्र हैं। छह प्रकार के यंत्र थे–स्वस्तिक, सन्देश, ताल, नाड़ी, शलाका और उपयंत्र। यंत्रकर्म 24 प्रकार के थे किन्तु चिकित्सक अपनी बुद्धि से और भी तकनीक का प्रयोग करता था। यंत्रों में 12 दोष थे–बहुत मोटा होना, कमजोर होना, बहुत लम्बा, बहुत छोटा, पकड़ में न आना, कठिनाई से पकड़ा जाना, टेढ़ापन, ढीला रहना, बहुत उठा होना, जोड़ का ढीला होना, कोयल मुख और पकड़ ढीली होना। शस्त्रों की संख्या 20 थी। ये सब शस्त्र अच्छी पकड़वाले, अच्छे लोहे के उत्तम धारवाले, देखने में सुन्दर जिनके मुख आपस में ठीक तरह से मिलते हों, भयानक अथवा डरावने नहीं होते थे। शस्त्र का टेढ़ा, कुंठित, टूटा हुआ, खुरदुरी धारवाला (आरी के समान), बहुत मोटा, बहुत छोटा, बहुत लम्बा और बहुत तुच्छ होना दोष था। भेदन कार्य में आनेवाले शस्त्रों की धार मसूर के पत्ते के समान मोटी और बाल के समान पतली होती थी। शस्त्रों को तेज करने के लिए चिकनी शिला होती जिसका रंग उड़द के समान काला होता था। धार को सुरक्षित रखने के लिए डिब्बे का प्रयोग होता था। अपने कर्म में होशियार लोहार द्वारा ये यंत्र शुद्ध लोहे के बनाए जाते थे।

कान छेदने की तकनीक विकसित हो चुकी थी। कान की पाली को बढ़ाने के लिए इसमें छेदन करके छल्ले पहनाए जाते थे। इन छल्लों से कई बार पाली कट जाती थी जिसे जोड़ने के लिए शूक नामक कीड़ा एवं तेल आदि का प्रयोग किया जाता था (14.4)। इस *संहिता* में कपोल या शरीर के मुलायम अंग से मांस काटकर नाक बनाने की चर्चा है (16.27-28)। कर्णवेधन की भाँति **नासिकावेधन** करके इनमें आभूषण पहने जाते थे।

सुश्रुत ने बताया है कि भयंकर शल्य कर्मों में जहाँ प्राण जाने का भय हो वहाँ मरीज के उत्तरदायी व्यक्ति की रज़ामन्दी लेकर और राजा को सूचित करके शस्त्र-कर्म किया जाता था। इस *संहिता* में ग्रहों की पूजा जो कि

सम्भवतः प्रथम या दूसरी शताब्दी के समय से चली थी, विस्तृत रूप में दी गई है। इसमें नवग्रह पूजा का उल्लेख है। ग्रह विज्ञान *सुश्रुत* में सबसे पहले मिलता है (5.72 एवं 6.4)। शल्य-चिकित्सा में जीवाणु एक मुख्य वस्तु है। *सुश्रुतसंहिता* में इसे निशाचर रूप में व्यक्त किया गया है। जीवाणु के कार्य को ठीक प्रकार से न समझने पर, इनका प्रत्यक्ष ज्ञान न होने पर इनको ग्रह, देवता से सम्बद्ध बताया गया है। जहाँ भी विचित्रता तथा मनुष्य से अधिक पराक्रम-प्रवृत्ति देखने में आई उसे देवता या ग्रह के साथ जोड़ा गया। यह प्रथा *चरकसंहिता* में नहीं है।

शस्त्रकर्म करने से पूर्व रोगी को अच्छे प्रकार से नियंत्रित किया जाता था। शल्यक्रिया से पूर्व उसे लघु भोजन दिया जाता था। मद्य पीनेवाले को मद्य पिला दी जाती थी (17.11-12)। मद्य पिलाने से शल्य की पीड़ा नहीं होती थी। सुश्रुत के समय रोगी को मूर्च्छित करने का साधन सम्भवतः मद्य ही था। हड्डी में फँसी हुई कील को निकालने के लिए रोगी के पाँव थामकर यंत्र द्वारा निकाला जाता था। यदि इस प्रकार कील नहीं निकल पाती तो रोगी को बलवान पुरुषों द्वारा पकड़वाकर यंत्र द्वारा कील को पकड़ा जाता और एक तान्त से खूँटे में बँधे हुए घोड़े की लगाम में बाँध दिया जाता था; फिर घोड़े को चाबुक मारने से घोड़ा मुख को ऊँचा उठाता था और इसी के साथ कील झटके से बाहर आ जाती थी। कील को निकालने के लिए दूसरा उपाय था कि वृक्ष की शाखा को झुकाकर उसमें कील को बाँधकर शाखा छोड़ दी जाती थी और इसके झटके से कील बाहर आ जाती थी। लोहे की कील को निकालने के लिए अयस्कान्त अर्थात् चुम्बक का भी उल्लेख है।

सुश्रुत ने आँख के रोगों की संख्या 76 बताई है। इन रोगों को ठीक करने के लिए यकृत का उपयोग किया जाता था। गोह के यकृत (जिगर) को चीरकर उसमें पिप्पली (पीपर की जड़) भरकर अग्नि में पकाई जाती थी। पकने पर यकृत को खाया जाता और पिप्पली से अंजन किया जाता था। यही क्रिया बकरी के जिगर (कलेजी) से भी कर सकते थे (17.24)। आँख के रोगों में त्रिफला का उपयोग सायंकाल करने का उल्लेख है। प्रत्येक सातवें-आठवें दिन अंजन लगाने से आँख ठीक रहती थी (15.4-10; 17.57-61)।

स्वस्थ्य का आदर्श लक्षण सुश्रुत की देन है। कुष्ठ, ज्वर, शोष (यक्ष्मारोग) को छूत की बीमारी प्रथम बार सुश्रुत ने ही बताया। वायु और जल के शोधन की विधि इसमें सविस्तार वर्णित है। *सुश्रुतसंहिता* के 24वें अध्याय में बीमारी का वर्गीकरण विस्तार से किया गया है। कुछ नए रोगों का भी वर्णन मिलता है (44.10)। शूल एवं शिरोबस्ति का वर्णन है (14.5, 3.28, 2.77)। व्यतव्याधि तथा जीवाणुसंक्रमण से बचने के लिए घृतद्रोणी का प्रयोग वर्णित

है (14.5)। रोगों के लिए कुछ विशिष्ट औषधियों को निर्धारित किया गया है–जैसे; कुष्ठ के लिए तुवरक, खदिर और बीजक; अर्श (बवासीर) के लिए कुटज और झल्लातक; प्रमेह (एक रोग जिसमें शरीर की धातुएँ अनेक रूपों में पेशाब के रास्ते गिरा करती हैं।) के लिए हरिद्रा, आढ्यवात के लिए गुग्गुल आदि। विषों की चिकित्सा में मंत्र एवं औषध दोनों के प्रयोग का इसमें वर्णन है किन्तु मंत्र का प्रयोग ज़्यादा किया गया है। इससे प्रमाणित होता है कि विष का इलाज प्रायः सम्भव नहीं था (5.22, 7.40–63)। एरंडतैल (44.73) और चतुरगुलतैल (44.72) का नवीन प्रयोग मिलता है। इस ग्रन्थ में पागलपन के इलाज के लिए सर्पसुगन्धा नामक जड़ी (5.84) की चर्चा है।

सन्दर्भ-ग्रन्थ

1. इस ग्रन्थ का लेखक धन्वन्तरि को बताया जाता है। इसके रचनाकाल पर विद्वान एकमत नहीं हैं किन्तु अधिकांश विद्वान इसे 8वीं शताब्दी या उसके बाद का मानते हैं। 11वीं शताब्दी में चक्रपाणि दत्त ने *भानुमतिव्याख्या* नाम से *सुश्रुतसंहिता* की जो टीका की और सुश्रुत का जो रूप आज उपलब्ध है, वह उसी टीका का है। अतः इसे 11वीं शताब्दी की रचना मानना पड़ेगा; सत्यप्रकाश, *वैज्ञानिक विकास की भारतीय परम्परा*, पटना, पृ. 228; *सुश्रुतसंहिता* से काफी पहले की *चरकसंहिता* है (वही 229)।
2. *सुश्रुतसंहिता* (धन्वन्तरि), (अनु.– अत्रिदेव, मोतीलाल बनारसीदास, दिल्ली, 1975), अध्याय 1, पृ. 2
3. *वही*, अध्याय 1, श्लोक 7, पृ. 3
4. (1) शल्य–कील, हड्डी, पत्थर आदि और गर्भ निकालने के लिए औजारों से चीरफाड़ करना, (2) श्लाका–कान, आँख, मुख, नासिका आदि में होनेवाले रोगों का इलाज, (3) काय–ज्वर, रक्तपित्त, शोष, उन्माद, अपस्मार, कुष्ठ, प्रमेह, अतिसार आदि का इलाज, (4) भूतविद्या–बुरी आत्माओं के कारण फैली अशान्ति का बलिदान आदि से शान्त करना, (5) कौमारभृत्य–बच्चों से सम्बद्ध रोगों का इलाज, (6) अगदतंत्र–विषरोग का इलाज, (7) रसायनतंत्र–आयु, मेधा और बल वृद्धि के लिए इलाज, और (8) बाजीगरतंत्र–युवावस्था बनाए रखने का इलाज।
5. *सुश्रुतसंहिता*, 1,13–14, पृ. 4; वही, 1.51, पृ. 14
6. *वही*, 3.52, पृ. 14; वही, 4.8, पृ. 16
7. *वही*, 5.6–7, पृ. 17
8. *वही*, 5.10, पृ. 18
9. *वही*, 5.16, पृ. 18
10. *वही*, 5.18–19 पृ. 19
11. *वही*, 5.20–32, पृ. 19; वही, 5.33–37, पृ. 20; वही, 5.6, 26
12. *वही*, 7.7–8, 26
13. *वही*, 7.9–11, 26–27
14. *वही*, 7.12–14, 27–28

15. *वही*, 7.15.29; वही, 19.5; वही, 25.23–24
16. *वही*, 25.27
17. *वही*, 18, 29–31
18. *वही*, 8.3, 30
19. *वही*, 9.3, 34; वही, 9.4–5, 34; वही, 10.7, 36
20. लक्ष्मण प्रसाद एवं विनोद कुमार मिश्र, *भारत में विज्ञान एवं भारतीय वैज्ञानिक*, नई दिल्ली, 2007, पृ. 17
21. वही, पृ. 48

अध्याय-22

धन्वन्तरि

पौराणिक आख्यानों के अनुसार देवताओं के वैद्य और आयुर्वेदशास्त्र के प्रवर्त्तक धन्वन्तरि को समुद्र-मंथन से प्राप्त 14 रत्नों में से एक माना जाता है। वे अमृत-कलश हाथ में लिए हुए प्रकट हुए थे। इन्होंने आयुर्वेदशास्त्र इन्द्र से और चिकित्सा-विज्ञान भास्कर से सीखा।

कहा जाता है कि समुद्र से निकलने पर जब धन्वन्तरि ने विष्णु से यज्ञ में अपना भाग माँगा तो विष्णु ने अगले जन्म में इसकी इच्छा पूरी होने का आश्वासन दिया। तद्नुसार अगले जन्म में इसने काशीराज धन्व के घर जन्म लिया। इसे गर्भ से ही अनेक सिद्धियाँ प्राप्त थीं। इसने आयुर्वेदशास्त्र को इन अष्टांगों में विभक्त किया–1. काय (शरीर शास्त्र) 2. बाल (बाल रोग) 3. ग्रह (भूत-प्रेतादि विकार) 4. ऊर्ध्वांग (शिरोनेत्राति विकार) 5. शल्य (शस्त्रघातादि विकार) 6. दंष्ट्रा (विष-चिकित्सा) 7. जरा (रसायन) 8. वृष (बाजीकरण)।

सुविख्यात काशीपति दिवोदास धन्वन्तरि इसका पौत्र या प्रपौत्र था। दिवोदास धन्वतरि से सुश्रुत ने आयुर्वेद की शिक्षा ग्रहण की।

चरक ने 'धन्वन्तरि' शब्द का प्रयोग बहुवचन में किया है। धन्वन्तरि शल्य-शास्त्र में पारंगत व्यक्ति को कहते हैं। अतः ऐसा प्रतीत होता है कि कालान्तर में यह व्यक्ति का नाम न रहकर शल्य-चिकित्सा के प्रवीण किसी भी व्यक्ति के लिए प्रयुक्त होने लगा।

अध्याय-23

नागार्जुन

भारतीय रसायन के इतिहास में सबसे बड़ा व्यक्तित्व नागार्जुन का है, जिसने चरकादि की मान्य पद्धति के समकक्ष धातु-रसायन के प्रयोग पर विशेष बल दिया। नागार्जुन भारतीय रसायन का प्रवर्त्तक माना जा सकता है। यह कहना कठिन है कि नागार्जुन कब हुआ? आचार्य प्रफुल्लचन्द्र राय ने इसे सातवीं या आठवीं शताब्दी का माना है; पर इसके लिए जो तर्क दिये हैं, वे अधिक विश्वसनीय नहीं हैं।[1] नागार्जुन माध्यमिक बौद्धों के महायान सम्प्रदाय का प्रसिद्ध विचारक और तत्त्ववेत्ता था। बौद्धों में महायान तथा हीनयानों का विशिष्ट अन्तर तृतीय महापरिषद् के बाद से आरम्भ हुआ जो कनिष्क के समय हुई थी। नागार्जुन इस नूतन महायान सम्प्रदाय के प्रसिद्ध नेताओं में से एक था। कहा जाता है कि इस सम्प्रदाय का प्रसिद्ध सूत्र 'सर्वे शून्यम्' इसी का चलाया हुआ है। व्हेनसांग के शब्दों में—उस समय के चार तेजोमान सूर्य थे—नागार्जुन, देव, अश्वघोष और कुमारलब्ध। कहा जाता है कि *नागार्जुन बोधि-सत्व* की जीवनी का अनुवाद चीनी भाषा में 401-409 सन् में हुआ। नागार्जुन की ख्याति भारत के बाहर चीन और तिब्बत तक पहुँची हुई थी।[2]

नागार्जुन विदर्भ के एक धनी ब्राह्मणकुल में जन्मा था। ज्योतिषियों ने इसके जन्म पर घोषित किया था कि यह एक सप्ताह में ही मर जाएगा। ज्योतिषियों की सहायता से इसे थोड़ी और आयु मिली। बाद को यह खिन्न बालक मगध के 'नालेन्द्र विहार' में पहुँचा और वहाँ वह बौद्ध-भिक्षु बन गया। किंवदन्ती है कि नालन्दा में एक बार **घोर दुर्भिक्ष** पड़ा और बौद्धों का जीवन संकट में पड़ गया। धन-संग्रह के लिए बहुत-से व्यक्ति निकल पड़े और इस प्रयास में ही किसी तपस्वी से नागार्जुन ने रसायन-विद्या सीखी तथा सामान्य धातुओं से सोना बनाना जाना। इस विद्या को सीखकर जब वह नालन्दा पहुँचा, तब भिक्षु-संघ का आर्थिक संकट मिट गया। नागार्जुन बाद में नालन्दा का मुख्य अधिष्ठाता भी नियुक्त हुआ।

नागार्जुन के समय से बौद्ध-धर्म के सिद्धान्तों में ब्राह्मण-धर्म के सिद्धान्तों का सम्मिश्रण आरम्भ हुआ। इसके कुछ समय बाद ही गान्धार के एक भिक्षु असंग ने जो *योगाचारभूमिशास्त्र* लिखा, उसमें उसने **पातंजलि योग** का भी समावेश किया। बौद्ध और योग दर्शनों के सम्मिश्रण के अनन्तर तांत्रिकों का प्रभाव भी बिहार और बंगाल के बौद्धों पर विशेष पड़ने लगा। शैवतंत्रों के समान बौद्धतंत्र-ग्रन्थ भी बनने लगे। शिव का स्थान बोधिसत्त्वों ने ले लिया और 'शक्ति' का स्थान बौद्धतंत्रों में 'तारा' ने ले लिया। धीरे-धीरे बौद्धतंत्रों में हिन्दू देवताओं को भी प्रतिष्ठित स्थान दिया गया, यद्यपि बौद्ध देवताओं से यह स्थान कुछ निम्नस्तर का रहा। तंत्रों के समान महायान सम्प्रदाय में 'धारणी' बनी और ध्यानी बुद्ध, बैरोचन, अक्षीम्य, अमिताभ बुद्ध आदि की इस युग में कल्पना की गई। पुराने बौद्धधर्म के कर्म के अनुसार गति मानी जाती थी; पर इस नवीन युग में मंत्रों की आवृत्ति से मुक्ति का सरल उपाय निकाल लिया गया। महायान के नये रूप के अनुकूल वैपुल्यसूत्र बनने लगे, जिनमें धारणियों को विशेष स्थान मिला। इसी समय *सद्धर्म पुण्डरीक*, *ललितविस्तर*, *तथागत गुह्यक*, *प्रज्ञापारमिता* आदि ग्रन्थ बने। भारतीय तंत्र-ग्रन्थ सातवीं-आठवीं शताब्दी (A.D.) में ही चीन में पहुँच गए थे। 'अमोघवग्र' नामक उत्तरीय भारत का श्रमण सन् 746-771 ईंसवी में चीन में रहा था और जादू-टोटके के मंत्रों का उसने वहाँ प्रचार किया। भारतीय पंडित सातवीं से लेकर ग्यारहवीं शताब्दियों के बीच तिब्बत में भी अपने तांत्रिक विचार ले जा चुके थे। इनके अनेक तंत्र-ग्रन्थों में यत्र-तत्र कुछ रासायनिक योग भी दिए गए हैं।

रसरत्नाकर—यों तो तिब्बत में अनेक ऐसे तंत्र-ग्रन्थ पाए गए हैं जिनमें रसायन के स्फुट योगों का उल्लेख है, पर सबसे अधिक महत्त्व का बौद्ध-तंत्र वह है जो नागार्जुन का लिखा गया माना जाता है। महायान सम्प्रदाय के इस तंत्र का नाम *रसरत्नाकर* है। इसमें यत्र-तत्र इस प्रकार के वाक्य हैं—'प्रणिपत्य सर्वबुद्धान्।' इस प्रकार इसमें सर्वबुद्धों के प्रति निष्ठा प्रकट की गई है। इस ग्रन्थ में एक स्थल पर वाक्य हैं—प्रज्ञापारमिता ने मध्यरात्रि के समय स्वप्न में नागार्जुन को दर्शन दिए और उसे अमुक-अमुक योग बताए। *रसरत्नाकर* में रासायनिक विधियों का वर्णन नागार्जुन, मांडव्य, वटयक्षिणी, शालिवाहन और रत्नाघोष के संवादों के रूप में दिया गया है। रत्नघोष और मांडव्य के नाम अन्य रसग्रन्थों में भी आते हैं। *रसरत्नाकर* ग्रन्थ सातवीं या आठवीं शताब्दी का लिखा प्रतीत होता है। *रसरत्नाकर* ग्रन्थ बड़े महत्त्व का है। इसके आधार पर कुछ रासायनिक विधियों का अनुमान लगाया जा सकता है। पहले अधिकार में महारस शोधनविधि दी हुई है। हम इनमें से कुछ यहाँ देंगे—

(1) **राजावर्त्तशोधन**–इसमें आश्चर्य की क्या बात यदि शिरीष पुष्प के रस से भावित राजावर्त्त एक गुंजाभार की चाँदी को सौ गुंजा भार के सोने में परिवर्तित कर देता है, जिसमें बालसूर्य की-सी आभा होती है।

(2) **गन्धकशुद्धि**–इसमें आश्चर्य ही क्या, यदि पीला गन्धक पलाशनिर्यास रस से शोधित होने पर तीन बार गोबर के कंडों पर गरम करने पर चाँदी को सोने में परिवर्तित कर दे।

(3) **रसक (calamine) शोधन**–इसमें आश्चर्य ही क्या यदि ताँबे को रसक रस द्वारा तीन बार तपाएँ तो यह सोने में परिणत हो जाए।

(4) **दरद (cinnabar) शुद्धि**–इसमें आश्चर्य ही क्या, यदि भेड़ के दूध से और अम्लों से कई बार भावित दरद द्वारा प्रतिकृत चाँदी कुंकुम के समान चमकनेवाला सोना बन जाए!

(5) **माक्षिक (pyrites) शोधन**–खनिजों को कुलथी और कोदों के क्वाथ, नरमूत्र और बेतसादि अम्लों द्वारा गरम करें और फिर इनमें क्षार मिलाकर तीन आँच दें। इसमें आश्चर्य ही क्या, यदि कदली रस द्वारा और सूरण कन्द द्वारा सुपचित एवं अंडी के तेल और घी के साथ एक आँच गरम करने पर माक्षिक पूर्णतः शुद्ध हो जाए! (अर्थात् माक्षिक से ताँबा बन जाएगा)।

(6) **चपलशुद्धि**–चपल आदि खनिज जम्बीरी नींबू के रस से तीन दिन भावित होने पर शुद्ध हो जाते हैं। पाँच मिट्टियों, भस्म और लक्षणों के साथ मिलाने तथा आँच देने (पुट पाका द्वारा) से सोना शुद्ध हो जाता है।

(7) **चाँदी का शोधन (तारशुद्धि)**–अर्थात् चाँदी सीसा के साथ गलाने और भस्मों के साथ गलाने पर शुद्ध होती है। (आजकल की cupellation विधि से इसकी तुलना की जा सकती है।)

(8) **शुल्ब (ताँबा) शुद्धि**–इसमें आश्चर्य ही क्या, यदि पृथिवी से उत्पन्न क्षार (अर्थात् शोरा) के साथ एवं भेड़ के दूध, घी और 1/16 भाग तैल के साथ गलाने पर ताँबा शुद्ध होकर चाँदी ऐसा बन जाए तो!

माक्षिक और ताप्य से ताम्र प्राप्त करना–इस विधि का उल्लेख इस प्रकार है–माक्षिक को शहद, गन्धर्वतैल, घृत, गोरस, गोमूत्र, अंडी के तैल, कदली रस आदि के साथ मूषा में गरम करने से शुद्ध ताँबा प्राप्त होता है। ताप्य से शुद्ध ताम्र बनाने की विधि भी वैसी ही दी है, जैसी माक्षिक से। ताप्य भी ताम्र का एक दूसरे प्रकार का माक्षिक है। *रसार्णव* ग्रन्थ (अध्याय 7, 12–13) में भी

ताम्र प्राप्त करने की यही विधि बताई गई है। ताप्य को महावृक्षार्क, दूध, टंकण, कंकुष्ठ, मधु, धृत, एरंड तैल आदि के साथ मूकमूषा में गरम करने से शुद्ध ताँबा बनता है। इन विधियों को–**माक्षिक सत्त्व पातन-विधि** कहते हैं।

रसक से यशद (जस्ता) धातु तैयार करना–(calamine) से जस्ता बनाने की विधि नागार्जुन ने इस प्रकार दी है :

रसक को क्षार, स्नेह (तैल), धान्याम्ल (vegetable acids), ऊन, लाख आदि के साथ और सुहागा (टंकण) मिला कर मूकमूषा में गरम करें तो रसक का सत्त्व प्राप्त होता है, अर्थात् यशद धातु बनती है। *रसरत्नसमुच्चय* (2/163-164) में भी इसी प्रकार का विवरण है।

दरद सत्त्व प्राप्त करना, अर्थात् दरद (Cinnabar) से पारा निकालना

विमल को शिग्रु के दूध, फिटकरी, कसीस और सुहागा के साथ बज्रकन्द मिलाकर कदली रस के साथ भावित करें, और माक्षिक क्षार मिलाकर मूक मूषा में तपावें, तो बिमल का सत्त्व शीघ्र मिलता है।

पातनयंत्र (distillation apparatus) में पातन (distil) करने पर जलाशय में दरद का सत्त्व अर्थात् पारा प्राप्त होता है। *रसरत्नसमुच्चय* (1189-90) में भी इसी प्रकार का वर्णन दिया हुआ है।

अभ्रकादि की सत्त्वपातनविधि–अभ्रक (mica) की सत्त्वपातनविधि इस प्रकार है–अभ्रकादि खनिज पदार्थों के सत्त्व गन्धक के प्रभाव से (अर्थात् गन्धक के साथ तपाकर) प्राप्त हो सकते हैं।

रत्नों (मोती आदि) को घोलने या गलाने की द्रुतपातन विधि–रत्नों को बेतसाम्ल, अम्ल और काञ्जी (सरकादि की खटाई) में शीघ्र घोला जा सकता है। मुष्काफल को सप्ताह तक बेतसाम्ल के साथ भावित करें, फिर पुटपाकविधि[3] का अवलम्बन करें, तो रत्न द्रव अवस्था (विलयन के रूप) में प्राप्त हो जाते हैं।

धातुओं का मारण या हनन

वंग (tin) को ताल (yellow orpiment) के साथ, तीक्ष्ण (iron or steel) को दरद (cinnabar) के साथ, हेम (स्वर्ण) को नाग (tin or lead) के साथ, और नाग (lead) को शिला (red arsenic) के साथ, शुल्ब या ताम्र को गन्धाश्म (sulphur) के साथ और तार या चाँदी (silver) को माक्षीक-रस (pyrites) के साथ मारना चाहिए। अन्यत्र एक श्लोक में ताँबे या शुल्ब को गन्धक और बकरी के दूध द्वारा तथा चाँदी को स्नुही के दूध और माक्षिक के द्वारा मारने का विधान दिया है :

इस प्रकार मृत की गई धातुओं के रसों के कुशल प्रयोग से पलितादि रोगों एवं वृद्धावस्था आदि का नाश सम्भव है।

रसबन्ध (fixation of mercury)–पारे का नाम रस है, पारे को ही रसराज, रसनृप आदि कहा है। इसके वध की विधि अर्थात् एमलगम (संरस) बनाने की विधि इस प्रकार नागार्जुन ने दी है (यह विधि तीसरे अधिकार में दी गई है) :

रसनृप (पारे) को नींबू के रस, नवसार (नौसादर–salammoniac), अम्ल, क्षार, पंच-लवण, त्रिकटुक (सोंठ, गोलमिर्च और पीपल), शिग्रु के रस और मुरभिसूरण (amorphophallus campanulatus) कन्द के साथ सम्मर्दित करें तो यह आठों धातुओं के साथ बन्ध प्राप्त करता है।

पारे और स्वर्ण के योग से दिव्य देह प्राप्त करने की औषध बनाना–मकरध्वज के समान एक योग दिव्य देह प्राप्त करने के उद्‌देश्य से इस प्रकार, बनाया जा सकता है :

पारे में बराबर भाग सोना मिलाकर रगड़ें, फिर इसमें गन्धक, टंकण (borax) आदि मिलाकर रगड़ें। इस प्रकार नष्ट, पिष्ट (पिसा), मुष्क (massy) भाग को अन्ध मूषा (closed crucible) में हलकी आँच पर तब तक गरम करें जब तक भस्म न हो जाए। इसके सेवन से साधक दिव्य देह प्राप्त करता है।

गर्भयंत्र–पीठिका की भस्म तैयार कर देनेवाले गर्भयंत्र का वर्णन नागार्जुन ने इस प्रकार दिया है–चार अंगुल लम्बी और तीन अंगुल चौड़ी, वर्तुल आकार की, मिट्टी की बनी सुदृढ़ मूषा हो और इसमें लोह (धातुमात्र) 20 भाग और एक भांग गुग्गुलु महीन (श्लक्ष्ण) पीस कर और बराबर पानी देकर मूषा पर लेप करके इसे दृढ़ बना लो। इसे भूमि में भूसी की आग से गरम करके मृदु स्वेदन से स्वदेन किया जा सकता है। *रसार्णव* में भी इसी प्रकार के गर्भयंत्र का वर्णन दिया गया है।

कज्जली बनाने की विधि

एक पल सूतक (पारा) लेकर चौथाई भाग साक्तुक विष मिलाएँ, और उसमें बराबर भाग गन्धक और ताँबा (शुल्ब) चूर्ण करके डाल दें। इस प्रकार जो कज्जलिका बने उसमें एक पल गन्धक देकर और पकाया घी देकर लोहे के भाजन (cup or plate) पर पकाएँ। जैसे ही यह द्रव बन जाए, इसे उसी क्षण पुट (पत्ते के दोने) या केले के पत्ते पर डाल दें। इस प्रकार पर्पटिका रस बनता था।

रसायन यंत्र–वट वृक्ष पर रहनेवाली यक्षिणी और शालिवाहन के बीच का संवाद नागार्जुन ने दिया है। उसमें यक्षिणी ने कहा है कि मांडव्य ने जैसी-जैसी

प्रक्रियाएँ बताई हैं, वे सब मैं तुम्हें बताऊँगी जिनसे पारे के योग से ताँबा, सीसा आदि सोना हो जाता है। इस प्रकार आश्वासन देकर प्राज्ञ, निरावलम्ब, दृढ़व्रत, कुलीन, पापहीन, जितेन्द्रिय, मुमुक्षु के प्रति उस यक्षिणी ने यह कहा—रासायनिक प्रतिक्रियाओं के आरम्भ करने के लिए इतने उपकरण जुटाने चाहिए—कोष्ठिका यंत्र, वक्रनाल (मुँहवाली फुँकनी), गोबर, उपयुक्त लकड़ी का ईंधन, धमन (धौंकनी), लौहपत्र (iron plates), औषध, कांजी, विड और विचित्र (विभिन्न प्रकार की) कन्दराएँ (hooks)।

सन्दर्भ-ग्रन्थ

1. The *Rasaratnakara* of Nagarjuna is assigned by Ray, but not on completely convincing grounds, to the seventh or eighth century; Keith, *A History of Sanskrit Literature*, p. 512
2. 'Life and Legends of Nagarjuna' —तारनाथ। देखें तारनाथ की *History of Buddhism* भी।
3. पुटपाक—A particular method of preparing drugs, in which the various ingredients are wrapped up in leaves and being covered with clay are roasted in fire—आप्टे।

अध्याय-24

भारत के मन्दिर

भारतीय संस्कृति का मन्दिर प्रधान अंग रहा है। डॉ. रीताप्रताप वैश्य[1] निहाररंजन राय[2], परमेश्वरीलाल गुप्त[3], गयाचरण त्रिपाठी[4], भगवतशरण अग्रवाल[5], वासुदेव उपाध्याय[6], वासुदेवशरण अग्रवाल[7], कृष्ण देव[8], के.आर. श्रीनिवासन[9], करुणाशंकर शुक्ल[10], उदयनारायण राय[11], प्रशान्त गौरव[12], रामशरण शर्मा[13], आशा कालिया[14], स्टेला क्रैमरिश[15], आर. चम्पकलक्ष्मी[16], सुवीरा जायसवाल[17], दीनबन्धु पांडे[18], जे.एन. बनर्जी[19], डी.आर. मनकड[20], के.एम. मुंशी[21], जे.सी. हार्ले[22] आदि विद्वानों ने भारतीय मन्दिरों से सम्बद्ध विभिन्न पहलुओं पर प्रकाश डाला है।

गुप्तकालीन अभिलेखों में मन्दिर-निर्माण की चर्चा है। कुमारगुप्त महेन्द्रादित्यकालीन बिलसद के प्रस्तर-स्तम्भलेख (415 ई.) में ध्रुवशर्मा नामक ब्राह्मण द्वारा स्वामीमहासेन के मन्दिर के निर्माण की चर्चा है। कुमारगुप्त 'महेन्द्रादित्य' के गंगधार (मालवा के दक्षिण में अवस्थित) के लेख में विष्णु-मन्दिर एवं सप्तमातृकाओं के देवालयों की स्थापना का वर्णन मिलता है। यह लेख 423 ई. का है। 435 ई. के तुम्बवन (ज़िला गुना, मध्य प्रदेश) अभिलेख के अनुसार हरिदेव, धनदेव, भद्रदेव एवं संघदेव नामक स्थानीय भाइयों ने तुम्बवन में विष्णु-मन्दिर का निर्माण किया। मन्दसौर-प्रशस्ति (472-73) के अनुसार दशपुर (आधुनिक मन्दसौर) के बुनकरों ने एक सूर्य-मन्दिर का निर्माण दशपुर में किया। जूनागढ़ के एक शिलालेख (437 ई.) के अनुसार सुराष्ट्र प्रान्त में अवस्थित गिरिनगर (गिरिनार) के चक्रपालित नामक कर्मचारी द्वारा सुदर्शन-तटाक् के तट पर विष्णु-मन्दिर का निर्माण कराया गया। इन्दौर (इन्द्रपुर) से प्राप्त एक ताम्रपट (465 ई.) के अनुसार क्षत्रिय अचलवर्मा एवं भृकुंटसिंह ने एक सूर्यमन्दिर की स्थापना की।

उज्जयिनी में स्थापित महाकाल के मन्दिर की चर्चा *मेघदूत*[23] में है। इसी ग्रन्थ में बताया गया है कि इस मन्दिर में देवदासियों का नृत्य होता रहता था। *शिल्परत्न*[24] में देवालय में स्थापित देव-मूर्तियों पर विस्तृत प्रकाश डाला गया

है। *अग्निपुराण*[25] में मन्दिर-निर्माण को परम धार्मिक कर्तव्य बताया गया है। *विष्णुधर्मोत्तर पुराण*[26] में गंगा-यमुना के देवीरूप की मन्दिर में स्थापना पर प्रकाश डाला गया है। *कुमारसम्भव*[27] में बताया गया है कि गंगा और यमुना अपना नदी रूप छोड़कर महादेव जी पर चँवर डुलाने लगीं। कमल पुष्प से देवता की अर्चना पर *पद्मपुराण*[28] में चर्चा है। मन्दिर में पूजा करने की विधि पर *मत्स्यपुराण*[29] में वर्णन किया गया है। *रघुवंश* में राजमन्दिर का उल्लेख मिलता है, जिसके द्वार की चौकियों पर मंगल-कलश रखे हुए थे। *रामायण*[30], *बृहत्संहिता*[31] और *मत्स्यपुराण*[32] में स्वस्तिक चिह्न के धार्मिक पहलू पर प्रकाश डाला गया है। *बृहदारण्यक उपनिषद्*[33] में मन्दिरों में स्थापित नग्न-प्रतिमाओं के पक्ष में प्रकाश डाला गया है। इस तथ्य पर *रघुवंश*[34] एवं *कुमारसम्भव*[35] में भी चर्चा की गई है। मन्दिरों के अश्लील चित्रण एवं प्रजनन-शक्तियों की उपस्थिति की जानकारी *मत्स्यपुराण* एवं तारापद भट्टाचार्य[36] की प्रकाशित पुस्तकों से होती है। *मानसार*[37] और *समरांगणसूत्रधार*[38] से मन्दिर निर्माण योजना की जानकारी होती है। दक्षिण भारत के पूर्वमध्यकालीन अभिलेखों में देवदासियों पर विस्तृत चर्चा है जो मन्दिरों में नृत्य एवं गायन का काम करती थीं। मन्दिरों के प्रति आकर्षण का ये सर्वाधिक महत्त्वपूर्ण केन्द्र होती थीं। डॉ. अवध किशोर प्रसाद ने अपनी पुस्तक में देवदासियों पर विस्तृत प्रकाश डाला है।

भारत मन्दिरों का देश कहा जाता है। समूचे देश में विभिन्न देवी-देवताओं के मन्दिर आज भी पाए जाते हैं। मन्दिर भारतीय स्थापत्य कला का एक महत्त्वपूर्ण पक्ष है। भारत में मन्दिर-निर्माण की परम्परा का प्रारूप बौद्ध स्तूपों और चैत्यों में पाया जा सकता है। गुप्तकाल में इन्हीं से प्रभावित होकर हिन्दू मन्दिरों का विकास हुआ था। मानव ने अपनी धार्मिक आस्थाओं को अभिव्यक्त करने के लिए जिन प्रतीकों का निर्माण किया, उनसे मूर्ति पूजा आरम्भ हुई। ईश्वर की विविध रूपों में कल्पना की गई। देवी-देवताओं के मूर्त रूपों की पूजा हेतु स्थापना के लिए जो सुन्दर भवन निर्मित हुए, वह भवन 'मन्दिर' कहलाए।

देवालय के निमित्त 'मन्दिर' शब्द गुप्त-काल के अनन्तर प्रचलित हुआ। अर्थशास्त्र, महाभारत एवं रामायण में मन्दिर के लिए देवायतन, देवकुल, देवगृह तथा देवालय आदि शब्दों का प्रयोग मिलता है। गुप्तकालीन साहित्य एवं लेखों में मन्दिर के लिए 'प्रासाद', 'देवायतन', 'देवकुल', 'देवगृह' एवं 'देवधाम' आदि शब्दों मिलते हैं। मालव-संवत् 529 (472-73 ई.) की मन्दसौर-प्रशस्ति में (जिसमें प्रथम कुमारगुप्त का उल्लेख मिलता है) दशपुर के सूर्य-मन्दिर के लिए 'दीप्तरश्मि-प्रासाद' शब्द का उल्लेख हुआ है।

अवधारणा यह थी कि राजप्रासाद की भाँति ही देवायतन का भी स्वरूप होना चाहिए।

शिल्पशास्त्रों में उत्तरी देवालयों के लिए 'प्रासाद' एवं दक्षिणी देवालयों के लिए 'विमान' शब्द का उल्लेख मिलता है। देवालय के लिए 'विमान' शब्द का प्रचलन शास्त्रीय वर्णनों से ही स्पष्ट है। उदाहरणार्थ–*समरांगणसूत्रधार* के अनुसार देवता विमान (रथ) में बैठकर अन्तरिक्ष में विचरण करते हैं। यही कारण है कि दक्षिण भारत में मन्दिरों को अब भी 'विमान' कहा जाता है। *अमरकोश* के अनुसार 'रथ' शब्द 'विमान' का पर्यायवाचक है। विचारणीय है कि महाबलिपुरम् (मामल्लपुरम्) के पल्लव-मन्दिरों को 'पल्लव-रथ' कहा जाता है। उत्तरी भारत के मन्दिरों के लिए 'प्रासाद' के स्थान पर 'मन्दिर' शब्द गुप्त-काल के उपरान्त से व्यवहृत होने लगा; उदाहरणार्थ–बाणकृत *कादम्बरी* एवं *भट्टिकाव्य* तथा *कुमारसम्भव* में 'मन्दिर' शब्द का सन्दर्भ प्राप्य है। (प्रावेशयन्मन्दिरम्, सर्ग 5, श्लोक 55)। परन्तु यहाँ इस शब्द का प्रयोग देवालय के अर्थ में न होकर आवास अथवा राजमहल के लिए हुआ है। गुप्त-काल के उपरान्त से अद्यपर्यन्त उत्तरी भारत के मन्दिरों को बहुधा 'मन्दिर' शब्द की संज्ञा दी जाती है। गुप्त-काल के प्रारम्भिक मन्दिर सपाट छतवाले हैं। शिखर-निर्माण की परम्परा सर्वप्रथम गुप्त-काल के उत्तरार्द्ध में प्रारम्भ हुई। 'शिखर' शब्द का उल्लेख पहली बार मन्दसौर-प्रशस्ति (472–73 ई.) में हुआ है। यह समय गुप्त-काल के उत्तरार्द्ध का प्रतिनिधित्व करता है। शिखरयुक्त मन्दिर का प्रथम पुरातत्त्वीय उदाहरण देवगढ़ का मन्दिर है, जो कि गुप्त-काल के उत्तर भाग में निर्मित हुआ था। प्रश्न यह उठता है कि शिखर की व्युत्पत्ति किस प्रकार हुई।

इस विषय में प्राचीन सामान्य अवधारणा विचारणीय हो जाती है, जिसके अनुसार देवधाम मृत्युलोक के परे अवस्थित है अथवा देवगण गिरिश्रृंगों पर निवास करते अथवा आन्तरिक्ष में विचरण करते हैं। गगन-मंडल में सुरलोक की अवस्थिति मानने के कारण देवायतन को अधिकाधिक उच्छ्रित करने की भावना जड़ पकड़ने लगी। इस आवश्यकता की सम्पूर्ति शिखर कर सकता था। गुप्तकालीन मन्दसौर-प्रशस्ति (मानव संवत् 529=472–73 ई.) शिखर अस्तित्व का प्राचीनतम अभिलेखिक साक्ष्य है। इसमें चौड़े (विस्तीर्ण) तथा गिरिश्रृंग की भाँति 'उत्तृङ्ग' शिखर का वर्णन मिलता है, जो उदयकालीन सूर्य एवं विमल चन्द्र-रश्मियों का विश्राम-स्थल था (उद्गतेन्द्वमल-रश्मिकलाप-गौरम्)। इस लेख के अनुसार यह शिखर मानव-संवत् 493 (436 ई.) में ही बन चुका था। किसी कारण-विशेष से यह शिखर टूट गया। फलतः मालव-संवत् 529 (472–73 ई.) में इसका जीर्णोद्धार हुआ। इस बार गगनचुम्बी शिखर निर्मित

हुआ। (नभः स्पृशत्रिव)। इस साक्ष्य से शिखर-उत्पत्ति-सम्बन्धी उक्त अवधारणा का समर्थन मिलता है, जिसके अनुसार देवगण गगननिवासी अथवा गिरिश्रृंगों पर निवास करते हैं।

जहाँ तक **शिखर** के स्वरूप का प्रश्न है, इस विषय में कई मत-मतान्तर प्रतिपादित किए गए। एक मत के अनुसार शिखर के स्वरूप की उत्पत्ति देव-रथ के आकार से हुई। इन देव-रथों पर बाँस के लट्ठों को बैठाकर ऊँचाई पर उन्हें मोड़कर बाँध दिया जाता तथा इस व्यवस्था के द्वारा उनका शीर्षक घुमावदार (कर्वीलीनियर) हो जाता था। उत्तर भारत के शिल्पियों ने इसी आकार को आदर्श-रूप में ग्रहण कर लिया। फलतः आर्यावर्त्त के देवायतन-शिखर ऊपर की ओर घुमावदार (वक्ररेखी) हैं। एक अन्य मत के अनुसार शिखरों के आकार-प्रकार का निर्धारण प्रासाद-मंज़िलों के रूप के आधार पर हुआ। यह दक्षिण भारत के शिखरों के विषय में अधिक चरितार्थ है, जो अपने विस्तार में क्रमानुसार घटती हुई (क्षीण) प्रासाद-मंज़िलों की भाँति लगते हैं। दक्षिणी शिल्पशास्त्रों में द्वितल एवं त्रितल से लेकर एकादश-तल (ग्यारह मंज़िलों से युक्त) तथा द्वादशतल (बारह मंज़िलों से युक्त) शिखर-मंडित विमानों (मन्दिरों) के वर्णन मिलते हैं। उल्लेखनीय है कि दक्षिण भारत में प्राचीन मन्दिरों के शिखर क्रमानुसार क्षीण होती हुई बहुधा ग्यारह अथवा बारह (तलबन्ध) की संख्या तथा इससे भी अधिक है।

करुणाशंकर शुक्ल[39] का मानना है कि शिखर की कल्पना मनुष्य को पर्वतों की चोटियों, सघन वृक्षों और समाधिस्थ ऋषि-मुनियों की आकृतियों से प्राप्त हुई है। कन्दराओं में रहनेवाले प्रारम्भिक मानव ने पर्वत की गगनचुम्बी चोटियों को ही ईश्वर का निवास स्थान समझा था। कालान्तर में जब मनुष्य पर्वत की कन्दराओं को छोड़कर मैदानों में आया, तो देवी सत्ता का आकार उसे उन सघन वृक्षों की शिखाकार ऊँचाई में दिखाई दिया, जिसके स्वादिष्ट फल उसके आहार बने और जिसकी शीतल छाया में उसने तपती धूप में शरण पाई। इसी प्रकार सभ्यक्त के अगले विकास-चरण में पालथी मारकर तपस्या में लीन ऋषि-मुनियों के तेज से प्रकाशित मुखों के ऊपर नुकीले जटाजूट में मनुष्य ने अपने इष्टदेव का निवास परिकल्पित किया।

मन्दिर-निर्माण तकनीक

फलित ज्योतिष विद्या के ज्ञाता वराहमिहिर ने 550 ई. के आसपास *बृहत्संहिता* नामक ग्रन्थ की रचना की। इस ग्रन्थ के अध्याय 55, 56, 57 और 58 में मन्दिर एवं प्रतिमा के निर्माण की तकनीक पर विस्तृत चर्चा की गई है। इसमें बताया गया है कि गुप्तकाल में मन्दिर की चौड़ाई से दुगुनी ऊँचाई होती थी।

ऊँचाई का एक तिहाई भाग छोड़कर कटि बनाई जाती थी। सीढ़ियाँ चढ़ने पर जहाँ से मन्दिर की समतल भूमि शुरू होती वह **कटि** कहलाती थी। उदाहरण के लिए मेरु नामक मन्दिर में चौड़ाई 32 हाथ तो ऊँचाई $32 \times 2 = 64$ हाथ होती थी। $64/3 = 21$ हाथ 8 अंगुल पर कटि होती थी। चौड़ाई का आधा गर्भगृह का विस्तार होता था। गर्भगृह के विस्तार की चौथाई के बराबर द्वार की चौड़ाई और द्वार की चौड़ाई से दुगुनी द्वार की ऊँचाई होती थी। दरवाज़े की ऊँचाई का चौथाई भाग लेकर, तत्तुल्य चौड़ी **द्वारशाखा** बनाई जाती थी। चौखट के खड़े काठ को **द्वारशाखा** कहते थे। इसी प्रकार से ऊपर की काष्ठ की भी चौड़ाई रखी जाती थी। द्वारशाखा की चौड़ाई का चौथाई आकार की चौखट की मोटाई होती थी। दूसरे शब्दों में $32/2 = 16$ हाथ गर्भ की चौड़ाई होती थी। गर्भगृह $4 = 16/4 = 4$ हाथ चौड़ा दरवाज़ा होता है। $4 \times 2 = 8$ हाथ ऊँचा द्वार होता था।[40] द्वार शाखा का विस्तार $8 \div 4 = 2$ हाथ होता था। 2 हाथ $\div\ 4 = 12$ अंगुल मोटी द्वार शाखा होती थी। द्वार की ऊँचाई 8 हाथ का 8वाँ हिस्सा कम करने से 7 हाथ प्रतिमा की ऊँचाई होती थी और शेष 4 हाथ 16 अंगुल ऊँची प्रतिमा होती थी।[41]

मन्दिर में दरवाज़े की कुल ऊँचाई का अष्टमांश कम करने से जो शेष होता, वही मान पिंडी या पीठ समेत मूर्ति का होता था। अष्टमांश कम करने के बाद शेष को 3 से भाग दिया जाता था। एक तिहाई लब्धि के बराबर ऊँची चौकी एवं चौकी से दुगुनी या दो तिहाई के बराबर मूर्ति होती थी। उदाहरणार्थ, किसी मन्दिर में गर्भगृह का द्वार 7 फीट ऊँचा था। 8 फीट का अष्टमांश 7 फीट हुआ। 7 फीट $\div$ 3=2', 4" ऊँची चौकी होती थी। 2'4" $\times$ 2= 4, 8" ऊँची या दो तिहाई के बराबर मूर्ति होती थी।[42] प्रतिमा का मुँह प्रतिमा की अँगुली से 12 अंगुल चौड़ा और 12 अंगुल लम्बा होता था। यह नाप उत्तर भारत में प्रचलित थी। द्रविड़ देशों में मूर्ति के मुँह की लम्बाई 14 अंगुल और चौड़ाई 12 अंगुल होती थी।[43]

मन्दिरों में प्रयोग किए जानेवाले पत्थर या शिला को तोड़कर वास्तु का रूप देने की तकनीक गुप्तकाल में विकसित हो चुकी थी। बृहत्संहिता में लिखा है कि ढाक की लकड़ी एवं तेन्दू की लकड़ी जलाकर शिला को तपाकर लाल किया जाता और उसके पश्चात् दूध मिले जल की धार डालने से पत्थर टूट जाता था।[44] मणवक या मोक्षक वृक्ष की लकड़ी की राख को पानी में मिलाकर काढ़ा बनाया जाता और उसमें सरकंडे की राख डालकर पकाया जाता था। ऊपर लिखित ढंग से पत्थर को तपाकर इस पर गर्म काढ़ा 7 बार डालने से शिला टूट जाती थी। कांजी, मट्ठा, शराब, कुलुथ की दाल, बेर फल—इन सबको 7 रात तक भिगो कर रखा जाता था। उसके पश्चात् इस द्रव को पूर्ववत्

तपाकर शिला पर डालने से वह टूट जाती थी।[45] *नीम की छाल एवं पत्ता, तिल का नाल, अपामार्ग (बरचिट), तेन्दूफल, गिलोय (गुडूची)–इन सबकी एकत्रित भस्म को गोमूत्र में मिलाया जाता। शिला को पूर्ववत् ढंग से गर्म कर इस काढ़ा से 6 बार सींचने से शिला टूट जाती थी।*[46]

मन्दिर निर्माण के लिए जिन शिलाखंडों का प्रयोग किया जाता उन्हें आपस में जोड़ने के लिए जो लेप प्रयोग किया जाता उसे **वज्रलेप** *कहते थे। कच्चा तेन्दू का फल, कपित्थ (कैथा) का कच्चा फल, सेमर का फूल, शल्ली के बीज तथा धवन, वृक्ष की छाल और बच–इन्हें 1 द्रोण (16 किलो) पानी में डालकर खूब पकाया जाता था। पकाते-पकाते जब यह 2 किलो रह जाता (आठवाँ भाग) तब आँच से उतार लिया जाता था। इसमें श्रीवासक (चीड़ का गोंद) रस, गूगल, मिलावा, देवदार का गोंद, सज्र का गोंद, अलसी और बेल मिलाया जाता और तब* **वज्रलेप** *तैयार होता था।*[47] *मन्दिर, ऊँचे भवन, छज्जा, शिवलिंग, प्रतिमा, दीवारों का जोड़, कुआँ आदि में गरम वज्रलेप लगाया जाता क्योंकि सूख जाने पर यह छूटता नहीं था।* **लाक्षारस** *(लाख), देवदारु का गोंद, गूगल, घर की कालिख, कैथे का फल, बेल का गूदा, नागवाला फल, नीम, तेन्दूफल, महुआ, मजीठ, राल, बोल, आँवला–इन सबका कल्क (paste) भी पूर्ववत् 16 किलो पानी में पकाकर 2 किलो बचने पर गरम-गरम लगाया जाता था। इस वज्रलेप से जोड़ की मजबूती और बढ़ जाती थी।*[48] *तीसरे प्रकार का वज्रलेप गाय, भैंस, बकरा–इन सबके सींग, गधे के रोएँ, भैंस की खाल, गाय का गोबर, नीम की फली, कैथे का फल और बेल–इन सबके चूर्ण से बनता था। इस चूर्ण को पूर्ववत् प्रकार से 16 का 2 किलो करके तैयार किया जाता था।*[49] *8 भाग सीसा, 2 भाग काँसा, एक-भाग पीतल–सबको गलाने से* **वज्रसंघात** *नामक लेप तैयार होता था। इन लेपों का प्रयोग मूर्ति जोड़ने, प्रतिमाओं को प्रतिष्ठित करने, लकड़ी के घुमावदार जोड़ों को चिपकाने, छज्जों के धारण, काष्ठ या पत्थरों को जोड़ने में, पत्थरों के द्वार बनाने में, ऊँचे भवनों को अलंकृत करने आदि में होता था।*[50]

मन्दिरों में स्थापित करनेवाली प्रतिमाओं का निर्माण वैज्ञानिक विधि से किया जाता था। प्रतिमा की ऊँचाई अगर 108 अंगुल होती तो नाक 4 अंगुल, माथा 4 अंगुल, चिबुक (ठुड्ढी) एवं हनु (जबड़ा) 4 अंगुल, गर्दन 4 अंगुल और कान 4 अंगुल होती थी। माथे की लम्बाई 8 अंगुल, कनपटी की चौड़ाई 2 अंगुल एवं लम्बाई 4 अंगुल और कान 2 अंगुल चौड़ा होता था। कान का ऊपरी सिरा तथा आँख के कोने के बीच में कनपटी पर 4½ अंगुल की दूरी होती थी। नेत्र 1 अंगुल चौड़ा होता था, नेत्र, कर्ण एवं कर्णाग्र के बीच 4 अंगुल की दूरी होती थी। निचला होंठ 1 अंगुल एवं ऊपरवाला होंठ आधा

अंगुल चौड़ा होता था। गोच्छा की चौड़ाई आधा अंगुल, मुख की क्षैतिज नाप 4 अंगुल, बन्द मुँह की चौड़ाई आधा अंगुल तथा खुला मुँह (देवता का) 3 अंगुल चौड़ा होता था। नाक के छेद की बाहर से नाप 2-2 अंगुल, नाक का छेद भीतर से 1-1 अंगुल, नाक की ऊँचाई 2 अंगुल, दोनों नेत्रों के बीच का अन्तर (पुतली से पुतली के बीच) 4 अंगुल होता था। पूरी खुली आँख (भीतर से) 2 अंगुल, काली पुतली 2 अंगुल का तीसरा भाग तथा नेत्रतारा 2 अंगुल का पाँचवाँ भाग होता था। खुले नेत्र की चौड़ाई पलकों के बीच में 1 अंगुल होता था।[51] माथे पर आधा अंगुल मोटी बालों की किनारी बनाई जाती जो 10 अंगुल रहता था। माथे पर आधा अंगुल एवं चौड़ाई (सिर के बीच से) 14 अंगुल होती थी। सिर का घेरा 32 अंगुल एवं चौड़ाई (सिर के बीच से) 14 अंगुल होती थी। मूर्त्तियों में 12 अंगुल सिर का घेरा दिखता था; शेष 20 अंगुल नहीं दिखाई पड़ता था। मुँह (मुखमंडल) की लम्बाई केश-रेखा सहित 16 अंगुल (14 अंगुल मुख + 2 अंगुल केश-रेखा) होती थी। गर्दन 10 अंगुल चौड़ी तथा गर्दन का घेरा 21 अंगुल होता था। गर्दन का घेरा बीच से नापा जाता तथा चौड़ाई भी बीच से ही देखी जाती थी। कंठ से हृदय तक (दोनों स्तनों तक) 12 अंगुल चौड़ाई होती थी। हृदय से नाभि तक 12 अंगुल तथा नाभि से लिंग तक 12 अंगुल होती थी। जाँघ की लम्बाई 24 अंगुल, पिंडली 24 अंगुल लम्बा, घुटना 4 अंगुल तथा टखने के नीचे 3 अंगुल पैर या एड़ी होती थी। एड़ी से अँगूठे तक पैर की लम्बाई 12 अंगुल, पैर के तलुवों या पैर के ऊपरी भाग की चौड़ाई 6 अंगुल, पैर का अंगुष्ठ 3 अंगुल, दोनों अँगूठों का घेरा 5 अंगुल, अँगूठे के पास वाली अँगुली अँगूठे की ऊँचाई 1½ अंगुल तथा शेष अंगुलियाँ क्रमश: 1/8 भाग कम ऊँची होती थीं। अँगूठे का नाखून पौन अंगुल तथा शेष नाखूनों की लम्बाई आधा अंगुल होती थी। थोड़े छोटे होते नाखून पूरी अंगुलियों में होते थे।[52]

प्रतिमा की पिंडली के पतले भाग पर 14 अंगुल एवं 5 अंगुल चौड़ा घेरा रहता था। पिंडली के मोटे भाग पर चौड़ाई 7 अंगुल एवं मोटाई या घेरा 21 अंगुल का होता था। घुटने की चौड़ाई बीच से 8 अंगुल, घुटने का घेरा 24 अंगुल, जाँघ के बीच में चौड़ाई 14 अंगुल तथा घेरा 28 अंगुल होता था। कमर की चौड़ाई 18 अंगुल, घेरा 44 अंगुल तथा नाभि 1 अंगुल वर्गाकार गहरी होती थी। नाभि के मध्य से नापने पर घेरा 42 अंगुल, दोनों स्तनों के बीच 16 अंगुल, स्तनों के ऊपर काख तक 6 अंगुल की नाप होती थी। एक कंधे की लम्बाई गर्दन से किनारे तक 8 अंगुल और भुजा की लम्बाई 12 अंगुल होती थी। यदि 2 से अधिक भुजा बनती तो प्रतिबाहु की लम्बाई 12 अंगुल ही रहती थी। मुख्य बाहु की चौड़ाई 6 अंगुल, हथेली के बीच से 12 अंगुल, हथेली

6 अंगुल चौड़ी एवं लम्बाई 7 अंगुल होती थी। तर्जनी अंगुली मध्यमा से आधा पर्व छोटी, अनामिका एवं तर्जनी बराबर और कनिष्ठा की लम्बाई अनामिका से 1 पर्व छोटी होती थी। अँगूठे में दो पर्व और शेष अंगुलियों में 3-3 पर्व बनाए जाते थे। सभी अंगुलियों में आधे पर्व के बराबर नाखून बनते थे।[53]

श्रीराम एवं बलि की मूर्ति 120 अंगुल ऊँची तथा शेष देवताओं की 108 अंगुल ऊँची बनती थी। इन दोनों के अतिरिक्त सब मूर्तियाँ 108 अंगुल की प्रधान, 96 अंगुल की माध्यम एवं 84 अंगुल की सामान्य प्रतिमा होती थी। 8 भुजावाली विष्णुमूर्ति के 4 हाथों में खड्ग, कौयोदिकी गदा, बाण और चौथे हाथ में वरदान की मुद्रा बनाई जाती थी। बाईं ओर शारंग धनुष, खेट (ढाल), सुदर्शन चक्र और चौथे में पाँचजन्य शंख बनाया जाता था। 4 भुजावाली विष्णु के दाईं ओर 1 हाथ वरदान की अभय मुद्रा में उठा हुआ एवं दूसरे में गदा बनाई जाती थी। 2 भुजावाली विष्णुमूर्ति में दायाँ हाथ अभय मुद्रावाला एवं बाएँ हाथ में शंख रखा जाता था।[54] शम्भु के सिर पर चन्द्रकला, बैलवाहन या बैल चिह्न, उर्ध्वमुख एवं तीसरा नेत्र ललाट पर बनाया जाता था। एक हाथ में त्रिशूल, दूसरे हाथ में पिनाक नामक धनुष और बाएँ भाग में गौरी-चित्र बनाया जाता या अर्धनारीश्वर रूप में एक ही शरीर के बाएँ भाग में गौरी-चित्र बनाया जाता था।[55] बुद्ध के हाथों-पैरों में कमल का चिह्न, प्रसन्न स्वरूप, सिर पर कम एवं घुँघराले बाल अथवा सँवरे हुए छोटे बाल बनाए जाते थे। कमलासन पर विराजमान सारे संसार के पिता रूप और क्षमाशील रूप में बनाया जाता था।[56] महावीर जैन (अर्हत्) का स्वरूप घुटने तक लटकते लम्बे हाथ, छाती पर श्रीवत्स (बालों का घुमाव) का चिह्न, प्रशान्त स्वरूप (रागद्वेष से रहित होने का भाव), दिगंबर नग्न-स्वरूप, जवान अवस्था और सुन्दर रूप बनाया जाता था।[57]

देवदारु, शमी, चन्दन, महुआ, नीम, पीपल, खैर, बेल, जीवक, कत्था, सिन्धुक, स्यंदन, तेन्दू, राल, केसर, अर्जुन, आम और साल की लकड़ी से प्रतिमा बनवाई जाती थी। इनमें से किसी भी पेड़ को काटने से पूर्व, उस पर दिशासूचक चिह्न लगा दिया जाता था। पेड़ जिस स्वाभाविक रूप में खड़ा रहता, उसी रूप में प्रतिमा बनाई जाती थी। दूसरे शब्दों में पेड़ की जड़वाला भाग प्रतिमा में नीचे एवं ऊपरवाला भाग प्रतिमा में ऊपर रहता था। पेड़ का जो भाग पूर्व, पश्चिम, उत्तर और दक्षिण दिशा में होता, उसी दिशानुसार प्रतिमा बनाई जाती थी।[58]

मन्दिर निर्माण के कारण

मन्दिर निर्माण की प्रक्रिया सामन्तवाद की एक महत्त्वपूर्ण विशेषता रही। इस समय वैदिक धार्मिक स्वरूप बदल गए। अवतारवाद (ईश्वर का मनुष्य के रूप में स्वर्ग से पृथ्वी पर प्रकट अथवा अवतरित होना) के कारण मूर्तिपूजा

का प्रचलन शुरू हुआ। हिन्दू धर्म का उदय हुआ, जिसमें इस्लाम और ईसाई धर्म नहीं माननेवालों को समेट लिया गया। गौतम बुद्ध को विष्णु का अवतार बताया गया। गुप्तकाल में विष्णु का दूसरा नाम **नारायण (** *विक्रमोर्वशीयम्*, 1.3) और कृष्ण का दूसरा नाम गोपाल (*रघुवंशम्*, 6.49 एवं 10.10 तथा *मेघदूतं*, अध्याय 10) पड़ा। इसी समय से देवताओं के साथ 'भगवान' शब्द का प्रयोग (*रघुवंशम्*, 10.35) किया जाने लगा। *रघुवंशम्* (6.71) में प्रथम बार विष्णु को **हरि** कहा गया। **राम को विष्णु का अवतार** (*रघुवंशम्* 11.15) मान लिया गया। गुप्तकाल में शिव को **ईश्वर** (*विक्रमोर्वशीयम्*, 1.1 एवं 4; *कुमारसम्भवम्*, 6.76), **महेश्वर** (*रघुवंशम्*, 3.49), **हर** (*कुमारसम्भवम्*, 7. 44; *रघुवंशम्*, 4.32), **शंकर** (*मेघदूतं*, पृ. 33-36), **भूतनाथ** (*रघुवंशम्*, 2.58), **गिरीश** (*रघुवंशम्*, 2.41) और **पशुपति** (*कुमारसम्भवम्*, 6.95 एवं *मेघदूतं*, पृ. 36) के नाम से जाना जाने लगा।

मानव रूप में देवी-देवताओं की प्रतिमाएँ बनने लगीं और इन्हें जहाँ स्थापित किया गया, वही स्थान मन्दिर (घर, आराम) का रूप लेने लगा। ईंट पर ईंट रखकर योजनाबद्ध मन्दिरों का निर्माण छठी शताब्दी से होने लगा। राज्य का प्रतिष्ठा-प्रतीक मन्दिर बन गया। हिन्दू धर्म बाहर से एक था, लेकिन आन्तरिक रूप से इसका विभाजन अनेक उप-धर्मों में हो चुका था। अपनी-अपनी प्रसिद्धि के लिए अलग-अलग देवी-देवताओं की मूर्तियाँ अलग-अलग क्षेत्रों में बनने लगीं। सामाजिक, आर्थिक एवं भौगोलिक कारणों से आसाम में काली, बंगाल में दुर्गा, तमिलनाडु में कार्तिक, महाराष्ट्र में गणेश, बिहार एवं उत्तर प्रदेश में महावीर एवं कृष्ण तथा अन्य क्षेत्रों में विष्णु एवं शिव प्रधान देवी-देवता बन गए।[59] मूर्तिपूजा का महत्त्व बढ़ा। दक्षिण भारत में भक्ति सम्प्रदाय का विकास हुआ जिससे उत्तर भारत प्रभावित हुआ। सफलता प्राप्त करने और तत्कालीन समाज में व्याप्त समस्याओं के निराकरण के लिए देवी-देवताओं के नाम पर राजा, रानियों, अधिकारियों, सामन्तों एवं जनसाधारण द्वारा चढ़ावा ब्राह्मणों को मिलने लगे। धीरे-धीरे मन्दिरों को काफी संख्या में ग्राम दान मिले। ये ग्राम करमुक्त होते और **अग्रहार** कहलाते। पत्थरों की प्रचुरता एवं कड़ी मिट्टी के कारण सर्वाधिक विशाल मन्दिरों का निर्माण दक्षिण भारत में हुआ। उत्तर भारत भी छोटे-बड़े मन्दिरों से भर गया। धार्मिक विश्वास में कट्टरता आई। वैदिक धर्म के विपरीत अनेक प्रकार की पूजा की प्रक्रिया शुरू हुई। विष्णु की पूजा **सत्यनारायण** के रूप में होने लगी। इसकी विस्तृत जानकारी *विष्णुपुराण* से होती है। यह प्रथा दक्षिण से उत्तर पहुँची। हल्दी, पान, सुपारी, अक्षत (वैसा चावल जो काफी कुटाई के बाद भी टूटा न हो), पीला वस्त्र आदि वस्तुओं का धार्मिक महत्त्व शुरू में दक्षिण भारत और बाद में उत्तर भारत में भी वैष्णव

भक्तों के बीच बढ़ा। प्रारम्भ में पान का उत्पादन दक्षिण भारत में होता था। पान की खेती तेरहवीं शताब्दी से बंगाल में शुरू हुई। पश्चिमी भारत में भी पान पैदा किया जाने लगा। धार्मिक लाभ के लिए दान आवश्यक आधार बना। पुराणों में बताया गया कि जो जितना अधिक दान देगा, मरने के बाद स्वर्ग में उसे उतना ही आराम मिलेगा।

स्वर्ग में स्थान पाने के लिए मन्दिर निर्माण में हिन्दू समाज ने काफी रुचि दिखाई। धर्म के नाम पर सेवा करनेवालों को भी स्वर्ग में स्थान देने का लोभ दिया गया। परिणामस्वरूप कम-से-कम खर्च में विशाल मन्दिरों के निर्माण होने लगे। पल्लव एवं चोलों के काल के दौरान अनेक शैलियों में विशाल मन्दिरों का निर्माण दक्षिण भारत में हुआ।[60] राजस्थान, गुजरात, मध्य प्रदेश, उत्तर प्रदेश एवं उड़ीसा में विशाल मन्दिरों का निर्माण हुआ। उड़ीसा में अवस्थित भुवनेश्वर तो आज भी 'मन्दिरों की नगरी' के रूप में प्रसिद्ध है। मन्दिरों में प्रारम्भिक चरणों में देवी-देवताओं को स्थान मिला। राजा को जब ईश्वर, पिता और मालिक का दर्जा ब्राह्मणों द्वारा गुप्तकाल में प्रदान किया गया तो राजा-रानी की मूर्तियाँ देवता-देवियों के रूप में मन्दिरों में स्थापित की जाने लगीं। शिव एवं विष्णु के रूप में राजाओं की पूजा की जाने लगी। अनेक शैलियों में शिव एवं विष्णु की मूर्तियाँ स्थापित की गईं। आठवीं शताब्दी में सभी देवी-देवताओं को विष्णु या ईश्वर का अवतार बताया जाने लगा। दुर्गा एवं काली की मूर्तियाँ बनने लगीं। धार्मिक आदान-प्रदान के फलस्वरूप आठवीं शताब्दी से पिरामिडनुमा आकार में कई देवी-देवताओं को एक धार्मिक मंच पर ला खड़ा कर दिया गया। आज भी बंगाल या बिहार में दुर्गा-पूजा के अवसर पर हम देखते हैं कि सबसे ऊँचा स्थान दुर्गा को मिला। उससे नीचे लक्ष्मी और सरस्वती को तथा उससे भी निम्न स्थान गणेश एवं कार्तिक को मिला। इसी के साथ-साथ यह भी पाते हैं कि उत्तर भारत में निम्न स्थान पानेवाले कार्तिक या गणेश को तमिलनाडु और महाराष्ट्र में सर्वोच्च देवता का स्थान मिला था। खंडित राजनीति एवं क्षेत्रीयतावाद से धर्म प्रभावित हुआ। अर्थात् अपने-अपने क्षेत्र में छोटा देवता भी ईश्वर या विष्णु से कम नहीं होता। तत्कालीन सामन्तवादी व्यवस्था में राजा के बाद सामन्त और उससे नीचे उपसामन्त होते थे। इस सामन्ती बनावट को स्वीकारते हुए तत्कालीन समाज ने छोटे-बड़े सभी सामन्तों के प्रति समान रूप से आदर-भाव रखा-इसके लिए इस व्यवस्था को धार्मिक रूप प्रदान करना तत्कालीन वातावरण में आवश्यक समझा गया। सभी हिन्दुओं को एक बताने और राजा की सन्तान (प्रजा) बताने के लिए सभी देवी-देवताओं को एक ही ईश्वर के अनेक रूप बताना आवश्यक समझा गया, लेकिन वास्तविक स्थिति ऐसी नहीं

थी। हिन्दू समाज में ऊँच-नीच और ग़रीब-अमीर के बीच गहरा भेदभाव था। इस स्थिति को ब्राह्मणवादी-व्यवस्था के नेताओं ने समझा और इसे भी धर्म में स्थान दिया। देवी-देवताओं में गोरा, काला, वस्त्र पहने हुए तथा निर्वस्त्र देवी-देवताओं को पाते हैं। अधिकांश देवी-देवताओं के माता-पिता की जानकारी ब्राह्मण ग्रन्थों में नहीं मिलती है। ब्राह्मण वर्ग ने बहुत कुछ समझा, लेकिन सामान्य जनता इस पहलू को नहीं पकड़ पाई। देवी-देवताओं के बीच इन भिन्नताओं के फलस्वरूप वैष्णव, शैव एवं शाक्त धर्मों में अनेक उप-सम्प्रदायों का उदय हुआ। तत्कालीन सामाजिक तनाव एवं संघर्ष के समान धर्म के नाम पर ब्राह्मणों के बीच भी इस काल में संघर्ष के अनेक प्रमाण मिलते हैं।

पूर्व मध्यकाल में अनेक राजाओं का मूल वह नहीं था जो ब्राह्मणों ने भारी रकम प्राप्त करने के बदले उन्हें प्रदान किया। **राजपूत** शब्द तो एक ऐसी उपाधि हो गई जिससे अलंकृत होना प्रत्येक राजा के लिए आवश्यक हो गया। राजा का पुत्र बताने के लिए अनेक राजाओं ने ब्राह्मणों से अपनी झूठी वंशावलियाँ तैयार करा लीं। दक्षिण भारतीय लगभग सभी राजाओं के साथ यह बात पाई जाती है। राजा एवं राजपरिवार के सदस्यों द्वारा किए गए अनेक अत्याचार, शोषण एवं कुकर्मों को सामाजिक प्रश्न नहीं बनने देने के उद्देश्य से अनेक राजवंशों को मन्दिरों की शरण में जाने की आवश्यकता महसूस की गई। इस वातावरण में कृष्ण द्वारा गोपियों के साथ रासलीला को धार्मिक दृष्टिकोण से वैध बताया गया। दुर्गा एवं काली की पूजा स्त्री-प्रधान समाज का प्रतीक माना जाता है। मिथिला में सोलहवीं शताब्दी में प्रथम बार कृष्ण का चित्र मिला, जिसमें उनकी पत्नी राधा खड़ी है। दोनों की ऊँचाई एक समान है जो इस बात को प्रमाणित करता कि मिथिला, बंगाल, असम आदि क्षेत्रों में पुरुषों से कम सामाजिक महत्त्व स्त्रियों का नहीं था। इतना ही नहीं, ब्रिटिश म्यूजियम में रखे एक चित्र को देखने से पाते हैं कि राधा का पैर कृष्ण दबा रहे हैं। यह भी स्त्री-प्रधान समाज का द्योतक है। बारहवीं शताब्दी में प्राप्त राधा-कृष्ण की प्रारम्भिक मूर्तियों को रोमिला थापर प्रजनन-क्रिया का प्रतीक मानती हैं। दूसरी तरफ विष्णु की पूजा पुरुषप्रधान समाज में शुरू हुई और इसीलिए लक्ष्मी द्वारा विष्णु का पैर दबाने की चर्चा *रघुवंशम्*, (6. 58 एवं 9.16) एवं पुराणों में पाते हैं या चित्रों में देखते हैं। साँवले और निर्वस्त्र शिव की गोरी पत्नी पार्वती द्वारा अपने पति के पैर दबाने की चर्चा *शिवपुराण* में कहीं नहीं है। प्रत्येक कार्य को करने से पूर्व शिव अपनी पत्नी पार्वती से राय लेते हैं और प्राय: उनको साथ लेकर जाते हैं इसकी व्यापक चर्चा-वर्णन हैं।

स्त्री-प्रधान समाज तथा बंगाल और आसाम के क्षेत्रों में तंत्र-मंत्र, जादू-टोना एवं सिद्धि का उदय हुआ। तंत्रवाद को कई विद्वानों ने वैदिक मान्यताओं का सरल रूप बताया है। तंत्रवाद में सिद्धि का महत्त्व था। इसकी उपासना में सभी वर्गों के स्त्री-पुरुष भाग ले सकते थे। तंत्रवाद में प्रार्थना, रहस्यमयता, जादुई मंत्रों, प्रतीकों तथा एक विशिष्ट देवता की उपासना पर विशेष बल दिया जाता। माता की धारणा को तंत्रवाद में विशेष सम्मान दिया गया। इसका कारण यह था कि माँ के गर्भ से सृष्टि हुई थी। तंत्रवाद का सम्बन्ध शाक्त-शक्ति सम्प्रदाय से भी था। इस सम्प्रदाय के अनुसार किसी भी सिद्धि के लिए स्त्री की सर्जनात्मक शक्ति का होना अनिवार्य था। सामन्तवादी-व्यवस्था से प्रभावित तांत्रिकों ने सिद्धि से सोना बना देने का झूठा दावा किया। सिद्धि के लिए **पंचतत्त्व**—मांस, मदिरा, मछली, चावल और सम्भोग आवश्यक बताया गया। जनन-क्षमता सम्प्रदाय में देवी माता की पूजा इसीलिए विशेष रूप से प्रचलित हुई।

शासकों द्वारा व्यतीत किए गए विलासमय जीवन का विरोध सामाजिक स्तर पर न हो, इसके लिए सम्भोगरत एवं नग्न प्रतिमाओं से अलंकृत अनेक मन्दिरों का निर्माण खजुराहो, कोणार्क, ऐहोल, बादामी, हलेविद, वेलूर, लरकान, कुपगल्लुगुफा (कर्नाटक), चन्द्रकेतु आदि के मन्दिरों में पाते हैं। कामावस्था में पाई गई इन प्रतिमाओं का तालमेल कालिदास के *कुमारसम्भवम्* और वात्स्यायन द्वारा रचित विश्वप्रसिद्ध साहित्य *कामसूत्र* से बैठ जाती है। वैसा कोई स्रोत नहीं मिलता जो ऐसी प्रतिमाओं से प्रभावित मन्दिरों के विरुद्ध कुछ कहता हो। 8-12 वीं शताब्दी में रचित *ब्रह्मवैवर्तपुराण* (अनु. तारणीश झा, प्रयाग 1976, पृ. 294) के अध्ययन से पता चलता है कि इस काल में होनेवाले युद्धों में राजा की विजय हो और उन्हें स्वर्ग में स्थान मिले, इसके लिए पूजा एवं तंत्र-मंत्र के माध्यम से ब्राह्मण ईश्वर से प्रार्थना एवं सिद्धि करते और फीस के रूप में सोना, चाँदी एवं पशु के अलावा हज़ारों की संख्या में अति सुन्दर कन्याएँ प्राप्त करते थे। हज़ारों कन्याओं का उपयोग इनके लिए क्या था? निश्चित ही मन्दिरों में विकसित देवदासी प्रथा को अधिक आकर्षक एवं विलासमय बनाने में इन कन्याओं का उपयोग होता था। देवी-देवताओं को खुश करना ही इन देवदासियों का काम था। मन्दिर से सम्बद्ध सारे लोगों को देवी-देवता का अंग माना जाता और उन्हें भी खुश और सन्तुष्ट करना पड़ता था। देवताओं की दासी अर्थात् पत्नी के नाम पर जीवनभर अविवाहित रहनेवाली इन देवदासियों ने मन्दिर में भक्तों की संख्या बढ़ाने में महत्त्वपूर्ण भूमिका निभाई। प्रतिदिन नृत्य-संगीत का कार्यक्रम देवी-देवताओं के मनोरंजन के लिए होता, जिसे देखने-सुनने के लिए राजा, सामन्त, अधिकारीगण एवं धनाढ्य लोग प्रतिदिन मन्दिर जाते।[61] देवदासियों

के कारण मन्दिरों की आय में काफी वृद्धि हुई। नृत्य-संगीत के वातावरण में नवीन नृत्य शैलियों का विकास हुआ। मन्दिर तंत्र-मंत्र एवं सिद्धि से गहरे रूप में प्रभावित हो चुके थे। परिणामस्वरूप सिद्धि के लिए मन्दिरों में भी अन्न, शराब, मांस, मछली और सम्भोग का महत्त्व बढ़ गया।

मन्दिरों को दान से प्राप्त गाँवों के साथ-साथ उनके निवासियों पर मन्दिरों का अधिकार होता था। इन ग्रामीणों का मन्दिर के नाम पर अनेक प्रकार से शोषण किया जाता। मन्दिर में हज़ारों की संख्या में नौकर होते जिनका काम आभूषण बनाना, वस्त्र बनाना, सफ़ाई करना, मन्दिरों की मरम्मत करना आदि था। संगीतज्ञ, ढोलकवादक, दासी, देवदासी, नर्तकियाँ आदि भी मन्दिर के अंग थे। मन्दिरों में निर्मित नग्न मूर्तियों की भाँति ही नर्तकियों को नृत्य करना पड़ता। नृत्य को प्रोत्साहित करने के लिए मन्दिरों में अनेक विद्वानों को प्रश्रय मिला। धर्म के नाम पर सामाजिक एवं आर्थिक शोषण की पृष्ठभूमि मन्दिरों में विशेष रूप और नवीन ढंग से तैयार हुई। मन्दिरों से सम्बद्ध नवीन स्वतंत्र अर्थव्यवस्था विकसित हुई।

प्रमुख मन्दिर

गुप्तकाल में जगत, प्रवेशद्वार, मंडप और शिखर मन्दिर के मुख्य अंग होते थे। **जगत** एक ऐसा चबूतरा होता जिसके ऊपर मन्दिर का निर्माण किया जाता था। यह दो-ढाई फीट से बढ़ते-बढ़ते 25 फीट हो गया। उदाहरण के लिए 'एलोरा का कैलास मन्दिर।' मदिर का मुख्य कक्ष **गर्भगृह** होता, जिसमें देव-प्रतिमा की स्थापना की जाती थी। यह गर्भगृह तीनों ओर दीवारों से बन्द होता तथा एक ओर मुख्य प्रवेश द्वार रहता था। गुप्तकाल में गर्भगृह चौकोर होते थे। प्रारम्भ में ये दीवारें सादी होती थीं, किन्तु समय के बदलाव के साथ-साथ भीतरी व बाहरी ताकों में देवी-देवताओं की प्रतिमाएँ रखी जाने लगीं और बाहरी दीवारों को अलंकृत किया जाने लगा, जिनमें किन्नर, गन्धर्व, अप्सराएँ, मांगलिक, मिथुन, पशु, पक्षी और लता-गुल्म आदि मुख्य अलंकरण थे। 'देवगढ़ के दशावतार मन्दिर' के गर्भगृह की तीनों दीवारों पर विशाल ताकों में नर-नारायण, शेषशायी विष्णु तथा गजेन्द्र मोक्ष के सुन्दर दृश्य अंकित हैं। कालान्तर में बाहर की दीवारों में अनेक मोड़ दिए जाने लगे। कई-कई मोड़ की दीवारों वाले गर्भगृह अथवा शिखर को उन मोड़ों की संख्या के आधार पर 'त्रिरथ', 'पंचरथ' अथवा 'सप्तरथ' कहा जाने लगा।[62]

प्रवेश-द्वारों का अंकन साधारण होता और द्वार के दोनों तरफ़ गंगा और यमुना की मूर्तियाँ स्थापित रहती थीं। अहिच्छत्र में बने गुप्तकालीन शिव मन्दिर के द्वार के दोनों ओर मकरवाहिनी गंगा और कच्छपवाहिनी यमुना की

आदमकद विशाल मृण्मूर्तियाँ मिली हैं, जो वर्तमान में राष्ट्रीय संग्रहालय, नई दिल्ली में हैं। आगे चलकर प्रवेश द्वारों का भव्य निर्माण होने लगा। इनमें कई द्वारशाखाएँ बनाई जाने लगीं, जैसे–प्रतिहारी शाखा, प्रमथ शाखा (गणों का अंकन), मिथुन या दम्पती शाखा, पत्रलता शाखा आदि। कालिदास ने *मेघदूतम्* में पद्म और शंख जैसे मांगलिक चिह्नों को प्रवेश–द्वार पर बनाने का उल्लेख किया है।

प्रारम्भ में गर्भगृह के सामने एक छोटा–सा स्तम्भयुक्त **मंडप** होता, जो प्रायः तीनों ओर से खुला रहता था। साँची के मन्दिर संख्या 17 में उपरोक्त प्रकार का बरामदा मिलता है। आगे चलकर यह बरामदा गर्भगृह के चारों ओर भी बनाया जाने लगा। सम्भवतः इसका मुख्य कारण मन्दिर की प्रदक्षिणा को सुविधाजनक एवं सुगम बनाने के लिए किया गया हो और फिर बाद में गर्भगृह के आगे विशाल मंडप, जो सभा कक्ष के रूप में या फिर पूजा के समय भक्तगणों को उस मंडप में एकत्र होने के लिए।

गर्भगृह की बाहरी दीवारों पर कोणों के अनुरूप **शिखर** बनाया जाने लगा। यह शिखर छोटा बनता था, बाद में अधिक ऊँचा होता गया। मन्दिर पर दो शिखर बनाने का रिवाज था। एक गर्भगृह के ऊपर अधिक ऊँचा और दूसरा मंडप के ऊपर थोड़ा कम ऊँचा। गर्भगृह के ऊपर वाला शिखर पर जाकर आमलक, कलश और पताकायुक्त छत्र से अलंकृत किया जाता था। चौड़े आधार और नुकीले सूक्ष्म शिखर वाले मन्दिर जगत् की स्थूलता और ज्ञान की सूक्ष्मता के सम्मिलित स्वरूप हैं। यह शिखर हमें सांसारिकता से ऊपर उठने का उपदेश देता है।[63] गुप्तकाल के प्रारम्भिक मन्दिरों में छोटे आकार के सपाट छत वाले मन्दिर बने थे। इनमें साँची का बौद्ध मन्दिर, मुकुन्दरा का मन्दिर, मध्य प्रदेश में (जबलपुर के निकट) तिगवा का विष्णु मन्दिर प्रसिद्ध है।

गुप्तकालीन मन्दिरों के द्वितीय चरण में गर्भगृह के चारों ओर बन्द प्रदक्षिणापथ तथा ऊँची जगती का निर्माण हुआ। इसमें नचना का पार्वती मन्दिर, भुमरा का शिव मन्दिर, पिपरिया का विष्णु मन्दिर, सतना ज़िले में खोह, ऊँचेहरा, नागौद तथा मढ़िया नामक स्थानों पर भी प्रारम्भिक गुप्तकालीन मन्दिर मिले हैं।

गुप्तकाल में बने मन्दिरों का अगला विकास उनके गर्भगृह के ऊपर सपाट छत के स्थान पर **शिखर** के रूप में आया, जो ऊँचे और नुकीले अथवा पिरामिडनुमा थे। इस प्रकार के मन्दिरों में झाँसी के निकट 'देवगढ़ का दशावतार मन्दिर', कानपुर ज़िले का 'भीतरगाँव का इष्टिका मन्दिर', 'बोधगया का बुद्ध मन्दिर' तथा मध्य प्रदेश के रायपुर ज़िले में 'सिरपुर का लक्ष्मण मन्दिर' विशेष रूप से उल्लेखनीय हैं।[64]

देवगढ़ : मुख्य झाँसी राजमार्ग पर बेतवा नदी के एक तरफ 'देवगढ़' (देवों का दुर्ग) और दूसरी तरफ 'चन्देरी का किला' स्थित है। नवीं शताब्दी तक यहाँ पर सेनाओं के काफिलों का आना-जाना रहा। सत्ता कभी हिन्दुओं के हाथ में, तो कभी मुसलमानों के हाथ में रही। विध्वंस और निर्माण दोनों का सिलसिला यहाँ चलता रहा।

देवगढ़ के किले के अन्दर प्राचीन जैन मन्दिर हैं, जिनमें से ज़्यादातर मन्दिर नवीं और दसवीं शताब्दी के आसपास निर्मित हैं। एक मन्दिर में वराह अवतार की मूर्ति प्रतिष्ठापित है। मुख्य मन्दिर की सम्पूर्ण बाहरी सतह पर देवी-देवताओं की मूर्तियाँ उकेरी हुई हैं। कुछ आकृतियाँ खड़ी स्थिति में हैं, तो कुछ नृत्य की मुद्रा में, तो कुछ कमल स्थिति रूप में हैं। सभी मूर्त्तियों की साज-सज्जा, केश-सज्जा इत्यादि एक-दूसरे से भिन्न है। गुप्तकालीन मूर्तियाँ लाल बलुए पत्थर से निर्मित हैं। इन मूर्तियों में रमणीयता, सुन्दरता, शुद्धता व शिष्टता है, जो देवगढ़ की विशेषता है।

देवगढ़ के दुर्ग के नीचे कुएँ के पास एक मैदान में 'विष्णु दशावतार मन्दिर' स्थित है, जिसका निर्माण काल छठी शताब्दी माना जाता है। यह बेतवा नदी के किनारे से थोड़ी दूर पर स्थित है। यह मन्दिर गर्भगृह, शिखर एवं स्थापत्य से युक्त है।

देवगढ़ का विष्णु मन्दिर 13.4 मीटर वर्गाकार, लगभग 1.25 मीटर ऊँचे चबूतरे (जगतीपीठ) के बीच बना है। राखालदास बनर्जी[65] का अनुमान है कि गर्भगृह के चारों ओर ढँका प्रदक्षिणापथ रहा होगा। छठी शताब्दी के मन्दिरों में शिखर का प्रादुर्भाव हुआ, इस वर्गीकरण में देवगढ़, झाँसी, उत्तर प्रदेश के दशावतार मन्दिर को स्थान दिया गया है। इसमें गुप्त स्थापत्य कला की चरमोन्नति दिखाई देती है। उनका ऊपरी भाग पिरामिड के सदृश गुंबज वाला है। इसमें 40 फीट का शिखर है, जो भग्नावस्था में है। पाँच फीट ऊँचे चबूतरे पर गर्भगृह तैयार किया गया, जिसके चारों तरफ सीढ़ियाँ बनी हैं। मन्दिर के गर्भगृह में चारों दिशाओं में प्रवेशद्वार बने हैं। मन्दिर लम्बी ईंटों (17.5×10.5×3 फीट) के क्षेत्रफल वाली सामग्री से बनाया गया है। मन्दिर का प्रवेश द्वार नक्काशीदार है और तीन दीवारों पर सुन्दर कलात्मक रथिकाएँ हैं। इन रथिकाओं में 'गजेन्द्र मोक्ष', 'नर-नारायण' और अनन्तशायी विष्णु के उच्चित्रण हैं। इसका शिखर ध्वस्त है; केवल निचला भाग उपलब्ध है। उससे ज्ञात होता है कि गर्भगृह के ऊपर एक कोठरी रही होगी और शिखर धीरे-धीरे सिकुड़ता हुआ ऊपर को उठा होगा। यह अनुमान है कि शिखर के कोनों पर आमलकों का प्रयोग हुआ होगा और कदाचित शिखर के ऊपर बड़ा आमलक होगा। इस सम्बन्ध में लोगों की

कल्पना है कि द्वार की शाखा की पट्टी में जो वास्तुरूप अंकित है, वह इसके शिखर का ही प्रतिरूप है।[66]

यहीं पर चार मुक्त स्तम्भ भी स्थित हैं, जिनकी पूरी सतह पर कमल स्थिति में सहस्त्रकुट की नक्काशी की गई है। देवगढ़ के द्वार के अलंकरणों में छह पट्टियाँ हैं और प्रायः सभी चौड़ी हैं। भीतर की पहली पट्टी पत्रलता की, उसके बाद दूसरी फुल्लवल्लीवी की और तीसरी मिथुनफलकों की है। चौथी पट्टी अर्धस्तम्भों वाली पट्टी है, किन्तु इस पट्टी में अर्धस्तम्भ ऊपर के एक-तिहाई भाग में सिमटकर रह गया है। इस अर्धस्तम्भ के ऊपरी भाग में घट है, जिसके दोनों ओर पत्रलता लहरा रही है। उसके नीचे दंड का अठपहल अर्ध भाग है। इस अर्ध स्तम्भ के नीचे दो फलकों में किसी वास्तु के मुख-स्वरूप का अंकन है, जिसमें एक मानव आकृति खड़ी है। लोग इसे मन्दिर-वास्तु के अग्रभाग का अंकन अनुमान कहते हैं। इस पट्टी के सबसे निचले भाग में परिचारिकाओं का अंकन है। अन्तिम पट्टी में नीचे कुब्जक और ऊपर गंगा-यमुना का अंकन है।

परशुरामेश्वर मन्दिर (750ई.–900 ई.)

भुवनेश्वर के मन्दिर का श्रीगणेश परशुरामेश्वर से हुआ। इसका गर्भगृह चौकोर 20 फीट का है और दो विभाग निर्मित हैं, जिनकी लम्बाई 48 फीट है, जब कि देवल का शिखर 44 फीट ऊँचा है। जगमोहन में दो पंक्तियों में तीन-तीन स्तम्भ दिखाई देते हैं। इस कारण सारा भाग मध्य वीथी (पंक्ति, कतार) तथा पार्श्व वीथी में बँट गया है। स्तम्भ ऊपरी बोझ को सँभाल रहे हैं। इसके अन्दर की दीवार सादी है तथा बाहरी भाग जटिल रूप में भली भाँति अलंकृत है। जगमोहन और गर्भगृह अलग-अलग निर्मित हुए, जिसका कारण दोनों के ग्रंथि स्थान पर कुछ अन्तर का दृष्टिगत होना है।

परशुरामेश्वर मन्दिर के गर्भगृह के द्वार पर लगे नवग्रहों वाली बरेड़ी के अभिलेख के आधार पर इसका समय 7वीं-8वीं शताब्दी ई. आँका जाता है। पत्थर की बड़ी-बड़ी शिलाएँ बिना किसी जुड़ाई के अपने भार और सन्तुलन द्वारा एक के ऊपर एक रखी गई हैं। त्रिरथ योजना वाले इस मन्दिर में गर्भगृह और जगमोहन में मूर्तियों का भव्य अलंकरण हुआ है, जिनमें गुप्तकालीन कला की छाप स्पष्ट परिलक्षित होती है।[67]

मुक्तेश्वर मन्दिर (900 ई.-1000 ई.)

ग्यारहवीं शताब्दी के बाद भुवनेश्वर के अन्य प्रधान मन्दिरों में 'मुक्तेश्वर मन्दिर' प्रसिद्ध है, जो आकार में सबसे छोटा है। यह परशुरामेश्वर मन्दिर के

समीप ही में 'सिद्धारण्य' नामक स्थान पर स्थित है। इस मन्दिर की कुर्सी नीची तथा ऊँचाई 35 फीट और गर्भगृह 7.5 वर्ग फीट का है। यह सर्वांगीण सुन्दरता के कारण मन्दिर समूह में श्रेष्ठ माना जाता है। इसकी योजना पंचरथ रीति पर तैयार की गई थी। मुक्तेश्वर के समीप तोरण (बाहरी दरवाज़ा) है, जिनमें दो अलंकृत स्तम्भ हैं, जिसका आधार चौकोर है, पर ऊपरी भाग सोलह कोण का है। जगमोहन उड़ीसा के पीढ़ा देवल की विशेषता रखता है। गुंबज में कई कतारें हैं, जो क्रमशः घटती जाती हैं। सबसे ऊपर पवित्र कलश का स्वरूप है, जहाँ सिंह की आकृति बनी है। तक्षण कला के प्रसंग में भी यहाँ विकास दिखाई पड़ता है। केतु को नवग्रह में सम्मिलित करना, कात्तिकेय तथा गणेश के क्रमशः मुर्गे एवं चूहे (के वाहन) का मेल इस मन्दिर की विशेषता है।[68]

लिंगराज मन्दिर (900 ई. -1100 ई.)

भुवनेश्वर के 'लिंगराज' के विशाल मन्दिर में उड़ीसा मन्दिरों की पूर्णता व्याप्त है तथा उड़ीसा शैली का सर्वोत्कृष्ट जीवित उदाहरण है। इस मन्दिर में प्रतिष्ठित त्रिभुवनेश्वर अथवा भुवनेश्वर (शिव) के नाम पर ही इस स्थान का नाम पड़ा।

लिंगराज मन्दिर 520 फीट × 465 फीट क्षेत्रफल के विस्तृत परकोटे (ऊँची दीवार) से घिरा है। एक बड़े आँगन में इस घेरे के मध्य में मन्दिर स्थित है। पूर्व की दीवार पर विशाल प्रवेश द्वार है और इसके चारों ओर 65 छोटे-छोटे मन्दिर बने हुए हैं, जो कला की दृष्टि से उत्कृष्ट हैं, किन्तु लिंगराज का विशाल मन्दिर बेजोड़ है। इसके विमान की ऊँचाई 126 फीट है और इसके गर्भगृह में एक विशाल शिवलिंग स्थापित है। लिंगराज मन्दिर शैव-वैष्णव मतों में मेल का प्रमाण उपस्थित करता है। इसमें हरिहर की प्रतिमा है तथा पूजा विधि में वैष्णव प्रणाली का समावेश किया गया है। नदी के साथ गरुड़ की आकृति भी योग मंडप के सामने दृष्टिगत होती है। इसी से शैव-वैष्णव मतानुयायियों में पारस्परिक मित्रता का अनुमान लगाया जाता है। मन्दिर को चार भागों में बाँटा गया है, इसमें पूर्व-पश्चिम सीधी रेखा में या पंक्ति में (1) देवल या श्रीमन्दिर या विमान यानी 'गर्भगृह', (2) स्तम्भयुक्त मंडप अथवा जगमोहन, (3) नाट्य मंडप यानी नृत्य का स्थान, (4) भोग मंडप। भोग मंडप और नाट्य मंडप का निर्माण कालान्तर में हुआ (यानी एक शताब्दी पश्चात् जोड़े गए) और इस कारण जगमोहन की पूर्व दिशा में प्रवेश द्वार बना था। गर्भगृह के ऊपर लम्बा-सीधा गोल रेखाओं वाला शिखर है, जो अपनी ऊँचाई और आकार की दृष्टि से भव्य है। शेष तीनों मंडपों की छतें कोणाकार ढलुआँ हैं।

गर्भगृह के बाद के निचले उभार के रथों ने पूर्व की ओर छोड़कर छत वाले आयत के ऊपर छोटे मन्दिरों का रूप धारण कर लिया है, जिस पर जाने

के लिए सीढ़ियाँ बनी हैं। इन लघु गर्भगृहों में शिव से सम्बद्ध देवता, यथा– पार्वती, कार्त्तिकेय और गणेश की मूर्तियाँ हैं, जो उड़ीसा के तत्कालीन मूर्तिकारों की कला का चरमोत्कर्ष व्यक्त करती हैं। सबसे प्रभावोत्पादक श्रीमन्दिर का शिखर है, जो पूरे नगर में दृष्टिगत होता है। शिखर का आधार एक किनारे पर 56 फीट लम्बा है। 50 फीट की ऊँचाई के बाद शिखर की परिरेखा है, जो लम्बवत् थी।

शिखर के मध्य भाग में ऐसी कटान है, जो गहरी दीवार में ताख बना देती है। उस कोटरिका में सुन्दर आकृतियाँ बनी हैं। चारों दिशाओं में सबसे ऊपरी प्रक्षेपण पर गजसिंह की आकृति है। लिंगराज मन्दिर में विमान समकालिक जगमोहन की भव्यता भी कम नहीं है। यह वर्गाकार न होकर आयताकार निर्मित है और 72 × 56 वर्गफुट के क्षेत्रफल में विस्तीर्ण है। मन्दिर की भाँति ही वह भी धरातल योजना में पंचरथ है। चौकोर छत के ऊपर गोल शीर्ष है, जिसमें पहले घंटाकार कंठ है। उसके ऊपर आमलक शिला और फिर कलश है। धरातल से इसकी ऊँचाई लगभग 30 मीटर है। उसका विशाल आकार और अलंकरण योजना गर्भगृह के अनुरूप ही है। नाट्यमंडप और भोगमंडप यद्यपि बहुत बाद के बने हुए हैं, फिर भी जगमोहन की तरह हैं और समूची वास्तु योजना में अच्छी तरह खप जाते हैं। डॉ. आनन्द कुमारस्वामी ने लिंगराज की तिथि ई. संवत् 1000 मानी है।[69]

जगन्नाथ मन्दिर (900 ई.–1100 ई.)

भुवनेश्वर से 56 किलोमीटर दूर हिन्दू जनता के प्रधान तीर्थस्थान 'पुरी' में भगवान जगन्नाथ का मन्दिर कलिंग शैली का प्रसिद्ध मन्दिर है। मध्य युग में निर्मित यह मन्दिर भी वृहदाकार और दोहरी दीवार वाले आँगन के मध्य स्थित है। चारों दिशाओं में चार विशाल द्वार हैं। मुख्य द्वार पूर्व की ओर है और उसके सामने अरुण स्तम्भ स्थापित है, जो मूलतः कोणार्क के सूर्य-देवल में था। यह मन्दिर चार भवनों के योग से बना है–'देउल', 'जगमोहन', 'योग मन्दिर' और 'नट मन्दिर'। जगन्नाथ मन्दिर के चारों भागों की सम्मिलित लम्बाई 310 फीट तथा चौड़ाई 80 फीट है। मीनार 200 फीट ऊँची है। जगन्नाथ मन्दिर के 440 × 350 वर्ग फीट के घेरे में छोटी रूपरेखा वाले अनेक मन्दिर बने हैं, जो ऊँची सतह पर निर्मित हैं। यह मन्दिर वैष्णव है, जिसमें कृष्ण, बलराम एवं सुभद्रा की काष्ठ प्रतिमाएँ स्थापित की गई हैं। मन्दिर की दीवारों में विष्णु के अन्य अवतारों की प्रतिमाएँ हैं। नरसिंह मूर्ति के प्रतिमा प्रस्तर पर ऊपरी भाग में पाँच ध्यानी बुद्ध मूर्तियाँ खुदी हैं। इसी प्रकार वराह प्रतिमा के शिरोभाग पर दो ध्यानी बुद्ध दिखाई देते हैं। विष्णु की प्रतिमा भी वरद मुद्रा में है।[70] यह मन्दिर हिन्दू

धर्म के चार पवित्र धर्मस्थलों में से एक है और भुवनेश्वर के लिंगराज का समकालीन तथा लगभग उसी सिद्धान्त पर बना है।

राजा-रानी मन्दिर (1000-1250 ई. तक)

तीसरे समूह का अन्तिम उल्लेखनीय मन्दिर 'राजा-रानी' के नाम से प्रसिद्ध है। उड़ीसा के अन्य मन्दिरों से यह असाधारण बनावट रखता है और अन्य मन्दिरों की अपेक्षा ऊँचे धरातल पर निर्मित है। यह मन्दिर पीले बालूदार पत्थर का बना है, जिसे **राज्ञानिआ** कहते हैं। इसी कारण यह **राजा-रानी** नाम से विख्यात हो गया। साधारण समाकृति में गर्भगृह वर्गाकार बना है, परन्तु कई प्रक्षेपण के कारण बाहरी आकार गोल हो गया है। मीनार से शिखर की प्रतिकृतियाँ भी सम्बद्ध हैं। मन्दिर की दीवार प्रचुर मात्रा में सुन्दर रीति से अलंकृत है। मन्दिर की बाहरी दीवार 'नागकन्या', 'वृक्षिका', 'शालभंजिका', 'मिथुन' आदि की आकृतियों से अलंकृत है।

कोणार्क का सूर्य मन्दिर (1100-1250 ई.)

विश्व-प्रसिद्ध कोणार्क का सूर्य मन्दिर उड़ीसा प्रदेश में जगन्नाथ पुरी से 26 किलोमीटर दूर उत्तर-पूर्व कोण पर समुद्र तट के किनारे स्थित है, जिसकी तुलना सम्भवत: विश्व में करना मुश्किल है। शिल्पियों ने कल्पना तथा अपने अनुभवी हाथों से उन मूक और प्राणहीन पाषाणों में जीवन की लहरें संजीवित कर दी हैं। इस मन्दिर की दीवारों पर खुदी हुई विभिन्न प्रकार की मूर्तियाँ अपनी सहस्त्र भुजाओं को फैलाकर इसकी सुन्दरता को बढ़ा रही हैं। 11वीं शताब्दी में गंगराज प्रथम नरसिंह देव ने बारह सौ कारीगरों की सहायता से बारह वर्ष में इस मन्दिर का निर्माण कार्य सम्पूर्ण कराया जो आश्चर्य माना गया।

इस मन्दिर के निर्माण के लिए कहते हैं, सुल्तान तुघत खां ने 1243 ई. में नरसिंह देव से लड़ने के लिए विशाल सेना के साथ काटासीन नामक स्थान पर आया और परास्त होकर भाग गया। इस विजय के कारण नरसिंह देव का सम्मान आसपास के राज्यों में बढ़ गया था, इसीलिए उन्होंने एक ऐसे कीर्तिस्तम्भ को निर्मित करने का विचार किया था, ताकि देवालय तथा कीर्ति दोनों कार्य एक ही में हो सके और उनकी यह विजय चिरस्मरणीय बन सके।

समुद्र का गर्जन और सूर्योदय का अपूर्व सौन्दर्य नरसिंह देव को हमेशा ही मुग्ध किया करता था। इसके पास ही चन्द्रभाग नदी प्रवाहित होती, जो आगे जाकर समुद्र में विलीन हो जाती थी। पक्की सड़कों का अस्तित्व तो था ही नहीं, लोग नदी और समुद्र के द्वारा ही व्यापार के लिए एक स्थान से दूसरे स्थान पर आया-जाया करते थे। यही कारण था कि इस स्थान पर जनसाधारण

का हमेशा आवागमन बना रहता था। इन सभी बातों को ध्यान में रखकर नरसिंह देव ने इस स्थान पर अपना कीर्ति-स्तम्भ बनवाना निश्चित किया।

जिस स्थान पर इस मन्दिर का निर्माण कराया गया, वहाँ पहले से ही अनेक मन्दिर स्थापित थे, इसीलिए इस नये मन्दिर का निर्माण ऐसे गड्ढे व कीचड़ से भरे स्थान पर किया गया, जिसे मकान निर्माण के लिए अनुपयुक्त समझा जाता था। **विशु महाराण** नामक कारीगर को यह कार्य सौंपा गया। वह इस स्थान को देखकर बड़ा चिन्तित हुआ, पर राजा की आज्ञा मान वह तैयार हो गया, लेकिन उसने एक शर्त रखी कि जब तक इस मन्दिर का काम लगातार चलता रहेगा, कोई यहाँ से जाएगा नहीं। चक्र क्षेत्र पुरी के उत्तर-पूर्व कोण पर अवस्थित होने के कारण 'कोण' और 'अर्क' (सूर्य) इन दोनों शब्दों के सम्मिश्रण से इस स्थान का नाम **कोणार्क** होने की सम्भावना व्यक्त की जाती है।

कोणार्क के सूर्य मन्दिर की रचना रथ के रूप में की गई है। इसके नीचे 9 फुट 8 इंच के व्यास की चौबीस विशाल पट्टियों का निर्माण किया गया, जिन्हें सात घोड़ों के द्वारा खींचते हुए दर्शाया गया है। यह रथ संसाररूपी चक्र का प्रतीक है, जिसके द्वारा सृष्टि की नित्य संरचना होती है। नरसिंह देव की परिकल्पना के अनुसार इस मन्दिर को विशाल रथ के आकार में बनवाया गया था। उसमें 12 जोड़े चक्के लगे हुए हैं, जो कि अपूर्व कारूकार्य से भरपूर है। सारथी अरुण रथ के सम्मुख रखे स्तम्भ पर बैठ कर इसका परिचालन कर रहा है। ऐसा प्रतीत होता है कि रथ सूर्यदेव को लेकर तीव्र गति से खींचकर शून्य मार्ग की ओर बढ़ता जा रहा है। इन 12 जोड़े चक्रों को 12 राशियों का प्रतीक माना गया है। प्रत्येक चक्के में 8 तीलियाँ लगाई गई हैं, जो कि अष्टप्रहर की प्रतीक हैं। सात घोड़ों को सात दिनों के प्रतीक रूप में दर्शाया गया है। इन पहियों की प्रत्येक तीली के बीच में एक गोलाकार स्थान पर अनेक भाव-भंगिमाओं में विभिन्न प्रकार की मूर्तियाँ बनाई गई हैं। इन पहियों की गोलाई करीब छह फीट की है, बीच में निकलती हुई चक्के की धुरी प्रायः एक फुट की है, जिसमें आगे कील अटका रखी है, जिससे वह चलते समय निकल न जाए। ये सभी चक्के विभिन्न फूल-पत्तियों, लताओं, जीव और पक्षियों की मूर्तियों से चतुर्दिक भरपूर हैं। मन्दिर के तलदेश में नाना भंगिमाओं में कतार लगाकर अनुमानतः 1452 हाथियों की मूर्तियाँ बनाई गई हैं, जिनको विभिन्न प्रकार की क्रिया करते दिखाया गया है।

स्थापत्य की दृष्टि से इस सूर्य मन्दिर को चार भागों में बाँटा जा सकता है-(1) विमान (प्रधान मन्दिर), (2) जगमोहन (दर्शकों के बैठने का स्थान), (3) नृत्य मंडप (आरती के समय वाद्ययंत्र लेकर नृत्य करने का स्थान)

(4) भोग मंडप (देवता के लिए भोग रखने का स्थान)। विमान से लेकर भोग मंडप तक का अंश इस प्रकार बनाया जाता था कि किसी भी एक स्थान पर बैठ कर दर्शक सीधे देवता के दर्शन कर सकें और इस पर सूर्य की किरणें पड़ने पर छाया-प्रकाश का समान समन्वय हो सके। इससे मन्दिर का सौन्दर्य सौ गुना बढ़ जाता है। इस अंश को 3 अंश से 7, 9 अंशों तक बढ़ाते थे और इनका नामकरण इस प्रकार करते थे, जैसे–'त्रिरथ', पंचरथ', 'सप्तरथ' और 'नवरथ।' कोणार्क का मन्दिर पाँच अंशों तक बढ़ाया गया था, इसलिए इसे 'पंचरथ' कहते हैं।

प्रधान मन्दिर की ऊँचाई जगमोहन की ऊँचाई से लगभग दुगुनी हुआ करती थी, क्योंकि जगमोहन की छत का आकार प्रधान मन्दिर के समान नहीं बल्कि सीढ़ियों के समान एक के ऊपर एक बनाकर ऊपर उठाया हुआ बनाया जाता था। इसके ऊपर कमल के समान गोलाकार पत्थर और उसके ऊपर 'आमलक' और फिर 'पूर्ण कुम्भ' रखा जाता था। नृत्य मंडप की छत जगमोहन की छत के समान ही होती थी, लेकिन भुवनेश्वर में परशुरामेश्वर का मन्दिर कुछ भिन्न प्रकार से बनाया गया है। इस मन्दिर (कोणार्क) की उच्चता लगभग 227 फीट के करीब है। इसके भीतर का अंश क्रमशः कम होकर ऊपर की ओर उठ गया है। घट की लम्बाई-चौड़ाई 32 फीट की समचतुष्कोण है। स्थापतियों को यह सन्देह था कि इस प्रकार के खिलौने अगर ऊपर के भार सँभालने में समर्थ न हुए, तो छत अवश्य ही गिर जाएगी। यही कारण है कि उन्होंने लोहे की मोटी-मोटी कड़ियाँ लगाकर इन खिलौनों को सुदृढ़ करने का प्रयत्न किया था। प्रधान मन्दिर के गर्भगृह के बीच में मूल्यवान क्लोराइड पत्थर से बना सिंहासन आज भी अटूट पड़ा है। इसी सिंहासन के ऊपर खड़े होकर मन्दिर अधिष्ठाता स्वयं सूर्यदेव अपने सहस्त्र भक्तों की पूजा ग्रहण किया करते थे। इसके नीचे वेदी के तल क्षेत्र में बड़ी निपुणता के साथ असंख्य श्रेणीबद्ध हस्तियों की मूर्तियाँ खुदी हुई हैं। पूजा की सामग्री लिए नर-नारी खड़े हैं, साथ ही राजा -रानी भी उपविष्ट दिखाई दे रहे हैं।

सूर्य मन्दिर के रथ के नीचे बने 24 पहियों में अद्‌भुत कार्य किया गया है। यहाँ फूल, पत्तियों, जीव-जन्तु सभी की चतुर्दिक भरपूर मूर्तियाँ हैं। इनमें बनी प्रत्येक तीली के बीच के गोल भाग में अनेक मुद्राओं व कार्यों में व्यस्त मूर्तियाँ बनी हैं, जिनमें शृंगाररत नारी, नर-नारी का प्रेममिलन व देवी-देवताओं की उत्कृष्ट मूर्तियाँ हैं।

इसमें बनी एक पंक्ति में कहीं राजा स्वयं सवार होकर चल रहे हैं। अनुचर हाथी पर राजछत्र धारण किए हुए हैं। कहीं वीर योद्धा शान से सेनादल के साथ चल रहे हैं, तो कहीं हाथी अपने बच्चों के साथ जंगल में बड़े-बड़े वृक्षों को

कुचल कर खा रहे हैं और बच्चों को खिला रहे हैं। युद्ध क्षेत्र में घुड़सवार चल रहे हैं। तीर्थयात्री बैलगाड़ियों को दौड़ा रहे हैं। कहीं परिश्रान्त पथिक, बैल छाया में बैठकर विश्राम कर रहे हैं, तो कहीं स्त्रियाँ भोजन बना रही हैं। एक स्थान पर दिखाया गया है कि एक वृद्धा तीर्थ दर्शन के लिए जा रही है, तो जाते समय अपने पुत्र को आशीर्वाद दे रही है। पुत्रवधू वृद्धा के पैर छूकर प्रणाम कर रही है। वहीं पौत्र दादी के पैरों को पकड़ कर उन्हें रोकना चाह रहा है, क्योंकि वह दादी से बिछुड़ना नहीं चाहता। यह दृश्य हृदय विदारक है। इसके ऊपर दूसरी पंक्ति में नाना प्रकार के काल्पनिक जीव दर्शाये गए हैं। गज, नाग-नागिन इत्यादि, हाथों के ऊपर शेर जैसी आकृति एवं एक जानवर मनुष्य की पीठ पर खड़ा हुआ, आदि अनेक काल्पनिक मूर्तियाँ यहाँ दृष्टिगोचर होती हैं। तीसरी पंक्ति में स्त्री और पुरुष के प्रेम-मिलन विषयक मूर्तियों का ही अधिकाधिक समावेश है। इनमें कोई-कोई मूर्ति ऐसी है कि *कामसूत्र* में भी उसका कोई वर्णन नहीं। इस मन्दिर के चारों ओर बरामदे बनाए गए हैं, जिनमें दीवार के सहारे बनी मूर्तियाँ विशाल आकार की हैं। इन्हें निपुण शिल्पकारों ने बनाया है, जिन्हें शरीर विभाजन के विषय में पूरा ज्ञान रहा होगा। जगमोहन की छत के ऊपर वाले बरामदे में विभिन्न प्रकार के वाद्य-यंत्रों सहित नृत्य भंगिमाओं में खड़ी नायिकाओं के रूप अतुलनीय हैं। इन मूर्तियों पर चूने का पलस्तर लगाकर विभिन्न रंग भरे गए हैं।

मन्दिर के बाहर तीनों दीवारों पर तीन पार्श्व देवताओं ब्रह्मा, विष्णु, महेश की मूर्तियाँ हैं, जो सूर्य के तीन विशेष रूपों को व्यक्त करती हैं। वेदों में सूर्य को प्रातःकाल में ब्रह्मा (सृष्टिकर्ता), मध्याह्न में महेश्वर (ध्वंसकर्ता) और सायंकाल में विष्णु (पालनकर्ता) के रूप में वर्णित किया गया है।

विशेषज्ञों का कहना है कि सूर्यदेव की प्रथम किरण नृत्यमंडप और जगमोहन के दरवाज़े से होकर सीधे सिंहासन पर खड़ी सूर्य मूर्ति के मुख पर पड़ती थी, मध्याह्न काल में सूर्य की मूर्ति के मध्य भाग पर तथा संध्याकाल में सूर्य की अन्तिम किरण सूर्य की मूर्ति के निम्न भाग पर आकर पड़ती थी। प्रभात व मध्याह्न सूर्य की मूर्तियों में ज़्यादा अन्तर नहीं है। ध्यान से देखने पर प्रभात सूर्य की मूर्ति पर शान्त सौम्य भाव व मध्याह्न सूर्य की मूर्ति पर कठोरता के भाव दिखाई देते हैं, लेकिन अस्ताचल सूर्य के मुख पर थकावट का भाव है। वहाँ उनके रथ के घोड़े थक गए हैं। सूर्यदेव रथ को छोड़कर एक घोड़े पर स्वयं चढ़कर दिन की यात्रा को समाप्त कर रहे हैं। बीच में घोड़ों की लगाम पकड़े अरुण की छोटी मूर्ति है। नीचे बाजे वाले अपने-अपने वाद्ययंत्रों को बजा रहे हैं। इनके दो रक्षक 'दंड' और 'पिगल' दोनों ओर खड़े हैं। पास में ही दो राजा व रानी खड़े हैं। राजा ने देवता के चरणों पर अपनी तलवार

समर्पित कर दी है। इसकी चारों पत्नियाँ रजनी, रीक्षुभ, छाया और शुभर्षणा हैं, ऊपर विष्णु व ब्रह्मा जी हैं।

जगमोहन की छत टूट गई थी, जिसे लॉर्ड कर्जन के समय बंगाल के 'लाट' द्वारा रुपये 34,423 खर्च कर पुनः ठीक कराया गया था। इनके बीच में एक खम्भा करीब सौ फीट ऊँचा पत्थर का बना है, जो कि छत का भार वहन कर रहा है। इसके चारों दरवाज़े पत्थर से बन्द करा दिए गए हैं। जगमोहन के चारों तरफ चार दरवाज़े हैं, पूर्व की ओर प्रधान प्रवेश द्वार है। पश्चिम की तरफ गर्भगृह के अन्दर जाने का एवं उत्तर-दक्षिण दोनों तरफ बरामदे में जाने के दरवाज़े हैं। जगमोहन के प्रधान प्रवेश द्वार के ऊपर एक विशाल 'क्लोराइड' पत्थर पर नौ ग्रहों की सुन्दर मूर्तियाँ बनी हैं। इस पत्थर की लम्बाई, चौड़ाई, ऊँचाई 22, 7 एवं 14 फीट की है। इस पर बनी मूर्तियाँ वास्तविक लगती हैं। केवल एक-दो को छोड़कर सभी एक समान हैं, जो हाथों में अक्षय माला और कमंडलु लिए पद्मासन में बैठी हैं। जगमोहन के ऊपर जाने के लिए बरामदे में से कोई सीढ़ी नहीं बनी थी, लेकिन विशेष प्रयोजन हेतु गर्भगृह के पूर्व दिशा की दीवार में कुछ पत्थर इस प्रकार लगाए गए थे, जिन पर चढ़कर आदमी ऊपर तक जा सके।

जगमोहन के सामने थोड़ा स्थान छोड़कर नृत्यमंडप या नृत्य मन्दिर बना है। यह दूसरे मन्दिरों के समान एक साथ नहीं बना है। यहाँ सूर्य के सारथी अरुण के बैठने के लिए जगह छोड़ी गई है। वर्तमान समय में यह मूर्ति यहाँ नहीं है। मराठा लोग इसे उठाकर जगन्नाथपुरी ले गए थे, जो अभी भी जगन्नाथ देव के पूर्व-द्वार पर स्थापित है। नृत्य मंडप के पास टूटा व बहुत से खम्भों युक्त एक छोटा-सा घट बना है, जिसे अनुमानतः पाकशाला कहा जाता है। नृत्यमंडप के पूर्व दिशा में गज व सिंह की मूर्तियाँ हैं। **गज राजा का ऐश्वर्य व सिंह शक्ति का प्रतीक है।** पाकशाला के दोनों तरफ भोजन करने के गृह बने हैं। आगे आँगन है, उसके आगे रंजनशाला है, जहाँ अभी भी चूल्हा व मांड पकाने के लिए पत्थर का चबूतरा बना है। रंजनशाला के पास पानी का पक्का कुआँ है, जहाँ से लोग पानी भरते थे। इसके प्रत्यक्ष प्रमाण यहाँ लगे पत्थर हैं, जो मटकी रखने के कारण घिस गए हैं।

कोणार्क मन्दिर की दीवारों पर जितने प्रकार के पशु-पक्षी, फल-फूल, लता, ताल पत्र, हाथियों की कतारें हैं तथा नाना भंगिमाओं में नर-नारी की सम्भोगरत प्रतिमाएँ बनी हैं। उनके सम्बन्ध में विशेषज्ञों का कहना है कि यौन-शिक्षा के प्रयोजन से अथवा तांत्रिक साधना हेतु अथवा धर्म, कर्म, अर्थ की तरह काम (योग को) भी मोक्ष का मार्ग माना गया है। यहाँ एक दृश्य में एक साधु को स्त्री-संग करते दिखाया गया है, जो सभी के लिए आश्चर्य कल्पना

के रूप में प्रतिभात होता है। कहते हैं कि कुछ लोग संसार त्याग कर साधना हेतु निकल पड़ते हैं, लेकिन वहाँ उनका मन वश में नहीं होता और वे वापिस संसार में सुख भोगने हेतु आ जाते हैं। यह भी माना जाता कि उस समय के लोगों में अच्छे, भले-बुरे की भावना मन में नहीं थी, इसलिए मन में जो आया वही बना दिया।

कहते हैं कि मन्दिर के ऊपर एक शक्तिशाली चुम्बक लगा था, जो समुद्र में चलते हुए जहाजों को अपनी तरफ खींचता था। इस कारण परेशान यात्रियों ने मन्दिर को तोड़ दिया। भूकम्प भी इसके नष्ट होने का कारण बताया जाता है। कुछ विद्वानों का मत है कि बड़े-बड़े वृक्षों के कारण इस मन्दिर की नींव हिल गई और हवा के प्रचंड वेग में बड़े-बड़े पत्थरों को लेकर ये वृक्ष गिर पड़े। आज इस मन्दिर का जो कुछ भाग शेष है उसके अनुपम सौन्दर्य को साधारण भाषा द्वारा व्यक्त नहीं किया जा सकता।[71]

अन्य मन्दिर

गुप्तकाल के बाद मध्य प्रदेश के प्रतिहार, परमार, कल्चुरि, कच्छपघात आदि विभिन्न राजवंशों के राजाओं द्वारा मन्दिर निर्माण की परम्परा का निरन्तर विकास होता रहा। **नरेसर (ज़िला मुरैना) में 20 मन्दिरों का समूह :** यह ग्वालियर से लगभग 18 किलोमीटर दूर घने जंगलों में स्थित है। ये मन्दिर प्रारम्भिक प्रतिहार कला के उत्तम उदाहरण हैं। इन मन्दिरों में चौकोर गर्भगृह है, जिसके ऊपर चापदार त्रिरथ शिखर है। प्रवेश द्वार लतागुल्मों तथा सर्पकुंडलियों से सजे हैं और दीवारों के आलों पर शैव धर्म के देवी-देवताओं की प्रतिमाएँ हैं, जैसे-कार्तिकेय, गणेश, मातृदेवियाँ, शिव-पार्वती विवाह, पार्वती आदि।

तेली का मन्दिर : ग्वालियर में स्थित तेली का मन्दिर ग्वालियर के प्रतिहार स्थापत्य का सुन्दर नमूना है। इसमें आयताकार गर्भगृह और ढोलकाकार छत है। दीवारों पर पाँच-पाँच उभार हैं, जो ऊपर से चापदार मेहराब से ढके हैं। प्रवेश-द्वार पर पाँच द्वार शाखाओं तथा गंगा-यमुना की प्रतिमाएँ हैं। मन्दिर से प्राप्त अभिलेख की लिपि के आधार पर इसका निर्माण मिहिरभोज के काल में 850 ई. में हुआ था।[72]

सास-बहू का मन्दिर : ग्वालियर में ही कच्छपघात वंश के राजा महीपाल ने दो विष्णु मन्दिरों का निर्माण कराया था, जिसे सास-बहू का मन्दिर कहा जाता है। इस मन्दिर में तिमंज़िला मंडप, दो मंज़िला अन्तराल तथा तीन अर्द्धमंडप हैं। मन्दिर बाहर एवं अन्दर से मूर्तियों और अलंकरणों से सजा है।[73]

बरुआ सागर विष्णु मन्दिर : झाँसी से लगभग तीन किलोमीटर दूर झाँसी मऊ-रानीपुर मार्ग पर 'बरुआ सागर विष्णु मन्दिर' है। दो छोटे मन्दिर पंचायतन

शैली में निर्मित हैं। मुख्य मन्दिर चौकोर गर्भगृह के ऊपर पंचरथ शैली में शिखर से युक्त है। प्रवेश द्वार का ललाटबिम्ब गजलक्ष्मी के रूप में है। गंगा-यमुना की मूर्तियों के साथ कतिपय मिथुन मूर्तियाँ भी उत्कीर्ण हैं। उसके ऊपर विष्णु, अगल-बगल ब्रह्मा और शिव हैं। नीचे नवग्रह की आकृतियाँ हैं। चार घोड़ों से जुड़े रथ पर सूर्य की प्रतिमा उकेरी गई है।[74]

मालादेवी मन्दिर : 9वीं शताब्दी में बना विदिशा ज़िले में ग्यारसपुर का मालादेवी मन्दिर प्रतिहार शैली का है। यह मन्दिर आधा चट्टान तराशकर एवं आधा पत्थर से निर्मित है। इसका गर्भगृह त्रिरथ तल योजना और शिखर पंचरथ है। साथ में मंडप, अन्तराल एवं अर्द्धमंडप सभी अंग निरूपित हैं। इस मन्दिर में यक्ष-यक्षणियों की अत्यन्त सुन्दर प्रतिमाएँ पाई गई हैं।[75]

महादेव मन्दिर : जबलपुर से 22 मिलोमीटर दूर दमोह की दिशा में 'नोहटा का महादेव मन्दिर' है, जो 10वीं शताब्दी ई. का निर्मित है। मन्दिर में ऊँचे अधिष्ठान के ऊपर चौकोर गर्भगृह है। उसके ऊपर चाप की आकृति का ऊँचा पंचरथ शिखर, जिसकी ग्रीवा के ऊपर दोहरा आमलक (आँवला) है।[76]

खजुराहो (नागर शैली)

खजुराहो 10वीं-11वीं शताब्दी के नागर शैली में बने हुए हिन्दू मन्दिरों के लिए विश्वविख्यात है। यह मध्य प्रदेश के उत्तरीय भाग में छत्तरपुर ज़िले से 40 किलोमीटर तथा महोबा से 56 किलोमीटर की दूरी पर स्थित है। खजुराहो के चारों ओर खेतों में फैली गिट्टियाँ और छोटे-छोटे टीलों को देखकर यह ज्ञात होता है कि इस विस्तृत क्षेत्र में कोई विशाल नगर होगा, जिसका वैभव कई सौ वर्षों तक बना रहा होगा। खजुराहो की भव्य कला वैभव का निर्माण 950-1050 ई. के मध्य हुआ था। ये मन्दिर आर्य शिखर शैली के गौरवमय उदाहरण उपस्थित करते हैं। चन्देल नरेश शैवमत के अनुयायी थे, किन्तु वे किसी अन्य धर्म के विरोधी नहीं थे। अतः वैष्णव तथा जैन मन्दिर भी खजुराहो में निर्मित हुए थे।

खजुराहो नाम के विषय में विभिन्न मत हैं। किंवदन्ती के अनुसार, खजुराहो का नाम इसलिए पड़ा, क्योंकि नगर के एक प्रमुख द्वार के दोनों पार्श्व भाग स्वर्ण से बने हुए दो खजूर के वृक्षों से सुसज्जित थे। एक अभिलेख (गंगदेव शिलालेख) में 'खजुरवाहक' नाम का उल्लेख है। अलबरूनी ने इसे 'खजुराहो' तथा इब्नबतूता ने भी 'खजुराहो' के नाम से इसका उल्लेख किया है। इसी नाम से सागर के किनारे छोटा-सा ग्राम था, जो मन्दिर समूह के कारण विश्वविख्यात है। चन्दबरदाई के *पृथ्वीराज रासो* में भी खजुराहो का उल्लेख 'खजुरपुरा' या 'खाजिनापुरी' के नाम से आता है। ऐसा प्रतीत होता है कि इस क्षेत्र में खजूर के पेड़ बहुतायत में थे।[77]

मन्दिर शैलियाँ

कला प्रकृति को अपनी दृष्टि से देखती है। कलाकार किसी दृश्य को गहरी नज़र से देखता-सोचता और अपनी तूलिका, छेनी और लेखनी से सँवार देता है। प्रकृति रात बनाती और कलावन्त दीप बनाता है। कला के अनेक रूप हैं; स्थापत्य (भवन-निर्माण, वास्तुविद्या) इनमें से एक है। स्थापत्य वास्तु-शिल्प को स्थापित करता है। मन्दिर-निर्माण स्थापत्य का अंग है। मन्दिर प्रायः तीन शैलियों में निर्मित हैं—नागर, वेसर और द्राविड़।

नागर शब्द नगर से बना है। *अर्थशास्त्र* में मन्दिरों का स्थान नगर-निर्माण में विशिष्ट बताया गया है। सम्भव है, नगर में ही पहले-पहल मन्दिर बनना प्रारम्भ हुआ हो! नागर शैली में निर्मित मन्दिर चौपहला या वर्गाकार होता है। आधार से शिखर तक इसमें आठ भाग होते हैं—मूल (आधार), मसरक (नींव और दीवारों के बीच का भाग), जंघा (दीवारें) एवं कपोत (कोर्निस)। ये चारों सीधे खड़े रहकर शिखर गल (गरदन), वर्तुलाकार, आमलसारक (आमलक अथवा आँवला) और कुम्भ (शूलसहित कलश) का भार धारण करते हैं। हिमालय और विन्ध्याचल के बीच के मन्दिर नागर शैली में निर्मित हैं। नागर शैली में निर्मित ब्राह्मण मन्दिरों, बौद्ध मन्दिरों और जैन मन्दिरों में कोई भेद नहीं पाते हैं।

पंजाब-हिमालय, कश्मीर, राजपूताना, पश्चिमी भारत, गंगा की घाटी, मध्य प्रदेश, उड़ीसा, बंगाल आदि विविध प्रदेशों में नागर शैली से प्रभावित अपनी-अपनी शैली में करीब 900 और 1300 के बीच सैकड़ों मन्दिरों का निर्माण हुआ। पर्वतीय शैली में पंजाब-हिमालय के इलाकों में कई मन्दिर निर्मित हुए। नागर शैली में ही एक चट्टान का मन्दिर धमनार (राजपूताना) में 9वीं सदी में बना। 800 ई. के दौरान गुजरात और राजपूताने के नागर शैली में निर्मित मन्दिरों में स्थानीयता के कारण थोड़ा अन्तर पड़ गया; इन मन्दिरों की छतों में संगमरमर का प्रयोग थोड़ी मात्रा में किया गया। कश्मीर और नेपाल के नागर मन्दिर वस्तुतः पर्वतीय परम्परा के ही हैं।

नेपाल में नागर शैली से प्रभावित कई मन्दिर हैं जिनकी शैली चीनी शैली से ज़्यादा प्रभावित है। गंगा की घाटी में अनेक मन्दिर ईंटों के बनाए गए। कानपुर में ज़िला भीतरगाँव का गुप्तकालीन मन्दिर, दक्षिण बिहार में कोच का मन्दिर और बोधगया का मन्दिर ईंटों का बना है। नागर शैली में निर्मित होने के बावजूद बंगाल के मन्दिर मुस्लिम कला से प्रभावित रहे। उनकी झुकी कोर्निस वहाँ की सुन्दर कुटियों की बाँस की बल्लियों के अनुकरण से बनी।

द्राविड़ शैली उसे कहते हैं जो द्रविड़ देश में विशेष रूप से विकसित हुई। द्राविड़ मन्दिरों का शरीर अथवा निचला भाग वर्गाकार और मस्तक गुम्बदाकार,

छह पहला या आठ पहला होता है। द्राविड़ शैली का विस्तार क्षेत्र नासिक के आसपास और कृष्णा एवं तुंगभद्रा से लेकर कुमारी अन्तरीप तक है। द्राविड़ शैली में निर्मित मन्दिर के ऊपर का भाग (विमान) सीधा पिरामिडनुमा होता है। उसमें कई मंज़िलें होतीं और मस्तक पीछे या गुम्बद के आकार का होता है। ऊँचा मन्दिर लम्बे-चौड़े प्रांगण से घिरा होता जिसमें छोटे-बड़े अनेक मन्दिर, कमरे, हॉल, तालाब आदि होते हैं। आँगन का मुख्य द्वार जिसे **गोपुरम** कहते हैं, इतना ऊँचा होता कि कई बार वह प्रधान मन्दिर के शिखर तक को छिपा लेता है। तंजौर, गंगैकोंडपुरम् और कांजीवरम् के मन्दिर इतने ऊँचे और उनके गोपुरम् इतने अनुकूलाकृतिक हैं कि दोनों का सम्बन्ध वास्तु की रमणीयता को बढ़ाता है, घटाता नहीं।

द्राविड़ शैली का आरम्भ सातवीं शताब्दी ई. में हुआ जब मामल्लपुरम् (चेन्नई से 35 मील दक्षिण) में पहला पर्वतीय वर्ग का 'रथ' धर्मराजरथ बना। धर्मराजरथ को साधारणतः सात पगोड़ा कहते हैं। इसका निर्माण पल्लव शासकों ने कराया। पल्लव मन्दिरों में से कुछ के शिखर गुम्बजदार हैं और कुछ के पीपानुमा। काँची (काँजीवरम्) में प्रसिद्ध कैलासनाथ मन्दिर और वैकुंठ वेरूमल मन्दिर पल्लव शासकों ने निर्मित कराए। तंजौर के चोलनरेश राजराज और उसके पुत्र राजेन्द्र ने 985 और 1035 के बीच कई मन्दिरों का निर्माण कराया। द्राविड़ शैली में निर्मित मन्दिरों का सिलसिला 16वीं शताब्दी में चलता रहा। इस अवधि में करीब 30 मन्दिर निर्मित हुए। मदुरा का प्रसिद्ध मन्दिर स्थानीय सामन्त राजा तिरूमल नायक (1623-59) ने बनवाया। रामेश्वरम् मन्दिर का बरामदा तो 4 हज़ार फुट लम्बा है। एलोरा के कैलाश मन्दिर को आठवीं सदी के राष्ट्रकूट राजा दंतिदुर्ग और कृष्ण ने बनवाया। बादामी और पट्टदकल के मन्दिर पत्थर की ईंटों से बने हैं। विजयनगर शासकों द्वारा हंपी गाँव (बेलारी ज़िला, चेन्नई) में द्राविड़ शैली में मन्दिर निर्मित किए गए। हंपी में द्राविड़ शैली का एक स्थानीय रूप विकसित हुआ जो मुस्लिम वास्तु से प्रभावित रहा।

नागर और द्राविड़ का मिश्रित रूप है **वेसर शैली**। वेसर शब्द का अर्थ ही मिश्रित अथवा खच्चर अर्थात् दो भिन्न जातियों से जन्मा होता है। विन्यास अर्थात् खाका या प्लान में यह द्राविड़ शैली होता है और क्रिया अथवा रूप में नागर शैली का। बेसर शैली को 'मिश्रक शैली' भी कहते हैं। इसकी प्रसार भूमि विन्ध्यपर्वत और नासिक अथवा विन्ध्याचल और कृष्णा अथवा तुंगभद्रा के बीच है। वेसर शैली के मन्दिर नागर और द्राविड़ क्षेत्रों के बीच में मिलते हैं। इस भूखंड को साधारण रूप से दकन कहते हैं। *समरांगणसूत्रधार* में वेसर के लिए वाराट अथवा वाराड़ शब्द का प्रयोग किया गया है। प्राचीन विदर्भ अथवा

वरार के लिए इस ग्रन्थ में वाराट शब्द का प्रयोग किया गया है जिसका विस्तार नर्मदा से कृष्णा तक है। इन नदियों के बीच नागर शैली एवं द्राविड़ शैली के मन्दिर भी मिलते हैं। वेसर शैली के मन्दिर चालुक्य नरेशों ने कन्नड़ ज़िलों में और होयसल राजाओं ने मैसूर में बनवाए। वेसर शैली के मन्दिरों के निर्माता ये दोनों राजवंश इतिहास के कालक्रम से तब उदित हुए जब नागर और द्राविड़ दोनों शैलियाँ विकसित हो चुकी थीं, जिससे वेसर रूप में उनका मिश्रण सम्भव हो सका। उत्तरी और दक्षिणी दो महत्त्वपूर्ण शैलियों के परस्पर सम्पर्क का यह अनिवार्य परिणाम था। वेसर शैली के सुन्दरम् नमूने कर्णाटक के हलेबिद और बेलूर के मन्दिर हैं। तिपलूर तालुक (कर्नाटक) के गाँव नुग्गेहल्ली का विष्णु मन्दिर भी इस शैली में निर्मित है। होयसल नरेश बोट्टिग ने 1117 ई. में बेलूर के मन्दिर का निर्माण कराया था। वह पहले जैन और बाद में वैष्णव हो गया।

सन्दर्भ-ग्रन्थ

1. *भारतीय चित्रकला एवं मूर्तिकला*, राजस्थान हिन्दी ग्रन्थ अकादमी, जयपुर, 2009
2. 'मूर्तिकला, चित्रकला तथा अन्य कलाएँ', *श्रेण्य युग*, मोतीलाल बनारसीदास (सं.), आर.सी. मजूमदार, दिल्ली, 1984
3. *भारतीय वास्तुकला*, वाराणसी, 1989
4. *प्राचीन भारत की कला*, कानपुर, 1971
5. *भारतीय कला का इतिहास*, नई दिल्ली, 1981
6. *प्राचीन भारतीय स्तूप, गुहा एवं मन्दिर*, बिहार हिन्दी ग्रन्थ अकादमी, पटना, 1989
7. *The Heritage of Indian Art*, Varanasi, 1964
8. *Temples of North India*, New Delhi, 1985 (NBT)
9. *Temples of South India*, N.B.T. New Delhi, 2001
10. *कॉन्सेप्ट ऑफ इंडियन टेम्पल एंड इट्स एवोल्यूशन*, गंगानाथ झा, केन्द्रीय संस्कृत विद्यापीठ (आचार्य बलदेव उपाध्याय अभिनन्दन ग्रन्थ), इलाहाबाद, 1981
11. *भारतीय कला*, इलाहाबाद, 2006
12. 'कला और विज्ञान' प्रशान्त गौरव, *प्राचीन भारत*, राजकमल प्रकाशन, दिल्ली, 2009, पृ. 423-34
13. *Urban Decay in India*, Delhi, 1987
14. *The Art of Asian Temples*, Abhinav Publication, New Delhi, 1982
15. *The Hindu Temple*, Calcutta, 1946
16. *Vaishnaw Iconography in the Tamil Countries*, New Delhi, 1982
17. *The Origin and Development of Vaishnavism*, Delhi, 1967
18. *हिन्दू देव प्रतिमा-विज्ञान*, वाराणसी, 1978
19. *The Development of Hindu Iconography*, Calcutta, 1974
20. *प्रतिमा विज्ञान*, भोपाल, 1972
21. *Indian Temple Sculptures*, New Delhi, 1956

22. *Gupta Sculptures*, Oxford, 1974
23. *मेघदूतम्* (कालिदास), श्लोक 38
24. *शिल्परत्न*, अध्याय 16, श्लोक 40
25. *अग्निपुराण*, सं. हरिनारायण आप्टे, अध्याय 102
26. *Vishnudharmottar Purana* (3 vols.) Parimal Publication, Delhi, 2009, Khand 3, Chapter 42, shloka 51
27. *कुमारसम्भवम्* (कालिदास), सर्ग 7, श्लोक 42
28. *पद्मपुराण*, सं. विष्णुनारायण, पूना, 1893, द्वितीय खंड, श्लोक 88; उदयनारायण राय, *भारतीय कला*, लोकभारती प्रकाशन, इलाहाबाद, 2006, पृ. 145
29. *मत्स्यपुराण*, अध्याय 255, श्लोक 19
30. *रामायण*, 5.4.7
31. *बृहत्संहिता*, (सं) सुधाकर द्विवेदी, बनारस, 1985, 52.34
32. *वही*, (सं.) हरिनारायण आप्टे, पुण्याख्यपतन, 1907, अध्याय 253, श्लोक 5
33. ओ.सी. गांगुली, *मिथुन इन इंडियन आर्ट*, पृ. 60
34. *रघुवंशम्* (कालिदास), सर्ग 7, श्लोक 1
35. *कुमारसम्भवम्* (कालिदास), सर्ग 2, श्लोक 7
36. *मत्स्यपुराण*, 258.13-14; *कैनन्स ऑफ इंडियन आर्ट*, पृ. 232-33
37. *मानसार*, (सं.) डॉ. पी.के. आचार्य, ऑक्सफ़ोर्ड यूनिवर्सिटी प्रेस, अध्याय 18, श्लोक 144-46
38. *समरांगणसूत्रधार* (सं.) गणपति शास्त्री, बड़ौदा, 1924, अध्याय 34, श्लोक 27.
39. K.S. Shukla, *Concept of Indian Temples and its Evolution.*
40. *बृहत्संहिता*, जिल्द 2, अध्याय 53, श्लोक 120, पृ. 637
41. *वही*, 55.11-16, पृ. 650-51
42. *वही*, 55.14-16, पृ. 650-51
43. *वही*, 57.2-3, पृ. 662-63
44. *वही*, 57.4.663
45. *वही*, 53.112.636
46. *वही*, 53.113.636
47. *वही*, 53.114.636
48. *वही*, 53.115.636
49. *वही*, 56.1-3.659
50. *वही*, 56.5-6.660
51. *वही*, 56.7.660
52. *वही*, 56.8.661
53. *वही*, 57.4-11.664-66
54. *वही*, 57.12-20.666-68
55. *वही*, 57.21-30.668-70
56. *वही*, 57.31-35.670-71
57. *वही*, 57.43.673; 44-45.673
58. *वही*, 58.5-7.680

59. प्रशान्त गौरव, *पूर्वमध्यकालीन भारत*, नई दिल्ली, 2009 पृ. 75–78
60. विस्तृत जानकारी के लिए देखें, कृष्णदेव, *Temples of North India*, Delhi, 1985
61. राखालदास बनर्जी, *Eastern Indian School of Medieval Sculptures*, New Delhi, 1933, pp 42-47
62. रीता प्रताप, *भारतीय चित्रकला एवं मूर्तिकला का इतिहास*, राजस्थान हिन्दी ग्रन्थ अकादमी, जयपुर, 2009, पृ. 513–14; Krishna Dev, *Temples of North India*, New Delhi, 1985, pp. 93-126 ; वासुदेव उपाध्याय, *प्राचीन भारतीय स्तूप, गुहा एवं मन्दिर*, पटना 1981, पृ. 209
63. रीता प्रताप, *पूर्वोद्धृत*, पृ. 515–20
64. Krishna Dev, पृ. 70
65. *वही*, पृ. 71
66. रीता प्रताप, पृ. 523–24
67. Krishna Dev, पृ. 73–74
68. *वही*, पृ. 74
69. रीता प्रताप, पृ. 526–33
70. Krishna dev, पृ. 21
71. रीता प्रताप, पृ. 534
72. *वही*
73. *वही*, 535
74. *वही*
75. *वही*
76. *वही*
77. *वही*

अध्याय-25

आर्यभट

प्राचीन काल में भारतीय गणित और ज्योतिषशास्त्र अत्यन्त उन्नत था। इस वैज्ञानिक उन्नति में न सिर्फ़ योगदान करनेवाले वरन् उसमें चार चाँद लगानेवाले महान गणितज्ञ आर्यभट का जन्म अनुमानों के अनुसार गुप्त-काल में हुआ था। उनके माता-पिता का नाम, वंश-परिचय आदि के बारे में प्रामाणिक जानकारी नहीं है। उनके श्लोकों के अनुसार, वे बिहार राज्य की राजधानी पटना जो उस समय पाटलिपुत्र के नाम से मशहूर थी, के निकट कुसुमपुर नामक स्थान के रहनेवाले थे। उनकी जन्मतिथि भी अनुमानों के ही आधार पर 13 अप्रैल, 476 मानी जाती है और प्रसिद्ध अन्तरराष्ट्रीय संस्था यूनेस्को ने इसी आधार पर उनकी पंद्रह सौवीं जन्मतिथि मनाई थी। उस समय नालन्दा विश्वविद्यालय विद्या का एक प्रमुख केन्द्र था जो इसी राज्य में था। यहाँ पर खगोलशास्त्र के अध्ययन के लिए एक अलग विभाग था।[1]

आर्यभट के समय खगोलशास्त्र की स्थिति बिगड़ चुकी थी। उस समय प्रचलित पितामह सिद्धान्त, सौर सिद्धान्त, वासिष्ठ सिद्धान्त, रोमक सिद्धान्त और पौलिश सिद्धान्त–ये पाँचों पुराने हो चुके थे। उनसे न तो गणित के ठोस परिणाम प्राप्त होते और न ही वे उपयोगी रहे थे। उस समय उपलब्ध गणित के आधार पर जो ग्रहों की स्थिति, ग्रहण आदि के समय का ज्ञान होता था, उसमें और प्रत्यक्ष स्थिति में भारी अन्तर होता था। इससे लोगों का विश्वास भारतीय ज्योतिष से उठने लगा था। आर्यभट ने उनमें मौजूद त्रुटियों को दूर करके उसे नवीन और प्रभावी रूप से प्रस्तुत किया। प्राप्त जानकारियों के अनुसार, गुप्तकाल के इस गणितज्ञ और खगोलशास्त्री ने तीन ग्रन्थ लिखे थे–*दशगीतिका*, *आर्यभटीयम्* तथा *तंत्र*।

अपने प्रमुख ग्रन्थ *आर्यभटीयम्* या *आर्यसिद्धान्त* में उन्होंने अपने जन्म स्थान कुसुमपुर का भी वर्णन किया है। और ज्योतिषशास्त्र के मूल सिद्धान्तों का संक्षेप में वर्णन किया है। ज्योतिषशास्त्र का प्रामाणिक ग्रन्थ माने जानेवाले

उस ग्रन्थ में 121 श्लोक हैं जो चार खंडों में विभाजित किए गए हैं–गीत-पादिका, गणितपाद, कालक्रियापाद तथा गोलपाद। इस ग्रन्थ के आरम्भ में उन्होंने परब्रह्म परमेश्वर की वंदना की है और अन्त में उन्होंने स्वयंभू की स्तुति की है। अनुमान है कि इस अद्‌भुत ज्ञान को पाने के लिए आर्यभट ने घोर तपस्या की होगी। आर्यभट ने अपने माता-पिता, गुरु आदि के बारे में कुछ भी नहीं लिखा। वे भी उसी सिद्धान्त को मानते थे कि **रचना महान होती है, रचनाकार नहीं**।[2] अपने ग्रन्थ के पहले भाग अर्थात् *गीतपादिका* में युगों का प्रमाण, ग्रह आदि का परिभ्रमण-काल अर्थात् ग्रहों की गति का काल, राशि का भेद, आकाश-कक्षीय (पथ) प्रमाण, आदि को उन्होंने सूत्रबद्ध किया। दूसरे हिस्से गणितपाद में उन्होंने गणित के वर्गमूल, घनमूल, त्रिकोणादि क्षेत्रफल, ज्या अन्तर, अनिर्दिष्ट समीकरण आदि का वर्णन किया है। उन्होंने इकाई (1), सैकड़ा (100), दस हज़ार (10,000), आदि को वर्ग-स्थान बताया है, क्योंकि इनका वर्गमूल सीधा पूर्ण अंकों में निकाला जा सकता है। उन्होंने 10,1000, एक लाख आदि को अवर्ग माना है, क्योंकि उनका वर्गमूल दशमलव में निकलता है।

आर्यभट एक अद्‌भुत गतिणज्ञ थे। अपने ज्योतिषज्ञान में अंकगणित और रेखागणित का भी समावेश किया। उन्होंने अनेक कठिन प्रश्नों के उत्तर मात्र 30 श्लोकों में समावेश कर दिए। उनके एक ही श्लोक में गणित के 5 नियम समा गए।[3] उन्होंने अपने एक श्लोक में दशमलव पद्धति का उल्लेख किया तथा बाद में वर्ग का क्षेत्रफल, त्रिभुज का क्षेत्रफल, शंकु का घनफल, वृत्त का क्षेत्रफल तथा अन्य प्रकार के क्षेत्रों का क्षेत्रफल निकालने के नियमों का वर्णन किया। उन्होंने यह भी लिखा कि परिधि के छठे भाग की ज्या त्रिज्या में बराबर होती है। एक अन्य श्लोक में उन्होंने लिखा कि अगर वृत्त का व्यास 20,000 है तो परिधि 62,832 होगी। पाई (π) का मान उन्होंने 3.1416 निकाला। उनके श्लोकों के आधार पर वृत्त, त्रिभुज तथा चतुर्भुज आदि बनाने की विधि, दीपक से बनी छाया निकालने की विधि, दीपक की ऊँचाई और दूरी जानने की विधि के बारे में ज्ञान हासिल किया जा सकता है।

आर्यभट ने बीजगणित के बारे में बहुमूल्य जानकारी संसार को दी। साधारण नियम $(\text{अ} + \text{ब})^2 - (\text{अ}^2 + \text{ब}^2) = 2\ \text{अ} \times \text{ब}$ का तरीका समझाया। इसी प्रकार दो राशियों का गुणनफल जैसे आ × ब तथा अन्तर अ – ब ज्ञात करके राशियों को अलग-अलग पहचानने, भिन्नों के हरों को सामान्य हरों में परिवर्तित करने तथा भिन्नों को गुणा करने, भाग करने आदि के तरीके समझाए गए हैं। विशिष्ट बात यह है कि जिन तरीकों पर आज पूरा ग्रन्थ लिखा जाता है, उन्हें उन्होंने अपने 30 श्लोकों में समाविष्ट कर दिया।[4]

आर्यभट त्रिकोणमिति के भी आचार्य थे। उन्होंने सर्वप्रथम ज्या (Sine) का प्रयोग किया था। उन्होंने ज्या और उत्क्रम ज्या की सारणी बनाने के नियमों का भी उल्लेख किया। उनके नियमों से ज्या का सैद्धान्तिक मूल्य जो निकलता था और वास्तविक मूल्य में थोड़ा अन्तर था। आर्यभट को इसका ज्ञान था और उन्होंने अपनी सारणी में संशोधन करके वास्तविक मूल्य ही दिया था।[5]

उनके ग्रन्थ के अन्य खंड काल-क्रियापाद में काल के विभिन्न भाग, ग्रहों का परिभ्रमण, मास-संवत्सर, अधिकमास, क्षय तिथियाँ, ग्रन्थ-रचना का काल, ग्रहों की गतियाँ , वार (सप्ताह) की कल्पना इत्यादि का विवरण है।[6] इसी प्रकार अन्य खंड गोलपाद में खगोल विज्ञान की जानकारी है। सूर्य, चन्द्र, राहु, केतु आदि ग्रहों की दृश्यादृश्य परिस्थिति, भूमि की आकृति, दिन-रात के कारण देशान्तरों में सूर्योदय, राशियों का उदय, ग्रहणों इत्यादि का विवरण 50 श्लोकों में है। इस प्रकार *आर्यभटीयम्* एक अत्यन्त ही दिलचस्प ग्रन्थ है। आधुनिक वैज्ञानिक इसे पढ़कर दाँतों-तले उँगली दबा लेते हैं कि किस प्रकार आर्यभट ने पाई (π) का मूल्य, वृत्त का क्षेत्रफल आदि निकालने का तरीका निकाला होगा।[7]

उनके समय देश में अनेक अन्धविश्वास प्रचलित थे और उन सबको तोड़ते हुए आर्यभट ने दुनिया को बताया कि पृथ्वी, ग्रह, चन्द्र आदि में स्वयं प्रकाश नहीं है, वरन् ये सूर्य से प्रकाश लेकर प्रकाशित होते हैं। पृथ्वी के जिस हिस्से पर प्रकाश पड़ता है वह प्रकाशित होता है और शेष अंधकार में रहता है। उन्होंने यह भी बताया कि पृथ्वी गोल है और अपनी धुरी पर चक्कर लगाती हुई सूर्य का चक्कर लगाती है। उन्होंने पृथ्वी की तुलना कदम्ब वृक्ष के पुष्पगुच्छ से की, जो हरा-भरा होता है।

उन्होंने लिखा है कि जिस प्रकार नाव में यात्रा करनेवाला व्यक्ति किनारे पर स्थित पेड़, पौधों, चट्टानों को विपरीत दिशा में जाते हुए देखता है, उसी प्रकार ये नक्षत्र भी हमें चलते हुए दिखाई देते हैं। उन्होंने पृथ्वी को केन्द्र माननेवाली मान्यता को तोड़ दिया था। उन्होंने राहु-केतु के कारण चन्द्रग्रहण, सूर्यग्रहण होने की मान्यता को भी तोड़ा और बताया कि चन्द्रमा की परछाईं के कारण सूर्यग्रहण और पृथ्वी की परछाईं के कारण चन्द्रग्रहण होता है। आर्यभट ने शून्य तथा दशमलव का लगातार प्रयोग करके भारत के प्राचीन गणितज्ञान का गौरव बढ़ाया। अरबी विद्वान भी आर्यभट का आदर करते थे और उन्हें 'अरजभट' के नाम से पुकारते थे।

दिन और रात का विभाजन करने के बाद आर्यभट ने काल का भी बड़ी कुशलता से विभाजन किया है। उनसे पूर्व *मनुस्मृति* में काल का विभाजन इस प्रकार किया गया था :

1 कल्प = 14 मन्वन्तर + 6 महायुग = 1000 युग

1 मन्वन्तर = 71 महायुग,

एक महायुग = 43,20,000 वर्ष

एक महायुग में चार युग–सतयुग, त्रेता, द्वापर, कलियुग होते हैं। सतयुग में 17,28,000 वर्ष, त्रेता में 12,96,000 वर्ष, द्वापर में 8,64,000 तथा कलियुग 4,32,000 वर्ष होते हैं।

आर्यभट ने इस विभाजन को और सरल कर दिया। उनके अनुसार :

1 कल्प = 14 मन्वन्तर, अर्थात् 1008 महायुग

1 मन्वन्तर = 72 महायुग,

एक महायुग = 43,20,000 वर्ष

महायुगों को चार युगों में विभाजित करके आर्यभट ने उन्हें समान बताया है। हर युग में 10,80,000 वर्ष होते हैं। आर्यभट की कल्पनाशीलता ग़ज़ब की थी। सूर्य से विभिन्न ग्रह किस प्रकार प्रकाशित होते हैं, जहाँ सूर्य का प्रकाश नहीं पहुँच पाता वहाँ छाया किस तरह पड़ती है, आदि का वर्णन उन्होंने दीपक और गेंद के जरिये समझाया था। उनके अनुसार, छाया की लम्बाई दीपक और गेंद के बीच की दूरी पर निर्भर करती है। यदि इस बीच में कोई दूसरी वस्तु अर्थात् ग्रह, उपग्रह आदि आ जाता है तो उसकी छाया ग्रहण का रूप धारण कर लेती है। आर्यभट ने न सिर्फ़ छाया का सिद्धान्त प्रतिपादित किया वरन् भविष्य में सूर्य और चन्द्रग्रहण कब-कब पड़ेंगे, इसकी गणना का सूत्र भी बताया और यह सूत्र आज भी प्रचलित है और कभी ग्रहण की भविष्यवाणी ग़लत नहीं हुई। आर्यभट ने गणितपद में एक नियम से बँधी हुई संख्याओं की श्रेणी 1, 2, 3, 4, 5........ का योग निकालने का भी सूत्र बताया। वे एक से अधिक श्रेणियों के भी कुल योग के सूत्र के प्रतिपादक थे।

आर्यभट से पहले बीजगणित का चलन नहीं था। इसके अलावा एक विशेष बात यह थी कि आर्यभट के श्लोक में वर्णित सूत्रों को हर समय याद रखने के लिए भी आर्यभट ने अपनी ही एक परिभाषा विकसित की थी। उन्होंने ह्स्वाक्षर (जो उच्चारण में कम समय लेते हैं) जैसे–अ, इ, उ और दीर्घाक्षर (जो अधिक समय लेते हैं) जैसे–आ, ई, ऊ आदि को संकेतों के रूप में प्रकट किया था। वे बड़ी संख्याओं के लिए इनका प्रयोग करते थे। उदाहरण के तौर पर रव्यु–3,20,000, ऋ–10,00,000 योही–5,77,53,336 आदि।[8]

आज हम देखते हैं कि कम्प्यूटर के की बोर्ड में अंकित हर अक्षर के पीछे कोई न कोई क्रिया छुपी होती है। इसी प्रकार का प्रयोग आर्यभट ने भी किया था। आर्यभट न सिर्फ़ अंकों के खेल में माहिर थे वरन् मूल से ब्याज निकालने के सूत्र भी उन्होंने प्रतिपादित किए। उन्होंने साधारण व्याज की गणना तथा

चक्रवृद्धि ब्याज की गणना के लिए अलग-अलग तरीके बताए।[9] आर्यभट की मृत्यु कब हुई, यह निश्चित रूप से ज्ञात नहीं है। पर कुछ लोग उनकी मृत्यु का काल 520 ईसवी बताते हैं और कुछ लोग 550 ईसवी। आर्यभट दुनिया से चले गए पर उनका ज्ञान धरोहर के रूप में बना रहा। बाद के काल में विद्वानों ने उनकी रचनाओं पर अध्ययन और शोध किया।[10]

सन्दर्भ-ग्रन्थ

1. आर्यभटसित्वह निगदति कुसुमपुरेऽभ्यर्चित ज्ञानम् 11/11 *आर्यभटीय*, 2.1
2. *सिद्धान्त-शिरोमणि* (सं.) केदारदत्त जोशी, भाग-2, बनारस, 1964, पृ. 327
3. *आर्यभटीय* (सं.) रामनिवास राय, दिल्ली, 1976, पृ. 23; के.एस. शुक्ल, *आर्यभटीय ऑफ आर्यभट*, दिल्ली, 1976, पृ. 29-30
4. शंकर बालकृष्ण दीक्षित, *भारतीय ज्योतिष*, लखनऊ, 1963, पृ. 6-10; *सूर्यसिद्धान्त*, 12.40; *पंचसिद्धान्तिका*, 13.1
5. सत्यप्रकाश, वैज्ञानिक विकास की भारतीय परम्परा, पटना, *1954*, पृ. 90-93
6. *वही*
7. *वही*
8. *वही*; *श्रेण्ययुग* (सं.) आर. सी. मजुमदार, मोतीलाल बनारसीदास, दिल्ली, 1984, पृ. 364-65
9. *श्रेण्ययुग*, पृ. 336-39
10. प्रतीक गौरव, *प्राचीन भारत में विज्ञान*, पटना, 2006, पृ. 208-13

अध्याय-26

वराहमिहिर

गुप्तकाल में छह विद्वानों को इतिहास में विशेष प्रतिष्ठा मिली। इनमें थे कालिदास, अमरसिंह, वात्स्यायन, आर्यभट, याज्ञवल्क्य और वराहमिहिर। वैज्ञानिक होने के साथ-साथ वराहमिहिर परम्परावादी और भाग्यवादी तथा फलित ज्योतिष का समर्थक था। उसने *बृहत्संहिता* की रचना की जिसके टीकाकार भटोत्पल के अनुसार खगोलवेत्ता (Astronomer) वराहमिहिर का जन्म करीब 485[1] ई. में मगध के द्विज परिवार में हुआ था। उसके पिता का नाम आदित्यदास और माता का नाम सत्यवती या इंदुमती था। बंगाल के प्रसिद्ध ज्योतिष विद्वान की खन्ना नामक पुत्री से वराहमिहिर का विवाह हुआ था। खन्ना का भाई पृथुयशा भी ज्योतिषवेत्ता था। अपने पिता के साथ वराहमिहिर ने आर्यभट के ग्रन्थों का मगध में अध्ययन किया था। अपने पिता के साथ वराहमिहिर जीविका के लिए उज्जैन पहुँचा। वहाँ के राजा विक्रमादित्य के दरबार में वह रहने लगा। उसने सर्वप्रथम *पंचसिद्धान्तिका* नामक ग्रन्थ की रचना करीब 20 वर्ष की आयु अर्थात् 505 ई. में की। ज्योतिषग्रन्थ *वृहज्जातक* (होराशास्त्र) की रचना 540 ई. और 560 ई. के लगभग *बृहत्संहिता* की रचना की। इस समय वह 70-75 वर्ष का हो चुका था। उसका देहान्त करीब 567 ई. में हुआ।

वराहमिहिर का श्रेष्ठतम ग्रन्थ *पंचसिद्धान्तिका* है, जिसमें उसने पौलिश, रोमक, वसिष्ठ, सूर्य और पितामह सिद्धान्त की चर्चा की है। यहाँ हम *पंचसिद्धान्तिका* के तेरहवें अध्याय 'त्रैलोक्य संस्थान' की चर्चा करेंगे जो शायद वराहमिहिर की स्वतंत्र रचना लगती है अन्यथा वराहमिहिर हमें एक मौलिक ज्योतिषी के स्थान पर ज्योतिष के इतिहासकार अधिक प्रतीत होते हैं। इस अध्याय में वराहमिहिर ने विश्व की रचना तथा कुछ फुटकर बातें बताई हैं। इसके पहले ही श्लोक में पृथ्वी के बारे में कहा है कि पंचभूत से निर्मित पृथ्वी गोल तारों के पंजर में उसी प्रकार स्थित है जैसे चुम्बकों के बीच लोहा। लेकिन वराहमिहिर पृथ्वी के अक्ष भ्रमण के बारे में विपरीत राय रखता था।

उसके अनुसार, 'कुछ लोग कहते हैं कि पृथ्वी भ्रमण करती है, परन्तु ऐसा होता तो चील तथा अन्य पक्षी आकाश से अपने घोसले में नहीं लौट सकते।' उसने चन्द्र कलाओं के बारे में लिखा है कि जैसे-जैसे प्रतिदिन चन्द्रमा का स्थान सूर्य के सापेक्ष बदलता है, वैसे-वैसे उसका प्रकाशमय भाग बढ़ता जाता है, ठीक इसी तरह जैसे अपराह्न में घड़े का पश्चिम भाग अधिकाधिक प्रकाशित होता जाता है। वराहमिहिर ने जैनियों के दो सूर्य व दो चन्द्रमा के मत की आलोचना की।

पंचसिद्धान्तिका में ज्योतिष यंत्रों का भी उल्लेख हुआ है। लेकिन उसने यह भी कहा कि गुरु को चाहिए कि केवल स्थिर बुद्धि शिष्यों को ये बातें बताए और शिष्य को चाहिए कि इन बातों को सीखकर अपने यंत्रों को इस प्रकार बनाए कि उसके पुत्र को भी उसका भेद-ज्ञान न हो।

पंचसिद्धान्तिका के बाद वराहमिहिर फलित ज्योतिष की ओर आकर्षित हुआ। ऐसा उसकी *बृहत्संहिता* से ज्ञात होता है, जो फलित ज्योतिष पर एक विशालग्रन्थ है। उसके अन्य ग्रन्थ हैं–*वृहज्जातक*, *लघुजातक* और *योग यात्रा*।

आर्यभट वैज्ञानिक ज्योतिष पर सुदृढ़ रहे। उन्होंने बताया कि सूर्यग्रहण का कारण सूर्य और पृथ्वी के बीच चन्द्रमा का आ जाना है। सूर्य और चन्द्रमा के बीच में पृथ्वी के आने से चन्द्रग्रहण होता था। इसमें पृथ्वी की छाया चन्द्रमा पर पड़ती थी।

वराहमिहिर फलित ज्योतिष समर्थकों के दबाव के सामने कुछ झुके तो सही किन्तु वैज्ञानिक स्थितियों का विश्लेषण उन्होंने बिना किसी रियायत के विशुद्ध वैज्ञानिक दृष्टि से किया; किन्तु यह भी कहा कि कुछ लोग हैं जो राहु-सिद्धान्त में विश्वास रखते हैं। विनम्रता से खंडन करने के बावजूद वराहमिहिर ने फलित ज्योतिष के क्षेत्र में योगदान किया।

मानव-मन भविष्य ज्ञान के लिए अति उत्सुक रहता है। अति प्राचीनकाल से लोगों द्वारा भविष्य की जानकारी के लिए बहुत से साधनों का आश्रय लिया जाता था। सूर्य, चन्द्र एवं ग्रहों की जो स्थिति जन्म के समय जैसी होती उसी के आधार पर जो भविष्यवाणी की जाती वही फलित ज्योतिष का विषय है। इसे दैवज्ञ विद्या भी कहते हैं। वराहमिहिर ने लिखा (*बृहत्संहिता*, 2, 7-9)-जो वन में रहते हैं (वानप्रस्थ या मुनि), सांसारिक विषय-भोगों से रहित और बिना सम्पत्ति के हैं वे भी नक्षत्रों की गति के जानकार ज्योतिषी से प्रश्न पूछते हैं। बिना ज्योतिषी के राजा उसी प्रकार अंधे के समान मार्ग में अवस्थित है, जैसेकि बिना दीप के रात्रि तथा बिना सूर्य के नभ।

सातवीं सदी से ज्योतिषियों ने एक सुविधाजनक सिद्धान्त यह निकाला कि दुष्ट ग्रह का शमन किया जा सकता और हानिकर फल दूर किए जा सकते हैं,

या रत्नों या धातुओं आदि के व्यवहार से दोष का शमन हो सकता है। *रत्नमाला* (10.15 एवं 29) और *बृहत्संहिता* (103.48) में बताया गया कि मंगल एवं सूर्य को प्रसन्न करने के लिए मूंगा, शुक्र एवं चन्द्र के लिए चाँदी, बुध के लिए सोना, वृहस्पति के लिए मोती, शनि के लिए लौह तथा अन्य दो (राहु एवं केतु) के लिए लाजवर्त धारण करना चाहिए।

वराहमिहिर *योगयात्रा* (3.19–20) में लिखा–सूर्य अंग (बिहार) में उत्पन्न हुआ, चन्द्र यवनों के देश में, मंगल अवन्ती में, बुध मगध में, वृहस्पति सिन्धु में, शुक्र भोजकट में, शनि सौराष्ट्र में, केतु म्लेच्छों के देश में एवं राहु कलिंग में। यदि ये ग्रह प्रभावित होते हैं तो अपनी उत्पत्ति के देशों में कष्ट ढहाते हैं। सूर्य का रंग लाल, चन्द्र का श्वेत, मंगल का अति लाल, बुध का हरा, वृहस्पति का पीला, शुक्र का चितकबरा और शनि का रंग काला बताया गया। *वृहज्जातक* (2.21) के अनुसार चन्द्र, मंगल एवं शनि निशा प्रबल (रात्रि में शक्तिशाली), सूर्य, वृहस्पति एवं शुक्र दिवाप्रबल हैं तथा बुध रात्रि एवं दिन दोनों में प्रबल हैं। *वृहज्जातक* (2.15–17) में सूर्य का मित्र चन्द्र, मंगल और वृहस्पति, चन्द्र का मित्र सूर्य एवं बुध, मंगल का मित्र सूर्य, चन्द्र एवं वृहस्पति, बुध का मित्र सूर्य एवं शुक्र, वृहस्पति का मित्र सूर्य, चन्द्र एवं मंगल, शुक्र का मित्र बुध और शुक्र बताया गया है। कोई ग्रह अपने स्थान में तभी बलवान होता है जब वह अपने घर में हो, या उच्च हो या अपने मित्र के घर में या अपने त्रिकोण या नवांश में हो।

वराहमिहिर द्वारा रचित *वृहज्जातक* (1.5) में राशियों का आकार इस प्रकार बताया गया–**मीन** दो मछलियों के रूप में; **कुम्भ** एक पुरुष के समान जो अपने कंधे पर खाली घड़ा लिए है; **मिथुन** एक पुरुष के रूप में जो हाथ में गदा एवं वीणा लिए एक नारी के साथ है; **धनु** उस पुरुष के समान व्यक्त है जिसके हाथ में धनुष है और जिसके पैर घोड़े के पैर के समान हैं; **मकर** का रूप घड़ियाल के समान है, जिसका मुख मृग का है; **तुला** पुरुष के समान है जिसके एक हाथ में अनाज की बाली एवं दूसरे में अग्नि है। *वामनपुराण*–5. 49–51 के अनुसार, मेष, वृषभ, कर्कट, सिंह, वृश्चिक, मकर एवं मीन पशुओं (चौपायों या कीट-पतंगों) की आकृतियाँ और शेष 5 मानव आकृतियों द्वारा विशिष्ट बातों के साथ द्योतित हैं। चीन में 12 राशियाँ–चूहा, बैल, व्याघ्र, खरगोश, नाग (अग्नि फेंकता साँप) सर्प, अश्व, भेड़, बन्दर, मुर्गी, कुत्ता एवं सुअर हैं। इसमें शक की गुंजाइश नहीं कि राशियों के नामकरण में कल्पनात्मक विचार एवं मनमाने ढंगों का सहारा लिया गया। मेष एवं मिथुन, जो पुरुष एवं नारी दोनों हैं, को पुलिंग (पुरुष) बताया गया और वृषभ तथा वृश्चिक को स्त्री–ऐसा क्यों? इसका ठोस जवाब न देकर यही कहा जा सकता है कि

राशियों को दो भागों में विभाजित करना था और अनुरूपता के लिए किसी को पुरुष और किसी को स्त्री कह दिया गया। इसीलिए समरूपता के क्रम में मेष एवं कर्क को तथा सिंह एवं वृश्चिक को स्थिर कहा गया। सूर्य (सभी को प्रकाश देनेवाले एवं विश्व के आश्रय), मंगल एवं शनि को **क्रूर** या **पाप** (दुष्ट) ग्रह कहा गया। वृहस्पति एवं शुक्र को शुभंकर एवं क्षयशील तथा चन्द्र को अशुभकर कहा गया। वृहस्पति तथा शुक्र दोनों चमकदार एवं श्वेत हैं, किन्तु मंगल लाल (रक्त के रंग का) है। आधुनिक ज्योतिशास्त्र के अनुसार चन्द्र शुष्क है और उसमें ज्वालामुखियों के अवशेष मात्र हैं, तथापि ज्योतिषियों के अनुसार वह स्त्रीलिंग है। संस्कृत में चन्द्र को **शशांक** कहा गया है।

सिद्धान्त रूप से शुभ ग्रह शुक्र सूर्य का शत्रु किन्तु दूसरा शुभग्रह वृहस्पति उसका (सूर्य) मित्र है–ऐसा क्यों? इतना ही नहीं, ये सम्बन्ध पारस्परिक सम्बन्धों पर आधारित नहीं हैं। चन्द्र का कोई शत्रु नहीं है, किन्तु शुक्र के दृष्टिकोण से शुक्र चन्द्र का शत्रु है। बुध (जो पौराणिक रूप से चन्द्र का पुत्र है) चन्द्र का मित्र है, किन्तु बुध के दृष्टिकोण के आधार पर चन्द्र उसका शत्रु है। एक और आश्चर्यजनक विषय यह है कि मनुष्य के समान ग्रह भी (मात्र सूर्य एवं चन्द्रमा को छोड़कर) आपस में युद्ध करते हैं। इसके अतिरिक्त मंगल एवं वृहस्पति के बीच बहुत-से छोटे-छोटे ग्रह हैं किन्तु प्राचीन जन्म-पत्रों में यूरेनिस, नेपचून, प्लूटो एवं वृहस्पति के कतिपय उपग्रहों की चर्चा ही नहीं हुई है।

आज के ज़माने में ज्योतिष एवं ज्योतिषियों पर ध्यान दें तो पाते हैं कि प्रायः धनाढ्य लोग इसमें ज़्यादा विश्वास रखते हैं। शहर में रहनेवाले ही ज़्यादातर लोग ज्योतिषी के रहस्यमय झोले से अपने मतलब की चीज़ पा लेने को उत्सुक रहते हैं। ग़रीब, अशिक्षित और गाँवों तथा कस्बों के अधिकांश लोग ज्योतिष में विश्वास कम और जादू-टोना यानी तंत्र-मंत्र में विश्वास ज़्यादा करते हैं। सातवीं शताब्दी के बाद पाल-चोल राजवंशों के ज़माने से बहुमूल्य रत्नजटित अंगुठी पहनी जाने लगी। इसका उद्देश्य दो था–(1) नाराज ग्रहों को शान्त किया जा सके, और (2) पहले से एकत्रित वैभव एवं धन बर्बाद न हो जाए। सातवीं सदी से पूर्व क्रोधित ग्रहों को शान्त करने के लिए ब्राह्मणों से कई प्रकार के धार्मिक अनुष्ठान कराए जाते थे किन्तु सातवीं सदी के बाद विशेषकर शहरों में और धनाढ्यों द्वारा विरोधी ग्रहों को अनुकूल बनाने के लिए रत्न धारण किए जाने लगे। करीब 12वीं शताब्दी से रत्न, ग्रह एवं ज्योतिषों के बीच नवीन सम्बन्ध स्थापित हुए। रत्नों का हो सकता है कि वैज्ञानिक महत्त्व हो किन्तु व्यवहार में देखा गया कि बिहार के पूर्व मुख्यमंत्री डॉ. जगन्नाथ मिश्र सभी 10 अंगुलियों में मूल्यवान रत्न धारण करते थे, लेकिन मुख्यमंत्री की

गद्दी उनके हाथ से निकल गई। दूसरी तरफ रत्नजटित अँगूठी धारण किए बग़ैर गांधी जी राष्ट्रपिता, नेहरू जी प्रधानमंत्री, डॉ. राजेन्द्र प्रसाद राष्ट्रपति और माननीय ए.पी.जे. अब्दुल कलाम भारत के राष्ट्रपति के पद को सुशोभित करते रहे। किसी धर्म को मानना एक विश्वास है; विज्ञान नहीं। विश्वास का रिश्ता दिल से और विज्ञान का सम्बन्ध दिमाग़ से होता है।

सन्दर्भ-ग्रन्थ

1. In about 485 A. D. Chinese mathematician Tsu Chung Chi calculated the value of *pi* to an accuracy that is not bettered for a thousand years.

अध्याय-27

गुप्तकाल में शृंगारकला

भारतीय संस्कृति के प्रत्येक क्षेत्र में अभूतपूर्व प्रगति का काल था गुप्तकाल। इस काल के साहित्य एवं अभिलेख शृंगार-प्रसाधनों पर काफी प्रकाश डालते हैं। वात्स्यायन[1] ने अनुलेपन, पुरुषों की मालाएँ, सुगन्धित पुटिका, नींबू का छिलका और पान को शृंगार प्रसाधन बताया है जिनका प्रयोग प्रायः शहर के धनाढ्य एवं उच्चाधिकारी करते थे। उच्चवर्गीय लोग जिस दातून से दाँत साफ़ करते वह औषधियों और सुगन्धित द्रव्यों से सुवासित रहती थी। पेड़ से तोड़ी गई दातून को सुवासित करने की प्रक्रिया 8-10 दिन पहले से शुरू हो जाती थी। हर्र के चूर्ण मिले गोमूत्र में दातून एक सप्ताह तक रखी जाती थी। उसके बाद इलायची, दालचीनी, तेजपत्ता, अंजन, मधु और मरिच से सुवासित किए जल में उस दातून को डुबो दिया जाता था।[2] इस दंतकाष्ठ से दाँत स्वस्थ्य रहते थे। इस दातून को तैयार करने के लिए नियमित रूप से भृत्य (दास) रहा करते थे। वराहमिहिर बताते हैं कि दातून यदि विधिपूर्वक बनी हो तो मुख का स्वाद निखार देती है, कान्ति बढ़ा देती है और सुगन्धि ला देती है तथा वाणी को ऐसा बना देती कि सुननेवालों के कानों को सुख देती है।[3]

स्नान का जीवन में विशेष महत्त्व था। स्नान में साबुन के समान एक प्रकार की वस्तु का प्रयोग होता था जिससे फेन निकलता था। इसके प्रयोग से शरीर में स्वच्छता आती थी। प्रत्येक तीसरे दिन इससे स्नान करने की प्रथा थी।[4] स्नान के पश्चात् राजा पूजन से निवृत्त होकर विलेपन भूमि की ओर जाता जहाँ वह अपने शरीर पर कस्तूरी, कर्पूर और केसर मिले हुए चन्दन का आलेप लगाता था। इसे **विलेपन**[5] तथा अंगराग[6] कहते थे। *अमरकोश* में कर्पूर, कस्तूरी, अगरू और कक्कोल की सुगन्धि को **यक्षकर्दम** कहा गया है।[7]

नखों को काटने तथा सजाने की प्रथा थी। नख त्रिकोण चन्द्राकार, दन्तुल तथा अन्य कई प्रकार के होते थे। गौड़ (बंगाल) के लोग बड़े-बड़े नखों को पसन्द करते थे। बड़े नख स्त्रियों में विशेष रूप से प्रिय थे। दक्षिण के लोग

छोटे और उत्तरापथ के लोग मझोले नखों को पसन्द करते थे। बायें हाथ के नखों का विशेष रूप से ध्यान रखा जाता था। उन्हें एक नाप का चमकीला और मुलायम रखा जाता था।[8]

विवाह के समय वधू का विशेष शृंगार होता था। *कुमारसम्भव* में वधू रूप में पार्वती का जो विस्तृत वर्णन है उससे उच्चकुलीय स्त्री के शृंगार का अच्छा परिचय मिलता है। स्नान के पश्चात् वधू की त्वचा का चिकनापन लोध्र के आलेप से दूर किया जाता था। कालेयक नामक विलेपन शरीर पर लगाया जाता जो शीघ्र ही सूख जाता था।[9] केशों को सुवासित धुएँ से सुखाया और सुवासित किया जाता था। वधू को मधूक पुष्प की पीली माला पहनाई जाती थी।[10] अलंकृत नमूने शुक्लागरु तथा गोरोचन से बनाए जाते थे। गोरोचन के प्रयोग से रंग साफ़ दिखाई देता था।[11] नेत्रों में अंजन लगाया जाता था।[12] अन्त में वधू की माता अपनी दो अंगुलियों से पुत्री के माथे पर विवाह का तिलक और पीले हरिताल तथा मन:सिला से निर्मित मांगल्य विलेपन लगाती थी।[13] गोरोचन श्वेतवर्ण का होता था। *रघुवंशम्* में इन्दुमती की सखी सुनन्दा ने उससे कहा था–तुम गोरोचन-सी गौरवर्ग हो; यदि श्यामवर्ण वाले पांड्य देश के राजा से विवाह कर लोगी तो उतनी ही सुन्दर लगोगी जैसे बादल के साथ बिजली।[14] गोरोचन का प्रयोग स्त्री और पुरुष मुख पर पत्र-रचना के लिए करते थे। राजा अदिति ने राज्याभिषेक के अवसर पर पत्र-रचना के लिए गोरोचन का प्रयोग किया था।[15] पार्वती के विवाह के अवसर पर पत्र-रचना गोरोचन से ही करने का उल्लेख मिलता है। गोरोचन से उत्तरीय पर हंस आदि की आकृति बनाने का भी उल्लेख है जिन्हें शुभ माना जाता था।[16] मुख तथा शरीर पर पत्र-रचना के पूर्व विविध सामग्री का अंगराग लगाया जाता था जिनमें चन्दन तथा कस्तूरी का स्थान प्रमुख था।[17] शरीर पर चन्दन का आलेप कर काले अगरु से नमूना बनाया जाता था जिसमें मकर की आकृति विशेष प्रचलित थी।[18] कभी-कभी चक्राकार नमूने सफेद अगरु से भी बनते थे।[19]

शरीर पर मालिश तथा केशों में लगाने के लिए तेल का व्यवहार किया जाता था।[20] तेल मलवाने का उद्देश्य स्वास्थ्यवृद्धि था। *ऋतुसंहार* में प्रसंग है कि स्त्रियाँ हेमन्त ऋतु में तेल मलवाती थीं।[21] *अभिज्ञानशाकुन्तलम्* में स्नान के पूर्व तेल मलवाने का वर्णन है।[22] **इंगुदी** नामक तेल का प्रयोग तपस्वी करते थे। साधारण प्रकार का सुवासित तेल तिल के बीज से बनता था जिसे प्रयोग के पूर्व पुष्पों से सुवासित किया जाता था। जिस पुष्प से उसे सुवासित किया जाता था, तेल में उसी की सुगन्धि आ जाती थी।[23] तेल में मजीष्ठ, व्याघ्रनख, मुक्ता तथा दालचीनी का चूर्ण मिलाकर धूप में रख देने से उसमें चम्पक पुष्प की मीठी सुवास आ जाती थी।[24] व्याम तथा कुट मिलाने से बकुल की गन्ध आ जाती थी।

इसके अतिरिक्त कुष्ठ से कमल की, चन्दन से चम्पक और जावित्री तथा इलायची से अतिमुक्तक की गन्ध आने लगती थी। तेल के दुगुने भाग में तगर मिलाने से जाति पुष्प की सुवास आ जाती थी। वकुल पुष्प का चूर्ण मिलाने से भी ऐसी ही सुवास उत्पन्न होती थी।[25]

सम्पूर्ण शरीर पर सुगन्धित-द्रव्यों का प्रयोग प्रचुर मात्रा में होता था। यहाँ तक कि स्नान के बाद सरोवरों के जल में भी यह सुगन्धि बस जाती थी।[26] **यक्षकर्दम** नामक सुगन्धि का भी प्रचलन था। **सर्वतोभद्र** नामक इत्र नख, तगर, तुरुष्क (बराबर-बराबर मात्रा में), कस्तूरी और कर्पूर आदि मिलाकर बनाया जाता था।[27] **गात्रानुलेपनी** शरीर पर लगाया जानेवाला सुगन्धित विलेपन था। सुगन्धित लकड़ियों, धूप, राल इत्यादि के धुएँ का प्रयोग केश, वस्त्र तथा कक्ष को सुवासित करने के लिए किया जाता था। अवन्ती की स्त्रियाँ केश को सुवासित करती थीं।[28] कालागरु[29] तथा धूप[30]–इन दोनों का प्रयोग केश, वस्त्र तथा कक्ष सुवासित करने के लिए होता था। कस्तूरी का प्रयोग वस्तुओं को सुगन्धित करने के लिए किया जाता था। अवलेपों को सुगन्धित करने के लिए उनको इसकी सुगन्ध में बसा दिया जाता था।[31]

बृहत्संहिता[32] में धूप बनाने की विधियाँ विस्तार से बताई गई हैं। चौथाई भाग सतपुष्प और लोहवान, आधा भाग नख तथा सुगन्धित गोंद, एक भाग चन्दन तथा प्रियंगु मिलाने से अच्छा धूप तैयार होता था। दूसरी विधि में गुग्गुल, लाह, मुस्ता और शक्कर बराबर-बराबर मिलाया जाता था। तीसरी में जटा मांसी, सुगन्धित गोंद, नख, तथा चन्दन बराबर-बराबर मिलाया जाता था। कपच्छद नामक धूप चौथाई भाग मुस्ता, दो भाग श्रीसर्ज का राल तथा नख, गोंद और कर्पूर के साथ शहद मिलाने से बनता था। वस्त्र सुवासित करने के लिए विशेष रूप से धूप का प्रयोग किया जाता था। अच्छे प्रकार के धूप बनाने के लिए दालचीनी, खस घास और पत्र बराबर-बराबर लेकर आधे भाग को इलायची चूर्ण के साथ कस्तूरी एवं कर्पूर में मिलाया जाता था।

आधुनिक काल में जिस प्रकार मुख पर चूर्ण का प्रयोग किया जाता उसी प्रकार गुप्तयुग में मुख, केश और शरीरांगों पर तरह-तरह के चूर्ण लगाए जाते थे। इनमें लोध्र प्रसवरज, अम्बुजरेणु, केसर-चूर्ण और केतकरज प्रमुख थे।[33] स्नान के पूर्व शरीर पर लोध्रचूर्ण का प्रयोग किया जाता था। स्नान के बाद इसे मुख पर भी लगाया जाता था।[34] मुख पर एक विशेष प्रकार का चूर्ण प्रयोग करने की चर्चा *रघुवंशम्* में है।[35] केशों को सुगन्धित बनाने के लिए कस्तूरी का चूर्ण लगाया जाता था।[36]

शृंगार में पुष्पों का महत्त्वपूर्ण स्थान था। कवियों ने इसकी महत्ता का बहुत गुणगान किया है।[37] *मेघदूतम्* में एक स्त्री द्वारा केशों में मन्दार पुष्प लगाने और

कानों में पत्रलता तथा स्वर्णिम कमल पुष्प पहनने का उल्लेख है। शिखा पर कुर्बक का नवपुष्प, कानों में शिरीष पुष्प और सीमन्त में कदम्ब पुष्प लगाए जाते थे।[38] केशों के पीछे लटकती लड़ियाँ **प्रभ्रष्टक** और आगे की लड़ियाँ **लालामक** कहलाती थीं।[39] दाहिने हाथ के नीचे से ले जाकर बाएँ कंधे के ऊपर से पहननेवाली माला **वैकक्षिक** और शिखा की माला **आपीड़** तथा **शेखरक** कहलाती थीं।[40]

कालिदास ने ताम्बूल दल का उल्लेख किया है।[41] ताम्बूल का प्रयोग पाचन क्रिया में सहायता और अधरों को लाल करता था। कुमारगुप्त प्रथम के शासनकाल में इसका बहुत प्रचलन था।[42] वराहमिहिर (*बृहत्संहिता*) ने ताम्बूल के गुणों की चर्चा करते हुए लिखा है कि इससे वाणी में मधुरिमा का संचार होता था। यह रूप को निखारता था, सौभाग्य का आह्वान करता था, वस्त्रों को सुगन्धित बनाता और कफजन्य रोगों को भी दूर करता था।

शृंगार की पूर्णता के बाद लोग दर्पण देखते थे।[43] सोने के चौखट वाला दर्पण कदाचित् धनी लोगों की वस्तु थी।[44] स्त्रियाँ दर्पण देखकर शृंगार करती थीं।[45] दर्पणों को मुख के वाष्प द्वारा स्वच्छ किया जाता था।[46] प्रसाधन-कला और प्रसाधन-विधि में अनेक कौशल छिपे थे। यह कला प्रत्येक को नहीं आती थी। *अभिज्ञानशाकुन्तलम्* में सखियाँ अपने चातुर्य से शकुन्तला को सजाने की चेष्ठा करती हैं।[47] इसी प्रकार पार्वती के विवाह के अवसर पर प्रसाधिका द्वारा उसे अंजन लगाने का उल्लेख है।[48] बकुलावलिका महावर से मालविका के चरण कौशल के साथ रंगती हैं और उनके पूछने पर कि उसने इस कला को किससे सीखा, वह परिहास से कहती है–'महाराज से।' कभी-कभी नायक भी अपनी प्रेयसी का प्रसाधन किया करता था। स्वयं महादेव ने पार्वती का शृंगार फूलों से किया था।[49]

इस तरह जिन 64 कलाओं की चर्चा हमें देखने को मिलती है, इनमें शृंगार कला भी थी। यह एक उच्च्च स्तर का **कलात्मक तकनीक** थी। वास्तविकता से अधिक सुन्दर दिखाई देने के लिए शृंगार का महत्त्व प्रारम्भिक काल से ही रहा है।

सन्दर्भ-ग्रन्थ

1. *कामसूत्र*, देवदत्त शास्त्री (अनु.) वाराणसी, 1964, 1.4.5
2. *बृहत्संहिता*, बलदेवप्रसाद मिश्र (अनु.) बम्बई, 1974, 77.31-34;
3. *वही*, 77.34
4. *कामसूत्र*, 1.4.6
5. *ऋतुसंहारम्* (कालिदास) 5.5
6. *कुमारसम्भवम्* (कालिदास) 5.11; *रघवुंशम्* (कालिदास) 6.60

7. *अमरकोश*, 2.6.133 (रामस्वरूप कृत भाषा टीका सहित)
8. *कामसूत्र*, 2.4. 4–12
9. *कुमारसम्भवम्*, 7.14
10.. *वही*, 7.15
11. *वही*, 7.17
12. *वही*, 7.20
13. *वही*, 7.23
14. *ऋतुसंहारम्*, 6.14
15. *अभिज्ञानशाकुन्तलम्*, 3.2; *रघुवंश*, 6.65; 17.24
16. *कुमारसम्भवम्*, 7.17 एवं 32
17. *रघुवंशम्*, 17.24
18. *वही*, 3.55
19. *कुमारसम्भवम्*, 7.15
20. *वही*, 7.9
21. *ऋतुसंहारम्*, 4.18
22. *अभिज्ञानशाकुन्तलम्*, 5.11
23. *वही*
24. *बृहत्संहिता*, 77.6
25. *अग्निपुराण*, 224. 31–33
26. *रघुवंशम्*, 16.21
27. *बृहत्संहिता*, 77.26
28. *ऋतुसंहारम्*, 4.5; 5.12
29. *वही*, 4.5, 5.5; 6.15
30. *वही*; *कुमारसम्भवम्*, 7.14
31. *वही*, 6.14; *रघुवंशम्*, 17.24
32. *बृहत्संहिता*, 77.23–25
33. *रघुवंशम्*, 4.55; 12.60 एवं 19.20
34. *कुमारसम्भवम्*, 7.9 एवं 17
35. *रघुवंशम्*, 9.45
36. *वही*, 4.54
37. पुष्पों की इतनी अधिक माँग थी कि सार्वजनिक तथा निजी दोनों ही स्थानों पर इनका उत्पादन होता था। इसके लिए एक विशेष अधिकारी (*प्रमदबण पालिका*) नियुक्त था (*कुमारसम्भवम्*, 8.11)। स्त्रियाँ भी पुष्प के बागों की देख-रेख करती थीं। पुष्पावली नामक वर्ग पुष्पों का ही काम करता था।
38. *अमरकोश*, 2.6.135
39. *वही*
40. *वही*, 2.6.136
41. *रघुवंशम्*, 4.42
42. जे.एफ. फ्लीट, *कॉर्पस इंस्क्रिप्शंस इंडिकेरम*, खंड III, (*इंस्क्रिप्शंस ऑफ दि अर्ली गुप्त किंग्स*) लन्दन, 1888, संख्या 18, पृ. 82

43. *कुमारसम्भवम्*, 7.22 एवं 256; 8.11; *रघुवंश* 17.26; 14.37; 19.28 एवं 30; *अभिज्ञानशाकुन्तलम्*, 7.32; *ऋतुसंहारम्*, 4.14
44. *रघुवंशम्*, 17.26
45. *ऋतुसंहारम्*, 4.14
46. *रघुवंशम्*, 7.68
47. 4.5
48. *कुमारसम्भवम्*, 7.20
49. *रघुवंशम्*, 17.22; 19.26; *मालविकाग्निमित्रम्*, 3.13; *कुमारसम्भवम्*, 8.27

अध्याय-28

दृढ़बल

चरकसंहिता के पूरक के रूप में दृढ़बल का नाम उल्लेखनीय है। सत्रह अध्याय और कल्पस्थान एवं सिद्धिस्थान 'अग्निवेश' के तंत्र लुप्त हो गए और उनकी पूर्ति 'कपिलबलि' के पुत्र दृढ़बल ने की। खंडित प्रति की पूर्ति के लिए दृढ़बल 'पंचनद्पुर' में उत्पन्न हुआ। कुछ लोगों का कहना है कि आजकल का 'पचनोर' ही 'पंचनदपुर' है। यह कश्मीर में त्रिगाम, वितस्ता (जिल्हम), सिन्धु, क्षीर भवानी, और आञ्चार इन पाँच नदियों के संगम पर बसा हुआ है। दृढ़बल तीसरी शताब्दी के अन्त या चौथी शताब्दी के प्रारम्भ का कोई आचार्य प्रतीत होता है। *अग्निवेशतंत्र* के निम्नलिखित भाग दृढ़बल के समय अप्राप्त थे–कल्पस्थान के सम्पूर्ण 12 अध्याय, सिद्धिस्थान के सम्पूर्ण 12 अध्याय और चिकित्साध्यान के 17 अध्याय। इनकी पूर्ति तो दृढ़बल ने की ही। सम्भव है, अन्य स्थानों के अध्यायों में भी उसने कुछ संशोधन या परिबवर्द्धन किया हो! *चरकसंहिता* के 79 अध्यायों के अन्त में वाक्य इस प्रकार हैं–'अप्राप्ते दृढ़बलपूरिते' अथवा 'अप्राप्ते दृढ़बलसम्पूरिते'। इनमें से चिकित्सा स्थान के 25वें अध्याय में ये शब्द हैं--'अग्निवेशकृते तंत्रे चरकप्रतिसंस्कृते दृढ़बलसम्पूरिते'।

अग्निवेशतंत्र के प्रतिसंस्कार का अर्थ दृढ़बल ने इस प्रकार दिया है–संस्कर्ता उन भागों को जो संक्षेप में हो, आवश्यकता समझने पर विस्तार दे सकता है और आवश्यकता से अधिक विस्तृत भागों में संक्षेप कर सकता है। इस प्रकार यह पुराने तंत्र को फिर नया बना देता है।

अध्याय–29

अमरसिंह–1

संस्कृत भाषा के प्रायः दस हज़ार शब्दों के संग्रह ग्रन्थ *अमरकोश* के रचयिता अमरसिंह के जीवन–वृत्त के सम्बन्ध में नाममात्र की जानकारी उपलब्ध है और वह भी परिस्थितिजन्य प्रमाणों के आधार पर। *अमरकोश* के आरम्भ में अप्रत्यक्ष रूप से केवल बुद्ध की स्तुति की गई है। इसी प्रकार, ब्रह्मा, विष्णु आदि से पहले बुद्ध का नाम दिया गया है। इससे यह निष्कर्ष निकाला जाता है कि अमरसिंह बौद्ध धर्मानुयायी थे। उनकी गणना वराहमिहिर के साथ विक्रमादित्य के नवरत्नों में की जाती है। वराहमिहिर 550 ई. में था। अतः यही समय अमरसिंह का माना जाता है।

अमरसिंह ने अपने कोश का नाम *नामलिंगानुशासन* रखा था। कदाचित् रचयिता के नाम पर बाद में यह *अमरकोश* के नाम से प्रसिद्ध हुआ। यह एक पद्यबद्ध रचना है। कंठस्थ करने में सुविधा के कारण उन दिनों की रचनाएँ श्लोकों में ही अधिक मिलती हैं। एक शिलालेख के अनुसार–अमरसिंह ने बोधगया में एक बुद्ध मन्दिर का निर्माण कराया था।

अध्याय-30

भास्कर प्रथम

भास्कर प्रथम ब्रह्मगुप्त के समकालीन थे। टी.एस. कुप्पन्न शास्त्री उनका समय 550 ई. और 628 ई. के मध्य का बताते हैं। शुक्ल के अनुसार *आर्यभटीय* पर उनकी टीका 629 ई. में लिखी गई थी। उनके ग्रन्थों से सुराष्ट्र[1] और अश्मक[2] के साथ उनके सम्बन्ध होने का पता चलता है। सम्भव है, वे इन दो स्थानों में से एक में पैदा हुए होंगे और दूसरे में जाकर बस गए हों।

भास्कर प्रथम ने तीन ग्रन्थों की रचना की, *महाभास्करीय*, *लघुभास्करीय* तथा *आर्यभटीय* पर टीका, जिसका नाम उन्होंने *आर्यभटतंत्रभाष्य* रखा। *महाभास्करीय*, *आर्यभटीय* के तीन अध्यायों की विस्तृत व्याख्या है। इसमें अनेक स्थान पर भास्कर ने अपनी स्वनिर्मित रीतियाँ दी हैं, जिससे उनकी विद्वत्ता की झलक मिलती है। *लघु भास्करीय*, जैसा नाम से स्पष्ट है, उनके प्रथम ग्रन्थ का संक्षिप्तीकरण है। इन दोनों ग्रन्थों का उपभोग लगभग पन्द्रहवीं शताब्दी ई. के अन्त तक दक्षिण भारत में होता रहा। इन दोनों ग्रन्थों में गणना कलियुग से आरम्भ की गई है। अपने तीसरे ग्रन्थ *भाष्य* में भाष्कर ने व्याकरण, वेदान्त, मीमांसा, *अर्थशास्त्र*, *मनुस्मृति* आदि ग्रन्थों से उदाहरण भी दिए हैं।

सन्दर्भ-ग्रन्थ

1. काठियावाड़ (गुजरात) तथा निकटवर्ती प्रदेश का नाम सुराष्ट्र (सौराष्ट्र) था।
2. *सुत्तनिपात*, 977 में अश्मक को गोदावरी-तट पर बताया गया है।

अध्याय-31

उत्तर भारतीय अभिलेख

अभिलेख ऐतिहासिक ज्ञान के महत्त्वपूर्ण साधन हैं। अभिलेखों के द्वारा अतीत के साथ एक सीमा तक साक्षात् सम्पर्क किया जा सकता है। तिथिक्रम की उलझी गुत्थी को सुलझाने में अभिलेखों से सहायता मिलती है। ऐतिहासिक अनुसंधान में अभिलेखों ने काफी सहयोग प्रदान किया है। बोगज कोई (मध्य एशिया) नामक स्थान से प्राप्त ई.पू. 1400 का अभिलेख प्राचीनतम है। अभिलेख ताम्रपत्रों, पीतलपत्रों, काँसापत्रों, रजतपत्रों, शिलाखंडों, काष्ठस्तम्भों, शिला टैबलेट्स (पट्ट), मन्दिरों, मूर्तियों आदि पर पाए गए हैं। अशोक के शिलास्तम्भों पर सर्वप्रथम अभिलेख उत्कीर्ण किए गए। अशोक के अभिलेखों का वैज्ञानिक पद्धति से पढ़ने का काम विलियम जोन्स द्वारा 1784 ई. में *Asiatic Society of Bengal*, Calcutta के तत्त्वाधान में आरम्भ हुआ।[1] अशोक (ई.पू. 272–233 ई.पू.) के द्वारा अभिलेखों को उत्कीर्ण कराने का उद्देश्य जनसाधारण की आध्यात्मिक एवं नैतिक उन्नति करना था। अपने अभिलेखों के लिए अशोक ने धम्मलिपि अर्थात् धर्मलेख शब्द का प्रयोग किया है। अभिलेखों को इस समय उत्कीर्ण कराने का उद्देश्य जनसाधारण की आध्यात्मिक एवं नैतिक उन्नति करना था।

अशोक के चतुर्थ शिलाभिलेख गिरनार, सोपारा, एर्रगुडि, धौली, जौगढ़, कालसी, शाहबाजगढ़ी (पाकिस्तान) एवं मानसेहरा (पाकिस्तान) से मिले हैं। गिरनार के द्वितीय शिलाभिलेख में प्रियदर्शी (अशोक) द्वारा मनुष्य और पशु के लिए विभिन्न प्रकार की औषधियों एवं इनके लिए चिकित्सालय की व्यवस्था करने की चर्चा है। गिरनार के तृतीय शिलाभिलेख में अधिकारियों द्वारा राज्य का दौरा करने का आदेश है। इसमें अशोक द्वारा यह सन्देश दिया गया है कि माता-पिता की सेवा करना, मित्रों, परिचितों, सम्बन्धियों, ब्राह्मणों एवं श्रमणों[2] के प्रति उदार होना अच्छा था। जीवों को नहीं मारने, अल्प व्यय और अल्पसंचय की सलाह दी गई।

चतुर्थ शिलाभिलेख (गिरनार पाठ) में अशोक के भेरीनाद द्वारा धर्म की घोषणा की गई है। पहले लोगों को विमानों[3], हाथियों[4], अग्नि-स्कन्धों[5] और अन्य दिव्यरूपों के दर्शन[6] कराए जाते थे। इस अभिलेख में धर्माचरण को प्रोत्साहित किया गया है। अपने अभिषेक के 12 वें वर्ष पश्चात् अशोक ने यह लिखवाया।

पंचम शिलाभिलेख (कालिसी पाठ) में अशोक बताता है कि अच्छा काम[7] कठिन है। अच्छा काम पुण्य होता किन्तु अपने धर्म का त्याग करना पाप है। पाप सरल[8] होता है। मैंने (अशोक) अभिषेक के 13 वर्ष बाद धर्म महामात्र[9] नियुक्त किया जो धर्म की रक्षा, धर्म की वृद्धि, कर्मचारियों[10] के हित, सुख के लिए सभी सम्प्रदायों की सहायता करेंगे। वे बन्दियों, वृद्धों तथा 'मेरे' सम्बन्धियों को सहायता पहुँचाएँगे। इस अभिलेख में योन, कम्बोज एवं गान्धार की चर्चा है जो पश्चिमोत्तर भारत में अवस्थित है। योन में सिकन्दर ने यूनानी उपनिवेश की स्थापना की थी। आयोनियों की साहसपूर्ण भावना के कारण ईरानियों ने सभी यूनानियों के लिए एक प्रजातीय शब्द **यौन** बनाया और इस यूनानी उपनिवेश को **यौन** कहने लगे। पालि में **यौन** और इस शब्द को संस्कृत में **यवन** कहते हैं। यह स्थान कोफेन और सिन्धु नदियों के बीच अवस्थित था। यवनों को म्लेच्छ भी कहा गया। कम्बोज का इलाका कश्मीर के दक्षिण में अवस्थित था। व्हेनसांग ने यहाँ के लोगों को गँवार और हिंसक बताया है। कम्बोज संस्कृत बोलते थे, जिसमें ईरानी शब्दों का मिश्रण था। *अर्थशास्त्र* में कम्बोजों को कृषक, गड़रिया, व्यापारी और योद्धाओं का संघ कहा गया है। गान्धार प्रदेश में रावलपिंडी और पेशावर के ज़िले थे। *अथर्ववेद* में गान्धार के निवासियों को गान्धारी कहा गया है। बाद में चलकर गान्धार शिक्षा का मुख्य केन्द्र हो गया। व्हेनसांग ने पुरुषपुर (पेशावर) को गान्धार राज्य की राजधानी बताया है। सिन्धुनदी के पूर्व और उत्तर-पश्चिम की ओर स्थित गान्धार में वर्तमान अफ़गानिस्तान का पूर्वी भाग भी इसमें सम्मिलित था। इस राज्य की राजधानी तक्षशिला थी।

द्वादस शिलाभिलेख (गिरनार पाठ) में विभिन्न सम्प्रदायों के प्रति अशोक की सच्ची भावना का चित्रण है। उसने इस अभिलेख के माध्यम से एक निष्ठावान शासक की भाँति धर्म-समवाय का उपदेश दिया जिससे धार्मिक एवं साम्प्रदायिक कटुता समाप्त हो सके। **शाहबाजगढ़ी** (पेशावर ज़िला में यूसुफ़जई तहसील (पाकिस्तान) में शाहबाजगढ़ी अवस्थित है।) का अभिलेख एक पृथक् शिला पर उत्कीर्ण है। अशोक के साम्राज्य के इस दूरवर्ती प्रदेश में मुख्यमार्ग पर अवस्थित होने के कारण वहाँ विभिन्न विचारों के अनेक धर्मावलम्बियों का संगम-स्थल था। अतः धार्मिक सहिष्णुता और शान्ति के

लिए तथा इस अभिलेख का महत्त्व बढ़ाने के लिए इसे पृथक् शिला पर खुदवाया गया था।

तेरहवें शिलाभिलेख (शाहबाजगढ़ी पाठ) में अशोक द्वारा कलिंग जीतने, डेढ़ लाख लोगों को क़ैद करने और एक लाख घायल तथा इससे कई गुने लोगों को मारे जाने की चर्चा है। इस विजय के पश्चात् अशोक ने कलिंग में धर्मोपदेश दिया और कलिंग[11] में मारे एवं नष्ट होनेवाले लोगों के प्रति दु:ख व्यक्त किया है। यह सोचकर भी वह दु:ख प्रकट करता है कि इस युद्ध के कारण बहुत सारे लोग अपने माता-पिता से सदा के लिए दूर हो गए, कितने धार्मिक लोगों की निजी हानि अथवा मृत्यु हुई और यह विपत्ति सभी को भोगनी पड़ती है। अभिलेख के माध्यम से उसने अटवीं[12] (आधुनिक बुन्देलखंड में अवस्थित) के लोगों को सन्देश दिया कि धर्म द्वारा विजय को वास्तविक विजय समझें।

धौली का प्रथम पृथक् शिलाभिलेख के माध्यम से अशोक ने अपने को सन्तान (प्रजा) का शुभचिन्तक बताया है। उसने सम्बद्ध अधिकारियों को कड़ाई से आदेश किया कि वे ऐसा करें ताकि प्रजा को हित और सुख प्राप्त हो सके। उसने तोसली[13] के नगरव्यावहारिक[14] को कड़ी चेतावनी दी है, क्योंकि उसने नगर के कुछ व्यक्तियों को अकारण ही कारागार में डाल दिया था। इस अभिलेख में अशोक ने उन दोषों का वर्णन किया है जो अच्छे अधिकारी में नहीं होने चाहिए। ये दोष हैं–इर्ष्या, अधैर्य (आशुलोप), निष्ठुरता, जल्दीबाजी, अकर्मण्यता, आलस्य और मूढ़ता।

जौगढ़[15] का द्वितीय पृथक् शिलाभिलेख में अशोक ने सीमान्त नीति का स्पष्टीकरण किया है कि वे उससे भयभीत नहीं हों बल्कि उसमें विश्वास करें। अशोक की सीमान्त नीति की विशेषता यह है कि वह सीमान्त देशवासियों को पुत्रवत् समझता और अपने महामात्रों को आदेश देता कि उनके हित और सुख के लिए प्रयत्न करें।

रूपनाथ[16] लघुशिलाभिलेख में अशोक ने अपने को बौद्धधर्म का अनभिज्ञ अनुयायी बताया है। उसने अपने शासनकाल के करीब ढाई वर्ष बाद संघ में शरण ली थी। सभी धर्मों को एक मानते हुए उसने सीमावर्ती प्रदेशों में इस विचार का प्रसार करने के लिए अभिलेख उत्कीर्ण कराया। अपने छोटे-बड़े अधिकारियों को दौरे पर जाते रहने का आदेश किया है। **कलकत्ता-बैराट लघुशिलाभिलेख** (भाब्रू अभिलेख) में अशोक ने अपने को मगध का राजा कहा है। वह सभी धर्मों के मूल सिद्धान्तों पर मुग्ध था। उन्हीं आचारों एवं नियमों से वह प्रभावित हुआ जो वास्तविक उन्नति को उत्पन्न करते हैं। **मास्की[17] लघुशिलाभिलेख** की विशेष बात यह है कि इसमें अशोक के अन्य

अभिलेखों के विपरीत मौर्य सम्राट का नाम देवानांप्रिय के अतिरिक्त अशोक[18] भी दिया हुआ है। गुर्जरा (मध्य प्रदेश के ज़िला दतिया में अवस्थित) नामक स्थान पर मिले अभिलेख में भी अशोक का नाम दिया हुआ है। कुछ विद्वानों का मत है कि मौर्यकाल में दक्षिणापथ की राजधानी सुवर्णगिरि मास्की के पास ही अवस्थित था।

ब्रह्मगिरि लघुशिलाभिलेख[19] में लिखा है कि इसिला[20] के अधिकारियों को अशोक ने सन्देश दिया कि वे चारों तरफ जाकर बताएँ कि माता-पिता की सेवा करनी चाहिए; प्राणियों में आदरभाव करना चाहिए। इन सारे उपदेशों को फैलाने के लिए अशोक ने अपने अधिकारियों को अप्रत्यक्ष ढंग से आदेश किया था। प्रथम स्तम्भाभिलेख (देहली-टोपरा) को अशोक ने अपने अभिषेक के 26 वर्ष बाद यह धर्मलिपि लिखवाई। इसके माध्यम से उसने धर्म की तीव्र कामना, कठोर आत्मपरीक्षा (मेरे कार्य धर्मानुसार हैं या नहीं), उच्चतम शुश्रूषा, उच्चतम धर्ममय और अत्यधिक उत्साह के बिना सुख-कल्याण की प्राप्ति करना कठिन है—ऐसा सन्देश दिया है। इसका पालन अन्तमाहामात्र[21] को भी करना था।

चतुर्थ स्तम्भाभिलेख (देहली-टोपरा स्तम्भ) को अशोक ने अपने शासनकाल के 26 वें वर्ष में उत्कीर्ण कराया। इसमें अशोक द्वारा लाखों व्यक्तियों के ऊपर रज्जुकों को नियुक्त करने की चर्चा है। रज्जुकों को अधिकार था कि वे अभियोग लगा सकते अथवा दंडित कर सकते थे। वे पवित्र नियमों के सिद्धान्तों के अनुसार सुख एवं दुःख के कारणों का पता लगाते थे। सप्तम् स्तम्भाभिलेख (देहली-टोपरा स्तम्भ) में अशोक ने प्रजा को धर्मोपदेश सुनने की चर्चा की है। मनुष्यों एवं पशुओं को छाया मिले-इसके लिए मैंने (अशोक) मार्गों पर वट-वृक्ष लगवाए, आम के बगीचे लगवाए, आधे-आधे कोस[22] पर कुएँ खुदवाए और विश्राम गृह[23] बनवाए। साँची लघु स्तम्भाभिलेख में भिक्षुओं एवं भिक्षुणियों के लिए मार्ग निर्धारित करने की चर्चा है। निर्देश दिया गया है कि जो संघ को तोड़ेगा, चाहे वह भिक्षु अथवा भिक्षुणी हो उसे श्वेत वस्त्र पहनाकर संघ से निष्कासित किया जाए ताकि संघ अपने मार्ग पर चलता हुआ चिरस्थायी हो सके।

सारनाथ लघु स्तम्भाभिलेख में बताया गया है कि पाटलिपुत्र में बौद्ध भिक्षु एवं भिक्षुणियाँ शुक्ल पक्ष की अष्टमी, चतुर्दशी, पूर्णिमा अथवा अमावस्या को उपवास करते थे। रूम्मिनदेई लघु स्तम्भाभिलेख (पदेरिया लेख) में लिखा है कि अशोक ने उस स्थान पर एक शिला-स्तम्भ स्थापित कराया जहाँ बुद्ध का जन्म हुआ था। लुम्बिनी ग्राम को उसने धर्म-कर से मुक्त किया और लगान के रूप में आठवाँ भाग[24] लेने की घोषणा की। खारवेल का हाथीगुम्फा अभिलेख में लिखा है कि कलिंगनरेश खारवेल का राज्याभिषेक 24 वर्ष की

आयु में हुआ और इसी वर्ष **तूफान से कलिंग नष्ट हो गया**। 35 लाख मुद्रा खर्च करके इस नगर को फिर से बसाया गया। खारवेल जैनधर्म का अनुयायी था। उसने अंग और मगध पर विजय प्राप्त की। दक्षिण भारत के कई राजाओं ने उसे भेंट प्रदान की। कलिंग में उसने कई गुहाओं[25] का निर्माण कराया। बाद में खारवेल सभी सम्प्रदायों और धर्मतीर्थों का सम्मान करने लगा था। वह राजर्षि वसु के वंश का था। **कनिष्क का सारनाथ प्रतिमाभिलेख** कनिष्क का प्रथम अभिलेख था जिसमें गौतम (भगवान) बुद्ध की मूर्ति वाराणसी में निर्मित करने की चर्चा है। खरपल्लान और बनस्पर नामक भिक्षुओं ने आवश्यक धन जुटाकर इस मूर्ति की स्थापना की।

मौर्योत्तरकाल में काफी लेख उत्कीर्ण किए गए जिनमें अधिकांश प्राकृत भाषा में रचित हैं। ई.पू. 200 और 300 ई. के बीच साँची, भरहुत (मध्य भारत), मथुरा (गंगा-यमुना के दोआब), तक्षशिला (उत्तर-पश्चिम सीमान्तवर्ती क्षेत्र), कार्ले, नासिक, अमरावती (दक्षिणात्य के विभिन्न अंचल) आदि से प्राकृत भाषा में रचित काफी संख्या में लघु लेख खोजे गए हैं। ये सब मुख्यत: दान लेख हैं जिनके अनुसार बौद्ध एवं जैन धर्मानुयायी अनेक लोगों ने पुण्यार्जन के लिए विविध दान किए थे। उनके कथन इन अभिलेखों में अवस्थित हैं। इन दानलेखों में राजकीय दान के उदाहरण अत्यल्प हैं। समाज के विभिन्न स्तरों के मनुष्यों के दान एवं सहायता के प्रमाण ये दानलेख प्रस्तुत करते हैं। साँची (मध्य प्रदेश में महानगरी विदिशा के निकट) के प्रसिद्ध स्तूप के चारों ओर जो पत्थरों का घेरा है उसमें 630 दान के वक्तव्य हैं; इनमें तीन ही राजकीय सहायता की बात बताते हैं। दानलेखों का यह अनमोल समूह बौद्ध एवं जैनधर्म की स्थिति, इन दोनों धर्मों के भीतर के विभिन्न सम्प्रदाय, दानकर्ताओं की सामाजिक और आर्थिक अवस्था इत्यादि के विषय में प्रधान स्त्रोत-सामग्री प्रदान करता है।[26]

गिरिनगर[27] में पर्वत के समीप **सुदर्शन** नामक एक सरोवर पर निर्मित बाँध था। उर्जयत नामक पर्वत से निकलनेवाली सुवर्णसिक्ता (आधुनिक सोनरेखा नदी) एवं पलाशिनी नदियों में तेज बाढ़ आने के कारण करीब 420 हाथ लम्बी और 420 हाथ चौड़ी तथा 75 हाथ गहरी दरार पड़ जाने से सुदर्शन सरोवर का सारा पानी बह गया। चन्द्रगुप्त मौर्य के प्रान्तीय शासक **पुष्यगुप्त** (वैश्य) ने और फिर सम्राट अशोक के प्रान्तीय शासक **तुषास्फ**[28] ने नष्ट हुए विशाल बाँध को व्यवस्थित किया। इसके बाद महाक्षत्रप रुद्रदामन ने अपने राजकोष से धन खर्च करके पहले की अपेक्षा तिगुने लम्बे-चौड़े और सुदृढ़ बाँध बँधवाकर इस सुदर्शन को और अधिक सुन्दर बनवा दिया। इस काम की ज़िम्मेदारी उसने सुराष्ट्र प्रदेश के राज्यपाल पह्लवकुलैप[29] के पुत्र अमात्य **सुविशाख** को

नियुक्त किया था। सुविशाख सुदर्शन महासरोवर का बाँध बँधवाने में सफल रहा।[30] इन सारी बातों की चर्चा **रुद्रदामन का गिरनार शिलाभिलेख** में है जिसे 150 ई. का बताया जाता है।

सिकन्दर के सेनापति सेल्युकस ने लिखा कि सिन्धु नदी के मुहाने पर बसे लोग रुई तथा फटे हुए कपड़ों से काग़ज़ बनाना जानते थे। मेगास्थनीज ने लिखा है कि भारत में दूरी का ज्ञान कराने और पड़ावों की सूचना देने के लिए सड़कों पर पत्थर लगे हुए थे जिन पर एक स्थान से दूसरे स्थान की दूरी लिखी हुई थी।[31] **बायें से दायें लिखी जानेवाली लिपि को ब्राह्मी और दायें से बायें लिखी जानेवाली लिपि को खरोष्ठी कहा गया।**[32]

प्राचीनकाल में लिखने के लिए **ताड़पत्र** का प्रयोग किया जाता था। सबसे पहले ताड़पत्र को सुखा दिया जाता था; फिर कई दिनों तक उसे पानी में भीगने दिया जाता और उबालकर पुनः सुखा दिया जाता था। इसके बाद ताड़पत्र को चिकने पत्थर पर अथवा शंख से घोटकर चिकना बना दिया जाता और निश्चित आकार में काट लिया जाता था। ताड़पत्र की लम्बाई एक से तीन फीट और चौड़ाई चार इंच से सवा फीट तक होती थी। ताड़पत्र पर लिखने के लिए जिस रोशनाई का प्रयोग किया जाता, उसे कालिख अथवा लकड़ी के कोयले से काले रंग का किया जाता था।[33] ताड़पत्र और भूर्जपत्र[34] पर कलम और रोशनाई से लिखा जाता किन्तु तालदल पर लौह-कंटक अर्थात् लोहे की सुई से लिखा जाता था। ताड़पत्रों को बाँधनेवाली डोरी को **सूत्र** अथवा **शरयंत्रक** कहा जाता था।[35] भूर्जपत्र पर लिखित प्राचीनतम कृति खोतान में मिली जिसमें खरोष्ठी में लिखे धम्मपद का कुछ अंश है। अगरुवृक्ष की भीतरी छाल का लेखन सामग्री के रूप में प्रयोग किया जाता जिसे असम में **सचीपाट** कहते थे।[36]

रुई के कपड़े पर (जिसे पट अथवा कार्पासिक पट कहा जाता) भात अथवा गेहूँ का लेप लगाकर सुखा दिया जाता और फिर उस पर कौड़ी अथवा शंख घिसकर चिकना बनाया जाता था।[37] काग़ज़ पर हस्तलिखित कृतियाँ सर्वप्रथम गुप्तकालीन मध्य एशिया में काशगर एवं कुगीर के स्थान पर मिली हैं। गुजरात से प्राप्त काग़ज़ पर लिखित प्राचीनतम हस्तलिखित पुस्तक 1223-24 की है।

ई.पू. चौथी शताब्दी में स्याही का प्रयोग होता था। पश्चिमोत्तर के उत्तर-पश्चिम में अवस्थित अँधेर नामक स्थान में धातु कलश पर स्याही से लिखने का प्राचीनतम नमूना मिलता है। स्याही का प्राचीनतम नाम **मषि** है जिसे **मसि** अथवा **मसी** भी कहते थे। लकड़ी का कोयला, पानी, गोंद, शक्कर आदि मिलाकर मसि तैयार की जाती थी। शब्दकोशों में दवात के लिए मेलामन्दा,

मेलांधु, मेलाधुका और मसिमणि तथा पुराणों में मसिपात्र, मसिभांड, मसि–कूपिका आदि शब्दों का प्रयोग किया गया है। जैन अपने ग्रन्थों में रंगीन स्याही के अलावा रक्त, सिन्दूर और हिंगुल (इंगुर) का प्रयोग करते थे।[38]

अभिलेखों का विपुल प्रयोग सम्राट अशोक के शासनकाल अर्थात् ई.पू. 272 और 233 ई.पू. के बीच किया गया। ब्राह्मी तथा खरोष्ठी–इन दो प्रकार की लिपियों का प्रयोग अशोक के अभिलेखों में है।*आज भारत में जितनी भी लिपियाँ प्रचलित हैं, उनमें से अधिकांश की उत्पत्ति ब्राह्मी से ही हुई है।*[39] *अक्षरों के रूप में ब्राह्मी*[40] *सम्भवतः हड़प्पा, असीरि और सेमेटिक के मिश्रण का विकसित रूप है जो अशोक के समय तक ध्वनि एवं रूप में विकसित हो चुकी थी।* पाणिनि एवं यास्क का मत है कि करीब 900 ई.पू. में ब्राह्मी अक्षरों का विकास आरम्भ हुआ होगा।[41] मौर्योत्तर काल में अधिकांश लेख प्राकृत भाषा में रचित हुए।

राजकीय अभिलेखों की रचना और उन्हें उत्कीर्ण करने की तत्परता मौर्योत्तर काल में बनी रही। राजाओं के विविध कीर्तिकलाप को प्रशंसापूर्ण अलंकारिक शैली और काव्य–रूप में लिखित विवरण को **प्रशस्ति** कहते हैं। *सबसे प्राचीन प्रशस्तियों में कलिंग नरेश खारवेल की हाथीगुम्फा प्रशस्ति (भुवनेश्वर के निकट) है जो प्राकृत भाषा में और प्रथम शताब्दी ई.पू. के आसपास लिखी गई। संस्कृत में रचित राजकीय प्रशस्ति का प्राचीनतम उदाहरण शक क्षत्रप प्रथम रुद्रदामन की* **जूनागढ़–प्रशस्ति** *(150 ई.) है। संस्कृत प्रशस्तियों में विशेष उल्लेखनीय इलाहाबाद–प्रशस्ति है जो गुप्तनरेश समुद्रगुप्त की अनगिनत सफलताओं एवं गुणों का साक्ष्य देती है। उसके दरबारी कवि हरिषेण द्वारा रचित इस प्रशस्ति को छोड़कर समुद्रगुप्त की सामरिक सफलताओं को जानने का और कोई साधन नहीं है।*[42] स्ट्रैबो के वर्णन और चीन के प्रथम हानवंश के इतिहास (*छियेनहानसू*) का संयुक्त अध्ययन करने से पता चलता है कि ई.पू. 130 के आसपास मध्य एशिया के यायावर दलों के आक्रमण से बैक्ट्रिया के यूनानी शासन का अन्त हो गया। इन यायावर युद्धप्रिय दलों में विशेष उल्लेखनीय **सेई** या **सेक**, अर्थात् शक और यूएचि (yue-zhi) दल था। शक लोग कासगर और पामीर होते हुए प्राचीन जिबिन (Jibin चिबिन) प्रदेश पहुँचे। प्राचीन चीनी ग्रन्थों का **जिबिन** वर्तमान कश्मीर का ही क्षेत्र था। कश्मीर के साथ सिन्धुनदी के पश्चिम तट पर स्थित सोयाट अंचल में प्राचीनतम शकों का अधिकार ई.पू. 158 के आसपास हो चुका था। शकों का तक्षशिला पर अधिकार होने का साक्ष्य एक अभिलेख में मिलता[43] है।

शक–पार्थीय शासकों के रूप में तीन राजाओं के नाम लेख तथा मुद्रा के आधार पर जाने जाते हैं। ये हैं प्रथम अय या अज (Azes I), अयिलिस

(एजिलिसेस) एवं द्वितीय अय या अज (Azes II)। अय या अज नाम वाले दो राजा हुए और इस तथ्य की जानकारी बाउजर अंचल से मिले एक लेख से होती[44] है। यह लेख शक शासक अग्र के राजत्वकाल में उत्कीर्ण हुआ; उसका अधीनस्थ स्थानीय शासक विजयमित्र था। इस लेख को भूतपूर्व (मृत) शासक अय के नाम से अंकित संवत् के 63 वें वर्ष में जारी किया गया था। बाद के शक शासक का नाम अय द्वितीय या द्वितीय **अज** था। प्रथम अय ने अपनी राज्य प्राप्ति तथा शासनकाल की सूचना देते हुए एक **संवत्** चलाया जिसे उसके उत्तराधिकारियों ने बचाकर रखा था। इस संवत् का आरम्भ काल प्रायः 58/57 ई.पू. माना गया है। इस काल का एक संवत् **विक्रमाब्द** के नाम से भारतीय इतिहास में प्रचलित है जिसका आरम्भ 57/56 ई.पू. माना जाता है; इसे किसी विक्रमादित्य नामक राजा ने नहीं चलाया बल्कि शक-पार्थीय शासक प्रथम अय ने चलाया था। शक-पार्थीय शक्ति तक्षशिला और बाजाउर अंचल से पूर्व में आगे बढ़ी और मथुरा से प्राप्त चार लेखों में शक 'क्षत्रप' या 'महाक्षत्रप' राजुवूल और उसके पुत्र 'शोदास' का राजनीतिक अस्तित्व देखा जाता है। 'क्षत्रप' और 'महाक्षत्रप' दोनों उपाधियाँ अधीनस्थ प्रादेशिक शासकों के लिए उपयोग में आती थीं; अर्थात् राजावुलु और शोदास दोनों ही प्रादेशिक शासनकर्ता के रूप में मथुरा अंचल में क्रमशः अधिष्ठित थे। अब उत्तर भारत का विस्तृत क्षेत्र उत्तर-पश्चिम प्रान्तीय इलाके की राजनीतिक घटनाओं से जुड़ गया। 46 ई. में खरोष्ठी लिपि और प्राकृत भाषा में रचित एक शिलालेख तख्ते[45] वाही (वर्तमान पेशावर के नज़दीक) से मिला है जिसमें पह्लव राजा गंडोफारेस (महाराज गुदुबर) की चर्चा है जिसने 20 अथवा 21 ई. में शासन करना शुरू किया था। उसने शकों को हराकर राज्यविस्तार किया था। इस तरह *अभिलेखों से कुछ जानकारियाँ ऐसी होती हैं जिन्हें आज भी इतिहास में उचित स्थान नहीं प्राप्त हो सका है।*[46]

कुषाण शासक बिम कडफिसेस[47] का निरन्तर रूप में अफ़गानिस्तान पर अधिकार बना रहा; इसका निश्चित प्रमाण **दशत-इ-नबुर** से प्राप्त इसके अभिलेख से मिलता है। यह अभिलेख तीन भाषाओं में उत्कीर्ण है जिनमें एक बैक्ट्रियन या वाह्लिक[48] भाषा है। दशत-इ-नबुर अभिलेख 32 ई. में उत्कीर्ण किया गया। कनिष्क के अभिलेखों से पता चलता है कि उसने करीब 23 वर्षों तक शासन[49] किया। **रबातक** अभिलेख कनिष्क के समय उत्कीर्ण किया गया। यह 23 पंक्तियों में है। इस अभिलेख के अनुसार उज्जयिनी (ओजोनो), साकेत (सागिदा), कौशाम्बी (कोसम्बी), पाटलिपुत्र (पालिबोथरा) और भागलपुर में चम्पा (श्रोटोम्पो या श्रीटोम्पो) पर कनिष्क का नियंत्रण था। उसके 22वें राज्य-वर्ष में उत्कीर्ण एक लेख साँची (मध्य प्रदेश) इलाके से मिला है। साँची

उसके साम्राज्य में था।[50] सुर्खकोटाल (अफ़गानिस्तान) में बैक्ट्रियन भाषा में उत्कीर्ण अभिलेख से पामीर के पूर्वी दिशा तक कनिष्क का अधिकार था।

129 ई. में अफ़गानिस्तान के सुर्खकोटल में उत्कीर्ण **वाह्लीक लेख** और उजबेकिस्तान में टार्केज के निकट **आयाटामलेख** से पता चलता है कि बैक्ट्रिया के साथ अफ़गानिस्तान का विशाल भाग और मध्य एशिया के पश्चिमी भाग पर कुषाणों का आधिपत्य निरन्तर बना रहा। वासिष्क के **कामरा-लेख** में द्वितीय कनिष्क का वर्णन है। 262 ई. का **नक़्शे-रुस्तम** लेख से ज्ञात होता है कि कुषाणों के राज्यविस्तार में कमी आने लगी।

स्कन्दगुप्त का जूनागढ़ अभिलेख का रचनाकाल 457–58 ई. है। इसमें लिखा है कि अनेक दिनों तक निरन्तर घोर वर्षा के कारण सुदर्शन महासरोवर का बाँध अकस्मात् टूट गया जिसे फिर से पत्थर और चूने की सहायता से पुनः निर्मित कराया गया। इस अवसर पर ब्राह्मणों को दान दिए गए। जो नया बाँध बना वह सौ हाथ लम्बा, 68 हाथ चौड़ा और सात पुरुष ऊँचा था। इस बाँध के परिणामस्वरूप स्थानीय लोग काफी दिनों तक दुर्भिक्ष एवं सूखे से बचे रहे। 484 ई. का **बुधगुप्त का एरण स्तम्भाभिलेख** पहला अभिलेख है जिसमें तिथि के साथ वार (आषाढ़ मास के शुक्लपक्ष की द्वादशी और वृहस्पतिवार के दिन) का उल्लेख किया गया है। **भानुगुप्तकालीन एरण का स्तम्भाभिलेख** 510 ई. (गुप्त संवत् 191) *में लिखा गया जिसमें प्रथम बार इस बात की सूचना है कि राजा भानुगुप्त जब वीर गति को प्राप्त हुआ तो उसकी चिता के साथ उसकी पत्नी भी अग्निराशि में प्रवेश कर सती हो गई।* वाकाटकों के द्वितीय ताम्रपत्र में अग्रहार (ब्राह्मणों को भूमिदान) की चर्चा है। **यशोधर्मन्-विष्णुवर्धन का मन्दसोर स्तम्भाभिलेख** (532 ई.) में ब्रह्मा को सृष्टि का कर्ता, विष्णु को रक्षक एवं शिव को विनाशक कहा गया है। इसमें शिव को परमेश्वर भी कहा गया है। यह भी लिखा है कि इक्ष्वाकु वंश के प्रतापी राजा सगर के नाम पर महाजलाशय का नाम **सागर** (Sea) पड़ा। इसमें मनुष्य के छह शत्रुओं की (काम, क्रोध, लोभ, माया, अहंकार और ईर्ष्या) चर्चा है।

गुप्तकाल और उसके बाद काफी संख्या में अभिलेख ताम्रपत्र पर लिखे जाने लगे। ताम्रपत्र तैयार करने की दो विधियाँ थीं। कुछ ताम्रपत्र रेत के साँचे में ढाले जाते और कुछ हथौड़े से पीटकर बनाए जाते थे। दिए हुए नमूनों के आधार पर कारीगर पट्ट बनाते थे। यदि नमूना ताड़पत्र का होता तो पट्ट (चदरा) पतले और लम्बे होते थे। यदि नमूना भोगपत्र का होता तो पट्ट काफी बड़े और प्रायः वर्गाकार होते थे। अक्षर टांकी (पत्थर काटने की छेनी) से खोदे जाते थे। लेख की रक्षा के लिए पत्रों के किनारे प्रायः मोटे और उठे हुए बनाए जाते[51] थे।

समुद्रगुप्त का प्रयाग स्तम्भ अभिलेख में समुद्रगुप्त द्वारा करीब 48 विजयों की चर्चा है। प्रयाग का यह अभिलेख सम्भवत: कौशाम्बी में स्थापित था। इस पर अशोक का एक लेख अंकित है। प्रशस्ति की प्रथम 16 पंक्तियाँ पद्य में और शेष गद्य में है। मध्य प्रदेश में भिलसा (विदिशा) के उत्तर-पश्चिम में अवस्थित उदयगिरि पहाड़ी के पूर्वी भाग में एक गृहमंदिर है। इसमें दो मूर्ति-फलक (तख्ते पर बनी मूर्ति) हैं। एक में दो पत्नियों सहित विष्णु[52] और दूसरे से 12 हाथों वाली देवी अंकित है। इन मूर्त्तियों पर 401 ई. का **द्वितीय चन्द्रगुप्त का उदयगिरि गुहालेख (प्रथम)** उत्कीर्ण है। इसमें धर्मदान की चर्चा है। **द्वितीय चन्द्रगुप्त का उदयगिरि गुहालेख (द्वितीय)** में गुप्तनरेश चन्द्रगुप्त को राजाधिराज कहा गया है। इस अभिलेख में पाटलिपुत्र निवासी **वीरसेन** उर्फ़ **शाव** और चन्द्रगुप्त द्वितीय द्वारा मालवप्रदेश में गुप्तसंवत् 90 और 96 के बीच चाँदी के सिक्के जारी करने की चर्चा है। **चन्द्र[53] का मेहरौली लौह-स्तम्भाभिलेख** में किसी चन्द्र नामक शासक द्वारा बंगाल से शत्रुओं को पराजित कर भगा दिए जाने की चर्चा है। 444 ई. में **प्रथम कुमारगुप्त का दामोदरपुर ताम्रपत्र लेख** में लिखा गया कि कर्प्परिक नामक ब्राह्मण ने अग्निहोत्र[54] यज्ञ करने के लिए तीन दीनार (*चन्द्रगुप्त द्वितीय के समय से भारत में रोमन सिक्कों की संख्या बढ़ने लगी। गुप्त-मुद्राकारों ने रोमन तौल 124 ग्रेन का सिक्का तैयार किया एवं रोमन नाम डेनेरियस के नाम पर रोमन तौल के सिक्कों को* **दीनार** *कहा। कुषाण-तौल 118-122 ग्रेन के सिक्के सुवर्ण नाम से पुकारे जाते थे।*) एवं इस यज्ञ की स्थायी व्यवस्था के लिए अधिकार प्राप्त किया।

प्रवरसेन द्वितीय का **चम्मक ताम्रपत्र अभिलेख** *में हज़ार ब्राह्मणों को गाँव दान देने की चर्चा है और उन्हें निर्देश दिया गया है कि वे राजा और राज्य के विरुद्ध विद्रोह नहीं करेंगे, चोरी और व्यभिचार नहीं करेंगे, ब्रह्महत्या नहीं करेंगे और राजा को अपमानित नहीं करेंगे। उन्हें यह भी निर्देश दिया गया है कि अन्य गाँवों से वे लड़ाई नहीं करेंगे।* दूसरे शब्दों में कहें कि नहीं पालन करने योग्य कुछ शर्तों पर ब्राह्मणों को ग्रामदान दिए जाने लगे। 496-97 ई. के अभिलेख में अच्छ्कल्प महाराज जयनाथ द्वारा दिविर, उसके पुत्र और दो पौत्रों के अग्रहार (करमुक्त भूमि) के रूप में एक गाँव दिया गया जिसका प्रयोग उन्हें धार्मिक प्रयोजनों के लिए करना था। भूमिदानाभिलेखों से पता चलता है कि अनुदान प्राप्त करनेवाले गृहस्थ लोग दान में प्राप्त गाँवों के व्यवस्थापक बन जाते थे और वहाँ अवस्थित मन्दिरों के संचालन की ज़िम्मेदारी उन्हीं पर होती थी।[55]

गुप्तकालीन प्रशासनिक अधिकार, जैसाकि अभिलेखों से पता चलता है, भू-राजस्व-अनुदान के रूप में वेतन पाते थे। गुप्तैकालीन अभिलेखों से राज्य व्यवस्था में परिपक्व विकेन्द्रीकरण के लक्षण दिखाई पड़ते हैं।

समुद्रगुप्त की इलाहाबाद-प्रशस्ति में प्रथम बार **भुक्ति** *शब्द का प्रयोग किया गया है। इस शब्द का प्रयोग प्रशासनिक इलाकों के लिए हुआ है। जैसे–तीरभुक्ति, मगधभुक्ति, नगरभुक्ति, पुण्ड्रवर्धनभुक्ति इत्यादि। गुप्तराज्य के पश्चिमी भाग में भुक्ति जैसे प्रशासनिक विभाग को* **देश** *कहा गया है। वाकाटक लोग राज्य शब्द से प्रदेश रूपी प्रशासनिक इलाके का बोध कराते थे।* मध्य गंगा घाटी और उत्तरी बंगाल के इलाकों में गुप्त प्रादेशिक शासक **उपरिक** उपाधि से अंकित था। गुप्त राज्य के पश्चिमी भाग में प्रादेशिक शासक को **गोप्ता** कहा जाता था। नाममुद्राओं के साक्ष्य से ज्ञात होता है कि द्वितीय चन्द्रगुप्त का एक पुत्र गोविन्दगुप्त पहले वैशाली और बाद में मालव अंचल का प्रशासन चलाता था। वाकाटक राज्य में प्रादेशिक शासकों की उपाधि **सेनापति** थी। अपनी पुस्तक में रणवीर चक्रवर्ती (पृ. 300–05) पुनः बताते हैं कि प्रदेश के नीचे ज़िला के समकक्ष को **विषय** कहते थे। वाकाटक इलाकों में ज़िला के समकक्ष प्रशासनिक विभाग को **पट्ट** (जैसे–उत्तरपट्ट, पश्चिमपट्ट) और **आहार** शब्द का भी प्रयोग हुआ है। बंगाल से प्राप्त गुप्तकालीन **ताम्रशासन पत्रों** में ज़िला-प्रशासन से सम्बद्ध तथ्य काफी मिले हैं। विषय की अपेक्षा आकार में छोटा, किन्तु ग्राम से बड़ा प्रशासनिक क्षेत्र **वीथि** नाम से बंगाल के ताम्रशास्त्रों में उल्लिखित हैं। यह कई ग्रामों का समूह होता था।

गुप्तकालीन बंगाल के ताम्रशासनों की एक विशिष्टता है कि इनमें क्रय-विक्रय के माध्यम से भूमि के हस्तान्तरण के काफी उदाहरण मिलते हैं। किसी एक ब्राह्मण या कई ब्राह्मणों अथवा बौद्धविहार-जैन वसडि-ब्राह्मणीय मठ इत्यादि के उद्‌देश्य से जब राजकीय आदेशपत्र जारी करके कर-रहित भूखंड हस्तान्तरित किया जाता तो उसे **अग्रहार** कहते थे। ऐसे भूखंड से प्रशासन अब कर-संग्रह नहीं करता और इसे **अक्षयनीवि** कहा जाता था। भूमिदान प्राप्त करनेवाले जैन, बौद्ध अथवा ब्राह्मण खेती का काम स्वयं नहीं करते थे। अग्रहार-व्यवस्था ने एक नवीन भूस्वामी वर्ग को जन्म दिया। ग़ैर-आबाद अनुर्वर (बंजर) भूभाग धीरे-धीरे उपयोगी और आबाद इलाकों का रूप धारण कर लिए। कृषि-प्रसार ने सिंचाई-प्रबन्ध को प्रोत्साहित किया। अग्रहार में तालाब और पोखर की चर्चा मिलने लगती है। बंजर भूमि को दान करने से राजा को कोई हानि भी नहीं उठानी पड़ी। जंगली एवं आदिवासी समाज में प्रचलित जादू-टोना और तंत्र-मंत्र से वे ब्राह्मण प्रभावित हुए जिन्हें अग्रहार प्राप्त हुआ था और इसी के साथ आदिवासी लोगों पर उस ब्राह्मण धर्म का असर पड़ा जिससे वे पहले अपरिचित थे। *फलस्वरूप अविकसित समाज का रूप विशेषकर धार्मिक दृष्टि से बदला। प्राचीन को पूर्व मध्यकाल*

में परिवर्तित होने के परिपक्व लक्षण दिखाई देने लगे। आर्थिक लाभ के लिए विकसित क्षेत्र से स्थानान्तरित होनेवाले लोगों के कारण कई विकसित इलाकों की आबादी कम हो गई।

गुजरात से मालव में आए हुए रेशम-शिल्पियों के समुदाय की विस्तृत चर्चा **मन्दसोर अभिलेख** (पाँचवीं शताब्दी) में है। वैशाली से प्राप्त गुप्तकालीन **सीलमुहर** पर उत्कीर्ण **कुलिक निगम** शब्द करीगर के पेशेवर समुदाय का परिचय देता है। बंगाल के ताम्रशासनों में 'प्रथम कायस्थ' की चर्चा कई बार है। ये कायस्थ पेशेवर कारणिक (लेखक) लोगों के प्रतिनिधि होते थे। वैशाली के सीलमुहर में पेशेवर संगठन की चर्चा है।

मिहिरकुल का ग्वालियर शिलाभिलेख (तिथि शासनकाल 15) में ब्राह्मणों द्वारा बताए गए तिथि, नक्षत्र एवं मुहूर्त के अनुसार एक प्रस्तर मन्दिर का निर्माण मिहिरकुल ने किया एवं दान दिया। जैन साहित्य में मिहिरकुल को एक अत्याचारी शासक बताया गया है। बौद्धों ने भी उसे क्रूर और शैतान की पूजा करनेवाला बताया है। **ईशानवर्मन का हरहा शिलाभिलेख** 554 ई. में लिखा गया। इसमें कई यज्ञ आयोजित करने और शूलपाणि मन्दिर बनवाने की चर्चा है। 628 ई. में लिखित **हर्ष का बाँसखेड़ा ताम्रपत्र-लेख** में सभी प्रकार के करों से मुक्त ग्रामदान करने का वर्णन है।

इस तरह छठी शताब्दी से अभिलेखों की संख्या पूरे भारतवर्ष में असंख्य हो गई और पूर्व मध्यकालीन इतिहास जानने का यह महत्त्वपूर्ण साधन हो गया। *इस समय भूमिदान तीन उद्देश्यों से किया जाने लगा–(1) धार्मिक उद्देश्य एवं धर्मस्थलों के निर्माण के उद्देश्य से, ताकि दानकर्ता की सामाजिक और राजनीतिक महत्त्व दानप्राप्तकर्ता के सहयोग से बढ़ सके। (2) राज्य के सीमावर्ती क्षेत्रों में बाढ़, सूखा एवं महमारी तथा अन्य संकट में राजकीय सहायता के अभाव में होनेवाले विद्रोहों को शान्त करने के लिए तथा (3) सम्बद्ध अधिकारियों एवं कर्मचारियों को मुद्रा के अभाव में नगद वेतन नहीं दे सकने के कारण कुछ शर्तों पर भूमिदान किया जाने लगा।*

अधिकांश भूमिदान राजा द्वारा मुख्य रूप से ब्राह्मणों को किया गया। मंत्रियों एवं अधिकारियों को भी वेतन के रूप में ग्रामभूमि दी गई। आज की तरह रजिस्ट्री कार्यालय तथा काग़ज़ आदि नहीं थे। इस स्थिति में दान की गई भूमि की सीमा, अवधि, भूमि की जलवायु, उपज, दान पानेवालों का नाम, पिता, दादा, गोत्र आदि का नाम तथा पता एवं दानकर्ता के सम्बन्ध में स्पष्ट विवरण अभिलेखों के माध्यम से दिए जाते ताकि बाद में चलकर बेईमानी या ठगी का मौका किसी को नहीं मिले। ठोस पदार्थों पर अभिलेखों को खोदने का काम सोनार आदि द्वारा कायस्थ की देखरेख में किया जाता था।

सातवीं शताब्दी से भारतीय इतिहास की कुछ मूलभूत विशेषताएँ नई करवटें लेने लगीं, इसलिए कुछ पुराने तत्त्वों का लोप और कुछ नई विशेषताओं का समावेश होना निश्चित था। इस समय वंशावली वाला पहलू अधिक महत्त्वपूर्ण बना, इसलिए अनेक राज्यों में सुरक्षित विभिन्न वंशावलियों के रूप में उसे और भी गहनता प्रदान की गई। इसके अतिरिक्त, *परम्परा ने ऐतिहासिक लेखन के एक नए रूप–अर्थात् ऐतिहासिक जीवनी को जन्म दिया। सामन्ती पद्धति पर आधारित छोटे–छोटे क्षेत्रीय राज्यों का उदय हुआ जिसने स्थानीय वफ़ादारियों और हितों की स्थापना की। चूँकि अब ऐतिहासिक अभिरुचि का केन्द्र दरबार था इसलिए चरितनायक वाली परम्परा का तिरस्कार हो गया और उसके स्थान पर राजा ने कब्जा जमा लिया और दरबारी कवि पूरे तामझाम के साथ आ धमके।* बाण द्वारा *हर्षचरित*, विल्हण की *विक्रमांकदेवचरित* तथा *कुमारपालचरित* और जयनक कृत *पृथ्वीराज–विजय* आदि कई जीवनियाँ लिखी गईं। यह प्रथा केवल राजा के गुणगान तक ही सीमित नहीं रही बल्कि कुछ महत्त्वपूर्ण मंत्रियों की जीवनियों को भी गौरवपूर्ण ढंग से लिखा गया।

गुप्तकाल से अनुदान भोगियों को राजस्विक तथा प्रशासनिक छूटें दी जाने लगीं। अनुदान–पत्रों से पता चलता है कि ब्राह्मणों को जो ग्राम दान में दिए गए उसी के साथ उन गाँवों के भूगर्भस्थ निधियों और सम्पदाओं के उपभोग का अधिकार भी उन्हें प्रदान कर दिया गया। इस तरह खानों पर राजा का नियंत्रण नहीं रहा। इससे पूर्व सातवाहन नरेश गौतमीपुत्र शातकर्णी के अभिलेख से पता चलता है कि बौद्ध भिक्षुओं को दिए जानेवाले गाँवों को सेना–पुलिस तथा प्रशासनिक अधिकारियों के हस्तक्षेप से मुक्त कर दिया गया था। इसका मतलब हुआ कि गाँव अपनी रक्षा करने, राजस्व सम्बन्धी नियम बनाने, नये कर लगाने अथवा पुराने करों का उत्सादन (नाश करने के लिए) करने के लिए स्वतंत्र हो गए थे। गुप्तकाल में पाते हैं कि गाँवों के निवासियों पर शासन करने का अधिकार दानदाता (राजा अथवा सामन्त) का समाप्त हो जाता है। गुप्तकालीन 6–7 अभिलेखों से पता चलता है कि मध्य भारत के बड़े–बड़े सामन्तों (उपराजाओं) ने ब्राह्मणों को आबाद गाँव दान में दिए और वहाँ रहनेवाले किसानों एवं शिल्पियों से कर वसूलते एवं अपने आदेशों का पालन करवाते थे।

पाँचवी शताब्दी के बाद चोरों को दण्डित करने की शक्ति राजा के हाथों से खिसककर ब्राह्मणों के हाथों में चली गई। कर लगाने और नहीं देनेवालों को दण्डित करने का अधिकार भी ब्राह्मणों को प्राप्त हो गया। इस **विकेन्द्रीकरण** पर अभिलेखों ने प्रकाश डाला है। गाँव आत्मनिर्भर होने लगे। सामन्ती घरानों द्वारा जारी किए गए सिक्कों की भौतिक उपस्थिति संदिग्ध है।

सातवीं शताब्दी ई. तक के राजकीय अभिलेख प्रायः पाषाण पर ही उत्कीर्ण हैं, यद्यपि धातुओं पर लेख उत्कीर्ण करने की प्रथा बिलकुल अज्ञात नहीं थी। चौथी–पाँचवीं शताब्दी से एक नई पद्धति देखी जाती है कि राजकीय आदेश–पत्र प्रधानतः ताम्रपट्ट पर जारी किए जाते हैं। ताम्रफलक पर उत्कीर्ण राजकीय अभिलेख मूलतः भू–सम्पत्ति के हस्तान्तरण के विषय में थे जो राजकीय अनुमति की दृष्टि से लागू होते थे। इन्हें ताम्रपट्ट या ताम्रशासन कहते थे। एक से अधिक होने पर ये ताम्रपट्ट धातु के तार से बाँधे जाते थे। शासन–पत्र के ऊपरी भाग में राजवंश का राजकीय प्रतीक उत्कीर्ण होता और इसीलिए यह समझ में आ जाता कि यह सरकारी प्रतिष्ठान का आदेश–पत्र था। ताम्रपट्ट का मुख्य विषय यद्यपि भूसम्पत्ति का दान और हस्तान्तरण से जुड़ी बातें थीं किन्तु ताम्रपट्ट के आरम्भ में लम्बी राजनीतिक भूमिका होती थी। यह भूमिका ताम्रशासन जारी करनेवाले राजा और उसके पूर्वजों की लम्बी प्रशस्ति के रूप में रहती थी। इस श्रेणी के ताम्रशासन पर आधारित राजकीय प्रशस्ति का एक प्रमुख उदाहरण पालनरेश धर्मपाल का खलीमपुर ताम्रशासन है जिसमें धर्मपाल का अलंकारिक विवरण मिलता है; इसे **खलीमपुर–प्रशस्ति**[56] कहते हैं।

पत्थर और धातु पर उत्कीर्ण अभिलेख कीड़े, सीलन अथवा किसी प्राकृतिक संकटों से शायद ही नष्ट हो पाते हैं। अभिलेखों के मूल स्थान और प्राप्ति स्थान में निश्चितता और भौगोलिक परिचय में मतभेद नहीं होता है। इससे किसी शासक के अधिकार–क्षेत्र की सीमा की जानकारी हो सकती है। उदाहरण के लिए राष्ट्रकूट राजा तृतीय कृष्ण के **कारहाड़ ताम्रशासन** महाराष्ट्र के कारहाड़ नामक स्थान से मिला और यह निःसन्देह राष्ट्रकूट राजत्व के मूल भू–भाग में था। किन्तु यह लेख मेडुपट्टम (वर्तमान तमिलनाडु में आर्काट के निकट मेलपड़ि) से भी प्राप्त हुआ है। उस स्थान पर राष्ट्रकूट राजा ने अपनी सैनिक छावनी (पड़ाव) स्थापित की थी; अर्थात् राष्ट्रकूट राजा का अधिकार उस समय तमिलनाडु के एक हिस्से तक फैला था। राष्ट्रकूट राजा तृतीय कृष्ण ने 949 ई. में तक्कोलम के युद्ध में चोलनरेश परान्तक प्रथम को हराकर मेडुपट्टम से उसने एक ताम्रपत्र जारी करके महाराष्ट्र में भू–सम्पत्ति के दान का निर्देश दिया था। अभिलेखों से ऐतिहासिक कालक्रम की जानकारी होती है। *पाल शासकों के शासनकाल का क्रमबद्ध ब्यौरा अभिलेखों से मिलता है।* अभिलेखों में शक् संवत् (आरम्भकाल 78 ई.) आदि की चर्चा है इससे राजवंश की शुरुआत की जानकारी होती है। अभिलेखों की उपयोगिता सामाजिक, आर्थिक एवं सांस्कृतिक इतिहास को जानने में उपयोगी सिद्ध हुई है। 600 ई. और 1300 ई. के बीच की अवधि के अभिलेखों से सामन्ती माहौल की जानकारी होती है।

अभिलेखों का ऐतिहासिक अध्ययन सावधानीपूर्वक करना पड़ता है, क्योंकि राजाओं के सम्बन्ध में कई बार इतने अलंकारिक शब्दों में वर्णन किया जाता कि तथ्य स्पष्ट नहीं हो पाते। अधिकांश अभिलेखों से सुविधाभोगियों की जानकारी मुख्य रूप से हो पाती है। सामान्य जनों की जानकारी प्राप्त करने के लिए अन्य स्रोतों पर निर्भर करना पड़ता है। कई अभिलेखों में सन्देहात्मक जानकारियाँ रहती हैं। वर्ष एवं तिथि की अनुपस्थिति के कारण कई महत्त्वपूर्ण अभिलेखों की महत्ता घट जाती है। *राजकीय संरक्षण मिलने की आशा मे कई विद्वान अपने स्वामी के बारे में अभिलेखों के माध्यम से इतना गुणगान कर दिया करते कि वास्तविक स्थिति को समझ पाना मुश्किल होता है।* अपाठ्य या कठिनाई से पढ़े जा सकनेवाले अभिलेखों की उपयोगिता उतनी नहीं रह पाती। इसके बावजूद प्राचीन भारतीय इतिहास को समझने के लिए अभिलेख महत्त्वपूर्ण साधन हैं। इनके अभाव में अतीत को समझ पाना कठिन है। *इतिहास समझने के लिए बना-बनाया स्रोत नहीं होता। ऐतिहासिक तथ्यों की खोज में इतिहासकार की जिज्ञासा और उसकी वैज्ञानिक दृष्टि का विशेष महत्त्व होता है। इतिहासकार के मन में उपजे नए प्रश्न इतिहास की कड़ी को मजबूत बनाते रहते हैं।*[57]

सन्दर्भ-ग्रन्थ

1. प्रभात कुमार मजूमदार, *प्राचीन भारत के अभिलेख*, रिसर्च, दिल्ली, 1979, पृ. 29-30
2. साधु जीवन व्यतीत करनेवाला ब्राह्मण। बौद्धों के पालि ग्रन्थों में ब्राह्मण तथा श्रमण का एक साथ प्रयोग किया गया है। उन साधु-संन्यासियों को ब्राह्मण कहा जाता जिनके आचार-विचार वेदों के अनुसार थे। श्रमण वे थे जिनके सिद्धान्त और आचरण ब्राह्मण शास्त्रों के विपरीत थे। ब्राह्मण संन्यासियों और बौद्ध श्रमणों को समान रूप से आदर करने की बात पाते हैं, क्योंकि दोनों एक-सा पवित्र जीवन बिताते होंगे। इसीलिए अशोक ने दोनों के प्रति समान आदरभाव व्यक्त किया है।
3. पालिग्रन्थ *विमानवत्थु* में उन अनेक पुरस्कारों का वर्णन है जो धर्मयुक्त व्यक्ति को अगले जन्म में मिलने की बात कही गई है। विमानों अथवा स्तम्भों पर टिका हुआ आध्यात्मिक सुख का भवन जो दिव्य स्वामी की इच्छा के अनुसार चल सकता था।
4. गुण की श्रेष्ठता के लिए प्राप्त पुरस्कार का प्रतीक है सुसज्जित श्वेत हाथी। बौद्ध परम्पराओं के अनुसार बुद्ध की माता ने श्वेत हाथी के रूप में गौतमबुद्ध को अपने गर्भ में प्रवेश करते देखा था। भरहुत, साँची तथा गान्धार में अनेक मूर्तियाँ उपलब्ध हुई हैं जिनमें बोधिसत्त्व का अपनी माँ के गर्भ में हस्ति के रूप में प्रविष्ट होना दिखाया गया है।
5. *विमानवत्थु* में दिखाया गया है कि अधिकतर देवताओं का स्वरूप विद्युत नक्षत्र अथवा अग्नि के समान उज्ज्वल है और इसलिए जब अशोक कहता है कि उसने प्रजा को अग्निस्कन्ध और ज्योतिस्कन्ध दिखाए तब वह यह दिखलाता होगा कि अगले जन्म में देवता बन जाने पर धार्मिक व्यक्तियों के शरीर से किस तरह की चमक निकलती है।
6. जनता को देवों के रथों, हाथियों और अन्य स्वर्गीय दृश्यों के नज़ारे का दिखाया जाना।

7. संयम, भावशुद्धि, कृतज्ञता एवं दृढ़ भक्ति।
8. पाप का अच्छी तरह अन्त की आशा; महसूस करना कि 'मैंने यह पाप किया है।' अशोक मानव की इस स्वाभाविक प्रवृत्ति का उल्लेख कर रहा है कि वह अपने किए हुए अच्छे काम को तो याद रखता है और उसकी चर्चा करता है, किन्तु अपने किए हुए अशुभ कार्य या पाप को वह न देखता है और न उस पर दु:खी होता है।
9. ब्यूलर ने महामात्र शब्द का अर्थ 'धार्मिक कानून का अधिष्ठाता; स्मिथ ने धार्मिक कानून का विनायक और हुल्तज ने नैतिकता का महामात्र' बताया है। धर्ममहामात्र के दो कार्य होते थे–(1) प्रजा के भौतिक सुख की अभिवृद्धि, और (2) आध्यात्मिक सुख की अभिवृद्धि।
10. कर्मचारियों के लिए 'धर्मयुक्त' शब्द का प्रयोग किया गया है। सम्भवत: धर्मविभाग के अधिकारी अथवा धर्मविधि के अधीन अधिकारी को धर्मयुक्त कहा गया है।
11. कलिंग क्षेत्र में आधुनिक उड़ीसा राज्य, गंजाम ज़िला और विशाखापट्टनम तक था; देखें, प्रभात कुमार मजूमदार, पृ. 62। जातकों के अनुसार कलिंग की राजधानी दन्तपुर नगर, *महाभारत* के अनुसार राजपुर, *महावस्तु* के अनुसार सिंहपुर और जैनग्रन्थों के अनुसार कन्धनपुर थी।
12. 18 वन राज्यों को मिलाकर जंगली अथवा अटवी राज्य बनने की जानकारी पुराणों से होती है।
13. भुवनेश्वर के निकट शिशुपालगढ़ के खँडहरों से तीन मील दूर दयानदी के तट पर धौली नामक प्राचीन स्थान जहाँ अशोक की कलिंग धर्मलिपि चट्टान पर अंकित है। इस अभिलेख में इस स्थान का नाम तोसली है और इसे नवविजित कलिंग देश की राजधानी बताया गया है। यहाँ का शासन एक कुमारामात्य के हाथ में था।
14. वह नगर का न्यायाधीश था। वह महामात्र भी था जिसे कुमार के समान वेतन मिलता था। नगर शासन के समस्त कार्यों को करनेवाला वह अधिकारी था।
15. यह स्थान अशोक के साम्राज्य की पूर्वी सीमा पर था। अपने साम्राज्य की सीमा पर स्थित महत्त्वपूर्ण नगरों अथवा कस्बों में अशोक की धर्मलिपियाँ अंकित कराई गई थीं।
16. रूपनाथ मध्य प्रदेश के ज़िला जबलपुर में स्लीमेनाबाद से 14 मील पश्चिम की ओर एक छोटा-सा रमणीक स्थान है। रूपनाथ में अशोक का शिलालेख संख्या 1 यहाँ चट्टान पर उत्कीर्ण है।
17. अशोक के लघु शिलाभिलेख मिलने से यह स्थान प्रसिद्ध है। अशोक के समय मास्की (मैसूर) दक्षिणापथ के अन्तर्गत तथा अशोक के साम्राज्य की दक्षिणी सीमा पर अवस्थित था।
18. देवानंपियस अशोक राजस
19. पश्चिमी घाट (महाराष्ट्र) की गिरिमाला में स्थित त्र्यंबक पर्वत का एक भाग ब्रह्मगिरि कहलाता है। गोदावरी नदी यहीं से निकलती है।
20. ऋषिल–कर्णाटक में सिद्धपुर के निकट स्थित
21. सीमा प्रान्तों के उच्चाधिकारी अथवा सीमा क्षेत्रों के रक्षक । *अर्थशास्त्र* में अन्तमहामात्र के लिए 'अन्तपाल' शब्द है।
22. एक कोस बराबर 4 हज़ार गज और आधे कोस का अर्थ एक मील और 240 गज बताया गया है (प्रभात कुमार मजूमदार, पृ. 92)।
23. वह स्थान जहाँ पर यात्री बैठें अथवा विश्राम करें।

24. चन्द्रगुप्त मौर्य के काल में भूमिकर चौथा भाग था।
25. छिपने की जगह।
26. रणवीर चक्रवर्ती, *भारतीय इतिहास का आदिकाल*, दिल्ली, 2012, पृ. 6
27. आधुनिक जूनागढ़ का प्राचीन नाम जो गुजरात के कठियावाड़ में अवस्थित है।
28. डॉ. राय चौधरी का विचार है कि तुषास्फ उत्तर-पश्चिम क्षेत्र का यूनानी सरदार था जिसे अशोक ने सुराष्ट्र संघ का मुख्य नियुक्त किया था।
29. *हरिवंश* के अनुसार पह्लव पार्थियन थे जिनके दाढ़ी थी।
30. प्रभात कुमार मजूमदार, पृ. 111-14
31. *वही*, पृ. 3
32. *वही*, पृ. 9
33. *वही*, पृ. 13
34. भूर्ग नामक वृक्ष की भीतरी छाल से भूर्जपत्र तैयार किया जाता जो हिमाचल में बहुतायत से होता था। —मजूमदार, पृ. 14
35. *वही*, पृ. 13-14
36. *वही*, पृ. 15
37. *वही*; राजस्थान में भड़ली के ज्योतिषी, कपड़ों के टुकड़ों पर पंचांग तैयार करते थे। कन्नड़ के कारोबारी अपनी बहियों के लिए जो कपड़ा प्रयोग में लाते उसे **कड़तम** कहते थे। इसे इमली के बीज के लेप से पोत दिया जाता और बाद में कोयले से काला कर दिया जाता था। इस पर खड़िया अथवा सेतखड़ी की पेंसिल से लिखा जाता था।
38. प्रभात कुमार मजूमदार, पृ. 20
39. रणवीर चक्रवर्ती, पृ. 6
40. कहते हैं, ब्राह्मणों द्वारा इस लिपि का प्रयोग सबसे पहले करने के कारण इसका नाम ब्राह्मी पड़ा। इस विषय पर विद्वानों के बीच मतभेद है।
41. प्रभात कुमार मजूमदार, पृ. 29-30
42. रणवीर चक्रवर्ती, पृ. 6-7
43. चक्रवर्ती, पृ. 209-10
44. *वही*
45. प्राचीन गांधार का एक भाग
46. चक्रवर्ती, 210-11
47. भारत में स्वर्णमुद्रा प्रचलित करने का श्रेय विम कडफिसेस को है।
48. यह मध्य ईरानी भाषा थी जिसे यूनानी अक्षरों में लिखा जाता था। इस भाषा का नामकरण 1956 ई. में W.B. Henning ने किया था।
49. कनिष्क 78 ई. में राजा बना। अपनी सिंहासन प्राप्ति की स्मृति में उसने नया संवत् चलाया जो शकाब्द के रूप में प्रसिद्ध है। कनिष्क ने जिस संवत् का प्रचलन किया, उसका प्रयोग उसके उत्तराधिकारियों ने 170 वर्षों तक उपयोग किया था। चक्रवर्ती, पृ. 215
50. कनिष्क के समय से कुषाण मुद्राओं पर यूनानी भाषा के बदले बैक्ट्रियन भाषा में लेख उत्कीर्ण कराने का रिवाज प्रचलित हुआ।
51. प्रभात कुमार मजूमदार, *पूर्वोद्धृत* पृ. 19; समुद्रगुप्त के उत्तराधिकारी के रूप में उसका पुत्र द्वितीय चन्द्रगुप्त राजा बना, जिसे 'विक्रमादित्य' नाम से जाना जाता है। वह करीब

376 ई. में गद्दी पर बैठा। मथुरा से प्राप्त एक स्तम्भलेख में उसके शासन का प्रथम उल्लेख मिलता है। गुप्तवंश के राजकीय शासन-पत्रों में चन्द्रगुप्त द्वितीय की रानी के रूप में ध्रुवदेवी का नाम है। वह उसके बड़े भाई की विधवा थी (रोमिला थापर, *पूर्वकालीन भारत*, दिल्ली, 2008, पृ.347)।

52. *वही*, पृ. 131
53. मेहरौली अथवा महरौली अथवा मनरोली, मिहिरपुरी नामक ग्राम का ही नाम है जो कुतुबमीनार से थोड़ी दूर पर स्थित था।
54. देवताओं को प्रसन्न कर मनोकामना पूरी करने के उद्देश्य से अग्नि को माध्यम बनाकर आयोजित किया जानेवाला यज्ञ।
55. रहीस सिंह, *प्राचीन भारत*, पीयरसन, नई दिल्ली, 2010, पृ. 366-70
56. चक्रवर्ती, पृ. 7-8
57. इस विषय पर एफ.आर. अल्चिन तथा दिलीप चक्रवर्ती, *(A Source Book of Indian Archaeology)* दीनेश चन्द्र सरकार, *(Indian Epigraphy)* रमेशचन्द्र मजूमदार, *(The Classical Accounts of India)* रिचर्ड सोलोमन, *(Indian Epigraphy)* हेमचन्द्र राय चौधरी, *(Studies in Indian Antiquities)* वी.वी. मिराशी (सं.), *(Corpus Inscriptionum Indicarrum)* ब्रजदुलाल चट्टोपाध्याय, *(Studing Early India)* रामशरण शर्मा *(Indian Feudalism)* आदि विद्वानों द्वारा लिखित पुस्तकों का अध्ययन किया जा सकता है।

अध्याय–32

दक्षिण भारतीय अभिलेख

महत्त्व

अभिलेखों के द्वारा अतीत के साथ एक सीमा तक साक्षात् सम्पर्क किया जा सकता है। अभिलेखों के अभाव में कई ऐतिहासिक पक्ष अनुद्घाटित ही रह जाते। तिथिक्रम की उलझी हुई गुत्थी को सुलझाने में अभिलेखों से सहायता मिलती है। अभिलेखों के अध्ययन के फलस्वरूप प्राचीन एवं पूर्व मध्यकालीन भारत का इतिहास वैज्ञानिक ढंग पर लिखा जा सकता है। भारतीय संस्कृति की प्रामाणिक रूपरेखा इन्हीं प्रशस्तियों तथा लेखों की सहायता से सामने आई है। ऐतिहासिक अनुसंधान में अभिलेखों ने अधिक सहायता की है।

भारत में लिपि को उत्कीर्ण करने का प्राचीनतम उदाहरण संभवत: हड़प्पा सभ्यता में दिखाई पड़ता है। मुहरों के ऊपर अक्षरयुक्त छोटे लेख ही भारत के प्राचीनतम अभिलेख हैं। किन्तु हड़प्पा लिपि को सर्वसम्मत रूप से पढ़ा नहीं जा सका है। अभिलेखों का प्रयोग अशोक के ज़माने से प्रारम्भ हुआ जो ब्राह्मी एवं खरोष्ठी–इन दो लिपियों में हैं। मौर्योत्तर काल के अधिकांश अभिलेख प्राकृत भाषा में रचित हैं। प्रशंसापूर्ण राजकीय कार्यों का काव्य रूप में विवरण **प्रशस्ति** कहलाता है। प्राचीनतम प्रशस्ति कलिंग नरेश खाखेल का हाथीगुम्फा प्रशस्ति (वर्तमान भुवनेश्वर के निकट अनुमानत: ई.पू. प्रथम सदी) है जो प्राकृत भाषा में लिखी गई है। सातवाहन नरेश गौतमीपुत्र सातकर्णी की प्रशस्ति महाराष्ट्र के नासिक में मिली थी। 150 ई. का रुद्रदामन का गिरनार अभिलेख भारत का **प्रथम संस्कृत अभिलेख** है। इससे चन्द्रगुप्त मौर्य द्वारा निर्मित बाँध को मरम्मत कराने की जानकारी होती है। सातवाहन नरेश श्रीपुलुमावि[1] द्वारा निर्मित तालाब की जानकारी होती है। गौतमीपुत्र सातकर्णि का अभिलेख भूमिदान की प्रथम सूचना देता है। अभिलेख ताम्रपत्रों, पीतलपत्रों, काँसापत्रों, रजतपत्रों, शिलाखंडों, काष्ठस्तम्भों, शिला टैबलेटों, मन्दिरों, मूर्तियों आदि पर पाए गए। किसी तथ्य को लम्बी अवधि तक बनाए रखने के लिए अभिलेख

का प्रयोग किया जाने लगा। विद्वान इसे महत्त्वपूर्ण स्रोत की श्रेणी में रखते हैं। आर्थिक दृष्टिकोण से पत्थर पर अभिलेख उत्कीर्ण कराने में धातु की अपेक्षा कम खर्च पड़ता रहा होगा।

पाँचवीं शताब्दी के बाद अभिलेखों की संख्या पूरे भारतवर्ष में असंख्य हो गई और पूर्व मध्यकालीन इतिहास के अध्ययन के लिए पुरातात्त्विक सामग्रियों के अभाव में यह सर्वाधिक महत्त्वपूर्ण स्रोत हो गया।

भारत के विभिन्न भागों में अभिलेख भिन्न-भिन्न ढंग से उपयोगी रहे। कर्णाटक में मात्र अभिलेखों के आधार पर नगरों के सम्बन्ध में यह स्पष्ट रूप से प्रमाणित हो सका कि 500 ई. से 1000 ई. के बीच नगरों की दशा अच्छी नहीं थी। इस अवधि में अधिकांश नगरों का अस्तित्व धर्मस्थलों, प्रशासनिक केन्द्रों, स्कन्धावार, विजयस्कन्धावार और राजधानी के रूप में बना रहा। व्यापारिक केन्द्रों की संख्या नगण्य रही। दूसरी तरफ 1000 से 1200 ई. के बीच पाए गए अभिलेखों के अध्ययन से पता चलता है कि भारत में नगरों की संख्या में वृद्धि हुई, विशेषकर कई नवीन व्यापारिक नगर बसाए गए और वहाँ बसने के लिए व्यापारियों को कई प्रकार की सुविधाएँ भी दी गईं। सामाजिक, आर्थिक, राजनीतिक एवं सांस्कृतिक दशा के अध्ययन, शिल्पकार एवं कर्मकार, मन्दिरों से सम्बद्ध अर्थव्यवस्था, दास, दासी, देवदासी, ग्रामीण एवं नगरीय जीवन, कृषि, अनाज, नदी, पर्वत, जलवायु, पेड़, पशु, पक्षी आदि के अध्ययन के लिए अभिलेख उपयोगी हैं। दक्षिण भारत से प्राप्त अधिकांश अभिलेख *एपिग्राफिया इंडिका, ब्राह्मी इंस्क्रिप्शंस, इंडियन एंटिक्वैरी, एपिग्राफिया कर्णाटिका, कॉर्पस इंस्क्रिप्शंस इंडिकारम्, Annual Reports of South Indian Epigraphy, A Descriptive List of Kannada Stone Inscriptions* (examined by the Kannada Research Institute, Dharwar, ed. A. M. Annigeri and B.R. Joshi, Dharwar, 1961), *Bombay Karnataka Inscriptions, Historical Inscriptions of Southern India, Inscriptions of the Deccan, Nellore Inscriptions, साउथ इंडियन इंस्क्रिप्शंस* आदि में संकलित हैं।[2]

अभिलेखों में दक्षिण भारत के शासक

पहली से आठवीं शती के बीच प्राकृत एवं संस्कृत के बहुसंख्य अभिलेख हैं। शक एवं सातवाहन राजाओं के अभिलेखों में साहित्यिक प्राकृत के साथ संस्कृत का मिश्रण प्राप्त होता है। सातवाहन राजाओं के अभिलेखों में यत्र-तत्र संस्कृत का स्वतंत्र प्रयोग भी दृष्टिगत होता है। अभिलेखों में स्थानीय सुविधा तथा प्रचलन के अनुसार क्षेत्रीय भाषाओं का प्रयोग दक्षिण भारत में प्रारम्भ हुआ। आन्ध्र प्रदेश में तेलगू भाषा में अभिलेख छठी शताब्दी से लिखे जाने लगे

तथा लगभग इसी समय कन्नड़ भाषा में अभिलेख मैसूर क्षेत्र से पाए गए। इस तरह भाषागत विविधता धीरे-धीरे अभिलेखों को समृद्ध करती गई।[3]

गोदावरी और कृष्णा नदी के बीच में रहनेवाले लोगों को 'आन्ध्र' कहा गया है। प्राचीन काल में आन्ध्र के लोग अशोक के राजनीतिक प्रभाव में थे। मौर्य साम्राज्य के पतन के बाद यह क्षेत्र स्वतंत्र हो गया। सातवाहन शासक अभिलेखों में अपने को 'सातवाहन' या 'शतकणि' कहते हैं। साहित्य में यदा-कदा इस वंश के लिए 'शालिवाहन' शब्द का प्रयोग भी मिलता है। अधिकतर विद्वान महाराष्ट्र को सातवाहनों का मूल स्थान मानते हैं, क्योंकि उनके बहुसंख्य अभिलेख वहीं से मिले हैं। सातवाहनों का अभ्युदय प्रतिष्ठान (पश्चिमी दक्कन) के आसपास हुआ। वहीं से उनका साम्राज्य सभी दिशाओं में फैला।[4]

सिमुक सातवाहन वंश का संस्थापक था। वह जैन तथा बौद्ध धर्म का संरक्षक भी था। इस वंश के प्रमुख शासकों में शातकर्णि प्रथम, गौतमी पुत्र शातकर्णि, वासिष्ठी-पुत्र पुलुमावि तथा यज्ञश्री शातकर्णि उल्लेखनीय हैं। चतुर्थ पुलुमावि को इस वंश का सबसे अन्तिम राजा कहा गया है। ईसा की तीसरी शती आते-आते यह साम्राज्य छिन्न-भिन्न हो गया। छठी शताब्दी के उत्तरार्द्ध में पल्लव राजवंश का इतिहास सिंहविष्णु के समय अधिक सुनिश्चित होता है। इस राज्य के अनेक अभिलेख मिले हैं जिनके अनुसार पल्लव राज्य के अन्तर्गत केवल काँची की नहीं वरन् तेलगू और कन्नड़ ज़िलों के बड़े भाग सम्मिलित किए गए थे। सिंहविष्णु का उत्तराधिकारी उसका पुत्र महेन्द्रवर्मन प्रथम था, जिसके शासनकाल में पल्लवों और वातापी के चालुक्यों में दक्षिण भारत के आधिपत्य के लिए भीषण संघर्ष की जानकारी मिलती है।

छठी शती में कन्नड़ बोलनेवाले प्रदेश में चालुक्य शक्तिशाली हुए तथा उनकी राजधानी बम्बई राज्य के बीजापुर ज़िले की वातापी या आधुनिक बादामी में थी। इस वंश का संस्थापक पुलकेशिन प्रथम माना जाता है। कालान्तर में इसके पुत्र कीर्तिमान प्रथम और भाई मंगलेश ने साम्राज्य को प्रत्येक दिशा में फैलाया। कीर्तिवर्मन का पुत्र पुलकेशिन द्वितीय इस वंश का सबसे प्रसिद्ध राजा हुआ। इसने 609-642 ई. तक सम्पूर्ण दक्कन को जीतकर एक विशाल साम्राज्य में परिणत कर दिया। इस सन्दर्भ में पुलकेशिन द्वितीय का एहोल अभिलेख[5] अत्यन्त महत्त्वपूर्ण है। छठी शताब्दी का महाराष्ट्र से प्राप्त ध्रुवसेन प्रथम का गौतमच्छैल ताम्रपट्टाभिलेख[6] में 'सीता' भूमि दान में देने का उल्लेख है।

छठी शती में कर्णाटक के धारवाड़ ज़िले से प्राप्त एक महत्त्वपूर्ण अभिलेख[7] भूमि के एक अन्य प्रकार पुक्कोली ख़जाना या खज्जान का उल्लेख करता है। तटीय प्रदेशों में तटबन्ध बनाए जाने पर, जो अतिरिक्त भूमि प्राप्त होती, उसे **पुक्कोली ख़जाना** कहा जाता था।[8] पुक्कोली ख़जाना शब्द पर

समकालीन विद्वानों ने भी प्रकाश डाला है, यथा दीपक आर. दास[9] पुक्कोली खज्जान को दक्कन प्रदेश में भू-सुधार से प्राप्त कृषि योग्य भूमि मानते हैं अर्थात् यह भूमि, भू-सुधार का एक प्रकार थी।

पाँचवीं शती के चितलदुर्ग (कर्णाटक) से प्राप्त रविवर्मन के देवनगर ताम्रपट्ट[10] में परती भूमि के रूप में **केदार** शब्द का प्रयोग मिलता है, जबकि इसी कालावधि में प्राप्त कदम्ब राजा मान्धातृवर्मन[11] के ताम्रपट्ट में कृषि के लिए उपयुक्त भूमि को 'केदार' कहा गया है। पाँचवीं शती में कर्णाटक से मिले कुछ अभिलेखों[12] से यह जानकारी मिलती है कि कभी-कभी राजा कृषि-योग्य भूमि के साथ-साथ गृह-स्थान के लिए वास (वास्तु) भूमि भी दान किया करते थे।

प्राचीन अभिलेखों में प्राय: राजा को पशुधन के अतिरिक्त, हिरण्य और भूमि का दान देनेवाला कहा गया है। भूमि-दान का सम्बन्ध भू-स्वामित्व से जुड़ा हुआ है और भूमि दान का **सबसे प्राचीन पुरालेखीय प्रमाण** ई.पू. प्रथम शताब्दी के एक सातवाहन अभिलेख[13] में मिलता है जिसमें अश्वमेध यज्ञ में एक गाँव के दान की चर्चा है। वासिष्ठी-पुत्र पुलुमावि के दान-पत्र (पहली शती, महाराष्ट्र)[14] एवं नहपानकालीन नासिक गुहा अभिलेख (पहली शती, महाराष्ट्र)[15] में उल्लेख है कि दान में दिए हुए गाँव में कोई सरकारी अधिकारी प्रवेश नहीं करेगा, उनमें से कोई नमक नहीं खोदेगा, स्थानीय सेना उनके कार्य में हस्तक्षेप नहीं करेगी, अर्थात् उन भिक्षुओं को दान की गई भूमि में राज-सेना का प्रवेश वर्जित था; राज्याधिकारी वहाँ के जीवन-क्रम में कोई विघ्न नहीं डाल सकते थे। इन्द्रवर्मन का कोन्दनगर अनुदानपत्र (सातवीं शती, आन्ध्र प्रदेश)[16] एवं नरेन्द्रधवलकालीन मद्रास संग्रहालय ताम्रपट्ट (आठवीं शती, उड़ीसा)[17] और पल्लव राजा गोपालदेव के हल्दीपुर ताम्रपट्ट (आठवीं शती, महाराष्ट्र)[18] से भूमिदान के समय साक्षी की उपस्थिति की अनिवार्यता का पता चलता है।

ग्रामदान

धार्मिक उद्देश्य के अतिरिक्त भूमि-सुधार के लिए भी राजा भू-दान हेतु प्रेरित किए जाते क्योंकि इसमें राज्य की समृद्धि निहित होती थी। इस प्रसंग में ध्यातव्य है प्रवरसेन द्वितीय के चम्पक अभिलेख (पाँचवीं शती, महाराष्ट्र)[19] का उल्लेख जिसमें राजा ने 8000 इकाइयों की चर्माणक गाँव को 1000 ब्राह्मणों को दान में दे दिया। सातवीं शती के भू-दान पत्रों से यह ज्ञात होता है कि आन्ध्रप्रदेश के भू-भागों में एक साथ कई हिस्सों में भूमि का दान किया जाता था। अत: दान की गई भूमि में हिस्सेदारी की सूची इन अभिलेखों से

प्राप्त होती है, यथा-विक्रमादित्य प्रथम का अमुदलपटु ताम्रपट्ट (आन्ध्र प्रदेश)[20], इन्द्रवर्मन का कोन्दगुरु ताम्रपट्ट (आन्ध्र प्रदेश)[21] तथा विष्णुवर्द्धन द्वितीय का कोकीं ताम्रपट्ट (आन्ध्र प्रदेश)[22]। पल्लव राजा कुमार विष्णु के चन्दालुर अनुदान पत्र (पाँचवीं शती, आन्ध्र प्रदेश)[23] में चेन्दालुर गाँव में खास भूमि (राज वास्तु) के 800 पट्टिकों का वर्णन है। यहाँ सम्पूर्ण गाँव या इसके किसी हिस्से को दान देने की स्थिति में राजा के बदले दान-ग्रहीता को राजस्व देने को कहा गया है। नेल्लौर-गुण्टुर क्षेत्र के स्कन्दवर्मन द्वितीय के पुत्र पल्लवसिंह वर्मन के विलावती अनुदानपत्र (पाँचवीं शती, आन्ध्र प्रदेश)[24] में चर्चा है कि विलावती गाँव के सभी निवासियों द्वारा अब ब्राह्मण विष्णुशर्मन को सभी करों सहित दान देना पड़ेगा। इस विवरण का मुख्य आकर्षण राजा के इस अनुदेश में है–'इस गाँव में धातुकर्मियों और चमड़े के काम करनेवाले (लोह-चर्मकार), वस्त्र विक्रेता व दुकानदार (आपण-पट्टकार), रस्सी पर करतब दिखानेवाले बाजीगर और नर्तक (रज्जुपतिहार) आजीविका द्वारा चुकाए जानेवाले कर, असभ्यों एवं जाति-बहिष्कृत (नहाल), मुखौटा लगाकर अभिनय करनेवाले (मुखधारक), पानी देखकर सगुन बतानेवाले (कूपदर्शन), बुनकर (तन्तुवाय) द्वारा चुकाए जानेवाला कर, जुआ (द्यूत), विवाह, नाई (नायित) पर लगनेवाले कर (सर्वपरिहार) प्राप्त दस्तकार और ऐसे अन्य सभी कर जो मुझे (राजा को) प्राप्त होते थे–अब इस ब्राह्मण विष्णुशर्मन को ब्रह्मदेव के रूप में दिए जाएँगे। जो भी मेरे इस आदेश का उल्लंघन करेगा, वह दंड का भागी होगा।' इस तरह पाँचवीं शती में भू-स्वामित्व का हस्तान्तरण होने का प्रमाण प्राप्त होता है।

प्रवरसेन द्वितीय का चम्पक ताम्रलेख (पाँचवीं शती, महाराष्ट्र)[25] एक रोचक विवरण देता है कि राज्य अपने पास ग्रामवासियों के कुछ अधिकार दानग्रहीता के विरुद्ध सुरक्षित रखता था। इसके अनुसार दानग्रहीता राज्य के बाहर अपने साथ पशुधन नहीं ले जा सकता था। कृषि के लिए पशुधन की उपयोगिता को ध्यान में रखने पर भूमि-दान महत्त्वपूर्ण हो जाता है। पशुधन खेती में सकारात्मक भूमिका निभाता है। भूमि अनुदानों के परिणामस्वरूप अनुदत्त क्षेत्रों में शान्ति-सुव्यवस्था कायम रखने में सहायता मिलती थी, क्योंकि इन क्षेत्रों में इसका दायित्व दानग्रहीताओं को दिया जाता था। भूमि अनुदानों का एक महत्त्वपूर्ण पक्ष यह भी है कि ब्राह्मण संस्कृति का प्रसार हुआ। नासिक के एक अभिलेख[26] में भृगुदास नामक व्यक्ति द्वारा भूमिदान की चर्चा है। उसी स्थान के एक दूसरे अभिलेख में उषवदात[27] द्वारा भूमिदान का उल्लेख है। चुनार अभिलेख[28] व्यक्तिगत दखल की भूमि के निजी हस्तान्तरण तथा कृषि भूमि का छोटे टुकड़ों के दान में उदाहरण प्रस्तुत करते हैं।

अग्रहार

भूमि दान का एक प्रकार है अग्रहार। प्राचीन काल में राजा मन्दिरों तथा ब्राह्मणों को भूमिदान देता, जो अग्रहार भूमि कहलाता था। इस प्रकार की भूमि से सम्बन्धित समस्त अधिकार भी दानग्राही व्यक्ति को मिल जाता था। वह भूमि उपजाऊ एवं बंजर दोनों प्रकार की हो सकती थी। इस प्रकार की भूमि को **आप्रद**, **शासन**, **चतुर्वेयग्राम** एवं **ब्रह्मदेय**, इत्यादि नामों से भी जाना जाता था। सबसे बड़ी बात थी कि इसे शासन की तरफ से ज़ब्त नहीं किया जा सकता था। इस पर अन्य कोई व्यक्ति काश्त नहीं कर सकता था। ऐसी भूमि में स्थित समस्त चरागाहों, खानों, निधियों, विष्टि (बेगार) आदि के ऊपर भी उनका अधिकार हो जाता था। प्रायः अग्रहार के रूप में अनुदान में प्रदान की गई भूमि का कृतिका साधनों–भूसी या घास, खूंटियों या लकड़ी के माध्यम से सीमांकन भी किया जाता था। अग्रहार भूमि प्राप्त करनेवाले व्यक्ति को विशेषाधिकार या विशेष छूटें प्राप्त होती थीं। इनकी प्रकृति व स्वरूप देश के अलग–अलग भागों में भिन्न–भिन्न थी। इनमें से एक अधिकार 'छत्र' या 'भाट' कहलाता था, इस अधिकार के तहत अग्रहार भूमि में किसी प्रकार की सेना का प्रवेश वर्जित था। *इससे एक ओर जहाँ राज्य की आय कम हुई वहाँ दूसरी ओर दानग्राही व्यक्ति, छोटे–छोटे राजा बन बैठे। ऐसे भूमिदानों का उद्देश्य एकमात्र शैक्षणिक एवं धार्मिक होता था, लेकिन वास्तविक अर्थ में कमजोर शासक का परिचायक था।* अग्रहार देने की प्रथा गुप्तकाल में ज़्यादा प्रचलित थी। इसी प्रथा ने गुप्तोत्तरकाल में सामन्तीप्रथा को स्थापित किया था।

उरलाम ताम्रलेख (छठी शती, उड़ीसा)[29] के विवरण के अनुसार गंग राजा हस्तिवर्मन् ने जयशर्मन को अग्रहार के रूप में देने के लिए ढाई जोत भूमि ख़रीदी। इससे यह सिद्ध होता है कि *राजा यद्यपि सैद्धान्तिक रूप से भूमि का परम स्वामी था तथापि कभी–कभी उपहार देने के लिए भूमिधारकों से भूमि भी ख़रीदता था।* इसी तरह महाराज कुमारामात्यनन्दन ने रविशर्मन नामक ब्राह्मण को मल्लपिष्टका ग्राम दान कर उस पर उसके भू–स्वामित्व को राजकीय दानपत्र के द्वारा कानूनी वैधता प्रदान की जैसा कि अमोना ताम्रपट्ट (छठी शती)[30] स्पष्ट करता है। इसी तरह की सूचना महासुदेवराज के अरंग ताम्रपट्ट (छठी शती, मध्य प्रदेश)[31], अनन्तवर्मन के ताम्रपट्ट (सातवीं शती, उड़ीसा)[32], नरसिंहवर्मन द्वितीय के कालहस्ति ताम्रपट्ट (आठवीं शती, आन्ध्र प्रदेश)[33] और नेत्तभंज के रुस्सेलोंड ताम्रपट्ट (आठवीं शती, उड़ीसा)[34] से मिलती है। इसी सन्दर्भ में शत्रुघ्न के पेड्डा–डुगम ताम्रपट्ट (पाँचवीं शती, आन्ध्र प्रदेश)[35] राजा द्वारा उपहार में दिए गए अग्रहार को लम्बे समय के बाद पुनरावंटन किए जाने का विवरण देता है। विशेष रूप से दानग्रहीता को भूमि हस्तान्तरित करने के लिए

दूतक को भेजा जाता था। इसकी पुष्टि अनन्तशक्ति वर्मन के मद्रास संग्रहालय ताम्रपट्टाभिलेख (पाँचवीं शती, तमिलनाडु)[36] से होती है। इसका यह अर्थ हो सकता है कि यह अधिकारी दानग्रहीता के पास शासन-पत्र न ले जाकर, स्थानीय अधिकारियों के पास राजा की स्वीकृति तथा आदेश ले जाता था। वह शासन-पत्र लिखकर भूमि दान से सम्बन्धित राजकीय स्वीकृति के वाहक का कार्य करता था, क्योंकि उसे राजा का विश्वासभाजन माना जाता था।[37]

दूसरी शती के वासिष्ठी-पुत्र पुलुमावि के नासिक गुहाभिलेख (महाराष्ट्र)[38] में **हल** का अर्थ भूमि के उस भाग को बताया गया है जहाँ हलवाहा कृषक भूमि की जुताई करता था। दूसरी ओर ऐसी सम्भावना भी व्यक्त की गई कि हल से जोते जाने योग्य भूमि देवताओं व भिक्षुओं को समर्पित की गई। ऐसी भूमि कर-मुक्त हुआ करती थी। यहीं पर प्रयुक्त 'भिक्षु हल' शब्द का आशय भिक्षुओं की भूमि से है। भिक्षुहल की सूचना कार्ले का गुहाभिलेख[39] भी देता है। कृष्णा-गुण्टुर क्षेत्र (आन्ध्र प्रदेश) से प्राप्त तीसरी एवं चौथी शती के अभिलेख[40] से हलवाहा द्वारा हल से जोते जाने योग्य कर-मुक्त भूमि भिक्षुओं को पुण्य-वृद्धि के उद्देश्य से दान दिए जाने का उल्लेख है। ये अभिलेख प्राकृत भाषा के हैं। गोवा से प्राप्त एक ताम्रपट्ट अभिलेख (सातवीं सदी) के अनुसार एक हल खज्जान दान में दी गई, जिसमें एक तालाब एवं घर था और यह भू-भाग करमुक्त था।[41] हल न केवल भू-माप की प्रचलित इकाई, बल्कि यह व्यापक क्षेत्र-माप को भी सूचित करता था। आठवीं सदी का गोविन्द तृतीय का पैथान (पैठन) ताम्रपटट्ाभिलेख (हैदराबाद-आन्ध्र प्रदेश)[42] हल से मापी गई भूमि का उल्लेख करता है।

दीक्षित[43] के अनुसार हल का वास्तविक भू-माप क्षेत्र निर्धारित करना कठिन है परन्तु अभिलेखों के विवरण से यह अनुमान लगाया जा सकता है कि कृषि योग्य भूमि की, एक हल द्वारा वर्षपर्यन्त तक जोती गई सम्पूर्ण भूमि की माप 'एक हल भूमि' से लगाया जा सकता है। इस तरह, भूमि-माप की इकाई के रूप में हल का उपयोग दूसरी, आठवीं शती में और आज के महाराष्ट्र, आन्ध्र प्रदेश एवं गोवा में पूर्ववत् प्रचलित था। महाराष्ट्र से प्राप्त प्राकृत भाषा में लिखित गौतमीपुत्र शातकर्णि का नासिक गुहाभिलेख[44] दूसरी शती में प्रचलित भू-मापक **निर्वतन** की जानकारी उपलब्ध कराता है। इस अभिलेख के अनुसार पश्चिमी कखड़ी ग्राम में उषवदत्त द्वारा भोगी गई दो सौ (200) निवर्तन भूमि, त्रिरश्मि पर्वत पर स्थित गुफाओं में रहनेवाले प्रव्रजितों को दान में दी गई। विद्वानों[45] के अनुसार विभिन्न कालावधियों में निवर्तन का माप बदलता रहा है, यथा-1 निवर्तन 3/4 एकड़, 2.1/4 एकड़, 3 एकड़ या 4.3/4 एकड़। गुंटुर ज़िला (आन्ध्र प्रदेश) से प्राप्त चौथी शती का स्कन्दवर्मनकालीन गुनवदेय

ताम्रपट्ट[46] जो इन दिनों ब्रिटिश संग्रहालय, लन्दन में उपलब्ध है, निवर्तन द्वारा माप कर दान में दी गई भूमि का उल्लेख करता है।

बंगलौर (कर्णाटक) से प्राप्त पाँचवीं शती के पश्चिमी गंग सिंहवर्मन के कन्नड़ साहित्य परिषद् ताम्रपट्ट[47] के अनुसार चार केदार क्षेत्र को माप कर, दो (2) निवर्तन भूमि दान में दी गई। **केदार** क्षेत्र से आशय दलदली कृषि योग्य भूमि से है। इसी शती के प्रकाशम ज़िला (आन्ध्र प्रदेश) से प्राप्त पल्लव कुमार विष्णु के बब्बीपल्लि ताम्रपट्ट[48] में वर्णित तथ्यों के अनुसार चौबीस (24) निवर्तन भूमि को एक गाँव के तीन भिन्न-भिन्न कोणों पर दान में दिया गया, इसे 'त्रय-त्रय-भूम्यम्' भी कहते थे, जो तीन गाँवों की चौहद्दियों का समागम केन्द्र था। पाँचवीं शती के उपर्युक्त दोनों अभिलेखीय विवरणों के अनुसार आन्ध्र एवं कर्णाटक, दोनों ही क्षेत्रों में स्थानीय निवासियों द्वारा भू-माप की इकाई के रूप में निवर्तन के प्रचलन की पुष्टि होती है। छठी शती में भी कर्णाटक में 'निवर्तन' का प्रचलन बना रहा। कर्णाटक के उत्तरी कनारा, चित्तलदुर्ग, बेलग्राम एवं चिकमंगलूर ज़िलों से प्राप्त अभिलेख इसे प्रदर्शित करते हैं। महाराष्ट्र के नागपुर, कोल्हापुर एवं नासिक ज़िलों से निवर्तन सम्बन्धित अभिलेखीय विवरण भी इसकी पुष्टि करते हैं। उत्तरी कनारा ज़िले से प्राप्त, कदम्बराजा रविवर्मन् का कुन्तगनि ताम्रपट्ट[49] वरीयक ग्राम में तालाब के दोनों ओर चौबीस निवर्तन दान में दी गई भूमि का उल्लेख करता है। चित्तलदुर्ग ज़िले से प्राप्त रविवर्मन् के दनगेरे ताम्रपट्ट[50] के अनुसार राजा ने सिद्धायतन में पूजा-पाठ के लिए कई निवर्तन भूमि दान में दी। इसी अभिलेख[51] में तटबन्धीय भूमि छोड़कर छह निवर्तन भूमि दान में देने का उल्लेख है। बेलग्राम ज़िले से प्राप्त देज्ज महाराज के गोकक ताम्रपट्ट[52] में यह उल्लिखित है कि राजा द्वारा अपने माता-पिता की पुण्य अभिवृद्धि हेतु जलार ग्राम में पचास निवर्तन भूमि दान में दी गई। इसी तरह चिकमंगलूर ज़िले से प्राप्त कदम्ब राजा सिंहवर्मन के मूदिगेरे ताम्रपट्ट[53] के अनुसार राजा सिंहवर्मन् ने सिन्दक विषय में आसन्दी झील के पास पाँच निवर्तन करमुक्त भूमि दान में दी थी। दूसरी ओर, महाराष्ट्र के नागपुर ज़िले से प्राप्त स्वामीराज के नागर्धन ताम्रपट्ट[54] के अनुसार चिंचपट्टिका ग्राम में बारह निवर्तन भूमि दान में दी गई, जिसकी अनुशंसा स्थानीय प्रमुखों ने की थी।

कोल्हापुर ज़िले से प्राप्त कट्टि अरस के गोदचि-ताम्रपट्ट[55] में पच्चीस निवर्तन भूमि दान में देने का विवरण प्राप्त होता है। नासिक ज़िले से मिले एक अभिलेख[56] के अनुसार वल्लिसिका ग्राम में राजा ने अपने माता-पिता की पुण्य अभिवृद्धि के लिए करमुक्त सौ निवर्तन भूमि दान में दी थी। सेन्द्रक निकुम्भाल्लशक्ति के कासारे ताम्रपट्टाभिलेख (औरंगाबाद, महाराष्ट्र)[57] के

अनुसार पिप्पल खेत के ब्राह्मणों को पचास निवर्तन भूमि दान में दी गई। कर्णाटक के शक संवत् 614 का विनयादित्यसत्याश्रय के दरुयम्दिम्ने ताम्रपट्ट (बेलारी ज़िला)[58] में भूमि दान के पंजीकरण को दिखलाया गया है। इस सन्दर्भ में दृष्यशर्मन् व कण्यशर्मन् को पचास निवर्तन भूमि दान में दी गई। पुलकेशिन द्वितीय के समय का येक्केरि प्रस्तर अभिलेख (बेलग्राम ज़िला, कर्णाटक)[59] द्युतिपुरा में आठ निवर्तन, वेनीरा में चार निवर्तन, अगरीयापुरा में फलदार वृक्ष युक्त पाँच निवर्तन के साथ कुल पचास निवर्तन भूमि, जिसे 'देवलोक भूमि' कहा जाता था, दान प्राप्तकर्ता का दान में दिए जाने का उल्लेख करता है। पुण्यकुमार का मलेपहु ताम्रपट्टाभिलेख (कुडप्पा ज़िला, कर्णाटक)[60] के अनुसार सुप्रियो नदी के तट पर बसे विरपारु गाँव के दक्षिण-पूर्वी भाग में पचास निवर्तन भूमि, राजकीय माप से मापकर दान में दी गई। इस तरह राजकीय माप के रूप में निवर्तन को स्वीकार किया जाता रहा है।

विक्रमादित्य प्रथम के गहड़वाल ताम्रपट्ट (कुर्नूल ज़िला, आन्ध्र प्रदेश)[61] से राजा द्वारा राजकीय माप से पद्मस्वामी को पचास निवर्तन भूमि दान में दिए जाने का उल्लेख है। इसी ग्राम में, उपर्युक्त दान के अतिरिक्त कोन्नशर्मन को सलग सहित पचास निवर्तन भूमि दान में दी गई। **सलग** का तात्पर्य मापे गए अनाज की मात्रा से है, अर्थात् यहाँ से अनाज से युक्त पचास निवर्तन भूमि का अर्थ लिया जा सकता है। इस प्रसंग में स्थानीय तेलुगु शब्द 'सलग' विशेष महत्त्व रखता है।[62] पल्लव राजा विजयविष्णुगोपवर्मन का चूरा ताम्रपट्ट (गुण्टूर, आन्ध्र प्रदेश)[63] यह स्पष्ट करता है कि राजा ने चूरा गाँव में घर बनाने की जगह, जिसमें एक वाटिका भी थी, के साथ 108 निवर्तन भूमि दान में दी थी। चालुक्य राजा जयसिंह प्रथम के तीन ताम्रपट्टाभिलेखों (विशाखापत्तनम्, आन्ध्र प्रदेश)[64] से ज्ञात होता है कि कुंडुरू ग्राम के अतिरिक्त 32 निवर्तन भूमि माप कर दान में दी गई और दान में दी गई इस भूमि को राजा ने करमुक्त भी कर दिया था।

आठवीं शती में महाराष्ट्र तथा कर्णाटक में भू-माप की इकाई के रूप में **निवर्तन** का प्रचलन था। इस तथ्य की पुष्टि, यहाँ से प्राप्त स्थानीय अभिलेख करते हैं। शक संवत्, 632 का चालुक्य राजा विजयादित्य का ताम्रपट्ट अनुदान अभिलेख (सितारा, ज़िला-महाराष्ट्र)[65] इस तथ्य की ओर ध्यान दिलाता है कि कृष्णा नदी के तट पर बसे वरुण गाँव को राजा ने दान में दे दिया और इसके अतिरिक्त 25 निवर्तन भूमि, जिसे **पट्टिका** कहा जाता था उसे भी दान प्राप्तकर्ता को अन्य सुविधाओं के साथ दान में दिया। इसी शती में राजा कीर्त्तिवर्मन द्वितीयकालीन पट्टडकल स्तम्भाभिलेख (बीजापुर, कर्णाटक)[66] के अनुसार राजा ने 30 स्वर्ण गद्याँणक से 30 निवर्तन भूमि ख़रीदकर, अपने

माता-पिता की पुण्य-वृद्धि एवं मन्दिर के रख-रखाव हेतु दान में दी। यद्यपि राजा अपने प्रदेश का सर्वेसर्वा हुआ करता था, परन्तु अभिलेख के अनुसार उसे भी भूमि ख़रीदनी पड़ी और वह भी 30 स्वर्ण गड्याँणक से। इस स्थिति के दो पक्ष हैं :

पहला, बिना मूल्य दिए दान की धार्मिक सार्थकता सिद्ध नहीं होती, अर्थात् दान का धार्मिक फल, उस व्यक्ति विशेष को नहीं मिल सकता, जो परम्परागत पैतृक सम्पत्ति को दान में दे देता है, बल्कि भू-स्वामी होते हुए भी धार्मिक कार्यवश भूमि के मूल्य को अदा कर, पुनः उस भूमि को दान में देना उस व्यक्ति विशेष के धार्मिक कार्यों हेतु संलग्नता सिद्ध होती है।

दूसरा पक्ष यह है कि आज भी राज्य के अधिकार क्षेत्र व्यापक हैं, अर्थात् राज्य सर्वेसर्वा की भाँति कार्य करता है। यदि जनहित में राज्य द्वारा राज्य की ही किसी भूमि का अधिग्रहण किया जाता है तब अधिग्रहण मूल्य की अदायगी राज्य करता है। ठीक इसी तरह, प्राचीन काल में राजा अपनी ही भूमि का मूल्य चुकाकर, धार्मिक कार्यों का औचित्य सिद्ध करता था।

भू-माप

अभिलेखीय साक्ष्य के अनुसार भू-माप की प्रचलित इकाई के रूप में **निवर्तन** दूसरी शती में महाराष्ट्र के क्षेत्र में, चौथी शती में आन्ध्र प्रदेश में, पाँचवीं शती में आन्ध्र प्रदेश, कर्णाटक एवं महाराष्ट्र तीनों ही क्षेत्रों में, छठी शती में कर्णाटक के क्षेत्र में, सातवीं शती में महाराष्ट्र, मध्य प्रदेश, कर्णाटक व आन्ध्र प्रदेश में तथा आठवीं शती में महाराष्ट्र व कर्णाटक के प्रदेशों में लोकप्रिय था।

इन मापकों के अतिरिक्त कुछ अन्य भू-मापकों की जानकारी प्राचीन अभिलेखों से प्राप्त होती है, यथा तमिलनाडु में **वेलि**[67], कर्णाटक के कुडप्पा ज़िले में **मरुत**[68], गुजरात के बड़ौदा ज़िले में **प्रस्थ**[69] एवं कर्णाटक के धारवाड़ ज़िले में **गव्यूत**[70] भू-मापक के रूप में व्यवहार में था। दूसरी शती में भू-माप की इकाई के रूप में **आढवाप**, **हल** एवं **निवर्तन** का प्रचलन था और यह मुख्यतया उत्तर प्रदेश व महाराष्ट्र में था। तीसरी शती में आन्ध्र प्रदेश एवं उत्तर प्रदेश में क्रमशः 'हल' एवं 'आढवाप' के व्यवहार का विवरण मिलता है; जब कि चौथी शती में 'हल' एवं 'निवर्तन', मुख्य रूप से आन्ध्र प्रदेश में लोकप्रिय इकाई थे। पाँचवीं शती में भू-माप की अन्य इकाइयों का प्रचलन देखने को मिलता है। इन इकाइयों में **आढवाप**, **हल** और **निवर्तन** के अतिरिक्त **कुल्यवाप**, **द्रोणवाप** एवं **हस्त-दंड** का व्यवहार भू-माप के रूप में होने का संकेत मिलता है। इन इकाइयों का व्यवहार मुख्य रूप से विस्तृत कर्णाटक तथा आन्ध्र प्रदेश में होता था।

सातवीं शती में पहले से व्यवहार में चली आ रही भू-माप की इकाइयों के अतिरिक्त पुनः कुछ नई इकाइयों का उपयोग आरम्भ हुआ, यथा–**गव्यूत, प्रस्थ, मरुत, वेलि, भक्ति।** इस तरह इन इकाइयों का व्यवहार गोवा, कर्णाटक, महाराष्ट्र, आन्ध्र प्रदेश, उड़ीसा, मध्य प्रदेश, गुजरात तथा विस्तृत बंगाल में होने लगा। आठवीं शती में पहुँचने पर मुख्य रूप से **हल**, **निवर्तन**, **पाटक** एवं **भूमि-भूमाप** की इकाई के रूप में मध्य प्रदेश, महाराष्ट्र, कर्णाटक, आन्ध्र प्रदेश एवं बंगाल के क्षेत्र में व्यवहार में लाई जाती दिखाई देती है। धान की तीन किस्मों–शालि, ब्रीहि और श्यामाक का प्रचलन था। गेहूँ और अन्य अनाजों के उपयोग की पुष्टि चालुक्य नरेश पुलकेशिन प्रथम के ताम्रपट्ट[71] से होती है। श्यामाक साँवा नामक अनाज से मिलता-जुलता था और इसका समर्थन तमिलनाडु से प्राप्त श्रीपुरुष के सलेम ताम्रपट्ट[72] से होता है। चना (मटर), सेम, पियंगु और अदरख के व्यावसायिक प्रचलन की जानकारी चालुक्य नरेश पुलकेशिन प्रथम के ताम्रपट्ट से होती है।[73]

उपभोग्य वस्तु

स्वामिराज के नागर्धन ताम्रपट्ट (महाराष्ट्र) से छठी शताब्दी में कृषियोग्य भूमि को दान करने की जानकारी होती है।[74] यह राज्यादेश था कि ब्राह्मणों को कृषि कार्य में कोई बाधा नहीं पहुँचे और इस तथ्य की पुष्टि पाँचवीं, सातवीं एवं आठवीं शताब्दी के अभिलेखों से होती जो महाराष्ट्र में पाए गए।[75] कर्णाटक से प्राप्त एक अभिलेख[76] में आर्थिक संकट एवं अकाल की चर्चा है। कर्णाटक में नहरों की जानकारी छठी शताब्दी के एक अभिलेख से होती है। नहरों को **कुल्या** अथवा **कुलावा** के नाम से जानते थे।[77] तमिलनाडु में सिंचाई के लिए **वापी** का प्रयोग किया जाता था। भूमि को निश्चित गहराई तक खोदकर वापी का निर्माण किया जाता था।[78]

तेल के अतिरिक्त, नमक भी एक महत्त्वपूर्ण उपभोग्य वस्तु है। एक विशेष प्रकार के अधभीगे नमक को 'लोण' (संस्कृत नवण का विकृत रूप) भी कहा जाता था। वास्तव में लोण नारियल और केले के वृक्षों से तैयार किया जाता था। आज भी बंगाल के ग्रामीण क्षेत्रों में नमक को लोण कहा जाता है और इस तरह के विशिष्ट लोण की पुष्टि चौथी शती के शिवस्कन्दवर्म्मन के मयिदवोलु ताम्रपट्ट (आन्ध्र प्रदेश)[79] एवं विन्ध्यशक्ति द्वितीय के बसीम ताम्रपट्ट (महाराष्ट्र)[80] से होती है। वाकाटकों के अभिलेखों[81] से यह ज्ञात होता है कि नमक पर राज्य का अधिकार था, लेकिन इसका दैनन्दिन उपयोग राज्य के निवासी ही करते थे। प्रथम शती के नानाघाट गुहाभिलेख (महाराष्ट्र)[82] से वस्त्रों के व्यावसायिक महत्त्व पर प्रकाश पड़ता है। इसके अनुसार साधारणतया

कपड़ों का वार्षिक ब्याज 12 प्रतिशत होता था। यद्यपि ब्राह्मणों को मासिक ब्याज 2 प्रतिशत, क्षत्रिय को 3 प्रतिशत, वैश्य को 4 प्रतिशत तथा शूद्र को 5 प्रतिशत देना पड़ता था। इस तरह यह स्पष्ट होता है कि उन दिनों कपड़ों के मूल्य-निर्धारण में ब्याज की दर में भी उतार-चढ़ाव देखा जाता था। इन तथ्यों की पुष्टि नहपानकालीन नासिक गुहाभिलेख[83] से होती है। इसके अतिरिक्त अभिलेखीय साक्ष्यों से वस्त्र की सूचना चौथी,[84] छठी[85] एवं आठवीं शती[86] में मिलती है, जिससे यह निष्कर्ष निकाला जा सकता है कि इन शतियों में वस्त्रों का आर्थिक महत्त्व था।

सोना एक मूल्यवान धातु है और इसका उपयोग आर्थिक रूप से सम्पन्न समाज का बोधक है, जिसका सम्बन्ध विलासिता से है। इसकी पुष्टि दूसरी (महाराष्ट्र),[87] पाँचवीं (महाराष्ट्र)[88] एवं आठवीं शताब्दियों (कर्णाटक)[89] के अभिलेखों से होती है। स्वर्ण का, इन क्षेत्रों में व्यापक प्रचलन तत्कालीन समाज के आर्थिक स्तर को व्यक्त करता है। स्वर्णकार[90] नगरों में रहकर विभिन्न प्रकार के आभूषणों का निर्माण करते, जो अत्यन्त कलात्मक एवं आकर्षक ढंग से बनाए जाते थे। उल्लेखनीय है कि तत्कालीन समाज में केवल स्त्रियाँ ही आभूषण नहीं पहनती थीं बल्कि पुरुष भी स्वर्णाभूषणों के प्रति रुचि रखते थे तथा शरीर-सज्जा में उनका उपयोग करते थे।

नासिक के ईश्वरसेन के अभिलेख (तीसरी शती, महाराष्ट्र)[91] में जमा की गई धनराशि के ब्याज से भिक्षुओं को मुफ़्त औषधियाँ दिए जाने का विवरण मिलता है। नागार्जुनीकोण्डा क्षेत्र में भी **अक्षयनीवि** के रूप में श्रेणियों के पास धनराशि जमा की जाती थी। यहाँ से प्राप्त एक अभिलेख (चौथी शती, आन्ध्र प्रदेश)[92] के अनुसार किसी व्यक्ति ने एक श्रेणी के पास 70 दीनारें तथा अन्य तीन श्रेणियों में से प्रत्येक के पास 10 दीनारें जमा कीं। सम्भवतः इनमें से एक श्रेणी पान उगानेवालों की थी और दूसरी मिठाई बनानेवालों की।

अन्नागार की व्यवस्था को राजकीय प्रोत्साहन दिया जाता और उसकी पुष्टि कर्णाटक से प्राप्त अभिलेख से होती है।[93] भट्टवर्मन का स्थिपुर ताम्रपट्ट (छठी शती, महाराष्ट्र)[94] तथा नरसिंहवर्मन द्वितीय का कालहस्ती ताम्रपट्टाभिलेख (आठवीं शती, आन्ध्र प्रदेश)[95] के अतिरिक्त कई अभिलेखों में 'अदरदायी' तथा इसके समानार्थी शब्द मिलते हैं, जिसका तात्पर्य उस व्यक्ति से है जिसे करों की देनदारी से छूट दी गई थी। भूराजस्व से सम्बद्ध दो प्रकार के नए कर-**उद्रंग** एवं **उपरिक** की चर्चा बुधराज के बडेनर ताम्रपट्टाभिलेख (7वीं सदी, महाराष्ट्र)[96] तथा गोविन्द तृतीय के पैठन ताम्रपट्टाभिलेख (8वीं शती, महाराष्ट्र)[97] से मिले हैं।

इस तरह, दक्षिण भारत में पूर्व मध्यकालीन इतिहास को जानने के लिए साहित्य और अभिलेख भारी मात्रा में उपलब्ध हैं। अधिकांश अभिलेख भूमिदान

से सम्बद्ध हैं। अभिलेखों में वर्णित तथ्यों को इतिहासकार ज़्यादा सच और आधारपूर्ण मानते हैं। नगरों के उदय, विकास और पतन की चरणबद्ध जानकारी के लिए अभिलेखों का महत्त्व आज भी ठोस रूप में बरकरार है। भारत में अनुवादित उपलब्ध अभिलेखों की संख्या लाखों में है।

कर्णाटक में अवस्थित बनवासी, किसुवोलाल, वातापी, ऐहोल और तलकाड सातवीं सदी में प्रशासनिक केन्द्र थे और इस तथ्य की जानकारी अभिलेखों[98] से होती है। अभिलेखों[99] में चर्चा है कि आठवीं शताब्दी के दौरान कर्णाटक में कुल शहरों की संख्या 10, नौवीं सदी में 12[100] दसवीं सदी में 19[101] ग्यारहवीं सदी में 30[102] और बारहवीं शताब्दी में 46 शहर थे।[103] इस तरह काल-क्रमानुसार शहरों की संख्या में वृद्धि होने की जानकारी अभिलेखों से होती है। इन शहरों पर अगर गहरी दृष्टि डालें तो पाते हैं कि 1000-1200 ई. के दौरान व्यापारिक शहरों की संख्या में अपार वृद्धि हुई।

स्रोत सामग्री के रूप में अभिलेखों की उपयोगिता की एक सीमा है। अभिलेखों पर उत्कीर्ण कई अक्षरों को पढ़-समझ पाना कभी-कभी मुश्किल हो जाता है। वर्ष-तिथि का स्पष्ट उल्लेख नहीं होने से अभिलेख के काल का निर्देश करने में विद्वानों के बीच कभी-कभी एकमत नहीं पाते हैं। आश्रयदाता की कृपा पाने के लिए कई विद्वानों ने अभिलेखों में अप्रामाणिक बातों को प्रस्तुत करा दिया। सामाजिक दशा का चित्रण प्रस्तुत करने में अभिलेख सक्षम नहीं हैं। अधिकांश अभिलेख सम्बद्ध शासक के आदेश से उत्कीर्ण किए गए, फलतः उनके कमजोर पक्षों को नज़रअन्दाज़ किया गया।

सन्दर्भ-ग्रन्थ

1. *Select Inscriptions*, Vol. 1, Nos. 205-11
2. प्रशान्त गौरव, *प्राचीन भारत*, राजकमल प्रकाशन, नई दिल्ली, 2009, पृ. 468
3. कमलकिशोर मिश्र, *प्राचीन भारत की अर्थव्यवस्था*, भारतीय ज्ञानपीठ, नई दिल्ली, 2006, पृ. 19-21
4. *वही*, पृ. 31
5. *Epigraphia Indica*, J.F. Fleet, 1888; *Archaeological Survey of India* (Vols. 1-XI.II), Vol. VI, 1-12 ff.
6. *वही*, XXI, 300
7. *वही*, XXXI, No. 232, Line 4
8. *वही*, XXXIIII, 53
9. Deepak Ranjan Das, *Economic History of the Deccan*, Calcutta, 1970, p. 27
10. *El*, XXXIII, No. 12
11. *वही*, VI, No. 12
12. *वही*, XIII, No. 212 f; XXIV, No. 143; XXXIII, No. 293

13. D. C. Sircar, *Select Inscriptions bearing on Indian History and Civilization* (2 Vols.), Vol. 1, Calcutta, 1983, No. 194
14. वही
15. वही
16. *El*, XVII, Line 28
17. वही, XXVII, 44, Line 28
18. वही, XXI, 173, Line 17
19. D. C. Sircar, *Select Inscriptions*, 1, 442-49, 8000
20. *El*, XXXII, 178
21. वही, XVIII, LIne 36
22. वही, XXI, 74, LIne 28-32
23. वही, VIII, No. 233, LIne 16-17
24. वही, XXIV, No. 296
25. *Select Inscriptions*, VII, 442-49
26. *Luders List*, No. 1130
27. *El*, VIII, No. 1 and 4
28. *Luders List*, No. 1163
29. *El*, VII, 330
30. वही, X, 49
31. वही, XXIII, 18
32. वही, XXVI, 66
33. *Sel. Ins*, Vol. 11, 1., 12-13
34. *El*, XXVIII, 258
35. वही, XXXI, 89
36. *El*, XXVIII, 233
37. *Corpus Inscriptionum Indicaram*, Vol. XII, 75
38. *Sel, Ins*. Vol. I, p. 208, Line 3
39. वही, P. 172
40. वही, pp. 237-38
41. *Ei*, XXIII, No. 293
42. *Sel. Ins*.; Vol.11; *BK*, III, 103, L-56
43. *El*, Vol-XXXI, pp. v. 15, 20, 21, 22 notes, M.G. Dikshit, *Select Inscriptions from Maharashtram, Poona*, 1947
44. *Sel, Ins*.; Vol. II; *BK*. III, 198; L-2
45. *El*, Vol-XXIIII, 245
46. *Sel, Ins*., Vol-1, 467, L-8-10
47. *El*, Vol-XLI, 189, L-12-13
48. वही, Vol-XLII, 44 fn. 1
49. वहो, Vol-XXXII, 417, L-4-5
50. वही, Vol-XXIII, 89

51. वही, Vol- XXIII, 89
52. वही, Vol-XXI, 289, L-4-5
53. वही, Vol-XLII, 187, L-16
54. वही, Vol-XXVIII, 1, L-12-13
55. वही, Vol-XXVIII, 59, L-14-15
56. वही, IX, 292, Line 18-19
57. वही, XXVIII, 195, Line 21-23
58. वही, XXII, 24, Line 30-33
59. वही, Vol-6, L-48
60. वही, Vol-XI, 337, L-22
61. वही, Vol-X, 100, L-28-30
62. Charles Philip Brown; *Dictionary of Telugu-English*, S. V. Salaga, so much ! A word used from the measuring grain, fe; one lot of 20 or 100 from which a new reckoning begins. The handful of grain. A fee rated at 16 or 18 to the putti, or two rupees per kuchchela.
63. *El*, Vol-XXXI, 129, fn. -4
64. वही, Vol-XXXI, 72, fn.-3
65. वही, Vol-XXVI, 322, L-37
66. वही, III, 1, Linc 21
67. वही, Vol-XV, 44
68. वही, Vol-XI, 337
69. वही, Vol-V, 37; Two Grants of Dadda IV.
70. वही, Vol-XXVII, 115
71. *Indian Antiquary*, Vol. VII, 215
72. *El*, XXVII, 145, LIne -51-54
73. *IA*, VII, 215
74. *El*, XXVIII, No. 1, Line-17-18
75. *Sel. Ins.* Vol. 1, No. 437, Line 12; *El*, III, No. 318, Line 20; *El*, XXXIII, No. 91; Vol. VIII, No. 194, Line1-47; *Sel. Ins.*, Vol. 11, No. 377, Line-70; *El*, X, No. 81, Line 48-49
76. *El*, Vol. IV, No. 22
77. वही, XXI, No. 289
78. वही, XI, No. 105; *Sel, Ins.* Vol. 1, Nos. 181 and 403
79. *Sel, Ins.*, Vol.1, 459, L-13
80. वही, Vol. 1, 432, L-20
81. *Cll*, Vol. 111, 238, 246
82. *Sel. Ins.*, Vol. 1, 192
83. वही, Vol. 1, 165, fn-5, L-3
84. वही, Vol. 1, 432, L-14-17
85. *El*, Vol. XXXVII; 16

86. *वही*, Vol. 11, 229
87. *Sel. Ins.* Vol. 1, No. 171
88. *वही*, 1, 332
89. *वही*, 2, No. 451
90. *अमरकोश*, मोतीलाल बनारसीदास, वाराणसी, 1969, अध्याय 10
91. *El*, XXIII, No. 169
92. *वही*,
93. *वही*, XXXII, 89, Line 19
94. *वही*, XXI, 100, Line 12
95. *Sel. Ins.*, Vol. 2, No. 608, Line 19-20
96. *वही*, Vol. 2, No. 357
97. *वही*, Vol. 2, No. 463
98. *Karnataka Inscriptions*, Vol. 6, No. 1; *Epigraphia Carnatika*, Vol. 6, No. 37
99. *EC*, Vol. 6, No. 145; Vol. 8, No.s 9, 10. 22; Vol. 4, No. 256; *KI*, Vol. 1, 1939-40, No. 1; *Epigraphia Indica*, Vol. 14, No. 14
100. *EC*, Vol. 8, No. 140 एवं 174; El, Vol. 2, No. 11; Vol. 8, 10, 22, Om Prakash Prasad, *Decay and Revival of Urban Centres in Medieval South India* (A.D. 600-1200), Janaki Prakashan, Patna, 1989, pp. 35-59
101. *Journal of Bombay of Royal Asiatic Society*, Vol. 12, 1876, p. 56; *South Indian Inscriptions*, Vol. 5, No. 465; *El*, Vol. 2, No. 11; *IA*, Vol. 12, 1883, p. 217; *EC*, Vol. 4, No. 79; H.V. Sreenivas Murthy and R. Ram Krishna, *A History of Karnataka*, p. 249
102. *Bombay Karnataka Inscriptions*, Vol. 2, 1935-36, No. 29; *EC*, Vol. 5, No. 236; Vol. 11, No. 78; *El*, Vol. 19, No. 4; *Karnataka Inscriptions*. Vol. 6, No. 10
103. *EC*, Vol. 8, Nos. 66, 113, 159, 192 510; *El.* Vol. 3, No.27; Vol. 13, No. 14; A. Appadorai, *Economic Conditions in Southern India*, 1000-1500 A.D., (2 Vols.) Vol 2, Madras, 1936, pp. 528-38

अध्याय–33

शिल्पकार

मानव का दिल, दिमाग़, हाथ, उत्साह, सोच, सकारात्मक भाव और वैज्ञानिक दृष्टि के मिश्रण से शिल्प तैयार होता है। इसी शिल्प विद्या से मानव ने संसार का निर्माण किया। वैदिककालीन वर्णव्यवस्था के परिसर से शिल्पकार को बाहर रखा गया; इसके बावजूद इसे किसी परिचय–विशेष का मोहताज नहीं होना पड़ा। सिन्धु नगरीय व्यवस्था ही अपने–आपमें शिल्पविद्या का ज्वलन्त उदाहरण और शिल्पकारों के योगदान का ऐतिहासिक प्रमाण रहा है। हमें हाथ से मेहनत की इज़्ज़त करनी चाहिए। हाथ के जादू ने हमें *Electronic Age and Atomic phase* में पहुँचाया है। ऐसी बात शिल्पकारी को नज़रअन्दाज़ करके नहीं सोची जा सकती है। शिल्पकारी छूमन्तर नहीं बल्कि विज्ञान का एक प्रधान अंग है। एक पुस्तक की रचना दिमाग़ी बात है किन्तु हाथ की शिल्पकारी बग़ैर क्या किताब लिखा पाता? आराम की घड़ी में भी शिल्पकार का दिमाग़ आविष्कारी सोच में व्यस्त रहता है। मन के भावों को अक्षरों में बाँध रखने को लिखना कहते और शिल्प का भाव इस क्रिया में भी निहित है।

व्यापार की तरक्की, रोज़मर्रा के कामों में रुपये–पैसों का चलन और शहरों का जन्म–इन ऐतिहासिक घटनाओं ने शिल्पकार–शूद्र–कृषक वर्ग के पैरों में पड़ी ज़ंजीर को खोलने का उपाय कर दिया। परम्परावादी बन्धन अपने ही आप बहुत ढीले हो गए। माना जाने लगा कि आज़ाद लोग अच्छी और सख्त मेहनत करते हैं। शिल्पकार को कारीगर या शिल्पी कहते हैं। दस्तकारी के माध्यम से वह अपने हुनर को प्रस्तुत करता है। अपने काम में उसे क्षमता प्राप्त रहती है। कारीगरी का काम करके वह जीवन–यापन करता है। वस्तु–निर्माण पद्धति का परिपक्व ज्ञान वर्षों परिश्रम करके वह प्रायः अपने पिता, गुरु या अभिभावक से सीखता है। शिल्प विद्या को शिल्प विज्ञान कहना अनुचित नहीं होगा। संस्कृति एवं सभ्यता के उदय एवं विकास की बुनियाद तत्कालीन कारीगरों की दक्षता पर आधारित रहा है।

वैदिक सामाजिक वर्ग-विभाजन में शिल्पकारों को कहीं कोई स्थान नहीं मिला; जब कि वैदिककालीन इतिहास की कड़ी को सुदृढ़ करने में इनकी भूमिका अतिसराहनीय रही। ई.पू. छठी शताब्दी के दौरान ये इतिहास की मुख्यधारा के अंग मुश्किल से बन पाए। प्राक्-इतिहासकाल को इतिहासकाल में लाना शिल्पकारों के बग़ैर सम्भव नहीं था। पुरातत्त्वविदों ने अन्धविश्वास और अप्रामाणिक बातों के बीच से इतिहास को बाहर निकालकर उसका जो अमर रूप तैयार किया उसको देखने से पता चलता है कि इतिहास का यह अमर रूप शिल्पकारों के परिश्रम का परिणाम था। शिल्पविद्या को शिल्पकारों ने उपकरणों के माध्यम से रहस्यमय जाल से मुक्त कराया।

प्राक्-इतिहासकाल को इतिहास काल में परिवर्तित करने में शिल्पकार अग्रणी रहे। अंग्रेज इंजीनियर अलक्जेंडर कनिंघम द्वारा सन् 1853 में और 1921 में दयाराम साहनी द्वारा की गई हड़प्पा (पाकिस्तान) की खुदाई एवं राखालदास बनर्जी, एस.एस. वत्स, जॉन मार्शल, मार्टिमर ह्वीलर, सूरजभान, एम.के. धावलिकर, जे.पी. जोशी, बी.बी. लाल, एस.आर. राव, बी.के. थापर तथा आर.एस. बिष्ट आदि पुरातत्त्ववेत्ताओं के प्रयास से सिन्धु नगरों से जो पुरातात्त्विक सामग्रियाँ प्राप्त हुई हैं उनसे तत्कालीन कारीगरों एवं शिल्पकारों के योगदान को समझा जा सकता है।

ऋग्वैदिककाल में शिल्पकारों की भूमिका मन्द रहने से समाज प्रायः घुमन्तू रहा। उत्तर-वैदिककाल में आर्थिक दशा में नवीन बदलाव आए। कृषि से सम्बद्ध नवीन उपकरण शिल्पकारों ने अपनी वैज्ञानिक क्षमता के बल पर तैयार किया। इसके परिणामस्वरूप स्थायी जीवन एवं अतिरेक का अनुकूल माहौल बना। शिल्पकारी में विस्तार हुआ। श्रम-विभाजन की गति तेज हुई। *यजुर्वेद* के 30 वें अध्याय में रथ बनानेवाले, बढ़ई, कुम्हार, राजमिस्त्री, जौहरी, बीज बोनेवाला, बाण बनानेवाला, धनुष बनानेवाला, धनुष की तान्त बनानेवाला, रस्सी बनानेवाला, मृगों को पहचाननेवाला, कुत्तों को पहचाननेवाला, मछुआ, बाँस चीरनेवाली स्त्री, काँटों से काम करनेवाली स्त्री, कढ़ाई का काम करनेवाली, वैद्य, ज्योतिर्विद, पीलवान अर्थात् हाथियों का रक्षक, कोचवान अथवा घोड़ों का रक्षक, ग्वाल, भेड़ों का पालक (गड़रिया), बकरी पालनेवाला, खेती का काम करनेवाला (किसान), सुरा बनानेवाला, द्वारपाल, द्वारपाल का अनुचर, लकड़हारा, आग जलानेवाला, अभिषेक करनेवाला, नक्काशी अथवा कढ़ाई करनेवाला मिस्त्री, धोबिन, रंगरेजिन, लोहा गलानेवाला, हल अथवा रथ का जुआ लगानेवाला, अंजन बनानेवाली, म्यान बनानेवाली, खाल साफ़ करनेवाला, खाल पकानेवाला, चमड़े को नरम करनेवाला, धीवर, दास, तालाब से मछली पकड़नेवाला, मछली बेचनेवाला, मछली खोजनेवाला, पानी बाँधकर मछली पकड़नेवाला, छिछले

पानी में मछली पकड़नेवाला, सुनार, बनिया, कुट्टी बनानेवाला, आदि शिल्पकारों की चर्चा है।

शतपथ ब्राह्मण, तैत्तिरीय ब्राह्मण एवं *बृहदारण्यक उपनिषद्* में शिल्पकारी एवं शिल्पकारों पर विस्तृत चर्चा की गई है। वैदिक काल के अन्तिम चरण में शिल्पकारी का महत्त्व आर्थिक विकास के क्षेत्र में काफी बढ़ चुका था। लोहार, सोनार, बुनकर, बढ़ई, रथकार आदि का उद्योग-धन्धा महत्त्वपूर्ण हो चुका था। जैनग्रन्थ *ज्ञातृधर्मकथा, निशीथचूर्णी, उत्तराध्ययनटीका, आवश्यकचूर्णी, औपपातिकसूत्र, विपाकसूत्र, सूत्रकृतांग, वृहत्कल्पभाष्य, व्यवहारभाष्य, जम्बूद्वीपप्रज्ञप्ति, प्रज्ञापना, उपासकदशा, अनुयोगद्वारसूत्र* आदि के अध्ययन से पता चलता है कि विभिन्न प्रकार के आकर्षक आभूषण बनाने में सुनार दक्ष थे। प्रतिभाशाली लोहार, दंतकार, कुम्भकार, गृह निर्माण करनेवाले राजमिस्त्री, चूना पोतनवाले, मूर्ति बनानेवाले, यंत्रमय कबूतर बनानेवाले, चटाई बुननेवाले, पादुका बनानेवाले, छाता बनानेवाले, हाथ-पैर रंगने का रंग बनानेवाले, लिखने के लिए भोजपत्र तैयार करनेवाले, बहंगी बनानेवाले, टोकरी बनानेवाले, बाँस की पेटियाँ बनानेवाले, ताड़पत्रों से पंखा बनानेवाले, जैन साध्वियों के लिए निर्लोम चर्म तैयार करनेवाले, चमड़े में पानी रखने के लिए मशक तैयार करनेवाले, पत्थर पर चमड़ा चढ़ाकर हथियार बनानेवाले, गाय, भैंस, बकरी, भेड़, बाघ, कुत्ता आदि के चमड़े से सामान तैयार करनेवाले, माला बनानेवाले मालाकार, फूल की खेती करनेवाले माली, फूल चुननेवाले, फूल बेचनेवाला, बड़ के पत्ते का दोना बनानेवाले, हाथी-दाँत, कौड़ी, रुद्राक्ष आदि की माला बनानेवाले, विवाह एवं उत्सव के अवसर पर माला एवं फूल-पत्ता सजानेवाले, मोर और मुर्गा पालनेवाले आदि और भी कर्मकारों एवं शिल्पकारों का विस्तृत वर्णन है। धातुकर्मी एवं अन्य कर्मकार शिल्पकारों की श्रेणी में आते थे। इन्हीं शिल्पकारों की महत्त्वपूर्ण भूमिका का परिणाम था नगरीकरण का द्वितीय चरण।

बौद्धकालीन स्रोतों में शिल्पकारी विद्या पर विस्तृत प्रकाश डाला गया है। इस काल के दौरान शिल्पकारों की सामाजिक एवं आर्थिक स्थिति क्रान्तिकारी रूप में बेहतर हुई। वैदिक वर्णव्यवस्था को ध्वस्त करके नवीन सामाजिक एवं आर्थिक दशा को बेहतर बनाने में जैन एवं बौद्धधर्म को जो सफलता मिली उसका सर्वाधिक महत्त्वपूर्ण श्रेय इसी वर्ग का रहा। *जातक, दिव्यावदान, सुत्तनिपात, महावग्ग, मज्झिमनिकाय, अंगुत्तरनिकाय, चुल्लवग्ग, धम्मपद, थेरगाथा, मिलिन्दप्रश्न, बुद्धचर्या, विनयपिटक* आदि बौद्ध साहित्य में जीविका चलाने के लिए विभिन्न प्रकार के शिल्पियों पर प्रकाश डाला गया है। एक शिल्पकार के रूप में स्वर्णकारों द्वारा किए जानेवाले भिन्न-भिन्न क्रियाकलापों पर विस्तृत चर्चा की गई। लोहार, कुम्भकार, कांस्यकार, ताम्रकार, बुनकर, रंगरेज, काष्ठकार, यानकार,

दक्ष दंतकार, मालाकार, चर्मकार, नाई, एक ही शिल्पी द्वारा कई प्रकार की वस्तुओं का निर्माण, शिल्पकारों का गाँव, निर्धन शिल्पी, मज़दूर शिल्पी, नारी-शिल्पकार, दास शिल्पकार आदि के योगदान का वर्णन है। *दीघनिकाय* में 25 प्रकार के शिल्पकारों का वर्णन है। *जातक* में 18 प्रकार के शिल्पकार संघों की चर्चा है। शिल्पकारों द्वारा निर्मित अति सुन्दर एवं अति आकर्षक वस्तुओं के कारण ही देश में एवं अन्य देशों के साथ भारत के व्यापारिक सम्बन्ध कायम हुए। विनिमय में सिक्कों का प्रयोग शिल्पकारों के कारण प्रारम्भ हुआ।

शिल्पकारों की सामाजिकार्थिक दशा तथा भारतीय इतिहास में उनके योगदान की जानकारी के लिए *अष्ठाध्यायी* (पाणिनि) एक महत्त्वपूर्ण साहित्यिक स्रोत है। इसमें लिखा है कि कुम्हार आदि के मोटे हुनर को **शिल्प** कहते थे। हाथ से शिल्प या उद्योग-धंधा करनेवालों के लिए **कारि** शब्द का प्रयोग हुआ है। पाणिनि ने कुशल शिल्पियों को **राजशिल्पी** कहा है। उसके समय में बढ़ई, कुम्हार, चर्मकार, लोहार आदि कई प्रकार का काम करने के कारण कई प्रकार के होते थे।

मौर्यकालीन *अर्थशास्त्र* में सोनार, रजतकार, ताम्रकार, कांस्यकार, लोहार, कुम्हार, आदि शिल्पकारों की वैज्ञानिक एवं तकनीकी कार्यों की काफी प्रशंसा की गई है। इस काल में लोहार युद्ध के भिन्न-भिन्न औजार बनाने में कुशल थे। इनकी संख्या 36 से अधिक थी। इस ग्रन्थ में शिल्पशाला पर विस्तृत प्रकाश डाला गया है। प्रसिद्ध इतिहासकार रामशरण शर्मा बताते हैं कि यद्यपि शिल्पकार शूद्र की स्थिति में ब्राह्मणवादी व्यवस्था द्वारा पहुँचा दिए गए, किन्तु इसका अर्थ यह नहीं था कि इनसे लोग घृणा करते थे; यहाँ तक कि चमड़े के काम के प्रति भी घृणा के प्रमाण नहीं मिलते। *श्रौतसूत्र* में हस्तकौशल (शिल्प) अनुष्ठान का वर्णन है। मेगास्थनीज ने सभी शिल्पकारों को एक ही जाति (चौथी) का बताया है। मौर्यकाल से इन्हें व्यापक रूप में शाही-संरक्षण प्राप्त हुआ और धनाढ्य शिल्पकारों की संख्या में वृद्धि हुई। इसकी निरन्तरता कुषाणकाल तक बनी रही। इस समय जो मनुष्य किसी शिल्पकार की आँख फोड़ देता या हाथ काट लेता उसे प्राणदंड दिया जाता था।

गुप्तकाल में शिल्पकारों के लिए जीवन-निर्वाह एक समस्या बनती गई। उनमें से कई को पारम्परिक पेशा बदलने को मजबूर होना पड़ा। शिल्पकारों को किसान का पेशा व्यापक रूप में अपनाने के प्रमाण मिलने लगते हैं। सुनार, लोहार, रंगरेज, धोबी, तेली, नाई, ग्वाला, जुलाहा और कलवार का अन्न अपवित्र और नहीं खाने योग्य हो गया। (*वैखानस स्मार्तसूत्र* (चौथी सदी की कृति), डब्ल्यू कलैंड द्वारा सम्पादित, कलकत्ता, 1929, पृ. 14-15)। *याज्ञवल्क्यस्मृति* (1.119.20) एवं *शान्तिपर्व* (अध्याय 294) में गुप्तकालीन

शिल्पकारों की बिगड़ती हुई सामाजिक एवं आर्थिक दशा का वर्णन है। आर्थिक संकट से मजबूर होकर इनके द्वारा स्थान एवं पेशा परिवर्तन की विस्तृत जानकारी *बृहत्संहिता* (वराहमिहिर) के अध्याय 4, 5, 47, 52, 56, 73, एवं 74 से होती है। वर्णसंकर का जोर बढ़ा।

गुप्तकाल के अन्तिम चरण में भारत-रोम व्यापार का अन्त होने से शिल्पकारों का पेशा प्रभावित हुआ। शिल्पकला की आवश्यकता एवं महत्त्व विशेष रूप से शहरों में थी और इस समय अधिकांश शहर बर्बाद हो गए, कुछ तीर्थस्थल का रूप ले लिए और शेष गाँवों का। अतः शिल्पकारों का स्थानान्तरण स्वाभाविक था। *शान्तिपर्व* के अध्याय 37 में लिखा है कि बढ़ई, चमार और धोबी का अन्न ब्राह्मण द्वारा ग्रहण नहीं किया जाता एवं परशुराम की क्रोधाग्नि से बचकर कुछ लोगों ने लोहारों एवं सुनारों का पेशा अपना लिया।

निष्कर्षतः सिन्धुकालीन विश्व-प्रसिद्ध उपलब्धियाँ तत्कालीन शिल्पकारों की वैज्ञानिक सोच एवं परिश्रम का परिणाम थीं। ऋग्वैदिककाल में शिल्पकारी दीनदशा और उत्तर-वैदिककाल के दौरान इस विद्या में नवीन दक्षता पाई जाने लगी। विकास के कई पहलू, ई.पू. 6-5 वीं शताब्दी में उभरे जिन्हें विद्वानों ने शिल्पकारों का योगदान माना। मौर्यकाल से कुषाणकाल के बीच की अवधि शिल्पविज्ञान के क्षेत्र में सर्वोत्तम रही। गुप्तकाल और उसके कई सौ वर्षों बाद तक कई मामलों में जर्जरता बनी रही जिनका असर शिल्पकारों पर अच्छा नहीं पड़ सका।

अध्याय-34

लौह तकनीक

पृष्ठभूमि

लोहे का विज्ञान से जिस्मानी ताल्लुकात रहा है। लौह तकनीक आज विज्ञान की असरदार अंग बन चुकी है। लोहे के ऐतिहासिक महत्त्व पर रोशनी डालने का काम भारत में 1950-60 के दौरान प्रारम्भ हुआ। 1950 के दौरान डी.डी. कोसम्बी जैसे प्रगतिशील विद्वानों ने छिटपुट ढंग से लौह उपकरणों के साथ ऐतिहासिक घटनाओं का सम्बन्ध जोड़ने का प्रयास किया। (D. D. Kosambi, *An Introduction to the Study of Indian History,* Bombay, 1967; *The Culture and Civilization of Ancient India in Historical Outline*, London. 1965)। प्राक्-इतिहास पर प्रकाश डालने के सिलसिले में H.D. *Gorden (The Prehistoric Background of Indian Culture,* Bombay, 1958) ने भारतीय लौह उपकरणों की चर्चा की। S.D. Singh का एक लेख ('Iron in Ancient India', *Journal of the Economic and Social History of the Orient*) 1962 में प्रकाशित हुआ। 1971 में डी.डी. कोसम्बी का लौह तकनीक पर एक लेख ('The Beginning of the Iron Age in India' *Acta Praehistorica et Archaeologica*, No. 2) प्रकाशित हुआ। रामशरण शर्मा का सम्बद्ध विषय पर एक लेख ('Iron and Urbanization in the Ganga Basin', *Indian Historical Review*, Vol. No. 1) 1974 में छपा। आर.एन. बैनर्जी की एक पुस्तक (*The Iron Age in India*, Delhi) 1965 में आई। भैरवीप्रसाद साहू द्वारा सम्पादित एक पुस्तक (*Iron and Social Change in Early India*) ऑक्सफोर्ड प्रकाशन से वर्ष 2006 में प्रकाशित हुई। प्रारम्भिक लौह तकनीक से सम्बद्ध 15 उत्तम स्तर के शोधलेखों का संकलित इस पुस्तक के अध्ययन से भारतीय लौह तकनीक के ऐतिहासिक महत्त्व को समझा जा सकता है। इन लेखों के सन्दर्भ ग्रन्थों के माध्यम से उन विद्वानों से परिचित होने का अवसर मिल जाता है जिन्होंने लोहे

के ऐतिहासिक पक्ष को सफलतापूर्वक प्रस्तुत किया है। इन सबके बावजूद भारतीय सन्दर्भ में लौह तकनीक पर और भी कुछ लिखना अभी शेष है। सम्बद्ध विषय पर दिए गए अप्रासंगिक दलीलों में संशोधन की आवश्यकता महसूस होती है। हिन्दी में नई सामग्रियों का अभाव बना हुआ है। लौह तकनीक पर ऐसी व्याख्याओं की आवश्यकता हिन्दी में महसूस की जाती जो विश्वसनीय साक्ष्यों के उपयोग, विश्लेषणात्मक पद्धतियों और तर्क पर आधारित दलीलों की मूलभूत आवश्यकताओं की पूर्ति करती हो। इस विषय पर जो पुरातात्त्विक साक्ष्य मौजूद हैं, उनके कालनिर्धारण में कहीं-कहीं निष्पक्षता का अभाव पाते हैं। इन सब कुछ के बावजूद लोहा ऐतिहासिक दिलचस्पी का विषय बन चुका है। सामाजिक एवं आर्थिक बदलाव में उपकरणों की महत्त्वपूर्ण भूमिका को अधिकांश विद्वानों ने हाल के वर्षों में ऐतिहासिक दृष्टि से स्वीकार्य किया है।

देश-विदेश में प्रगतिशील विचार वाले करीब सौ विद्वानों द्वारा इस प्रभावशाली धातु के योगदान पर विचार करने का प्रयास किया गया है। इन सभी विद्वानों ने सम्बद्ध विषय पर अंग्रेजी अथवा ग़ैर-हिन्दी भाषाओं में सफलता/असफलतापूर्वक अथवा प्रगतिशील/परम्परावादी शैली में प्रकाश डालने का प्रयास किया है। अपवाद के रूप में इस विषय पर हिन्दी में अनुवादित कोई-कोई लेख यत्र-तत्र दिखाई पड़ जाते हैं। यह सवाल आज भी शेष है कि हम अपने अतीत को कैसे जाने? इतिहास के वास्तविक निर्माता तो शूद्र और वैश्य के रूप में निरन्तर नकारे गए और राजा-रानी के पोशाक में शोषणकर्ता इतिहास का प्रधान नायक बन बैठे। लोहार, चमार, धोबी, बुनकर, बढ़ई, कांस्यकार, ताम्रकार, स्वर्णकार, राजमिस्त्री, संगतराश आदि शिल्पकारों एवं कर्मकारों को समझने के लिए विज्ञान एवं तकनीक की भूमिका को समझने का एक नवीन प्रयास भारत में 1970-80 से प्रारम्भ हुआ है, किन्तु आज भी यह बचपनावस्था से बाहर नहीं निकल पाया है। रामशरण शर्मा द्वारा किए गए प्राचीन भारत का काल निर्धारण के बावजूद यूरोपीय युग विभाजन भारतीय इतिहास के काल-निर्धारण पर हावी है। मिल महोदय और स्मिथ ने तेरहवीं शताब्दी तक को भारतीय इतिहास का प्राचीनकाल बताया और वर्ष 2008 में रोमिला थापर द्वारा लिखित *पूर्वकालीन भारत* नामक पुस्तक दिल्ली विश्वविद्यालय हिन्दी कार्यान्वय निदेशालय से प्रकाशित हुई है। इसमें रोमिला थापर ने प्राचीनकाल की अवधि प्रारम्भ से 1300 ई. तक बताया है। जवाहरलाल नेहरू विश्वविद्यालय के प्रो. रणधीर चक्रवर्ती का *भारतीय इतिहास का आदिकाल* नामक पुस्तक वर्ष 2012 में ओरियंट ब्लैकस्वान से प्रकाशित हुई है। इस महत्त्वपूर्ण पुस्तक में चक्रवर्ती ने प्राचीन काल 600 ई. तक को बताया है।

धार्मिक आदर्शवाद, नगरों का उदय, धातु के बने सिक्कों का प्रचलन, व्यवस्थित रूप में विकसित व्यापार, अतिरेक, खाद्य सामग्रियों का अनुत्पादक वर्ग के बीच वितरण, गंगा के तटवर्ती इलाकों में जंगलों को हटाकर कृषियोग्य भूमि की मात्रा में वृद्धि, कृषिकार्य में हल एवं फाल का प्रयोग आदि विशेषताओं को आधार बनाकर डी.डी. कोसम्बी ने लौह तकनीक की भूमिका पर भारतीय परिवेश में पहली बार प्रकाश डाला। नवीन सामाजिक एवं राजनीतिक बनावट में लौह उपकरणों की बुनियादी भूमिका ई.पू. छठी शताब्दी में विकसित नगर-राज्यों में मगध का सर्वशक्तिशाली बनने को लेकर समझा जा सकता है।[1]

ई.पू. 700 के दौरान बिहार और उत्तर प्रदेश के निवासियों में जो भौतिक बदलाव आए उसका श्रेय लौह उपकरणों को जाता है और यह विचार रामशरण शर्मा का है। डी.पी. अग्रवाल ('Prehistoric Chronology and Technology and Ecological Factors') का कहना है कि भारत में नगरीकरण के दो चरण देखने को मिलते हैं। पहला सिन्धु के समतल मैदान में ताम्र उपकरणों पर आधारित नगरीकरण और लौह तकनीक पर आधारित नगरीकरण का दूसरा चरण जिसका उदय गंगाघाटी के मैदानी इलाकों में हुआ। Radomir Fleiner ('The Problem of the Biginning of the Iron Age in India') के अनुसार प्राचीन भारतीय संस्कृति की सकारात्मक तस्वीर का मूल धातु-विज्ञान है जिसके पुरातात्त्विक प्रमाण सिन्धु क्षेत्र और गंगा क्षेत्र से मिले हैं। नगरीकरण के प्रथम एवं द्वितीय चरण के आधार पर अमलानन्द घोष ('The City of Early Histoical India') ने ताम्र और लौह उपकरणों के महत्त्व को रेखांकित किया है। हाल के वर्षों में उपकरणों एवं लौह तकनीक पर विद्वानों द्वारा दिए जा रहे ध्यान पर निहाररंजन रे ने अपने शोधलेख ('Technological and Social Change in Early Indian History, A Note Posing a Theoritical Question') में प्रश्नत्राचक सम्बन्ध को उन्होंने एक सैद्धान्तिक सच माना है। माखन लाल ('Iron Tools, Forest Clearance and Urbanization in the Gangetic Plains') जंगल साफ़ करने, कृषियोग्य भूमि में विस्तार और नगरीकरण के विकास में लौह उपकरणों (कुल्हाड़ी आदि) की प्राथमिक भूमिका को सामान्य तौर पर अस्वीकार करते हैं।

रामशरण शर्मा ('Material Background of the Genesis of the State and Complex Society in the Middle Gangetic Plains') का मानना है कि राजमहल और इलाहाबाद के बीच 1,60,000 Sq. Km. कृषियोग्य भूमि गंगा और यमुना नदियों के किनारे ई.पू. करीब 500 में थी। बग़ैर लौह उपकरणों के ऐसा सम्भव नहीं था। दिलीप कुमार चक्रवर्ती और नयनजोति लाहिरी द्वारा

1992 में लिखित शोधलेख ('The Iron Age in India') में बताने का प्रयास किया गया है कि सम्पूर्ण भारतवर्ष में एक प्रकार की जलवायु नहीं रहने से लौह उपकरण का प्रयोग भिन्न-भिन्न कालों में प्रारम्भ हुआ। लोहे से सम्बद्ध पुरातात्त्विक सामग्रियों की गुणवत्ता पूरे भारतवर्ष में एक काल में एक जैसी नहीं रही।

सरीन रत्नाकर ने अपनी पुस्तिका (*Archaeology and the State*) में रामशरण शर्मा की दृष्टि का समर्थन किया है। कृषि कार्य में प्रयोग किए गए लौह उपकरणों का प्राचीनतम कालनिर्धारण को आधार बनाकर एम.डी.एन. साही ने एक लेख (Agricultural Production during the Early Iron Age in Northern India) लिखा जो पारम्परिक विचार पर आधारित है। उपर्युक्त सभी लेखों को बी.पी. साहू ने संकलित और सम्मानित किया तथा पुस्तक (*Iron and Social Change in Early India*, Oxford, 2006) का रूप प्रदान किया है। इन सभी लेखों के अध्ययन से निष्कर्ष यही निकलता कि लौह तकनीक से सम्बद्ध जितनी सामग्रियों को इकट्ठा करने की आवश्यकता होनी चाहिए उतना शायद नहीं है। लौह तकनीक के महत्त्व का निष्पक्ष तस्वीर प्रस्तुत करने का प्रयास यहाँ किया गया है।

प्रारम्भिक भारत के सामाजिक परिवर्तन में लोहे की भूमिका को समझने के लिए भैरवीप्रसाद साहू द्वारा सम्पादित पुस्तक के महत्त्व को, सम्बद्ध विषय पर प्रकाशित पुस्तकों के अभाव में स्वीकारना पड़ेगा। खान से कच्ची धातु को निकाल कर शुद्ध लोहा को कितने ताप पर और किस तकनीक से तैयार किया जाता था–इसे विज्ञान एवं प्रौद्योगिकी की दृष्टि से जानना आवश्यक है। लोहा के प्रकार में वृद्धि होने और इसके उपयोग पर थोड़ा विस्तृत जानकारी रखना भी आवश्यक है और प्रस्तुत सन्दर्भ में इस ओर ध्यान देने का विचार किया गया है।

लोहे का महत्त्व

सभी धातुओं की तुलना में लोहा एक ऐसी धातु है जिसका स्थान कोई अन्य धातु नहीं ले सकती। लोहा समस्त उद्यमों में इसका चिर सहचर रहा। लोहे का व्यवहार बढ़ाना उन्तशील कारीगरी में दक्षता का प्रमाण है। भारत में कृषि के विकास और आबादी के अधिकांश द्वारा कृषि पर आधारित स्थायी जीवन प्रणाली के अपनाए जाने को लौहकर्म से बढ़ावा मिला। पथरीली ज़मीन को खेती योग्य बनाने में लौह उपकरणों की भूमिका अचरजकारी रही। हथौड़ा, कुल्हाड़ी, गैंती, फावड़ा, कुदाली, हल एवं खुरपी के रूप में कृषि कार्य से लेकर पशुओं को बाँधनेवाली साँकल, उनके खुरों में लगाई जानेवाली नाल और

गाड़ियों के पहियों के हाल एवं गाड़ियों के अन्य उपकरणों के रूप में लोहे का उपयोग प्रचुरता से होता रहा है। सिन्धु सभ्यता के बाद के विकास में से लोहे के योगदान को निकाल दें तो बहुत बड़ा ठहराव आ जाएगा। आधुनिक उद्योगों का आधार ही बड़ी सीमा तक लोहा और इस्पात हैं। युद्ध और प्रतिरक्षा के सामानों में लोहे की मुख्य भूमिका रही है। भस्मों और आसवों के रूप में औषधियों में लोहे का स्थान विशिष्ट एवं निरन्तर रहा है।

दिशाओं से नाविकों को अवगत करानेवाली चुम्बकीय दिवसूचियाँ[2] चुम्बकीय लोहे (लोडस्टोन Loadstone) से ही बनाई जाती थीं। यह एक ऐसा आविष्कार था जिसने अँधेरी रातों में एवं कुहरे अथवा बादलों से आच्छादित आकाश वाले दिनों में (जब रात में ध्रुवतारे और दिन में सूर्य के दर्शन सम्भव नहीं होते थे) लम्बी समुद्री यात्राओं को करना आसान बनाया और विश्व भर में उद्योग एवं व्यवसाय का मार्ग प्रशस्त किया। रेल मार्गों द्वारा नगरों को जोड़ने एवं मोटरों, रेलों तथा जहाजों को बनाने में जिस धातु का निरन्तर उपयोग होता आया वह लोहा ही है। यथार्थ में लोहे को आधुनिक उद्योगों में उसका उचित स्थान वाष्प-शक्ति के आविष्कार के पश्चात् ही मिला। (इंग्लैंड में भाप से चलनेवाला पहला रेल इंजन 1814 ई. में बना–British Engineer George Stephenson builds a steam locomotive in 1814)। लकड़ी के कोयले (चारकोल) का स्थान खनिज कोयले ने जब लिया तभी से लौह व्यवसाय के तीव्र विकास को गति मिली।

रोजाना उपयोग में आनेवाली अनेक वस्तुओं में लोहा विद्यमान है। **एक साधारण कार में सौ भिन्न-भिन्न प्रकार की इस्पातों का उपयोग होता है।** आकाशचुम्बी बहुमंज़िली इमारतों के फ्रेम हों अथवा मनुष्य के बाल के पचासवें हिस्से के बराबर मोटाई वाले कोमल तन्तुओं से बने अन्तरिक्षीय सूट हों अथवा अस्पतालों में पहने जानेवाले विशेष प्रकार के 'स्टेटिक फ्री' गाउन हों, सब इस्पात से ही बनाए जाते हैं। विश्व के विकास और समृद्धि को सबसे अधिक गति इस्पात से ही मिली। इंग्लैंड में हुए औद्योगिक क्रान्ति में इस्पात के महत्त्व को नज़रअन्दाज़ नहीं किया जा सकता। 17वीं शताब्दी में इंग्लैंड के भट्टी में लोहे के पर्याप्त रूप से पिघल जाने पर इसको रेत में बने हुए एक साँचे में प्रवाहित कर दिया जाता था। यह साँचा हमेशा एक निश्चित आकृति का होता जिसे देखकर धातुकार को एक शूकरी और उसके बच्चों की आकृति का आभास हुआ। इसी घटना के कारण साँचे में प्रवाहित किए जानेवाले पिछले लोहे को **पिग** (pig) लौह अथवा **ढलवाँ लोहा** कहा जाने लगा। पिग लोहा तैयार करने के कारखाने इंग्लैंड में वील्ड (Weald) ऑफ ससेक्स, द फारेस्ट ऑफ डीन (Dean), वेल्स और उत्तरी इंग्लैंड में थे।

1880 ई. में अमेरिका में रेलें बिछाने के काम ने एक औद्योगिक क्रान्ति की पहल की। इस्पात ने कार की बॉडी और तेल-पेट्रोल निकालने के लिए ड्रिलों तथा पाइपों को बनाकर एक नई परिवहन सभ्यता को आधार प्रदान किया। दूसरे विश्वयुद्ध के लिए यथार्थ में ऐसी धारणा थी कि इसे **मिश्रधातुओं का युद्ध** (War of Alloys) कहें तो अत्युक्ति न होगी। इस दौरान विकसित इस्पातों की भूमिका बमवर्षक विमानों (जो 650° डिग्री सैल्सियस ताप तक एवं शून्य के नीचे 54° सैल्सियस तक के निम्न ताप में काम कर सकते थे) के लिए बहुत महत्त्वपूर्ण थी। अन्य सुरक्षा विषयक क्षेत्रों में इन विशिष्ट इस्पातों का भरपूर उपयोग किया गया।

हल्के वजन (Lightweight) के इस्पातों ने कारों को कम ईंधन से चलाने की क्षमता प्रदान की एवं साइकिलों को अधिकाधिक लोकप्रिय बनाया। अन्तरिक्ष की खोज के लिए ठोस ईंधन के रॉकेट के खोल बनाने एवं वातावरण को नियंत्रित रखने के लिए काम आनेवाले पंपों और बल्बों को बनाने के लिए भी विशिष्ठ इस्पातों की आवश्यकता पड़ती है।

समुद्र में तेल के खनन और बाद में उसके शोधन के लिए इस्पात की बनी मशीनरी काम आती है। औद्योगिक डिस्टिलरियों तथा अन्य रयासन उद्योगों के प्लाण्टों में इस्पात की बनी मशीनरी का बृहद् योगदान रहा है। शल्य-चिकित्सा भवन-निर्माण, भारी मशीनरी निर्माण आदि सभी क्षेत्रों में लोहा अनेक इस्पातों के रूप में निरन्तर उपयोग में लाया जाता रहा है।[3] 1863 में प्रथम **खुला तन्दूर भट्ठी** (Open Hearth Furnance) जो प्राड्यूसर गैस (H_2 + CO) एवं कोयले की गैस (Coke-Oven) से चलती थी, यूरोप में स्थापित हुई। इंग्लैंड में इसका विकास **सीमेंस** (Siemens) ने किया। 1899 में विवृत तन्दूर विधि से प्राप्त पिघली धातु का शोधन कर उससे गुणवत्ता वाले इस्पातों की प्राप्ति के लिए विद्युत भट्टियों का प्रयोग किया जाने लगा। सर्वप्रथम **हैरोल्ट** ने विद्युत चाप भट्टी (Electric Arc Furnance) द्वारा इस्पात का सफल उत्पादन कर दिखाया।

प्रारम्भिक लौह प्रमाण

लौहकारों (लोहार) के आविष्कृत परिश्रम अथवा वैज्ञानिक प्रयास के फलस्वरूप वैदिककाल से भारत में लोहा पाया जाने लगा। विश्व-स्तर पर अगर विचार करें तो पाते हैं कि लोहा बनाने का प्रारम्भिक प्रमाण इराक़ (मेसोपोटामिया) में तेल चागर बाज़ार एवं तेल अस्मार में और अनातोलिया में अलाका हुक के राजकीय मक़बरों से मिले हैं। यहाँ प्राप्त लोहे के सामान लगभग 2000 ई.पू. के मध्य[4] के हैं। अनेक तकनीकी कारणों से लोहे का बड़े पैमाने पर उपयोग 1000 ई.पू.

के पहले नहीं किया जा सका। इसी काल में सर्वप्रथम लोहे का उद्योग फिलिस्तीन के हित्तियों ने बृहद् स्तर पर स्थापित किया।

इराक़ (मेसोपोटामिया) में तेल चागर बाज़ार के उत्खनन से प्राप्त मानव-निर्मित लोहे का एक टुकड़ा करीब 2000 ई.पू. का है। अन्य प्रमाणों के आधार पर इराक़ के हाबुर शहर में आदिकालीन लौह-निर्माण के केन्द्र होने का पता चलता है। तेल अस्मार में एक लोहे का उस्तरा मिला है जो 2050-1950 ई.पू. का है। उपलब्ध लौह सम्पदा से ज्ञात होता है कि इराक़ दो हज़ार ई.पू. से लोहे का उपयोग करता था। यद्यपि इसका उपयोग ताँबे की तुलना में सीमित था। सारगोन द्वितीय के काल में (721-705 ई.पू.) लोहे का चलन बहुत बढ़ गया जैसाकि इस समय की उपलब्ध लौह सम्पदा से पता चलता है। सीरिया में लोहा 1000 ई.पू. में एक विरल धातु थी। इसके बाद से इसका उपयोग बढ़ता गया।

तुर्की (एशिया माइनर) में हित्ती साम्राज्य के अवशेषों जो बोगजकोई (Boghazkoy) से मिले हैं, से 1400 से 1300 ई.पू. में लोहे के उपयोग की पुष्टि होती है। मन्दिरों की, इमारतों की नींव बनाने में लोहे, ताँबे और काँसे को डालने की एक रीति यहाँ प्रचलित थी। लोहे को **काली धातु** कहा गया और यह उल्कापिंडों के रूप में 'स्वर्ग' से प्राप्त होती थी, ऐसा उल्लेख 1000 ई.पू. के एक शिलालेख में मिलता है। हित्ती साम्राज्य के समय में एशिया माइनर को विश्व में लोहे के उत्पादन और आपूर्ति में एकाधिकार तथा राजकीय संरक्षण प्राप्त था। लोहे को बल और सामर्थ्य का प्रतीक माना जाता और इसका सामान उस काल में बड़ी मात्रा में बनाया जाता था। फिर भी लोहे का उपयोग उस काल में प्रायः समाज के धनी-मानी लोगों के वैभव-विलास तक ही सीमित था। फिलिस्तीन में लोहे के सामानों के प्राप्त प्रमाणों से, उनका उपयोग 1400 ई.पू. के लगभग होता होगा, ऐसा प्रतीत होता है। 1300-1200 ई.पू. से मिस्र के राजवंश के शासनकाल में दक्षिणी फिलिस्तीन में लोहा दैनिक जीवन में उपयोग में आनेवाली धातु थी, ऐसे प्रमाण मिले हैं।

भारत में लोहा

भारत में ताम्र और कांस्य युग के समृद्ध अनुभव और उत्तम लौह अयस्कों की प्रचुरता ने यहाँ उत्तर-वैदिककाल से लौह-युग का मार्ग प्रशस्त किया। लोहार और ताम्र धातुकर्मी दोनों की कला मूलतया भिन्न थी। ताँबे को बनाने के लिए प्रयुक्त भट्ठियों में लोहे को तरल रखना सम्भव नहीं था। लोहे की ढलाई के लिए भी ताँबे की तुलना में कहीं अधिक ऊँचा ताप चाहिए। इसके लिए धौंकनियों की आवश्यकता रही होगी। प्रारम्भिक लौह-धातुकर्मी ने सुदीर्घ

अनुभव से यह सीखा कि लौह अयस्क का अवकरण (चूर्ण) कुछ विशेष स्थितियों के संयोजन से ही सम्भव है एवं इन स्थितियों के तालमेल में तनिक-सा परिवर्तन किए जाने पर लोहा बनाने का प्रक्रम नहीं चलाया जा सकता। यही कारण है कि मेसोपोटामिया में तीसरी सहस्त्राब्दी ई.पू. (2000 ई.पू.) में ही[5] लोहा बनाने में मिली सफलता के बावजूद 1000 ई.पू. तक कोई बड़ी उपलब्धि न हो सकी। 1000 ई.पू. के लगभग फिलिस्तीन के हित्ती साम्राज्य के विघटन के फलस्वरूप वहाँ के कारीगरों के इधर-उधर जाने से लौह प्रौद्योगिकी विश्व के अन्य भागों में स्थापित हो सकी। *ऋग्वेद* में लोहे के लिए प्रयुक्त 'अयस्' (काला धातु) शब्द जर्मन के 'आईसेन', अंग्रेजी के आइरन एवं फ्रैंच में आसिए (इस्पात) का आदिपूर्वज है। *ऋग्वेद* के, जो विश्व का सबसे पुराना ज्ञानकोश है, चालीस सन्दर्भों में इसी 'अयस्' शब्द का प्रयोग[6] हुआ है। अयस शब्द *ऋग्वेद* के जिन मंडलों में वर्णित है। उन मंडलों को विद्वानों ने उत्तर-वैदिककाल का बताया है; पुनः *ऋग्वेद* में वर्णित अयस शब्द का अर्थ काली धातु मानना ज़्यादा तार्किक होगा। अयस शब्द का अर्थ स्पष्ट रूप में लोहा मानना मुश्किल है। *ऋग्वेद* में उल्लिखित अयस नामक धातु को बी.बी. लाल सहित अनेक विद्वान लोहा समझते हैं किन्तु वास्तविकता यही है कि कुषाण काल में अयस का अर्थ लोहा बताया जाने लगा। *ऋग्वेद* में अयस किसी भी धातु का बोधक था किन्तु लोहा का नहीं।[7] *यजुर्वेद* में लौह-प्रगालक (Smelter) के लिए 'अयस्ताप' शब्द का प्रयोग[8] हुआ है। घरेलू सामानों, बर्त्तनों, तलवारों, उस्तरों, खेती के औजारों, हलों, कुल्हाड़ियों आदि के लिए लोहे के उपयोग के अलावा *ऋग्वेद* के मिश्रण वाले मंडल में स्पष्ट उल्लेख मिलता है कि अश्विनीकुमारों ने जो देवताओं के चिकित्सक थे, विश्पला के लिए लोहे का कृत्रिम पैर बनाया था (*ऋग्वेद* 1.116.15)। वृक्षों को काटने के लिए उत्तर-वैदिककाल में सम्भवतः लोहे का प्रयोग होने लगा था। उत्तर-वैदिक साहित्य में जो 'श्यामायस्' या 'कृष्णायस्' का उल्लेख हुआ है, वह अवश्य ही लोहे का पर्याय है। पुरातत्त्व से भी लोहे के उपयोग का प्रमाण मिलता है। उत्तर प्रदेश के दो प्राचीन स्थल-अत्रंजिखेड़ा और नोह से प्रचुर लौह-साम्रगी मिली है। कुदाल एवं कुठार के अलावा यहाँ बर्छा तथा तीर के फाल भी मिले हैं। तीर कंटकाकार और पत्राकार दोनों हैं। किसी-किसी स्थान में लौह-सामग्री 1000 ई.पू. से 900 ई.पू. की बनी है, यद्यपि अधिकांश सामानों का समय 800 ई.पू. से 750 ई.पू. तक अथवा कुछ बाद का है। लोहे की कुदाल और कुठार की सहायता से गंगा घाटी का घना जंगल साफ़ करना सरल रहा; अधिकांश लौह-निर्मित वस्तुएँ युद्ध के अस्त्र हैं। युद्ध में लौह का प्रयोग सम्भवतः उत्तर-वैदिक युग के शासकों की शक्ति-निर्मित-वृद्धि का

मार्ग प्रशस्त करनेवाला था। धातु का, विशेषत: लोहे का व्यवहार बढ़ना नि:सन्देह उन्नत कारीगरी में दक्षता का प्रमाण है।[9] ई.पू. आठवीं शताब्दी से लौह तकनीक और नई श्रम व्यवस्थाओं से उत्पादन में हुई वृद्धि के फलस्वरूप पुरुष वर्ग का अधिकार बढ़ने लगा और स्त्रियों की स्वतंत्रता में कमी आती गई। गोत्र पिता के नाम पर चलने लगा। पारिवारिक प्रथा पितृमुखी (Patrilineal) हो गई। शिल्पकारों की सामाजिक एवं आर्थिक दशा बेहतर होने लगी। वैदिक काल में लोहे का प्रगलन करनेवाले लोगों की विशेषज्ञ बिरादरी[10] को 'ध्मातृ' अथवा 'कर्मार' कहा जाता था। *वेदांग-ज्योतिष* में लोहे को शनि ग्रह की धातु होने का विधान किया गया है। *महाभारत* (सभापर्व) में अनेक स्थानों पर लोहे का उल्लेख मिलता है। पराक्रमी पांडव भीम की गदा लोहे[11] की थी एवं अर्जुन ने लोहे की घूमती हुई मछली की तेल में छाया देखकर उसकी आँख में निशाना लगाकर द्रौपदी को राजा द्रुपद द्वारा आयोजित स्वयंवर सभा में प्राप्त किया था। *रामायण* (आरण्यकांड, अध्याय 26; किष्किन्धाकांड, अध्याय 42 और युद्धकांड, अध्याय 42, 45 एवं 65) में कई स्थानों पर लौह-उपकरणों की चर्चा है।

ई.पू. 1000 और करीब 600 ई.पू. के दौरान लौह-प्रौद्योगिकी प्रारम्भिक अवस्था में थी। इस काल में पिटवाँ लोहे (Wrought Iron) से छोटे-छोटे सामान बनाए जाते थे। शल्य[12] चिकित्सा के अनेक उपकरण उत्तर-वैदिककाल में लोहे के बनाए जाते थे। लोहे का उपयोग, खास तौर से हथियारों के लिए 800 ई.पू. के आसपास किया जाता था, यद्यपि तब इस धातु की गुणवत्ता निम्न कोटि की ही थी। बेहतर किस्म के लोहे का व्यवस्थित उपयोग बाद में प्रारम्भ हुआ, जब लोहे से बने औजारों, हथियारों तथा अन्य वस्तुओं की गुणवत्ता और परिमाण काफी बढ़ गया। अब लौह उत्पादों में विभिन्न प्रकार के औजार, बरतन, कीलें आदि भी शामिल थे और हथियारों में भी सुधार हुए।

लोहा गलाने का काम ताँबा गलाने से मिलती-जुलती किसी प्रौद्योगिकी से ही आरम्भ हुआ होगा, लेकिन लोहे का कार्बूरीकरण (Carburisation) तकनीक से कठोर लोहा तैयार किया जाने लगा और ई.पू. 600 के बाद लोहे के प्रयोग में जैसा आत्मविश्वास दिखाई देने लगता, वह सहज ही ध्यान आकृष्ट कर लेता है। अधिक ताप पैदा करना सम्भव होने लगा, जिसका प्रमाण हमें उत्तरी कृष्ण पालिशदार भांड के पकाने में भी मिलता है। उत्तरी राजस्थान के जोधपुर में की गई खुदाई में कच्चे लोहे को गलाने और गढ़ने की भट्ठियाँ मिली हैं।[13] लोहा उत्पादन के अन्य केंद्र गंगा के मैदान में पश्चिमी हिस्से में स्थित अत्रंजीखेड़ा और खैराडीह हैं। गंगा के मैदान की ताम्रपाषाण संस्कृतियों से ऐसा नहीं लगता कि तब वहाँ धातु का बहुत व्यापक उपयोग किया जाता

था, इसलिए लोहे के उपयोग में दिखाई देनेवाली कुशलता एक नया अनुभव था। इस काल से भारत के अनेक भागों में स्थित ठिकानों से जो शिल्प-तथ्य प्राप्त होने लगते उन्हें ध्यान में रखकर देखने से लगता है कि लोहे के इस्तेमाल का मार्ग प्रशस्त करनेवाली नई-नई तकनीकों पर विभिन्न समाज हाथ आजमा रहे थे। जितनी ज़्यादा जगहों में लोहे की मैल मिली है उनसे भी, लगता है, इस धातु का व्यापक उपयोग किया जाता था। एक राय यह है कि *महाभारत* के आरम्भिक पर्वों में लोहे को ठंडा करने और ढालने के लिए धातु को गलाने के उल्लेख हुए हैं। यह राय तर्कसंगत प्रतीत होती है। प्राचीनतम बौद्ध साहित्य *सुत्तनिपात* में लिखा है कि एक ब्राह्मण ज़मीन को हल से जोता था। उसके हल का लौह-फाल इतना गर्म हो गया कि उसे पानी में डुबोना पड़ा। *अष्टाध्यायी* (पाणिनि) में लोहार (कर्मार) द्वारा प्रयोग किए जानेवाले भस्त्रा अर्थात् धौंकनी (7.3.47), अयोघन अर्थात् घन नामक हथौड़ा (3.3.82), कुटिलिका या आकुँड़ा (4.4.18) आदि का प्रयोग निर्माण कार्य में करते थे। कुटिलिका के कारण लोहार को **कौटिलिक** भी कहा गया है। वह गाँव में नाना प्रकार की उपयोगी वस्तुएँ तैयार करता था, जैसे—लोहे की बनी हुई हल की कुशी या फाल (4.1.42) एवं द्रुघन या कुल्हाड़ी (3.3.82)।[14]

लौह प्रौद्योगिकी ने कृषि उत्पादन को बदल दिया, यह दलील कई संयोगों पर आधारित है—यथा, लोहे की कुल्हाड़ी से जंगलों को साफ़ करने में सुविधा हुई, ताकि साफ़ की गई ज़मीन में खेती की जा सके; लोहे का फावड़ा एक कारगर कृषि-उपकरण था और लोहे के फाल का आविष्कार भारी मिट्टीवाले क्षेत्रों में बहुत उपयोगी साबित हुआ, क्योंकि वह ज़मीन को लकड़ी के फाल की अपेक्षा अधिक गहरा जोत सकता था। कुल्हाड़ियों और फालों पर जोर देते हुए लौह प्रौद्योगिकी के एक कार्य को प्रायः नज़रअन्दाज़ कर दिया जाता है। तात्पर्य उन तकनीकी बदलावों से है जो लोहे के औजारों का प्रयोग आरम्भ होने से विभिन्न शिल्पों में आए होंगे। हड्डी, शीशे और हाथीदाँत की चीज़ें बनाने, कीमती पत्थरों तथा सीप और शंख से मनके बनाने एवं पत्थरों से वस्तुएँ बनाने में पूर्ववर्ती ताम्रपाषाण स्तरों की तुलना में अब परिमाण और गुणवत्ता दोनों दृष्टियों से काफी सुधार देखने को मिलता है। इससे लगता है कि नई प्रौद्योगिकी के इस्तेमाल में बहुत आत्मविश्वास आ गया था और उसका उपयोग व्यापक रूप से किया जा रहा था। उदाहरण के लिए, लकड़ी के काम को ले सकते हैं। अब छतों के लिए बेहतर चरनें बनाई जा रही थीं, रथों और बैलगाड़ियों के ढाँचों में और शायद नावें बनाने के काम में भी सुधार आ गया था। बरतन पकाने और शीशा बनाने जैसी अन्तःसम्बद्ध प्रौद्योगिकियों को भी शायद लौह-शिल्प में सुधार लाने के प्रयोगों से जोड़ लिया गया था।

लौह उपकरण (यंत्र, औजार) ज्ञान का एक ऐसा साधन है जिसे विभिन्न प्रकार के मापन का अवलोकन करने और उसे दर्ज करने के लिए उपयोग में लाया जाता है। उपकरण मनुष्य की ज्ञानेन्द्रियों को सशक्त बनाता है। उपकरणों के माध्यम से ही मनुष्य भौतिक यथार्थ का निर्माण करता है। प्रगति का महान मार्ग प्रशस्थ करने में उपकरणों की भूमिका महत्त्वपूर्ण रही। इनके निर्माता शूद्र एवं दास थे, जिन्हें लौहकार कहा जाने लगा। रणवीर चक्रवर्ती (*भारतीय इतिहास का आदिकाल*, पृ. 134) के अनुसार, लौह औजारों का प्रयोग मगध जैसे प्रसिद्ध महाजनपद के लिए बहुत सहायक था। मध्य गंगाघाटी के समीप ही बरूडीह (सिंहभूम), मानभूम एवं कुचई (मयूरभंज) लौह खान के लिए प्रसिद्ध थे। राजघाट से प्राप्त लौह उपकरणों की परीक्षा करके पुराविद् इस राय पर पहुँचे हैं कि ये खनिज लोहे से बने हैं जो सिंहभूम और मयूरभंज से मिले होंगे। लौह उपकरणों का नियमित प्रयोग दक्षिणात्य और दक्षिण भारत की महापाषाण संस्कृति में भी देखा जाता है। विन्ध्य पर्वत के दक्षिण में स्थित विस्तृत इलाके में चिपटे कुदाल, नरहनी, हँसुआ, बर्छा, अनेक प्रकार की छुरियाँ, बसुला, तलवार एवं दूसरे अस्त्र भी मिले हैं। लौह उपकरणों के बौद्धकालीन अवशेष वैशाली, पटना, सोनपुर और चम्पा से मिले हैं (रहीस सिंह, *प्राचीन भारत*, पीयरसन, नई दिल्ली, 2010, पृ. 37)।

प्राचीन भारत के परिप्रेक्ष्य में लोहे की भूमिका को 1950 के दशक के आरम्भ में उठाया गया था जब डी.डी. कोसम्बी ने बौद्धकाल में लोहा का प्रयोग होने पर जोर दिया था। ई.पू. छठी शताब्दी के बाद कृषियोग्य भूमि की मात्रा बढ़ाने के लिए घनी वनस्पतियों को साफ़ करना आवश्यक था। इस कार्य में आग ने सहायता पहुँचाई, किन्तु जली हुई वनस्पतियों के ठूँठों (Stumps) को आग की सहायता से हटाना सम्भव नहीं था। ईख, धान आदि फसलों के बीजारोपण के लिए गहरी जुताई की आवश्यकता होती है और बिहार के कठोर एवं मृण्मय मिट्टी युक्त क्षेत्रों में बिना लोहे की फालवाले हल से ऐसा कार्य असम्भव था। वैशाली से लोहे के फाल, गर्तिका-युक्त (Stocketed) लोहे की कुल्हाड़ी, कुदाली और दराँतियों के प्रमाण मिलते हैं। कृषि से सम्बद्ध पर्याप्त लौह उपकरणों की बिहार में अनुपस्थिति के सम्बन्ध में रामशरण शर्मा (*Material Culture and Social Formation in Ancient India*, नई दिल्ली, मैकम्लिन, 1983) का विचार है कि यहाँ की अम्लीय, अत्यधिक आर्द्र और उष्ण जलोढ़ मिट्टी अत्यधिक क्षयकारी (संज्ञारक) रही और इसीलिए लौह उपकरणों के संरक्षण के लिए हानिकारक सिद्ध हुई और इसने ऑक्सीजन से इन्हें भूरी-लाल धूल में परिवर्तित कर दिया। रामशरण शर्मा का यह विचार भारद्वाज के शोधलेख पर आधारित है। चम्पा और राजगृह की खुदाई हुई किन्तु

वहाँ से कृषि से सम्बद्ध लौह उपकरण इसलिए नहीं मिला, क्योंकि ये दोनों स्थल प्रशासनिक, व्यावसायिक या शिल्पकारी के केन्द्र थे न कि कृषि केन्द्र। पुनः बस्तियों की खुदाई में कई प्रकार की खामियाँ रहीं, फलतः कृषि उपकरण नहीं प्राप्त हो सके।

ई.पू. छठी शताब्दी के दौरान लोहे की क्रान्तिकारी भूमिका का विचार बहुत सारे विद्वानों को मान्य नहीं भी है। निहाररंजन रे (Technology and Social Change in Early Indian History : A Note Posing a Theoretical Question, *Puratattva*, 8, 1975-76, pp. 132-34) बताते हैं कि मौर्यकाल से पहले लौह तकनीक और लौह उपकरणों का प्रचलन इस स्तर पर नहीं था कि उनसे सामाजिक परिवर्तन हो गए। वे यह भी बताते हैं कि पुरातात्त्विक साक्ष्य लौह तकनीक के उपयोग द्वारा बड़े पैमाने पर वनों के समाप्ति को नहीं दर्शाते। सम्पूर्ण गंगा घाटी में लोहे की जानकारी करीब 1000 ई.पू. या उसके आसपास से थी। अतः कृषि कार्य में उपयोग में लाए जानेवाले उपकरणों का क्षयकारी मिट्टी के कारण नहीं मिलने की परिकल्पना तर्कसंगत प्रतीत नहीं होती, क्योंकि कृषिगत उपकरण एवं आलपिन, कील आदि खुदाई से मिले हैं; तथाकथित अम्लीय एवं आर्द्र मिट्टी ने इन वस्तुओं को क्यों नहीं नष्ट किया? इस प्रकार बौद्धकाल में लौह तकनीक की अचानक और क्रान्तिकारी भूमिका की परिकल्पना विश्वसनीय प्रतीत नहीं होती।

दिलचस्प बात यह है कि बिहार का लौह भंडार जैसा कि इरफान हबीब बताते हैं, मुग़ल साम्राज्य के अन्तिम समय तक उपयोग में नहीं लाए गए थे। अवश्य ही लोहा कहीं और से सम्भवतः मालपुर (राजस्थान), मारवाड़ (राजस्थान), कलिंजर (इलाहाबाद से लगभग 70 मील दक्षिण-पश्चिम में), मंडी (हिमाचल प्रदेश), रामगढ़ (कुमाऊँ पहाड़ियाँ), बुरहानपुर (मध्य भारत), गंज़ाम (उड़ीसा) तथा ग्वालियर क्षेत्र के किसी एक लौह-खदान से आयात किया जाता होगा। बिहार में ऐतिहासिक नगरीकरण की प्रक्रिया में लोहा ही मुख्य कारक था तो **आकर, श्रेणी** तथा **बस्तियों** की रचना में यह उपक्रम धूसर मृद्‌भांड (Painted Grey Ware) काल में ही हो जाना चाहिए था।[15]

तक्षशिला के सम्राट पुरु द्वारा यूनानी आक्रान्ता सिकन्दर को दी गई भारतीय इस्पात की भेंट उसकी उच्च गुणवत्ता का ऐतिहासिक साक्ष्य प्रस्तुत करती है। *अर्थशास्त्र*[16] में खानों के व्यवस्थापक के लिए **आकाराध्यक्ष** और टकसालों एवं ढलाई के लिए व्यवस्थापक के लिए **लोहाध्यक्ष** शब्द का प्रयोग हुआ है। इस ग्रन्थ में राजकीय स्तर पर अधिकृत लौह खानों के व्यापक संचालन का विवरण मिलता है। *अर्थशास्त्र* में ग्रामीण लोहारों पर प्रकाश डाला गया है। पतंजलि ने लौह तकनीक पर विस्तृत प्रकाश डाला है।

प्लिनी ने कुषाणकालीन भारतीय इस्पात की चर्चा अपने *यात्रा-विवरण* में की है। सम्राट अशोक और कुषाण काल के बीच अति विकसित लौह तकनीक एक अत्यन्त महत्त्वपूर्ण उपलब्धि है। वुट्ज इस्पात (दमिश्क एवं यूरोप को निर्यात की जानेवाली कटारें एवं तलवारें दक्षिण भारत में बननेवाले वुट्ज (Wootz) इस्पात से बनाई जाती थीं। कन्नड़ में इस्पात के लिए वूकू (Wooku) शब्द से Wootz शब्द बना है।) का उत्पादन विश्व भर में लौह प्रौद्योगिकी में भारत को सर्वाधिक उन्नत एवं प्रगतिशील सिद्ध कर दिया। प्रयाग, कोसम्बी, तक्षशिला, विदिशा, बस्ती, बोधगया आदि से और दक्षिण भारत में तिलेवेली और चिंगले-पुट ज़िलों से मिली प्रभूत मात्रा में लौह-सम्पदा से भारत का इस्पात-उत्पादन की क्षमता पर प्रकाश पड़ता है। हैदराबाद, मैसूर एवं सलेम में[17] बने हुए इस्पात का निर्यात विदेशों को किया जाता था। कुषाणकाल में लोहे के बने कृषि उपकरण व्यापक उपयोग में आने लगे और नवीन लौह औजार भी दिखाई देने लगे। *वृहस्पतिस्मृति* में हल के फाल का उल्लेख है। प्रथम शताब्दी ई. का बेसनगर, विदिशा का 'खम्भ बाबा' नामक लोहे का स्तम्भ, तक्षशिला से मिली तलवारें, व बढ़ई की कुल्हाड़ियाँ भारतीयों द्वारा निम्न, मध्य एवं उच्च कार्बनयुक्त इस्पात-निर्माण की कला का उत्कृष्ट उदाहरण प्रस्तुत करते हैं। पकाने के बर्तन, कटोरियाँ, थालियाँ, चलनियाँ, दीपक, ताले, चाभियाँ एवं बढ़ई व लोहार के औजार आदि जो तक्षशिला के उत्खनन से प्राप्त हुए हैं, इसी काल की समर्थ निष्कर्षण, धातुकर्म एवं धातु-रूपण कला का प्रमाण प्रस्तुत करते हैं। लोहे के वृहद् उत्पादन की क्षमता भारत को 600 से 200 ई.पू. के काल में प्राप्त हुई जब उच्च गुणवत्ता के शुद्ध पिटवाँ लोहे के उत्पादन एवं उसकी बनी बहुत बड़ी संरचनाओं को **वैल्डन** द्वारा जोड़ने की व्यवस्था की जा सकी। परिमाण के वृहद् होने पर भी धातु की शुद्धता को सुस्थिर रखा जा सका। राजस्थान, मध्य प्रदेश, बिहार, उड़ीसा आदि में अनेक जनजातियों द्वारा लोहे के घरेलू सामान, खेती के औजार एवं हथियार बनाए जाते थे। इनका वैज्ञानिक योगदान रहा। मिट्टी अथवा पत्थरों से पटे गड्ढे की फ़र्श पर लोहा पिघलाया जाता था। धातुमल और अशुद्धियाँ को बाहर निकाल फेंकने के लिए गर्म धातु को निहाई पर रखकर हथौड़े से पीटते और इसके बाद जो लोहा तैयार होता उसे **पिटवाँ लोहा** कहते थे। धौंकनियों से बाद में भट्ठियों में अधिक हवा का प्रवाह देना सम्भव हो सका। दूसरी शताब्दी से ही भारतीय इस्पात फ़ारस, मध्यपूर्व अरब आदि देशों को निर्यात होता था। *अमरकोश* में नवीन लौह उपकरणों पर प्रकाश डाला गया है। गुप्त युग (320-495 ई.) में बना वह लौह स्तम्भ है जो विश्व में लौह-प्रौद्योगिकी के विकास-पथ में मील का पत्थर[18] कहा जाने

का अधिकारी है। छह टन से अधिक भारी और 7.3 मीटर से अधिक ऊँचे इस स्तम्भ का निर्माण व स्थापना गुप्तशासक चन्द्रगुप्त द्वितीय, 'विक्रमादित्य' के सम्मान में मथुरा में किए गए थे और बाद में इसे तोमरवंशी सम्राट अनंगपाल तोमर के समय 1050 ई. में दिल्ली ले आया गया। इसका 42 सें. मी. निचले सिरे का व्यास एवं ऊपरी सिरे का व्यास 30 सें. मी. है। गत पन्द्रह शताब्दियों से प्रकृति के प्रहारों को सहन करते हुए यह स्तम्भ संक्षयन-प्रतिरोध की क्षमता के एक प्रतिमान के रूप में सुप्रतिष्ठित है। इसकी संक्षयन प्रतिरोध क्षमता का इसकी शुद्धता व संघटन में उच्च फास्फोरस, निम्न गन्धक, व निम्न कार्बन, अन्य धातुओं के अभाव एवं पृष्ठ की सतह की उत्तम स्थिति एवं उत्तम उत्पादन प्रक्रम कारण हैं।[19] इसके अतिरिक्त संरचना की ऊर्ध्वाधर स्थिति उस पर नमी को रुकने नहीं देती और यह भी उसके भार-प्रभाव (Mass Effect) के साथ उसकी संक्षयन प्रतिरोध क्षमता का एक कारण हो सकती है। धातुमल एवं ऑक्साइडो की परत के संरक्षक (Protective) प्रभाव, स्तम्भ के टूटनेवाले सूक्ष्म क्षेत्रों (जहाँ से संक्षयन आरम्भ हो सकता है) की संख्या बहुत सीमित कर देते हैं। धातु में फास्फोरस की अधिक मात्रा होने से वह संक्षयन को टूटनेवाले क्षेत्रों में होने से रोकती है। स्तम्भ की धातु के विश्लेषण से ज्ञात होता है कि इसके संघटन में स्थान भेद से काफी बड़े विचलन (Fluctuations) मिलते हैं। उदाहरणार्थ कार्बन (0.04-0.8%), फास्फोरस (0.114-0.189%) एवं Si (0.026-0.056%) के परास में उपलब्ध हैं। पदार्थ के घनत्व और अन्य तत्त्वों की इसमें उपस्थिति के बारे में भी यही बात दिखाई देती है। धातुमल का वितरण भी पदार्थ में असमान हुआ है। डॉ. लोथर अल्बानों म्यूलर, स्तम्भ को भारतीय चूर्ण धातु-कर्म प्रौद्योगिकी की चरम उपलब्धि के रूप में मान्यता देते हैं एवं इसकी संक्षयन प्रतिरोध क्षमता का श्रेय उत्तम सिण्टरन प्रक्रम के अपनाने को देते हैं। रुड़की के डॉ. मुरे थामसन ने स्तम्भ के निचले भाग के विश्लेषण से पाया कि इसमें शुद्ध धातवर्ध्य लोहा (आपेक्षिक घनत्व 7.66) जिसकी शुद्धता 99.87% है, लगा है।[20]

स्तम्भ के शीर्ष भाग पर एक वर्गफुट क्षेत्र में अत्यन्त सुन्दर कलात्मक अलंकरण किया गया था। शीर्ष भाग में भगवान् विष्णु के वाहन गरुड़ की मूर्ति स्थापित की गई एवं इसे विष्णुपद नामक पहाड़ी पर प्रतिष्ठित किया गया था। कालान्तर में यह मूर्ति लुप्त हो गई और पहाड़ी का चिह्न पहचानना कठिन हो गया। इतिहासकार विंसेंट ए. स्मिथ ने स्तम्भ पर अंकित अनेक अभिलेखों का अनुवाद किया है। इस पर अंकित प्रथम अभिलेख कुमारगुप्त प्रथम द्वारा 415 ई. में स्थापित किया गया था। गुप्तकाल की लिपि के इस

अभिलेख में चन्द्रगुप्त विक्रमादित्य की बाह्लक (बल्ख, बलोचिस्तान) विजय के उपलक्ष्य में स्तम्भ की प्रतिष्ठा का उल्लेख मिलता है। बाद में आक्रमणों के कारण स्तम्भ पर कुछ खरोचें लगी हैं व तोप के गोलों के निशान भी इस पर दीख पड़ते हैं। बृहद् आकार में फार्जन वैल्डन द्वारा पिटवाँ लोहे को जोड़ने की प्रौद्योगिकी की आश्चर्यजनक उपलब्धि के रूप में इस लौहस्तम्भ की गणना 20वीं शताब्दी तक विश्व भर में पिटवाँ लोहे की सबसे बड़ी संरचना में की जाती थी।

इस स्तम्भ के अतिरिक्त अन्य अनेक स्तम्भ हैं जो आज भी तत्कालीन लौह धातुकर्म के स्मारक के रूप[21] में स्थित हैं। इनमें मध्य प्रदेश में धार (प्राचीन धारनगरी) का कुल 12.5 मीटर ऊचाई वाला लौहस्तम्भ है। कर्णाटक में कोदाच्छादि पहाड़ी, जहाँ वर्ष में छह से आठ माह वर्षा होती रहती है, पर स्थित 9.76 मीटर ऊँचा और 10 से 13 वर्ग से. मी. अनुप्रस्थ क्षेत्रफल वाला स्तम्भ और उड़ीसा में समुद्र के किनारे कोणार्क मन्दिर में आठ सौ वर्ष पुराना लौह स्तम्भ है। कोणार्क के लौह स्तम्भ में (0.11 से 0.28%) फॉस्फोरस की मात्रा मिलती है। क्रॉम्पटन ने 1924 ई. में अलीगढ़ के धातुकर्मियों से प्रश्न किया था कि यदि वे दिल्ली का लौह स्तम्भ बनाते[22] तो कैसे बनाते? उनका उत्तर था कि वे इसके लिए सबसे अधिक शुद्धता वाला ग्वालियर का लौह अयस्क उपयोग करते जिसको लकड़ी के कोयले में जलाकर शुद्ध लोहे अथवा मृदु इस्पात में बदलना और हथौड़े से पीटकर बेलन के रूप में परिणत करना आसान होता है। इस अयस्क को लेकर वे जहाँ खम्भा स्थापित करना था, वहाँ जाते और वहाँ गड्ढा खोदकर अयस्क की वांछित मात्रा लेकर चारकोल से जलाकर उसका अवकरण (चूर्ण) करते। इसके लिए कई एक (छह से आठ) धौंकनियों का उपयोग होता और इसी के पास कुछ फुट की दूरी पर एक ऐसा ही गड्ढा बनाकर इसी प्रक्रिया को दुहराया जाता। इन दोनों गड्ढों में श्वेत गर्म लोहे के बन जाने पर एक के शीर्ष पर दूसरे लोहे के बेलन को उत्तोलक के द्वारा रख कर गर्म अवस्था में पीटकर दोनों का भली प्रकार वेल्डन करके स्तम्भ के एक अंश को बनाया जाता। बाहर की रूखी सतह की काट-छाँट के लिए निरन्तर छेनियों से उसको तराश कर और धातु के अपूर्ण-स्तम्भ की बढ़ती ऊँचाई के अनुरूप मिट्टी के स्तम्भ को बढ़ा-बढ़ाकर इस प्रकार स्तम्भ गढ़ा जाता। स्तम्भ को पूर्ण करने में इस प्रक्रिया की कई बार आवृत्ति क्रमशः उसकी भिन्न-भिन्न ऊँचाइयों को प्राप्ति के लिए करनी आवश्यक थी। वांछित ऊँचाई प्राप्त होने पर बाहर की मिट्टी को हटाकर समूचे स्तम्भ को विशुद्ध बेलन की समतल सतह प्रदान करने के लिए छेनी से छाँटकर साफ़ समरूप कर दिया जाता था।

छठी शताब्दी से दक्षिण भारत में वृट्ज इस्पात का उत्पादन प्रारम्भ हुआ। 7-8वीं शताब्दी में रचित *अग्निपुराण*[23] में लिखा है कि खटीखट्टर देश की बनी तलवार सर्वोत्तम होती थी। ऋषिक देश की तलवार शरीर काटनेवाली, सूर्पारक देश की मजबूत, बंग देश की तीक्ष्ण और चोट सहनेवाले होते थे। अंग देश के तलवार तीक्ष्ण होते थे। 50 अंगुल लम्बा तलवार उत्तम, 25 अंगुल लम्बा तलवार मध्यम और इससे कम लम्बा तलवार धारण नहीं किया जाता था। जो तलवार लम्बी और किंकिणी के समान मधुर शब्द करनेवाली हो, उसे धारण करना अच्छा माना जाता था। जिस तलवार का आगेवाला भाग कमलपत्र के समान होता या मंडलाकार होता वह प्रशंसनीय माना जाता था। जिस तलवार की गन्ध घी के समान, प्रभा आकाश के समान और अग्रभाग करबीर पत्र के समान हो उसे भी उत्तम माना जाता था। दो अंगुलियों की चौड़ाई के बराबर लम्बी तलवार (खड्ग) शुभ मानी जाती थी। इस पुराण में धनुष-बाण निर्माण तकनीक पर प्रभावशाली प्रकाश डाला गया है। बाण प्रायः लोहे या बाँस के बनाए जाते थे।[24]

ग्यारहवीं शताब्दी का *युक्तिकल्पतरु* नामक ग्रन्थ में लोहे की अनेक किस्मों का वर्णन है। इस ग्रन्थ में उन स्थानों की सूची दी गई है जो इस्पात की तलवारें बनाने के लिए विख्यात् थे। ये थे वाराणसी, मगध, श्रीलंका, नेपाल, अंगदेश, मैसूर, सूरत और कलिंग। *शारंगधरपद्धति* (14वीं शताब्दी) में भी तलवारों के बारे में विस्तार से विवरण मिलता है। मध्येशिया में इस्लाम धर्म के उदय के पूर्व से ही भारतीय तलवारें फ़ारस व अरब में प्रख्यात थीं और उनका उल्लेख विस्तार से मुस्लिम इतिहासकारों व धातुवेत्ताओं ने किया है। 14वीं शताब्दी में आबू पर्वत पर (राजस्थान में) अंचलेश्वर महादेव के मन्दिर में 3,886 मिलीमीटर का एक विशाल लौह-त्रिशूल है। यह दिल्ली और धार के स्तम्भों की भाँति पिटवाँ लोहे से बना है।[25]

हेरोडोटस[26] के अनुसार, भारतीय योद्धा अपने बाणों की नोकें लोहे से बनाते थे। क्टेसिआ[27] ने फ़ारस के राजा आकेमेनिड और उसकी माता द्वारा भारतीय इस्पात की बनी दो तलवारों को ग्रहण करने का उल्लेख किया है। क्विंटस कर्टियस के उल्लेख से स्पष्ट है कि यूनानी सम्राट् सिकन्दर ने पराजित हुए भारतीय सम्राट पुरु (326 ई.पू.) के द्वारा 30 पौंड इस्पात के सामान को उपहार रूप में दिए जाने पर उसे सहर्ष स्वीकार किया था।

अंग्रेज विद्वान हीथ ने रॉयल एशियाटिक सोसायटी में पढ़े गए 1837 ई. एवं 1839 ई. के दो शोध-पत्रों में भारतीय इस्पात[28] की चर्चा करते हुए कहा था कि 'भारतीयों द्वारा इस्पात को बनाने की प्राचीनता और कुशलता दोनों ही कम आश्चर्यजनक नहीं है। इस बात में कोई सन्देह नहीं है कि मिस्त्र के लोग

अपने मन्दिरों के लिए पत्थरों के टुकड़ों व चट्टानों को काट–तराशकर जो कलाकृतियाँ उकेरते थे, वे यह सब भारतीय इस्पात के बने औजारों से करते थे। इस बात का कोई प्रमाण नहीं मिलता कि भारत को छोड़कर, प्राचीन काल में अन्य कोई राष्ट्र इस्पात बनाने के कार्य में इतना निपुण था। ग्रीक और लैटिन साहित्य से स्पष्ट है कि यूरोप में लोग इस्पात के गुणों एवं उपयोगों से तो परिचित थे किन्तु वे इसको लोहे से बनाने में प्रायः पूर्णतः अनभिज्ञ ही थे। पुरानी सभ्यताएँ ताँबे व टिन की बनी मिश्रधातुओं से काटने की मशीनें व औजार बनाते थे जो चट्टानी व पथरीली आकृतियों को तराश कर सुघड़ मूर्तियाँ बनाने के काम में लाए जा सकते थे। भारतीय इस्पात के रूप में विश्व सभ्यताओं के लिए यह बहुत बड़ी देन थी। निर्विवाद रूप से मनुष्य के सारे आविष्कारों और उत्पादन प्रौद्योगिकी की समस्त उपलब्धियों में चरम थी प्राचीन भारत में विकसित इस्पात निर्माण की कला।[29]

सन्दर्भ-ग्रन्थ

1. ब्रिटिश औपनिवेशिक शक्ति ने एक जातिराष्ट्र के रूप में 19वीं सदी के दौरान भारतवर्ष अथवा इंडिया का नक़्शा तैयार किया। मौर्यकालीन उत्तर–पश्चिम के कुछ भाग इस नक़्शे से बाहर निकल चुके थे। 15 अगस्त, 1947 के बाद पाकिस्तान के कारण और 1971 के बाद बांग्लादेश के कारण भारत का नक़्शा और छोटा हो गया। 'भारतवर्ष' नाम का प्रथम प्रयोग ई.पू. प्रथम शताब्दी के अन्तिम भाग में उत्कीर्ण खारवेल की हाथीगुम्फा प्रशस्ति में हुआ है। इसको प्राकृत भाषा में 'भरधवस' कहा गया है। चौथी शताब्दी के दौरान *विष्णुपुराण* में समुद्र से हिमालय तक के विशाल भू–भाग का नाम भारतवर्ष हो गया। सम्राट अशोक के एक अनुशासन में भारतवर्ष को 'जम्बूद्वीप' कहा गया। *मनुस्मृति* में पूरे उत्तर भारत को 'आर्यावर्त्त' कहा गया। 'इंडिया' नाम का प्रथम प्रयोग छठी–पाँचवीं शताब्दी ई.पू. में हेरोडोटस ने किया था। इस पूरे उपमहाद्वीप को मेगास्थनीज, डियोडोरस, स्ट्रैबो, एरियन आदि ने–इंडिया' कहा। 262 ई. में उत्कीर्ण सासानीय शासक प्रथम शाहपुर के 'नक़्श–इ–रूस्तम' लेख में 'हिन्दुस्तान' शब्द का प्रथम प्रयोग किया गया है, अतः मुस्लिम लेखकों ने इस देश को सबसे पहले हिन्दुस्तान नहीं कहा। 982 ई. में एक अज्ञात लेखक द्वारा रचित हुड्ड *अल आलम* में हिन्दुस्तान शब्द पूरे उपमहाद्वीप को अंकित किया गया है। 1206 ई. के बाद मुस्लिम शासकों की राजनीतिक क्षमता, प्रतिष्ठा एवं प्रसार से यह प्रमाणित नहीं होता कि अन्य धर्मावलम्बी भारत में नहीं रह गए थे। अतः तेरहवीं सदी और 18वीं सदी के बीच के काल को मुस्लिमकाल कहना उचित प्रतीत नहीं होता। केवल शासकों के बदलाव से काल नहीं बदलता।
2. लोहे का वैज्ञानिक एवं तकनीकी महत्त्व पर, भारतीय सन्दर्भ में, 1950–60 के दौरान विचार करने का सिलसिला प्रारम्भ हुआ। इस दृष्टि से N.R. Banerjee द्वारा लिखित पुस्तक (*The Iron Age in India*, Delhi, 1965) काफी उपयोगी सिद्ध हुई। लौह उपकरणों पर डी.डी. कोसम्बी (*An Introduction to the Study of Indian History, London,*

Bombay, 1956; The Culture and Civilization of Ancient India in Historical Outline, London, 1965) ने भी अपनी पुस्तकों में प्रकाश डाला हैं; G. Basalla. *The Evolution of Technology*, Cambridge University Press, Cambridge, 1988, p. 172; ओम् प्रकाश प्रसाद, *प्राचीन विश्व का उदय एवं विकास*, राजकमल प्रकाशन, नई दिल्ली, 2011, पृ. 8,9, 412 एवं 413

3. गोपालशंकर उपाध्याय एवं अविनाशचन्द्र वाजपेयी, *धातुओं का इतिहास*, लखनऊ, 1994, पृ. 79–80
4. H. H. Coghlan, *Notes on Prehistoric and Early Iron in Old World*, Oxford, 1956, pp. 61-63; J. M. Roberts *The New Penguin History of the World*, Penguin, 2002, pp. 35 and 90.
5. *वही* : Georges Roux, *Ancient Iraq, Penguin*, 1964, p. 28
6. G. S. Upadhyaya, "Metallurgy in Ancient India", *Pragnya*, Banaras HIndu University Journal, Part, III, 1959, pp. 240-45
7. रणवीर चक्रवर्ती, *भारतीय इतिहास का आदिकाल*, ओरियंट ब्लैकस्वान, नई दिल्ली, 2012, पृ. 94
8. *वही*; अमर फ़ारूकी, *प्राचीन और मध्यकालीन सामाजिक संरचनाएँ और संस्कृतियाँ*, ग्रन्थ शिल्पी, दिल्ली, 2003, पृ. 130–33
9. चक्रवर्ती, पृ. 96
10. G. S. Upadhyaya, pp. 240-45
11. उपाध्याय एवं वाजपेयी, पृ. 86
12. संस्कृत में शल्य का अर्थ काँटा अथवा सूची होता है। अंग्रेजी एवं फ्रेंच शब्द भी Surgery एवं Chirurgie क्रमशः संस्कृत के इसी सूची अर्थात् सुई के सम्बन्ध से उत्पन्न हुए हैं।
13. रोमिला थापर, *पूर्वकालीन भारत* (प्रारम्भ में 1300 ई. तक), हिन्दी माध्यम कार्यान्वय निदेशालय, दिल्ली विश्वविद्यालय, दिल्ली, 2008, पृ. 184–86; R. S. Sharma, *Light on Early Indian Society and Economy*, Bombay, 1966, pp. 60-5
14. वासुदेवशरण अग्रवाल, *पाणिनिकालीन भारतवर्ष*, चौखम्बा, वाराणसी, 1969, पृ. 224
15. ओम् प्रकाश प्रसाद एवं प्रशान्त गौरव, *प्राचीन भारत का सामाजिक एवं आर्थिक इतिहास*, राजकमल प्रकाशन, नई दिल्ली, 2006, पृ. 190–91
16. *अर्थशास्त्र*, श्री वाचस्पति गैरोला, चौखम्बा, विद्याभवन, वाराणसी, 1984, पृ. 136–39, अधिकरण-2, प्रकरण 28, अध्याय 12, श्लोक 1–3; बोंगर्ट् लेविन, *भारत का इतिहास*, पीपुल्स पब्लिशिंग हाउस, नई दिल्ली, 1988, पृ. 111, 113, 170
17. A Rahman and Subbarayappa, 'A Note on the Native Method of Bar Iron Production in South India (Salem Region)', *Journal of Historical Science*, No. 1 (2), 1966, pp. 161
18. M.K. Ghosh, 'The Delhi Iron Pillar and its Iron, N.M.I.', *Technical Journal*, Vol. 5, No. 44, 1963, pp. 31-45
19. *वही*
20. उपाध्याय एवं वाजपेयी, पृ. 90
21. K.N.P. Rao, 'Delhi Iron Pillar Review, Salient Features', *Metal News*, Indian Institute of Metals, 13 (5), 1991, pp. 9-15

22. *वही*
23. *अग्निपुराण* (हिन्दी, अनुवाद सहित), अनुवादक–तारिणीश झा एवं घनश्याम त्रिपाठी, हिन्दी साहित्य सम्मेलन, इलाहाबाद, 1998, अध्याय, 245, पृ. 664–65
24. *वही*
25. ढलवाँ लोहे से अधिक दृढ़ (Tough) और लचीले (Flexible) उत्पाद को प्राप्त करने के लिए पिग लोहे (पिघला लोहा) को गर्म करके हथौड़े से पीट-पीटकर इसकी अशुद्धियों को निकालकर इसे दृढ़ बनाया जाता था। इस प्रकार प्राप्त लोहे को 'पिटवाँ लोहा' कहा जाता था।
26. R. J. Forbes, *Metallurgy in Antiquity*, Leiden, 1950, p. 435
27. E. H. Warmington, *The Commerce between the Roman Empire and India*, Pt. II, Chapter III, pp. 257-58
28. G. S. Upadhyaya, pp. 240-45
29. *वही*

Science and Technology

1. Technology means the systematic application of scientific or other organized knowledge to practical tasks.
2. Develop an infallible technique and then place youself at the mercy of inspiration.
3. The antithesis between a technical and a liberal education is fallacious. There can be no adequate technical education which is not liberal, and no liberal education which is not technical.
4. Violence is the quest for identity. When identity disappears with technological innovation, violence is the natural recourse.
5. Technological man can't believe in anything that can't be measured taped, or put into a computer.
6. Technology–the knack of so arranging the world that we don't have to experience it.
7. The telephone is the most important single technological resource of later life.
8. Our lifetime may be the last that will be lived out in a technological society.
9. Piecemeal social engineering resembles physical engineering in regarding the *ends* as beyond the province of technology.
10. No scientific theory achieves public acceptance until, it has been thoroughly discredited.
11. Success is a science. If you have the conditions, you get result.
12. A science which hesitates to forget its founders is lost.
13. Man is the interpreter of nature, science the right interpretation.
14. Whenever science makes a discovery, the devil grabs it while the angles are debating the best way to use it.
15. This is a free country, madam. We have a right to share your privacy in a public place.
16. Science means simply the aggregate of all the recipes that are always successful. The rest is literature.

17. History is the science of what never happens twice.
18. Science moves, but slowly slowly, creeping on from point to point.
19. Science cannot stop while ethics catches up and nobody should expect scientists to do all the thinking for the country.
20. Science is organized knowledge.
21. All science is either physics or stamp collecting.
22. Science is what you know, philosophy is what you don't know.
23. Science is for those who learn; poetry for those who know.
24. Science must begin with myths, and with the criticism of mythes.
25. Science is built up of facts, as a house is built of stones; but an accumulation of facts is no more a science than a heap of stones is a house.
26. My heart belongs to Daddy . One lives in the hope of becoming a memory.
27. We live and learn, but not the wiser grow.
28. The proper study of mankind is man. The coward's weapon, poison.
29. A good gulp of hot whisky at bedtime - it's not very scientific, but it helps.
30. Science without religion is lame, religion without science is blind.
31. Science is the attempt to make the chaotic diversity of our sense-experience correspond to a logically uniform system of thought.
32. What was once thought can never be unthought.
33. Basic research is when I am doing what I do not know what I am doing
34. Poverty makes you sad as well as wise.
35. Art is I, science is we.
36. Books must follow sciences, and not sciences books.
37. The great pleasure in life is doing what people say you cannot do.

✪✪✪